KB058365

고전의 향기에 취하다

일러두기

1. 제 1장 원문 중 현토 사이의 ‖는 주부, ㅣ는 목적어, / 는 보격의 표시로 문맥 이해를 위한 표시나, 수식관계는 생략함.
2. 한문 구성의 특질을 위한 구분분석은 지면상 생략하였음.
3. 주 가운데 '以爲A'·'以A爲B' 등의 표시는 한문 해석상 필요한 관용구의 표시임.
4. 원문 및 한시 하단의 주는 이해를 돕고자 보충하였으나, 지면상 약술을 원칙으로 하였음.

선한 인성과 앞선 지성의 향연

고전의
향기에
취하다

김갑기 지음

21세기북스

　21C를 인문학의 시대라 한다. 근·현대사를 지배하며 지나치게 팽배해온 자연과학의 공포는 인류문학의 휴머니티 상실과 함께 전 우주와 인류를 공멸의 위기로 함몰시켜 왔다.

　문·사·철로 대표되는 동양 인문학의 뿌리이자, 삶의 지혜가 담긴 고전의 향기에 취해, 선한 인성과 앞선 지성을 향유하자.

　약관의 나이에 무엇을 안다고 훈장이 되어 정년하기까지 40여 년, 딴엔 바지런을 떨며 혹은 호언도, 때론 얼버무리기도 했던 무거리를 정리하여 학연을 함께했던, 이젠 어엿한 가외可畏의 후생後生들과 옛 정리도 되새기고, 또영 다시 못할 인문학도 여러분들의 학문적 지남指南에 일조一助가 되었으면 하는 바람[所望]은 필자의 과욕에 다름 아닐 줄 잘 안다. 더욱 절실하기론 '50~60대의 아직은 정정한 백수(?)', 그러니 조국 근·현대사 창조의 역군으로, 오로지 주어진 업무에만 매달려, 돌아보지 못한 삶의 여유와 만족을 벌충할 '읽을거리'를 제공해 드리고 싶은, 다소 '외람된 충정'도 없지 않았음을 고백한다.

　전체 10편으로 짜인 그 1편은 고사성어의 역사적 생성 배경과 시대 심상이란 성어의 원관념을 바로 알고, 나아가 그 용어의 문학적 비유, 혹은 상징적 실례를 바르게 이해하므로 '현대인의 바르고 풍요로운 언어생활'은 물론, 문학작품의 바른 이해를 꾀했다. 2편 '고인의 행적'은 '백이·숙제의 채미가'와 '상산사호의 자지가'의 역사적 배경과 작품의 시사성, '죽림칠현과 해좌칠현'의 유래와 시대 심상을, 그리고 '양관삼첩과 해동삼첩'의 생성 배경과 한·중 선인들의 수기문학적 동질성 및 우리 선인의 언행과 의지의 결실을 예

4

시했다. 3편 '자연의 사계'는 춘·하·추·동 사계의 '자연미를 노래한 대표작'을 감상하고자 했으며, 4편 '고전의 향기'는 '두시언해의 문화적 가치'와 '독두讀杜의 필요성' 제고에 이어, '이백과 두보의 아름다운 라이벌' 및 '달과 시학'의 관계, '익재와 자하의 소악부'가 갖는 문화 및 문학사적 의의를 탐색하고자 했으며, 5편 '선인들의 사색과 풍류'는 '방아타령의 원조'와, 삶의 좌우명으로 삼은 '요산요수'의 이치, '신흠의 선비적 사색', '세한도의 예술적 가치', 그리고 '풍자문학의 미학'과, '박애의 한계'를, 6편 '선비의 풍류와 절조'에서는 '두견의 정조미'와, '선연동에 대한 선비들의 향수' 및 '버들의 청초미', 아울러 '대인작의 문예미' 및 '임란의 체험과 군신간의 참담한 시학'을 살폈으며, 7편 '고전의 산책'은 '이규보와 유명천을 비롯한 20여 작가·작품론을 산책했다. 이어 8편은 '우리네 여류문학'을 '규방문학과 기방문학'으로 나눠 정리했으며, 9편 '여정의 낙수'는 여정을 통해 얻은 몇몇 자작시문을 모았다. 10편 '사찰문화'는 '도량으로서의 사찰만이 아닌 문화공간으로서의 사찰', 곧 시·서·화 창작 및 그 향유공간으로서의 가능성을 입증하고자 했다.

이상의 묶음이 독단과 편견에 함몰된 또 다른 출판 공해일까 저어되는 바 없지 않지만, 굳이 용기를 낸 것은 선善한 인성人性과 앞선 지성知性을 갖춘 바람직한 리더를 기다리는 시대적 요청에 부응할 작은 읽을거리가 되기를 바라는 충정에서다.

青馬의 해 端午節
金甲起 합장

5

차 례

책머리에 004

제1편. 현대인의 풍요로운 언어생활

1. 호랑이보다 더 무서운 정치_ 苛政猛於虎 … 15

2. 서방님, 진지 드셔요_ 擧案齊眉 … 20

3. 배부르고 등 따스우니_ 含哺鼓腹 … 23

4. 남자는 천하를, 여인은 그 남자를_ 傾國之色 … 26
   미인계의 꽃, 서시 | 청총의 비련, 왕소군 | 장한의 주인공, 양귀비

5. 진정한 우정_ 管鮑之交·貧時之交 … 44

6. 걱정도 팔자_ 杞憂·五步詩·七步詩 … 47

7. 잘 드는 칼로 어지러운 삼베를 베다_ 快刀亂麻 … 50

8. 사내는 모름지기 많은 책을 읽어야_ 男兒須讀五車書 … 54

9. 백 번 읽으면 뜻이 절로 드러난다_ 讀書百遍義自見 … 57

10. 자유가 대규를 찾아가다_ 訪戴·子猷訪戴 … 60

11. 군자의 역량_ 君子不器 … 63

12. 친한 벗의 죽음을 애도하다_ 伯牙絶絃·知音·知己 … 65

13. 독 안에 든 쥐_ 四面楚歌·進退維谷 … 68

14. 한나라 건국의 세 영웅_ 三傑 … 70

15. 인재를 맞아들이기 위해 예를 다하다_ 三顧草廬 … 74

16. 세상사 마음먹기 나름_ 揚州駕鶴 … 81

17. 백성과 함께 즐기다_ 與民同樂 … 85

18. 필화사건_ 烏臺詩案 … 89

19. 달이 밝으니 별빛이 성글어 지다_ 月明星稀 … 93

20. 개판이야_ 泥田鬪狗·不奪不厭 … 97

21. 한 글자를 일러준 스승_ 一字師 … 100

22. 토끼를 잡으면 사냥개도 삶아 먹는 법_ 兎死狗烹 … 102

23. 이미 지은 시문의 자구를 거듭 갈고 다듬다_ 推敲 … 111

24. 신천지를 개척하다_ 破天荒 … 114

25. 빨래하는 여인_ 漂母 … 118

26. 용을 그리고 눈동자를 찍다_ 畵龍點睛 … 122

27. 후생이 두렵다_ 後生可畏 … 124

第2편. 고인의 행적

1. 백이·숙제와 채미가_ 叩馬而諫=不食周粟 … 130

2. 상산사호와 자지가 … 135

3. 죽림칠현과 해좌칠현 … 142

4. 양관삼첩과 해동삼첩 … 145

5. 남의 단점을 말하지 말라_ 不言短處 … 150

6. 손톱이 자라 손등을 뚫다_ 爪甲穿掌 … 154

7. 부모님께 지극한 효성을 다함_ 陳情表·烏鳥私情·反哺 … 157

第3편. 자연의 사계

1. 춘일 서정 … 166

2. 하일 서정 … 173

3. 추일 서정 … 177

4. 동일 서정 … 182

제4편. 고전의 향기

1. 두시언해의 문화사적 가치_ 그 500주년을 맞으며 … 188

2. 시의 마루, 두시를 읽자 … 192

3. 아름다운 라이벌_ 이백과 두보 … 197

4. 달빛 세레나데 … 204
   이백의 달 | 두보의 달 | 우리 선인의 달

5. '그립다' 하니 그리워_ 比翼鳥·連理枝 … 219

6. 소악부의 세계 … 223
   익재소악부 | 자하소악부

제5편. 선인들의 사색과 풍류

1. 방아타령의 원조_ 碓樂 … 238

2. 벼루에 새긴 명_ 樂山樂水 … 242

3. 제 눈에 안경_ 愛惡箴竝書 … 245

4. 한 조각 붉은 마음_ 一片丹心 … 249

5. 상촌신흠의 야언 … 253

6. 세한도 삽의 … 259

7. 풍자문학의 미학_ 두시 「古栢行」과 松江의 시조 … 265

8. 박애의 한계_ 두시 「縛鷄行」을 중심으로 … 268

제6편. 선비의 풍류와 절조

1. 두견의 정조미_ 望帝의 비련 … 274

2. 선연동, 그 향기로운 풀 … 280

3. 버들의 청초미_ 含煙帶雨 … 285

4. 대인작의 문예미학 … 290

5. 임란의 체험과 그 시적 변용 … 298

　목릉의 성세는 지고, 선조 | 위국충절의 주석지신, 이순신 |
　이두도 옷깃을 여밀 진중시, 이호민 | 옥중 소무요, 왕찬의 향수를 노래한, 김상헌

제7편. 고전 산책

1. 늙으면 삼마를 떨쳐내야 하느니_ 白雲·退堂 의 「삼마시」를 중심으로 … 306

2. 영웅과 함께 천하를 경영해 온 명마_ 高都護驄馬行 … 320

3. 백발과 여산폭포_ 意會의 美學 … 327

4. 기우와 청맹으로 완세한 조운흘 … 330

5. 도리를 근거로, 교화를 목표로, 이곡 … 333

6. 천지의 정령을 따 머금은 이색 … 336

7. 그 임금에 그 신하_ 음해와 묵인에 희생된 남이 장군 … 340

8. 비수 같은 기개와 절조의 가객, 유몽인 … 343

9. 조용한 의식의 개혁, 이수광 … 346

10. 진정한 사회개량주의자, 허균 … 349

11. 시주로 일관한 참 시인, 권필 … 352

12. 동악시단의 맹주, 이안눌 … 356

13. 연 날리기 … 360

14. 내가 죽고 그대가 살아서_ 悼亡詩 … 366

15. 근정의 유래 … 370

16. 내 나이 50년 전에 스물셋이었느니 … 373

17. 안중근과 황매천의 나라 사랑 … 377

18. 왜 사냐건 웃지요? … 383

19. 춘향의 그네 … 388

20. 생태론적 시학_ 「성북동 비둘기」 … 393

21. 모현 모티프_ 「찬기파랑가讚耆婆朗歌」와 「촉상蜀相」 … 407

제8편. 우리네 여류문학

1. 규방문학 … 425
  신사임당 | 허난설헌

2. 기방문학 … 432
  태백이 별거냐? 황진이 | 버들처럼 가녀린 홍낭의 굳센 사랑 | 이옥봉의 참사랑 |
  풍류로 빚어낸 문자향1 – 송강과 진옥의 사랑 | 풍류로 빚어낸 문자향2 –
  임제와 한우의 연가 | 달빛 서린 매화향 – 유희경과 매창의 정한 |
  남 다 자는 밤에 – 비구니가 된 송이의 슬픈 사랑

제9편. **여정의 약수**

1. 뭇 산의 작음을 보고 말리라_ 山小 ··· 464
2. 작은 대국 – 고궁박물관에서 ··· 467
3. 정가미 수변공원에 가면 ··· 474
4. 백두산 천지에서 ··· 477
5. 남태평양 피지에서 ··· 480

제10편. **사찰문화**

1. 시로 읽는 사찰문화_ 사찰 제영시를 통하여 ··· 484
2. 불가의 한시 ··· 496
   함허당 이화 | 불교 중흥의 기틀을 다진 보우 선사 |
   전생안락국, 그 반상의 미학, 휴정 | 불자의 본분을 다한 사명대사
3. 사찰 제영시 ··· 503
   삼보사찰

제1편

현대인의
풍요로운 언어생활

언어의 사전적 의미는 '인간의 사상이나 감정을 표현하고, 의사를 소통하기 위해 소리나 문자 따위를 수단'으로 하는 '언어공동체 간의 문화적 계약물'이다. 그 유형을 도식하면 아래와 같이 요약될 것이다.

언어	음성언어	말하기	자기 표현수단
		듣기	상대 이해수단
	문자언어	쓰기	자기 표현수단
		읽기	상대 이해수단

따라서 언어는 유장한 역사 민족, 고급한 문화 창달 민족일수록 품위 있는 격조, 풍요로운 함의含意를 지녀, 흔히 그 인격人格의 가늠자가 됨은 물론, 때론 소통 부재不在의 우愚를 체험하게 된다.

우리의 어문 생활 역시 유구하고 풍요로운 한자문화권에서 생성 발달을 공유해 온 이상, 뿌리를 알고 우리말 가꾸기에 전념함이 진정한 한글 사랑이요, 우리말 전용임을 일깨우고자, 고사성어故事成語를 통한 우리 언어문화의 바른 이해와, 풍요로운 언어생활에 기여하고자 한다.

워낙 고사성어란 말 그대로 '옛 일로 말미암아 이루어진 말'이다. 따라서 원관념의 의미 확대를 위해 비유, 혹은 상징으로 두루 쓰인다. 이때 그 성어의 생성 배경이나, 의미를 모르면 대화의 단절, 혹은 문학작품의 이해 부족이란 우를 범하게 된다. 특히 함축과 비유, 혹은 상징을 생명으로 하는 시문학의 언어로 쓰였을 경우, 문학용어로서의 정확한 보조 관념의 독해를 위해 작품의 실례를 함께 예시하므로 바른 어석 및 그 용례를 이해하고자 했다.

01

호랑이보다
더 무서운 정치

苛政猛於虎
가 정 맹 어 호

정치란 무엇인가? 정政은 '어리석은 백성들의 잘못을 바른 곳으로 인도하는 것'이라 했다. 그러기 위해서 위정자는 마음에 덕을 쌓아야 한다. 이른바 덕으로 인도하는 것이 정치[德政]랬다. 그러면 '뭇 별들이 북극성을 중심으로 자전과 공전하듯 천연한 조화가 이뤄진다'고 공자孔子는 말했다. 그러나 춘추 말기 노魯나라 조정의 실세 대부 계손자季孫子는 학정과 전횡을 일삼아 상하 위계는 물론, 민생은 도탄에 빠지고, 가혹한 수탈[苛斂誅求]에 견디다 못한 백성들은 결국 유리流離하여 산민山民이 되었다.

어느 날 공자께서 제자들과 태산 기슭을 지나는데 묘 옆에서 차마 그냥 지나칠 수 없으리만큼 애통한 아녀자의 곡소리가 들려왔다. 공자는 수레를 멈추고 수레 앞 손잡이[式]를 잡은 채 들으시다가, 제자 자로子路에게 알아보게 하였다. 명을 받은 자로가 다가가,

"그대의 울음소리가 자못 처음 겪는 슬픔이 아닌 듯합니다"라고 물었다. 아녀자가 대답해 이르기를,

"그러합니다. 지난 날 시아버님께서 호해虎害를 당하셨고, 그 후 남편도 그러하였는데, 이제 아들마저 호랑이에게 물려갔습니다"라는 아녀자의 말을 공자께 전했다. 스승은 "'어찌하여 이곳을 떠나지 않느냐'고 물어보았느냐? 하니, 자로가 '가혹한 정치가 끝났습니까?'라고 되묻더군요"하였다. 공자께서 이르시기를, "너희들은 새겨 두어라. 가혹한 정치는 호랑이보다 더 무서우니라"하셨다.

孔子║過│泰山側이러니, 有/婦人║哭於墓者而哀러라. 夫子║式而聽│之라가 使子路로 問之曰"子之哭也║ 壹似重有/憂者"오하니, 曰"然이로소이다. 昔者에 吾舅║死於虎하고, 吾夫║又死焉이러니, 今吾子║ 又死焉"이니다. 夫子║曰"何爲不去也"오하니, 曰"無/苛政"이니까하다. 子曰"小子는 識之하라. 苛政은 猛於虎也"니라하다. 〈禮記〉

▷태산泰山 : 중국 오악[東 泰山·西 華山·南 衡山·北 恒山] 중 가장 큰 산. ▷부자夫子 : 공자의 존칭. ▷식式 : 수레 앞 손잡이. ▷사使 A : A로 하여금. ▷일사중유A壹似重有A : 한결같이[자못] 거듭 A함이 있는 듯함. ▷지지識之 : 새겨 두다. 識 = 지. ▷맹어호猛於虎 : 호랑이보다 더 무섭다.

이상의 담론은 한낱 혼란하고 우직했던 춘추 말기의 우화偶話 뿐일까? 남의 예를, 멀리 거스를 것도 없이 우리 근세사에서 얼른 몇 가지 예만 보자.

吏打龍山村 리 타 용 산 촌	아전이 용산 촌을 덥치더니
搜牛付官人 수 우 부 관 인	소를 뒤져 관리에게 넘기네.
驅牛遠遠去 구 우 원 원 거	소를 몰아 아스라이 사라지니
家家依門看 가 가 의 문 간	집집이 문에 기대 바라볼 뿐.
勉索官長怒 면 색 관 장 노	원님의 노염 면할 궁리나 하니
誰知細民苦 수 지 세 민 고	뉘라서 백성의 고충을 알리오.
六月索滔米 육 월 색 도 미	오뉴월에 쌀을 뒤져대니

毒痛深征戍 독 부 심 정 수	쓰라림은 수자리 살기보다 더해.
德音景不至 덕 음 경 부 지	임금의 덕치는 끝내 이르지 않고
萬命相枕死 만 명 상 침 사	창생의 목숨은 죽음에 이었네.
窮生儘可哀 궁 생 진 가 애	가난한 살림살이 애통할 뿐
死者寧智矣。 사 자 녕 가 의	죽은 자가 차라리 낫다하네.

─ 下略 ─   ─ 하략 ─

두보杜甫의 「삼리三吏·삼별三別」을 차운한 다산의 「삼리三吏」 중 「용산리龍山吏」의 부분이다. 워낙 목민牧民이란 백성을 기르는 공복公僕이다. 그러기에 "모든 공직은 스스로 원해서 하되, 목민관은 원해서 하는 것이 아니"라고 다산은 일렀다. 덕이 온축되지 아니한 자, 착취와 수탈에 이골이 난 자가 할 직이 아니기 때문에 그렇다. 안록산의 난으로 대당제국이 기우뚱할 때 정남丁男은 물론, 중남中男까지 전쟁터에 끌려가 다 죽자, "천하인심이 아들 낳기를 꺼려하고 딸 낳기를 원했다生女猶得嫁比隣 生男埋沒隨百草.〈兵車行〉"지만, 조선의 이 가렴주구는 호랑이보다 더 무서워 "가난이 애통해, 차라리 죽는 게 낫다"했는가 하면, 오죽하면 "호랑이 피해는 한 두 사람 상하는데 그치지만, 어찌하여 온 백성들이 이 고통을 받을 것이냐猛虎傷人止一二 豈必千百罹此苦"며, 차라리 "남은 호랑이를 풀어 오는 관리 막으리라願留餘虎以禦侮〈猛虎行〉했다.

농암 김상헌도 역시 그의 시 「산사람山民」에서

─ 上略 ─   ─ 상략 ─

中林多猛虎 중 림 다 맹 호	숲 속에는 사나운 호랑이도 많아
采藿不盈盤 채 곽 불 영 반	산채도 마음 놓고 뜯지 못한다네.
哀哉獨何好 애 재 독 하 호	슬프다, 이 외진 삶 무엇이 좋아
岐嶇山谷間 기 구 산 곡 간	험한 이 산에 사느냐 물었더니.
樂哉彼平土 낙 재 피 평 토	넓은 저 들판 오죽이나 좋으랴만
欲往畏縣官。 욕 왕 외 현 관	원님이 무서워 가지를 못한다네.

라고 다산에 앞서 참담한 현실을 자조적으로 노래한 바 있다.

그러나 가렴주구에 의한 삶에의 갈등심리를 행동으로 표출하므로 사회고 발은 물론, 인간성 상실의 사회상을 가장 적나라하게 폭로한 대인작代人作은 역시 다산의 「애절양哀絶陽」이리라.

蘆田少婦哭聲長 노 전 소 부 곡 성 장	갈밭의 젊은 아낙 울음도 서러워라,
哭向縣門號穹蒼 곡 향 현 문 호 궁 창	관문 향해 울부짖다 하늘에다 호소하네.
夫征不復尙可有 부 정 불 복 상 가 유	출정나간 지아비 죽어 못 온 과부 있다지만
自古未聞男絶陽 자 고 미 문 남 절 양	예로부터 남근 잘라 생긴 과부 들어나 봤소.
舅喪已縞兒未澡 구 상 이 호 아 미 조	시아비 탈상했고 배냇물도 안 마른 아이
三代名簽在軍保 삼 대 명 첨 재 군 보	삼대의 이름을 군적에 올리다니.
薄言往愬虎子閽 박 언 왕 소 호 자 혼	범 같은 문지기 호소도 못하게 하고
里正咆哮牛去皁 리 정 포 효 우 거 조	이정은 벼락같이 소를 끌고 갔다오.
磨刀入房血滿席 마 도 입 방 혈 만 석	칼을 갈아 방에 들자 흥건한 피
自恨生兒遭窘厄。 자 한 생 아 조 군 액	이 어려움 아이 낳은 죄라 한탄하네.
─下略─	─하략─

다산은 이 시의 작시 배경을 "이 시는 가경嘉慶 계해년癸亥年(1803) 가을, 내가 강진에 있을 때 지은 것이다. 그 때 갈밭에 사는 백성이 아이를 낳은 지 사흘 만에 군보軍保에 올라, 이정이 소를 토색질 해 가니, 백성이 칼을 뽑아 양경陽莖을 스스로 자르면서 "내가 이것 때문에 이런 곤액困厄을 당한다"하였다. 그 아내가 지아비의 양경을 손에 들고 관청에 나아가니, 피가 아직 뚝뚝 떨어지는데, 울기도 하고 하소연도 했으나, 문지기가 막아섰다. 내가 이 말을 듣고 이 시를 지었다"는 대인작인 셈이다

3년 상이 끝난 시아비와, 아직 배냇물도 마르지 않은 아이까지 3대를 군적에 올려, 군포세 명목으로 소를 토색질해 가는 비정의 불법천지다. 그러니 황구첨정黃口簽丁이니 백골징포白骨徵布가 그것이요, 심지어 '강아지·절구 공

18

이'까지 이름을 지어 올리고, 인두세를 착취해 가는 울분을 참다못해 남근男根을 잘라버린, 초절적 현실, 피가 뚝뚝 듣는 지아비의 남근을 들고 관헌에 호소하려다 거절당한 지어미, 그러니 관문의 수문장과 이정, 나아가 동헌의 수령은 하나같이 '야누스적 위군자僞君子'들이다.

작자의 작시 의도야 진작 개혁되어야 할 사회적 모순의 고발이요, 회복되어야할 낙토樂土의 건설에 대한 염원이다.

문학은 언제나 그 시대 심상을 반영하고, 그러므로 인지人響는 날로 지혜로워져야 하건만, 실로 인간은 속물인가 보다. 지위가 높을수록 임기 후에 줄줄이 감방행이 아니면, 자식들이 대신 설쳐 산송장에 다름 아닌 역대 권좌의 주인공들, 심지어 동심이 뛰놀던 고향 뒷동산 바위에서 자살로 치부를 숨기는가 하면, 수많은 중신들을 대동해 가며 기내에서 읽겠다고 『목민심서』를 챙겨 갔다는 전직 대통령은 그 귀한 인물들 다 죽이고 혼자 살아 와 이제까지 미련을 떠는 흉물, 그야말로 귀태鬼胎가 아닌가 ! 다산 선생이 통촉하실까? 안쓰럽다.

02

서방님,
진지 드셔요

擧案齊眉
거 안 제 미

　양홍梁鴻이란 자의 자字는 백란伯鸞인데, 동한東漢 초기의 은사로 부풍 평릉 사람이다. 비록 가난했지만 박학다식하고 지조가 굳은 선비로 태학에서 수학했으며, 학업을 마친 후에는 황실 사냥터에서 한때 돈사豚舍를 관리했다 한다. 그러던 어느 날 불이 나 주위 민가에까지 번져 민폐를 끼치게 되었다. 양홍은 일일이 찾아가 피해상황을 살핀 후 보상했으나, 그 중 한 집이 보상에 불평을 제기하자, 그는 자신의 노동력 제공으로 충분히 벌충해줬다. 이 같은 양홍의 인품과 성실성을 높이 산 뭇 사람들의 칭송은 입소문을 타고 퍼지게 되었고, 특히 딸 가진 부모들은 사위를 삼고자 했으나, 정작 양홍은 굳이 사양했다 한다.

　때에 마침 동향의 거부 맹씨에게 30이 넘은 비만하고 추한데다, 피부까지 까무잡잡한 광光이란 처자가 있었는데, 힘은 돌절구쯤은 가볍게 들었다 놨다 하는 장사였으나, 곱고 상냥한 마음씨와, 전혀 흠잡을 데 없는 언행 등으로 간혹 청혼이 있었으나, 그녀 역시 다 거절하고 이르기를 "저는 양 백란처럼 어질고 덕이 높은 분에게 시집가겠다"하니, 지금도 커니와 부모의 걱정은 짐작할 만하다.

이 말을 전해들은 양홍이 맹광을 찾아가 청혼하게 되고, 이어 혼례를 올리게 되었다. 너무나 기뻤던 신부는 비단 옷에 곱게 단장하고 기다렸으나, 신랑은 한 달이 넘도록 신방에 들지 않는 것이었다. 이상히 여긴 신부가 신랑에게 까닭을 묻자, 신랑 왈 "내가 바란 아내는 마麻로 짠 옷을 입고, 나와 같이 깊은 산 속에 은거할 수 있기를 바랐는데, 당신은 비단옷에 분바르고 머리 수식이나 하니, 내가 바라던 부인이 아니오"하는 것이었다. 이에 신부는 "제가 며칠 좋은 옷, 화려한 치장을 한 것은 당신을 시험하고자 했던 것이었습니다. 이제 알겠습니다. 모든 마음의 준비가 되었으니, 어딘들 당신이 가고자 하는 곳을 따르리다"하는 것이었다. 이리하여 두 부부는 입산하여 농사를 지으며, 단란한 신혼을 꾸려갔다.

양홍은 농사일 틈틈이 시를 지어 옛 벗들과 교유했는데, 그 시 가운데 '황실을 비방한 시가 있다'는, 이른바 필화사건筆禍事件으로 비화해 몸을 숨기고자, 이웃 오吳나라로 달아나 고백통皐白通이란 가명으로 귀인의 방아품팔이하며 숨어 살게 되었다. 주인이 이들 부부의 살아가는 모습을 보니, 남편이 하루 일을 마치고 돌아오자, 그 아내가 밥상을 마련하여 감히 남편의 얼굴을 쳐다 보지도 못하고, 밥상을 자신의 눈썹과 가지런히 치켜들고[擧案齊眉]와 공손히 바치는 것이었다. 이를 본 주인이 감복하여, 양홍이 마음껏 시간을 활용하도록 배려해, 수많은 저술을 할 수 있도록 했다 한다. 『후한서後漢書』「일민전逸民傳」에 전하는 고사다.

梁鴻의 字는 伯鸞이니 扶風平陵人也라. 家∥貧而尙節介러니 同縣孟氏∥有/女한대 肥醜而黑하고 力∥擧/石臼요, 擇對不嫁曰"欲得賢如梁伯鸞者"라 하니, 鴻∥聞而聘/之하다. 字之曰德曜요, 名∥孟光이라. 至/爲人賃舂이러니 每歸에 妻∥爲具|食하야 不敢於鴻前仰視하고 擧|案齊眉하다.
▷상절개尙節介 : 절개를 숭상함. ▷석구石臼 : 돌절구. ▷택대擇對 : 배필감을 대하면. ▷임용賃舂 : 방아 품팔이. ▷거안제미擧案齊眉 : 밥상을 눈높이로 듦.

물론 평등의 차원을 넘어 여권우위의 시대에 적절치 못한 화소일 듯하나, 상대존대의 지혜야 왜 슬기롭지 아니한가. '가는 정이 도타운데 어찌 오는 정이 박할 것'인가! 더욱 서로 미더운 부부지간이거늘……. 받기에만 익숙하기보다 베푸는 넉넉함이 삶의 도리임을 일깨우는 미담일까 한다.

03

배부르고
등 따스우니

擊壤歌
격 양 가

　3대三代라면 동양의 하夏·은殷·주周를 이르고, 이 3대야말로 무위이치無爲而治의 이상시대로 통칭된다. 곧 공자의 "아무것도 하지 않고도 다스린 이는 아마도 순舜임금이로구나 ! 무엇을 했었는가. 몸을 공손히 하고, 바르게 임금 자리를 지키고 있을 뿐無爲而治者 其舜也與. 夫何爲哉. 恭己正 南面而已矣"이란 『논어』「위령공편」의 말씀에서 유래했겠지만, 순자荀子도 "지난 날 순의 왼편엔 우禹가, 오른편엔 고요皐陶가 자리하여, 순은 자리에서 내려오지 않고도 천하가 잘 다스려졌다. 천자는 스스로를 공손히 할 뿐이었다昔者 舜左禹 而右皐陶 不下席而天下治. 天子共己而已矣"라 했다. 이른바 '현인을 임용해 덕으로 백성을 감화시켜 나라가 두루 태평하였다' 함이니, 무위지치無爲之治·무치無治가 동의어요, 배부르고 등 따스우니, 근심걱정이 없는 백성은 '함포고복含哺鼓腹'이 절로 나온다.

　이상은 순임금 때의 일이거니와, 요임금 때는 더욱 천하가 크게 화평하여, 근심걱정이 없는 8~90된 노인들이 땅을 두드리며 노래하니[擊壤歌], 그 노래에 이르되,

日出而作 일 출 이 작	해 뜨면 들에 나가 일하고
日入而息 일 입 이 식	해 지면 집에 들어 쉰다네.
鑿井而飲 착 정 이 을	우물 파 물 마시고
耕田而食 경 전 이 식	밭 갈아 밥 먹으니
帝力于我何有哉。 제 력 우 아 하 유 재	임금의 도움 어찌 구하랴.

帝堯之世에 天下∥太和하고 百姓∥無事하야 有八九十老人이 擊|壤而歌하
니 歌曰 "日出而作하고, 日入而息이라. 鑿|井而飲하고 耕|田而食하니 帝力∥
于我何有哉리오. 〈帝王世紀〉

▷제요지세帝堯之世 : 황제 요임금 시대. ▷태화太和 : 크게 화평함. ▷격양이가擊壤而
歌 : 땅을 두드리며(치며) 노래함. ▷착정鑿井 : 우물을 팜. 우아于我 : 나(우리)에게.

라 했다.『제왕세기』에 나오는 말이다.

위정爲政이 아닌 섭리요, 수순한 자연의 질서 그대로니, 누가 거스르며, 왜
막을 것인가. 그것을 거스르고 막음이 인위人爲요, 인위가 바로 위선僞善이
다. 위정爲政이 정도를 벗어나면 위정僞政, 곧 가정苛政이 되는 것이다.

『맹자孟子』「양혜왕장」에 혜왕이 이르기를 "과인이 나라를 다스림에 진심
을 다하나니, 하내 지역에 흉년이 들면 그 곳 백성을 하동으로 옮기고, 곡식
을 하내에서 이송해 오며, 하동에 흉년이 들면 또 그렇게 합니다. 이웃 나라
의 정사를 살펴보면 과인만큼 마음 쓰는 이 없건만 이웃나라 백성이 줄지
않고, 우리나라 백성이 늘지 않는 것은 무슨 까닭이오?梁惠王曰 寡人之於國也 盡
心焉耳矣, 河內凶則 其民於河東, 移其粟於河內, 河東 凶 亦然, 察隣國之政 無如寡人之用心
者, 隣國之民 不加少 寡人之民不加多 何也"라고 물었다. 맹자는 전쟁이나 좋아하는
혜왕의 어리석음을 패잔병의 도주 '오십 보·백보론五十步 百步論'에 비유하고,
이어 "농사의 시기를 빼앗지 않으면 곡식이 넘쳐나 다 먹을 수 없고, 빽빽한
그물[數罟]을 못이나 습지에 넣지 않으면 물고기를 다 먹을 수 없으며, 벌채
를 때에 맞게 하면 그 재목을 다 쓸 수 없게 된다"며, 이처럼 백성들로 하여

금 생업에 충실케 하면 살아서의 양생養生과, 죽어서의 상례喪禮에 부족함이 없게 되니, 그것이 곧 왕도정치의 시작이랬다. 이른바 패자覇者의 야누스 같은 야욕과, 근본을 지키지 않는 패도로 백성을 부역에 내몰아 헐벗고 굶주리게 한 자신의 과오를 깨닫지 못하는 혜왕을 맹자는 다시 호되게 채근한다.

"돼지나 개가 사람의 먹이를 먹는데도 금할 줄 모르고, 길에 굶어 죽는 시체가 있어도 나라 창고를 개방할 줄 모르며, 백성이 죽으면 '내가 죽인 것이 아니라, 흉년이 들어 그렇다' 한다면 이는 사람을 칼로 찔러 죽여 놓고 '내가 죽인 것이 아니라, 칼이 죽인 것이다'하는 것과 다르지 않습니다. 왕께서 흉년에다 죄를 돌리지 않으신다면, 이것이 백성이 돌아오게 하는 길입니다狗彘 食人食 而不知檢, 塗有餓莩 而不知發, 人死則曰'非我也 歲也, 是何異於刺人 而殺之曰'非我也 兵也, 王無罪歲 斯天下之民 至焉"라 함이 그것이다.

조선조 성종 때 문장과 서화에 뛰어나고, 특히 한정적閑靜的이며 관후한 성품의 소유자로, 현실 참여보다는 자연을 완상하며, 목가풍의 다양한 소재를 시화한 강희맹의 「선농구選農謳」 14수 중 그 11수의

麥飯香饙在筥	보리밥 풋풋한 내음 광주리에서 나고
藜羹甛滑流匕	명아주 국 감미롭다, 수저에 넘쳐나네.
小長集次第	노소가 둘러 서열대로 앉아서는
止四座暄誇	온 좌중이 맛있다고들 와자글해.
香美得一飽	향그럽고 맛난 식사 배불리고 나면
撑腥裏行鼓腹便欣喜。	배 두드리며 거니는 일 더 없는 기쁨이라.

는 "취하고 배부른 신하 대아를 이어, 다시금 요임금 송축하던 화축華祝을 아뢰네醉飽小臣賡大雅 更伸華祝頌唐堯" 〈七月誕辰賀禮作〉와 같은 의정부 좌찬성 서거정의 관부제영官府題詠이 아닌 백성의 진솔한 삶의 실상이어서 더욱 정겹다.

04

남자는 천하를,
여인은 그 남자를

傾國之色
경 국 지 색

〈클레오파트라〉

'클레오파트라의 코가 한 치만 낮았어도 서양의 역사가 바뀌었으리라'는 말은 그녀가 자못 서양 역사를 좌지우지, 혹은 멋대로 농락했다는 말이겠는데, 이를 점잖은 동양 문자로 환언하면 '경국지색傾國之色'으로 풀이해도 무방하리라.

중국 춘추전국의 혼란 시대를 끝내고, 중원을 재 평정한 한漢 고조高祖는 진秦의 전철을 밟지 않고자, 악부樂府를 통한 국민 교화에 주력하였다. 영웅호걸과 제자백가의 감언이설甘言利說로 혼돈된 가치관을 전통 유가의 도덕률로 재무장시키는 데는 노래의 구구전승 이상 효과적인 방법이 없고, 그러므로 악樂은 예로부터 예교禮敎의 덕목이었다. 그 전담 부서가 바로 악부樂府며, 그 주무관이 협율도위協律都尉니, 한대의 협율도위가 곧 당대의 명창 이연년李延年이었다. 그가 하루는 고조에게

北方有佳人   북방에 아리따운 여인이 있으니
북 방 유 가 인

絶世而獨立
절 세 이 독 립

一顧傾人城
일 고 경 인 성

再顧傾人國
재 고 경 인 국

寧不知傾城與傾國
녕 부 지 경 성 여 경 국

佳人難再得。
가 인 난 재 득

천하에 더없이 우뚝 빼어나지요.

한 번 돌아보면 성이 기울고

두 번 돌아보면 나라가 기운다오.

어찌 성과 나라가 기욺을 모르랴마는

절세의 미인은 다시 얻기 어려운 것을.

라고 고했다. 고조가 솔깃해 "과연 그런 여인이 있단 말이냐? 어디 한 번 보자"하여 등장한 여인이 바로 한대의 미인 이부인李夫人, 곧 이연년의 누이동생이었다. '성과 나라를 기울게 할 만한 미인傾城與傾國之色'이란 말은 이 악부로부터 유래한 이래, 5천 년 중국 역사를 뒤흔든 4대 미인은 약야계 맑은 물 밑에 비친 미모에 반한 물고기가 헤엄치기를 잊고 가라앉았다는 침어沈魚 서시西施와, 날아가던 기러기가 나래 짓을 잊고 바라보다 떨어졌다는 낙안落雁 왕소군王昭君, 하늘에 떠가던 달도 부끄러워 구름 속에 숨었다는 폐월閉月 초선貂蟬, 그리고 화사한 꽃도 수줍어 고개를 숙였다는 수화羞花 양귀비楊貴妃가 그들이다. 그러나 유구한 역사와 숱한 인총 중에 어찌 이 네 사람뿐이겠는가? 은殷[商]나라 주왕紂王의 총비寵妃 달기妲己, 주周 유왕幽王의 총희 포사褒姒, 역발산力拔山 기개세氣蓋世 항우項羽의 우부인虞夫人 등 이루 헤일 수 없지만, 사소史素 및 시가로 잘 알려진 자료만 가려읽기로 하자.

美人計의 꽃, 서시
미 인 계

춘추 후기 제후들의 쟁패爭霸의 중심지는 강남, 이른바 장강 하류와 절강 지역으로 옮겨졌고, 특히 강남의 오희吳姬·월녀越女는 일찍이 이백과 두보가 천명한 대로 하나같이 천하일색[天下白]이랬던 색향色鄉이고, 서시는 바로 오희·월녀의 상징이었으니, 숱한 고사성어의 주인공이기도 하다.

미인박명美人薄命이랬던가? 워낙 잘난 만큼 이름값도 하노라니 수고로웠겠는데, 서시의 운명을 박명薄命타고만 할 것인지, 위대한 사랑의 승리자랄 지는 독자의 판단을 기다려야 하리라.

서시는 월나라 저라산 기슭의 - 지금의 절강성 제계시, 가난한 농부의 딸로 본명은 이광夷光이라 하며, 태생이 여려 가슴앓이 병을 지닌 채 약야계 맑은 물에서 연밥이나 캐고, 간혹 어미를 도와 땔감이나 장만하던 하찮은 신분이었으나, 워낙 타고난 미모는 뭇 여인의 선망의 적的이었다. 오죽하면 이웃 처녀가 서시의 미모를 닮고자 주시했더니, 가슴앓이 병으로 인해 수시로 이맛살 찌푸리는 모습을 보고 "오라, '이맛살 찌푸림'이 미모의 비결이었구나"하고, 아무 때나 찡그려 대서 '모두들 황급히 피했다'는 '효빈效顰·서시빈목西施矉目'이란 고사성어의 주인공이기도하다.

이즈음 패권을 다투던 초·제·오·월 중 특히 하우夏禹의 후손인 월나라와, 주周나라 속국이던 오나라는 끊임없는 전쟁의 소용돌이로 편할 날[寧日]이 없는, 그야말로 견원지간犬猿之間이 되어 '같은 배를 타면 배 안에서 죽기 살기로 싸워 배가 뒤집히고 만다'는 사자성어 오월동주吳越同舟를 생성시켰다.

이때 이웃 초나라 평왕平王이 대부 사奢와 그의 장자 상尙을 무고히 주살하매, 차자次子 자서子胥 오원伍員이 아비와 형의 원수를 갚고자, 이웃 오나라 합려闔閭에게 망명해 왔다. 이에 합려는 병법에 밝은 손무孫武와 복수심에 찬 오원를 앞세워 초를 정벌하고, 이어 월나라 정벌에 나섰다가 손에 부상을 입은 채 회군했다. 그러나 부상의 독이 퍼져 죽음에 이르자, 아들 부차夫差에게 복수를 당부했고, 복수심에 불탄 부차는 호화로운 궁중 생활을 일체 거부하고 와신臥薪하며, 출입하는 모든 신하들에게 "부차야! 너는 월나라 원수들이 네 아비 죽인 걸 잊었느냐?"라고 소리치게 하더니, 주 경왕 26년 부초夫椒 전에서 크게 이기고, 이어 회계산(현 절강성)에서 월왕 구천句踐을 생포했다.

구천에게는 충신 범려가 있어 오나라 태재 백비伯嚭를 미녀 8인과 금은보화로 매수하고, 칭신稱臣은 물론, 구천의 후궁을 첩으로 바치며 화해를 성사시켰으니, 이 여인이 바로 인류 최초로 '미인계의 꽃'이 된 서시였다. 이 협상을 적극 반대한 인물은 역시 망명자 오자서였다. 그는 "하夏는 말희 때문에 망했고, 은나라는 달기, 주는 포사 때문에 망했으니, 미녀는 군주를 주색에 빠지게 해 나라를 망하게 하니, 이 자들을 돌려보내야 한다"고 강력히 주장했으나, 부차는 "나는 걸桀도 주紂도, 주의 유왕幽王도 아니니 걱정하지 말라"며 드디어 화친은 이루어졌고, 자서는 백비의 참언으로 자결[屬鏤之劍]의 화를 당하게 되자, 가인家人들에게 "내 무덤가에 개오동을 심어 자라거든 두 눈알을 뽑아 동문에 걸어, 월나라가 오나라를 정벌함을 보게 하라"하니, 부차는 그 시체를 토막 내 가죽부대에 담아 절강에 던져버렸다.

범려는 서시·정단鄭旦 등 10여 명의 미인부대를 부차에게 보내기 위해 주도면밀하게 교육을 시켰다. 가무 기예는 물론 예의범절, 그리고 철저한 사상교육, 이른바 능력 있는 미인계 전술을 습득시킨 것이다. 부차에게 가는 도중 풍토병으로 다소 지체된다는 전갈과 함께, 적지 아니한 숙련 기간을 주도면밀히 활용했다.

이 기간, 한낱 초로 같은 이 여인들이 조국을 위해 무엇인가 할 수 있다는 사명감 못지않게 싹튼 사랑의 정리는 인지상정, 결국 서시는 범려의 사랑의 씨앗을 잉태했고, 출산 후에야 인도되었다.

서시를 맞은 호색가 부차는 고소대·관아궁 등 명승지마다 놀이터는 물론, 서시의 비위를 맞추기 위한 향리랑響履廊 설치 및 숱한 인공호수 신설을 위한 토목공사를 벌이고, 밤낮 없는 연회로 정사는 진작 팽개쳤다.

신하 국을 자청하고 사랑스런 서시까지 첩으로 받친 구천은 돌아와 곰쓸개를 매달아 놓고 맛보며[嘗膽] "너는 회계의 수모를 잊었느냐!"고 스스로를 다그치며, 일체의 정사는 태부 종種에게 위임하고, 범려와 함께 10년을 기약하고 물산 장려 및 군사 훈련을 마친 주 원왕 4년에 오를 쳐 역시 회계산에서 부차를 생포했다. 이에 부차 역시 화친을 요구했으나 범려가 불가라 하니, 부차는 "내 죽어 오자서를 볼 낯이 없다"며 검은 천으로 눈을 가린 채 자결했다[幎冒乃死]고 『십팔사략十八史略』은 전하고 있다.

구천이 범려에게 물었다. "서시는 어이할꼬?" 범려는 기탄없이 "제게 주십시오" 하고 일체의 세속적 부귀영화를 버리고, 일엽편주에 서시를 태운 채

오호五湖를 떠돌다, 훗날 거만금의 부를 누리는 도주공陶朱公이 되었다 한다.

실로 서시는 잘난 덕에 월나라 구천, 오나라 부차의 총애를 독차지했는가 하면, 현실적 영화와 부귀마저 뿌리친 범려와의 신의로운 사랑과 함께 만년의 부를 누렸으니, 여한이 없을 행복한 여인이었다 하리라. 그러나 동양적 전통 관념으론 타의에 의한 기구한 운명임에 분명하니, 어찌 일부종사만이야 하겠는가.

이상의 사소史素와 관련한 시화는 다양하기도 하다.

掛眼東門憤未消
괘 안 동 문 분 미 소
碧江千古起波濤
벽 강 천 고 기 파 도
今人不識前賢志
금 인 불 식 전 현 지
但問潮頭幾尺高。
단 문 조 두 기 척 고

동문에 걸린 눈알 분이 삭지 않아
천고의 푸른 가람 넋인 양 물결이네.
이젯 사람 선현의 뜻 알지도 못하고
다만 물결의 높이만 얼마더냐 묻누나.

『삼한시귀감·동문선』 등에 수록된 박인량朴寅亮의 「오자서묘伍子胥廟」다. 『삼한시귀감』에는 「오자서조五子胥潮」로 수록되었다. 박인량은 고려 초의 문신으로 최치원, 박인범과 함께 문장보국文章報國한 나말여초羅末麗初의 삼가三家다. 문종 34년 예부시랑으로 김근, 유홍 등과 송나라 사신 길에 절강에 이르렀다. 그러나 거친 물살로 배를 띄울 수 없자, 그 노도怒濤의 정체가 오자서의 원혼임을 알고, 위무하고자 이 시를 지어 물에 던지니, 이내 잔잔해져 무사히 강을 건넜다須臾風齊利涉니, 그의 시는 대개 신물조차 감동시킴感動幽顯이 이와 같았다고 이인로는 『파한집』에서 호평했다. 이처럼 박인량은 이르는 곳마다 시를 지어 읊조리고 버리니, 중국인들이 이를 모아 문집으로 묶어 『소화집小華集』이라 하고 윤독하며 중히 여겼다하니, 그의 호가 소화인 까닭을 알만하다. 다음은 익재 이제현이 「범려范蠡」를 노래해 평가한 시다.

論功豈當破強吳
논 공 기 시 파 강 오
最在扁舟泛五湖
최 재 편 주 범 오 호

공이야 어찌 강한 오를 멸한 것뿐이랴,
보다 큰 공은 오호에 배를 띄운 것이리.

不解載將 西子去
불 해 재 장 서 자 거

서시를 배에 싣고 떠날 줄 알지 못했다면

越宮還有一姑蘇。
월 궁 환 유 일 고 소

월나라 궁전에 또 하나의 고소대 섰으리니.

그렇다. 전철을 밟지 말자는 역사의 수많은 귀감을 지킨 인간의 슬기? 그게 특히 경국지색과 관련한 경우 지켜지기란 십중팔구 불가하리니, 아예 충성으로 모셔온 월왕 구천의 성명聖明과, 서시와의 지난날 못다 이룬 미완의 사랑을 위함이기도 했을 법한? 범려의 결단을 높이 칭송한 시다. 『익재난고』권 3에 수록되어 전한다.

다음은 악부로 중국 5천 년 문학사를 빛내온 이백의 「월나라 옛터를 보며越中覽古」다.

越王句踐破吳歸
월 왕 구 천 파 오 귀

월왕 구천이 오를 치고 돌아오자

義士還家盡錦衣
의 사 환 가 진 금 의

개선용사들 비단 옷에 파묻혔네.

宮女如花滿春殿
궁 여 여 화 만 춘 전

꽃다운 궁녀 봄 궁전에 가득했건만

只今惟有鷓鴣飛。
지 금 유 유 자 고 비

지금은 다만 자고새만 울고 있구나.

1·2구는 오랜 세월 곰의 쓸개를 맛보는[嘗膽] 각고로 쟁취한 금의환향! 함께 고초를 겪고 개선한 하나같은 충신들, 무엇이 아까우랴. 주지육림酒池肉林의 환락은 응분의 대접이라지만, 작자의 심상은 3구의 완전을 빌미로, 지금은 구슬픈 자고새 울음만 남은 폐허의 무상을 마련한 영사회고, 이른바 전철을 밟고 마는 인간의 한계를 되뇌임이니, 정몽주의 「소대람고」와 맥을 같이한다.

衰草斜陽欲暮秋
쇠 초 사 양 욕 모 추

이운 풀에 저녁 빛 가을도 저무는데,

姑蘇臺上使人愁
고 소 대 상 사 인 수

고소대라, 사람의 마음 애끓게 하네.

前車未必後車戒
전 거 미 필 후 거 계

전철이 후인의 귀감이 되지 못하고

今古幾番麋鹿遊。
금 고 기 번 미 록 유

고금에 그 몇 번이나 사슴 떼 뛰놀았던고.

정작 오왕 부차와 월왕 구천이 고소대에서 군신의 의로 화친하려 할 때 오자서는 오가 오래지 않아 망할 것을 탄식하며, "마침내 고소대에 들 사슴 뛰노는 것을 보리라"하더니, 과연 오도 월도 망하고, 사슴이 뛰노는 망국의 전철을 되밟는 인간의 한계를 슬퍼했다.

이백 역시 부차와 서시의 무절제한 풍류를 "바람에 흔들리는 연꽃 수전에 향기 풍길 제, 고소대 위에서 오왕 부차는 내려다보고. 서시는 취해 춤추다 나른한 교태로, 웃으며 동녘 창가 백옥침상에 쓰러지네風動荷花水殿香 姑蘇臺上見吳王. 西施醉舞嬌無力 笑倚東窓白玉牀"라고 구호口號했는가 하면,「고소대 회고蘇臺覽古」에서는

舊苑荒臺楊柳新	낡은 정원 황폐한 언덕 버들잎 새로운데,
구 원 황 대 양 류 신	
菱歌清唱不勝春	마름 따는 아씨의 맑은 노래 춘정에 겨워.
능 가 청 창 불 승	
只今惟有西江月	지금은 오직 횅한 서강의 달만 떠 있으나
지 금 유 유 서 강	
曾照吳王宮裏人.	전에는 오왕의 서시를 화사히 비추었다오.
증 조 오 왕 궁 리 인	

라고 영사회고 했다. 권한공權漢功 역시 "월나라에 인물 있어 패업을 도모할 제, 오나라 군사 강했지만 어디다 쓰랴. 임금이 각고 끝에 소원을 성취하니, 하늘이 도와서 이 날이 있었구나. 공을 논하자면 서시가 으뜸이겠고, 오자서의 넋은 속절없이 파도만 일으키네. 고소대의 지난 일 슬퍼한들 어찌할꼬 越有人兮圖霸時 吳兵雖精安所施. 吳王枕戈志願畢 天悔禍兮有今日. 論功未必西子多 子胥江上空濤波. 姑蘇往事悲乃何"라 했다.

이제현의 악부「권일재가 이백의 운을 차운한 고소대 화답시姑蘇臺和權一齋用李太白韻」역시

苧羅佳人二八時	모시 비단 입은 미인 꽃다운 시절
저 라 가 인 이 팔 시	
玉質不勞朱粉施	백옥 같은 살결 화장도 아니 했지.
옥 질 불 로 주 분 시	
吳宮歡笑幾時畢	오나라 궁전의 웃음 언제나 마치랴
오 궁 환 소 기 시 필	

正是越王嘗膽日
정 시 월 왕 상 담 일

바로 그 때 월왕은 쓸개 씹고 있었지.

姑蘇城頭秋草多
고 소 성 두 추 초 다

고소성 머리엔 가을 풀만 수북하고

姑蘇城下江自波
고 소 성 하 강 자 파

고소성 밑 강물은 말없이 흘렀다오.

鴟夷一舸今在何。
치 이 일 가 금 재 하

치이의 한 척 배는 지금 어디 있는가.

라고 그 전말을 노래했다.

그러나 역사 인물에 대한 후인의 평은 평자評者의 사상 및 관점에 따라 다양할 수 있다. 동파 소식과 함께 송대 문단의 큰 비중을 차지했던 왕안석 (1021-1086)은 - 물론 그는 정치가로, 특히 부국강병을 빙자한 신법新法으로 지탄도 많았지만, 「재상 백비宰嚭」에서

謨臣本自繫安危
모 신 본 자 계 안 위

모신이 본디 안위에 관계되나니.

賤妾何能作禍基
천 첩 하 능 작 화 기

천첩이 어찌 재앙의 근본이 되랴.

但願君王誅宰嚭
단 원 군 왕 주 재 비

다만 군왕께선 백비를 죽이세요

不愁宮裏有西施。
불 수 궁 리 유 서 시

궁중에 서시 있음일랑 걱정마시고.

라 하여 오나라가 망한 것은 서시 때문이 아니라, '모신, 곧 오왕 부차의 재상 백비의 책임론'을 제기하므로 20세기의 사가史家 왕숙해王叔海로부터 "참된 역사가의 필치眞史筆也"라는 찬사를 받기도 했다. 이른바 시적 주체는 한 나라의 흥망이 서시 때문이 아니라, '위정자의 책임'임을 천명한 것이다.

당나라 말기의 나은羅隱 역시 그의 시 「서시」에서

國家興亡自有時
국 가 흥 망 자 유 시

나라의 흥망은 절로 때가 있은 법,

吳人何苦怨西施
오 인 하 고 원 서 시

오나라 사람들 어찌 서시를 원망하는가.

西施若解傾吳國
서 시 약 해 경 오 국

서시가 만약 오를 망하게 할 수 있었다면

越國亡來又是誰。
월 국 망 래 우 시 수

월나라가 망한 것은 또 누구 때문인가?

라 하므로 화자는 작자 자신이지만, 망국의 책임은 위정자에게 있음을 천명했다.

青冢의 비련, 왕소군
청 총

전한前漢 원제元帝(재위 BC49~BC33)의 궁인으로 이름은 장장嬙, 자는 소군昭君이라니, 후궁들에게 내린 내명부 명일 테고, 달리 명비明妃라고도 한다. 특히 타고난 미모에 가무는 물론, 비파에 매우 뛰어났다 한다.

흔히 통칭되는 3천 궁녀야 수사적 과장이려니와, 적지도 않았을 숱한 여인을 낱낱이 기억할 수 없는 제왕은 화공이 그려 바친 인물화를 보고 낙점했다 하니, 예나 이제나 비리의 여지는 어디에나 있는 법, 약삭빠른 궁녀들은 당시의 궁중화공 모연수毛延壽에게 뇌물을 바쳐 성은의 낙점을 받곤 했으나, 잘난 소군은 입궁한 지 5년이 넘도록 도도한 채 한 푼도 주지 않았고, 따라서 '대단찮은 점박이'로 그려진 소군은 천자의 가피를 입지 못했음은 물론이다. 그러던 중 북방 흉노의 선우單于 호한야胡韓邪가 '한나라 공주로 왕비를 삼겠다'고 청해 왔다.

늘 횡포하고 용맹한 흉노의 호전성에 불편을 겪어 온 한 왕실은 거절할 수만도 없어, 교린차원에서 원제의 화번공주和蕃公主대신 못생긴 왕소군을 공주로 승격시켜 보낼 심산으로 허락하고 연회가 열렸다. 이 연회에 등장한 여러 궁녀 중 유독 아름다운 한 여인이 있었으니, 원제도 미처 보지 못한 절세가인 소군이었다. 호한야는 공주 대신 그 궁녀를 달라는 것이었다. 원제는 공주를 대신해 소군을 보내게 된 점은 다행이나, 처음 보는 소군의 미모에 넋을 잃고 아쉬워하던 중 차마 그냥 보낼 수 없어 묘안을 제시했다. 곧 호한야에게 "소군이 미처 준비가 되지 않았으니, 사흘만 말미를 달라"고 간청한 것이다. 5년여의 회한과 다시 못 만날 아쉬움을 달래기 위한 사흘간의 말미, 그러나 그 사흘의 밤낮은 안타까우리만큼 짧기만 해 정녕 한스러울 뿐이나, 신의와 정략 상 아니 보낼 수도 없어, 소군은 원제의 용정을 회임한 채 영원한 이별 길에 올랐고, 그 내력을 알게 된 원제는 당시 몇몇 화공 중 대표였던 모연수를 참살하기에 이르렀다.

昭君拂玉鞍　　소군이 옥안장에 옷자락 떨치며
소 군 불 옥 안

上馬啼紅顏　　말에 오르자 홍안엔 눈물 흘렸지
상 마 제 홍 안

今日漢宮人　　오늘은 한나라 궁인의 몸이나
금 일 한 궁 인

明日胡之妾。　내일이면 오랑캐 첩이 될 명운.
명 일 호 지 첩

소군의 비련을 연상해 노래한 이백의 영사시다. 그야말로 풍속의 차이는 물론, 낯설고 말도 통하지 않는 '천국과 지옥의 간극'보다 더 한스러운 것은 '버림받은 서러움에다, 두고 가야 했던 원제의 때늦은 총애'에 대한 회한이리니, "오랑캐 땅엔들 꽃이 없으랴만, 봄이 왔건만 봄 같지 않아胡地無花草 春來 不似春" 마음의 봄을 희구해 있던 소군의 정한을 그녀는 언제나 비파에 실어 날렸다 한다.

다음은 두보의 「영회고적 5수詠懷古蹟五首」 중 그 3이다.

群山萬壑赴荊門　　뭇 산골 넘고 넘어 형문에 다다르니
군 산 만 학 부 형 문

生長明妃尙有村　　명비 자란 마을 이제도 남아 있구나.
생 장 명 비 상 유 촌

一去紫臺連朔漠　　대궐 하직하고 흉노 땅에 가더니만
일 거 자 대 연 삭 막

獨留靑塚向黃昏　　푸른 무덤 홀로 남아 황혼을 맞으리.
독 류 청 총 향 황 혼

畫圖省識春風面　　아름다운 그 모습 화공이 알았으련만
화 도 성 식 춘 풍 면

環珮空歸月夜魂　　달밤에 넋만 오니 옥패소리 속절없어.
환 패 공 귀 월 야 혼

千歲琵琶作胡語　　흉노말로 지어진 천 년 전 비파 가락
천 세 비 파 작 호 어

分明怨恨曲中論。　원과 한 분명하다, 곡 가운데 사려있네.
분 명 원 한 곡 중 론

영사회고 시가 그러하듯 기련은 스산한 명비의 출생지로 시상을 열고, 함련의 '자대 : 청총' '삭막 : 황혼' 및 경련의 '성식 : 공귀' '춘풍 : 월야'로 적대的

35

對하므로 결련에서 '흉노 말로 지어 뇌인 원한'의 비파곡으로 위무했다.

　송대의 왕안석 역시 「명비곡」1에서

明妃初出漢宮時　　명비가 처음 한나라 궁전을 떠날 적에
명 비 초 출 한 궁 시
淚濕春風鬢脚垂　　화사한 얼굴 눈물 젖고 살쩍 드리웠지.
루 습 춘 풍 빈 각 수
低徊顧影無顏色　　머뭇머뭇 뒤돌아보며 안색 창백해지자
저 회 고 영 무 안 색
尙得君王不自持　　오히려 황제의 마음 가눌 수 없게 했지.
상 득 군 왕 부 자 지
歸來却怪丹靑手　　돌아와 도리어 화가의 솜씨 나무라니
귀 래 각 괴 단 청 수
入眼平生未曾有　　평생토록 일찍이 본 적 없는 미인이라.
입 안 평 생 미 증 유

　　　－ 下略 －　　　　　　－ 하략 －

라고 안타까운 서로의 이별 장면에 이어 모연수에 대한 처벌을 시화했다.

　한편 조선 중기의 문신 조신준(1573~?)은

枉殺毛延壽　　공연히 모연수를 죽였구나
왕 살 모 연 수
丹靑筆有神　　그린 얼굴 신필이었던 것을.
단 청 필 유 신
陰山消削後　　흉노에 가 바싹 마른 후엔
음 산 소 삭 후
政見畫中人。　　정히 그림 속 그 사람인 걸.
정 현 화 중 인

라 하여 자못 모연수가 아닌 소군을 희화戱化하고 있다.

　그러나 왕안석은 「명비곡」2에서 "간직한 정 말하려 해도 상대가 없어, 비파가락에 부치는 마음 저 혼자만 알뿐"이라며 "한나라 은혜는 엷고 흉노의 은혜는 깊나니, 인생의 즐거움은 마음 알아줌을 귀히 여겨. 가련타, 소군은 죽어 무덤조차 거칠었는데, 오히려 슬픈 비파가락 남아 이제까지 전하네漢恩 自淺胡恩深 人生樂在貴知心 可憐靑冢已蕪沒 尙有哀絃留只今"라고 흉노에 간 이후의 처절한 고독과 한의 시정詩情을 노래했다.

　조선조 중기의 이산해李山海는 이 같은 시정을 용사해

三千粉黛鎖金門　　삼천 궁녀 금문에 갇혀 있으니,
삼 천 분 대 쇄 금 문

咫尺無日拜至尊　　지척에서도 천자님 뵈올 길 없네.
지 척 무 일 배 지 존

不是當年投異域　　그 때 흉노 땅에 가지 않았다면
불 시 당 년 투 이 역

漢宮誰識有昭君　　한궁에 소군 있음을 뉘 알았으랴.
한 궁 수 식 유 소 군

世間恩愛元無定　　인간에 은애란 정해진 것 아니니
세 간 은 애 원 무 정

未必氈城是異鄕　　오랑캐 성인들 꼭 타향은 아니리.
미 필 전 성 시 이 향

何似深宮伴孤月　　깊은 궁궐 외로이 달이나 벗하며
하 사 심 궁 반 고 월

一生難得近君王。　평생 성은 입지 못함에 비해보랴.
일 생 난 득 근 군 왕

라고 부연했다. 그러나 나대경羅大經은 일찍이 왕안석의 시를 "자기 마음을
알아주지 않는다고 신하로서 군주를 배반하고, 아내로서 지아비를 버릴 수
있는가?"라고 논평했는가 하면, 주자朱子도 "도리에 어긋나고, 도를 해치는
글"이라 했다.

한편 우리 동국에도 비련의 소군이 있었으니, 금림군 개윤의 딸 의순공주
(?~1662)의 비화가 그것이다. 효종 원년(1650) 청나라 구왕九王이 '조선의 공주
와 결혼하겠다'고 요청해와 조정에서는 할 수 없이 계림군의 딸을 공주로 봉
해 국혼國婚했다. 얼마 후 구왕은 반역죄로 처단되고, 공주는 구왕의 부하장
수에게 넘겨졌다가, 1656년 청나라에 사신 간 금림군의 간청으로 어렵게 환
국했다 하니, 홍석기가 송악 개성사에서 벗들과의 시회에서 '문聞·운雲·군君'
3자 운에 「달밤에 비파소리를 듣다月夜聞琵琶」란 시제에 응구첩대한

千秋哀怨不堪聞　　천추의 애원하는 소리 들을 수 없어,
천 추 애 원 불 감 문

落月蒼蒼萬壑雲　　낙월도 아슴히 온 골 짙은 구름에 잠겼네.
낙 월 창 창 만 학 운

莫向樽前彈一曲　　술동이 앞에설랑 한 곡조도 타지 말라
막 향 준 전 탄 일 곡

東方亦有漢昭君。　동국에도 역시 한나라 소군이 있었느니.
동 방 역 유 한 소 군

는 비파로 한을 달랜 소군의 비련을 용사한 걸작으로 『소화시평』에 전해 온다.

長恨의 주인공, 양귀비
장 한

양귀비는 당唐나라 포천浦川에서 양원염楊元琰의 딸로 태어났다고도 하고, 일찍이 부모를 여읜 고아로 양씨 가문에 입양되어 사천성四川省에서 자랐다고도 하니, 한미한 신분이었음을 짐작케 한다.

어릴 적 이름은 양옥환(719~756)이었는데, 타고난 미모로 일찍이 궁인이 되었다 한다. 백옥 같은 살결에 날씬한 허리, 풍만한 몸매에 시와 악기에 능했을 뿐만 아니라, 특히 춤추는 교태는 황홀했다 하며, 매우 영민한 성품이어서 17세의 어린 나이에 현종(685~762)의 제 18자 수왕[李瑁]의 총희寵姬가 되었다 하니, 대당 황제 현종의 자부로 천하의 부귀와 영화를 누리게 된 셈이다.

대당제국의 제 6대 황제 현종玄宗(재위 712~756)은 태조 이세민李世民에 버금가는 '개원開元의 치治'를 이뤄, 천보연간天寶年間의 풍요와 찬란한 문화의 꽃

을 예비한 영명한 제왕이었다. 그러나 지루한 궁중생활과 오랜 제왕 노릇에 염증을 느끼던 중 사랑하던 무혜비武惠妃(?~736)와의 갑작스런 사별 후, 채홍사彩虹士들의 면려勉勵도 마다하고 얼마간 정신적 패닉Panic상태에 빠졌다 한다.

이때 현종의 마음을 가장 잘 헤아리는 심복, 환관 고력사高力士가 화청궁에 현종을 위한 연회자리를 마련하고, 수왕의 비이자 며느리인 양옥환을 불렀으니, 고력사만이 할 수 있는, 아니 개인의 운명만이 아니라, 대당제국의 국운이 결판 날 역사적 사건을 마련했던 것이다. 이른바 양옥환과 현종의 미팅! ……

〈양귀비〉

그 화사한 웃음과 풍만한 몸매에 가녀린 허리, 옥 같은 살결에 흐르듯 나긋한 춤사위 ……. 현종은 '하늘에서 내려온 선녀'라며 극찬했다니, 고력사의 계략은 적중한 셈이다. 더욱 제왕이기에 예법은 거추장스러우나, 약간의 절차야 또 절차일 뿐. 헌종은 아들에게 다른 여자를 점지해 주고, 이후 옥환은 옥진玉眞으로 개명해 도가 수련으로 여도사女道士를 삼아 얼마간 태진궁에 머무르게 하다, 곧장 귀비貴妃로 승격해 황후의 자리에 앉힌 것이다.

때에 헌종은 56세, 귀비는 27세, 예컨대 길을 아는 늙은 말[老馬]이 농익은 절세가인을 만났으니 연희와 가무는 필연이다.

심향정沈香亭 나들이 행차 때다. '귀비를 위해 새로 판 연못, 사람도 새사람인데, 노래가 새롭지 않을 수 없다'하여 급히 이태백을 불러 악부를 짓게 하니, 일필휘지한 「청평조사淸平調詞」 그 1은

雲想衣裳花想容   구름 같은 곤포에 화사한 얼굴,
운 상 의 상 화 상 용
春風拂檻露華濃   봄바람 함초롬 이슬 향 떨치네.
춘 풍 불 함 로 화 농
若非群玉山頭見   군옥산 마루에서 보지 못했다면
약 비 군 옥 산 두 견
會向瑤臺月下逢。 필연 요대의 달밤에나 만날 선녀.
회 향 요 대 월 하 봉

라 했다. 「청평조사」란 '기존한 청평조란 악곡에 사만 새로 지어 넣은 노랫말'이니, 쉽게 말하자면 '기존 곡에 노랫말 바꿔 부르기'인 셈이다. 악부라지만, 워낙 소악부 절구시식인 전 1·2구는 촉물觸物이니, 시상을 불러오는 기·승起承으로, 귀비의 환상적 아름다움의 묘사다. '선녀의 옷인 양 하늘한 드레스에, 모란꽃인 양 화사한 얼굴'로 시상을 일으켜, 따사로운 춘풍에 흩나는 향기로 부연했다. 3·4구는 진정陳情이니 시상의 전환에 의한 주제의 나톰이다. 곧 3구는 1·2구의 시상을 완전시켜 신선 서왕모가 산다는 군옥산에서 뵌 선녀가 아니라면, 4구 유웅씨의 선녀들이 산다는 요대의 달밤에나 뵐 선녀로 승화시켰으니, 귀비를 향한 최고의 찬사인 셈이다. 그 2는

一枝濃艶露疑香
일 지 농 염 로 의 향
　　　향기 어린 한 떨기 탐스런 모란,

雲雨巫山枉斷腸
운 우 무 산 왕 단 장
　　　무산 운우의 하염없는 단장의 주체.

借問漢宮誰得似
차 문 한 궁 수 득 사
　　　한나라 궁녀로선 누구와 같을꼬?

可憐飛燕倚新粧。
가 련 비 연 의 신 장
　　　아마도 새 단장한 조비연이랄까.

라 했다. 제 1구 '한 떨기 농염한 모란꽃一枝濃艶'은 곱디고운 양귀비의 미화
다. 자못 '향이 스민 이슬방울 담뿍 머금은 모란'은 이를 바 없이 귀비의 전신
에서 '풍기는 염려艶麗한 체취'다. 그러기에 2구에서 곧장 초나라 양왕襄王의
간장을 끊게 한 운우雲雨고사로 직핍하곤, 3구의 차문借問으로 반전시켜, 한
나라 조비연으로 승화시켰다.

名花傾國兩相歡
명 화 경 국 양 상 환
　　　절세의 미인이라 서로 기뻐하며,

長得君王帶笑看
장 득 군 왕 대 소 간
　　　제왕은 마냥 흐뭇해 바라보시네.

解釋春風無限恨
해 석 춘 풍 무 한 한
　　　봄바람 저간 답쌓인 시름 삭혀내

沈香亭北倚闌干。
심 향 정 북 의 난 간
　　　심향전 북녘 난간에 의지한 교태.

〈화청지〉

그 3이다. '명화'야 물론 '빼어난
꽃'이니 '모란이자 귀비'의 비유다.
워낙 풍요로운 물산에 내우외환
이 없던 태평성대, 문학은 바로 그
런 시대 심상의 반영이다. 따라서
당대의 미인상도 야위고 가녀린
서시보다는 모란처럼 넉넉한 귀비
형이 선호되었고, 귀비 역시 모란을 제일 좋아해 장안 천지가 모란꽃으로 온
통 뒤덮였다 한다. 이래 동양인들에겐 모란이 부귀다남富貴多男의 상징이 되
어, 얼마 전만 해도 신혼부부의 대표적 축하선물로 '부귀다남'이라 제화題畵
한 모란화가 애용되었던 것을 우리는 잘 안다.

2구에서 '제왕은 마냥 지켜보며 흐뭇해 함'으로 부연되므로, 저간에 답쌓인 온갖 시련은 봄눈처럼 녹고, 심향전 제왕의 자리 난간에 의지한 선녀로 승화시켰다.

이 청평조사를 받아 든 당대의 명창 이구년李龜年의 신명난 창곡은 의미심장한 축가로 현종은 물론, 귀비를 귀비답게 했으나, 불우하게 생을 마친 조비연에 비유한 것을 꼬투리삼아 고력사로부터 모함받아 이백은 불우를 겪어야 했으니, 호사다마가 맞다.

귀비를 맞아들인 현종은 일체의 정사를 재상 이림보에게 일임하고 신천지의 황홀경, 이른바 경국지색에 탐닉한다.

이림보, 그는 어떤 인물인가? '입에는 꿀, 뱃속에는 칼', 혹은 '부드럽고 듣기 좋은 말 속에 간교함이 많음'으로 평가된 그는 귀비와 고력사에 교묘히 빌붙어 현종의 의중을 미리 알아내, 뜻에 부합하므로 두터운 신임을 사서 재상에까지 올랐다 한다. 물론 개원·천보연간의 정황을 논할 여유야 없지만, 이후 대당제국을 기울게 한 안록산 난의 원인 제공에 적잖이 기여한 야심만만한 인물, 그를 빼고 제국의 쇠미를 논할 수는 없으리라. 워낙 당나라 정국은 '관료집단'과 '과거집단'의 적절한 조화로 유지되었으나, 관료 출신인 그가 재상이 되자, 비관료집단, 이른바 과거출신의 대대적인 축출로 정적 제거에 전심했고, 그 일환으로 안록산을 평로절도사(742년·천보 1)·범양절도사(744·천보 3)·하동절도사(751·천보 14)로 임용하므로, 전체 병력의 약 38%(48만 7천 중 18만 4천)의 통솔권을 갖게 되었다 한다.

그런데 이림보의 갑작스런 죽음과 함께 뒤이어 양국충이 재상이 되자, 신변의 불안을 느낀 안록산이 양국충 및 호화와 사치로 세인의 지탄을 받던 그 일가의 타도를 구호로 반란을 일으켰으니, 이시논시以詩論時한 두보의 「여인행麗人行」은

－ 前略 －　　　　－ 전략 －

就中雲幕椒房親　　그 중 구름 장막 속의 귀비 자매들
취 중 운 막 초 방 친

賜名大國虢與秦
사 명 대 국 괵 여 진　　곽국·진국부인 큰 이름 내려 받았네.

紫駝之峰出翠釜
자 타 지 봉 출 취 부　　붉은 낙타 고기 푸른 가마에 삶아내고

水精玉盤行素鱗
수 정 옥 반 행 소 린　　수정 쟁반에 흰 생선요리 져며 내누나.

犀箸厭飫久未下
서 저 염 어 구 미 하　　물소 뿔 싫증나 젓가락 대지도 않고

鸞刀縷切空紛綸
난 도 루 절 공 분 륜　　주방 칼 속절없이 고기만 저미누나.

黃門飛鞚不動塵
황 문 비 공 부 동 진　　내시는 먼지 나지 않게 말 달려오고

御廚絡繹送八珍
어 주 락 역 송 팔 진　　대궐 주방에선 팔진미 이어 내온다.

　　　－ 중략 －　　　　　　　－ 中略 －

後來鞍馬何逡巡
후 래 안 마 하 준 순　　느직이 말 타고 거드름 피며 나타나

當軒下馬入錦茵
당 헌 하 마 입 금 인　　장막 앞서 말 내려 비단 자리로 드네.

楊花雪落覆白蘋
양 화 설 락 복 백 빈　　버들 꽃 흰 눈 내리 듯 수초를 덮고

靑鳥飛去銜紅巾
청 조 비 거 함 홍 건　　파란 새 날아들어 붉은 수건 물더라.

炙手可熱勢絕倫
자 수 가 열 세 절 륜　　에비! 손 델라, 천하에 비할 데 없는 권세

愼莫近前丞相嗔。
신 막 근 전 승 상 진　　가까이 말라, 승상께서 역정 내실라.

와 같아 그 전말을 전한다 하리라. 인용 시구의 '괵여진虢與秦'은 귀비로 책봉된 후 세 자매(한국부인이 자수 상 빠짐)까지 국부인 직함을 하사받아 온갖 사치와 향락에 빠진 실상을 말하며, 8구는 그도 모자라 황실 주방에선 산해진미를 공급한다 했다. 이어 거들먹거리며 등장한 인물이 바로 양국충이다. 단 '청조'는 조수명曹樹銘의 말대로 "난해하나, 아마도 재상의 등장에 따라 아랫것들의 부산한 모양"을 이른 '언외 함축'인 듯하다. 특히 '비할 데 없는 권세, 승상의 비위 다칠세라'가 그 유추와 함께, 대단한 위세를 읽게 한다.

槿花低映碧山峰
근 화 저 영 벽 산 봉　　무궁화 나직이 어울려 핀 푸른 산봉 아래,

卯酒初酣白玉容
묘 주 초 감 백 옥 용　　아침술에 막 취해 불그레한 귀비의 얼굴.

舞罷霓裳歡未足
무 파 예 상 환 미 족　　예상곡 춤 마쳤으나 남은 흥이 모자란데

一朝雷雨送猪龍。
일 조 뇌 우 송 저 룡　　하루아침에 천둥 비가 돼지용을 보냈구나.

고려조 이인노의 「어양을 지나며過漁陽」다. 「예상」은 현종이 지었다는 「예상우의곡」이며, 귀비는 그 능한 춤을 이 곡에 맞춰 췄다고 하니 환락의 극치다. '뇌우'는 천둥과 벼락이니 '안록산의 난'을, '저룡'은 돼지용이니, 현종이 '안록산을 귀애해 지어준 별명'이다. 이른바 '현종을 아비로, 귀비를 어미'로 부르던 '망나니'의 역모인 셈이다.

물론 백락천의 「장한가長恨歌」를 읽을 일이나, 뒤의 연리지連理枝에서 읽기로 하고, 이규보의 시 「양귀비」를 보자.

未必楊妃色絶奇   양귀비 얼굴이 꼭 빼어난 게 아니라,
미 필 양 비 색 절 기

只緣誤 國作嬌姿   나라를 망치려고 예쁜 모양 지은 걸세.
지 연 오 국 작 교 자

君看正觀太平日   그대여, 정관의 태평시대를 보라
군 간 정 관 태 평 일

宮掖那無一美姬。 궁궐에 어찌하여 한 미희가 없었겠는가.
궁 액 나 무 일 미 희

라 했다. 그렇다. 정관의 때라고 미인이 없어 태평성대였던 게 아니다. 끝으로 양귀비 작이라 전하는 「장운용에게贈張雲容」를 읽기로 하자.

羅袖動香香不已   하늘한 향 비단 소매에서 풍겨나고
라 수 동 향 향 불 이

紅葉裊裊秋煙裏   붉은 연대 가을 안개 속에 한들거리네.
홍 거 뇨 뇨 추 연 리

輕雲嶺上乍搖風   가벼운 구름 고갯마루서 잠깐 흔들리 듯
경 운 령 상 사 요 풍

嫩柳池邊初拂水。 파릇한 버들 못가에서 처음 물결 스치누나.
눈 류 지 변 초 불 수

「예상우의곡」에 맞춰 춤추는 장운용의 춤사위를 시화했다. 송준호는 이 시가 '안·사란으로 검각산 피난 중 마외역에서 죽은 귀비의 품에서 나왔다' 하고, 장운용이 귀비의 시녀일 것'으로 유추했으나, 확증은 유보한 채 읽을거리로는 충분한 수작이다.

나머지 4대 미인 중 초선이 남았다. 그러나 그녀는 소설적 가공인물일 가능성 및 적절한 작품을 얻기가 용이치 않아 생략한다.

05

진정한 우정

管鮑之交 · 貧時之交
관 포 지 교   빈 시 지 교

  춘추시대 제齊나라 양공襄公 때에 양공의 아우 공자 규糾의 스승 관중管仲과, 공자 소백小白의 스승 포숙鮑叔은 양공의 포악무도한 폭정을 피해 각각 두 공자를 모시고 노魯나라에 망명해 있었다. 그러던 중 제나라에 정변이 일어나 양공이 피살되자, 왕위 계승을 위해 관중은 규를 호종해 귀국하면서, 군사로 소백과 포숙의 귀국을 막으며, 기국으로 갈 것을 명하는가하면, 정작 관중은 소백을 제거하고자 활을 쏘기도 했다. 그러나 고국에 돌아와 보니, 샛길로 먼저 돌아온 소백이 이미 즉위해 있는 게 아닌가. 제나라 환공桓公이 바로 그다. 이에 환공은 군사를 내어 규와 관중을 소탕하고자 했고, 노나라 역시 관중과 규를 역모로 처단하고자 했다. 이때 제나라 사신이 "관중이 우리의 임금을 사살하려 했으니, 우리 임금께서 직접 처벌할 것"이라며 공자 규만 처결하고, 관중은 압송했다.

  이때 관중은 포숙이 자기를 살리려는 계책임을 알아차렸다. 관중이 제나라에 이르자, 포숙이 직접 맞이하며 환공에 추천해 재상 직을 맡게 하고, 자기는 정작 관중의 시중을 받들며, 제 환공을 춘추오패春秋五覇에 이르게 했다. 이에 관중은 "나를 낳아준 분은 부모님이지만, 진정으로 나를 알아준 사람은 포숙"이라 했으니, 『사기』 원문은 이러하다.

"관중이 이르되 내 처음 가난할 제 포숙과 함께 장사하며, 이윤을 분배할 때 내가 더 많이 가졌으나, 포숙이 나를 욕심쟁이라 하지 않은 것은 내가 가난한 것을 알았기 때문이요, 내가 일찍이 포숙을 위해 일을 도모하여 곤궁에 빠지게 했으나, 나를 어리석다 하지 않은 것은 때에 유·불리함이 있음을 알았기 때문이요, 내 일찍이 세 번 벼슬에 나아가 세 번 다 임금에게 쫓겨났으나, 포숙이 나를 못난이라고 하지 않은 것은 내게 노모가 있음을 알았기 때문이요, 공자 규가 소백에 패했을 때 함께 모셨던 소홀은 절사했으나, 나는 옥살이로 수모를 감내했지만, 포숙이 나를 부끄러움을 모른다 하지 아니한 것은 내가 작은 절개 따위를 부끄러워하지 않고, 공명이 천하에 드러나지 못했음을 부끄러워하는 줄 알았기 때문이니, 나를 나아준 이는 부모요, 나를 알아준 이는 포숙이다."
管仲이 曰 "吾∥始困時에 嘗與鮑叔으로 買하여 分|財利에 多自與나 鮑叔이 不以我爲貪은 知|我∥貧也요, 吾∥嘗爲/鮑叔謨|事하여 而更窮困이나 不以我爲愚는 知|時有/利不/利也요, 吾∥嘗三仕하여 三見|逐於君이나 鮑叔이 不以我爲不肖는 知|我∥不遇時也요, 吾∥嘗三戰三走나 鮑叔이 不以我爲怯은 知|我∥有/老母也요. 公子糾∥敗에 召忽은 死之하고, 吾는 幽囚受|辱이나, 鮑叔이 不以我無|恥는 知我∥不羞|小節하고, 而恥|功名이 不顯於天下也니 生|我者는 父母요, 知|我者는 鮑叔也라 하다.

▷상여A嘗與A : 일찍이 A와 더불어. ▷다자여多自與 : 더 많이 갖다. ▷불이A위B不以 A爲B : A로써 B라 하지 아니함. ▷지아빈知我貧 : 내가 가난함을 앎. ▷三見逐 : 3번 축출 당함. ▷不肖 : 못남. ▷幽囚受辱 : 투옥되어 수모를 당함. ▷不羞小節 : 작은 절개를 부끄러워하지 아니함.

이상의 고사를 시화한 작품으로, 먼저 두보의 「가난할 때의 사귐貧交行」은

翻手作雲覆手雨
번 수 작 운 복 수 우

손바닥 뒤집어 구름을 짓고 엎어선 비라니,

粉粉輕薄何須數
분 분 경 박 하 수 수

변덕스런 무리를 어찌 이루 다 헤아리리오.

君不見管鮑貧時交
군 불 견 관 포 빈 시 교

그대 보지 못했나, 관·포의 빈시교를

此道今人棄如土。
차 도 금 인 기 여 토

이 도를 요즘 사람들 흙처럼 여기누만.

와 같다. 인정세태의 경박함을 마치 손바닥 뒤집듯[如反掌] 함에 빗대며, 관·
포[관중과 포숙]의 가난할 때[어려울 때]의 참다운 우정을 훈고한 고시 악부체다.
한편 김시습의 「갰나 싶더니 또 비 오고乍晴乍雨」는

乍晴還雨雨還晴
사 청 환 우 우 환 청

언뜻 갰다간 되려 비오고 비오다 다시 개니

天道逾然況世情
천 도 유 연 황 세 정

하늘의 도마저 저러니 항차 세상 인정이랴.

譽我便是還毀我
예 아 편 시 환 훼 아

나를 칭찬하다가 문득 돌이켜 헐뜯고

逃名却自爲求名
도 명 각 자 위 구 명

공명 피하는 체, 도리어 공명 구하네.

花開花謝春何管
화 개 화 사 춘 하 관

꽃이 피고 짐 봄이 언제 주관했으며

雲去雲來山不爭
운 거 운 래 산 부 쟁

구름 가고 옴 산은 관여치 아니하네.

寄語世人須記認
기 어 세 인 수 기 인

세상 사람들에 이르노니 알아 두시게

取歡無處得平生。
취 환 무 처 득 평 생

기쁨 얻자 해도 평생 얻을 곳 없다네.

▷사청乍晴 : 잠깐 맑음. ▷유연逾然 : 오히려 그러함. ▷황세정況世情 : 오히려 세상 인정
이랴. ▷편시A便是A : 문득 A를 '옳다' 여김. ▷부쟁不爭 : 가타부타 관여치 아니함. ▷寄語
: 말을 전함. 부탁함. ▷수기인須記認 : 모름지기 알아 두라.

와 같이 세상인심의 변덕스러움을 날씨에 빗대 노래하며, 세속적 명리를 초
월해 자연의 의연함을 배우라고 훈고했다.

06

걱정도 팔자

杞憂·五步詩·七步詩
기 우 오 보 시   칠 보 시

약 3천여 년 전 중국의, 오늘날 하남성 기현 일대에 기杞라는 조그만 나라가 있었다. 그 나라 백성 중 어떤 한 사람은 매사에 긍정적이기보다는 부정적인 소심한 사람이 있었으니, 이른바 '걱정도 팔자'였던가 보다. 숱한 시름 중 가장 큰 걱정은 '하늘이 무너져 내리면 자신도 피할 곳 없이 죽음을 면치 못할 것'이란 근심으로 침식을 전폐하는가 하면, 또 한편 '해와 달과 수많은 별이 쏟아져 내리거나, 땅이 꺼질 수도 있지 않느냐'며 여전히 수심에 잠겨 안절부절 하며 지냈다 한다. 이에 사리분별력이 있는 식자가 '하늘은 기로 꽉 차 있고, 해와 달, 그리고 별들도 기로 찬 가운데 떠 있으며 빛을 발할 뿐이고, 땅도 흙으로 꽉 차 있어 무너질 염려가 없고, 혹 떨어지고 무너진대도 광활한 천지에 다칠 염려는 없다'고 하자, '비로소 시름을 잊고 기뻐하더라'는 고사로 생겨난 말이 '기인우천杞人憂天' 혹 줄여서 '기우'라 한다.

『열자列子』「천서편天瑞篇」에 전한다.

杞國에 有/人‖憂|天‖崩墜면 身‖亡,無/所寄라하며 廢|寢食者하고, 又有/

憂|被之所憂者하여 因往曉之曰'天||果積氣니 日月星宿||不當墜邪아하다.

曉之者||曰'日月星宿||亦積|氣中有/光者라, 只使墜라도 亦不能有/所中傷'

이라하니, 其人曰'奈地||壞何아하다. 曉者曰"地||績塊耳라, 奈何憂其塊리

오. 其人舍然大喜하니 曉之者||亦舍然大喜러라. 〈列子. 天瑞篇〉

조선조 초기의 사가四佳 서거정徐居正은 양촌陽村 권근權近의 외손자로 여섯 살에 능히 시를 짓는 신동이었다 한다. 그가 여덟 살 때 외할아버지를 모시고 앉았다가 문득 이르기를 "고인들이 칠보시七步詩[일곱 걸음 걷는 사이에 시를 지음]를 시에 능하다 했다 하나, 오히려 늦은 듯합니다. 저는 5보 내에 짖겠습니다" 하므로 양촌이 크게 놀라 '하늘[天]'이란 제목으로 '명名·행行·경傾' 3자를 운자韻字로 주었더니,

形圓至大蕩難名
형 원 지 대 탕 난 명
包地回旋自健行
포 지 회 선 자 건 행
覆燾中間容萬物
복 도 중 간 용 만 물
如何杞國恐頹傾
여 하 기 국 공 퇴 경

모양이 둥글고 지극히 커 이름 하기 어렵고

땅을 안고 돌면서 절로 힘차게 다니는구나.

지상을 덮은 중간에 만물을 포용하고 있거늘

기 나라 사람은 어찌 무너질까 걱정했던고.

라고 다섯 걸음 안에 지어내, '양촌은 크게 놀라 칭찬해 마지않았다歎賞不已'고, 홍만종은 『소화시평』에서 신동神童으로 높이 평가하고 있다. 실로 '기우'라는 고사 성어를 용사用事해 호백구수狐白裘手한 서거정의 기국器局을 읽기에 족하다.

워낙 '칠보시'는 위魏나라 조조曹操의 장자 조비曹丕가 후한 헌제獻帝로부터 선양禪讓 받아 문제文帝로 등극한 후, 아우 조식曹植을 제거하고자 '일곱 걸음 내에 시를 짓지 못하면 살아남지 못하리라'고 위협하자,

煮豆燃豆萁
자 두 연 두 기
豆在釜中泣
두 재 부 중 읍

콩을 볶자고 콩깍지로 불을 집히니

콩은 가마솥에서 뜨겁다 울어대네.

48

本是同根生 　本시 한 뿌리서 나온 몸이거늘
본 시 동 근 생
相煎何太急。 　왜 이다지 급하게 볶아댄다지.
상 전 하 태 급

▷자두煮豆 : 콩을 볶음. ▷두기豆其 : 콩을 털고 남은 줄기·콩깍지. ▷부중釜中 : 솥 가

운데. 솥에서. ▷동근생同根生 : 같은 뿌리에서 남. 곧 형제의 비유. ▷하태급何太急 : 어찌

이리 급한가.

라고 읊었다는 고사에서 유래한다. 실로 형만큼 담대하고 용맹치는 못했지
만 『시경』이래 이·두李杜가 문명을 떨치기 전까지의 '최고의 문사'란 평은 과
언이 아니라 하겠다.

07

잘 드는 칼로
어지러운 삼베를 베다

快刀斬亂麻 = 快刀亂麻
쾌 도 참 란 마   쾌 도 난 마

복잡하게 얽힌 일이나 정황, 혹은 '무자비하고 과감한 결단으로 일을 명쾌하게 처리함'을 비유하는 '쾌도참난마'의 준말이다.

남북조 시대, 북조 동위東魏의 효종孝宗 황제 재위 시 승상이었던 고환高歡은 어느 날 아들들의 역량을 시험하고자, 헝클어진 삼[麻]을 한 줌씩 주면서 '누가 가장 빨리 추리는가'를 보겠노라 했다. 그러자 저마다 삼대 하나씩을 뽑아 부지런히 가리는데, 유독 양洋이란 놈은 시퍼렇게 잘 드는 칼로 삐죽삐죽 삐져나온 가지와 위아래를 싹둑 잘라 버리고는 '제일 먼저 골라 간추렸다'며 의기양양해 하는 것이 아닌가.

고환이 그 까닭을 묻자, "어지러운 것은 베어내야 합니다亂者必斬"라고 대답했다. 이에 고환은 '이놈이야말로 장차 큰일을 할 놈'이라고 내심 기뻐했다 한다. 아니나 다를까. 훗날 고양은 효종 황제의 제위를 찬탈하고, 북제北齊의 문선제文宣帝가 되었고, 소년 시절의 '어지러운 삼단 추리던 일'은 『북제서北齊書·문선기文宣紀』에 올라 전하게 되었다.

'쾌도참난마快刀斬亂麻' 혹은 '쾌도난마快刀亂麻'는 이와 같은 고사故事로 이루어진 말[成語]로, 현대 언어생활에서는 '복잡한 사건들을 과감하고 신속하며, 시원하게 처리함'의 뜻으로 사용된다.

한편 우리 문화사에서는 고려 의종 24년(1170) 보현원에서 일어난 무신란武臣亂으로 말미암은 문신의 대 참살을 통칭 '쾌도난마'로 비유한다. 사가四佳 서거정徐居正의 『동인시화·하』에 송말宋末의 승상 문천상文天祥(1236~1282)의 시 「정기가正氣歌」와 함께, 의종 대 우간의대부右諫議大夫로 부패한 왕정에 대해 극간하다 좌천되어 불우하게 생을 마친 김신윤金莘尹의 「중구重九」시를 대비해 논평하고 있다. 문천상의 「정기가」는

老來憂患易悽涼   늙어 갈수록 시름에 쉬 처량해지고,
노 래 우 환 이 처 량
說道悲秋更斷腸   슬픈 가을이란 말 더욱 애 끊일 듯해.
설 도 비 추 갱 단 장
世事不堪逢九九   세상사 차마 중양절 맞기 어려우니
세 사 불 감 봉 구 구
休言今日是重陽。 오늘이 곧 중양절이라 말도 마시게.
휴 언 금 일 시 중 양

와 같다. 송나라가 중구일重九日에 원나라에 정벌 당하자, 절조를 지키며 원 세조에게 굴하지 않으므로, 참수를 감내하는 자리에서 자신의 송에 대한 절의를 목숨과 바꾼 시다. 거기에 비해 고려조 김신윤은

輦下干戈起   임금 안전에서 난리가 일어나
연 하 간 과 기
殺人如亂麻   사람 죽이기를 삼대 베듯 해.
살 인 여 란 마
良辰不可負   중양절이라 차마 저버릴 수 없어
량 신 불 가 부
白酒泛黃花。   백주에 국화를 띄워 마신다오.
백 주 범 황 화

라 했다. 서거정의 논지는 송나라 왕실이 중양절에 재앙을 당하고, 또 다시 중양절을 만났지만 '세상사가 이미 자신에게서 멀어져 갔으니, 비록 백주인들 어찌 마실 수 있느냐. 그러니 중양절이란 말도 하지 말라'고 한데 비해, 김신윤은 '자신의 너그러움을 되찾은 심중을 표현'한 것으로 읽은 것이다. 그러

나 『삼한시귀감三韓詩龜鑑』을 비해批解한 최해崔瀣는 "이 시를 읽으면 부지불식 간에 눈물이 주르르 흐른다.[拙翁曰見之 不覺陶泗]"고 논평했으니, 한시 감상 이란 정히 '아해 다르고 어해 다르다'하겠다. 김신윤인들 어찌 '무신의 발호跋 扈에 관용을 베풂'만이겠는가.

워낙 중구重九는 길일吉日로 인식되었거니와, 특히 문사文士들에겐 등고登高 하여 머리에 산수유 열매를 꽂아 악귀를 물리치고, 국화주를 마시며 시회詩 會를 즐기는 뜻있는 명절이었으니, 우리의 남도에선 이제도 간혹 그 의식이 남아 있다 한다.

중양절과 관련된 대표적 시로는 왕유王維의 「구월구일억산동형제九月九日憶 山東兄弟」와, 두보杜甫의 「등고登高」가 있어 감상에 이바지 한다.

獨在異鄕爲異客   홀로 타향에서 나그네 되어
독 재 이 향 위 이 객
每逢佳節倍思親   매양 명절 때면 부모형제 더욱 그리워.
매 봉 가 절 배 사 친
遙知兄弟登高處   애오라지 형제들 모두 등고해
요 지 형 제 등 고 처
徧插茱萸少一人。 두루 산수유 꽂으며 나 없음을 알겠지.
편 삽 수   소 일 인

왕유의 대표작이라 할만하다. 흔히 '중국의 시문학'하면 이·두[詩仙 李白과 詩聖 杜甫]를 일컫지만, 절구絶句의 일인자는 왕유다. 흔히 '시 속에 그림이 있 다詩中有畫'라는 말은 동파가 왕유의 망천장輞川莊 주변의 승경을 노래한 20수 의 문예미를 논평해 한 말에서 유래한다. 위의 시는 그가 17세 때에 지었다 는 망향과 사친思親을 주제로 한 시다. 산서성이 고향인 화자가 중양절 등고 登高는 고사하고, 부모 형제와 헤어져 외로운 신세를 '배사친倍思親' 3자에 새 기되, 전혀 그 흔한 용사도 전고도 없이 산뜻하게 노래하므로, 고독한 자취 생의 외로움깨나 되뇌게 한 명구다.

風急天高猿嘯哀   세찬 바람 구슬픈 잔나비 울음소리
풍 급 천 고 원 소 애
渚淸沙白鳥飛廻   맑은 강물 흰 모래 철새들 날아도네.
저 청 사 백 조 비 회

無邊落木蕭蕭下 무 변 낙 목 소 소 하	끝없이 지는 나뭇잎 우수수 떨어지고
不盡長江滾滾來 부 진 장 강 곤 곤 래	다함없는 긴 가람 치렁치렁 흘러내리네.
萬里悲秋常作客 만 리 비 추 상 작 객	만 리 밖 슬픈 가을 항상 나그네요
百年多病獨登臺 백 년 다 병 독 등 대	한 평생 하고한 병 홀로 대에 오르니
艱難苦恨繁霜鬢 간 난 고 한 번 상 빈	가난과 고초로 허연 수염 한스럽고
潦倒新停濁酒杯。 요 도 신 정 탁 주 배	늙고 지쳐 술마저 새로 끊었다오.

　두보의 「등고」다. '슬픈 가을 신병[당시 두보는 폐질환·당뇨·신경통을 앓고 있었다 함]에 가난과 고초로 허옇게 센 몰골에다, 술까지 새로 끊은' 두보의 중구重九는 간난과 고초로 살아간 그의 일대기, 곧 작가론적 소재라 할 것이다. 예컨대 두보를 칭할 때 '만리상객·백년다병·간난고한'은 그의 대명사니, 이 작품이 그 근거로 두루 회자膾炙되어왔다.

08

사내는 모름지기 많은 책을 읽어야

男兒須讀五車書
남 아 수 독 오 거 서

　'여자, 혹은 여성'의 상대어인 '남아, 곧 사내'로 한정된 어법이야 '남녀유별 男女有別'이란 시대적 통념 때문이겠거니 와, 그 '남녀유별' 자체를 또 성차별 운 운하면 사설이 길어진다. 현대적 기회균 등이란 차원이라기보다는 상호 고유한 역할분담의 개념으로 이해함이 옳다.

　워낙 '남아수독오거서'의 유래는 장자 莊子가 자신의 저술 『장자』 「천하편」에서 당대의 여러 학자[諸子百家]들, 특히 묵가

〈독서도〉

墨家와 법가法家를 비판한 그 말미에 친구 혜시惠施의 박학을 소개하는 발단 에서 유래한다.

惠施多方　혜시의 학설은 여러 분야에 해박하니
혜 시 다 방
其書五車　그의 책은 다섯 수레에 실을 정도이다.
기 서 오 거

54

당시의 혜시는 자타가 공인한 제자백가 중 '명가名家'다. 이른바 '두루[多方] 횡하게 아니[博識]' 박학다식博學多識하다는 말로, 그가 '읽은 장서가 다섯 수레', 곧 책이란 책은 모조리 읽어 무불통지無不通知임을 비유한 말이다. 혹자는 '다양하고 많은 저술'로 읽기도 하나, '다독'이 곧 '다작'의 결과임은 두보杜甫의 "닥치는 대로 읽어 제쳤더니, 붓만 잡으면 붓 끝에 신이 잡힌 듯 써내려 간다讀書破萬卷 下筆如有神"〈奉贈韋左丞丈22韻〉가 그 증거일 것이고, 공자孔子의 '위편삼절韋編三絶'이 그것이다. 이때의 '만 권'은 곧 '오거서'이니, '책이란 책은 모조리'란 뜻임은 물론이다. 그러므로 혜시의 저술로 보면 지나친 과장이 아니겠는가? 더욱 장자는 혜시의 박학을

其道舛駁駁　　그 도는 어긋나고 산만하기도 하며
기 도 천 박 박
其言也不中　　그 이론이 이치에 적절치만은 않다.
기 언 야 부 중

라고 했듯이 '다독에 의한 해박함'은 인정하되, 공경하기보다는 비판한 듯하다. 예컨대 장자는 혜시의 만물에 대한 논리의 모호성을 열거하며, "혜시는 이러한 사유를 위대한 논리라 여기며, 천하에 드러내 변사들을 일깨웠고, 천하의 변사들은 그래서 즐거워했다惠施以此爲大 觀於天下而曉辯者 天下之辯者相與樂之"고 맺었다.

그 논증의 여부야 전문가에게 맡길 일이거니와, 우리는 그 용례의 실제를 바로 알고, 언어생활에 활용하기로 하자.

먼저 두보의 「백학사 모옥에서題柏學士茅屋」를 보면,

碧山學士焚銀魚　　푸른 산에 학사가 관복 어대 불사르고,
벽 산 학 사 분 은 어
白馬却走身巖居　　백마 타고 달려 와 은거하며 독서하네.
백 마 각 주 신 암 거
古人已用三冬足　　옛 사람들 한겨울 책 읽기로 만족하나
고 인 이 용 삼 동 족
年少今開萬卷餘　　젊은이는 벌써 일 만여 권을 읽었으니.
년 소 금 개 만 권 여
晴雲滿戶團傾蓋　　맑은 구름 집안 가득 덮개 씌운 듯하고
청 운 만 호 단 경 개

秋水浮階溜決渠
추 수 부 계 류 결 거
富貴必從勤苦待
부 귀 필 종 근 고 대
男須讀五車書。
남 수 독 오 거 서

가을 물 섬돌에 넘쳐 도랑을 이루었구나.

부귀는 반드시 근면·신고함에서 얻는 것

사내란 자못 다섯 수레의 책을 읽어야지.

라 했다. '백 학사'에 대한 상주는 아쉬운 대로, '젊은 나이에 은어를 불살랐다'니 5급 이상의 지체 높은 벼슬아치다. 은어란 은어대銀魚袋니, 당나라 제도에 3급 이상은 금어대를, 5급부터 4급까지는 은어대를 패용했기 때문이다. 조수명曹樹銘은 『두억증교杜臆增校』에서 "신분이 이미 학사이면서 오히려 은어를 불사르고 깊은 산에 은거해 독서했으니, 어찌 고인을 존상해 벗하고자함이 아니었겠느냐"고 반문하며, "5·6구는 모옥의 묘사"라 하고, 청나라 구조오仇兆鰲는 『두시상주杜詩詳註』에서 "학사도 역시 그러했다"했으나, "진실로 이는 3·4구를 정정한 것이니, 고인은 한겨울 독서로 만족해 했으나, 백 학사는 이미 만권 독서했다古人已用三冬足 少年以今開萬卷餘"한 것이 그 증거라 하고, 이어 "백 학사가 옛 자제들보다 근면함을 기뻐한 것所以喜勉柏學士之佳子弟者也"이라 했다.

　두시는 워낙 난삽하다. 부질없는 설명이 오히려 더 어렵게 느껴지기도 한다. 그러기에 조위曹偉는 『두시언해』 초간 서에서 "시는 풍·소[詩經과 楚辭]이래로 이·두[李白과 杜甫]에서 성황을 보았으나, 그 원기가 혼망渾茫하고, 시어가 난삽[艱澁]한 고로 잔주盞註가 비록 많으나, 분분한 중설을 서로 대비하여 간략히 정리해 언해하지 않을 수 없다"고 했다. 그렇다. "잠을 자는 사람은 꿈을 꾼다. 그러나 책을 읽으면 꿈을 이뤄낸다"는 격언이 있다. 이른바 "독서하는 개인이나 국민에겐 건강한 미래가 있다"는 말로 대체해도 무방하리라. "하루라도 책을 읽지 않으면 입안에 가시가 돋는다一日不讀書 口中生荊棘"했다. 가시 돋은 입? 얼마나 불편할 것인가! 독서는 이성의 자양이니, 사유는 물론, 인간의 인간스러움의 원천이다. 그 길이 단절되면 인간은 황폐하고 거칠어진다. 황폐한 거친 사유는 언어를 창출할 수 없다. 언어의 단절, 이상의 괴리, 인성의 부재— 그것은 나와 너, 우리와 이웃, 그 모든 것과의 단절을 초래할 뿐이다.

09

백 번 읽으면
뜻이 절로 드러난다

讀書百遍義自見
독 서 백 편 의 자 현

　후한後漢 말, 위魏나라 교체기의 학자인 동우董遇란 자는 손에서 책을 놓지 않고[手不釋卷] 부지런히 책 읽기에만 전념했다 한다. 선비의 글 읽기가 무슨 대수랴마는, 『삼국지三國志』「위지魏志」에 전傳이 수록될만한 데는, 왕조 말기에 나타나는 시대 조류를 거스른 남다른 바가 있었기 때문이었다.

　중국 5,000년 역사에서의 한漢은 근 400여 년이란 초유의 긴 왕조였는가 하면, 동북아시아는 물론 북유럽 일대를 지배한 국력에다 동양 최초의, 그래서 동양의 보편문자가 된 국자國字, 곧 한자에 의한 찬란한 문화로 오늘날 중국의 대명사가 된 왕조가 아닌가! 그러나, 그 말기의 중원은 천하삼분天下三分의 명운에 놓였던 혼돈의 시대였으니, 선비래야 입신출세를 위해선 너나 없이 지연·학연에다 뇌물이 판을 쳤으나, 동우만은 남달리 꾸준히 면학하였고, 드디어 그 소문이 후한의 마지막 황제 헌제獻帝에게까지 전해졌다.

　이에 헌제는 그를 황문시랑黃門侍郞에 등용했다. 황문시랑이란 통치자의 '국정 건의 및 청원'을 담당하는 역할이니, 이른바 정책 자문역으로 박학다식은 물론, 조야朝野의 신망이 그 첫째 조건이다. 이후에도 그는 『노자老子』

『춘추좌씨전春秋左氏傳』 등의 집주는 물론, 잠시도 쉬지 않았다 한다. 이에 수많은 젊은이들이 제자가 되겠다고 몰려들었으나, 그는 아무나 받아들이지 않고, 그들에게 이르기를 "내게 배우려 하지 말고, 먼저 책을 백 번 읽으라. 그러면 그 뜻을 절로 알게 될 것이다必當先讀書百遍, 讀書百遍義自見"라고 권유한 데서 유래한 말이다. 그러자 그들은 하나같이 "한 권의 책을 백 번씩 읽을 시간이 어디 있느냐苦渴無日"라는 논리였으니, 하긴 아무나 할 수 있는 일도 아니거니와, 시대 조류가 그렇지만도 아니했다. 그러나 동우는 삼여론三餘論을 예시했으니, 첫째는 '세지여歲之餘'다. 곧 겨울은 4계절 중 비교적 한가로운 때[冬者 歲之餘]니, 이때를 놓치지 말고 근면히 독서할 것이며, 둘째는 '일지여日之餘'다. 밤은 하루의 여가[夜者 日之餘]니, 잠을 덜 자고 부지런히 책을 읽으라 했고, 셋째는 '시지여時之餘'로 비오는 날은 때의 여가라, 이 시간을 활용해 독서하라고 권면했다 한다. 『삼국지三國志』 「위서魏書」 왕숙전王肅傳에 전한다.

우리 선인을 대표하는 독서광은 아마도 백곡柏谷 김득신金得臣일까 한다. 그는 재품才品이 몹시 노둔하였는데, 많은 독서를 통해 밑바탕을 든든히 하여, 노둔함을 벗어나 재주 있는 사람이 되었다 한다. 그가 갑술년(1634)부터 경술년(1670)에 이르기까지 36년 동안 13,000독 이상한 도서의 독수기讀數記는 아래와 같다. 이 도표는 영동대학교 신범식 교수의 저서 『백곡 김득신의 문학론과 문학세계』를 참고한 통계표다.

순서	題目	著者	文體	讀回數	
				고문삼십육수독수기	讀數記
1	獲麟解	韓愈	논변류	130,000	30,000
2	師說	〃	〃	〃	〃
3	送高閑上人序	〃	증서류	〃	〃
4	藍田縣丞廳壁記	〃	잡기류	〃	〃
5	送窮文	〃		〃	〃
6	燕喜亭記	〃	잡기류		

번호	작품명	저자	문체분류		
7	至鄧州北奇上襄陽于相公書	〃	서재류		〃
8	應科目時與人書	〃	〃		〃
9	送區冊序	〃	〃		〃
10	張君墓碣銘	〃	비지류	〃	〃
11	馬說	〃	논변류	〃	〃
12	朽者王承福傳	〃	전장류	〃	〃
13	鰐魚文	〃	조령문	40,000	14,000
14	送鄭尙書序	〃	증서류	13,000	13,000
15	送董邵南序	〃	〃	〃	〃
16	後十九日復上書	〃	서류	〃	〃
17	上兵部李侍郎書	〃	〃	〃	〃
18	送廖道士序	〃	증서류	〃	〃
19	龍說	〃	논변류	20,000	20,000
20	伯夷傳(史記)	司馬遷	전장류	11,000	113,000
21	老子傳(史記)	〃	〃	20,000	20,000
22	分王(史記)	〃	〃	〃	〃
23	霹靂琴讚	柳宗元	송찬류	〃	
24	齊策(戰國策)	劉向	주의류	16,000	18,000
25	凌虛臺記	蘇軾	잡기류	20,500	20,000
26	鬼神章(論語)	孔門	경전	18,000	18,000
27	衣錦章(中庸)	子思	〃	20,000	20,000
28	補亡章(大學)	曾子	〃	20,000	20,000
29	木假山記	蘇洵	잡기류	20,000	18,000
30	祭歐陽公文	蘇軾	애제류	18,000	〃
31	送薛存義序	柳宗元	증서류	15,000	15,000
32	送元秀才序	〃	〃	15,000	15,000
33	周策(戰國策)	劉向	주의류	15,000	20,000
34	中庸序	朱子	서발류	20,000	18,000
35	百里奚章(孟子)	孟子	경전류	15,000	15,000
36	諱辨	韓愈	논변류	미기재	13,000
계				35편	36권

자유가 대규를 찾아가다

訪戴 · 子猷訪戴
방대   자유방대

　'방대'는 '자유방대子猷訪戴'의 준말이니, '자유가 대규를 찾아가다'란 고사다, 자유는 진晉나라 서예가로 해楷·행行·초草 3체를 전아典雅하고 웅경雄勁한 귀족체로 완성한 일소逸少 왕희지王羲之의 아들 휘지徽之의 자字로 동진東晋을 대표하는 서예가다. 대규는 섬계에 살던 자유의 벗 안도安道의 자다. 자유는 중국 산음현에 살고 있었는데, 어느 겨울 밤 하얗게 내리던 함박눈이 막 멎자, 언제런 듯 맑게 갠 하늘에 휘영청 밝은 달이 떠 청량하기 이를 데 없고, 천지가 호연하기만 한데, 홀로 술 마시며 좌사左思의 『초은시招隱詩』를 읊조리다, 문득 섬계剡溪에 사는 대규戴逵 생각이 났다. 자유는 이내 자그만 배를 타고 밤도와 대규의 집 앞에 이르러서는 들지 않고, 뱃머리를 돌려 돌아오고 말았다. 이상하게 여긴 사람들이 그 까닭을 묻자, "흥이 나서 갔다가, 흥이 다해 돌아왔으면 됐지, 굳이 안도를 만나서는 무엇 할 것인가?"라 했다. 이같은 고사로 '방대' 혹은 '자유방대'는 흔히 '그리운 벗을 찾아가다'란 뜻으로 쓰이는 성어가 되었다.

訪|戴는 謂|王羲之가 雪夜에 訪|戴達니 常用訪|友之詞라. <u>晉王徽之</u>는 嘗
居山陰한데 夜雪∥初霽에 月色∥清朗하고 四望∥晧然이라, 獨配|酒하며 詠
|左思招隱詩라가 忽憶|戴達라. 達∥時在剡이라, 便夜乘|小船, 詣之하여 經
宿方至造門하여 不前而反이라. 人∥問其故하니 徽之曰'本乘|興而來라가 興
∥盡反이라, 何必見|安道耶'아 〈晉書·王徽之傳〉

▷왕희지王羲之 : 동진東晋의 서예가. 자 일소逸少. 벼슬이 우군장에 이르러 왕우군으
로 일컬음. ▷상용방우지사常用訪友之詞 : 벗을 찾아간다는 말 로 쓰이는 말. ▷설야초
제雪夜初霽 : 눈 내리던 밤이 막 갬. ▷홀억대규 忽憶戴達 : 문득 대규가 생각남. ▷부
전이반不前而反 : 나아가지 않고 돌 아옴. ▷문기고問其故 : 그 까닭을 묻다. ▷본승흥
이래本乘興而來 : 본디 흥이 나서 옴. ▷하필견何必見 : 어찌 굳이 만나랴.

이 고사를 용사用事한 몇 작품을 보면 매호梅湖 진화陳澕의,

月浸長江雪壓枝 　　달은 장강에 잠기고 눈은 나뭇가질 눌렀는데
월 침 장 강 설 압 지
中流回棹樣漣漪 　　도중에서 배를 돌리니 물결만 일렁이누나.
중 류 회 도 양 련 의
相忘不獨山陰客 　　서로 잊는 것은 산음의 길손만이 아니니
상 망 부 독 산 음 객
興盡歸來我亦誰。 　　흥이 다해 돌아오는 나는 또한 누구인가.
흥 진 귀 래 아 역 수

는 시제조차 「자유방대」니 온전히 성어의 배경설화를 시화하되, 결구의 시
적 주체만 자아로 환치했다. 동일 작가의 또 다른 시에서도

新雪今朝忽滿地 　　첫눈 내린 오늘 아침 천지는 순은이라
신 설 금 조 홀 만 지
況然坐我水精宮 　　황홀하게 나를 수정궁에 앉혀놓았구나.
황 연 좌 아 수 정 궁
柴門誰作剡溪訪 　　사립문 밖 그 누가 섬계 찾아 왔으리오
시 문 수 작 섬 계 방
獨對前山歲暮松。 　　세모에 앞산 소나무만 홀로 마주하노라.
독 대 전 산 세 모 송

며 자못 시적 시츄에이션을 자유가 아닌 대규의 입장으로 환치하여서는 '사

립문 밖에 나를 찾아 올 이 아무도 없음'으로 완전하여 '설압지雪壓枝'한 한겨울 앞산 소나무만 대한다 했다. 여양驪陽 세보世譜에 전하는 시다.

한편 고려 문단을 대표할 뿐만 아니라, 최씨 무신 집권기 최초로 국비에 의해 개인문집 간행의 특혜를 받은 백운거사白雲居士 이규보李奎報의 「자유방대」 역시,

訪人情味雪溪中　　눈 내린 섬계로 벗을 찾는 운치여
방 인 정 미 설 계 중

若便相逢一笑空　　문득 만나 마주 보고 웃으면 그만.
약 편 상 봉 일 소 공

莫道興闌廻棹去　　흥이 다해 돌아갔다 말하지 말라
막 도 흥 란 회 도 거

造門直返意無窮。　문전에서 돌아가나 뜻은 되려 무한해.
조 문 직 반 의 무 궁

라 했다. 이것이 이른바 한시작법의 대표적 수사법이자, '전고典故가 없으면 시가 아니라'고 일컫던 용사법用事法이다. 이는 전혀 우리의 중국에 대한 모화의식慕華意識이 아닌, 작시법임은 물론이다. 그기에 한 치도 한시 작법을 벗어나지 않았다는, 그래서 '시전詩典'으로 일컬어지는 두보杜甫도 "한 구도 내처 來處가 없는 시구가 없다無一句無來處"고 동파東坡로부터 극찬을 받았는가 하면, 자신이 작시법을 시로 말한 「희위육절戲爲六絶」 그 6에서 "저마다 써 먹으니 앞장이 뉘란 말인가遞相祖述復先誰"라며, "거짓 체를 가려내고 풍아와 친근하여, 고인의 학문과 좋은 시를 배우면 배울수록 자신의 시도詩道는 유익해진다別裁僞體親風雅 轉益多師是汝師"고 당시 거들먹대던 신진들에게 작시의 엄전한 법도를 훈고했던 것이다.

11

군자의 역량

不器＝君子不器
불 기　　　군 자 불 기

『논어論語』「위정편爲政篇」에 군자불기君子不器란 말이 있다. 직역하자면 "군자는 그릇이 아니다"이겠는데, 자칫 그릇이 못되는, 그러니 갑자기 '쓰잘 데 없는 존재' 쯤으로 평가절하 된다. 물론 이 말이 나온 춘추의 시대 배경과, 전후 문맥의 논리에 맞춰 의역하면 '군자는 특정 목적에 쓰이기 위해 만들어지는 그릇 따위에 비교할 수 없다'는, 이른바 종묘 제향에 쓰기 위해 만들어진 '쓰임새와 크기가 정해진 제기'처럼 한정된 용도에 쓰이는 존재가 아니라, 세상 이치를 꿰뚫고 사소한 지식 따위에 연연하지 않는 박식과 통섭의 인품, 곧 대도불기大道不器와 같은 말이다.

워낙 그릇은 그 용도가 한정되어 있다. 예컨대 국그릇에 간장을 담을 수 없고, 간장 종지에 밥을 퍼 담아도 못 쓴다. 그러기에 그 주에, "그릇이란 각각 한 가지 용도에만 알맞아서, 다른 용도로 사용하지 못한다. 덕을 완성한 선비[君子]는 모든 체를 갖추고 있으므로 두루 통하지 않는 것이 없다. 한 가지 재주나 기예만 가지고 있는 것이 아니다"라 했다.

器者는 各適其用, 而不能相通이니라, 成德之士는 體無/不俱하니. 故로 用 ‖無/不周요, 非/特爲ㅣ一才一藝而耳니라.

▷각적기용各適其用 : 각각 일정 용도에 알맞음. ▷불능상통不能相通 : 능히 통용이 불가능함. 다른 용도로 쓸 수 없음. ▷성덕지사成德之士 : 덕을 완성한 선비. 곧 군자. ▷체무불구體無不俱 : 모든 체를 두루 갖춤. ▷용무불주用無不周 : 쓰임에 두루 통하지 않음이 없음.

바꿔 말하자면 동양 사회에서의 가장 이상적 인간형인 군자는 '두루 알지 못하는 것이 없는 무불통지無不通知·못할 바가 없는 무소불위無所不爲의 전지전능全知全能한 능력'은 물론, 덕을 갖춘 인물成德之士인 것이다.

덕을 갖추었다함은 독선과 아집의 편협偏狹에 매몰되지 않고, 조화와 융섭으로 두루 교류하되, 패거리 짓지 아니하며[周而不比·和而不同] 대도大道를 실천하는 군자행이다. 그러기에 '나라가 태평스러우면 백성의 삶을 어루만지는 자상한 명재상이 되고, 위란에 처하면 갑옷을 떨쳐입고 간특한 외적을 쳐부수는 대장군[入相出將]', 이른바 덕장德將이 되는 것이다.

이것이 우리 선인들이 지향했던 인간상이요, 교육의 이상이었다. 선善한 심성心性의 바탕 위에 앞선 지성知性을 갖춘 열정적이고 헌신적인 리더, 그런 옛 성덕군자를 이 시대는 갈망하고 있다.

12

친한 벗의 죽음을 애도하다

伯牙絕絃＝知音＝知己
백 아 절 현　　지 음　　지 기

　춘추시대 진晉나라의 고관을 지낸 거문고의 달인達人 유백아兪伯牙란 자가
있었다. 어느 날 자신이 태어난 초楚나라에 사신使臣으로 가게 되어 오랜만에
고향을 찾았다. 그곳에는 고향 친구인 종자기鐘子期가 있었다.

　밤에 달빛을 생각하며 거문고를 뜯고 있을 때 종자기가 나타나 "달빛이 참
으로 아름답구려"라고 말하는 것이었다. 자신이 거문고를 통하여 달빛을 나
타내고자 한 것을 정확히 말하는 종자기의 말에, 크게 감복하여 의형제를
맺게 되었다.

　사실 종자기는 지음知音의 경지에 이른 사람이었다. 백아가 높은 산을 표
현하면 종자기는 "하늘 높이 우뚝 솟는 느낌은 마치 태산처럼 웅장하구나"
라 하는가 하면, 큰 강을 두고 거문고를 타면 "도도하게 흐르는 강물의 흐름
이 마치 황하와 같구나"라며, 거문고 소리만 듣고도 백아의 속마음을 읽어냈
던 것이다.

　하루는 두 사람이 태산 기슭에 유람을 나섰다가 갑자기 비가 쏟아져, 비
를 피하기 위해 동굴로 들어갔다. 백아는 동굴에서 빗소리에 맞추어 거문고

를 뜯었다. 처음에는 비가 내리는 곡조인 임우지곡霖雨之曲[소낙비 노래]을, 다음에는 산이 무너지는 곡조인 붕산지곡崩山之曲을 연주하였다. 종자기는 그때마다 그 곡이 의미하는 바가 무엇인지를 정확하게 알아 맞혔다.

이렇듯 종자기는 백아가 무엇을 표현하려는 지를 정확히 이해하고 감상할 수 있는 능력을 가졌고, 백아는 거문고를 통해 서로 마음이 통하는 지음知音을 만난 것이다.

그러던 중 백아는 명년을 기약하고 진나라로 돌아갔다. 그 후 종자기가 병을 얻어 죽고 말았다. 이듬해 다시 고향을 찾은 백아는 종자기의 죽음에 하늘이 무너지는 슬픔으로 그의 무덤을 찾아가 애곡哀曲을 연주한 후, 그 자리에서 거문고의 현絃을 끊어 버리고, 다시는 거문고를 타지 않았다. 이 세상에 자신의 음악을 알아 줄 사람이 없다고 판단했기 때문이다. 여기서 유래된 고사성어가 백아절현伯牙絶絃이다. 『열자列子』 「탕문편湯問篇」과 『여씨춘추呂氏春秋』에 전하는 말이다.

伯牙는 善鼓ㅣ琴하고 鐘子期는 善聽이라. 伯牙∥鼓ㅣ琴에 志∥在(於)流水면 鐘子期曰 "善哉라, 洋洋兮여 若江河"로다하여 伯牙所念을 子期∥必得ㅣ之러라. 伯牙∥遊於泰山之陰할새 逢ㅣ暴雨하야 止於巖下라. 心∥悲하야 乃援ㅣ琴而鼓ㅣ之라. 曲每奏에 子期∥輒窮其趣라. 伯牙가 乃舍ㅣ琴而歎曰 "善哉善哉라, 子之聽夫志여, 想象猶/吾心也하니 吾於何逃聲哉"리오하더라. 〈列子〉

鐘子期∥死에 伯牙∥破ㅣ琴絶ㅣ絃하고, 終身不復鼓ㅣ琴하니, 以爲無足爲鼓者"라. 〈呂氏春秋〉

한국 한문학의 개산시조開山始祖라 할 최치원崔致遠의 견당유학遣唐留學 시절의 작품 「추야우중秋夜雨中」에

秋風唯苦吟   스산한 가을바람 겨울을 재촉하고,
추 풍 유 고 음

66

世路少知音   세상에 알아주는 친한 벗도 없어.
세 로 소 지 음

窓外三更雨   한 밤중에 창밖엔 비만 내리는데
창 외 삼 경 우

燈前萬里心。   등불 대해 만 리 밖 고향으로 내닫는 마음.
등 전 만 리 심

▷유고음唯苦吟 : 오직(더욱) 쌀쌀히 불어댐. ▷소지음少知音 : 친한 벗 이 적음. ▷삼경

우三更雨 : 삼경(11시~01시), 새벽, 한밤중. ▷만리심萬里心 : 만 리로 내닫는 마음. 객지에

서 고향을 그리는 마음.

은 두루 알려진 좋은 예라 하겠다.

혹자는 귀국 후의 작으로 추단하나, 시정은 전혀 그렇지 않다. 12세에 상
선商船을 타고 당나라에 들어가, 18세에 빈공과에 급제하고, 28세에 금의환
향했으나, 정확한 창작 시기는 밝혀진 곳이 없다. 그러나 이론이 없을 '주제
어가 사향思鄕'이라면 '벗'도 없는 '만 리 밖 향수'는 '어디서 어디를 향한 그리
움인가'는 불문가지다. 기구의 '고음苦吟'은 작자의 '쓰라린 향수의 노래'라기보
다는 '객고를 보채는 매서운 겨울을 재촉하는 늦가을 바람 소리'로, 소지음
少知音'은 '철저한 고독의 현실'을, 창밖의 '삼경우三更雨'는 '겨울을 재촉하는 늦
가을 비'로 읽을 때, 외론 등불만 대하고 앉은 '작자의 만 리 밖 향수'는 배가
하는 것이 아니겠는가. '고독과 사향'이란 인간 정리가 '타령'이 아닌 격조 높
은 정조로 적절하게 대구를 이룬 절창임을 알겠다.

13

독 안에 든 쥐

四面楚歌·進退維谷
사 면 초 가 진 퇴 유 곡

300여 년의 춘추전국시대를 평정하고 천하를 통일한 진의 시황제秦始皇帝는 호사의 극치라 할 아방궁을 짓는가 하면, 폭정과 분서갱유 등으로 민심이 이반한데다, 단명으로 초패왕楚霸王 항우項羽에게 무너지고, 중국 천하는 다시 한왕漢王 유방劉邦과 5년여의 지루한 승패를 다투다, 상호 홍구鴻構를 경계로 천하 양분을 결의한다. 따라서 항우는 초의 도읍지 팽성彭城으로, 유방은 한중漢中으로 철군하기에 이른다.

이때 유방의 참모 장량張良과 진평陳平이 유방에게 "지금이 바로 기회니, 때를 놓치지 말고 항우를 쫓아가 쳐야한다"고 진언하자, 유방은 말머리를 돌렸고, 항우는 쫓겨 해하垓下까지 밀려났다. 전쟁이 끝난 줄 알고 귀향에 부풀었던 병사들의 심정에 전황이 다시 이 지경에 이르면 쫓는 자와 쫓기는 자는 천양지차天壤之差인 법, 해하를 겹겹으로 포위한 한나라 군사는 의기양양했으나, 쫓겨 포위당한 초나라 군사는 넋이 나갔다.

이때 천하제일의 전술전략가 장량의 심리전은 적중했으니, 휘황한 달밤에 향수를 자아낼 피리를 구성지게 불어대며, 초나라 포위 병으로 하여금 함께 따라 부르게 하니, 사면초가四面楚歌가 그것이다.

전의는 상실되고, 군량미마저 바닥나, 근근이 버티던 초나라 군사는 너나 없이 '누구를 위해 싸울 것인가?'라는 회의와 함께 달랠 길 없는 향수로 슬슬 도망가고, 항우 역시 한나라 병사에 이미 다 점령된 줄 알고 사랑하는 우부인虞姬과 애마 추騅와 결별을 위한 주연을 마련하고,

力拔山兮氣蓋世   힘은 산을 뽑고 의기는 천하를 덮었건만
력 발 산 혜 기 개 세

時不利兮騅不逝   시운은 불리하고 추는 나아가지 아니하네.
시 불 리 혜 추 불 서

騅不逝兮可奈何   오추마가 달리지 않으니 내 어찌하리오
추 불 서 혜 가 내 하

虞兮虞兮奈若何。   우여 우여, 내 그대를 어찌해야 좋을꼬.
우 혜 우 혜 내 약 하

라는 「우미인가」를 부르며, 끔찍이도 사랑했던 절세미인 우희를 지켜주지 못하는 안타까움에 몸부림치자, 우희도

漢兵已略地   한나라 병사에 이미 나라 빼앗겼고
한 병 이 략 지

四面楚歌兮   사방에 초나라 노래 소리 가득하네.
사 면 초 가 혜

大王義氣盡   대왕의 높은 기개 이제 다하였으니
대 왕 의 기 진

賤妾何聊生。   천첩이 어찌 더 살기를 바라리오.
천 첩 하 료 생

라는 「우희가虞姬歌」에 맞춰 항우를 위해 애절한 춤을 헌정하고 자결하니, 지아비의 부담을 덜어주려는 지혜였다 하리라.

항우는 불과 20여 잔병과 군영을 벗어나 오강烏江으로 달려갔다. 오강만 건너면 처음 군사를 일으켰던 강동江東이다. 그러나 강동의 8,000여 자제를 다 죽이고, 혼자 살아 돌아가기 부끄러워, 그도 자결하고 마니, 천하는 유방의 차지가 되어 한고제漢高帝로 등극하므로, 중원의 평정은 물론, 오늘날 한문화의 기틀이 잡힌 셈이다.

漢나라 건국의 세 영웅
한
三傑
삼 걸

"천하를 통일하고 한漢의 고제高帝가 된 유방이 낙양洛陽의 남궁南宮에서 논
공행상論功行賞을 위한 술자리를 열었다. 한 고제가 이르기를, '여러 제후들과
뭇 장수들은 기탄없이 말하라. 짐이 천하를 얻은 까닭은 무엇이며, 항우가 천
하를 잃은 이유는 무엇인가?' 하니, 고기와 왕릉이 대답해 이르기를 '폐하께서
는 사람으로 하여금 성을 공략해 땅을 얻으면 그들에게 주시고, 천하 사람들로
더불어 이익을 함께 하시나, 항우는 그렇지 않고 공을 세운 자에겐 해를 끼치
고, 어진 자를 의심하며, 전쟁에서 이겨도 그 공을 남에게 주지 않으며, 땅을 획
득하여도 그 이긴 자에게 주지 않기 때문입니다' 하니 한 고조가 이르기를, '공
은 하나만 알고 그 둘은 모르는구나. 군막에서 전략을 짜 천 리 밖 승부를 결정
짓는 것으로 말하자면 나는 장량을 따르지 못하고, 나라를 다스리고 백성들을
위무하며, 군량미를 공급하고 운송로가 끊어지지 않게 하는 일이라면 소하를
따르지 못하고, 백만 대군을 모아 싸우면 반드시 승리하고, 공격했다 하면 기필
코 빼앗는 일에 관한한 나는 한신을 따를 수 없다. 이 세 사람은 모두 걸출한
인물들이다. 내가 능히 이들을 기용했기 때문에 천하를 얻은 것이요, 항우에

70

게도 범증이 있었으나, 제대로 부리지 못했다. 이것이 바로 그들이 내 휘하에서 천하를 얻게 도와주고, 내가 천하를 얻게 된 까닭이다' 하니 뭇 신하들이 열복하더라."

高帝가 置|酒洛陽南宮하다. 上∥曰"徹侯諸將은 皆言하라. 吾∥所以得|天下者는 何며, 項氏∥所以失|天下者는 何"오. 高起·王陵이 對曰"陛下는 使人으로 攻|城掠|地하샨 因而與|之하시고, 與天下로 同其利하시나, 項羽는 不然하야 有/功者는 害|之하고, 賢者는 疑|之하며, 戰勝而不予|人功하며, 得|地而不予|人利"로소이다. 上이 曰"公은 知其一이요, 不知其二로다. 夫運籌帷幄之中하야 決勝|千里之外는 吾∥不如子房이요, 塡|國家,撫|百姓하야 給|饋|餉하고 不絶|糧道는 吾∥不如/蕭何요, 連|百萬之衆으로 戰必勝하고, 攻必敗는 吾∥不如/韓信이라. 此三人者는 皆人傑也라. 吾∥能用|之하얐으니 此∥吾∥所以取|天下요, 項羽∥有/一范增이나 而不能用이라 하니 此∥其所以爲我禽也라하니 群臣이 悅服하더라. 〈十八史略〉

▷철후제장徹侯諸將 : 여러 신료와 뭇 장수. ▷所以A : A한 이유·원인. ▷폐하陛下 : 제후의 존칭. ▷項氏 : 초왕 항적項籍. 우羽는 그의 자. ▷여與 : 주다. ▷여천하與天下 : 천하 사람들과 더불어. ▷동기리同其利 : 그 이로움을 같이함. v + 其 + n형의 n은 v의 목적어. ▷불여인공不予人功 : 남에게 공을 돌려주지 아니함. ▷운주유악運籌帷幄 : 군막에서 전략을 짬. ▷子房 : 한나라 군사軍師 자방張良. ▷급궤향給饋餉 : 군량미를 공급함.

이것이 바로 중국 천하를 통일해 한나라를 세운 철후제장徹侯諸將 앞에서 논공행상에 임한 한고조의 결심이니, 명분이야 그럴 듯하나, 한신이 아니더라도 전쟁판의 논공치고는 의아함이 없지도 않다. 소하의 '나라를 다스리고 백성을 위무하며, 군량미를 공급하고 운송로가 끊이지 않게 하는 일'이야 물론 전쟁의 기본이고, '군막에서 전략을 짜 천 리 밖 승부를 결정짓는' 장량의 전술전략 없이 전쟁이 가능하겠는가만, 그러나 전쟁이라면 무엇보다 '싸우면 반드시 승리하고, 공격했다 하면 기어코 빼앗고야 마는' 한신이야말로 건국의 마땅한 '일등 공신'이라함이 예측의 일반이요, 정상이 아닌가! 2등도 아닌 겨우 3등 공신의 반열에 올리다니. 여기에 예상 밖의 기미가 있었으니, 이어 질 토사구팽兔死狗烹에서 의혹을 풀기로 하자.

일찍이 고려 문신 이인로가 족질族姪이 과거에 3등으로 급제하자, 그를 축 하한 시 「새로 급제한 것을 축하하며賀新及第(第三人)」에서,

韓信旌旗背碧江　　　한신의 깃발 푸른 강을 등졌어도
한 신 정 기 배 벽 강
齊城趙壁一時降　　　제와 조나라 성벽이 일시에 항복했지.
제 성 조 벽 일 시 항
論功縱在蕭張後　　　논공이 비록 소하와 장량의 뒤일지라도
론 공 종 재 소 장 후
國士從來罕有雙。　　나라의 큰 선비란 본디 쌍으로 있긴 드문 법.
국 사 종 래 한 유 쌍

▷배벽강背碧江 : 푸른 강을 등지다. 곧 한신이 쓴 背水之陣. ▷일시항一 時降 : 일시에 항 복함. ▷종재A縱在A : 비록 A에 있으나.

이라 했다. 절구 시 작법 상 제 3구, 혹은 전 4구를 역사적 사실에 의거해 쓰 는 작시법을 용사법이라 한다. 절구 시의 작법을 이해하기 위해, 우리는 원元 나라 양재楊載의『작시준승作詩準繩』을 잠깐 참고할 필요가 있다.

양재는 "절구의 작법은 완곡婉曲하고 부드러우며, 거친 것을 없애고 간결 하게 써야 한다. 구는 다했지만 뜻은 연면히 끊이지 않아야 한다. 흔히 제 3구로 주라 여기고, 4구에서 (주제를) 펴낸다. 실접實接과 허접虛接이 있어, 이 어받는 사이에 열리고 닫힘이 서로 연관되고, 반反과 정正이 서로 응한다. 대 저 기·승 2구가 진실로 어렵다. 그러나 평직하게 시상을 펴내는 것이 좋고, 조용히 잇는 것에 지나지 않는다. 완전宛轉한 변화와 노력은 전혀 제 3구에 있으니, 만약 여기에 전변을 할 수 있으면 좋고, 제 4구는 순류에 떠가는 배 와 같이 순탄하게 맺는다"라 했다. '완곡'이라함은 '차분하고 고움'이요, '구는 다했지만 뜻은 끊이지 말라句絶而意不絶'함은 '함축의 미학'을, '흔히 3구[轉]를 주로 한다.'함이 요체다. 곧 제 3구가 서경으로 짜였으면 실접實接, 서정으로 짜이면 허접虛接이라 한다. 그러나 위의 예시와 같이 제 3구, 혹은 기·승·전·

72

결 전구가 역사적 사실로 짜이면 용사에 의한 작시가 되는 것이다. 그러니 이인로의 축시는 3등급제를 한신의 공업이 비록 '장량이나 소하에 비해 논공은 뒤졌어도, 그만한 재략은 천하에 드물다'하므로 적실하면서도 대단한 격려의 시가 된 것이다.

기왕에 실접과 허접의 예시 1수씩만 들어 궁금증을 풀고 가기로 하자.

春風忽已近淸明
춘 풍 홀 이 근 청 명
細雨霏霏晚未晴
세 우 비 비 만 미 청
屋角杏花開欲遍
옥 각 행 화 개 욕 편
數枝含露向人傾。
수 지 함 로 향 인 경

봄바람 문득 청명에 가까우니
보슬비 부슬부슬 늦도록 개지 않네.
처마 끝 살구꽃 흐드러지게 피고자
이슬 먹은 두세 가지 나를 향해 기울었네.

권근權近의 「봄날 성남에서春日城南即事」다. 전구[3]는 '함초롬히 비 맞은 살구꽃의 실경'으로 쓰였다. 이것을 실접이라 한다.

한편 최치원崔致遠의 「가야산 독서당에서題伽倻山讀書堂」의

狂奔疊石吼重巒
광 분 첩 석 후 중 만
人語難分咫尺間
인 어 난 분 지 척 간
常恐是非聲到耳
상 공 시 비 성 도 이
故教流水盡籠山。
고 교 류 수 진 롱 산

바위 서리 섯돌며 깊은 골 마주 울려
지척간의 말소리도 분별하기 어려워라.
옳다 그르다는 수다 내 귀에 들릴까봐
짐짓 물을 흘려 온 산을 감싼거라네.

는 제 3구의 '늘 두려워서[常恐]'라는 서정적, 이른바 실경이 아닌 정적 연접連接이니 허접虛接인 것이다.

당나라에서 금의환향한 신라 말기의 현실에 실망하고, 가야산 홍류 계곡에 독서당을 얽고 칩거하는 명분을 바위에 새긴 시로 지금도 전하고 있다.

15

인재를 맞아들이기 위해 예를 다하다

三顧草廬
삼 고 초 려

후한後漢 말 한실漢室의 먼 후예인 유비劉備(161~223) 현덕玄德이 한 왕실의
부흥을 꾀하고자, 운장雲長 관우關羽·익덕益德 장비張飛와 야심찬 도원결의桃
園結義를 맺었으나, 천하 경영이 의기만으로 되는 것도 아니고, 더구나 전술전
략이 없는 전쟁은 백전백패일 뿐 뜻 같지 아니했다. 유현덕은 은사 사마휘司
馬徽에게 자문을 청했다. 그는 '복룡伏龍을 천거'하고는 사라졌다. 복룡이 누
군지 알지도 못한 현덕이 백방으로 알아본 후, 복룡이 바로 남양南陽 땅에서
몸소 밭갈이하며[躬耕] 숨어사는 제갈량諸葛亮의 별명임을 알아내고, 관우,
장비 두 아우와 찾아가기로 결의했다.

두보가 「영회고적詠懷古跡」에서 이른 대로 "제갈공명 큰 이름 천하에 자자
한諸葛大名垂天下" 그는 앉아서 천리를 내다보는 선견지명이 있는지라, 지금의
천하는 중원 일대를 할거하는 위魏의 조조曹操와, 강남 일대를 차지한 오吳
의 손권孫權이 패권을 다투는데, 인품이야 유현덕이 나으나 천하 경영은 난
제라, 짐짓 미리 피해버렸다. 훗날을 기약하며 헛걸음하고 돌아온 세 사람은
얼마 후 다시 찾아갔으나 역시 공명은 피했고, 그 아우만 만났다. 현덕은 그
아우에게 자초지종을 자상히 이르고, 간곡한 서찰과, '훗날 다시 오겠노라'

는 말만 남기고 돌아왔다. 세 번째 길을 재촉하자, 관우와 장비는 '자신들에 대한 불신'으로까지 오해하며, 유현덕의 집착에 여간한 불평까지 토로했으나, 제갈량은 세 번씩이나 찾아오는 현덕의 인품과 자신에 대한 대접에 감명하고 만나기로 작심한다. 이런 고사에서 이루어진 말이 삼고초려, 혹은 삼청제갈三請諸葛이다.

공명은 중원의 통일보다는 현실론적 대안인 '천하삼분론天下三分論'으로 출사出仕를 허여하고 동행한다. 제갈량이 유비의 막부에 들어온 후 첫 전투는 조조가 대장 하후돈何侯惇에게 10만 대군으로 유비를 공격하게 한 전투였다. 이때 제갈공명은 신출기묘한 전법으로 조조의 십만 대군을 무찌르니, 이른바 '처음 초가에서 나와 큰 공을 세우다初出茅廬第一功'라는 칭송과 함께 전공을 쌓던 중 208년 손권과 제휴해 적벽대전을 승리로 이끌고, 211년 후한이 망하자, 유비 현덕은 파촉巴蜀을 평정하고 촉한蜀漢을 세워 성도에서 황제[시호 昭烈皇帝]에 즉위하고, 제갈량은 초대 재상[蜀相]이 되었다. 그러나 유비는 223년 제갈공명에게 "경은 조조보다 월등히 우수하니, 내가 죽은 후 내 아들이 천하를 경영할 능력이 없거든 경이 대신 위에 오르라"는 유언을 남긴 채 운명했다. 소열황제의 승하 후 2세를 계속해 섬기던 제갈공명은 선제의 뜻을 받들기 위해 군사를 출정하기에 이르러 「출사의 표문出師表」을 올렸다.

"선제[유비]께서 왕업을 시작하신 지 아직 반에도 미치지 못하였는데 중도에 돌아가시고, 이제 천하가 셋으로 나뉘었는데 익주가 오랜 싸움으로 지쳐 있으니, 이는 진실로 위급하여 흥하느냐 망하느냐 하는 때입니다. 그러나 모시고 지키는 신하들이 (궁중)안에서 게으르지 아니하고, 충성스런 뜻이 있는 무사들이 밖에서 자기 몸을 잊고 애쓰는 것은, 대개 선제의 특별히 두터웠던 예우를 추모하여 이를 폐하에게 갚고자 함입니다. 진실로 마땅히 성스러운 폐하의 귀를 열고 펴시어, 그것으로써 선제가 남긴 덕을 빛나게 하여 뜻 있는 선비의 의기를 넓고 크게 하셔야 하고, 망령되이 스스로 덕이 없다고 여기시며 비유를 끌어 대며 의를 잃어, 그로써 충간의 길을 막아서는 안됩니다."

先帝創業未半 而中道崩 今天下三分 益州罷弊 此誠危急存亡之秋也. 然侍衛之
臣 不懈於內, 忠志之士 忘身於外者 蓋追先帝之殊遇, 欲報之於陛下也. 誠宜開張
聖聽, 以光先帝遺德, 恢弘志士之氣, 不宜妄自菲薄, 引喩失義, 以塞忠諫之路也.

"궁중과 승상부가 모두 일체이니, 선과 악을 척벌함을 달리해서는 아니 될 것이
요, 만일 간사한 짓을 하여 죄과를 범하는 자 및 성실하고 선량한 일을 한 자가
있으면 마땅히 담당자에게 맡겨서, 그 형벌과 상을 논하여 그것으로써 폐하의
공정하고 밝은 다스림을 밝히셔야 할 것이요, 사사로움에 치우쳐 내외 (궁중과
승상부)로 하여금 법을 달리 해서는 아니 됩니다."
宮中府中, 俱爲一體, 陟罰臧否, 不宜異同. 若有作奸犯科及爲忠善者, 宜付
有司, 論其刑賞, 以昭陛下平明之理, 不宜偏私, 使內外異法也.

"시중과 시랑인 곽유지·비위·동윤 등은 모두가 선량하고 진실하여 뜻과 사려가
참되고 순수합니다. 그러므로 선제께서 뽑으시어 그들을 폐하께 남기셨으니, 제
가 생각건대 궁중의 일은 그 크고 작음 없이 모두 이들에게 물은 연후에 시행
하시면, 반드시 부족하거나 빠진 것을 도와주고 보충하여, 널리 이익이 되는 바
가 있을 것이요, 장군 상총은 성품과 행위가 선량하고 치우치지 않으며, 군무에
밝아 두루 아는지라, 예전에 시험 삼아 써 보시고 선제께서 그를 칭찬하여 '유
능하다'고 하셨으니, 그러므로 여러 사람이 의논하여 총을 천거하여 지휘관으
로 삼았으니, 제가 생각건대 군영 중의 일은 그 크고 작음 없이 모두 그에게 물
으면, 반드시 각 부대들로 하여금 화목할 수 있게 되어, 우수한 자와 졸렬한 자
가 각각 마땅한 자리를 얻게 될 것입니다."
侍中侍郎, 郭攸之.費褘.董允等, 此皆良實, 志慮忠純, 是以先帝簡拔 以遺
陛下. 愚以爲宮中之事, 事無大小, 悉以咨之, 然後施行, 必能裨補闕漏, 有
所廣益. 將軍向寵, 性行淑均, 曉暢軍事, 試用於昔日, 先帝稱之曰.[能]. 是
以衆議擧寵爲督. 愚以爲, 營中之事, 事無大小, 悉以咨之, 必能使行陣和
睦, 優劣得所也.

"어진 신하를 가까이 하고 소인을 멀리함은 이것이 선한이 흥하고 융성한 까닭이요, 소인을 친근히 하고 어진 신하를 멀리함은 이것이 후한이 기울어지고 쇠한 까닭입니다. 선제께서 계실 때에 매번 저와 함께 이일을 의논하며, 일찍이 후한의 환제와 영제의 일을 탄식하고 몹시 원통하게 생각하지 않음이 없었습니다. 시중·상서·장사·참군 이들은 모두 곧고 어질며, 죽음으로 절개를 지킬 신하들이오니, 원컨대 폐하께서는 이들을 가까이 하시고, 이들을 믿어 주시면 곧 촉한의 황실이 흥륭하다는 것을 날을 세며 기다릴 수 있을 것입니다."

親賢臣遠小人, 此先漢所以興隆也, 親小人遠賢臣, 此後漢所以傾頹也. 先帝在時, 每與臣論此事, 未嘗不嘆息痛恨於桓靈也. 侍中尙書.長史.參軍, 此悉貞亮死節之臣也. 陛下親之信之, 則漢室之隆, 可計日而待也.

"신이 본디 미천한 백성으로 남양에서 몸소 밭 갈며, 구차히 어지러운 세상에서 성명을 보존하고, 제후에게 알려져서 출세할 것을 구하지 않았더니, 선제께선 신을 비천하다 여기지 않으시고, 외람되게도 스스로 몸을 낮추시어 세 번이나 신을 초옥 안으로 찾으시어 신에게 당세의 일을 물으시니, 이로 말미암아 감격하여 마침내 선제께 힘써 일할 것을 허락하였더니, 그 뒤에 국운이 기울어짐을 만나 패군의 때에 임무를 받고, 명령을 위급한 때에 받은 것이 그 이래로 21년이 됩니다."

臣本布衣, 躬耕南陽, 苟全性命於難世, 不求聞達於諸侯, 先帝不以臣卑鄙, 猥自枉屈, 三顧臣於草廬之中. 諮臣以當世之事. 由是感激, 許先帝以驅馳. 後值傾覆, 受任於敗軍之際, 奉命於危難之間, 爾來二十有一年矣.

"선제께서는 신이 삼가고 조심함을 아시는지라, 그러므로 돌아가심에 임하여 신에게 큰일을 맡기셨으니, 명령을 받은 이래로 아침 일찍부터 밤까지 근심하고 탄식하며, 부탁하신 일에 효과가 없어 그것으로써 선제의 밝으심을 해칠까 두려워하였습니다. 그러므로 오월에 노수를 건너 불모의 땅에 깊이 들어갔더니, 지금은 남쪽이 이미 평정이 되고 무기와 갑옷이 풍족하니, 마땅히 삼군을 권려하여 거느리고 북으로 중원을 평정하고, 노둔한 힘이나마 다하여 간사하고 흉악한 무리를 쳐 없애고, 다시 한의 황실을 일으켜 옛 도읍지로 돌아가는 것, 이것이 신이 선제께 보답하는 방법이요, 폐하게 충성하는 직분입니다. 손해와 이익을 짐작하고 나아가 충성스러운 말을 다하는 것은 곽유지·비위·동윤의 임무이니, 원컨대 폐하께서는 신에게 도적을 토벌하고 (한실을)부흥시키는데 실효를 거둘 일을 맡기시어, 효과가 없으면 곧 신의 죄를 다스려 그렇게 함으로써 선제의 영 앞에 고하시고, 곽유지·비위·동윤 등의 허물을 꾸짖어 그것으로써 그 태만을 밝히십시오."

先帝知臣勤慎. 故臨崩, 寄臣以大事也. 受命以來, 夙夜憂慮, 恐付託不效, 以傷先帝之明. 故五月渡瀘, 深入不毛. 今南方已定, 兵甲已足, 當獎率三軍, 北定中原, 庶竭駑鈍, 攘除姦凶, 以復興漢室, 還于舊都, 此臣所以報先帝, 而忠陛下之職分也. 至於斟酌損益, 進盡忠言, 則攸之.褘.允之任也. 願陛下, 託臣以討賊興復之效, 不效則治臣之罪, 以告先帝之靈. 若無興德之言則責攸之.褘.允等之咎, 以彰其慢.

"폐하께서도 또한 마땅히 스스로 꾀하시어 좋은 방도를 자문하시고, 좋은 말을 살펴 받아들여 선제의 남기신 말을 깊이 따르소서. 신이 은혜 받은 감격을 이기지 못하는지라, 지금 멀리 떠나게 됨에 표에 임하여 눈물이 나서 말할 바를 알지 못하겠습니다."

陛下亦宜自謀, 以諮諏善道, 察納雅言, 深追先帝遺詔. 臣不勝受恩感激, 今當遠離, 臨表涕泣, 不知所云. 〈古文眞寶·出師表〉

실로 만고의 충신은 물론, 영웅들의 귀감인 명문으로 전한다.

이후 숱한 곤고 끝에 중원을 다시 평정한 왕조는 이세민李世民의 당唐나라다. 의욕적인 서정쇄신과 변방 개척에 이은 영토 확장, 원만한 인사정책은 물론, 실크로드를 통한 국부의 창출과 풍요로운 물산장려로 국태민안을 유지했으니, 안·사安史의 난 전, 그러니 성당盛唐 때를 회억한 두시 「옛날에는憶昔」이 그 예다.

憶昔開元全盛日 억 석 개 원 전 성 일	회억컨대 그 옛날 개원의 전성 때는
小邑猶藏萬家室 소 읍 유 장 만 가 실	작은 고을도 만여 가구가 득실했었다.
稻米流脂粟米白 도 미 류 지 속 미 백	쌀은 기름이 흐르고 좁쌀은 뽀얀 것이
公私倉廩俱豐實 공 사 창 름 구 풍 실	관가와 사가의 곳간 모두 그득했었지.
九州道路無豺虎 구 주 도 로 무 시 호	나라 안 어디에도 도적이란 없어서
遠行不勞吉日出 원 행 불 로 길 일 출	먼 길 떠날 때도 택일할 필요 없었고.
齊幻魯縞車班班 제 환 노 호 거 반 반	제와 노의 길엔 비단 수레 즐비했고
男耕女桑不相失 남 경 녀 상 불 상 실	밭 갈고 길삼에 때를 잃지 않았지요.

- 下略 -   - 하략 -

천보 15년(755), 범양에서 양귀비의 오라비 양국충 타도를 외치며 일어난 안록산의 난은 40여일 만에 낙양이 함락되는가 하면, 스스로 황제를 참칭하기에 이르고, 대당제국은 아비귀환의 터로 함몰한다. 이때 위국충정으로 살아온 두보는 이 난국을 타개할 제갈공명 같은 충신 영웅을 그리며 그의 사당을 찾아 통곡하였으니, 제갈공명의 「출사표」와 함께 논의 되는 「촉상蜀相」이 바로 그것이다.

丞相祠堂何處尋 승 상 사 당 하 처 심	승상의 사당을 어디 가서 찾으리오.
錦官城外栢森森 금 관 성 외 백 삼 삼	성도성 밖 잣나무 무성한 곳에 있죠.
映堦碧草自春色 영 계 벽 초 자 춘 색	층계의 파란 풀 절로 봄빛이 되었고
隔葉黃鸝空好音 격 엽 황 리 공 호 음	잎을 사이한 꾀꼬리 열없이 곱게 우네.
三顧頻煩天下計 삼 고 빈 번 천 하 계	세 번 돌아봄은 천하를 건지려는 혜음이요
兩朝開濟老臣心 양 조 개 제 노 신 심	두 조정 건지렴은 늙은 신하의 충성심이라.
出師未捷身先死 출 사 미 첩 신 선 사	군사를 내어 이기지 못하고 몸이 먼저 죽으니
長使英雄淚滿襟。 장 사 영 웅 루 만 금	길이 후세의 영웅들 눈물 옷깃에 그득하여라.

'승상'은 '재상', 곧 촉나라 재상이었던 제갈공명을 이름이요, 2구의 답을

유도한 물음이다. 이어진 함련 3·4구와, 경련 5·6구는 율시의 작법대로 대구 對句로 짜인 무상한 봄 경치다. 특히 3·4구의 언해 "버텅에 비취얫는 프른 플 은 절로 봄 비치 드외옛고/ 니플 사이ᄒᆞ얫는 곡고리는 속절업시 됴ᄒᆞ 소리로다" 는 『두시언해』 전편의 풀이 중 가장 잘 된 풀이라 한다. 이은 경련 5·6구와 결련 7·8구는 경애서 유발한 진정陳情으로, 삼고초려에 응한 천하경영의 이 상과, 선왕의 충정에 보답코자 한 2세를 향한 충성심으로 대구하고, 이어 출 사의 의지를 실현하지 못하고 몸이 먼저 죽은 여한으로 길이 후세의 사표인 채 '이 어지러운 현실을 어찌했으면 좋겠느냐'는 한으로 맺었다.

안록산의 난을 맞아 충절을 노래한 성당에 두보가 있었다면, 임란을 맞은 조선에 송강이 있어 강화도 송정현에 유배 중이던 송강은 삼도체찰사의 명 을 받고, 금사사에 이르러

十日金沙寺 십 일 금 사 사	십 여일 금사사에 묵노라니
三秋故園心 삼 추 고 원 심	스산한 가을 밤 보채는 나라 걱정.
夜潮分爽氣 야 조 분 상 기	밤 물가라, 오싹한 기운 흩어지고
歸雁送哀音 귀 안 송 애 음	돌아가는 기러기 울음소리 구슬픈데.
虜在頻看劍 노 재 빈 간 검	왜구 쳐 들어와 자주 칼을 매만지고
人亡欲斷琴 인 망 욕 단 금	벗 가고 없으니 거문고 줄 끊고 지고.
平生出師表 평 생 출 사 표	평소에 읊조리던 출사표이나
臨亂更長吟。 임 란 갱 장 음	국란에 임해 거듭 읊조리노라.

고 임란에 임하는 심회를 노래했다. '인망'은 늘 국사를 함께 논의하던 율곡 이이를, '단금'은 백아절현伯牙絶絃을 원용한 용사법이다. '평생'은 '늘 언제나' 의 뜻으로 위국일념을, '장음'은 '보국報國의 다짐'으로 읽는다.

16

세상사 마음먹기 나름

揚州駕鶴
양 주 가 학

　무명씨의 「고시古詩」에 "백 년도 못다 살면서, 천 년의 시름을 안고 사는 인생生年不滿百 常懷千年憂"이란 시구가 있다. 인간의 '시름과 걱정'이란 무엇이며, 왜 생기는가? 반백 년[50년] 인생에 천만 년 살 듯 미련을 떠는 탐욕 때문이 아니겠는가.

　워낙 인간이란 욕망, 아니 필요 이상의 야망을 가진 존재임에 틀림없다. 하긴 야망이 없는 인생은 또 발전이 있을 수 없다. 그러기에 윌리엄 S, 클라크는 "젊은이들이여, 야망을 가져라Boys, Be ambitious"하지 않았던가. 그러나 그것은 젊은이들에게 '건전한 이상'을 가지라는 희망의 메시지에 다름 아니다.

　불혹不惑[40대]의 시대를 지나 이순耳順[60대]에 이른 야망은 추한 노욕老慾일 뿐이다. 우리는 고사성어 '변방 늙은이의 말[塞翁之馬]'을 통해 삶의 지혜를 배웠다. 역사는 흐르고 상황은 언제나 바뀐다. 그러나 송대宋代의 『사문류취』를 비롯하여 『세설世說』등에 전하는 「양주가학」은 사뭇 마지못할 인간의 허황된 욕망을 드러내고 있다.

"몇몇 객이 서로 소망을 말하는데, 어떤 이는 '양주자사가 되고 싶다'하고, 또 어떤 이는 '많은 부를 갖고 싶다'하고, 어떤 사람은 '학을 타고 하늘에 올라보고 싶다'했다. 그러자 다른 한 사람은 '허리에 십만 관의 돈을 차고, 학을 타고 양주로 가 자사가 되고 싶다'하여 먼저 말한 사람들의 원하는 바를 다 함께 갖고 싶다. 有客相從 各言所志 或須爲揚州刺史, 或願多貲財, 或願騎鶴上昇, 其一人曰腰纏十萬貫 騎鶴上揚州, 盖兼三人之志而有之矣"했다.

그러나 어쩔 것인가? 인생이란 정작 '열에 여덟아홉이 뜻 같지 않은 것[十常八九]'을……

고려조를 대표하는 문사 이규보가 "옛 사람이 이르기를 '천하에 뜻과 같지 않은 일이 십상팔구인데, 인생이 이 세상에서 뜻과 같이 되는 것은 얼마나 될까? 했다. 나도 일찍이 「마음에 거슬림이란 시 12구」를 지었는데 그 시에 이르기를 古人曰' 天下不如意事 十常八九, 人生處斯世 能愜意者 幾何 余嘗有違心詩十二句 其詩曰"

人間細事亦參差 인 간 세 사 역 참 차	인간사 세세한 일 언제나 들쑥날쑥
動輒違心莫適宜 동 첩 위 심 막 적 의	일마다 어그러져 마땅한 구석 없네.
盛世家貧妻尙侮 성 세 가 빈 처 상 모	젊은 시절엔 가난하니 처자마저 얕보고
殘年祿厚妓常隨 잔 년 록 후 기 상 수	늙어 녹이 후하니 기생이 늘 따르네.
雨霪多是出遊日 우 음 다 시 출 유 일	놀러갈라치면 비 쏟아져 장마 지고
天霽皆吾閑坐時 천 제 개 오 한 좌 시	일없이 앉았으면 언제나 날은 맑지.
腹胞輒飡逢美肉 복 포 철 손 봉 미 육	배불러 상 물리면 맛난 고기 생기고
喉瘡忌飮遇深巵 후 창 기 음 우 심 치	목 아파 못 마실 땐 질펀한 술자리라.
儲珍賤售市高價 저 진 천 수 시 고 갈	갈무린 보배 팔면 시장 가격 오르고
宿疾方痊隣有醫 숙 질 방 전 린 유 의	묵은 병 낫고 나니 이웃에 의원 있네.
碎小不諧猶類此 쇄 소 불 해 유 류 찬	자질구레 맞지 않음이 정작 이 같으니

楊州駕鶴況堪期。　　양주땅 학 탄 신선 항차 기약하리오.
양 주 가 학 황 감 기

라 했다. "대저 만사가 마음에 어긋나는 일이 이와 같아서 작게는 한 몸의 영췌고락과, 크게는 가정이나 나라의 안위치란도 마음에 어긋나지 않음이 없으니, 내 졸작은 비록 작은 것을 들었으나, 그 뜻은 실로 큰 것을 비유하려는데 있다大抵萬事違於心者 類如是 小而一身之榮悴苦樂, 大而家國之安危治亂 莫不違心, 拙詩雖擧其小, 其意實在於喩大也"

이어 세상에 전하는 「4가지 통쾌함四快詩」의

大旱逢嘉雨　　오랜 가뭄에 단비 내리고
대 한 봉 가 우
他鄉見故人　　객지에서 옛 친구 만났네.
타 향 견 고 인
洞房花燭夜　　동방에 화촉 밝히는 밤이요
동 방 화 촉 야
金榜掛名辰。　　금방에 이름이 걸릴 때로다.
금 방 괘 명 신

를 예하고, "가문 나머지 비를 만나도 비 뒤에 또 가물고, 타향에서 친구를 만나도 문득 또 작별하게 되며, 동방화촉[신방에 밝힌 촛불]이 어찌 그들이 살아서 이별하지 않는 걸 보장하며, 금방[과거급제자 명단]에 이름 걸리는 것이 어찌 우환의 시작이 아님을 알 것인가. 라고 풀이하며, 이런 까닭으로 마음에 어긋나는 것이 많고, 맞는 것이 적으니 가탄스러울 뿐世傳四快ー 인용시 생략ー 旱餘雖逢雨 雨後又旱, 他鄉見友 旋又作別. 洞房華燭 安知非憂患始也, 此所以違心多, 而愜心小也, 可歎也已"이라 했다.

　이른바 '인간 만사가 뜻 같지 아니함人間萬事不如意'에 대한 지나친 기우, 혹 '머피의 법칙'이랄까? 더욱 이규보라면 자작시 「시벽詩癖」에서 밝힌 대로 "나이도 칠순을 넘었고, 벼슬도 재상에 오른年已涉從心 位亦登台司"득의한得意 경우가 아닌가. 만사는 마음먹기에 따라 달라지나니, 일체가 유심조唯心造요, 행·불행은 내게 있거늘……

83

끝으로 양주학과 관련된 동파 소식의 시 「녹균헌綠筠軒」을 감상하며 장을 맺기로 하자.

可使食無肉
가 사 식 무 육
가령 밥상에 고기 없을지언정

不可居無竹
불 가 거 무 죽
집 안에 대가 없을 수 있으랴.

無肉令人瘦
무 육 령 인 수
고기를 먹지 않으면 사람이 야위고

無竹令人俗
무 죽 령 인 속
대가 없다하면 사람은 속될 것이니

人瘦尚可肥
인 수 상 가 비
야윔이야 오히려 살찔 수 있겠지만

士俗不可醫
사 속 불 가 의
선비가 속되면 다시 고칠 수 없나니.

傍人笑此言
방 인 소 차 언
곁의 사람 이 말 듣고 웃누나

似高還似痴
사 고 환 사 치
고상한 듯 오히려 어리석다고.

若對此君仍大嚼
약 대 차 군 잉 대 작
가령 대를 대하고 고기도 먹을 수 있다면

世間那有樣州鶴。
세 간 나 유 양 주 학
어찌 세간에 양주학 이야기가 있었겠는가.

워낙 '매梅·란蘭·국菊·죽竹'은 4군자四君子요. 송松·죽竹·국경菊徑은 군자가 거니는 정원의 세 길三徑이다. 그러니 어찌 뜰에 '푸른 대[綠筠]'를 심지 않을 수 있겠는가.

주돈이周惇頤가 연을 사랑하는[愛蓮說] 여러 이유 중에 "가운데는 비고, 넌출 벋지 아니함中通外直 不蔓不枝"이 군자의 풍모라 했듯이 대도 마찬가지다. 그러므로 '고기를 먹지 않아 야윌지언정 대를 심는 이유는 속되지 않기 위함'이랬다. 그랬더니 속된 선비가 '딱하다는 듯' 빈정대나, '세상사 모든 것을 다 갖자' 한다면 어찌 '양주가학 고사가 있었겠느냐' 했으니, '십만 양 재물을 허리에 차고, 학을 타고 양주에 가 자사가 되려는 욕망은 가당치도 않거니와, 그것이 바로 '시름과 걱정의 씨앗이란 절제의 미학'이라 하겠다.

17

백성과 함께 즐기다

與民同樂
여 민 동 락

　공자가 산정刪定한 『서경書經』은 천명사상天命思想으로 일관하며, 이는 다시 민본民本·애민愛民·중민사상重民思想으로 발전되었으니, 그 구체적·이상적 실현방법은 여민동락이다.

　이른바 '백성의 마음을 얻고 받들라'는 치도治道의 근본이니, 임금이란 '하늘의 명에 의하여, 하늘의 뜻에 따라 나라를 다스린다'는 것이다. 임금이 하늘의 뜻대로 나라를 다스리지 못할 때, 하늘의 명[天命]은 다른 사람에게로 옮아간다. 그리고 그 평가의 기준을 '하늘은 백성들을 통하여 보고 듣는다'는 것이다. 따라서 백성의 뜻은 바로 하늘의 뜻이 된다[民心天心]. 이것이 천명사상이요, 덕치주의德治主義로 백성을 다스릴 것을 기본으로 하는 민본주의民本主義다. 이 사상이 바로 공자의 중용사상中庸思想이자, 맹자의 왕도정치론王道政治論으로 계승된 것이다. 특히 맹자는 양혜왕梁惠王이 "천리 먼 길을 마다않고 찾아오시니, 장차 우리나라에 어떤 이로움을 주시렵니까?王曰叟不遠千里而來 亦將有以利吾國乎"라고 묻자, "왕께서는 하필 이로움을 말씀하십니까? 오직 (요순의 치도인)인의가 있을 뿐입니다.王何必曰'利' 亦有'仁義'而已矣"라며, 『시경

經始靈臺 _{경 시 영 대}	영대를 짓기로 하고
經之營之 _{경 지 영 지}	터를 다지고 재목을 마름하여
庶民攻之 _{서 민 공 지}	백성들이 세우니
不日成之 _{불 일 성 지}	몇 일만에 완성되었네.
經始勿亟 _{경 지 물 극}	일을 시작함에 서두르지 말라 해도
庶民子來 _{서 민 자 래}	백성들이 자식처럼 모여들었다.
王在靈囿 _{왕 재 령 유}	왕이 영유에 납시면
麀鹿攸伏 _{우 록 유 복}	암사슴은 엎드리고
麀鹿濯濯 _{우 록 탁 탁}	그 모습은 윤이 나며
白鳥鶴鶴 _{백 조 학 학}	백조는 희고 희도다.
王在靈沼 _{왕 재 령 소}	왕이 영소에 납시면
於牣魚躍。 _{어 인 어 학}	아! 가득한 물고기들 뛰어오르네.

를 예시하였다. 이른바 문왕文王이 백성의 힘으로 대를 세우고 못을 파나, '백성들이 이를 반기고 즐거이 여겼을 뿐'만 아니라, '서두르지 말고 쉬엄쉬엄 하기'를 바랐으나, 백성들은 마치 '어버이 일처럼 달려와' 후딱[不日] 마치고는, 그 대를 이름 하여 '영대'라 하고, 그 못을 이름 하여 '영소'라 하며, 사슴과 물고기를 보고 즐거워했다. 이것이 바로 '백성과 더불어 같이 즐거워하므로, 고로 능히 즐길 수 있음'을 밝힌 것이다.

한편 「탕서湯書」에 이른 바 "이 해는 언제 없어질 것인가! 나도 너와 함께 죽으리라時日害喪 予及女偕亡" 한다면, "비록 대와 연못과 새와 짐승이 있다한 들 어찌 홀로 즐길 수 있겠습니까?民欲與之偕亡 雖有臺池鳥獸 豈能獨樂哉"라고 반 문한 것이다.

『서경』의 편명인 「탕서」는 은殷을 세운 탕 임금이 하夏의 말왕 걸桀을 정벌 하기 위한 일종의 선서문이요, '시일時日'은 '시일是日'이니, '이 태양,' 곧 '걸' 자신의 비유다. 걸이 자기 백성들이 반란을 일으킬 기미를 눈치 채고, 자신을 태양에 비해 이르길 "이 해가 언제 없어져 본 적이 있느냐? 해가 만약 없어 진다면 나와 너도 모두 없어질 것이다."라고 협박한 데서 원용해 온 것이다.

한편, 맹자는 제 선왕齊宣王에게 "음악을 즐기던지, 화려한 정원을 즐기던지, 혹은 사냥을 즐기던지, 중요한 것은 '백성과 함께하는 것'임을 강조하며, 심지어 '재물을 좋아하고 여자를 좋아하는 마음'까지도 여민동락하라"고 권했다.

이 같은 사고가 당시 패권에만 몰두하던 위정자들에게 통치 이념으로까지 승화되지는 못했지만, 애민의식愛民意識의 강조는 물론, 이후 많은 유가들의 경세이론을 통해 구체화되기 시작했으니, 궁중 아악으로 작곡된 여민락與民樂은 전혀 이와 무관치 않다. 곧 우리의 악장문학의 걸작인 『용비어천가』의 제 1·2·3·4장과 125장에 곡을 붙인 「여민락」이 『세종실록』 140권 세종악보 「봉래의蓬萊儀」에 전인자·치화평·취풍향·후인자와 함께 가지런히 수록되었음이 그 예다.

고려 중기의 문신 이지저李之氐(1092~1145)의 「서도에서 느껴워西都口號」는

大同江水琉璃碧   대동강 물빛은 유리처럼 파랗고
대 동 강 수 유 리 벽
長樂宮花錦繡紅   장락궁 꽃빛은 비단에 수놓은 듯 붉어라.
장 락 궁 화 금 수 홍
玉輦一遊非好事   임금님의 행차야 향락을 위함이 아니라
옥 연 일 유 비 호 사
太平風月與民樂。   태평세월 백성들과 함께 누리시렴이시라.
태 평 풍 월 여 민 락

했다. 이 시는 이궁 장락궁에서의 어전시니, 전 2구의 문식이 그것이요, 후 2구의 칭송은 예도적禮道的 맺음이다.

워낙 장락궁은 대왕비의 전각으로, 장원정 등과 함께 지어진 별궁이리니, 태조 왕건의 "서경은 우리나라 지맥의 근본이니, 2·5·8·10월에 순시하여 안녕을 누리라"(훈요10조 중 5)는 유훈에 따라, 문종 10년(1056) 현 개풍군 광덕면 영좌산 남단에 태사령 김종원에 의해 이룩된 이른바 명당[君子御馬明堂之地]

으로, 서경 천도를 전제한 용심用心이었다.

시대는 다르지만, 점필재 김종직의 작품으로 전하는 「왕대비전王大妃殿」의

韶光回桂殿　　봄기운 계전에 돌아들고
소 광 회 계 전
淑景麗金鋪　　맑아한 경치 금포에 화려하네.
숙 경 려 금 포
肅肅陪長樂　　깊고 조용히 장락궁에 모시니
숙 숙 배 장 락
徽音自不孤。　훌륭한 명성 절로 외롭지 않네.
휘 음 자 불 고

▷소광韶光 : 화창한 봄 경치. 아름다운 빛. ▷계전桂殿 : 계수나무 궁전. ▷숙숙肅肅 : 궁궐의 엄정한 모양. ▷휘음徽音 : 좋은 평판. 맑은 소리. ▷불고不孤 : 외롭지 아니함. 언제나 백성과 함께함.

역시 전 4구에 포치된 풍요롭고 웅장 고고함과 화려함[豊雄高華]이 어전 시격御前詩格 그대로다. '화사한 봄기운 감도는 계수나무 궁전·맑아한 금포'로 엄숙 고고한 대비전의 경개를 깊고 고요함으로 완전하여, 주제어 '외롭지 아니함[不孤]'으로 맺었으니, '외롭지 아니함'이 곧 '여민동락'의 함축임을 읽게 한다.

88

18

필화사건

烏臺詩案
오 대 시 안

'오대'는 관리의 죄상罪狀을 캐어 밝히는 '어사대御史臺'니, 오늘날의 '검찰'쯤인 셈이고, '시안'은 시의 내용, 이른바 시어의 비유, 혹은 그 상징성 등을 따져 '죄상을 밝혀 냄'이다.

북송北宋의 대표적 문사 동파東坡 소식蘇軾은 자신의 공명과 출처를 스스로 당나라 향산香山 백거이白居易에 빗대곤 했었다. 신종神宗 희녕熙寧(1068~1077) 연간에 (참지정사參知政事) 왕안석王安石(1021~1086)이 신법新法으로 천하를 그르치자, 동파가 「산촌오절山村五絶」 5수를 지었는데, 그 3에

老翁七十自腰鎌   늙은이 칠십에 제냥 허리 휘고
노 옹 칠 십 자 요 겸
慚愧春山筍蕨甛   봄산 죽순과 고사리 달게 먹자니 스스럽네.
참 괴 춘 산 순 궐 첨
豈是聞韶解忘味   어찌 소악을 듣고 맛을 잊었다는 뜻이리오
기 시 문 소 해 망 미
邇來三月食無鹽。   이즈음 석 달 동안 소금 맛도 보지 못했네.
이 래 삼 월 식 무 염

라 하고, 이어 그 4에서는

杖藜裹飯去忽忽
장 려 과 반 거 홀 홀

지팡이 짚고 밥 싸들고 훌쩍 떠났는데

過眼青錢轉手空
과 안 청 전 전 수 공

닥치는 대로 써버린 청전 갈수록 궁해져.

贏得兒童語音好
영 득 아 동 어 음 호

어린 아이들 말이라도 얻어 배우게 되면

一年強半在城中。
일 년 강 반 재 성 중

한해의 반을 강제로 성중에 있게 한다오.

라고 노래한 시, 특히 3의 4구와, 4의 2구가 시사時事, 곧 '왕정을 풍자한 것'
에 연루되어 남쪽 변방, 곧 동파東坡로 유배되었다. 고로 그 시를 '오대시안'이
라 했다.

고려 말 목은牧隱 이색李穡이 임신년(1392. 6월) 신륵사에 있으며 배를 띄워
노자암에 이르자, 조정 여러 대신들에게 보낸 시 「성랑에게 부치다寄省郎」
12수 중(동인시화에서는 10수라 함)

捉敗老翁唯四字
착 패 노 옹 유 사 자

'늙은이를 쫓아내다'라는 이 네 글자는

黜僧還恐似王輪
출 승 환 공 사 왕 륜

내쫓긴 중이 왕륜과 같을까 두려워서지.

라 하고, 또 이르기를,

坐數至今荒野去
좌 수 지 금 황 야 거

지금 손꼽아 헤어보니 모두 시골로 쫓겨가고

滿庭青紫寂無人。
만 정 청 자 적 무 인

조정을 메웠던 관리들 자취도 없이 사라졌네.

라는 구절로 인해 대관臺官의 탄핵을 받아, "그 화가 장차 어떻게 미칠지 예
측할 수 없게 되었으니, 그것을 오대시안으로 보더라도 크게 차이가 없을 것
이다"라 했다.

'착패노옹'은 '이 늙은이를 없애버리려 함'이요, '만정청자'는 '우왕 때 갑인
과 급제 신진사류'들은 모조리 출척되었음 비유한 한 말이다.

『동인시화』의 원문은 다음과 같다.

東坡∥平生功名出處를 自比/白香山하고, 牧隱∥亦嘗以東坡로 自比하다. 熙寧中에 王安石이 以新法으로 誤∣天下하다. 東坡∥有/山村五絶한대 有 "邇來三月食無鹽 過眼靑銅轉手空"等句∥坐譏時事하야 謫南荒하니 謂其 詩曰'烏臺詩案'이라. 牧隱이 謫長湍할제 寄省郎十首한때 "黜僧還恐似王輪 하고 滿庭靑紫絶無人"等句는 爲臺官所彈하여 禍且不測이러니 其視烏臺 詩案이라도 亦無幾矣라.〈東人詩話.上〉제 25화

▷동파東坡 : 송나라 문인 소식蘇軾의 호. ▷자비향산自比香山 : 스스로 향산(白樂天 의 호)에 비유하다. ▷희녕熙寧 : 송나라 신종의 연호.

일제 강점기 때야 필설에 담을 가치조차 없지만, 현대사에서도 간과치 못 할 필화사건이 있었으니, 그 대표적 예로 김지하의 담시 「오적五賊」의 일부만 예시해 보자.

오적五賊

시詩를 쓰되 좀스럽게 쓰지 말고 똑 이렇게 쓰랏다.
내 어쩌다 붓끝이 험한 죄로 칠전에 끌려가
볼기를 맞은 지도 하도 오래라 삭신이 근질근질
방정맞은 조동아리 손목댕이 오믈오믈 수물수물
뭐든지 자꾸 쓰고 싶어 견딜 수가 없으니, 에라 모르것다
볼기가 확확 불이 나게 맞을 때는 맞더라도
내 별별 이상한 도둑이야기를 하나 쓰것다.
옛날도 먼 옛날 상달 초사흘 날 백두산 아래 나라선 뒷날
배꼽으로 보고 똥구멍으로 듣던 중엔 으뜸
아동방我東方이 바야흐로 단군이래
그 무슨 가난이 있겠느냐
포식한 농민은 배터져 죽는 게 일쑤요

91

비단옷 신물 나서 사시장철 벗고 사니

고재봉 제 비록 도둑이라곤 하나

공자님 당년에도 도척이 났고

부정부패 가렴주구 처처에 그득하나

요순시절에도 사흉은 있었으니

아마도 현군양상賢君良相인들 세 살 버릇 도벽盜癖이야

여든까지 차마 어찌할 수 있겠느냐

서울이라 장안 한복판에 다섯 도둑이 모여 살았것다.

남녘은 똥덩어리 둥둥

구정물 한강가에 동빙고동 우뚝

북녘은 털빠진 닭똥구멍 민둥

벗은 산 만장아래 성북동 수유동 뾰족

남북 간에 오종종종 판잣집 다닥다닥.

  – 이하 생략 –

19

달이 밝으니 별빛이 성글어 지다

月明星稀
월 명 성 희

 '달이 휘영청 밝으면 별이 있는 듯 없는 듯有耶無耶 희미해지는 것'은 자연한 이치나, 언어생활이나 문학적 비유로는 '어진 성현이나 영웅이 나타나면, 소인배나 졸개는 자취를 감춘다'는 함의含意로도 쓰인다.

 더욱 이 말의 유래는 관도官渡에서 원소袁紹를 격파하고 사주四州를 통합한 조조曹操(155~223)가 100만 대군을 이끌고 천하를 쟁패할 적벽대전을 앞두고, 출정을 위한 연회자리에서 읊은 악부체「단가행短歌行」에서 유래했기에 더욱 의미심장한 바 있다.

 두루 아는 바와 같이 조조는 전략가인 동시에 후한後漢 말 건안建安 연간(196~220), 두 아들 문제文帝 조비曹丕, 진사왕眞思王 조식曹植과 건안칠자建安七子 등을 이끌고, 양한兩漢의 학계를 지배하며, 육조문학六朝文學의 전도를 개척한 인물이기도 하다. 『문선』권 14에 전하는 노래의 전문은 다음과 같다.

對酒當歌　人生幾何　술과 풍악에 취해, 살아온 인생 얼마런가
대 주 당 가　인 생 기 하
譬如朝露　去日苦多。　아침이슬 같건만, 지난 세월 수고로웠네.
비 여 조 로　거 일 고 다
慨當以慷　憂思難忘　하염없이 강개에 젖지만, 시름 잊기 어렵고
개 당 이 강　우 사 난 망

何以解憂 하 이 해 우	唯有杜康。 유 유 두 강	어찌하면 근심 풀까, 오직 한잔 술뿐이리.
青青子衿 청 청 자 금	悠悠我心 유 유 아 심	지난날 벗 그리우나, 아득한 내 마음이여
但爲君故 단 위 군 고	沈吟至今。 침 음 지 금	오직 군주를 위해, 이제도 아픔을 참노라.
呦呦鹿鳴 유 유 록 명	食野之萍 식 야 지 평	사슴은 즐겁게, 들판의 풀을 뜯고 있네
我有嘉賓 아 유 가 빈	鼓瑟吹笙。 고 슬 취 생	내게 귀한 손님 있으니, 풍악을 울려라.
明明如月 명 명 여 월	何時可掇 하 시 가 철	달같이 밝고 밝으니, 언제 거둘 수 있나
憂從中來 우 종 중 래	不可斷絕。 불 가 단 절	근심이 그 가운데 나오니, 끊이지 않네.
越陌度阡 월 맥 도 천	枉用相存 왕 용 상 존	경계를 넘고 두렁 건넌 것, 헛된 짓이려나
契闊談宴 계 활 담 연	心念舊恩。 심 념 구 은	허심탄회한 자리에, 옛정을 생각하노라.
月明星稀 월 명 성 희	烏雀南飛 오 작 남 비	달 밝자 별빛 가려지니, 오작이 남으로 날고
繞樹三匝 요 수 삼 잡	何枝可依。 하 지 가 의	나무 주위를 맴도나, 의지할 가지가 있을까.
山不厭高 산 불 염 고	海不厭深 해 불 염 심	산 높고, 바다 깊어도 마다하지 않으나
周公吐哺 주 공 토 포	天下歸心。 천 하 귀 심	주공이 널리 인재 구하니, 천하민심 돌아오네.

워낙 복문서국간復文書局刊 『신편중국문학사』에서 이른바 건안문풍이 "종래의 부賦 대신 시詩, 특히 오언시五言詩를 선호하므로, 훗날 중국문학의 선구를 이룬 점, 민요라 할 악부체樂府體 시를 지식인의 서정시로 완성하므로, 유가의 성정론적性情論的 취향에서 벗어나, 시문학에 강렬한 개성과 청신한 격조를 부여했다"면, 조조의 악부체시는 한층 '풍격風格이 힘차고 굳센 4언시에 탁월한 성취를 보이며, 한말의 정란에 따른 인민의 고통과 자신의 정치이념을 토로하고' 있다. 위 시 결련의 '토포吐哺'는 토포착발吐哺捉髮의 준말로 '인재를 얻기 위해 동분서주한 주공周公의 고사'니, 작자의 '천하 경영'을 위한 정략가로서의 웅지雄志를 유감없이 표출한 예라 할 것이다.

홍건히 취한 조조가 횡삭부시橫槊賦詩한 채 읊조리고 회심의 미소를 짓자, 모두가 흥이 나 유쾌하게 웃는데, 오직 장수 유복劉復만이 "달 밝자 별빛 가려지니, 오작이 남으로 날고, 나무 주위를 맴도나 의지할 가지가 있을까"라는 구는 '불길한 징조'라고 걱정하다 화를 입었다고도 하나, 소설적 화소일 것이다.

이상의 고사와 시의 문맥으로 보면 '월명성희'의 최초의 유래는 조조의 용맹과 웅지雄志에서 유래된 말로, 촉한의 유비와 오의 손권의 연합군쯤이야 '휘황한 달빛에 유야무야한 별빛에 불과한 존재' 쯤으로 인식한 조조의 영웅적 기백의 의미로 읽을 만하다.

한편 "월명성희 오작남비"는 동파 소식의 대표작이라 할 「적벽부」에도 원용되었다. 부체의 맛과 소식의 문예미학, 그리고 조조의 웅지와 문예성을 함께 대비해 이해하기 위해, 동파의 「적벽부」 일부를 참고하면 다음과 같다.

"임술 년 초가을 7월 열엿새 날, 소식이 객과 더불어 적벽 강 아래에 배를 띄워 노닐 적에 맑은 바람은 시원하게 불어오고, 물결도 일지 않았다. 술잔을 들어 객에게 권하며 『시경·명월』편을 읊고, 「요조」의 장을 노래했지. 얼마 뒤에 달이 동산 위에 떠올라, 두우지간을 배회하고, 흰 이슬 강물 위에 비껴 내리니, 물빛은 하늘에 닿아 있었다. 한 조각 작은 배를 가는 대로 내 맡겨, 망망한 만경창파를 건너가니, 넓고도 넓음이여, 허공을 타고 바람을 모는 것 같아, 그 머물 곳을 알지 못하겠고, 가벼이 떠오름이여, 자못 세상을 벗어나 홀로 서 있는 듯, 날개가 돋아 신선이 된 듯하였네. 이에 술 마시고 즐거워하며, 뱃전을 두드리며 노래하기를 "계수나무 노와 목란 상앗대로 훤히 빈 밝은 달그림자를 치며, 달빛 어린 강물을 거슬러 올라가노라. 넓고도 아득하도다. 내 마음이여, 하늘 저 한 곳에 있는 미인을 바라보노라. 객 중에 퉁소 부는 자 있어서 노래에 맞춰 반주하니, 그 소리 울려 퍼지는데, 원망하는 듯 사모하는 듯하고, 흐느끼는 듯, 호소하는 듯하며, 깊은 골짜기 물에 잠긴 용이 춤추는 듯, 그 여운이 가냘프고, 실처럼 끊이지 않으니, 외로운 배 속에 탄 과부를 눈물 흘리게 하는지라." 나 소식은 슬피 옷깃을 여미고 꿇어 앉아 객에게 묻기를, "어찌하여 그리도 슬픈가?" 하니 객이 이르기를, "달이 밝으니 별이 드물고, 까막까치 남쪽으로 날아간다" 함은 조맹덕의 시가 아닌가? 서로 하구를 바라보고, 동으로 무창을 바라보니 산천은 서로 엉켜 울울하고 창창하도다. 이곳이 바로 조조가 주유에게 곤욕을 치르던 곳이 아닌가. 그가 막 형주를 쳐부수고 강릉으로 내려와, 물결 따라 동으로 내려감에 배는 꼬리를 물고 천리에 이었고, 깃발은 하늘을 가리었는지라, 강물을 대하여 술을 따르며 긴 창을 비껴들고 시를 지었으니, 참으로 한 세상의 영웅이었는데, 지금은 어디에 있는가?"

壬戌之秋七月既望에 蘇子與客으로 泛舟遊於赤壁之下하니 淸風은 徐來하고, 水波는 不興이라. 擧酒屬客하여, 誦明月之詩하며, 歌窈窕之章하다. 少焉에 月出於東山之上하여 徘徊於斗牛之間하니 白露는 橫江하고, 水光은 接天이라. 縱一葦之所如하여 凌萬頃之茫然이라. 浩浩乎如憑虛御風而不知其所止요, 飄飄乎如遺世獨立하여 羽化而登仙이라. 於是에 飮酒樂甚하여 扣舷而歌之라. 歌曰桂棹兮蘭槳으로 擊空明兮泝流光이로다. 渺渺兮余懷여, 望美人兮여 天一方이로다. 客有吹洞簫者하여 倚歌而和之하니 其聲이 嗚嗚然하여 如怨如慕하고, 如泣如訴하며, 餘音嫋嫋하여 不絶如縷하니, 舞幽壑之潛蛟하고, 泣孤舟之嫠婦라. 蘇子는 愁愀然正襟하여 危坐而問客하여 曰何爲其然也오. 客이 曰月明星稀하고, 烏鵲南飛라하니 此非曹孟德之詩乎아? 西望夏口하고 東望武昌하니, 山川相繆하여 鬱乎蒼蒼이라,. 此非孟德之困於周郎者乎아. 方其破荊州하고 下江陵하여 順流而東也에 舳艫는 千里요 旌旗는 蔽空이라. 釃酒臨江하여, 橫槊賦詩하니 固一世之雄也러니 而今安在哉오. ㅡ 하 략ㅡ

▷기망既望 : 이미 望日[보름]이 지난 날. 16일. ▷거주촉객擧酒屬客 : 술잔을 들어 객에게 권함. ▷명월 明月 : 시경의 편명. ▷소언小焉 : 잠시 후. ▷羽化而登仙 : 날개를 펴쳐 선계에 오른 듯함.

가 그것이다. 워낙 부賦란 『시경』 6의六義 가운데 수사법으로서의 비·부·흥比賦興 중 사실을 펼쳐내 곧바로 말하는陳其事 而直言之也, 이른바 직설적 표현으로, 그의 「전·후前後적벽부」 중 「전적벽부」의 일부이다.

20

개판이야

泥田鬪狗·不奪不厭
이 전 투 구   불 탈 불 염

이체를 추구함에는 만족이 없다. 워낙 욕망이란 한도 끝도 없기 때문에 채워도 차지 않는 그릇이다. 맹자가 양혜왕梁惠王을 찾아갔다. 혜왕이 첫마디에 "노인께서 천리를 머다 않고 찾아오셨으니, 역시 장차 우리나라를 이롭게 함이 있겠습니까?孟子見梁惠王한대 王曰 '叟不遠千里而來하니 亦將有以利吾國乎"하고 물었다.

맹자께서 이르시되, "임금께선 어찌 하필 이로움으로 말씀하십니까. 역시 인仁과 의義가 있을 뿐입니다. (만일) 임금께서 '어떻게 하면 내 나라를 이롭게 할까' 하신다면, 고급관리들은 '어떻게 하면 내 집을 이롭게 할까'하고, 선비와 일반 서민들은 '어떻게 하면 내 일신을 이롭게 할까'해서, 위·아래 사람이 서로 이로움으로 다투게 되면, 그 나라는 위태로울 것입니다."

孟子對曰 '王은 何必曰利이꼬. 亦有仁義而已矣니이다.' '王曰何以利吾國고 하시면 大夫曰'何以利吾家아하고, 士庶人曰'何以利吾身'고하야, 上下交征 利면 而國危矣리라.

"기마 일만 필을 가진 천자의 나라에서 그 천자를 죽일 수 있는 이는 기마 1천 필의 나라인 제후일 것이고, 기마 1천 필의 나라에서 그 제후를 죽일 수 있는 이는 필히 가마 1백 필의 고급 관리의 집일 것입니다. 1만 중에서 1천을 가지고, 1천 중에서 1백을 가지면 충분히 많지 않는 것이 아니지만, 굳이 의를 뒤로 하고, 이로움만 앞세우면 앗지 않고는 마지않을 것입니다."

萬乘之國에 弑其君子는 必千乘之國이요, 千乘之國의 弑其君子는 必百乘之家니, 萬取千焉과 千取百焉이 不爲不多矣나 苟爲後義而先利면 不奪하얀 不饜이니다.

"인을 지니고서 어버이를 버리는 자는 있지 아니하며, 의를 지니고서도 임금을 뒤로 하는 자는 있지 않습니다. 임금이시여, 역시 인과 의를 말할 뿐이지, 어찌 꼭 이로움을 말하십니까."

未有仁而遺其親者也요, 未有義而後其君子也니, 王亦曰仁義而已矣요 何必曰利잇고하다"라 했다.

위 인용문의 키-워드는 "굳이 의를 뒤로하고, 이를 앞세우면 앗지 않고는 마지아니함苟爲後義 以先利 不奪不厭"에 있다. 그러므로 앗기 위한 싸움은 염치 불고, 이른바 '인간의 탈을 쓴 짐승人面獸心'의 혈전이리니, 우선 이상적의 우화시 「개싸움狗鬪」이 그것이다.

有狗竊叝膳 유 구 절 서 선	개가 푸줏간의 고기를 훔쳐 물고
走入廻廊側 주 입 회 랑 측	행랑채 옆으로 숨어들자
忽聞猀吘牙 홀 문 시 우 아	문득 깨갱 깽 소리 나더니
群狗來爭食 군 구 래 쟁 식	뭇 개들이 달려들어 먹이를 다투네.
紛紛泥中鬪 분 분 니 중 투	어지러이 진흙 굴에서 물고 뜯으며
有患失與得 유 환 실 여 득	다만 앗고 앗길 것만 걱정이라네.
得且不救飢 득 차 불 구 기	얻는 대도 주린 허기 채우질 못하고

失亦何所憾
실 역 하 소 감   잃은 들 무엇이 그리 성낼 일인가.

ー 중략 ー   ー 中略 ー

不奪愈不饜
불 탈 유 불 염   앗지 않고는 오히려 마지못하니
物性豈有極
물 성 기 유 극   동물의 욕심이란 끝이 없구려.
如何人自侮
여 하 인 자 회   어쩌자고 자신을 모멸하면서까지
乾餱以失德。
건 후 이 실 덕   하찮은 먹이로 덕을 잃는다냐.

이른바 '사람이 마땅히 가야할 정도正道인 의를 멀리하고, 이利만 앞세우면 앗지 않고는 마지 못한다'는 『맹자』의 훈고訓詁를 그대로 시화한 교훈적 풍자시다. 더욱 인의仁義를 솔선해야 할 선비들이 '얻는대도 하찮은 목전目前의 작은 이익에 팔려, 끝없는 욕망의 노예가 된 속물근성을 물성物性, 곧 구성狗性에 직핍한 촌철살인寸鐵殺人이다.

역관으로서의 우선은 사무사思無邪란 시경의 본지本旨를 '더 없는 스승이요, 황금의 궤짝보다 중시하며 실천하고자' 했다. 그러므로 당호를 일경당一經堂이라 하고, 그 명에 이르기를

日星麗天
일 성 려 천   해와 달이 하늘을 빛내고
巖瀆在地
암 독 재 지   산과 물이 땅에 담겼듯이
經爲人文
경 위 인 문   경이 사람의 글이 되는 것은
周情孔思。
주 정 공 사   주공의 정, 공자의 뜻이라오.

▷여천麗天 : 하늘을 곱게 수놓음. ▷인문人文 : 인간이 읽고 배워야할 진리의 말씀. ▷주정공사周情孔思 : 주공의 인정이요, 공자의 사상.

라 했다. 이는 그의 『해린척소』 중 "성정을 성현의 서권에서 도야하고陶性情於賢聖書卷之中" 및 "아침 햇살 헌함에 비춰들면 단정히 앉아 경사를 읽는다曉麗軒 正坐讀經史"와 다름 아닌 수신의 일단이자, 그 학인으로서의 자세를 표출한 것이다.

21

한 글자를 일러준 스승

一字師
일 자 사

서거정의 『동인시화』에

"무릇 시의 묘미는 한 글자에 있나니, 옛 사람은 한 글자를 깨우쳐 준 사람을 스승으로 삼았다. 송나라 괴애 장영(946~1015)이 지은 절구시 한 수에 "홀로 태평하게 아무 일도 없음을 한스러워 하노니, 강남의 노상서 할 일 없이 사위어 가네"라 했다. 소초재가 '한恨'자를 '행幸'자로 고치며 말하기를 "지금 천하가 하나로 통일되었고, 공께선 공로도 높고, 지위도 막중하온데, '유독 태평시대를 한스러워 한다'함은 어찌된 일입니까?"하니, 장영이 사례하며 "소군은 한 글자의 소중함을 일깨워 준 스승一字之師이로다."

凡詩妙는 在/一字하니 古人∥以一字로 爲師하다. 張乖崖가 在江南에 題一絶云한대 "獨恨太平無一事하니 江南閑殺老尙書"라한대. 蕭楚材∥改'恨'作'幸'하며 曰"今天下∥一統하고, 公功∥高,位∥重한대 '獨恨太平'은 何耶"오하니, 張이 謝曰"蕭君은 一字之師也"라 하다.

▷이A위B以A爲B : A로써 B라 하다[여기다]. ▷장괴애張乖崖 : 송나라 문인. 명은 詠.

괴애는 호. ▷일자사一字師 : 시문 중 온당치 못한 한 글자를 일러주다.

라는 일화가 전한다. 이른바 시에서의 한 글자의 중요성, 혹은 그 심상의 묘를 읽을 수 있게 하므로, 작시는 물론, 독해와 감상의 어려움을 실감케 한다.

고려 말의 대학자이자 문인인 목은 이색 부자父子의 경우도 예외가 아니었으니, 같은 『동인시화』에 목은 이색이 일찍이 아들 인재麟齋 종학種學과 함께 충남 서산에 있는 서주루西州樓에 올라 지은 시구에

西林石堡入雲端　서림의 서쪽 보루는 구름자락에 들어있고
서 림 석 보 입 운 단
亭樹含風夏尚寒　정자의 나무 바람 타 여름에 오히려 서늘해.
정 수 함 풍 하 상 한

라 했다. 서주루를 지나 여정의 반쯤 가다가 아들 종학이 "아버님 시구 중 '상尚'자는 '역亦'자의 온당함만 같지 못할 듯합니다"라 했다. 목은 이색은 "과연 네 말이 옳다"하고, 서둘러 그 글자를 고치게 했다. '상'자와 '역'자의 뜻은 같으나, '상'보다는 '역'자가 더 온당하였던 것이다.

牧隱이 嘗與子麟齋種學과 登西州樓하야 題云"…… 위 시구 생략, 行之半到하야 種學이 曰"大人詩中'尙'字는 不如'亦'字之穩"이로소이다하니, 牧隱이 曰"果是也"라하고 促令返改之하다. '尙·亦'이 雖一意나 殊不如亦字之穩이라.

평자의 말대로 '상자와 역자의 의미는 '尙의 오히려'나 '亦의 역시나'의 차이는 평·측음이라는 성운의 차이 외는 읽어도 얼른 감이 오지 않으니, 시를 쉽게 말할 수 있겠는가.

그러나 분명한 것은 아들이 아버지의 '일자사'가 된 경우이니, '서둘러 아들로 하여금 고치게 했음'이 자못 흥미로운 여운이라 할 밖에.

101

22

토끼를 잡으면
사냥개도 삶아 먹는 법

兔死狗烹 = 狡兔死良狗烹
토 사 구 팽   교 토 사 량 구 팽

    춘추시대에 월越나라가 패권을 잡을 수 있도록 구천句踐을 보좌한 명신名臣은 범려范蠡와 문종文種[혹은 大夫種]이었다. 워낙 범려는 초나라 원읍苑邑 삼호三戶 출신으로 형에게 빌붙어 지내던 한미한 기인奇人, 혹은 거짓미치광이[佯狂] 행세를 하며 지냈으나, 당시 이 고을의 현령 문종文種이 그의 현량함을 알아보고 생사를 함께할 교계[刎頸之交]를 맺은 후, 오나라 부차에게로 가려했으나, 오에는 이미 초 평왕平王에게 무고하게 죽임을 당한 오사伍奢와, 그의 장자 상尙의 사제舍弟 자서子胥가 부와 형의 원수를 갚기 위해 와 있었으므로, 월나라 구천에게로 갔다. 구천은 범려에게 국정을 총괄시키고 자신은 복수전에 몰두하려했으나, 범려는 군사는 자신이, 국사는 문종이 전담토록 구천에게 천거하였다.

    이때 오왕 합려闔閭는 월나라와의 전투에서 다친 부상이 도져 죽고, 아들 부차夫差는 아비의 복수를 위해 와신臥薪하며, 출입하는 자들로 하여금 "부차야! 너는 월나라 사람들이 네 아비 죽인 것을 잊었느냐夫差, 而忘越人之殺而父耶"라고 경각심을 고취케 하더니, 드디어 주 경왕 26년, 오나라 부차는 월나라 구천을 크게 이겨 회계산 회맹에서 신하국의 예는 물론, 범려와 함께

3년여 간 말을 먹이고, 가내 잡사를 돌보는 가신 역할을 하게 된다. 이때 오자서는 부차에게 월과의 화친을 극구 반대하다, 재상 백비伯嚭의 참언으로 죽임을 당하고, 구천은 서시를 위시한 미인계와 금은보화로 재상 백비의 환심을 사는 일면, 신하 국으로서의 예를 깍듯이 하므로 진정한 '신민으로서의 자세'를 솔선해 조기 귀국을 도모하여 3년여 만에 귀국할 수 있었다.

돌아온 구천과 범려는 일체의 국정을 문종에게 맡기고, 복수를 위해 상담嘗膽하며 "너는 회계의 치욕을 잊었느냐!"고 절치부심 10년 동안 부국강병에 전념하여 주 원왕 4년 역시 오를 멸하고, 부차는 고소대에서 '자서를 볼 면목이 없다'며 자결한다.

월나라가 패권을 차지한 후 구천은 가장 큰 공을 세운 범려와 문종을 각각 상장군과 승상으로 임명했다. 그러나 범려는 구천의 관상이 "고난은 함께 할 수 있으나, 영화를 같이 누릴 수는 없는 인물"이라 판단하고, 구천에게 "신하된 자는 주군이 치욕을 당하면 목숨이라도 버려야 하는데, 주군께서 오나라 왕에게 치욕을 당하는 것을 보면서도 죽지 못한 것은 오로지 오에 보복을 하기 위함이었고, 이제 그 목적을 이루었으니, 그 때의 죄를 받고 싶을 뿐입니다"라며 사퇴의 변을 아뢰었다. 물론 구천은 극구 만류했으나, 끝내 사양하고 제齊나라에 은거한 범려는 평생 동료였던 문종을 염려해 "교활한 토끼를 잡으면 좋은 사냥개도 잡아먹고狡免死良狗烹, 새 사냥이 끝나면 좋은 활도 감춰지는 법高鳥盡良弓藏"이라는 편지로 피신을 종용했으나, 문종은 '벼슬에 대한 일련의 미련?' 혹은 '설마'하고 주저하다 끝내 반역의 죄로 몰리자 자결하고 만다.

이처럼 '토사구팽'은 『사기 월왕구천세가』에 전하는 범려의 말에서 유래한다. 그러나 이 말은 한고조와 한신과의 관계에서 더욱 잘 알려졌다. 천하를 평정한 한고조는 한신을 초왕楚王에 봉했다. 이 때 한신의 휘하엔 패망해 죽은 초패왕 항우의 장군이었던 오랜 벗 종리매鍾離昧가 와 있었다. 지난날 초나라 정벌 때마다 종리매에게 곤욕을 겪어 원한이 많던 한고조는 한신에게 종리매를 체포하라는 조서를 내렸다. 그것이 종리매에 대한 옛 감정 때문만이 아님은 물론이다. 한신 하나도 사실 버거운 존재인데, 혹이 하나 더 붙은 격이다. 더욱 이즈음 한신은 초나라에 처음 왔기에 현·읍을 순행할 때마다 '군사를 사열해 놓고' 출입하였다.

한고조 6년에 어떤 사람이 '한신의 잦은 순행과 군사 사열을 의아히 여겼던가?' 상서하기를 "초왕 한신이 모반의 기미가 있다"고 밀고하였다.

한고조는 진평陳平의 계책을 채용해 천자가 순수巡狩한다며 제후들을 회동시키기로 하고, 사자를 보내 "모든 제후들은 초나라 진陳에 모이라. 내가 운몽雲夢으로 순행하리라"고 통고하였다. 한신을 치기 위한 계책이었지만 한신은 알지 못했고, 한신 역시 죄가 없으므로 황상[한고조]을 뵈려 했지만, 걱정이 없지만도 않았다. 이때 어떤 자가 한신에게 "종리매의 목을 베고 황상을 뵙는다면, 황상께서 기뻐하실 것입니다. 그러면 걱정할 게 없습니다"하였다. 한신은 종리매를 만나 의논하자, 종리매는 "한나라가 초나라를 공격해 빼앗지 않는 것은 내가 당신 곁에 있기 때문이다. 만약 당신이 나를 체포하여 한나라에 잘 보이고 싶다면 지금이라도 내 죽어주지. 공은 남의 어른[長者]은 못될 인물이다"라고 한신을 매도하며 자결하였다. 한신이 그의 목을 가지고 진으로 가 고조를 뵙자, 고조는 무사를 시켜 그를 결박하고 뒷 수레에 실었다.

이 때 한신은 말했다. "과연 사람들의 말이 맞도다. 교활한 토끼가 죽고 나면 훌륭한 사냥개를 삶아 먹고, 높이 나는 새를 다 잡고나면 좋은 활도 곳간에 치워버리며, 적국을 깨뜨리고 나면 지모 많은 신하를 죽인다 했으니, 천하가 이미 평정되었으니, 내가 삶아지는 것은 당연하지果若人言. 狡兔死 良狗烹, 高鳥盡 良弓藏. 敵國破 謀臣亡, 天下已定 我固當烹"라 했다. 고조는 "공이 모반하였다고 어떤 사람이 고했다"며 한신에게 차고와 수갑을 채웠다. 그러나 낙양에 이르자 고조는 한신의 죄를 용서하고 회음후淮陰侯로 삼았다.

한신은 고조가 자신의 능력을 두려워하고 증오함을 알고, 항상 병을 핑계하며 조회도, 수행도 삼갔다.

『사기』「열전」에서는 고조가 일찍이 마음을 열고 한신과 여러 장수들의 지휘통솔력의 등차를 논의하던 중 한신에게, "나는 능히 얼마만한 군사를 거느릴 수 있겠는가"라고 묻자, 한신은 "폐하께서는 그저 십만을 거느리는데 불과합니다"라 하자, "그대는 어떠한가?"하니 "신은 많으면 많을수록 좋습니다"했다. 고조가 웃으며 "많으면 많을수록 좋다면서 어찌해 내게 사로잡혀 있는가?"하자, "폐하께서는 많은 병사는 거느릴 수 없지만, 능히 장수를 잘 거느리시니, 이것이 바로 신이 폐하에게 사로잡힌 까닭입니다. 폐하는 하늘이 주시는 것이지, 사람의 힘으로 되는 것이 아닙니다"라는 다다익선多多益善의 배경담도 자못 고조의 비위를 거스를 만한 소재라면 소재라 하리라.

> "高祖가 嘗從容問信諸將의 能將|兵多少하실새, 上|曰'如我는 能將|幾何' 오하니, 信∥曰'陛下는 不過|十萬'이니다. 上∥曰'於君에 幾何'오 信∥曰'臣은 多多益善'이니다. 上이 笑曰'多多益善이면 何以爲我禽?'고하니, 曰'陛下 는 不能將|兵 而能將|將하시니, 此∥信所以陛下禽이요, 且陛下∥所謂天授 요, 非|人力也'시니이다.
>
> ▷고조高祖 : 한 고조 유방劉邦. ▷종용문신從容問信 : 조용히 한신에게 묻다. ▷능장 병다소能將兵多少 : 병사 통솔력의 많고 적음을 묻다. ▷능장기하能將幾何 : 그 얼마 를 통솔하겠는가? ▷다다익선多多益善 : 많을수 록 능함. ▷하이위아금何以爲我禽 : 어째서 내게 사로잡혀 있는가? ▷능장장能將將 : 능히 장수를 잘 통솔함.

그러나 결정적 약점은 거록군 태수로 부임돼 가는 진희陳豨가 작별인사차 찾아왔을 때다. 한신은 그의 손을 잡고 좌우를 물리친 후 함께 뜰을 거닐며, "그대에겐 말할 수 있겠지? 그대와 함께 하고 싶은 말이 있네"하자, 진희는 "예, 장군께서 명령만 하십시오"라 했다.

한신은 "그대가 태수로 부임하는 곳에는 천하의 정병이 모여 있네. 그리고 그대는 폐하가 신임하는 총신寵臣일세. 누군가 그대가 모반했다고 고하더라 도 폐하는 믿지 않을 것일세. 두 번 밀고가 들어와야 의심할 테고, 세 번 쯤 밀고가 들어온 뒤라야 노하여 친히 정벌할 게야. 내가 그대를 위하여 안에서 일어나면 천하를 도모할 수 있을 것이오"라 했다. 천하에 한신의 능력을 모르는 자 없었고, 진희 역시 믿던 터라, "삼가 가르침을 받들겠습니다"라고 약조했고, 과연 한나라 10년 진희는 모반을 일으켰다. 고조는 스스로 장수가 되어 친히 정벌하러 나섰다. 한신은 물론 병을 핑계하며, 고조의 정벌군을 따라가지 않고, 진희에게 사람을 보내 "걱정하지 말고 군사만 일으켜라. 내 여기서 돕겠다"하고, 가신과 음모하여 밤중에 거짓 조서를 내려 각 관아의 관노들을 풀어 이들을 동원해 여후와 태자를 습격하려 했다. 각기 맡을 부서가 정해지자, 진희의 회답만 기다리는 중 그의 사인舍人의 아우(혹 謝公, 또는 樂說)가 변이 일어났다고 고발하고, 한신이 모반하려는 상황을 여후에게 밀고했다.

여후는 상국 소하와 의논하기를 "사자로 하여금 거짓으로 고조의 하명으로 온 것처럼 말하되 '진희는 벌써 사형 당했고, 여러 제후들이 모여 축하하고 있다'고 한신에게 전"하게 하자, 소하 역시 "병중이나, 무리해서라도 들어와 축하하시오"라고 해서 한신도 어쩔 수 없이 궁에 들자, 여후가 무사로 하여금 포박케 하고, 장락궁 종실에서 참수 당하게 되었다. 이 때 한신은 "괴통의 계책을 쓰지 못한 것이 후회스럽다. 아녀자에게 속았으니, 어찌 운명이 아니랴!"며 통탄했으나, 여후는 그의 3족을 멸했다.

한고조가 진희를 토벌하고 궁전에 이르자, 한신의 죽음을 보았다. 일면 시원하고, 일면 가여웠다. 그는 한신의 마지막 말이 궁금했다.

"한신이 죽으며 무슨 말을 하던가?"

여후가 말했다. "'괴통의 계책을 쓰지 못한 것이 한스럽다'고 하였습니다." 하자, 한고조는 곧바로 제나라에 조서를 내려 '괴통을 체포하라'하고, 그를 장차 팽형烹刑에 처하려 했다.

이른바 괴통의 계책이란 무엇이며, 한신은 왜 따르지 않았는가? 한신은 과연 의리의 사나인가? 우유부단한 인물인가? 왜 고조의 신의로운 신하 진희로 하여금 모반토록 획책劃策했는가?

잠깐 거슬러 한왕漢王 4년, 제나라를 평정한 한신은 고조에게 승전의 보고

와 함께, 제나라 진무鎭撫를 위해 자신을 제나라 가왕假王으로 명해줄 것을 요청했다. 당시 영양滎陽에서 초나라 군사에게 포위돼 있던 한왕은 "내가 곤욕을 치르며 도와주기를 바라고 있는데, 자신은 왕이 되겠다는 거냐"며 언짢아했으나, 장량과 진평이 "우리가 불리할 때 한신을 후하게 대접해 현상을 잘 유지토록 하는 게 상책"이라고 건의해, 한왕은 얼른 알아차리고 "대장부가 제후를 평정했으면 진왕眞王이 될 일이지 가짜 왕이 되겠다는 거냐"며 장량을 시켜 제왕으로 봉하고, 한신의 군사를 징발해 초나라를 공격케 했다.

한편 장수 용저龍且마저 잃은 초나라 항우는 두려운 나머지 우이盱眙 출신 무섭武涉을 한신에게 보내 천하삼분론을 제시한다. 논리인 즉 "천하 백성들이 진秦의 오랜 학정에 시달리다 못해, 힘을 모아 진을 멸한 후 각각 공로에 따라 지역을 분할해 왕이 되고 군사들이 쉬게 되었는데, 신의 없는 한왕이 천하를 경영하려는 탐욕으로 난을 일으켜, 초왕의 손아귀에 든 일도 수 차례였으나, 그 때마다 가엽게 여겨 살려주곤 했는데, 도망가서는 또 약속을 위반하니, 그의 신의 없음이 이와 같소. 지금 그대는 한왕과 깊은 교계가 있다 해서 그를 위해 힘을 다하고 있지만, 끝내는 그의 포로가 되고 말 것입니다. 지금 그대가 살아있는 것도 초왕이 아직 살아 있기 때문이요. 지금 한왕과 초왕의 세력은 그대가 저울질하기에 달려 있소. 그대가 오른쪽에 가담하면 한왕이 이기고, 왼쪽에 가담하면 초왕이 이깁니다. 만약 초왕이 오늘 망하게 되면, 내일은 그대가 당하게 됩니다. 어찌 한나라에 맞서고 초나라와 손잡아 천하를 삼분하려 하지 않는 것이오"라 했다. 이에 한신은 "내가 항왕項王[초왕 항우]을 섬길 때 벼슬은 낭중郎中에 불과했고, 지위는 창잡이에 지나지 않았으며, 의견이나 계획을 세워 말해도 듣지도 써주지도 않았으나, 한왕은 내게 대장군의 인印을 주고, 수많은 군사를 주었으며, 자기의 옷과 밥을 주었고, 계책과 계획을 들어주고 써 주었다. 그러기에 내가 오늘 여기에까지 이르렀다. 대체로 남이 내게 깊은 신뢰를 가지고 있는데, 내가 그를 배반한다는 것은 상서롭지 못한 것이요, 비록 죽는 한이 있더라도 그를 배반할 수는 없소"라 했다.

무섭이 떠나자, 제나라 태생인 괴통蒯通이 천하를 저울질할 힘이 한신에게 있음을 알고, 관상학으로 접근하며 역시 천하삼분론을 제기했다. 곧 한신의 그간의 전공戰功을 예시하며 "용기와 지략이 군주를 진동시키는 자는 몸이 위태롭고, 공로가 천하를 덮는 자는 상을 받지 못한다"며 '한신의 제齊·한고조의 한漢·항우의 초楚' 삼국이 솥발처럼 정립해야 천하에 전쟁이 그칠 것이라 했다.

　그러자 한신은 역시 "한왕이 나를 심히 후하게 대접했다. 자기 수레로써 나를 태워주고, 자기 옷으로 나를 입혀주고, 자기가 먹을 것으로 나를 먹여주었다. 내 듣건대 '남의 수레를 탄 사람은 그 사람의 환란을 함께 싣게 되고, 남의 옷을 입은 사람은 그의 근심을 함께 안게 되며, 남의 밥을 먹은 사람은 그의 일에 죽는다' 했다. 그런데 내가 어찌 이익만을 찾아 의리를 배반할 수 있겠는가"라 하자, 괴통은 '한왕의 신의 없음과 구천을 패자霸者로 만든 범려와 문종(大夫 種)이 도망치거나 자결해야했던 예를 들며, 거듭 결단을 촉구'했으나, 거절하므로 괴통은 끝내 거짓미치광이 행세를 하며 무당이 되었다 한다.

　이것이 무섭과 괴통의 천하삼분론이자, 한신의 신의와 의리일 뿐, 그는 결코 우유부단으로 매도될 인물이 아니었다. 그러기에 주자朱子도 「한신韓信」이라 제한 시에서

漂母樵夫無不報　　표모와 초부에게 모두 보답하였으니
표 모 초 부 무 불 보

投金寒瀨墓傾醪　　찬 여울에 금 던지고 무덤에 헌주했네.
투 금 한 뢰 묘 경 료

全齊大楚誰家物　　온 제국 큰 초나라 누구의 나라인가
전 제 대 초 수 가 물

未信淮陰背漢高。　한신이 고조 배반했다함 믿지 않노라.
미 신 회 음 배 한 고

라 했는가 하면, 정몽주는 「한신의 묘에서韓信墓」에서

嗣子屛柔諸將雄　　아들은 못났는데 여러 장수들은 웅걸해,
사 자 잔 유 제 장 웅

高皇無復念前功
고 황 무 부 념 전 공

楚王飮恨重泉下
초 왕 음 한 중 천 하

千載知心只晦翁。
천 재 지 심 지 회 옹

고조는 지난날의 공 다시 생각 않았네.

초왕이 삼킨 원한 황천 아래 있으리니

천년 뒤의 마음이사 회옹만이 아시리라.

라는 용사시의 근거[來處]로 원용했다. 일찍이 천하를 평정하고 금의환향한
한고조는

大風起兮 雲飛揚
대 풍 기 혜 운 비 양

威加海內兮歸故鄕
위 가 해 내 혜 귀 고 향

安得猛士兮守四方。
안 득 맹 사 혜 수 사 방

큰 바람 일고, 구름이 떨쳐 일었네.

위세 천하에 떨치고 고향에 돌아왔네.

어찌 용맹한 장사를 얻어 천하를 지킬까.

라는 감개와 함께, 천하 경영에 대한 시름 역시 없을 수 없었다. 이른바 애비
만 못한 자식, 날고뛰는 영웅호걸들! 그러니 건국공신이라고 '전공을 유념할
여유'가 없었고, 그 일등 제거 대상이 또 한신이 아닐 수 없었다. '초왕'은 곧
한신이요, '회옹'은 당대 도덕학의 상징인 주자朱子를 이른 말이다.

석주 권필權韠은 「취중에 구호하다天何蒼蒼醉中走筆」에서

淮陰戰勝攻必取
회 음 전 승 공 필 취

不免身死女兒手
불 면 신 사 여 아 수

智巧不可恃
지 교 불 가 시

從古有如此。
종 고 유 여 차

한신은 싸우면 이기고 치면 앗았으나,

몸은 아녀자 손에 죽음을 면치 못했네.

지혜의 교묘함 믿을 수 없는 것이니

예로부터 언제나 이러했었느니라.

라고 '천하 영웅이 한 아녀자의 권모술수에 무참히 희생된 역사의 아이러니'
를 풍자했다.

도은陶隱 이숭인李崇仁 역시 회음 땅을 지나다 '빨래하던 여인'에 대한 감회
가 일어

一飯王孫感慨多
일 반 왕 손 감 개 다

不知葅醢竟如何
부 지 저 혜 경 여 하

孤墳千載精靈在
고 분 천 재 정 령 재

笑殺高皇猛士歌。
소 살 고 황 맹 사 가

왕손에 한 끼 밥 준 아낙 감개도 많았으나,

모르괘라, 어찌해 왕손을 젓 담아 죽였는가.

고적한 무덤에는 천년의 정령이 살아 있어

한나라 고조의 맹사가를 비웃고 있으려니.

라고 '달면 삼키고, 쓰면 뱉는[甘呑苦吐]' 그 참혹한 인간 정리를 풍자하며, '한신은 구천九泉에서 한고조의 「맹사가[古文眞寶엔 大風歌로 수록]를 비웃으리라'고 결구했다.

　뒤늦게 진희로 하여금 반란을 유도한 것은 회음후로 강등된 이후 산견되는 자신의 위상 격하에 따른 하대下待와 불만, 그리고 무엇보다 한고조에 대한 불신 때문으로 사료된다.

23

이미 지은 시문의
자구를 거듭 갈고 다듬다

推敲
퇴 고

'推'자는 '옮을 추' 혹은 '밀 퇴'로 읽히며, '이미 지은 시문을 거듭 가다듬다'는 문학용어로는 흔히 '퇴'로 읽는다.

이 말의 출전은 『당서唐書·가도전賈島傳』의 다음과 같은 사례에서 유래한다. 가도(779~843)는 당나라 중기의 시인으로, 자字가 낭선浪仙이어서 가랑선으로 잘 알려졌지만, 더욱 퇴고推敲 고사로 유명해진 인물이라 하겠다. 그는 젊은 시절 수차에 걸쳐 과거에 응시했지만 번번이 낙방하자, 아예 포기하고 산문山門에 들어 한 동안 승려가 되어 법명法名을 무본無本이라 했으나, 환속해 다시 응시했다. 그러나 역시 급제는 못하고, 장강長江의 주부主簿가 되어 가장강賈長江으로 통칭되기도 한다.

그가 과거를 보기 위해 상경해, 나귀를 타고 장안 거리를 거닐던 어느 날, 문득 삼상三上[馬上·寢牀·廁上] 중 마상에서,

鳥宿池邊樹　새는 연못가 나무에서 잠들고,
조 숙 지 변 수
僧推月下門　스님은 달밤에 대문을 밀친다.
승 퇴 월 하 문

라는 시구가 떠올랐다. 그러나 퇴推자가 영 마음에 차지 않아 다시 생각해
고친 글자가 '고敲'자였다. '퇴推·고敲'자를 놓고 골똘히 고심하며 가던 가랑선
은 당시 경조윤京兆尹으로 대학자이자 문장가며, 훗날 국자감사문박사國子監
四門博士로 이부시랑吏部侍郎을 역임한 퇴지退之 한유韓愈의 행차와 부딪는 결례
를 범하고 말았으니, 호위병들의 치도곤은 당연지사, "이 무례한 놈 같으니,
뭐하는 놈이냐! 당장 말에서 내리지 못할까! 이 분이 뉘신 줄 모르느냐!"라
는 불호령과 함께 꼼짝없이 한유의 안전案前에 끌려갔다.

   가도는 이실직고할 수밖에 없었고, 전말을 듣고 난 한유는 대문호답게 가
도의 진지한 창작 자세를 내심 상찬賞讚하며, 이윽히 숙고하더니 '퇴推보다
고敲가 낫겠다'하고, 더 이상 힐책 없이 가버렸다. 이로 말미암아 후세 사람
들은 이미 지은 시문을 거듭 갈고 다듬는 일을 퇴고推敲라 일컫게 되고, 남
의 시문을 읽고 한 글자 고쳐 준 사람을 '일자사一字師'라고 칭해 왔으니, 한
퇴지는 가도의 일자사가 된 셈이다.

   이 시구를 이용해 완성한 가도의 시 「이응의 유거에서題李凝幽居」는 아래와
같다.

閑居少隣竝   한가롭게 머무니 이웃도 드물고
한 거 소 린 병
草徑入荒園   풀숲 오솔길은 거친 뜰로 이어져.
초 경 입 황 원
鳥宿池邊樹   새는 못가 나무 깃에 들어 잠들고
조 숙 지 변 수
僧敲月下門   스님은 달빛어린 대문을 두드리네.
승 고 월 하 문
過橋分野色   다리를 건너자 들판의 색도 나뉘고
과 교 분 야 색
移石動雲根   돌을 옮기니 구름 뿌리가 움직이네.
이 석 동 운 근
暫去還來此   잠시 갔다가 여기 다시 돌아오리니
잠 거 환 래 차
幽期不負言。   함께 은거하자던 약속 어기지 마세.
유 기 불 부 언

   한편, 중국 시문학의 쌍벽으로 일컫는 이백과 두보, 그 중 이백이야 워낙
'입만 열면 곧장 시[開口卽成章]'인 천선天仙인지라, 고칠 까닭도 없었지만, 두

보는 '지재地才인 시성詩聖'이라, 시편마다 퇴고가 지천이었다 한다.

그가 50대 성도 초당시절에 지었다는 칠언율시 「강마을에서江村」의 초고가 당대는 물론 송·원·명을 거쳐 청대에 발견되어 경매에 붙여졌다 한다. 그 시는 다음과 같다.

清江一曲抱村流　맑은 시내 한 굽이 마을 감싸 흐르니
청 강 일 곡 포 촌 류

長夏江村事事幽　긴긴 한여름 강마을 일마다 그윽하다.
장 하 강 촌 사 사 유

自去自來堂上燕　제냥 갔다 또 오기는 집 위의 제비요
자 거 자 래 당 상 연

相親相近水中鷗　서로 친하고 가깝긴 물가 기러기로다.
상 친 상 근 수 중 구

老妻畫紙爲棋局　노처는 종이를 그려 바둑판을 만들고
노 처 획 지 위 기 국

稚子鼓針作釣鉤　어린것들 바늘을 두드려 낚실 만드네.
치 자 고 침 작 조 구

多病所須唯藥物　병마에 필요한 건 오로지 약물뿐이니
다 병 소 수 유 약 물

微軀此外更何求。약질이 이밖에 다시 무엇을 구하리오.
미 구 차 외 갱 하 구

긴 여름 강마을의 유장한 맛이 정지용의 「향수」를 연상케 하나, 논외의 문제요, 발견된 이 작품의 초고 상태는 함련[3·4구] 2구만 독파가 가능하고, 나머지 6구는 거듭된 퇴고로 전혀 독해가 불가능한 상태였다는 것이다.

물론, 당시 경매인과 경매가야 알 수 없지만, 어느 경쟁적 독지가가 매입해서는, 또 곧바로 불을 붙여 그 재를 입에 털어 넣더니, 물을 꿀꺽꿀꺽 마셨다는 것이다. 그 이유인 즉 "나도 두보처럼 시를 잘 쓰고 싶어서"라는 웃지 못 할 시화詩話거리로 전해지는 에피소드도 있다.

학부 시절 '두시언해 강독' 시간에 석전石田 이병주李丙疇 은사님의 낭랑한 옥음玉音이 아직 귀에 쟁쟁 남아 있다.

24

신천지를 개척하다

破天荒·開山始祖·鼻祖
파 천 황 개 산 시 조 비 조

　'천황天荒'은 '천지황天地荒'의 준말로 '하늘과 땅이 아직 열리지 아니한 혼돈 chaos의 상태'를 이르며, '파천황破天荒'은 그런 상황을 '깨뜨려 열고·바로 잡다'란 뜻이니, '아무도 가지 않은 숲길[처녀림]을 처음으로 개척한 '개산시조,' 혹은 '시조始祖·비조鼻祖'와 동의어다. 이때 '코 비鼻'자는 '처음 鼻'자의 뜻으로 새긴다. 그러니 '일찍이 들어보지 못한[未曾有·前代未聞]'이란 말이겠는데, "중국의 형주荊州 지방은 해마다 인재 선발을 위한 과거시험에 지역 인재를 뽑아 내보냈으나, 급제자가 없었다. 이런 현상을 '천황'이라 일러왔는데, 마침 유태劉蛻란 자가 처음으로 급제하자, 그 경사스러움을 일러 '파천황'이라 했다. 『북몽쇄언』에 전하는 말이다.

> 荊州는 每歲에 解送/擧人이나, 多不成|名하여, 號曰'天荒'이라가 至劉蛻舍人이 以荊解及第하야 爲/破天荒하다. 〈北夢瑣言〉
>
> ▷매세每歲 : 매년. 해마다. ▷해송거인解送擧人 : 향시급제 후 중앙 과거에 추천된 사람. ▷이형해급제以荊解及第 : 형주해송거인으로 중앙과거에 급제함

워낙 과거란 우리네 경우뿐만 아니라, 중국에서도 입신출세의 기본이다. 더구나 유태의 급제야말로 개인의 영광은 물론, 천황의 치욕을 떨쳐낸 쾌거에 다름 아니었다. 그러므로 당시의 형남군절도사荊南軍節度使가 파천황전破天荒錢 70만 양을 보내 축하했다는 기록은 저간의 심상을 잘 대변한다 하겠다.

『서언고사書言故事』'과제류科第類'에서도 "이 지방에서 처음으로 과명科名[과거 방목에 이름이 걸림]이 있는 것을 파천황이라 한다.此地 有科名 謂破天荒"하였다. 위 원문의 '해송거인解送擧人'의 '해'는 당대 '향시에 합격해 중앙과거에 추천되는 사람'을 일컫는 말로, '전 영역에 두루 통달한 사람'이란 뜻이다.

한편 우리 문학사에서 최초로 '파천황', 혹은 '개산시조'의 칭을 받은 사람은 고운 최치원이다. 이규보는 『백운소설』에서 "최치원 고운은 파천황의 큰 공이 있다. 그러므로 우리나라 학자들이 모두 종사宗師[우러러 보고 스승으로 모심]로 모시게 된 것崔致遠孤雲 有破天荒之大功, 故東方學者 皆以爲宗."이라며, 그가 지었다는 「비파행」과 「격황소서檄黃巢書」를 예시하며 '귀신을 울리고, 바람을 놀라게 하는 솜씨가 아니면 어찌 이런 경지에 이르렀겠느냐如非泣鬼驚風之手 何能至此'고 반문했다.

이어 그의 시가 문만 못한 것은 '그가 중국에 들어 간 것이 만당晩唐 때이기 때문이 아닌가 한다'고 했지만, 역시 우리 한문학의 개척자임엔 분명하다.

江南蕩風俗
강 남 탕 풍 속
강남이라, 풍속이 질탕타 보니

養女嬌且憐
양 녀 교 차 련
딸자식 교태롭고 곱게만 길러.

性冶恥針線
성 야 치 침 선
천성은 바느질조차 부끄려 하고

粧成調管絃
장 성 조 관 현
단장에다 풍악이나 공그른다네.

所學非雅音
소 학 비 아 음
배우는 바 전아한 노래 아니고

多被春心牽
다 피 춘 심 견
온통 춘정을 유혹할 뿐이라네.

自謂芳華色
자 위 방 화 색
제냥 이르길 제 꽃다운 자태는

長占艶陽年
장 점 염 양 년
길이 한창 당년 누리리란다나.

却笑隣舍女
각 소 린 사 녀
돌이켜 이웃 친구 빈정대기를

115

終朝弄機杼
종 조 롱 기 저
　진종일 베틀에서 북을 놀려도

機杼縱勞身
기 저 종 로 신
　북 놀림에 네 몸만 수고로울 뿐

羅衣不到汝。
나 의 부 도 여
　비단옷은 네 차지가 아니란다네.

『삼한시귀감』에 전하는 오언고시 「강남 여江南女」다. 중국의 강남이라면
'오·월吳越'로 통칭되는 색향色鄕이요, '오희월여吳姬越女'가 바로 '강남 여'니, 북
방의 한족에겐 '남쪽 오랑캐'인 '남만南蠻'이다. 그러니 질탕한 강남의 세시풍
속을 사실적으로 시화한 풍자시인 셈이다.

寂寞荒田側
적 막 황 전 측
　스산한 묵정밭 가장자리의

繁花壓柔枝
번 화 압 유 지
　탐스런 꽃 여린 가지 짓눌러.

香輕梅雨歇
향 경 매 우 헐
　장마 그치자 상큼한 향기 드나고

影帶麥風欹
영 대 맥 풍 의
　꽃 타래 오뉴월 훈풍에 일렁이네.

車馬誰見賞
거 마 수 견 상
　지체 높으신 분 뉘 아는 체 하리

蜂蝶徒相窺
봉 접 도 상 규
　벌 나비만 속절없이 기웃대누나.

自慚生賤地
자 참 생 천 지
　스스럽다, 천한 곳에 태어남이여

敢恨人棄遺。
감 한 인 기 유
　서러워라, 아무도 알아주지 않네.

역시 『삼한시귀감』에 전하는 「촉규화蜀葵花」다. 도연명의 '국화'나 주돈이의
'연꽃' 사랑이 고상한 군자풍미라면, 모란의 '풍요와 화사함'은 호사가의 '사치
와 낭만'이리라. 그러나 아무도 거들떠보지 않는 촉규화[접시꽃·해바라기]는 그
특징 없는 품새로 꽃으로서의 사랑은 받아보지 못했다. 따라서 누구라 애써
가꾸지도 않건만, 절로 나 숙명처럼 잘 자란다. 그것도 묵정밭 가장자리에
서. 그러니 행여나 의마경비[지체 높은 분]의 아는 체란 있을 수 없고, 유신할
손 '벌·나비'뿐이다. 그러므로 졸옹 최해는 "작자 자신의 딱한 처지를 노래했
다拙翁曰 公自況"고 비해批解했다.
　문장으로 당나라를 깜작 놀라게驚動 했던 자신이다. 그러나 거기선 또 이

민족의 서러움을 받아야 했고, 돌아온 고국은 이미 토호들의 발호와, 전도된 가치관! 실로 자기야말로 버려진 촉규화일 뿐이라는 귀국 후의 자조적 자야발견의 고음苦吟이다.

狐能化美女   여우는 능히 미녀로 변하고
호 능 화 미 녀
狸亦作書生   살쾡이는 서생으로 둔갑하네.
리 역 작 서 생
誰知異類物   뉘 알랴, 사람 아닌 허깨비들이
수 지 이 류 물
幻惑同人形   사람으로 둔갑해 속이고 홀림을.
환 혹 동 인 형
變體想非艱   형체를 바꾸기야 어렵지 않으나
변 체 상 비 간
操心良獨艱   마음 지니긴 진실로 어렵고말고.
조 심 량 독 간
欲辨眞與僞   참과 거짓을 가려내고자 하거든
욕 변 진 여 위
願磨心鏡看。   마음의 거울을 닦고 보시게나.
원 마 심 경 간

딱히 제목 없이 「느껴워古意」로 제시題詩한 경우는 대개 풍자, 혹은 교훈적 시의詩意를 지닌다. 이 시 역시 귀국 후의 신라 말기적 사회심상을 시화한 작품으로 '여우와 이리'가 날뛰는 세상, '참과 거짓'이 판치는 현실에서 '참다운 인간 구실'이란 "글 아는 사람이기에 더욱 인간 구실하기 어려운법難作人間識字人"이랬다. 가치관이 전도된 사회에서의 지식인의 고뇌를 읽을 수 있다. 그러기에 말년엔 "인간의 시시비비가 귀찮아, 아예 홍류동 계곡 쏟아져 내리는 물소리 속에 묻혀 산 고운이었으나, 그나마 번거로워 절필시 「제가야산독서당」과 지팡이仙杖만 남기고, 휘이휘이 선화仙化한 것이리라.

117

25

빨래하는 여인

漂母
표 모

표모漂母란 '빨래하는 여인'이란, 성도 이름도 전하지 않는 보통명사일 뿐이다. 그러나 그럼에도 불구하고 사서史書와 시문詩文에는 물론, 일상 언어생활에 적잖이 원용될 뿐만 아니라, 대장군 한신韓信이 금 1000량으로 사례하고, 무덤까지 써 주었는가 하면, '항우와 한고조의 어리석음을 빗대는 지혜로운 여인'의 상징으로 용사用事되니 흥미롭지 아니한가.

한신이 미천했던 젊은 시절, 남창南昌의 정장亭長에게 기식하고 있었는데, 그 아내가 탐탁찮아 하자, 그 집을 나와 회음현淮陰縣(현 강소성 회안현 서북) 성 밑에서 낚시로 소일하는데, 빨래하던 여인이 보니, 멀끔하게 잘 생긴 사내[王孫]가 몹시도 곤궁하고 주린 기색이 농후해, 가엽게 여기고 밥 한 끼를 주었다. 한신은 고맙게 허기를 채우고 "내가 훗날 반드시 이 은혜를 후하게 갚겠노라"고 사례하자, 표모는 화를 내며 "내가 왕손을 가엽게 여겨 밥 한 끼 준 것인데, 어찌 보답을 바라고 주었겠느냐"했다.

그 후 한신은 초왕楚王 항우項羽에게 갔으나, 중용해 주지 않으므로, 한漢나라 유방劉邦에게 가 대장군이 되어 수많은 전공을 세웠을 뿐만 아니라, 끝내 초나라 항우의 군사를 해하 전투에서 패망시키고, 그 공로로 초나라 왕에 봉해졌다.

초나라 왕이 된 한신이 고향 회음에 가 표모에게는 금 1000량으로 사례하고, 남창의 정장은 '박대에 대한 꾸짖음과 함께 금 100량을 주었다'고 「한신회음후전」은 기록하고 있다. 이 같은 역사적 소재를 시화한 익재 이제현의 「회음에 있는 표모의 무덤淮陰漂母墓」에서

重士憐窮義自深　　가난한 선비 가엽게 여겼을 뿐이라,
중 사 련 궁 의 자 심

豈將一飯望千金　　어찌 한 끼 밥으로 천금을 바랬으랴.
기 장 일 반 망 천 금

歸來却責南昌長　　돌아 와 남창의 장정을 책망했으니
귀 래 각 책 남 창 장

未必王孫識母心。　왕손도 정녕 표모의 마음 몰랐던가봐.
미 필 왕 손 식 모 심

婦人猶解識英雄　　아녀자도 오히려 영웅을 알아보고
부 인 유 해 식 영 웅

一見慇懃慰困窮　　척 보자 은근히 곤궁함을 위로했지.
일 견 은 근 위 곤 궁

自棄爪牙資敵國　　범 같은 장수 버려 적국에 보냈으니
자 기 조 아 자 적 국

項王無賴目重瞳。　항우는 쓸데없이 눈동자만 겹이었네.
항 왕 무 뢰 목 중 동

▷기장A豈將A : 어찌 A로(를 가지고). ▷각책A却責A : 도리어 A를 꾸짖음. ▷왕손王孫 :

한신을 칭한 말. ▷부인유해婦人猶解 : 아녀자도 오히려 앎. ▷일견一見 : 첫눈에. 척 보고.

▷조아爪牙 : 수리 같고 범 같은 장수. ▷항왕項王 : 초나라 항우. ▷중동重瞳 : 겹눈동자.

라 했다. 1수에서는 '천하통일 후 초왕이 되어 금의환향한 한신이 지난 날 곤궁할 때 밥을 줬던 표모에게 가 천금으로 후히 보답하므로 언약을 지켰고, 인색했던 정장에겐 백 량만 주며 소인배라 꾸짖었다'하고, '한신도 표모의 진정한 마음을 몰랐던가'라고 맺었다. 그러나 '나무랜 장정도 베풀긴 마찬가지고, 신세진 건 같은데, 어찌 후박厚薄으로 차대했는가'라는 시적 화자의 함축적 여운을 함께 읽을 일이다.

2에서는 '한신의 가능성을 알아본 표모의 덕과, 제 발로 찾아온 범 같은

119

영웅도 알아보지 못하고 적국에 보내 멸망을 자초
한 항우를 비교풍자하며, 하릴없이 순舜임금처럼
눈동자만 겹이었다'고 조롱했다. 『사기史記』 「항우
본기」에 의하면 항우는 순임금처럼 겹눈동자[重瞳]
였다 한다.

〈표모의 무덤〉

포은圃隱 정몽주鄭夢周 역시 「표모의 무덤에서漂母塚」

漂母高風我所歆
표 모 고 풍 아 소 흠
道經遺塚爲傷心
도 경 유 총 위 상 심
莫言不受王孫報
막 언 불 수 왕 손 보
千古芳名直幾金。
천 고 방 명 직 기 금

표모의 높은 인품 내가 흠모했는데,

길이 옛무덤 지나게 돼 마음 아팠지.

왕손의 보답 못 받았다 이르지 마소

천고의 꽃다운 이름 몇 천금 되리니.

라며 '표모의 인품을 높이 흠모해 왔다'고 시상을 일으켜 '상정傷情으로 부연
발전'시켰다. 이때의 상정은 물론 '감격스러움'으로 이해할 일이거니와, '기대
하지도 않았던 천금'으로 완전宛轉해서는, '천금이 아니라, 값으로 논할 수 없
는 인정仁情'으로 결구했다.

한편 도연명陶淵明은 「걸식시乞食詩」에서

饑來驅我去
기 래 구 아 거
不知竟何之
부 지 경 하 지
行行至斯里
행 행 지 사 리
叩門拙言謝
고 문 졸 언 사
主人解余意
주 인 해 여 의
遺贈豈虛來
유 증 기 허 래
談諧終日夕
담 해 종 일 석
觴至輒傾盃
상 지 첩 경 배
情欣新知歡
정 흔 신 지 환

굶주림이 엄습해 길거리로 나를 내몰아

어디로 가야 먹을 것 구할지 알지 못해.

가고 또 가다 이 마을에 이르러서

문 두드리곤 쑥스러워 말문 막혔지.

주인장은 내가 온 뜻을 알아차리고

먹을 것을 주니 어찌 그릇 왔다하리.

희떱거리며 온 종일 날이 저물도록

술잔이 오면 번번이 잔을 기우렸네.

새로운 친구를 얻게 된 것이 기뻐서

120

言詠遂賦詩
언 영 수 부 시
말을 주고받자 문득 시가 이뤄졌지.

感子漂母惠
감 자 표 모 혜
그대의 표모 같은 은혜에 감격할 뿐

怪我非韓才
괴 아 비 한 재
내 한신과 같은 재주 없어 부끄럽네.

銜緝知何謝
함 집 지 하 사
마음에 간직할 뿐 사례할 길 없으니

冥報以相貽。
명 보 이 상 이
저승에서라도 보답해 갚으리다.

▷감자표모혜感子漂母惠 : 그대[子]의 표모 같은 은혜에 감격함. ▷괴아비 한재怪我非韓

才 : 내 한신 같은 재주 없음을 부끄러워하노라.

라 했다. 곧 자신의 피치 못할 곤고로운 걸식과, 의외로 음식과 술은 물론,
표모 이상으로 맺은 우정에 감사하나, 한신만큼 재주 없음을 부끄러워한다
니, 온전히 표모고사를 주체적 자기체험으로 용사用事해 시화詩化했다.

26

용을 그리고
눈동자를 찍다

畫龍點睛
화 룡 점 정

중국 양梁나라의 장승요張僧繇는 무제武帝(502~549) 때의 인물로 예술 활동에
종사했다. 주로 '인물·고사화·종교화·초상화·풍속화를 잘 그렸다'고 한다.

양 무제가 '불교를 몹시 숭상하여 사원을 크게 건축할 때마다 늘 그에게
벽화를 그리도록 했다'하는데, 그의 불상은 독자적인 양식을 이루어 '장가양
張家樣'이라 불리며, 조소가彫塑家의 본보기가 되었다'고 『수형기』와 「역대명화
가」는 전한다.

그가 남경에 있는 안락사 주지의 요청을 받고, 벽에 네 마리(혹 두 마리라고
도 함)의 용을 그리고는 그 눈동자를 찍지 않았다. 주위 사람들이 그 연유를
묻자, 그는 "눈동자를 찍으면 용이 곧바로 하늘로 날아간다[昇天]"고 하였다.
모두들 의아해 하며 믿지 않았다. 그는 할 수 없이 그 중 한 마리의 용에 눈
동자를 그려 넣는[點睛] 순간, 과연 천둥벽력과 함께 눈동자를 얻은 용이 구
름을 휘몰아 타고 승천했다 한다.

　　張僧繇가 於金陵安樂寺에 畫|四龍於壁하고, 不點|睛이러니, 人以爲誕하

야. 因點其一하니 須臾雷電이 破|壁이러니 一龍이 乘|雲上天하다.

▷어於 : ①일반적 처소~에 畫四龍於壁 : 벽에 4 마리 용을 그리다. ②비교격 ~보다
더 ~함. 靑於藍 : 쪽풀보다 더 푸르다. ▷불점정不點睛 : 눈동자를 찍지(그려 넣지) 아
니함. ▷이위以爲A : ~라고 여기다. ▷기일其一 : '其中之一'의 준말. 그 가운데 하나.
▷수유須臾 : 곧 바로. ▷승운상천乘雲上天 : 구름을 타고 하늘에 오름.

　　이 고사로 인해 '화룡점정'은 '말이나 글의 핵심 부분을 정확하게 정리함'
으로, 혹은 '한 문장 가운데 한두 마디 경구나 아름다운 글귀가 전체 문장
으로 하여금 신령한 의미를 지님一文中一二驚辭佳句 使全文得神也'의 뜻으로 사용
되는 고사성어가 되었다.
　　청나라 유희재는 시가예술의 의경미意境美를 논하며 "시안詩眼이란 시의 어
느 글자가 좋고, 어느 구절이 뛰어나다는 식의 개념이 아니라, 전체 시의 주지
가 엉겨 있는 '신광소취神光所聚'의 지점을 이른다"라 했듯이, 시나 그림, 이른
바 예술의 정핵, 바로 그것의 '정채롭게 살아있는 눈[眼·睛]'에 있는 것이다.
　　청나라 오대수吳大受는 "지팡이를 던져 용으로 변하게 하여, 꿈틀거리며 솟
아오르는 것과 같아, 한 구절의 영활함이 전편을 모두 살아 움직이게 한다.
또 글자를 단련함은 용을 그려 눈동자를 찍자, 용이 번드쳐 솟구침과 같아,
한 글자의 빼어남이 전구를 모두 기이하게 할 수 있다"했으니, 이 역시 시화
일지詩畵一旨의 논법이자, 미학의 정수를 일컫는 말이라 하겠다.

27

후생이 두렵다

後生可畏·靑出於藍
후 생 가 외 청 출 어 람

공자孔子는 『논어論語』「자한子罕」편에서 "나보다 뒤에 태어난 후배들이 두려운 존재가 될 만하다. 앞으로 그들이 우리보다 못할 것이라고 할 수 있겠는가. 그러나 나이가 40~50이 되어도 훌륭하다는 소문이 들리지 않으면, 이 또한 두려울 것은 못된다子曰 '後生 可畏, 焉知來者之不如今也. 四十五十而無聞焉, 斯亦不足畏也已"했다. 그리고 그 주에서 "후배들이 앞으로 우리보다 더 오래 살 것이고, 힘이 강해서 학문을 기대할 만하기 때문에 그 형세가 두려워할만 하다. 그러나 젊은이들이 노력하지 않아 늙을 때까지 [40, 50이 되도록] 세상에 소문이 나지 않으면 두려울 것이 못된다" 했다.

한편 『세설신어』「문학편」에서도 왕필王弼(226~249)의 별전을 읽은 하안何晏(190~249)이 제사題辭를 붙여 말하기를 "후생은 두려워할 만하니, 이 사람이라면 가히 하늘과 사람 사이의 관계에 대해 더불어 말할 수 있을 것이다後生可畏 若斯人者 可與言天人之際矣"라고 한 용례를 읽을 수 있다.

한편, 성당 시문학의 마루[詩宗]라 할 시성詩聖 두보가 이시론시以詩論詩한 「희위육절戱爲六絶」의 그 1수에서도

庾信文章老更成
유 신 문 장 노 갱 성

凌雲健筆意縱橫
능 운 건 필 의 종 횡

今人嗤點流傳賦
금 인 치 점 류 전 부

不覺 前賢畏後生。
불 각 전 현 외 후 생

유신의 문장은 늘그막에 더욱 격을 이뤄

기세는 구름을 능지르고 뜻 또한 무궁해.

이젯 사람 전해온 부를 꼬집어 지꺼리나

후생이 두렵다 한 전현의 뜻 모르시라.

유신庾信 : 北周의 문학자. 자 子山. 박학하고 문장은 염려함. 그의 변려문은 6조의 집대성
으로 일컬음. 대표작 「애강남부」 ▷노갱성老更成 : 늙어서 더욱 완미해짐. ▷능운건필凌雲健
筆 : 구름을 능지르는 건장한 필세. ▷치점嗤點 : 비웃으며 손가락질 함. ▷유전부流傳賦 :
전해오는 부. 곧 대표작으로 전해오는 「애강남부」 ▷불각不覺 : 깨닫지 못함.

라고 육조의 대표적 시인 유신庾信을 비방하는 시대의 경박한 문사들을 논
박했다. 북주北周의 표기대장군驃騎大將軍으로 박학은 물론, 염려艶麗한 그의
글은 서릉徐陵과 함께 서유체徐庾體로 특징지어 진 유신이다. 더욱 '전해온 부'
란 그가 고향을 그리며 쓴 대표작 「애강남부哀江南賦」가 아닌가.

무릇 '치점嗤點'이란 '피식피식 웃으며 손가락질함'이다. 그러니 전현前賢께서
'후생가외'라 한 말뜻도 '깨닫지 못한다不覺'했다. 문제는 '불각'의 주체와 '전현'
의 실체다. 전현이야 물론 공자다. 그러나 여기서는 40~50에도 '무문無聞'이
면 두려울 바 없다 한 공자의 말씀을 되뇌인 지하의 '유신 옹의 넋'으로 읽어
'짖고 까부는 경박한 글하는 무리'로 읽어야 풍자문학의 묘가 산다.

다음 5수의 시는 초당 4걸初唐四傑을 변호하며, 당시 시단을 나무랜 역시
매서운 촌철살인寸鐵殺人 편들이니, 반후생가외적反後生可畏的 의지가 기저에
깔린 당대의 경박한 문사들에 대한 경고장이다.

2

楊王盧駱當時體
양 왕 노 락 당 시 체

輕薄爲文哂未休
경 박 위 문 신 미 휴

爾曹身與名俱滅
이 조 신 여 명 구 멸

不廢江河萬古流。
불 폐 강 하 만 고 류

양·왕과 노·락 초당 4걸의 당시 체를

글한단 경박한 무리들 비웃어 마지않아.

너희 따위야 죽은 후 이름조차 멸하리나

마르지 않는 강하는 만고에 치렁하리라.

125

▷당시체當時體 : 당대의 문체. ▷경박위문輕薄爲文 : 글 한다는 경박한 무리. ▷신미휴哂
未休 : 비웃어 마지않음. ▷이조이조爾曹 : 너희 무리·따위 ▷불폐강하不廢江河 : 마르지 않는
치렁한 강물. 곧 초당사걸의 작품.

초당 4걸인 양경楊烱·왕발王勃·노조린盧照鄰·낙빈왕駱賓王을 변호함은 물
론, 글 한답시는 경박한 이젯 사람들[輕薄爲文]에 대한 일침이다. '신哂'은 '조
소하고 비웃음'이니, '멋대로 짖고 까붊'이요, '기도 차지 않음'이다. 그러니 죽
고 나면 '육신과 함께 사라질 네까짓 것들'이지만, 초당 사걸은 '치렁한 강하
不廢江河처럼 만고에 남을 이름萬古流'이라 한 논평은 오늘의 문학사가 증명하
는 바와 같다.

3

縱使盧王操翰墨   노조린과 왕발 등의 글월을 따져보자면
종 사 노 왕 조 한 묵
劣於漢魏近風騷   시경과 초사에 가깝기로야 한위만 못하나.
열 어 한 위 근 풍 소
龍文虎脊皆君馭   용문과 호척은 모두가 임금의 준마로서
용 문 호 척 개 군 어
歷塊過都見爾曹。   흙먼지 일으키며 내달음 그대들 보겠느냐.
역 괴 과 도 견 이 조
　▷종사A縱使A : 가령(비록) A로 하여금. ▷조한묵操翰墨 : 글을 따져봄. ▷열어한위劣於漢
魏 : 한위에 비해 떨어지나. ▷근풍소近風騷 : 시경과 초사에 가깝기는. ▷용문호척龍文虎
脊 : 용문이나 호척 같은 명마. ▷역괴과도歷塊過都 : 흙바람 일으키며 도읍을 지나감.

3수 1구의 '노盧·왕王'은 자수율과 평측상 '노조린과 왕발'로 함축된 4가를
대신한 말이다. 비록 초당을 대표하는 4걸이라지만, 『시경』과 『초사』에 근사
하기로 따지면, 육조의 시가에 미치지 못함이 사실이다. 그러나 너희들에 비
하면 임금께서 타실 '용문과 호척'같은 준마駿馬로, 비유하자면 '한 도읍을 지
나는데 마치 좁은 흙덩이 사이를 획 내 닫듯 번개같이 지나치니, 너희들이야
분별이나 하겠느냐'는 언중유골言中有骨이다.

126

4

才力應難跨數公
재 력 응 난 과 수 공
　　　　　재주와 문력이 위 분네를 넘 짚기 어려우니

凡今誰是出群雄
범 금 수 시 출 군 웅
　　　　　지금은 그래 대체 누가 무리의 으뜸인가.

或看翡翠蘭苕上
혹 간 비 취 난 초 상
　　　　　난초 위의 비취인 양 아리다움 보인다만

未掣鯨魚碧海中
미 철 경 어 벽 해 중
　　　　　바다 속의 큰 고래야 끌어내지 못하고말고.

▷출군웅出群雄 : 무리 중 으뜸인가.　▷혹간A或看A : 간혹 A가 보임.　▷미철경어未掣鯨魚 : 고래[鯨魚]야 끌어내지 못하지.

　　잔다란 재주도 문력[綺麗]이라고 제냥 도취된 당시의 문원을 통틀어 힐난할 뿐만 아니라, 두보 자신의 이상을 밝힌 장이다. 아무렴, 너희들 그 맹랑한 자가당착 속에도 '난초와 비취' 같이 야들한 글귀야 더러 있지. 그러나 '만고에 유전할 경인구驚人句엔 근접도 할 수 없다'는 청천벽력 같은 훈고이니, 검푸른 바다 속 고래를 끌어당길 울력, 그것이 어찌 '야살스런 언어의 포치에 의해 될 것인가?' 라는 기실 자존의 구가인 셈이다.

5

不薄今人愛古人
불 박 금 인 애 고 인
　　　　　옛사람 받드는 이제사람 경박타 하리

清詞麗句必爲鄰
청 사 려 구 필 위 린
　　　　　맑고 고운 글귀 본을 삼아야 하고말고.

竊攀屈宋宜方駕
절 반 굴 송 의 방 가
　　　　　굴원과 송옥을 다잡고서 나란하다지만

恐與齊梁作後塵。
공 여 제 량 작 후 진
　　　　　제와 양의 뒷배로 처지는 것은 어쩌뇨.

　　제 5수는 퍽 난해한 시구다. 이른바 '후생가외'의 시인, 그러니 '지금 사람이 고인만 애중히 여기지 않게 하기 위해선' '맑고 고운 글귀清詞麗句'를 반듯이 스승 삼는대도[必爲隣 = 師] 고작 굴원과 송옥의 명예를 나란히 할 뿐이니, 좋은 글귀는 모조리 활용해서 육조를 뛰어넘고, 굴원과 송옥을 앞설 때 거의 '시의 피안에 이를 수 있다'는 지엄한 작시 자세를 일깨운 장이다.

6

未及前賢更勿疑 앞 분에 못 미침 너무도 당연하다
미 급 전 현 갱 물 의

遞相祖述復先誰 저마다 조술하니 앞장이 누구라던.
체 상 조 술 부 선 수

別裁僞體親風雅 거짓 체 가려내고 풍아와 가깝도록
별 재 위 체 친 풍 아

轉益多事是汝師。 섬기면 섬길수록 거기에 길이 있다.
전 익 다 사 시 여 사

▷체상조술遞相祖述 : 너나없이 베껴대니. ▷별재위체別裁僞體 : 거짓체를 가려냄. ▷친풍

아親風雅 : 시경의 아체와 가까워 짐.

제 6수는 진정한 시인이 되기 위한 다짐장이다. 정녕 고전의 철저한 섭취,
이른바 온고지신溫故知新, 혹은 고전의 현대화만이 대성의 지름길임을 조술
론祖述論으로 휘갑했다. 물론 그 조술은 환골탈태換骨奪胎하되 장점자묘粧點
自妙, 혹은 호백구수狐白裘手여야 할 것이며, 거짓체[僞體]를 가려내고 고전을
'배우면 배울수록[多師]' 더욱 많은 스승이 되고, 그러므로 스스로 분명한 제
시를 받게 될 것[是汝師]이라 했다.

두보의 「희위육절」은 시로써 시를 논한[以詩論詩] 효시로, 이후 중국 원호
문元好問의 「논시절구 30수」 대복고戴復古의 「논시십절論詩十絶」및 왕사정王士禎
의 「희방원유산논시절구」가 있는가 하면, 우리나라에서도 신위의 「동인논시
절구 35수東人論詩絶句三十五首」, 우선偶船 이상적李尙迪의 「논시절구論詩絶句」, 한
말 매천 황현黃玹의 「독국조제가시讀國朝諸家詩」 등이 가지런하다.

제2편

古人의 行蹟
고 인   행 적

01

伯夷·叔齊와 采薇歌
백 이 숙 제 채 미 가

叩馬而諫＝不食周粟
고 마 이 간 불 식 주 속

　　BC 1050년 경, 중국의 신화적 농신農神인 후직后稷 기棄의 12대 손 고공단
보古公亶父는 요堯임금으로부터 희씨姬氏 성을 하사받았다. 그는 빈豳에 터 잡
아 나라를 다스리되 덕치로 감화하였으니, 예컨대 "백성들이 임금을 세우는
것은 장차 자기들이 이롭고자 함이요, 이제 북녘 오랑캐가 쳐들어와 공략해
싸우는 것은 '나의 영토와 백성을 노략 하렴'이다. 백성들이 나를 위해 싸우
는 것은 내가 남의 아비와 자식의 목숨을 볼모로 왕 노릇하는 것이니, 나는
그런 왕 노릇은 할 수 없다有民立君 將以利之. 今戎狄所爲攻戰 以吾地與民, 民欲以我爲
戰 殺人父子 而君之 予不君爲"〈史記·周本紀〉했는가 하면, 전쟁을 피해 빈을 버리고
기岐로 옮기는 등 덕정을 쌓았다 하며, 그 셋째 아들 서방 제후의 장[西伯]
창昌 역시 어른 공경과 인정仁政을 베풀어 태공太公 망望 여상呂尙과 같은 현
인을 만났다.

　　한편 은나라의 또 다른 제후국인 고죽국에 백이伯夷와 숙제叔齊 형제가 있
었는데, 서백 창이 '어른을 공경하고 백성을 위한 선정을 베푼다'는 소문을
듣고 "어찌 그에게 귀의치 않으리오"하고 찾아 갔으나, 이미 서백은 죽고, 그

의 아들 발發이 부친의 위패[神主]를 수레에 싣고 문왕文王이라 칭하며, 동으로 은나라 주왕紂王을 정벌하려 하자, 말고삐를 부여잡고 "부왕의 상중에 또 다른 살상을 효라 할 수 있으며, 신하로써 군을 시해하려함을 인이라 이를 수 있겠는가?"라고 만류하자, 좌우의 군사들이 그를 해하려 했다. 이 때 태공이 이르기를 "이분들은 의인이다"라며 부추겨 보냈다.

은나라를 평정하고 주周를 세운 발發은 무왕武王이 되고, 천하는 주나라를 받들었으나, 백이와 숙제는 '부끄럽게 여기고 주나라 곡속穀粟을 먹지 않겠다'며 수양산에 은거해 고사리를 캐어 먹다 아사餓死했다 한다.

伯夷·叔齊가 聞西伯唱이 善養老하고, 曰"盍往歸焉"고하고 及至에 西伯卒이라. 武王이 載木主하고 號爲文王하여 東伐紂러니, 伯夷·叔齊가 叩馬而諫 曰"父死不葬하고 爰及干戈를 可謂孝乎아, 以臣弑ㅣ君이 可謂仁乎"아 한대, 左右欲兵ㅣ之어늘 太公曰"此義人也"라하고 扶而去之하다. 武王이 已平殷亂에 天下宗周나, 而伯夷·叔齊는 恥之라하고 義不食周粟하고 隱於首陽山하야 采薇而食之라가 及餓且死하다. 〈史記〉

▷서백西伯 : 서방 제후의 장. ▷선양노善養老 : 어르신 봉양을 잘 함. ▷합왕귀언盍往歸焉 : 어찌 가 귀의치 않으리오. '盍'은 '어찌 ~하지 않으랴' 요, '焉'은 '於之'의 축약이니 '그에게'의 준말이다. ▷재목주載木主 : 목주[신위]를 싣고. ▷고마이간叩馬而諫 : 말고삐를 잡고 간함. ▷이신시군以臣弑君 : 신하로서 임금을 시해함.

훗날 제 선왕齊宣王이 맹자孟子에게 탕湯이 남소南巢에서 하夏의 걸桀을 치고, 무武가 은殷(商)나라 주紂를 정벌해 시해한 것에 대해 "신하가 그 임금을 시해해도 되느냐?"고 묻자, 맹자는 "어진 이를 해한 자를 적賊이라 하고, 의로운 자를 해한 것을 상傷[殘]이라 하며, 흉포음학凶暴淫虐한 자를 한낱 범부라 하니, 한 범부 주를 죽였다고는 들었지만, 군주를 죽였다고는 듣지 못했다齊宣王 問曰"湯放桀, 武王伐紂 有諸"孟子對曰"於傳 有之." 曰"臣弑其君 可乎" 曰"賊仁者 謂之賊, 義者 謂之殘, 殘賊之人 謂之一夫, 聞誅一夫紂矣, 未聞弑君也." 〈양혜왕·하〉라고 논변하므로 '역성혁명의 합리화', 심지어 "성공한 쿠데타는 심판받지 않는다"로까지 확대 해석되기도 했음은 역사의 아이러니다.

그들이 불렀다는 「채미가」는 다음과 같다.

登彼西山 兮采其薇矣
등 피 서 산　혜 채 기 미 의

以暴易暴 兮不知其非矣
이 폭 역 폭　혜 부 지 기 비 의

神農虞夏忽沒兮
신 농 우 하 홀 몰 혜

我安適歸矣
아 안 적 귀 의

于嗟徂兮 命之衰矣
우 차 조 혜　명 지 쇠 의

서산에 올라 고사리나 캐자.

폭력으로 포악함을 바꾸면서도

그 잘못을 알지 못하네.

신농씨와 요순의 시대는 홀연 갔으니

우리는 장차 어디로 갈 것인가?

이제는 어쩔 수 없는 운명이로구나.

그렇다. 삼대三代의 무치이치無治而治의 시대는 가고, 천하는 전국시대인데, 의지하고자 찾아온 서백도 선화仙化했고, 장차 천하는 또 인의가 아닌 폭력으로 폭력을 치는 난리판이니, 차라리 수양산에 들어 인의仁義를 지키리라 결심한 것이다.

조선조 초의 선 지식인이자, 생육신인 김시습金時習은 「이제夷齊」에서

岐陽鳳鳴耀初輝
기 양 봉 명 요 초 휘

回顧朝歌事已非
회 고 조 가 사 이 비

食粟已爲慙節義
식 속 이 위 참 절 의

不妨餓死首陽薇。
불 방 아 사 수 양 미

주 땅에 봉이 울어 서광이 비치더니,

은나라 서울 돌아보니 만사 이미 글러.

주 땅의 곡식 먹어 곧은 절개 누 될세라

수양산 미나리 먹다 굶어 죽고 말았네.

라고 노래했다. '봉황의 서광'은 '서백의 선정'이요, '돌아본 조가'는 '주의 폭정'일 테지만, '폭정을 폭력으로 다스리는 불의'에 항거한 이·제夷齊의 인의를 칭송함이리라.

한편 중국 복고문풍의 창시자이자, 완성가인 퇴지 한유는 「백이송伯夷頌」에서

선비는 우뚝 서서 홀로 의를 실행할 뿐이다. 남의 시비를 돌아보지 않는 자는 호걸지사로, 진리에 대한 믿음이 돈독하고, 자신의 앎이 분명한 자이다. 한 집안이 그르다 해도 힘껏 행하고 의혹을 품지 않는 자는 드물다. 한 나라와 한 고을이 다 그르다 하는데도, 힘껏 행하고, 의혹을 품지 않는 자는 천하에 한 사람 뿐이다. 온 세상이 그르다 하는 데도 힘껏 행하고, 의혹을 품지 않는 자는 천 년, 백 년에 한 사람 뿐이다. 백이와 같은 이는 천지가 다하고, 만세에 걸치더라도 돌아보지 않는 자이다. 해와 달의 밝음도 밝지 못하고, 태산의 빼어남도 높지 못하며, 천지의 높고 험함도 수용하기 부족하다.

은나라가 망하고 주나라가 흥할 때 미자(주紂의 庶兄)는 현자였으나, 제기를 안고 떠났다. 주나라 무왕과 주공은 성인이어서 천하의 현사, 천하의 제후들과 함께 가서 은나라를 공격했지만, 잘못한다는 말을 들어보지 못했다. 그런데 백이·숙제만이 홀로 옳지 않다고 했다. 은나라가 멸망하고 천하가 모두 주나라를 종주국으로 삼았다. 백이·숙제 두 사람만이 그 곡식을 먹는 것이 부끄럽다 하면서 굶어 죽어도 생각을 바꾸지 않았다. 이것으로 보면 어찌 구하는 바가 있어서 그랬겠는가. 진리에 대한 믿음이 돈독하였고, 자신의 앎이 분명했기 때문이다.

지금 세상에 소위 선비라는 자들은 한 사람이 칭찬하면 스스로 됐다고 자부하고, 한 사람이 막으면 스스로 부족하다고 여긴다. 그만이 성인을 그르다 하고, 스스로 옳다고 여긴 것이 이와 같았다. 그러나 성인은 곧 만세의 표준이다. 그러므로 나는 백이와 같은 이는 우뚝 서서 홀로 가되, 천지가 다하고 만세에 걸치더라도 자신의 신념을 바꾸지 않는 자였다 하리라. 그러나 두 사람이 없었다면 세상을 어지럽히는 신하와 도적이 후세에 끊이지 않고 뒤를 이었을 것이다.

라 했다. 「백이송」이라 했으나, 「백이·숙제」를 함께 칭함은 물론이다. 세상에 '내로란 자'들도 '한 집안이 그르다 하면' 회의에 빠져 힘써 행함에 의혹을 품고 망설이나, 백이·숙제는 '남의 시비를 돌아보지 않는 호걸지사로, 진리에 대한 돈독한 신념과, 자신의 앎에 대한 확신'이 있어, '그 무엇을 바라고 한 것'이 아닌[夫豈有求而爲哉] 공간적[窮天地=宇]·시간적[亘萬世=宙]으로 유일한 인물이었으므로, '그는 성인도 그르다 하고 스스로 옳다고 여김이 이와 같았다'하고, 그러므로 '나는 백이와 같은 이는 우뚝 서서 홀로 가되, 천지가 다하고, 만세에 걸치더라도 자신의 신념을 바꾸지 않는 자였다'고 상찬하며, '이들 두 사람이 없었다면 세상을 어지럽히는 신하와 도적이 후세에 끊이지 않고 뒤를 이었을 것'이라고 맺었으니, 대단한 칭송이라 하겠다. 『고문진보』에 전하는 말이다.

士之特立獨行하야 適於義而耳요, 不顧人之是非는 蓋豪傑之士로 信道篤而 自知明者也라. 一家非之라도 力行而不惑者가 寡矣요, 至於一國一州가 非之라도 力行而不惑者는 蓋天下一人而已矣라. 若至於擧世非之라도 力行而不惑者는 則千百年에 乃一人而耳로다. 若伯夷者는 窮天地亘萬世 而不顧者也로다. 昭乎日月이 不足爲明이며 崒乎泰山이 不足爲高며 巍乎天地가 不足爲容也라. 當殷之亡 周之興에 微子는 賢也나, 抱祭器而去之하고, 武王周公은 聖也나 率天下之賢士와 與天下之諸侯로 而往攻之하되, 未嘗聞有非之者也라. 彼伯夷·叔齊者가 乃獨以爲不可하고, 殷既滅矣에 天下가 宗周하되 彼二者가 乃獨恥食其粟하고 餓死而不顧하니 繇是而言하면 夫豈有求而爲哉리오. 信道篤而自知가 明也라. 今世之所謂士者는 一凡人譽之면 則自已爲有餘하고, 一凡人沮之면 則自以爲不足이라. 彼獨非聖人하고 而自是如此하니 夫聖人은 乃萬世之標準也라. 余故로 曰"若伯夷者는 特立獨行하야 窮天地亘萬世라도 而不顧者也라. 雖然이나 微二子러면 亂臣賊子가 接跡於後世矣리라.

▷사지특립士之特立 : 선비는 우뚝 서서. ▷독어의이이獨於義而耳 : 홀로 의를 행할 뿐이다. ▷불고인지시비不顧人之是非 : 남의 시비를 돌아보지 아니함. ▷역행이불혹자力行而不惑者 : 힘껏 행하고 의혹을 품지 않는 자. ▷궁천지궁만세窮天地亘萬世 : 천지가 다 하고, 만세에 이르도록. ▷미상문유비지자야未嘗聞有非之者也 : 잘못한다는 말을 들어보지 못함. ▷난신적자亂臣賊子 : 세상을 어지럽히는 신하와 도적. ▷접적어후세의接跡於後世矣 : 후세에 끊이지 않고 이어짐.

02

商山四皓와 紫芝歌
상 산 사 호　　자 지 가

BC 200년 경, 진秦나라 시황제始皇帝가 천하를 통일한 뒤 호화찬란한 아방궁阿房宮을 짓는가 하면, 만리장성을 축조하고, 불평하는 학자와 그 저서를 함께 불사르고 묻는[焚書坑儒] 등 포학무도한 정사를 펼치자, 뜻있는 선비들은 세상을 등지고 깊은 산수에 은거하였다. 그 중 협서성陝西省 남현南顯 동남의 상락산商洛山에 은거하며, 음주와 바둑으로 소일한 네 분 백발노인이 있었으니, 동원공東園公 당선명唐宣明·기리계綺里季 한단공邯鄲公·녹리선생角里先生 주술周術·하황공夏黃公 최황崔黃이 그들인데, 세인들은 그들을 상산사호商山四皓라 일컬었다.

자못 백이·숙제伯夷·叔齊가 주나라 땅에서 난 음식을 먹지 않겠다며 「채미가采薇歌」를 불렀듯이, 이들도 악부체 「자지가紫芝歌」로 자신들의 의지를 표했으니,

莫莫高山 深谷透迤　　높고 높은 산, 깊은 골 굽은 길.
막 막 고 산　심 곡 위 이
曄曄紫芝 可以療饑　　무성한 자줏빛 영지 주림을 달랠만하네.
엽 엽 자 지　가 이 료 기

〈김기창 화백의 상산사호도〉

唐虞世遠 吾將何歸	요순시댄 먼 옛날이니 장차 어디로 갈까
駟馬高蓋 其憂甚大	고관대작일지라도, 근심은 많고 많나니.
富貴之畏人兮	부귀하면서도 남을 두려워하기보다야
不如貧賤之肆志。	빈천하나 내 뜻대로 사느니만 못하리라.

고 했다. 이른바 높은 산 깊은 골에 자리해, 붉은 영지[紫芝]로 주림을 달래며 난세를 피해 있으나, 근심뿐인 벼슬길보다는 채산조수採山釣水로 살더라도, 내 뜻대로 살겠다는 고사高士의 포부와 풍모를 노래했다.

진은 시황제가 등극한 지 20여 년 만에 망하고, 천하를 얻은 한漢 고조高祖 유방도 '상산의 사호가 어질다'는 소문을 듣고, 사람을 보내 초빙했으나, 그들은 세상의 부귀영화를 마다하고, 더욱 깊은 산속으로 들어가 버렸다. 그러기에 고려 말 역성혁명 이후 "흥망이 유수하니 만월대도 추초로다/ 오백년 왕업이 목적에 붙었으니/ 석양에 지나는 객이 눈물겨워 하노라"며 이방원[太宗]의 회유에도 뜻을 굽히지 않았던 원천석은 「상산사호도」에서 사호의 지절志節을 다음과 같이 높이 상찬하였다.

共入商山裏	다 함께 상산 깊은 곳에 들어가
霜鬢歲月深	세월 흘러 귀밑머리 허옇게 세어.
松陰棋一局	소나무 그늘 아래서 바둑을 두며
揮斷世途心。	세상을 향한 마음 모두 떨쳐버렸네.

이즘 한의 조정 내에서는 정비正妃 여후呂后의 아들 영盈이 이미 태자로 책봉돼 있었으나, 노년에 맞은 첩실 척부인戚夫人의 집요한 요청으로 조정 대신들의 반대에도 불구하고, 자신이 낳은 아들 여의如意로 태자를 바꾸고자 하였다. 다급해진 여후는 고조의 책사策士 장량張良에게 대책을 간청했다. 장량은 "고조께서 상산사호에게 호의를 갖고 초빙하려다 뜻을 이루지 못했으니, 그들을 초빙해 오라"고 방책을 제시한다.

물론 태자의 넉넉한 예물과 공손한 언행에 감화된 사호는, 드디어 하산해 연회 자리에 참례했다. 이들을 본 고조도 미처 알아보지 못하고 "저 늙은이들은 누구인데 태자와 함께 있는고?" 하고 묻자, 측신들이

"저분들이 바로 그 유명한 상산사호입니다" 하자, 고조는

"내가 저들을 보고 싶어 한 지가 오래다. 어째서 나는 기피하면서 태자와는 가까이 하는가?" 하며 다가가

"짐이 공들을 여러 해 찾았으나 오지 않더니, 어찌하여 지금 와서 태자와 함께 있는가?" 하니, 사호 왈

"폐하는 선비를 업신여겨 꾸짖기에, 질책이 두려워 피했으나, 태자는 어질고 선비를 공경한다기에, 남은 목숨을 태자에게 바치고자 왔소이다" 하니, 고조는

"그대들은 오래도록 태자를 잘 지키고 보필하라."

하고, '이미 태자에겐 우익羽翼이 생겼으니 어찌할 수 없구나'라며 민심이 태자에 기운 것을 인정하고, 태자 바꾸기를 단념하였다 한다.

고조가 죽은 후 여후는 연적戀敵이자, 정적政敵이었던 척부인의 손발을 자르고 눈알을 파낸 후, 돼지우리에 넣어 돼지를 돌보게 하며, '인간 돼지를 보라'고 조롱하는 끔찍한 복수를 했다.

사가 서거정은 「사호의 바둑 시」에서

於世於名己兩逃   세상 부귀와 명성도 이미 버리고,
어 세 어 명 이 양 도

137

閑圍一局子頻鼓	한가히 둘러앉아 바둑돌 두드리네.
此中妙手無人識	이 중 묘수 아는 이 아무도 없더니
會有安劉一著高。	한나라 안정시킬 높은 묘수 있었네.

라 하였다. '어세어명於世於名'은 '세속 부귀와 명예'로, '이양도已兩逃'는 '이미 둘 다 버림'이요, '자빈고子頻鼓'는 '바둑돌 자주 두드림'이니 '바둑으로 일삼더니'로, '회유會有~'는 '마침내 ~이(가) 있음'이요, '안유安劉'는 '유방의 한나라를 안정시킴'으로 읽었다.

다음은 고려조 문신 농포農圃 정문부鄭文孚의 제화시題畫詩 「상산사호도」니,

一局圍棋勝敗形	한 판의 바둑에서 승패의 형세를,
自知爲戲也關情	유희인 줄 알면서도 마음 쓰고 있네.
山居亦用機權手	산 중에 살면서도 권모술수 쓰려거든
枉避中原楚漢爭。	중원의 초·한 전쟁은 어째서 피했는가.

라 했다. 사호의 바둑도[바둑 두는 그림]는 흥미로운 소재였을 테고, 그래서인지 제화시도 적지 않다. '세상 부귀도 명예도 이미 다 버린,' 어쩌면 '세월과의 유희일 뿐인 바둑이련만, 기어이 이기려 한다'며, '세속적 쟁패와 다를 바 없지 않느냐'는 기건奇健을 과했다. 조선 인조 때의 문신 이서우李瑞雨 역시 「상산사호의 위기도商山四皓爲棋圖」에서

空山無事漫圖棋	공산에 일이 없어 한가롭게 바둑 두는데,
何故勞心下子遲	무엇 때문에 노심초사 바둑돌 늦게 놓나.
莫是漢儲書弊至	한나라 황실에서 온 초청장을 두고
意中難決去留時。	마음속으로 갈까 말까 결정이 어려운 게지.

라고 자못 '그림의 정적 상태'를 '사호의 현실과의 갈등 심리'로 풀었다.

한편, 상산사호가 태자에게 귀의한 것을 지절志節의 굽힘, 이른바 변절로 비유한 시편도 적지 않으니, 조자앙의

白髮商君四老翁
백 발 상 군 사 노 옹

紫芝歌罷聽松風
자 지 가 파 청 송 풍

半生不與人間事
반 생 불 여 인 간 사

亦墮留侯計術中。
역 타 유 후 계 술 중

머리 흰 상산의 네 노인이여,

자지가 끝나자 송뢰가 들려오네.

반평생 인간사 멀리만 하더니

유후의 계책에 지조 잃고 말았네.

를 위시하여 고려 졸옹拙翁 최해崔瀣의 「사호시四皓詩」

漢用奇謀立帝功
한 용 기 모 립 제 공

指揮豪傑似兒童
지 휘 호 걸 사 아 동

可憐皓首商山老
가 련 호 수 상 산 로

亦墮留侯計術中。
역 타 유 후 계 술 중

한고조가 장량의 꾀를 얻어 나라 세웠더니

호걸 부리기를 어린아이 다스리듯 하네.

가련할 손, 머리 흰 상산의 늙은이는

유후의 계책에 지조 잃고 말았네.

가 그것이다.

더욱 상황은 다소 다르지만 고려 문신 우헌迂軒 허옹許翁(생몰년 미상)은 경남 합천군 「초계 객사의 굽은 소나무를 보고 쓴 시題草溪客舍曲松」에서

未脫名韁白髮翁
미 탈 명 강 백 발 옹

折腰非處爲時風
절 요 비 처 위 시 풍

不關世事蒼髥叟
불 관 세 사 창 염 수

悅服何人每鞠躬。
열 복 하 인 매 국 궁

명강을 벗지 못한 머리 흰 늙은이,

허리 안 굽힐 데 굽힌 건 시속 때문인데.

무상한 인간사와 관계없는 너 소나무는

뉘게 그다지 열복하여 마냥 몸을 굽혔는가.

라 했다. '명강'은 '명예와 벼슬의 굴레'요, '백발옹'은 '상산사호'를, '절요'는 '절의를 굽힘'이니, '어쩔 수 없는 시대 풍조 때문'으로 읽고, '창염수'는 '늙은 소나무[蒼官]'로, '매국궁'은 '마냥 허리 굽힘'으로 읽었다. 그러므로 '상산사호의

변절'은 그렇다 하거니와, '인간사와 무관한 소나무! 너는 도대체 왜, 누구를 위해 항상 허리 굽혀 있느냐?'는 풍자적 영물시詠物詩로 볼 일이다. 허옹의 시를 차운한 이색의 시 역시,

落落商山伴彼翁
낙 락 상 산 반 피 옹
蒼官千載有高風
창 관 천 재 유 고 풍
絳侯牘背誰相示
강 후 독 배 수 상 시
鞭扑庭中暫曲躬。
편 복 정 중 잠 곡 궁

우뚝하게 저 상산 노인들과 짝을 지어,
천년이 지나도 창관의 높은 풍도 남았네.
강후에게 문서 뒷면을 누가 보여 줬던고
매질하는 관청 뜰에서 잠깐 몸 굽혔노라.

와 같다. '낙락'은 우뚝 잘 자란 '낙락장송'이요, '피옹'은 '저 상산의 사호'로, '강후'는 승상 주발周勃의 봉호封號요, '독배'는 한문제漢文帝 때 주발이 승상 직에서 물러나 강현絳縣에 봉호를 받아 있을 때 '모반을 도모한다'는 고변으로 장안에 구금되었는데, 소명의 방도를 몰라, 옥리에게 천금을 주고 자문하자, 옥리가 이르되 '공주로 증명케 하라'고 써서 보여 줬다는『사기史記』「주발세가周勃世家」의 고사勃以千金 與獄吏, 獄吏乃書牘背示日以公主爲證를 용사한 시구다. 그 공주는 바로 문제의 딸이자, 주발의 자부子婦였다. '잠곡궁'은 '매질하는 관청 뜰의 위엄에 잠시 허리 굽힘'으로 읽었다.

그러니 허옹은 "머리는 허옇게 센 늙은이가 공명심을 버리지 못하고 초계 현감으로 있는 것이 더 높은 벼슬을 하려는 것도 아니고, 부끄럽기만 한데, 늙은 소나무 너는 누구를 그다지 심복하기에 항상 몸을 구부리고 있는 것이냐? 했으니, 그가 헌납 때 밀직제학 한종유·우대언 이군해가 과거를 관장하며, 감찰대부 최안도의 아들 경璟을 부정합격 시키자, 탄핵해 재시再試를 주장하다, 오히려 곤욕을 겪을 때의 불우를, 이색 역시 1398년 이성계의 위화도 회군 시 창왕을 즉위케 하고 판문화부사로 명나라에 가 '창왕의 입조와 명나라의 고려에 대한 감국監國'을 주청하는 등 반군의 세력을 견제하려다, 오사충의 상소로 장단에 유배되고, 이어 함창으로 이배되었는가 하면, 이초彝初의 옥사에 연유되어 청주 옥에 갇히고, 이어 함창에 안치, 1392년 정몽주

가 피살된 후 다시 금주로 추방, 이어 여흥 장흥으로 유배되는 불우를 겪으며, "소나무는 본래 상산사호와 같이 높은 절개를 지키는 것인데, 어째서 몸을 구부리고 있느냐? 나도 고상한 생각은 가졌지만, 지금은 죄인이 되어 옛날 강후와 같은 신세가 되었으나, 독배를 써 줄 사람도 없어 볼기치는 뜰 가운데 구부리고 있는 소나무와 같이 서 있다"는 뜻이니, 모두 자신들의 초라하고 불우한 신세를 비유한 시다.

03

竹林七賢과 海左七賢
죽 림 칠 현　　해 좌 칠 현

　　중국 위진·남북조魏晉南北朝 시대, 특히 진나라 때의 어지러운 세태에 환멸을 느끼고, 자연에 은거해 청담淸談을 즐기며, 음주풍월飮酒風月로 유유자적하던 일군의 무리가 있었으니, 진류陳留의 완적阮籍과 완함阮咸·초국譙國의 혜강嵇康·하내河內의 산도山濤와 상수尚秀·패국沛國의 유령劉伶·낭야琅邪의 왕융王戎 등 일곱 사람이다. 이들은 대나무 숲[현세가 아닌 깊은 자연]에 모여, 초연히 세상 근심을 잊고 술과 청담으로 살았는데, 세인들이 그들을 죽림칠현이라 일컬었다七人常集于竹林之下 肆意酣暢, 故世謂竹林七賢고, 『세설신어』를 비롯한 숱한 기록들에 보인다.

　　이들의 사상적 기저는 중국의 전통적 가치인 유학을 위학僞學으로 치지도외할 뿐만 아니라, 아예 백안대지白眼對之했으니 『진서晉書·완적전阮籍傳』은 다음과 같다.

　　　"완적은 예교에 얽매이지 않고, 능히 눈동자를 굴려 하얗게 하거나 푸르게[검게] 할 수 있었다. 세속적 예절에 젖은 선비를 만나면 흰 눈자위를 드러내 대했는데, 어느 날 혜희가 찾아오자 완적은 곧장 흰 눈동자만 멀거니 드러내고 대했다. 몹시 언짢은 혜희가 자리를 박차고 가버렸다. 혜희의 아우 혜강이 이 말을 듣고 술을 싸 들고 거문고를 옆구리에 끼고 완적을 찾아가니, 완적은 반색하며 푸른 눈동자로 맞이했다. 이러한 일로 말미암아 예법을 논하는 유가의 선비들은 그들을 자못 원수 같이 여겼다."

(阮)籍이 不拘禮敎하고 能爲靑白眼이라. 見禮俗之士하면 白眼對之러니, 及嵇喜來에 卽籍이 白眼하니 喜不懌而退하다. 喜弟康이 聞之하고 乃齎酒挾琴하여 造焉하니 籍이 大悅하여 乃見靑眼하니, 由是로 禮法之士가 疾之若讎러라.

이상이 중국의 칠현설이라면, 고려 무신란 이후에도 이를 흠모하며 예의 청담풍을 즐긴 일곱 선비가 있었으니, 곧 이인로李仁老·오세재吳世才·임춘林椿·조통趙通·황보항皇甫抗·함순咸淳·이담지李湛之가 그들이다. 이들은 서로 의를 맺고 망년지우忘年之友로서 시와 술을 즐기며 자칭 죽림칠현이라 했으나, 후인들이 해좌칠현, 혹은 강좌칠현江左七賢이라고 일컬었다. 이규보의 『동국이상국집』에 수록된 「칠현설」에 다음과 같이 전해진다.

"선배들 중에 문장으로 이름난 모모 등 일곱 사람들이 한 때의 호준이라 하며, 마침 더불어 칠현의 교계를 맺으니, 대저 진의 칠현을 흠모한 것이다. 매양 서로 모여 술 마시고 시 짓기를 일삼되, 자못 남을 의식하지 않더니, 뭇 사람들이 비방하자 다소 저조해졌다. 내 열아홉 때 덕전 오세재가 망년의 교우를 허여하며 매번 나를 데리고 그 모임에 참여했었다. 얼마 후 오세재가 동도[경주]에 가 돌아오지 않자[객사함] 내 다시 그 모임에 갔더니, 청경 이담지가 나를 지목해 말하기를 '그대의 벗 덕전이 경주에 가 돌아오지 않으니, 그대가 그 빈자리를 채워 주겠는가?'하였다. 내 곧 바로 답하기를 '칠현이 무슨 조정 벼슬이나 된다고 그 빈자리를 채운단 말이요. 혜강과 완적이 죽은 후 그 빈자리를 채웠단 말 듣지 못했다'했더니, 온 좌중이 크게 웃었다. 또 시를 지으라 하며 '春·人' 두 자로 운

자를 부르기에, 내 곧바로

榮參竹下會 _{영참죽하회}	영광되게 죽림회에 참여해
快倒甕中春 _{쾌도옹중춘}	유쾌히 항아리 속 술 마셨네.
未識七賢內 _{미식칠현내}	알지 못케라, 칠현 가운데
誰爲鑽核人。 _{수위찬핵인}	누가 오얏씨 뚫은 인물인가.

라 했더니, 온 좌중이 자못 성난 빛이 역력하더라. 내 곧장 오연히 취해 나왔다. 내 젊은 날 오기가 이와 같아서, 뭇 사람들이 나를 지목해 광객이라 했다.”

先輩有以文으로 名世者한 某某等七人이 自以爲一時豪俊이라하고 遂相與 爲七賢하니, 蓋慕晉之七賢也라. 每相會하여 飮酒賦詩하되, 傍若無人일러 니, 世多譏之然後稍沮라. 時予年方十九에 吳德全이 許爲忘年友하여 每攜 詣其會라. 其後에 德全이 遊東都할새 予復詣其會러니 李淸卿이 目予曰“子 之德全이 東遊不返하니 子可補耶아” 予立應曰“七賢이 豈朝廷官爵이라고 而補其闕也아. 未聞嵇阮之後에 有承之者”라하니 闔座皆大笑라. 又使之賦 詩하며 占‘春人’二字하여 予立成口號曰“ -- ”라하니 一座頗有慍色일러라. 卽傲然大醉하여 而出하다. 予少狂이 如此하니 世人이 皆目以爲狂客也라.

참고로 위의 ‘찬핵인鑽核人’은 ‘칠현’ 중 왕융王戎을 칭한 말로, 그는 몹시 인색 해 ‘자기 집의 복숭아가 크고 맛이 좋아 남이 그 씨앗을 가져가 번식시킬까 두려워, 송곳으로 그 씨를 모두 뚫고 버렸다’하니, 짐짓 ‘현자는커녕 속물 중 의 속물들?’이란 함의를 부정할 수 없다.

04

陽關三疊과 海東三疊
양 관 삼 첩   해 동 삼 첩

渭城朝雨浥輕塵
위 성 조 우 읍 경 진
客舍青青柳色新
객 사 청 청 유 색 신
勸君更進一杯酒
권 군 갱 진 일 배 주
西出陽關無故人。
서 출 양 관 무 고 인

위성의 아침 비 티끌조차 씻어내,

객사의 상큼한 버들잎 새로워라.

자네, 이 술 한잔 더 드시게나

서로 양관을 벗어나면 뉘 권하리.

성당盛唐의 시·서·화 삼절三絶, 특히 남종화로 통칭되는 문인화의 원조이자, 불교에 심취해 시불詩佛, 혹은 이름과 자를 합쳐 유마힐維摩詰로 일컬어지는 왕유王維의 「원 2사를 안서로 보내며送元二使(之)安西」라는 전별시다.

워낙 벼슬길[宦路]이란 승척昇斥 및 사신행차, 혹은 곤내·외閫內外 간의 교체가 있는 법이고, 그 때마다 옛 선비들은 전별자리를 마련해 환송 및 석별의 정을 수답했으니, 일종의 수기문학인 셈이다.

전 2구는 절구시의 작법대로 서경이니, '아침 비로 상큼하게 씻긴 역사로 시상을 일으켜, 객사 주변의 싱싱한 버들잎으로 시상을 부연 발전시켰음은 전별자리임을 암시하기 위한 복선이다. 이른바 평직서기平直敍起하여 종용승

145

지從容承之했다. 3구의 권주勸酒라는 완전宛轉은 2구의 '상큼한 버들'에서 제시된 전별, 곧 객지로 가는 벗을 위한 '석별의 정'이란 결구의 주제를 불러오기 위한 시상의 전환, 이른바 절서의 원리로 보면 성장을 멈추게 해 결실로 유도하는 가을인 격이다.

'원이'는 '원씨 성의 집안 둘째 아들'이나 이름은 미상이다. 왕유가 그를 장안 서북쪽 위성, 곧 지금의 함양咸陽에서 안서安西, 신간성 토번 일대로 가는 사신 행차를 보내는 전별시로, 이후 중국의 악부시집에 '위성곡' 혹은 '양관곡'으로 기록되고, 따라서 모든 전별자리에선 이 노래가 불려 졌다 한다.

여기 '삼첩'이란 가창법을 이름이니, 다소 분분하나, 소동파의 견해는 '기구에서 전구까지는 한 번 창하고, 4구만은 세 번 중첩해 창한다' 하여 '양관삼첩陽關三疊'으로 전해 온다.

한편 고려조 정지상의 「임을 보내며送人」를 서포 김만중은 유마힐의 양관삼첩에 대칭해 '해동삼첩海東三疊'이라 칭했으니,

雨歇長堤草色多
우 헐 장 제 초 색 다
送君南浦動悲歌
송 군 남 포 동 비 가
大東江水何時盡
대 동 강 수 하 시 진
別淚年年添綠波。
별 루 년 년 첨 록 파

비 멎은 긴 둑엔 풀빛도 다북한데,

남포에서 님 보내며 슬픈 노래 부르네.

대동강 강물은 언제나 다 하려나

이별의 눈물 해마다 푸른 물결 더하니.

가 그것이다. 권응인權應仁의 『송계만록松溪漫錄』에 의하면 중국 사신 "범 조사凡詔使[未詳]가 왔을 때, 평안도 내 객관과 역루에 걸려 있는 우리나라 사람들의 제영시 편액은 모두 떼어내고, 대동강 위 선정[나루터 정자]에 있는 정지상의 「송인」만 붙여 놓자, 호음 정사룡이 '목은 이색의 시 「부벽루」의

昨過永明寺
작 과 영 명 사
暫登浮碧樓
잠 등 부 벽 루
城空月一片
성 공 월 일 편

어제 영명사를 찾았다가

오늘 부벽루에 올랐노라.

텅 빈 성머리엔 한 조각달이요

石老雲千秋。　해묵은 바위 위엔 구름만 두둥실.
석 로 운 천 추

- 下略 -　　　　　　- 하략 -

은 누구도 따라옴을 불허하는 절창으로, 중국 사신 예겸倪謙도 발을 구르며 찬탄했거늘, 이 시가 어찌 정지상의 시만 못한가?' 하여 그대로 붙여 뒀다"한다. 워낙 서경의 대동강 일대야 풍류의 미향이라, 부벽루 연광정 을밀대 등에 내로란 숱한 한량들의 시답잖은 글이야 민망할 뿐이나, 이 작품만은 알만한 자는 알 것이라 믿었던 것이다. 역시 예견은 적중했다. 중국 사신들이 이 시를 보고 하나같이 '신운神韻'이라는 둥, "너희 나라에도 이만한 시인이 있느냐!"했다니, 대저 그 묘처는 연원도 오랜 전별처의 대명사 '남포'와 결구 '첨록파'의 용사用事에 있다 할 것이다. 곧 '남포'는 굴원의 「구가九歌」 중 「하백河伯」 장의

子交手兮東行　그대의 손잡고 동으로 가서
자 교 수 혜 동 행
送美人兮南浦　어여쁜 님 남포에서 보내네.
송 미 인 혜 남 포

를 내처來處로 한 이래, 숱한 이별가의 '전별 터'로 용사되었고, '첨록파' 역시 두시 「상시 고적에게 보내다奉寄高常侍」의 결구

天涯春色催遲暮　하늘 가 봄빛은 더디 지는 해를 재촉하고
천 애 춘 색 최 지 모
別淚遙添錦水波。　이별의 눈물은 아스란 비단 물결에 보태네.
별 루 요 첨 금 수 파

를 내처로 환골탈태換骨奪胎한 호백구수狐白裘手임을 얼른 알아봤기 때문이리라. 서거정은 『동인시화』에서 "연남 홍재洪載가 일찍이 이 시를 베껴 쓰며 '푸른 물결 넘쳐나네漲綠波'라 하였는데, 익재 이제현은 '작·창 두 글자가 다 원만치 못하니, 마땅히 푸른 물결 더하네添綠波'라고 해야 한다" 했으나, 정작 이제현의 『역옹패설』에는 양재梁載로 기록되어 바로 잡고 갈 일이다.

147

최자 역시 자신의 『보한집』에서 정지상의 「송인」을 당시 모두 '경책警策으로 여겼다'했으나, 김택영은 '다만 염정艶情을 노래했을 뿐' 허실상배에 미치지 못했음을 아쉬워했다. 그러나 왕유의 양관삼첩에 비한 해동삼첩으로 수많은 방작이 있었음은 물론이다. 신광수는

當年送君南浦曲　　그 때 남포에서 임 보내던 그 노래
당 년 송 군 남 포 곡
千年絶唱鄭知常。　　천여 년래 다시없을 절창, 정지상.
천 년 절 창 정 지 상

이랬는가 하면, 자하 신위 역시 「서경에서 정지상의 운을 빌어서西京次鄭知常韻」에서

急管催觴離思多　　바쁜 피리 재촉하는 술잔 이별의 시름 많은데,
급 관 최 상 리 사 다
不成沈醉不成歌　　마셔도 취하지 않으니 노래조차 부를 수 없네.
불 성 침 취 불 성 가
天生江水西流去　　하늘이 이 강물을 서로 흘러내리게 했으니
천 생 강 수 서 류 거
不爲情人東倒波。　　정다운 님 위해 동으로 흐르게 할 수 없구나.
불 위 정 인 동 도 파

라 했다. 다소 연주지정으로 환치된 아쉬움이 없지는 않다.
　한편 예겸이 '발을 구르며 찬탄했다'는 목은의 「부벽루」는 영사회고의 오언율시로 그 아래 4구는

麟馬去不返　　기린마 가고 다시 오지 않으니
린 마 거 불 반
天孫何處遊　　천손은 지금 어디서 노니시는가.
천 손 하 처 유
長嘯依風磴　　풍등에 의지해 길게 파람하노라니
장 소 의 풍 등
山青江自流。　　푸른 산 강물만 유유히 흐르누나.
산 청 강 백 유

와 같다. "예로부터 말로만 듣던 악양루를, 이제사 올라보니昔聞洞廷水 今上岳陽樓"라는 두보의 「등악양루」를 발단부터 의양한 부벽루 제영시다. '인마麟馬'는

고구려 건국신화에 나오는 '기린굴'이니, 천손天孫인 동명왕이 이 굴에서 말을 길러 조천朝天[昇天]할 때 조천석에서 비상해 갔다는 신화적 화소임은 김극기의 「기린굴」 「조천석」시편 (《여지승람 평양조》 참조)에서 확인할 수 있다. 자하 신위의 「동인논시절구 35수」 중 그 3을 통해 이색과 정지상의 시격을 가늠하기로 하자.

長嘯牧翁倚風磴   길이 바람 언덕에 의지한 목은 옹,
장 소 목 옹 의 풍 등

綠波添淚鄭知常   푸른 물결 위에 눈물 보탠 정지상.
녹 파 첨 루 정 지 상

雄豪艶逸難上下   웅호함과 염일함 우열 가리기 어려워
웅 호 염 일 난 상 하

偉丈夫前窈窕娘。   늠름한 장부 앞의 요조숙녀라 할까.
위 장 부 전 요 조 낭

목은의 7구 "바람맞이 언덕에서 파람 불며 기댔자니"라는 이색의 웅호한 기상으로 시상을 일으키고, 정지상의 결구 "곱고 가녀린 애상哀傷"으로 부연하므로, '헌헌장부와 요조숙녀'의 미학적 품별은 독자의 몫으로 돌렸다.

05

남의 단점을 말하지 말라

不言短處
불 언 단 처

　'불언단처'는 '남의 단점을 말하지 말라不言人之短處'의 준말이니, '다소 서툴거나 부족한 점, 이른바 부분이 전체인 양 남을 품평하거나, 인격을 무시하지 말라'는 뜻이다. 워낙 인간은 누구나 인간 그 이상이 아니며, 인간인 이상 누구나 장단점이 없을 수 없는 미완의 존재다. 그러므로 남의 단점을 희떱게 떠벌리는 '잘난 자의 단점은 바로 그 잘난 체하는 떠벌림'이다. 이런 자들의 대부분은 성격 파탄자거나, 꼴같잖은 영웅주의자들이다. 누가 제 잘못은 보지 못한 채 남을 시시비비할 것인가!

　그렇다. 인간은 누구나 참으로 소중하고 존엄한 존재다. 누가 누구를 함부로 평할 자격이 있으며, 항차 남의 인권을 유린할 권리를 가졌단 말인가?

　공자는 『논어·이인』 편에서 "오직 어진 사람만이 능히 남을 좋아할 수 있고, 미워할 수 있다惟仁者 能好人, 能惡人"했는가 하면, 상촌 신흠도 그의 『야언野言』에서 "군자는 남이 감당해내지 못한다고 모독하지 아니하고, 무식하다고 부끄럽게 하지 않는다. 그러므로 원망이 적다君子 不辱人以不堪, 不怪人以不知, 卽寡怨"고 했다.

우리네 속성은 어떠한가? 연로한 구세대의 입담이 그렇고, 더 안타깝기로는 철부지 유소년기의 왕따에 이은 학교폭력, 심지어 신성한 국방의 의무로 전우애를 부르짖는 병영에서조차 선·후임 간의 '명령과 복종'이라는 미명하에 보호는 물론, 말도 못하고 죽임을 당하는 미필적 살인 행위, 혹은 견디다 못한 자살까지 빈번해지므로 온 국민을 경악케 하는 현실은 무엇이 문제며, 누구의 책임인가?

여기서 잠깐 조선 중기의 문신 상진尙震(1493~1564)의 일화를 보고 다음으로 이어가자.

"상진은 목천[현 충북 청주] 사람이다. 자는 기부요, 호는 범허정이다. 중종中宗 병자(1516)에 생원시에 합격하고, 기묘년(1519)에 별시문과에 급제하여, 예문관검열로 고향으로 돌아갈 때, 한 농부가 두 마리 소로 밭을 가는 것을 보고, (잠시 쉴 겸) '어느 놈이 더 낫고, 못한가'를 물었더니, (농부는) 대답하지 않고, (잠시 밭 갈이를 멈춘 후) 다가와 귀속 말로 이르기를 '축생[가축]의 마음도 사람의 마음과 같으니, 만약 평하는 말을 들으면 낫다고 평가받은 것은 기뻐할 것이고, 못하다고 평가받은 것은 노하리다. 실은 작은 것이 더 낫지요' 했다.

(상)진이 사례하며 이르기를 '공은 은군자로소이다. 삼가 가르침을 받들겠소이다' 했다. 이로부터 남의 단점을 말하는 일이 없었다.

한쪽 다리가 조금 짧은 사람이 있어 혹자가 지목해 이르기를 '절름발이'라 하였는데, 공은 이르기를 '짧은 다리는 남과 같고, 한쪽 다리가 조금 길다'하며, '남의 단점을 입에 담지 않기'를 이같이 했다."

尙震은 木川人也라. 字는 起夫요, 號는 泛虛亭이라. 中宗丙子에 生員하고, 己卯에 文科하다. 以檢閱로 還鄕할새 見田夫牧二牛하고 問優劣하니 不答하고 密密語曰, "畜心이 與人心同하니, 若聞評言하면 稱優者는 喜하고, 稱劣者는 怒하리라. 其實은 少者勝."이라한대, 震이 謝曰"公은 隱君子라. 謹奉教"하노이다. 自是로 未嘗忤人하더라. 人有短脚者하니, 或이 指曰"蹇脚"이로다 한대, 公曰"短脚은 與人同이라, 謂一脚이 長也"라 하며 不言人之短處

를 如此하더라. 〈相臣錄〉

▷이검열以檢閱 : 검열의 신분으로, '以'는 '…로서(신분)·…로써'(기구격)으로 쓰임. ▷견전
부목이우見Ⅰ田夫∥牧Ⅰ二牛 : 농부가 두 마리 소를 부려 밭가는 것을 보다. ▷밀밀어왈
密密語曰 : 소곤소곤 말해 이르다. ▷약문평언若聞評言 : 만약 평하는 말을 듣는다면.
▷미상오인未嘗忤人 : 일찍이 남을 거스르지 않음. ▷건각蹇脚 : 저는 다리. 절름발이.

위의 글에서 핵심어는 '가축의 마음도 사람의 마음과 같다'함이다. 그러기
에 '칭찬을 들은 소는 기뻐하겠지만, 상대적으로 못하다고 평가된 소는 성낼
것'은 당연지사, 이른바 '사람이나 그 밖의 만물도 본성은 같다人物性同論'함이
농부의 가치관이다.

이에 당대의 지식인이자 예문관의 신분으로 '삼가 스승으로 받들어 모시
겠다'며 은군자로 대접한 우리네 선조들이요, 우린 이런 훌륭한 인문 전통을
가진 선조의 후예들이다.

누가 누구를 무시할 권한을 가졌으며, 패거리 지어 특정인의 인격을 함부
로 모욕하거나 집단폭행하는 처사는 또 얼마나 야비하고 치졸한가!

이 같은 오늘날의 사회 병리심상의 책임은 전혀 잘못된 교육에 있다. 적어
도 국가의 공교육의 목표는 올바른 국가관과 진정한 민주시민 교육에 기여
해야 하며, 그러기 위해 인문과학에 근거한 인성교육을 바탕으로 해야 한다.

적어도 유치원서부터 초등학교까지의 도덕교육, 중·고등교육 기간의 한문
학습을 통한 윤리·역사교육은 민족 의식개혁의 차원에서 재고되어야 할 것이
다. 공부 잘하는 학생은 있어도 인성 좋은 학생은 드믄 이즈음, 진실로 훌
륭한 인재가 되고자 하거나, 그렇게 키우고자 한다면 인성교육의 바탕 위에
참다운 지식과 훌륭한 리더십을 길러야 할 것이다. 한문을 가르치자기보다
한문으로 기록된 우리의 인문전통을 바로 체화體化하자는 것이다. 그마저 부
정하는 것은 문화와 역사를 단절하자는 것이다.

전문 인력교육은 대학 4년으로 족하다. 물론 대학의 편제도 바꿔야 할 문
제투성이다. 농·공·상고를 인문계로 바꿀 것이 아니라, 전문 인력 양성기관

으로 육성하거나, 동일계 대학으로 진학하도록 유도했어야 맞다.

가장 소중한 인성교육의 기틀인 가정교육, 적게 낳아 귀히 기른 자식이 뜻밖의 문제아로 양산되지는 않았는가? 모든 교육의 책임은 부모에게 있음을 부정하지 말아야 한다.

인성교육을 토대로 한 유능한 인재 양성만이 바람직한 미래를 담보할 희망임을 깨닫지 못한 자가 교육자나 지도자가 되어선 아니 된다.

06

손톱이 자라 손등을 뚫다

有志竟成＝爪甲穿掌
유 지 경 성　　조 갑 천 장

'뜻이 있는 자는 성취함이 있다有志者 竟成' 했다. 물론 '뜻만 있다'고 절로 다 '성취'되는 것이 아니라, '무엇이 되겠다던가, 무엇을 하겠다'는 뜻이 있기에 성취하고자하는 의지에 찬 노력이 있어야 함은 물론이다.

발명왕 에디슨도 '뜻을 세워 성취의 결실을 얻기 위해 하루 4시간밖에 잠 자지 않았다'하지 않는가.

'발분해 결심함'이 없는 자는 스스로를 학대해 자기를 버리는 자, 이른바 자포자기自暴自棄한 가련할 가치조차 없는 존재다. 남을 탓할 것인가? 이유요 변명일 뿐이다. 스스로 자기이기를 버린 것이다. 물론 그것을 깨닫는 순간 재기의 기회는 또 언제나 있다. 문제는 자기를 자기답게 가꿀 책임은 자신에 게 있는 것이다. 자기의 영원한 주인은 자신이니까.

조선조 중기의 문인 양연梁淵(?~1542)의 경우를 거울삼자. 그는워낙 성품이 뛰어나 세상물정에 얽매이지 않고, 홀로 잘난 체하며 허송세월하다가 늦게 철이 든 만학도였다. 그의 입지전적 자기 수련 과정은 그 좋은 귀감이 될 것 이다.

공[양연]은 젊은 날 성품이 뛰어나 세상물정에 얽매이지 않다가 나이 40에 이르러 비로소 배우고자 할 때, 발분 결심하며 왼손을 불끈 쥐고 '문장을 이루지 못하면 맹서컨대 손을 펴지 않으리라' 하고 북한산 중흥사에서 독서하니 1년여에 문리가 관통하고, 시격詩格이 맑고 고고高古해 졌다.

장인어른께 시를 붙여 이르기를

書榻燈光暗 서 탑 등 광 암	서탑의 불빛은 어둑하고
硯池水色淸 연 지 수 색 청	벼루의 먹빛 맑아합니다.
管城吾所願 관 성 오 소 원	붓도 저의 원하는 바요
兼望楮先生。 겸 망 저 선 생	아울러 종이도 바랍니다.

▷서탑書榻 : 책상. ▷연지硯池 : 벼루의 먹물이 고이는 곳. 벼루. ▷관성管城 : 붓의 이칭.

관성자管城子. ▷저선생楮先生 : 종이의 이칭.

라 했으니, 모두 문방사우[紙·筆·墨·硯]를 요청한 것이었다.

장인어른이 늦게 학문에 뜻을 두었으나, 속히 이룩한 것을 가상히 여겨 기쁜 마음에 답해 이르기를 "양충의가 산당에서 독서하니, 아아 만학이로다" 했다. 세상 사람들이 전해 미담으로 여겼다. 후에 과거에 급제한 날 손을 펴고자 한 즉 손톱이 손바닥을 뚫었더라.

公(梁淵)이 少時에 卓犖不羈하여 至四十에 始學할제 發奮決心하며 握左手하고 "不爲文章하면 誓不開手"하리라 하고 讀書于北漢中興寺하니, 歲餘에 文理貫通하고 詩格淸高러라. 寄詩於婦翁曰하니, ……引用…… 蓋請四友之意也라. 婦翁이 佳其晚學速成하여 戱而答之曰 "梁忠義 四十에 讀書山堂하니 嗚呼라, 晚矣"로다하다. 世人이 傳爲美談이러라. 後登科日에 始欲開手則 爪甲이 穿掌이러라. 〈大東奇聞〉

▷탁락卓犖 : 탁월卓越 … 영특하고 뛰어남. ▷불기不羈 : 얽매이지 아니함.

▷독서우북한讀書于北漢 : 북한에서 …에서 독서하라. '于'는 '乎'. ▷독서우북한

讀書于北漢…: 북한산 …에서 독서하다. '우于'는 '어於·호乎'와 같은 처소격 어조사나 '어於'는 일반적 처소. '호乎'는 'A호乎'에서 'A'에, '우于'는 'A우于B'에서 'B'를 강조함. ▷부옹婦翁: 장인어른. ▷만학속성晚學速成: 늦게 배웠으나 빨리 성취함. ▷양충의梁忠義: 양연이 과거에 급제하기 전 음직으로 충의위에 소속되어 있었음.

이것이 이른바 '뜻이 있으면 성취함이 있음有志竟成'이요, 자기 사랑의 결실인 것이다. 조부는 대제학 성지誠之시고, 부는 현령 호瑚니, 음직으로 충의위忠義衛에 소속되었다가 만학 후 급제하여 직제학, 병조·이조판서·우찬성·좌찬성을 거쳐 판중추부사에 이르렀으며, 훈구파의 중심인물이 되었으니, 만학이 곧 만달은 아닌 것이다.

07

부모님께
지극한 효성을 다함

陳情表·烏鳥私情·反哺
진 정 표 오 조 사 정 반 포

가마귀 검다ᄒ고 백로야 웃지마라

것치 검은들 속조차 검을소냐

걷희고 속 검검을손 너 뿐인가 ᄒ노라.

〈병와가곡〉

가마귀 싸우는 골에 백로야 가지마라

성낸 가마귀 흰빛을 새오나니

청강淸江에 됴히 씻은 몸 더러일가 ᄒ노라.

〈정몽주 모부인〉

까마귀를 소재로 한 두 편의 시조다. 몸집이 다소 단아하며, 연미복(?) 차림이나 한 듯한 까치는 반가운 소식을 전해주는 '길조에서 상승해 국조國鳥'로 대접받는 대신, 까마귀하면 왠지 불길한 이미지, 사람으로 비유하면 '추하고 비천한 인물로 유추해 왔다. 더욱 백로白鷺와 대비해선 '음흉한 간신배 대

깨끗하고 고결한 선인·현자'로 비유해 왔으니, 위 두 작품도 예외가 아니다.

앞의 작품은 여말 우왕 3년(1377) 문과에 급제하고, 새 왕조 건국에 참여해 태종太宗 때 영의정까지 지낸 이직李稷(1362-1431)의 시조다. 여기서 '까마귀'는 충절을 지킨답시고 신왕조에 가담하지 않는 표리부동한 고려 유신儒臣이다. 이른바 '자연물을 의인화한 설의적 표현'으로 자신의 신념(주체의식)을 강조했다. 따라서 그에게서 '충신은 두 임금을 섬기지 않는다忠臣不事二君'는 논리는 전혀 별개인, 달리 말하면 '까마귀에 대한 긍정적 인식'이니, '겉이야 검을지언정 속은 곧다'는 알레고리allegory다.

한편 후자는 이방원이 정몽주를 회유하고자 자기 집에서 주연을 배설하고 부를 때, 모부인께서 아들을 만류하며 지었다는 작품이니, 이 작품의 까마귀는 예의 '음흉한 신군부, 곧 겉히고 속 검은 무리'요, '청강에 됴히 씻은 몸 = 백로'는 정몽주다.

그러나 동양의 전통적 인식으로서의 까마귀는 효조孝鳥다. 중국이나 일본만 해도 '낳아서 길러주신 부모의 은공에 보답할 줄 아는 새, 곧 오조사정烏鳥私情, 오조지정烏鳥之情이라며, 인간의 귀감으로 인식해 왔다. 곧 까마귀는 낳아주고, 어려서 갖가지 먹이를 물어다 먹여 길러준 은혜를 그 어미 아비 까마귀가 늙으면 둥지에 모셔놓고, 그대로 음식을 물어다 먹기 좋게 씹어 봉양하는[反哺] 지극히 고운 심성의 새[孝鳥]인 것이다.

따라서 오조사정烏鳥私情·오조지정烏鳥之情·반포反哺는 동의어니, 하나같이 까마귀로 말미암은 '부모에 대한 지극한 효성을 다함'이란 고사성어로, 그 유래는 동진東晉 무양武陽 사람 이밀李密(224-287)의 「진정표陳情表」에서 실감할 수 있다.

그는 어려서 아버지를 여의고, 어머니 하何씨마저 외삼촌의 강권으로 개가하자, 조모 유劉씨의 손에서 자랐다.

진晉 무제武帝(266-290 재위) 초에 태자세마太子洗馬의 벼슬로 봉해졌으나, 조모 봉양을 이유로 황제에게 자신의 구구한 사정을 표문으로 올리고[陳情表] 관직을 사양하였다. 무제는 이밀의 효성에 감복하여, 그에게 노비를 하사하고, 관할 군현郡縣에서는 이밀의 조모에게 의식을 제공하도록 하였다. 다소 장황하나, 현대인에게 귀감이 될 만한 글이기에 전문을 읽기로 하자.

"저는 불행하게도 일찍이 부모를 여의었으니, 생후 6개월 된 갓난 아이 때 아버님과 사별하고, 나이 네 살 때 외삼촌이 어머니의 수절하시려는 뜻[母志]을 앗았습니다. 조모 유씨가 제가 외롭고 약한 것을 불쌍히 여겨 몸소 키우셨습니다. 저는 어려서부터 갖은 병치레로 아홉 살이 되어도 걷지 못했고, 외롭고 쓸쓸하게 홀로 고생하며 성인이 되었으니, 저에게는 숙부나 백부도 없고, 형제도 없습니다."

臣以險釁으로 夙遭愍凶하여 生孩六月에 慈父見背하고, 行年四歲에 舅奪母志라. 祖母劉가 閔臣孤弱하여 躬親撫養하시니, 臣少多疾病하여 九歲不行이라. 零丁孤苦하여, 至于成立하니, 旣無叔伯이요, 終鮮兄弟니이다.

▷험흔險釁 : 불행. 불운하게도. ▷민흉愍凶 : 부모를 여의는 불행. ▷견배見背 : 등을 보임. 사별함. ▷구탈모지舅奪母志: 외삼촌이 수절코자 하시는 어머니의 뜻을 앗음. ▷민신고약閔臣孤弱 : 저의 외롭고 허약함을 가엾게 여겨. ▷궁친무양躬親撫養 : 몸소 기르시다.

"가문이 쇠하고 박복해, 늦어서야 자식을 두었으니, 밖으로 기복이나 공복을 입을 만한 가까운 친척도 없고, 안으로는 문 앞에서 손님을 응대할 어린 시동 하나 없습니다. 홀로 외롭게 살아가면서 내 몸과 그림자가 서로 위로할 따름이거늘, 조모 유씨도 일찍이 병에 걸려 늘 자리에 누워 계십니다. 저는 탕약을 다려 올리며, 일찍이 곁을 떠난 적이 없었습니다."

門衰祚薄하여 晚有兒息하니 外無朞功强近之親하고, 內無應門五尺之童이니이다. 煢煢孑立하여 形影相弔어늘 而劉夙嬰疾病하여 常在牀褥하니, 臣侍湯藥하여 未嘗廢離로소이다.

▷외무A外無A, 내무B內無B : 밖으로는 A가 없고, 안으로는 B가 없음. ▷미상폐리未嘗廢離 : 일찍이 곁을 떠날 수 없음.

159

"마침 성조를 만나 맑은 교화를 온 몸에 입어, 전 태수 가규는 저를 효렴으로 발탁하였고, 후 자사인 고영은 수재로 천거해 주셨습니다. 그러나 저는 조모의 공양을 맡아줄 사람이 없어서 사퇴하고 부임하지 못했는데, 마침 조서가 특별히 내려져서 저를 낭중으로 임명하시었고, 곧이어 나라의 은혜를 입어 저에게 세마의 벼슬이 내려졌습니다. 외람되게도 미천한 몸으로 동궁을 모시게 되니, 제가 목을 바친다 해도 그 은혜를 다 보답할 수 없을 것입니다."

逮奉聖朝하야 沐浴淸化하여 前太守臣逵가 察臣孝廉하고, 後刺史臣榮이 擧臣秀才하나이다. 臣以供養無主로 辭不赴러니 會詔書特下하사 拜臣郎中하시고, 尋蒙國恩하여 除臣洗馬하시니, 猥以微賤으로 當侍東宮이라, 非臣隕首所能上報니이다.

▷효렴孝廉 : 효행이 있고, 청렴한 사람. 한 무제 때 효행과 청렴한 선비를 매년 1명씩 천거케 하여 임용함. ▷수재秀才 : 선거의 한 과목. 州郡에서 재학이 있는 자를 선거하여 임용하는 제도. ▷제신세마除臣洗馬 : 제게 세마[동궁을 모시는 직]를 모시는 직을 내림.

"저는 사사로운 정리를 갖추어 표를 올리고, 사퇴하여 곤직에 나아가지 못했습니다. 다시 조서를 내리시어 절실하고도 준엄하게 저의 책임을 회피하고 태만함을 책망하시며, 군과 현에서는 득달같이 저에게 길을 떠나도록 재촉하고, 주위의 관리들도 문에 와서 성화같이 서두르고 있습니다. 제가 조서를 받들어 빨리 달려가고 싶지만, 조모 유씨의 병환이 날로 위독하고, 구차히 개인의 사정을 따르고자 하여 하소연해도 들어주지 않으니, 저의 진퇴가 참으로 낭패입니다."

臣具以表聞하여 辭不就職이러니 詔書切峻하여 責臣逋慢하시고, 郡縣이 逼迫하여 催臣上道하니 州司臨門이 急於星火니이다. 臣欲奉詔奔馳인댄 則以劉病日篤이오, 欲苟順私情인댄 則告訴不許하니 臣之進退가 實爲狼狽로소이다.

"엎드려 생각하옵건대 지금의 조정은 효도로써 천하를 다스려서 모든 노인들이 살아서 동정을 받아 양육되고 있습니다. 하물며 저는 홀로 고생하는 것이 남보다 더욱 심함에 말할 것이 있겠습니까. 또한 저는 젊어서 위조인 촉나라를 섬겨 낭서 직에 복무하였으니, 본래 출세하기를 바라거나, 명예와 절개를 자랑삼지 않았습니다. 이제 저는 망국의 천한 포로로 지극히 미천하고 비루한데도 과분하게 발탁하시니, 총명이 우악하온데 어찌 감시 주저하며, 바라는 바가 있겠습니까."

伏惟聖朝가 以孝治天下하샤 凡在故老가 猶蒙矜育하니 況臣孤苦가 特爲尤甚이리이까. 且臣少事僞朝하여 歷職郎署하니 本圖宦達하여 不矜名節이니이다. 今臣은 亡國之賤俘라, 至微至陋어늘 過蒙拔擢하니 豈敢盤桓하여 有所希冀이리까

"다만 조모 유씨가 마치 해가 서산에 지려는 것처럼 숨이 끊어지려하여, 사람의 목숨이 위태로우니, 아침에 저녁의 일을 생각할 수도 없습니다. 저는 조모가 없었다면 오늘에 이를 수 없었을 것이며, 조모께서는 제가 없으면 여생을 마칠 수 없을 터이니, 조모와 손자 두 사람이 더욱 서로 목숨을 의지하고 있는 것입니다. 이런 까닭으로 능히 그만두고 멀리 갈 수가 없습니다."

但以劉가 日薄西山하여 氣息奄奄이라, 人命이 危淺하여 朝不慮夕이니이다. 臣無祖母면 無以至今日이오, 祖母無臣이면 無以終餘年이니 母孫二人이 更相爲命이니이다. 是以區區히 不能廢遠이로소이다

"저 밀은 이제 나이 마흔 넷이고, 조모 유씨는 이제 아흔 여섯이니, 신이 폐하께 충성을 다할 날은 길고, 할머니 유씨를 봉양할 날은 짧은 것입니다. 까마귀가 어미 새의 은혜를 보답하려는 사사로운 심정으로 조모가 돌아가시는 날까지 봉양하게 해 주십시오. 저의 곤고로움은 촉의 인사들만이 아니라, 양주와 익주 두 고을의 관리들도 훤히 아는 바이며, 천지신명께서도 실로 모두 보고 있는 바입니다. 원하옵건대, 폐하께서는 어리석은 저의 정성을 가엾게 여기시어 저의 작은 뜻을 들어 주십시오. 제가 바라는 것은 조모 유씨께서 다행히 여생을 끝까지 보전하게 된다면 제가 살아서는 목숨을 바쳐 충성을 다하고, 죽어서는 결

초보은하려는 것입니다. 저는 두려운 마음을 이기지 못해 삼가 재배하고 표를 올려 아뢰옵니다."

臣密은 今年四十有四요, 祖母劉는 今年이 九十有六이니 是臣이 盡節於陛下之日은 長하고, 報劉之日은 短也니이다. 烏鳥私情이 願乞終養하노니 臣之辛苦는 非獨蜀之人士와 及二州牧伯의 所見明知하시고,. 皇天后土가 實所共鑑이시니, 願陛下는 矜愍愚誠하샤 廳臣微志하시면 庶劉僥倖하여 卒保餘年이면 臣生當隕首요 死當結草하리이다. 臣不勝怖懼之情하여 謹拜表以聞하노이다.

와 같다. 예로부터 이밀의 「진정표」를 잃고 눈물을 흘리지 않으면 효자가 아니라 했고, 제갈공명의 「출사표出師表」를 읽고 눈물 흘리지 않으면 충신이 아니라 했다.

정녕 오늘의 우리도 시속만 탓할 것인지, 거듭 심사숙고할 고전의 울력이다.

제3편

自然의 四季
자 연   사 계

스토아Stoa 학파의 크리시포스Chrysippos는 '미美야말로 모든 대상의 존재 이유'라 하고, 우주 만상은 '미를 목적으로 해서 태어나 있다' 했다. 그 생성 변화와 운행은 스스로 무언無言의 질서 속에서 이루어진다. 무위자연無爲自然의 도가 바로 그 질서요, 자연은 또 도의 모체인 것이다. 여기에 자연의 경건함과 숭고함이 있고, 그 조화와 질서와 균형의 미는 그러므로 매체에 의한 인위적 예술미가 범접할 수 없는 초절적 대미大美인 것이다.

그러기에 자신의 묘비에 "그 이름을 물에 쓴 자, 이곳에 영면하다"라고 새긴 미의 순교자殉敎者 존 키츠John Keats(1795~1821)는 자신의 「엔디미온Endymion」에서

미는 영원한 희열 :
그 사랑스러움은 더해가나니 : 그것은 결코
무로 돌아가지 않고 : 언제나 우리를 위해
고요한 나무그늘 휴식처와
감미로운 몽상과 고요한 숨결에 찬 잠을 간직하리.

라 했다. 그렇다. '희열과 사랑을 안겨주는 미' 추악하고 질식할 것만 같은 현실 속에서 '감미로운 몽상에 안주할 고요한 미, 숨결 같은 생명적 존재', 바로 그런 미를 추구하는 인간에게 그 절대한 자연미는 대립적인 객관적 대상일 수 없다. 더구나 인간은 용케도 탐미욕耽美慾과 모방본능을 타고나서 자연의 순리를 따르고 존숭尊崇하는 가운데, 체험된 미적 감동을 표출할 줄 알기 때문이다. 일찍이 아리스토텔레스Aristoteles가 이른바 "시는 자연의 모방"이라 한 '시'의 함의含意는 '예술의 포괄적 개념'이겠지만, 아마도 촉물진정觸物陳情의 시학詩學이 그 대표적 형태일 것이다. 여기서 '촉물'이라 함은 시인의 시적 정서를 환기시키는 일련의 물사物事[객관적 상관물objective correlative을 접함이요, '진정'은 작가의 선체험적 인식이 대상에서 얻어진 심상心象과 만나 '언어 매체'를 통해 창출해낸 예지叡智의 미학이다.

자연미, 특히 질서와 조화와 균형의 숭고미는 춘·하·추·동 4계의 절서節序에서 절감할 것이다. 동양의 계절적 숭고미를 찾아 산책의 길을 서둘러 가보자.

먼저 「귀거래사」로 유명한 진晉나라 도연명의 「사시四時」를 통해 자연의 미학을 보자.

春水滿四澤　봄물은 온 못에 넘실대고
춘 수 만 사 택
夏雲多奇峰　여름 구름 기이한 봉 많기도 해.
하 운 다 기 봉
秋月揚明輝　가을 달 휘영청 밝게 드날리고
추 월 양 명 휘
冬嶺秀孤松。　겨울 산마루 우뚝한 솔 빼어나.
동 령 수 고 송

4계의 상징체로 자연이법의 섭리와 계절적 고유미, 아니 그 숭고미를, 무슨 야단한 용사나 현학적 수사마저 전혀 개념치 않고, 그러니 알음알이 식자의 안목으론 작시법도 모르고 쓴 듯 참으로 무구無垢한 단상이다.

물, 특히 봄물은 '동토凍土의 해빙解氷이니 곧 소생의 생명수'다. 졸졸졸·여기저기 스미며 흘러 모인 '철철 넘치는[滿] 생명의 원천,' 이 숭엄하고 거룩한 환희가 이 시의 시상을 '만滿'자로 불러 일으켰다[起句].

구름, 무엇보다 여름 구름은 넉넉한 비를 몰아오는 충만한 물의 상징이다. 이 물은 '뜨거운 태양과 함께 왕성한 성장의 자양이자, 곧 여름의 이미지'다. '기봉'은 '기기묘묘하게 생긴 산 봉오리' 같은, 이른바 뭉게구름의 상상적 표현이자 부연이다[承句].

달, 언제는 하늘에 달이 없어 '가을의 상징'으로 삼았을까? 없어서가 아니라, 스산한 가을바람이 습기를 걷어내 맑아한 밤하늘의 청명한 달, 계절로 봐도 성장을 멈추고 결실로 전환하는 가을이요, 작시 상으로도 결구의 주제를 유도하는 전구니, 휘황하게 드날리는 가을 달빛으로 완전했다[轉句].

소나무, 한겨울의 푸른 솔은 순은을 배색으로 그 '독야청청獨也靑靑'함의 상징이니, 이른바 우뚝 고고한 푸른 솔로 '세한후조歲寒後凋'의 미학을 강조해 맺었다[結句].

누구나 읽고 쉬 공감할 시를 괜히 췌언으로 야단법석을 떨었다.

01

春日 서정
춘 일

소나무는 오히려 너같이 젊고
스무 날쯤 있으면 매화梅花도 핀다.
천년 묵은 고목古木나무 늙은 흙 위엔
난초蘭草도 밋밋이 살아 나간다.

미당 서정주의 봄 신명이 집힌 무슨 화두 같은 「입춘立春 가까운 날」이다.
아무래도 봄의 화신은 매화다. 그 '고결하고 기품 있는 자태'하며, '한 평생
춥게 살아도 향기를 팔지 않는 기품'은 그러므로 사군자의 으뜸으로 대접해
왔다. 노산 이은상은

늙고 묵은 등걸
거칠고 차가와도
속 타는 붉은 뜻이
터져 나온 한두 송이

열사의 혼이라기에

옷깃을 여미고 본다.

라고 '열사의 혼'으로 미화했다.

　고려조의 문신 이인로 역시 그의 시 「매화」에서

姑射冰膚作雪衣　　고야산 신선 고운 살결 눈으로 옷 지어입고
고 야 빙 부 작 설 의

香脣曉露吸珠璣　　향기론 입술로 새벽이슬 구슬을 마시누나.
향 순 효 로 흡 주 기

應嫌俗藥春紅染　　속된 꽃술들처럼 봄에 붉게 물듦이 싫어서
응 혐 속 예 춘 홍 염

欲白瑤臺駕鶴飛。　신선 사는 요대로 학을 타고 날아가려하네.
욕 백 요 대 가 학 비

　▷고야姑射 : 막고야산莫姑射山, 얼음같이 흰 살결의 신선. ▷응혐A應嫌A : 응당A함을 싫

어함

라며, 짐짓 눈 속에 핀 매화를 '흰옷 입은 신선'으로 미화했는가 하면, 속된
봄꽃들처럼 물들기 싫어 요대로 선화한다니 실로 대단한 예찬이다. 이처럼
매화가 '학을 타고 요대로 선거仙去'하고 나면, 온갖 꽃들은 그야말로 속되게
(?) 다투어 천지를 물들인다.

[1]

遲日江山麗　　봄이라 강산은 곱고 고운데
지 일 강 산 려

春風花草香　　봄바람은 정히 화초 향일레.
춘 풍 화 초 향

泥融飛燕子　　개흙이 풀리자 청제비 날고
니 융 비 연 자

沙暖睡鴛鴦。　모래 따사로와 원앙이 조네.
사 난 수 원 앙

[2]

江碧鳥逾白　　강물이 파라니 새 더욱 희고
강 벽 조 유 백

山靑花欲燃　　산 빛이 푸르니 불타는 꽃빛.
산 청 화 욕 연

今春看又過
금 춘 간 우 과
이 봄도 보는 중에 또 다가니

何日是歸年。
하 일 시 귀 년
고향엔 어느 때나 돌아갈거나.

시성 두보의 「절구 2수」다. 두 수의 1·2구가 하나같이 오언율시의 함련
[3·4구]이나 경련[5·6구] 4구를 옮겨놓은 듯 대구對句로 짜였다. '지일'은 봄의 이
칭이니, 동지冬至 이후 '나날이 노루꼬리만큼씩 길어진다'는 봄날, 길어진 만큼
짧아진 밤, 곧 활동시간에 비해 짧아진 휴식 때문에 느끼는 춘곤증은 당연하
다. 만발해 향긋한 꽃 향, 봄바람은 바로 그 꽃 향을 나르는 화신花神이 아닌
가! 어느덧 시적 화자의 시심은 강남서 돌아온 제비와 원앙에게로 옮았다. 어
서어서 사랑의 보금자리를 마련해 서둘러 자식 기르자는 제비, 물놀이에 지쳐
따사로운 모래에서 조숙조숙 조는 원앙, 조이 낚아낸 봄날의 서정이다.

그 2수는 한 폭의 동양화다. '새파란 강물 : 하얀 물새', '푸른 산 빛 : 붉은
꽃동산'의 배색관계는 언어로 그린 진경산수화眞景山水畫임은 물론, 시각의 극
치니 시중유화詩中有畫다. 그러나 정작 이 시의 안자眼字는 '우又' 일 자一字니,
객지에서 봄을 맞은 시적 화자의 향수를 배가하기 때문이다. 지난해도 못 갔
고, 금년 봄에 가려나 했는데, 또 못 가고 빤히 지켜보는 가운데 다 가버렸
다. 그러니 결구의 주제는 '언제쯤에나 고향엘 돌아간다지!'라는 향수로 맺었
다. 대국의 머나 먼 길은 봄에 일찍 출발해야 하기 때문이다.

다음은 정몽주의 「춘(우)春(雨)」다.

春雨細不滴
춘 우 세 부 적
봄비라 보슬보슬 방울 듣지 않더니

夜中微有聲
야 중 미 유 성
한밤에야 투둑 툭 소리 나는구나.

雪盡南溪漲
설 진 남 계 창
잔설도 다 녹아 앞 시내 넘실댈게고

草芽多少生。
초 아 다 소 생
풀싹도 파릇파릇 함빡 돋아났겠지.

봄비는 '밤낮 사흘을 내려도 농사에 해롭지 않다三日雨 不放農'는 좋은 비[好
雨]다. 만물을 소생시키는 보슬비이기 때문이다. 옛 어르신께선 '뼛속까지 스

머든다' 했다. 초저녁에 오지 않던 비가 언제부터 내렸는지 한밤이 되자, 스 밀 대로 다 스민 나머지 '투둑 툭' 듣기 시작해 그제사 알았단다. 능청이 대 단한 1·2구의 사설이다. 3구는 시상을 '불어난 앞 시냇물'로 환치시켜, 강둑 의 다북하게 자라났을 봄풀로 상상해 맺었다.

물론 이 시는 두보의 오언율시 「춘야희우」의 전 4구 "좋은 비가 때맞춰 내 려/ 봄을 맞은 만물 막 펴나겠네. 바람 따라 몰래 밤에 내려/ 촉촉이 적시되 가늘어 소리 없구나好雨知時節 當春乃發生 隨風潛入夜 潤物細無聲<杜詩諺解·12>를 환 골탈태한 수작이다.

다음은 허균이 쌍매당 이첨과 함께 국초의 쌍벽으로 일컬은 정이오의 만 춘 시 「차운해 정백용에게 주다次韻寄鄭伯容」다.

二月已破三月來 이 월 이 파 삼 월 래	하마 2월 다가고 3월이 오니
一年春色夢中回 일 년 춘 색 몽 중 회	한 해의 봄날이 꿈속에 지나가네.
千金尙未買佳節 천 금 상 미 매 가 절	천금인들 살 것인가, 꽃다운 이 계절
酒熟誰家花正開。 주 숙 수 가 화 정 개	술 익은 뉘 집에 꽃은 정히 피었는가.

그렇다. 천금으로도 사지 못할 꽃다운 계절, 그러나 또 얼마나 무상한가! 가는 세월이. 그러니 사미四美[꽃·달·술·벗]를 불러 즐길 일이라 하였으니, 이 시 역시 두시 「느낀대로漫興」의 "2월 다 가고 3월이 오니/ 점점 늙어감에 봄 을 몇 번이나 더 맞을꼬. 분수 밖의 숱한 일 괘념치 말고/ 살아생전에 남은 술이나 다 마시고지고二月已破三月來 漸老逢春能幾回. 莫思身外無窮事 且盡生前有限杯" <杜詩諺解·10>를 복구, 혹은 환골한 동일 의장意匠이라 하겠다.

3월이면 강남 갔던 제비가 돌아와 인사도 요란스러워, 뭔가 시비를 붙어보 잔 듯 수다스럽기도 하다.

| 萬事悠悠一笑揮
만 사 유 유 일 소 휘 | 온갖 세상 일 웃어넘기며 |
| 草堂春雨掩松扉
초 당 춘 우 엄 송 비 | 초당에 보슬비 와 사립 닫았네. |

生憎簾外新歸燕
생 증 렴 외 신 귀 연
似向閒人說是非。
사 향 한 인 설 시 비

얄궂다, 발 밖에 새로 온 제비

날 보고 자못 시비를 뇌자누나.

이식李植의 「새로 온 제비詠新燕」다. 반가운 정리가 넘난다.
다음은 시화에 두루 오르내리는 진화의 「들을 거닐며野步」다.

小梅零落柳傲垂
소 매 영 락 류 기 수
閑踏清嵐步步遲
한 답 청 람 보 보 지
漁店閉門人語少
어 점 폐 문 인 어 소
一江春雨碧絲絲。
일 강 춘 우 벽 사 사

옥매화 하마 지고 실버들 드리웠는데

푸른 아지랑이 정겨워라, 느릿한 걸음.

강마을 문 닫힌 채 정담만 소근 소근

한 가람 봄비만 실실이 푸르구나.

　봄의 정겨운 서정을 보채는 싱그러운 수양버들과 안개, 사뭇 베일에 가린
가녀린 여체랄까? 더욱 함초롬히 비에 젖은 안개 속의 버들[含煙帶雨]을 선
인들은 에로의 극치로 연상했다. 3구의 '닫힌 문·정밀 경'이 그렇고, '실실이
푸른 비'는 '수양버들 푸른 잎에 내리는 봄비'를 언어로 채색한 그림이다.
　갈 길이 바쁘지만 목은 이색으로부터 핍당성逼唐聲(당시의 성음에 가깝다)이
란 극찬으로 유명해졌다는 이숭인의 「절집에서題僧房」를 봐야겠다.

山北山南細路分
산 북 산 남 세 로 분
松花舍雨落繽粉
송 화 함 우 락 빈 분
道人汲井歸茅舍
도 인 급 정 귀 모 사
一帶青煙染白雲。
일 대 청 연 염 백 운

온 산 앞뒤로 오솔길 풀어져 난 곳

비 머금은 송화 어지러이 흩져 나는데.

도사가 물을 길어 띠 집에 들자마자

한 가닥 푸른 내 흰 구름을 물들이네.

　산사라, 마땅한 대접이 없다. 하긴 스님의 입장에서 보면 선비도 속인인데
선다禪茶보다 더 좋은 대접이 어디 있겠는가마는 - 그러나 정작 핍당逼唐으
로 평가되는 손곡蓀谷 이달李達의

近水疎籬紅杏花 물가의 성근 울엔 붉은 살구꽃 피고,
근 수 소 리 홍 행 화

掩門垂柳兩三家 수양버들에 문 가린 두서너 채 초가.
엄 문 수 류 양 삼 가

溪橋處處連芳草 시내 다리께 곳곳마다 꽃길 이어졌는데
계 교 처 처 연 방 초

山路無人日自斜。 산길이라, 사람 없이 해만 절로 지누나.
산 로 무 인 일 자 사

역시 「산행 길 마실 어구山行關外作」다. 두고 온 고향 산하의 고즈넉한 석양이 눈에 삼삼한 봄 풍경이다.

그러나 한 번 찾아 온 봄이 언제나 우리와 함께 있지 않으니, 그것이 또 자연이법이다. 그렇다고 영 가는 것이 아니니, 또 새로운 절서의 법칙대로 여름을 맞아야 한다. 봄을 보내는 고운 정취에

古寺門前又送春 옛 절문 앞 봄 또 다 저무니
고 사 문 전 우 송 춘

殘花隨雨點衣頻 이운 꽃잎 비 맞아 옷에 붙자
잔 화 수 우 점 의 빈

歸來滿袖淸香在 소매 가득 맑은 향내 풍겨나
귀 래 만 수 청 향 재

無數山蜂遠趁人。 산벌은 먼 데까지 따라 오네.
무 수 산 봉 원 진 인

라는 호남의 제 1문사 석천石川 임억령林億齡의 「자방에게示子芳[李蘭] 3수」의 3이다. 자못 초등학교 국어 교과서에 실렸던 "할아버지 지고 가는 나무 지게에 호랑나비 한 마리 따라옵니다"를 연상케 하는 맛깔스런 시화다.

한편 19세기 여항문사閭巷文士 이정주李廷柱가 벗 「석여의 집 벽에題錫汝璧」라고 제한 시는

萬里携來春一囊 만 리 먼 길서 가지고 온 한 주머니 꽃씨,
만 리 휴 래 춘 일 낭

騷人輕橐爛生光 시인의 가벼운 행랑에 생기의 빛 찬란하네.
소 인 경 탁 란 생 광

燕城蛺蝶魂應斷 연경의 나비들 넋이 온통 빠졌으리
연 성 협 접 혼 응 단

失却東風幾斛香。 봄바람에 불어올 향기 몇 말이나 줄었으리니.
실 각 동 풍 기 곡 향

171

라 했다. 중인 신분에 조련찮은 북경 여행, 남들처럼 고급 사치품은커녕 달랑 꽃씨만 챙겨왔다. 시인은 그 치기稚氣같은 무욕無慾과 무구無垢한 멋에 공감했다. 뿐인가. '명년 연경의 봄 나비들 줄어든 꽃향기에 넋이 나가도록 슬프리라'니, 재치도 시를 읽는 재미다.

　4계절 중 기호는 다를지언정, 봄을 마달 사람은 없겠지만, 그렇다고 인간이 경영해온 봄이 언제나 소생과 희망, 혹은 청춘의 계절만은 아니었으니, 중국 안·사安史의 난을 접한 두보의 봄과, 일제 치하의 민족의 봄은 또 통한의 봄이기도 했다.

　　國破山河在　　나라가 파망하니 산하만 남았고
　　국 파 산 하 재
　　城春草木深　　성 안엔 봄이 왔건만 초목만 우거져.
　　성 춘 초 목 심
　　感時花濺淚　　시절이 어수선해 꽃을 봐도 눈물이요
　　감 시 화 천 루
　　恨別鳥驚心　　서러운 이별에 새소리마저 가슴 철렁해.
　　한 별 조 경 심
　　烽火連三月　　봉홧불 석 달이나 계속되는 난리판이라
　　봉 화 연 삼 월
　　家書抵萬金　　집안 소식은 만금이 오히려 싸다마다.
　　가 서 저 만 금
　　白頭搔更短　　센머리 긁어 보니 그 사이 또 다 빠져
　　백 두 소 갱 단
　　渾欲不勝簪。　온통 동곳조차 헐거워 꽂을 수 없구려.
　　혼 욕 불 승 잠

　망국의 한을 노래한 두시 「춘망春望」이다. 기련[1·2구]은 고려의 마지막 절신節臣 길재吉再 선생의 "오백 년 도읍지를 필마로 돌아드니/산천은 의구하되 인걸은 간 데 없네/어즈버 태평연월이 꿈일런가 하노라"의 원류源流요, '초목'은 이를 바 없이 '반란군 안록산의 무리다. 함련(3·4구)과 경련(5·6구)은 반란에 의한 참혹상을 대구로 진술했으니, "봄이건만 난리판이라, 속절없이 핀 꽃조차 줄줄 눈물 흘리는 듯하고, 임금과 신하, 부모와 자식, 지아비와 지어미를 위시한 가솔이 뿔뿔이 흩어져 만금으로도 살 수 없는 소식이 한스러울 뿐이니, 봄을 즐기는 새들의 정겨운 노래에도 가슴이 철렁 내려앉는" 슬픔의 봄이다. 그러니 우시연민憂時憐民에 몽창 빠져버린 백발이 동곳조차 이기지 못한다고 한탄했다.

02

夏日 서정
하 일

黃濁滔滔便隱形　　도도한 탁류엔 문득 형체 잠기고,
황 탁 도 도 편 은 형

安流帖帖始分明　　잔잔한 흐름엔 비로소 드러나네.
안 류 첩 첩 시 분 명

可憐如許奔衝裏　　아무렴, 거세찬 물살에 놓여서도
가 련 여 허 분 충 리

千古盤陀不轉傾。　천고에 굴러 기울지 않는 반타석.
천 고 반 타 부 전 경

　말안장[盤陀]처럼 생긴 바위를 노래한 퇴계 이황의 「반타석」이다. 자연물
상을 읊은 영물시가 여름 시정과 무관할 듯하나, 단순한 영물이 아닌 점, 이
른바 자신이 말한 "한 절구, 한 구절, 한 자를 우연히 읊조릴 때라도 반드시
정밀하게 생각하고, 다시 고쳐서 시격과 내용을 소홀히 하지 않았으니, 시에
대해 힘을 기울임이 자못 많았기 때문에 처음 얼른 볼 때는 냉담한 듯하나,
오래 자세히 보면 의미가 없지도 않다然於詩 用力頗深 故初看雖似冷淡 久看則不無意
味"〈言行錄〉는 2,300여 수의 다작 시인이자, 경학자이다.

　도잠이 「사시」에서 이른 여름의 상징은 '하운夏雲', 곧 비다. 그 놋날 같은 홍
수물이 불어 물 가운데 놓였던 반타석이 자취를 감춰버렸다. 자못 김종직이

173

노래한 「보천탄 즉사」의 "도화 뜬 저 물살 몇 자나 불었는가 / 바위 돌 아주 잠겨 짐작도 어려워라桃花浪高幾尺許 狠石沒頂不知處"〈점필재집·19〉와 동격이다.

물이 삐자 천연스레 다시 엉버틴 바위! 그러므로 '가련可憐' 2자는 '가여워라'가 아닌 '보아라·아무렴'이 맞다. 따라서 주제어는 '까딱없음不轉傾'이니, 저 '천고의 풍상에도 변절 없음'이 바로 작자는 물론, 선비의 지조임을 읽을 일이다.

嬾搖白羽扇　　흰 털 부채질 귀찮아
란 요 백 우 선

躶體青林中　　알몸으로 숲속에 들었네.
나 체 청 림 중

脫巾挂石壁　　망건도 벗어 석벽에 걸고
탈 건 괘 석 벽

露頂灑松風。　솔바람에 머리 맑게 식히네.
로 정 쇄 송 풍

이백의 참 이백다운 피서법 「여름 산중에서夏日山中」다. 부연이 필요 없으니, 고려 무인집권기에 문장보국文章報國을 자임한 이규보의 「하일즉사夏日卽事」로 넘어가자.

輕衫小簟臥風欞　　홑적삼에 삿자리 서늘한 마루에 누웠다가,
경 삼 소 점 와 풍 령

夢斷啼鸎三兩聲　　두세 마디 꾀꼬리 소리에 단잠이 깨었네.
몽 단 제 앵 삼 양 성

密葉翳花春後在　　빽빽한 잎에 가리운 꽃 이제사 피었고
밀 엽 예 화 춘 후 재

薄雲漏日雨中明。　얇은 구름 새는 햇살 빗속에 밝구나.
박 운 누 일 우 중 명

몽고 내침 시 강화 행궁 시절의 작품 2수 중 그 2다. '홑적삼 차림에 자그만 삿자리[小簟]를 바람이 잘 통하는 마루[風欞]에 펴고 누웠다 오수에 빠졌는데, 방정맞은 꾀꼬리 소리에 그만 잠이 깼다'는 여름날의 일상사로 시상을 열었다. 깨고나 우연히 숲 풀잎에 가려 봄 다 지난 이제사 피어난 봄꽃, 흔한 일이건만 화자에겐 경이로운 발견으로 다가온 것이다. 무엇일까? 많은 시화에서는 '자신의 만달晩達[늦은 나이에 출사함]을 이른 것'이라 한다. 그리고 결구

의 '엷은 구름이 햇빛을 다 가리지 못해, 비 내리는 중에 비침, 이른 바 '여우비'야말로 변덕스런 여름날 흔히 있는 일이다. 그러나 아마도 '요란한 정치사적 변덕에도 꿋꿋한 자신의 존재감이랄까.' 저 태양의 햇살 같은.

워낙 이규보는 지방 소지주 출신의 신진사대부로 무인 치하에 늦게 출사했고, 또 40여 년 독상獨相을 지낸 까닭으로, 흔히 '무인배에 빌붙은 아유배阿諛輩로 폄하해 왔으나, 그 시대의 문사의 사명인 문장보국에 신명을 다했다할 것이다. 치사致仕 후에도 임종 시까지 국록을 받았는가 하면, 살아 생전에 국비로 자신의 문집이 간행되는 최초의 영광도 입었다. 더욱 자신의 문집을 『동국이상국집東國李相國集』이라 했음은 주목을 요한다. 그의 다음 시와 함께 숙고해 보자.

彫刻心肝作一家　　마음에 아로새겨 일가를 이뤄내니
조 각 심 간 작 일 가
於韓於杜可堪過　　한유나 두보보다 낫다고야 하랴마는
어 한 어 두 가 감 과
仮教百世行之盛　　가령 백세후에 내 시가 드난다 한들
가 교 백 세 행 지 성
身後浮名奈我何。　죽은 후에 뜬 이름이야 난들 어쩌랴.
신 후 부 명 내 아 하

「아들 함이 내 시문을 엮는다기에 제시를 쓰다兒子涵編予詩文 因題其上」라고 제한 시다. 이 시대 중국의 문이라면 진한秦漢의 고문을 완성한 한유韓愈의 문 이상이 없고, 시야 물론 두보의 시가 '성聖의 경지'랬으니 제일이다.

그 2에서는 "초목 같이 시드는 인생/ 하찮은 시문이야 없느니만 못해. 아득한 훗날 누가 알아보기나 할까?/ 이씨 성 가진 자가 동방에 있었음을草木同枯是我徒 區區詩卷不如無. 茫然千載能知不 姓李人生東海隅"이라고 체념했지만, 자세히 음미하면 그것이 대단한 자시自恃임을 금방 읽을 수 있다. "마음을 다해 써낸 시문, 그것이 한유나 두보에 비해 '넘난다 할 수야 없겠지만'이란 이 '불감과可堪過' 3자의 심상 속에는 '못할 건 또 무엇인가'란 자존이. 그리고 '능히 알기나 할까 몰라[能知不]' 3자는 이미 '없느니만 못함[不如無]'의 저 구구한 시권詩卷이 아님을 확신한, 만만한 자부인 것이다. 그러기에 그는 자신의 문집

이름을 중국의 저 두보나 한유에 맞설 자신감으로 '동국' 2자를 넣었다고 볼일이다. 더욱 민족 주체성과 자존의 대작인 대영웅서사시 「동명왕」이 그의 27세 때 작임도 간과해선 안 된다.

이규보와 동시대 인물이나, 경사京師[宦路]로는 머리도 돌리지 않았다는 김극기는 8도 강산 아니 간 곳 없는 산수시인이다.

青山斷處兩三家 청 산 단 처 양 삼 가	푸른 산자락 다한 곳 두서너 초가,
抱隴縈廻一徑斜 포 롱 영 회 일 경 사	언덕 따라 휘돌아 비낀 오솔길.
讒雨廢池蛙閣閣 참 우 폐 지 와 각 각	물웅덩이 개구리 비 오려나 개골개골
相風高樹鵲查查 상 풍 고 수 작 사 사	나무 끝 때까치 바람 피해 까악 까악.
境幽柳巷埋荒草 경 유 류 항 매 황 초	실버들 외진 마을 거친 풀에 묻혔고
人寂柴門掩落花 인 적 시 문 엄 낙 화	찾는 이 없는 사립은 낙화에 가렸네.
塵外勝遊聊自適 진 외 승 유 료 자 적	애오라지 즐기노라, 별천지의 선유를
笑他奔走覓紛華。 소 타 분 주 멱 분 화	우습구나, 분주히 명리 찾는 무리들.

동심이 뛰놀던 고향의 뒷동산, 메뚜기 잡던 논·밭두렁, 낚시한답시고 설치던 윗마을 늪[沼] 등이 주마등처럼 떠오른다. 우리네 산촌이 대개 그러하듯 청산 다한 곳, 그 산자락을 자리하여 산처럼 조용하고 어질게 살아왔다. 번화하지도 아니한 두 서너 초옥이 전설처럼 엎드렸고, 산 모랑이 휘돌아 후미진 오솔길 하나, 그러니 기련에서 촌가의 진경은 마련이 끝났다. 함련[3·4구]은 낯설지 아니한 속담 풀이로 짝을 맞췄다. '비 부르는 개구리 개골개골[閣閣]' : '반가운 손님 온다고 까치는 까악까악[查查]' 한다니 청각적 대구, 곧 '우리말로 우리 시를 쓰자'는 선지자적 작시 자세로, 경련[5·6구]의 '잡초에 묻힌 버들 마을 : 낙화에 묻힌 사립문'은 또 언어로 그린 시각적 표현으로, 찾는 이 없어 고적한 산촌을 작자는 홀로 차지해 신선놀이에 취했다.

03

秋日 서정
추 일

풍요로운 결실의 계절 가을, 얼마나 숭고하고 성스러운가! 이른 봄부터 실로 성실히 자양을 퍼 올려 '넉넉한 결실의 소임'을 다한 자연으로의 '귀로歸路'는 정히 아름답지 아니한가! 가을의 조락凋落을 비추悲秋 운운하는 것은 사치한 인간의 감성이다. 천지를 붉게 물들인 낙엽이 어디로 가는가? 명년을 위한 뿌리의 자양으로 돌아간다. 이것이 자연의 섭리인 귀근歸根인 것이다. 그러나 천연한 이치보다 언제나 닥쳐진 현실을 거역할 수 없는 인간 삶의 뒤안을 되뇌는 상정傷情이 문자로 풀어놓은 시문인 것이다.

조선 중기의 문사 이량연李亮淵은 그의 「가을 풀秋草」에서

秋草莫秋霜   가을 풀아, 서리를 탓하지 말라
추초막추상
秋殺亦生道   가을의 조락 역시 섭리의 도라.
추살역생도
却從地上蘇   도리어 땅에서 소생할 것이니
각종지상소
人生不如草。   인생이란 잡초만도 못한 것을.
인생불여초

이라 했다. 이른바 가을의 조락은 '부여받은 성실한 삶에 이어 다시 태어날 내일의 자양으로 돌아감'인데, 그렇지 못한 인생[不如草]이 초라하다 했다.

遠上寒山石徑斜
원 상 한 산 석 경 사
白雲生處有人家
백 운 생 처 유 인 가
停車坐愛楓林晚
정 거 좌 애 풍 림 만
霜葉紅於二月花。
상 엽 홍 어 이 월 화

아스라이 스산한 산 돌길 비낀 곳,

흰 구름 이는 저기 인가가 보이고.

수레 멎고 늦은 단풍 숲 좋아 앉았으니

곱게 물든 단풍 한봄의 꽃보다 붉구나.

두보와 구별해 소두小杜로 일컫는 만당晚唐의 미남 스타 두목杜牧의 「산행山行」이다. 등산에 웬 수레냐 탓하지 말자. 옛 선비들의 행차는 오늘날의 산행과 다르다. 우리네 옛 선비들 상당수도 금강산 유람을 했으나, 물론 수레와 남여藍輿로 행차했다.

'풍림'은 '신나무 숲'이나, 만추에 물들지 않은 나무가 없고, 온 산이 '신나무 숲'도 아닐 테니 '형형색색으로 물든 가을 산'이고, '상엽'은 서리 맞은 단풍잎이니 '지는 나뭇잎이 붉게 물든 봄꽃보다 아름답다'했다. 성정의 건강미가 좋다. 자못 정도전의 「김 거사 별장에서訪金居士野居」의

秋陰漠漠四山空
추 음 막 막 사 산 공
落葉無聲滿地紅
낙 엽 무 성 만 지 홍
立馬溪橋問歸路
입 마 계 교 문 귀 로
不知身在畫圖中。
부 지 신 재 화 도 중

음산한 가을 구름 온 산이 스산한데,

소리 없이 지는 잎 천지가 온통 붉구나.

시내 다리께 말 멎고 갈길 가늠하노라니

알지 못케라, 이 내 몸 그림 속에 있음을.

과 동곡이음同曲異音이다. 1·2구는 절구시의 작법대로 가을 산의 허허로움으로 평직서기平直敍起하여 종용승지從容承之했다. 그러나 3구의 '말을 세우고 갈길을 물음立馬問津'은 기상천외한 전환이다. 자못 선계에 잠긴 자신임을 암시하는 완전이니, 시중유화詩中有畫의 신비경을 위한 짐짓이다. 한 폭의 그림이 연상되는, 곧 언어로 그린 그림이자, 자신이 그림의 소재가 된 친화자연이다.

하긴, 송강 정철의 「산사에서 밤에 읊다山寺夜吟」는

蕭蕭落木聲
소 소 낙 목 성
錯認爲疎雨
착 인 위 소 우
呼僧出門看
호 승 출 문 간
月掛溪南樹。
월 괘 계 남 수

우수수 지는 나뭇잎 소리를
성근 빗소리로 그릇 알고서
동자승 불러 나가 보랬더니
앞 시내 나뭇가지에 달만 휑하다나.

와 같이 맛깔난 재치로 짜였다. '낙목'은 '낙엽'이요, '소우'는 '투둑 툭' 듣는 '낙
엽 지는 소리를 성근 빗소리'에 비유함이다. '호승'을 '중을 불러'라면 스님 대
접이 아니다. '동자승'으로, '계남'은 '시내 앞, 혹은 앞 시내'다. 역시 송강다운
말결이 곱다.

한편 '숙조지宿鳥知 선생'으로 잘 알려진 사암思庵 박순朴淳의 「조운백을 찾
아 2수訪曹雲伯 二首」의

[1]

青山獨訪考槃來
청 산 독 방 고 반 래
袖拂秋霞坐石苔
수 불 추 하 좌 석 태
共醉濁醪眠月下
공 취 탁 료 면 월 하
鶴翻松露滴空杯。
학 번 송 로 적 공 배

푸른 산속 신선 집에 홀로 찾아와
소매의 가을 내 털고 돌이끼에 앉아
주인과 함께 취해 달빛 아래 잠들자
학의 몸짓에 솔 이슬 빈 잔에 지네.

[2]

醉睡仙家覺後疑
취 수 선 가 각 후 의
白雲平壑月沈時
백 운 평 학 월 침 시
翛然獨出脩林外
소 연 독 출 수 림 외
石逕笻音宿鳥知。
석 경 공 음 숙 조 지

선가에 취해 자다 깨고보니 아리송
흰 구름 골을 메웠고 달도 지는 때.
서둘러 홀로 숲 밖으로 빠져 나려니
돌길의 막대소리에 자던 새 놀라 깨네.

는 가을 날 신선[考槃] 같은 벗 조준룡曹駿龍의 집에서 함께 취흥에 빠진 정

황을 노래한 '당음唐音이다. 그러기에 시로 시를 논한[以詩論詩] 신위申緯는 「동인논시절구 35수」의 그 20에서

石逕筇音宿鳥知 돌길의 막대소리에 자던 새 놀라 깨니
석 경 공 음 숙 조 지
白雲平壑月沈時 흰 구름 골을 메웠고 달도 지는 때라.
백 운 평 학 월 침 시
清修苦節無人及 맑아하고 높은 절개 따를 자 없으니
청 수 고 절 무 인 급
想見詩中絕俗姿。 시 가운데 탈속한 자태 돋보이누나.
상 견 시 중 절 속 자

라고 높이 평가했다.

그러나 객고에 떠도는 나그네, 혹은 한겨울 간난艱難은 또 여간한 시름이 아닐 수 없으니, 만당 시절 가난한 유학생 최치원의 「주막의 가을 밤郵亭秋夜」은

旅館窮秋雨 주막서 맞는 때늦은 가을 비
여 관 궁 추 우
寒窓靜夜燈 싸늘한 객창의 아슴한 불빛.
한 창 정 야 등
自憐愁裏坐 가련타, 시름 속에 앉았자니
자 련 수 리 좌
眞箇定中僧。 영락없이 선정에 든 중일레.
진 개 정 중 승

와 같이 서럽다. "창밖엔 겨울을 재촉하는 구성진 비 질척대는데, 등불만 대해 만 리 밖 향수에 시름하는窓外三更雨 燈前萬里心〈秋夜偶吟〉 고적이 영락없이 '참선에 든 중 아닌 중 같다' 했다.

그러나 비추의 상정은 연작시 「추흥 8수」를 비롯한 두시를 논외로 해선 안 된다.

風急天高猿嘯哀 세찬 바람 높은 하늘 잔나비 슬피 울고
풍 급 천 고 원 소 애
渚清沙白鳥飛廻 맑은 강 흰 모래에 철새들만 돌아드누나.
저 청 사 백 조 비 회
無邊落木蕭蕭下 가뭇한 숲 나뭇잎 우수수 떨어져 내리고
무 변 낙 목 소 소 하

180

不盡長江滾滾來
부 진 장 강 곤 곤 래
다함없는 긴 가람 치렁치렁 흘러내리네.

萬里悲秋常作客
만 리 비 추 상 작 객
만리 밖 슬픈 가을 언제나 나그네신세로

百年多病獨登臺
백 년 다 병 독 등 대
한 평생 숱한 병구가 홀로 대에 올랐네.

艱難苦恨繁霜鬢
간 난 고 한 번 상 빈
간난고초로 허옇게 센 수염 한스러운데

潦倒新停濁酒杯。
로 도 신 정 탁 주 배
노쇠한 몸 이즘엔 술잔마저 놓았다네.

두보의 나이 56세, 그러니 운명 1년 전의 칠언율시 「등고登高」다. '등고'란 홀수가 겹친 날 중 가장 큰 수인 9가 겹친 날[重九日]로, 너나없이 마을의 가장 높은 산에 올라[登高] 재액을 떨쳐내자며, 잘 익은 산수유 열매를 머리에 꽂고, 국화주를 마시며 시회詩會를 즐기는, 이른바 문사의 큰 명절이다. 그러니 쇠한 몸이지만, 차마 아니 오를 수 없어 홀로 올랐다. 물론 객지 기주이기도 했지만, 두보의 벗은 하나같이 10년 이상 연상이었으니, 대부분 이미 사별한 상태였다.

전 4구는 올라 본 경관이다. '가을이라 하늘은 높고, 높은 데 올랐으니 바람 세찬데, 멀리 잔나비 파람 소리 스산하다. 물 빠지자 드러난 하얀 모래무지로 물새 떠돌고, 줄기줄기 내리뻗은 산자락의 나무들 우수수 낙엽 지는데, 다함없는 긴 가람 치렁치렁 흐르는 모습'이 한 눈에 조망된다.

후 4구는 전경에서 느껴운 상정傷情이다. 두릉현이야 두씨의 집성촌이지만, 고향인 양양만 해도 천 리 먼 기주다. 그러니 한 평생 바자닌 두보는 언제나 떠도는 나그네, 그러므로 '상작객'은 그의 팔자였다. 게다가 걸맞지 않게 현대판 문화병은 다 앓는 주제로 등고했으니, 갖은 고초로 주체할 수 없는 남루에, 이젠 술조차 못 마시는 병객의 다가오는 겨울이 어찌 한스럽고 걱정스럽지 않겠는가.

가을의 상정을 노래한 시는 너무나 흔해 이 1수로 대신한다.

04

冬日 서정
동 일

겨울, 그 동면冬眠의 순간에도 자연의 섭리와 인간의 성정은 잠들지 않는
다. 아니 벅찬 내재적 침잠이 정작 경이로울 뿐이다. 아무래도 겨울의 겨울
다움은 백설白雪의 순결함으로 비롯된다. 만상을 순은純銀으로 덮어 재우기
때문이리라.

한유韓愈 유우석劉禹錫 등과 특별히 돈독한 교계를 가졌던 유종원劉禹錫의
「눈 내리는 강江雪」은 두루 애독되어 온 시다.

千山鳥飛絶   산이란 산엔 새도 날지 않고
천 산 조 비 절
萬逕人蹤滅   길이란 길엔 사람 자취 끊겼네.
만 경 인 종 멸
孤舟簑笠翁   도롱이 입고 삿갓 쓴 외론 뱃사공
고 주 사 립 옹
獨釣寒江雪。   홀로 싸늘한 강 눈 맞으며 낚시하네.
독 조 한 강 설

'산새도 인적도 끊인 적막'이 추위 때문인 줄 알았는데, 결구의 압운 '설雪'
자로 눈 내리는 밤의 '풍정'임을 알겠고, 그래서 '찬寒' 일자는 '홀로獨'와 상합

182

하여 시 맛을 살렸으니 화룡점정畵龍點睛, 아니 시안詩眼이래도 좋겠다.

　우리 3,000년 문학사의 제 1인자로 추앙되는 익재 이제현의 「눈 내리는 산사의 밤山中夜雪」은

　　　紙被生寒佛燈暗　　종이이불 한기 돌고 불등도 침침한데,
　　　지 피 생 한 불 등 암
　　　沙彌一夜不鳴鐘　　동자승 한밤 내 종을 치지 아니하네.
　　　사 미 일 야 불 명 종
　　　應嗔宿客開門早　　응당 성 내리, 길손이 문 일찍 열면
　　　응 진 숙 객 개 문 조
　　　要看庵前雪壓松。　암자 앞 눈 덮인 소나무 봐야겠는데.
　　　요 간 암 전 설 압 송

와 같다. 『익재난고·청구풍아·동문선』에는 「산중설야」로, 『대동시선·기아』에는 「산중설후」로 전해진다. '종이이불'이야 육방옹陸方翁의 말대로 '불가의 맑은 정취를 전하렴'일 테고, '불명종'는 동자승의 '게으름을 나무램'이기보다는 밤새 내린 설경이 궁금한 작자의 안달이다. 기다리다 못해 문을 박차고 나간 화자, 그러니 세속사 일체를 망기한, 그러나 눈치 빠른 독자는 얼른 그 문맥 속에 자리한 호기심 많은 화자의 응석을 받아줘야 한다. 물론 시는 함축의 예술이자, 그 미학이다. '나가보니' 운운은 희떠운 소리다. 그건 독자의 상상에 양보하는 법이다.

　　　雪意嬌多着水遲　　눈은 교태로와 강물에 내리기 싫어하고
　　　설 의 교 다 착 수 지
　　　千林遠影已離離　　즈믄 숲 아스라이 진작 그림자 어른어른.
　　　천 림 원 영 이 리 리
　　　蓑翁未識天將暮　　도롱이 쓴 늙은이 날 저무는 줄도 모르고
　　　사 옹 미 식 천 장 모
　　　醉道東風柳絮時。　취해 이르길 봄바람에 버들꽃 날리는 때라네.
　　　취 도 동 풍 류 서 시

　이인로의 「강 마을 밤에 내리는 눈江天暮雪」이다. 물론 늦은 봄 흩나는 버들꽃[柳絮]을 '춘설春雪'로 일러왔고, 이 때 '사옹'은 '가어옹假漁翁'이다.

　다음은 성당 개원·천보의 성시는 물론, 안·사의 난을 이·두와 함께 겪으며 잠참岑參과 동열로 평가되는 고적高適의 「섣달그믐에除夜」이다.

旅館寒燈獨不眠
여 관 한 등 독 불 면
客心何事轉悽然
객 심 하 사 전 처 연
故鄕今夜思千里
고 향 금 야 사 천 리
霜鬢明朝又一年。
상 빈 명 조 우 일 년

여관의 찬 등불 아래 잠 못 드는 밤,

나그네 마음 어찌 이리도 처연한가.

고향에선 오늘밤 객지의 나를 그릴 텐데

다 센 살쩍 내일이면 또 한 살 더할 테지.

객지에서 맞는 세모의 감회다. 문득 왕유의 "홀로 타향에서 나그네 되고 보니, 매양 명절이 되면 부모형제 더욱 그리워獨在異鄕爲里客 每逢佳節倍思親〈九月 九日憶山東兄弟〉를 연상케 한다.

이상의 작품과 정서의 주체들은 하나같이 사대부들이었다. 끝으로 사대부 지만, 철저하게 하층민의 삶과 정서를 노래해 온 김극기의 「전가사시田家四時」 4수 중 겨울 노래로 창을 닫기로 하자.

歲事長相續
세 사 장 상 속
終年未釋勞
종 년 미 석 로
板簷愁雪壓
판 첨 수 설 압
荊戶厭風號
형 호 염 풍 호
霜曉伐喦斧
상 효 벌 암 부
月宵乘屋絢
월 소 승 옥 도
佇看春事起
저 간 춘 사 기
舒嘯便登皐。
서 소 편 등 고

철철이 농사일 끝이 없나니

한 해가 다해도 편하지 못해.

처마가 눈에 짓눌릴까 걱정

문에 문풍지도 발라야 하네.

서리 내린 새벽 땔나무도 베고

밤으론 이엉 매기 새끼도 꽈야해.

자못 봄이 오기를 기다리려네

휘파람 불며 동산에 오를 때를.

'겨울 농부라고 하릴없는 게 아니라'고 전제하고, '처마며 문풍지, 심지어 땔감이며, 이영배미 새끼 꼬기'로 대를 맞췄다.

결련은 자로子路·증석曾晳·염유冉有·공서화公西華가 공자를 모시고 앉았을 때, 제사들에게 '장차 기회가 주어진다면 어떻게 하겠느냐'고 물었을 때, 점 點[曾晳]이 "늦은 봄날 봄옷을 지어입고, 어른 대여섯 명과, 동자 예닐곱 명을 데리고 기수에서 목욕하고, 무우[기우제 터]에서 바람 쐬며, 시나 읊다 돌아오

겠습니다"라는 탈속한 인품을 드러내므로 공자를 감탄시켰다日'暮春者 春服旣
成 冠者五六人, 童子六七人 浴乎沂, 風乎舞雩 詠而歸'는 『논어·선진편』을 용사로 결구
했다. 이는 물론 공자의 원대한 이상실현을 유로한 김극기의 이상론이자, 인
생관임은 물론이다.

제4편

古典의 향기
고　전

01

杜詩諺解의 문화사적 가치
두 시 언 해

그 500주년을 맞으며

『시경詩經』 시문학의 무사無邪한 시정詩情은 한漢의 악부樂府로 성정교화에
이받는 한편, 성당盛唐 시문학의 울흥을 낳았으며, 당시唐詩는 또 이백李白과
두보杜甫를 만나 시문학이 있어온 이래 가장 정채精彩한 꽃을 피웠다.

더욱 이백의 시가 "사람으론선 도저히 다잡지 못할 천선天仙의 경지라면, 원
진元稹의 말대로 "시인이 있어온 이래 두보 같은 이는 없었다"〈묘계명〉는 칭을
받은 두보는 공이승工而勝한 지재地才, 이른바 왕정지王淨之의 말대로 "詩之聖·
宗·經·史"니, 온전히 재주와 노력으로 이룩한[才而勝] 이른바 정성情聖인 셈이
다. 따라서 두시는 『시경』과 『초사』이래 시문학의 전고典故가 되었으니, 우리
네 학시學詩는 아예 '습취襲取가 아니면 시가 아니라' 일러왔는가 하면, "출처가
없는 시는 한 구절도 없을 것無一句無來處〈東人詩話〉을 훈고해 왔다.

워낙 두보는 유학을 바탕으로 "벼슬에 나아가 목민牧民의 뜻을 실현함[奉
儒守官]"을 생활철학으로, 그리하여 끝내는 "우리 임금을 요·순임금의 위로
떠받들고, 다시금 풍속을 순박케 하고야 말겠다致君堯舜上 再使風俗淳"는 신념
으로 "자자이 나라·임금·백성을 잊지 못함[一字不忘君]"을 천성으로 살아온

골샌님이다.

　모름지기 화가위국化家爲國의 당위를 천명天命에 탁탁託하며, 풍화의 교리로 성리학을 실천한 조선왕조, 특히 영명한 호문영주好文英主 세종世宗은 두시를 번역하기에 이르렀으니, 대저 그 동인은 다음 몇 조에 있다 할 것이다.

　먼저 이 번역 사업은 세종의 정음 창제와 관련하여 고찰되어야 할 것이다. 그는 훈민정음을 창제하고, 그 반포 이전에 이미 화가위국의 당위와, 민심귀의 및 정음의 실용성 검토를 위한 악장문학 『용비어천가』를 지어 그 권위와 신성성을 예증하고, 이후 그 홍포를 위해 민간신앙의 뿌리를 찾아 불경을 언해하는 한편, 그 어휘의 풍요성과 성정의 발휘, 그리고 위국애민의 법전인 두시의 감발로 『시경』「대서」의 "크도다. 시의 풍화여大哉, 詩之敎化也"를 실현키 위해 두시언해를 명했던 것이다. 이른바 창작 서사문학으로서의 『용비어천가』로 건국의 신선성을, 그리고 『두시언해』로 자국어 실용성은 물론, 나아가 세계 언어로서의 번역문학적 효용성을 실증해 보이고자 한 것이다. 실로 세종의 문화 창달의식은 이만큼이나 주도면밀한 것이었다. 더구나 그것이 조선조의 국시와 걸맞음에랴!

　통칭되고 있는 『두시언해』의 원본은 『분류두공부시』니, 그 역주는 자못 전 25권 17책이란 거질이다. 역주의 저본은 『천가주본·유진옹평점본千家注本·劉辰翁評點本』 등을 참고하였고, 그 편차 및 기타 주는 원나라 고초방高楚芳이 엮은 『찬주분류두시纂註分類杜詩』를 바탕으로 하였다. 이 같은 번역 두시의 초간은 성종 12년 신축(성화 17년·1481) 12월 상순에 완성되었고, 강희안 서체 을해동주자로 우리나라 최초의 역주 시서詩書인 셈이니, 금년이 그 500주년을 맞는 해다. 그러나 앞서 언급한 대로 이 두시언해의 서업瑞業은 진작 세종 조에 비롯되었고, 국자의 창제와 아울러 국고의 정리 차원과 편찬 사업이 겸행되었던 것임은 주지의 사실이다. 따라서 세종의 두시 번역에 대한 용의는 주도면밀했다. 예컨대 "중외에 두시에 대한 제가의 주해를 구입하도록 명했다. 이 때 집현전으로 하여금 두시에 대한 여러 사람의 주석을 참고 교정하여 하나로 만들기 위해 구입토록 한 것이다"(《세종실록·100》)라는 실기와 함께, 그 실무 역시 운석韻釋은 물론, 백의白衣조차 불문했다. 특히 『용재총화』의 "사문斯文 역시 백의로 왕참往參하니 사림들이 모두 그를 영광으로 여겼다"는 전언은 당시의 사실한 정황이자, 이 번역 사업이야말로 거국적 물력物力의 경주였음을 증명하고 있다. 그러나 대개 주자 초간본이 그러하듯 『두시언해』 역시 다량의 대중수요에 충당할 공급은 전혀 못되었다. 게다가 임·병 양란, 특히 임진왜란의 피해는 극심했으니, 주자는 물론 각종 인쇄기구와 전해오던 인본조차 모조리 약탈, 혹은 불타버렸다. 그러므로 난후의 갑작스런 수요에 공급을 위한 마련은 문득 갑인·갑진·병자자본의 『찬주분류두시』는 물론, 『훈련도감본』마저 인출케 되었으며, 끝내 중각마저 서두르게 되었다. 장유의 『중간두시언해』에서 보이는 "통행본이 아주 귀하고, 빌려보고자 하나 못내 구하지 못함이 한이었다"함은 그간의 사정을 대변함이다. 이에 경상감사 오숙과 대구 부사 김상복에 의한 목판 중간은 초간 이후 150년을 간격 한 인조 10년(1632)에 간행되었으니, 곧 두시의 빈번한 과제科題는 물론, 성당중흥盛唐重興을 꾀한 목릉의 문풍이 그 울력이었다. 이른바 두시언해의 서업이 있음으로 인해서 목릉성세의 학풍이 확립되었고, 그러므로 상[象村 申欽]·월[月沙 李廷龜]·계[谿谷 張維]·택[澤堂 李植]과 같은 전사가前四家와, 이덕무·유득공·박제가·이서구 같은 후사가의 출현은 물론, 고죽孤竹 최경창·옥봉玉峰 백광훈·손곡蓀谷 이달 같은 삼당三唐시인이 배출되었음은 온전히 우두풍右杜風과, 『두시언해』가 학시學詩의 모태였기 때문임은 물론이다.

한편, 영·정조의 문예부흥과 실사구시적 현실묘사 문풍도 순연한 실학의 영향뿐만 아니라, 기실 그 연원은 멀리 진자앙陳子昻으로부터 발원한 사실문풍이 두보의 시에서 당사唐史조차 미치지 못할 철저한 시사적詩史的 이시론시以詩論時의 현실문학으로 발전하였고, 다시 이를 효칙效則한 원·백체元白體가 이 땅의 비리한 봉건의 말기적 현실과, 그러므로 더욱 창일해진 실학의 자아인식과 결합되어 비로소 극예한 현실묘사와 풍자문학이 형성되었음은 숙고할 일이다. 예컨대 실학의 선구인 성호 이익이 그렇고, 박지원 정다산이 그렇다. 특히 유육입두由陸入杜의 정조대왕은 바로 이 두시로 문체를 순정코자 했으니, 문체순정책이 그것이며, 그의 초계문신招啓文臣이었던 다산은 두시를 시중공자詩中孔子로 추존하며 『계자서誡子書』에까지 그의 상시분속傷時憤俗과 우국애민을 법 받으라 일렀고, 스스로 50여 편의 화답·차운시를 남겼다. 물론 유소입두由蘇入杜를 시의 정도라고 부르짖은 자하 신위도 역시 차운과 복구로 전두專杜했던 당대의 일인자였다.

이와 같이 두시와 그 언해를 통한 국문학상 수용은 지대한 바 있어 한국한시문학은 물론, 소설·가사·시조, 심지어 규방가사에도 귀동냥과 타령으로나마 훤다喧多하게 습용되었으되, 이병주의 『국문학상의 두시연구』 외에 전저專著가 없음은 아쉬운 일이다.

한편 초간과 중간을 통한 어학적 가치는 동일 어휘의 시대·의식적 변이에 따른 변천과정을 그 표기와 함께 대조적으로 명확히 알 수 있다는 점에서 유례없는 어휘변천의 사전적 보고에 값할 것이다. 소멸문자의 연대 및 음가변이의 과정과 함께 사장어의 발굴은 외래어 공해 속에 질식한 현대어 재생이란 점에서도 주목의 대상이다.

문제는 민족의 빛나는 문화유산이 불성실한 후손들의 모국어 홀대로 갈고 닦기는커녕 제대로 쓰지도 못함이다. 온고지신의 법도는 바로 오늘의 우리를 두고 이른 말이리라.

02

詩의 마루, 杜詩를 읽자
시   두 시

성인 공자孔子께서 산정하신 『시경詩經』이 동양 시학詩學의 원류源流라면, 두보杜甫는 시의 성인이자, 그의 시는 성인의 교학敎學을 시로 푼 '시의 경[詩經]'이니, 장히 시의 마루[詩宗]인가 하면, 그 지사진실指事陳實의 리얼리티는 자못 '시사詩史'로 중국 문학사를 수놓았음은 물론, 『신당서新唐書』의 알뜰한 지남指南이기에 부족함이 없었다. 그러기에 청나라 왕정지王靜之는 그의 역저 『이두우열론李杜優劣論』에서 "황노직黃魯直은 '시로 쓴 역사[詩中之史]'로, 나경륜羅景綸은 '시로 쓴 경[詩中之經]'·양성재揚誠齋는 '시의 성[詩中之聖]'·왕원미王元美는 '시의 귀신[詩中之神]'으로 추존했다"고 정리했는가 하면, 원진元稹은 자신이 찬한 「묘계명」에서 "시인이 있어온 이래 자미[子美: 두보의 자] 같은 자는 없었다詩人以來 未有如子美者"라고 두시의 시사적 위상을 합평했음이 그것이다.

『두시언해杜詩諺解』 초간본의 서문을 쓴 조위曹偉 역시 "시가 6조에 이르러 극히 부미浮靡해져 『시경』의 무사無邪한 시사와 성률미가 타락할 즈음, 두보가 성당에 나서 막힌 것을 척결하고, 퇴풍을 떨쳐 내 침울돈좌로 부염화미浮艶華美한 습속을 삼제芟除했으며, 난리분찬의 때에 상시애군傷時愛君의 시를 지성으로 창작해 충분격렬忠憤激烈한 시정으로 백세를 용동케 하고, 사람들로 하여금 감발징창感發懲創케 하므로, 실로 시경 300편과 표리表裏가 되었으며, 그 사실적 묘사는 시로 쓴 역사[詩史]의 칭을 받았다" 했는가 하면, 다산 정약용 역시 「시가아示家兒」를 통해 두보를 '시의 공자'로 매김하며, 학두學杜에 정진할 것을 권면했다.

워낙 운문문학으로 출발한 동양문학이요, 동양의 보편문자였던 한자의 함축성과, 그 상징의 미학은 자못 시의 생명을 영활케 하기에 안성맞춤이다. 더욱 당시唐詩는 한漢의 온축된 학문과 사상의 기저에, 건안建安의 비장·강개·염일한 정조미를 승화한 정시문풍, 심약沈約의 사성팔병설四聲八病說에 따른 성율미聲律美, 이른바 제·량의 영명체풍은 물론, 초당사걸初唐四傑, 특히 심·송沈宋의 완미한 형식미가 아우른 시문학의 금자탑이다. 이백의 악부樂府와, 두보의 고시古詩, 왕유의 절구絶句 등 각 체마다 넘볼 수 없는 특장의 1인자들이 각축하던 실로 백화난만한 성당 시단이었으나, 굳이 이·두李杜로 쌍벽이라 칭함은 이백의 남방 문학적 유미낭만성을 시선詩仙으로, 두보의 북방 문학적 사실성을 시성詩聖으로 가늠하렴이리라.

한편 우리의 문원은 고려 전기로부터 동파東坡 일색의 모소풍慕蘇風이 성리문풍性理文風의 조선조라고 일조에 혁파되지 않던 중 훈민정음이 창제되고, 그 실용성 검토를 위한 한시 번역 대상 선정 과정에서 봉유수관奉儒守官의 신조와 매반불망군每飯不忘君의 시정으로 일관한 두시가 신왕조의 시문학이 지향할 이상으로 선정되었음은 오히려 당연한 귀결이어서, 1481년(성종 12)에 전 25권 17책의 초간 『두시언해杜詩諺解』를, 이어 1632년(인조 10) 열화 같은 수요에 충당키 위해 중간하기에 이르렀으나, 당시의 마루이자, 한시문학의 총화라 할 두시는 워낙 녹녹치 않아서 이색李穡의 「독두시讀杜詩」 소회처럼

門墻高數仞　　두어 길 아스란 담장 높기도 하여라
문 장 고 수 인

後來徒比肩　　후인이야 한낱 어깨나 비길 뿐.
후 래 도 비 견

何曾望堂奧　　뉘라서 아랫목을 드려다나 보랴
하 증 망 당 오

矯首時茫然。 　　 우러러 볼수록 아득만 하구나.
교 수 시 망 연

〈목은시고·8. 부분〉

라거나, 조선조 500년래 시문학의 대가로 통칭되는 석주石洲 권필權韠도 「두
시를 읽고讀杜詩偶題」에서

杜甫文章世風宗 　 두보의 문장은 세상의 마루,
두 보 문 장 세 풍 종
一回披讀一開胸 　 읽으면 읽을수록 가슴 트이네.
일 회 피 독 일 개 흉
　 － 中略 － 　　　　 － 중략 －
依然步入仙山路 　 차분히 선경에 거닐어 드니
의 연 보 입 선 산 로
領略千峰更萬峰。 천봉을 넘었나 싶으면 다시 일만의 봉우리.
영 략 천 봉 갱 만 봉

〈석주집·4〉

라 했음이 그것이다. 이에 언해의 필요성과 함께, 명明의 복고문풍에 힘입어
조선의 문풍도 점차 "문은 반드시 진한을, 시는 필히 성당을 배워야 한다文必
秦漢 詩必盛唐"는 복고문풍과 함께, 두시는 "집집마다 신주처럼 받들기는 우리
가 최고家家尸祝最東方"〈동인논시절구 35수·34〉라는 자하紫霞 신위申緯의 이시론시以
詩論詩의 성황을 맞았다. 그러기에 정조대왕의 '유륙입두由陸入杜'를 위시해, 동
악 이안눌의 '기한범두基韓範杜,' 자하의 '유소입두由蘇入杜' 등이 계경階徑은 달
라도 귀착점은 하나같이 두시였다. 따라서 우리의 한시·문은 물론, 가사·시
조·판소리·잡가, 악장과 현대시에 이르기까지 두시의 인흔印痕은 지천이다.
　한시에 용사된 두시야 워낙 방대해서 매거할 나위도 없거니와, 시조만 해
도 월산대군月山大君의

　　록수청산 깁흔 골에 츳자올 이 뉘 이시랴
　　화경花徑도 쓸 리 업고 시비柴扉도 다닷는듸
　　선방仙尨이 운외폐雲外吠ᄒ니 속객 올가ᄒ노라.

194

는 전 3장이 두루 두시의 전용이다. 곧 1연은 「기상장군」의

白水靑山空復春
백 수 청 산 공 부 춘
흰 물과 푸른 산에 또 봄이 드니

徵君晩節傍風塵
징 군 만 절 방 풍 진
만년의 징군이 풍진을 바라겠구나.

에서, 그리고 제 2연은 「객지客至」의

花徑不曾緣客掃
화 경 불 증 연 객 소
꽃길을 진작 길손 위해 쓸지 않았더니

蓬門今是爲君開。
봉 문 금 시 위 군 개
다만 문을 오늘 비로소 그대 위해 여노라.

에서 용사했고, 제 3연은 「등왕정자」 2수 2의

春日鶯啼修竹裏
춘 일 앵 제 수 죽 리
봄 나래 긴 대숲 안에서 꾀꼬리 울고

仙家犬吠白雲間。
선 가 견 폐 백 운 간
신선 집 개 흰 구름 사이에서 짖는구나.

를 환골탈태한 것이다. 심지어 조선왕조 건국 후 왕조의 신성성과 무궁한 번
영을 송축하기 위한 악장 「횡살문」은 아예 두시 「증화경贈花卿」에

錦城絲管이 日紛紛ᄒ니
금 성 사 관   일 분 분

半入江風半入雲이로다.
반 입 강 풍 반 입 운

人間에 能得幾時聞고
인 간   능 득 기 시 문

아으, 太平曲調 奏明君ᄒ옵노이다.
        태 평 곡 조   주 명 군

〈시용향악보·횡살문〉

라고 현토만 했다. 다만 전구 "이 노래 응당 궁궐에서나 들을 노래건만 此曲只

195

應天上有"을 대신해 후렴구로 대치했을 뿐이다. 한편 기행가사의 백미라는 송강 정철의 「관동별곡」 역시 두시의 장편 오언고시 「북정北征」의 구성 및 의장意匠을 그대로 원용했는가 하면, 「전·후미인곡」의 연주지정 역시 굴원屈原의 「미인곡美人曲」을 의양하되, 절절한 사연은 두시의 일자불망군一字不忘君한 연정의 되매김이며, 「장진주사」 역시 이하李賀와 이백 운운하지만, 그 무상의 키워드는 정작 두시 「시마행緦麻行」이다. 『춘향전』의 "행인임발우개봉行人臨發又開封" 등 소설은 물론, 판소리·잡가에서조차 귀동냥이 자작처럼 구전된 두시다. 따라서 학문의 길에 정진하는 국·한문학 전공자는 물론, 원우院友의 풍요로운 문필 및 언어생활을 위해 우리 시가문학에 가장 많이 용사된 두시 선시집의 일독은 우리의 고전, 나아가 동양 고전의 원류를 이해한다는 차원에서 진심으로 권하되, 의미 있는 정독을 요한다. 워낙 난해한 한시인데다, 아무리 선시選詩라 해도 두루 원용된 터이라, 양도 적잖이 많다.

이 같은 우리의 필요를 벌충해 줄 수 있는 책은 이병주 저 『시성 두보詩聖杜甫』－ 詩로 읽는 杜甫의 生涯 －〈문현각 간(1982)〉이다. 이 책은 『두시언해』에 수록된 1451수 중 162제가 창작 연대순으로 번역과 함께 독음 및 알뜰한 작품 해설까지 부기되었고, 이백, 왕유 등의 관련 시 10수와, 우리나라 문사들의 독두시讀杜詩까지 소개되어 있다.

이후 우리 문학에 미친 영향관계의 실상을 검증할 필요를 느끼면, 역시 이병주의 『한국문학상의 두시연구』〈1979. 이우출판사간〉는 독자들을 경탄의 경지로 인도하기에 부족함이 없을 것으로 확신한다.

〈두시언해 간행 500주년, 동국대학교 대학원신문 원우회에〉

03

아름다운 라이벌Rival

李白과 杜甫
이 백   두 보

세상에 전하기를 당唐나라 유정지劉挺芝가 「할미꽃白頭翁」 혹은 '머리 센 늙은이'란 시를 지었는데, 그 시구에

今年花落顏色改   올해 꽃 지자 얼굴색 바뀌었으니
금 년 화 락 안 색 개
明年花開復誰在   명년 꽃 필 제 누가 살아있으려나.
명 년 화 개 부 수 재

라 했다. '외숙[혹 장인이라고도 함] 송지문宋之問이 그 시구를 탐내 자기에게 주기를 청했으나 거절하자, 화가 난 송지문이 흙이 담긴 부대로 유정지를 눌러 압사시켰다 한다.

고려 인종仁宗 조의 원로 시중 김부식과 신진 학사 정지상의 사이 역시 동국의 삼소三蘇[蘇洵·軾·轍]이고자 한 노욕老慾의 김부식과, 참신한 신진 정지상의 어운語韻이 같을 수 없었다. 따라서 세평世評도 동열로 인정하는 데다, 서로는 상대를 인정하지 않았다[相軋] 한다. 세상에 전해지기로는 정지상이 지은 「산사에서琳宮」의

琳宮梵語罷 _{림 궁 범 어 파}	산사의 독경소리 끝나자
天色淨琉璃 _{천 색 정 유 리}	하늘은 유리처럼 맑구나.

라는 시구를 김부식이 좋게 여겨 주기를 청했으나, 정지상이 줄 리가 만무하다. 이후 김부식은 '묘청의 난에 내조했다'는 죄목으로 얽어 참수해버렸다 한다. 라이벌을 제거하고, 난까지 평정한 김부식이 실버들 늘어지고 복사꽃 만발한 어느 봄날 흥에 겨워,

柳色千絲綠 _{유 색 천 사 록}	버들 빛 일천 가지가 푸르고
桃花萬點紅 _{도 화 만 점 홍}	복사꽃은 일만 점이 붉구나.

라고 읊조리며, 득의만만해 하던 중 공중으로부터 정지상의 음귀가 나타나 부식의 뺨을 치면서 "천 가닥, 일만 점을 누가 세어보았더냐? 어찌 '버들 빛 실실이 푸르고, 복사꽃 점점이 붉구나柳色絲絲綠 桃花點點紅'라고 하지 못하느냐" 하니, 부식이 자못 언짢이 여겼다 한다. 훗날 김부식이 산사의 해우소에 갔는데, 역시 정귀가 나타나 뒤에서 음낭을 움켜잡고 묻기를 "술도 안 취했는데 어째 얼굴빛이 붉은가?" 하니, "저 건너 편 언덕의 단풍이 얼굴에 비쳐 붉지"라 했다. 이에 정귀는 더욱 힘껏 움켜쥐며 "이게 어떤 놈의 가죽 주머니인가?" 하니, 부식이 "네 아비 불알이다" 하고 얼굴 색을 변치 않으니, 정귀는 더욱 힘을 주어 결국 부식은 측간에서 죽었다고, 이규보의 『백운소설』을 위시한 몇몇 시화들은 전한다. 글쎄, 자기만족을 위한 노욕에 대한 질타와, 젊은 나이에 아깝게 희생된 정지상의 원혼에 대한 보상심리랄까? 이 모두는 문원文苑의 필화筆禍인 셈이니, 오죽하면 문원을 문진文陣[문명을 다투는 전쟁터]이라 하지 않았던가!

워낙 라이벌은 없으면 무미無味하고 있으면 부담스럽지만, 자기 단련을 위해선 더없이 좋은 선의의 경쟁자인 것이다.

중국 5천 년 문학사는 매 왕조마다 그 시대를 대표하는 문학 장르가 있어

서, 동양 문학의 기저라 할 시문학은 『시경詩經』이래 당唐나라, 특히 성당 때가 백가쟁명하던 절정기였고, 이 성당 시문학의 마루에 이백과 두보가 있었으니, 장히 라이벌 중의 라이벌이었다. 11년을 사이한 동시대에 동일 장르로 이백은 시선詩仙, 두보는 시성詩聖으로 통칭되기까지 그들의 선의의 경쟁 관계, 그 아름다운 라이벌로 교유해 온 자기 성찰의 미학을 가늠해 볼 일이다.

그들의 첫 만남은 744년 이백의 나이 44세, 두보 33세 때니, 이백은 시도의 난숙기요, 두보는 막 개화의 오르막 때였다.

두보는 이백을 따라 산서山西와 하남何南 사이에 있는 도가道家의 성지 왕옥산王屋山에 올랐다가, 변새시인 고적高適(678~747)을 만나 이들 삼대 시인은 시주로 연락燕樂을 갖고 헤어진 후, 가을 다시 이백을 만나러 연주兗州로 갔다. 그 당시 두보가 이백에게 보낸 시 「증이백贈李白」은

秋來相顧尙飄蓬　　가을이 왔건만 아직도 떠도는 신세,
추 래 상 고 상 표 봉
未就丹砂愧葛洪　　단사를 못 이뤄 갈홍 보기 부끄럽소.
미 취 단 사 괴 갈 홍
痛飮狂歌 空度日　　술이다 노래로 나날이 건성 보내며
통 음 광 가 공 도 일
飛揚跋扈爲誰雄。　거세게 설침은 누굴 위한 위세런가.
비 양 발 호 위 수 웅

라 했다. 한 평생 떠도는 나그네萬里常作客이면서도 정작 단사丹砂를 달여 먹고 신선이 되었다는 갈홍葛洪이 되지 못함을 한하나, 실은 이백의 풍류에 대한 흠모리라.

물론 두보의 이백에 대한 흠모야 "붓만 들었다 하면 비바람도 놀라고, 시를 지으면 귀신도 울리는筆落驚風雨 詩成泣鬼神〈寄李十二白二十韻〉 무적의 시적 재능에 대한 허여許與니, 널리 회자된 「봄날 이백을 그리워하며春日憶李白」가 그 예다.

白也詩無敵　　이태백, 그대는 무적의 시인이라
백 야 시 무 적
飄然思不群　　표연한 시사야 대적할 자 없지.
표 연 사 불 군

199

淸新庾開府
청 신 유 개 부

俊逸鮑參軍
준 일 포 참 군

渭北春天樹
위 북 춘 천 수

江東日暮雲
강 동 일 모 운

何時一樽酒
하 시 일 준 주

重與細論文。
중 여 세 논 문

맑고 새롭기로는 유신이요

헌칠하고 빼어나긴 포조라.

꽃피는 봄날 위북의 나와

석양에 물든 강동의 그대.

언제나 동이 술 마주 놓고

거듭해 자세히 글을 논할꼬.

실로 라이벌을 그 발단부터 자字도 호號도 아닌, 더구나 11살이나 연장인 동도同道의 이름을 불러 '대적할 자 없는 시인'이라, 그 '구름을 능지를 호연한 기상'으로도 모자라, 육조六朝의 대표적 시인인 유신의 '맑고 새로운 사어詞語'에다, '참군 포조의 웅혼한 기상'까지 겸했다고 상찬했다. 그러니 자신은 스스로 한 수 아래인 2등임을 자인한 셈이니, 싱겁기 그지없어 보인다. 그러나 상대를 인정할 줄 모르는 라이벌은 무의미한 패자의 오만이다. 주제는 결련에 있는 법이니. 후 4구를 정밀히 읽어야 한다. 자신이 있는 위수 북쪽의 아름다운 봄, 그대가 있는 석양의 수국水國 강남의 황홀경, '이 찬란한 자연을 함께 노래해야 위대한 자연의 진풍경, 곧 천연한 시문학이 탄생할 것인데 헤어져 그리운 한이나 읊자니 안타깝다' 해야 동격이 되고, 나아가 결련 '동이 술 마셔가며 거듭 자세히 논하고 싶다'함은 도타운 정리는 물론, 쌍벽으로서의 자시自恃인 것이다.

다음은 이백이 산동성 「노 지역 석문에서 두보를 배웅하며魯郡東石門送杜二甫」다.

醉別復畿日
취 별 부 기 일

登臨徧池臺
등 임 편 지 대

何時石門路
하 시 석 문 로

重有金樽開
중 유 금 준 개

秋波落泗水
추 파 낙 사 수

취해서 헤어짐이 언제 였던가

연못과 대에도 함께 올랐었지.

언제나 석문산 길서 다시 만나

거듭 술자리를 벌려 볼 것인가.

가을의 사수는 강물이 줄고

海色明徂徠
해 색 명 조 래

바다엔 조래산이 훤히 비쳤네.

飛蓬各自遠
비 봉 각 자 원

흩나는 쑥처럼 헤어질 테니

且盡手中杯。
차 진 수 중 배

수중의 술이나 모두 비우세.

당대의 시선과 시성의 아쉬운 이별 노래다. 기약 없는 재회이기에 아쉬운 정취가 '비우는 술잔에 넘나는 중' 정겹다. 역시 이백의 「사구성 아래 두보에게 부치다沙丘城下寄杜甫」의 결련에서는 "그대 생각 문수강 물 흐르듯, 넘실넘실 남으로 흘러만 간다思君若汶水 浩蕩寄南征"에서 두 라이별의 대하大河 같은 그리움의 정리를 읽을 수 있다. 두보의 정리는 자못 더해 「겨울날 이백이 그리워冬日有懷李白」에서 "쓸쓸히 서재에 앉아 있자니, 아침내 홀로 그대 생각 뿐寂寞書齋裏 終朝獨裏思"이랬는가 하면, 안·사의 난(755) 후, 정확하게는 758년, 이백은 숙종肅宗이 아닌 이린李璘[永王]이 반란군을 토벌코자 동정東征할 때 그의 문관文官으로 가담했다 모반으로 몰려, 귀주성 야랑으로 유배되었을 때의 심회를 노래한 「꿈에 이백을 보고 2수夢李白二首」 중 그 1에서

死別已吞聲
사 별 이 탄 성

죽어서의 이별이야 곡소릴 삼킨다지만

生別常惻惻
생 별 상 측 측

생이별이야 언제나 슬프기 그지없는 법.

江南瘴癘地
강 남 장 려 지

강남의 지역은 열병이 극심한 곳인데

逐客無消息
축 객 무 소 식

유배 길에 오른 그대 소식 알 수 없네.

故人入我夢
고 인 입 아 몽

그대가 내 꿈에 나타난 것을 보니

明我長相憶
명 아 장 상 억

내 그대를 길이 못 잊음이 분명해.

君今在羅網
군 금 재 라 망

임께서는 그물에 옥걸려 있는데

何以有羽翼
하 이 유 우 익

어찌해 날개를 펼치고 오셨다지.

恐非平生魂
공 비 평 생 혼

아무래도 짐작에 그 전의 넋으로선

路遠不可測
로 원 불 가 측

길이 하도 멀어서 측량키 어렵네요.

魂來楓林靑
혼 래 풍 림 청

그대 넋이 올 적엔 단풍 숲 퍼렇더니

魂返關塞黑
혼 반 관 새 흑

그대 넋 갈 제는 변방이 어둡하오.

落月滿屋樑
낙 월 만 옥 량

지는 달이 지붕위에 휘영청 밝다보니

猶疑見顏色
유 의 견 안 색

임의 얼굴 아닌가 도리어 의아롭구려.

水深波浪濶
수 심 파 랑 활

강물이 깊고 파도 역시 거세차니

無使蛟龍得。
무 사 교 룡 득

교룡에게 잡히지 마셔야 합니다.

라고 우의友誼와 함께 행운을 빌어주며, 시름을 함께 한 아름다운 라이벌이었다. 혹자는 이백이 두보에게 주었다는 시「희증두보贈杜甫」의

飯顆山頭逢杜甫
반 과 산 두 봉 두 보

반과산 머리에서 두보를 만나니

頭戴笠子日卓午
두 대 립 자 일 탁 오

눌러 쓴 삿갓에 햇발은 쨍쨍.

借問別來太瘦生
차 문 별 래 태 수 생

묻나니 헤어진 사이 너무 야위었으니

總是從前作詩苦。
총 시 종 전 작 시 고

이 모두 시 짓기에 골몰해서리.

를 빌미로 '이백이 두보를 비아냥했다'하고, 곽말약郭沫若은 『이백과 두보李白與杜甫』에서 '희자는 후인이 덧붙였으리라'하며, 이백의 자작으로 인정했다. 물론 이백의 작이라 해도 전구의 '태수생' 3자는 비아냥이 아니라, 결구의 '작시고'를 유도하기 위한 '완전변화'요, 그 시의詩意는 '진정한 시인으로서의 위대성'을 말 하렴인, 자기는 전혀 그렇지 못한, 찬사로 읽어야 할 일이다.

참고로 왕정지가 자신의 저서 『이두우열론』에서 이·두에 관한 다양한 비교분석 자료를 제시했기에, 전재해 이백과 두보를 이해하는데 참고 자료로 제시해 둔다.

李杜對比表

구분	李白	杜甫
思想	悲觀	樂觀
	個人主義	利他主義
	爲肉所霸佔, 但未到極端	爲靈所統治, 但未到極端
	要求無限的超越的發展	要求有限的平凡的存在
	離經叛道	拘守禮教
	社稷蒼生從未繫其心	時以民生疾苦爲念
	戰事不聞不問	非戰憂世憂時
	不反對貴族	憎惡貴族
	出世的	入世的
作品	貴族的 文學	平民的 文學
	以貴族生活爲背景	以平民的生活爲背景
	浪漫派·唯美派	寫實派·人生派
	富於想像	善於刻畫
	詩中無事物可尋, 全是情感	詩中處處有事有物, 全是經歷
	多抒發個人頹廢的心情	常描寫社會實際狀況
	可說沒有一首關於時事的詩	痛哭時事之詩極多, 可作歷史讀
	主觀的詩極多	客觀的詩不少
	詩中女酒二字甚多	詩中饑餓飯肉飽五字極多
	賴天授故以才勝	賴人力故以工勝
	寫詩時信筆直書, 一氣呵成	寫詩時慘淡經營, 一字不苟
	詩極豪爽輕快, 悲哀頹喪自然縹渺	詩 極工整勁健, 沈鬱嚴肅, 慷渺
性格	浪漫	敦厚
	似知者所愛的海	似仁者所愛的山
境遇	雖亦常在窮困中, 然實際上未受十分苦痛	屢遭兵難饑饉, 備嘗艱苦
	沒有餓過肚皮	屢絕食
	常來往吳楚 安富之地	常奔走隴蜀僻遠之區
	所到的地方 常受官府禮遇	除嚴武外 雖亦有接濟之者 但不如李之受優待
行 動	不拘常調, 不修小節	比較的拘禮
	有錢時便奢侈縱樂	克己儉約
	曾手刃數人	魚鷄蟲鳥亦不忍殺
嗜好	喜與豪俠貴族交游	喜與田夫野老爲伍
	喜衣華麗服裝	不講究衣服
	好色, 喜攜妓	不好色, 不攜妓
身體	無久病, 集中言病處 極少見	有痼疾 如肺病 脚與手亦有病

203

04

달빛 세레나데serenade

『시경詩經』 진풍陳風의

月出皎兮
월 출 교 혜
佼人僚兮
교 인 료 혜
舒窈糾兮
서 요 규 혜
勞心悄兮。
로 심 초 혜

달이 떠 환히 비치니

임이신 듯 어여뻐라.

임이여, 이 시름 어이하리오

애타는 이 마음 두근거리네.

月出皓兮
월 출 호 혜
佼人懰兮
교 인 류 혜
舒懮受兮
서 우 수 혜
勞心慅兮。
로 심 소 혜

달이 떠서 환하거늘

아름다운 임 어여쁘기도 해라.

의젓하신 임 이 마음 어찌 풀거나

애타는 이 시름 가이없어라.

月出照兮
월 출 조 혜
佼人燎兮
교 인 료 혜

휘황히 빛나는 달빛

고우신 임의 미쁘신 모습일레.

舒夭紹兮
서 요 소 혜
勞心慘兮。
로 심 참 혜
　맺힌 근심 어찌하면 풀 수 있나

　애태우는 이 마음 울렁거리네.

라는 「월출月出」 장은 그 특유의 점층적 수사로 심상의 층절을 배가한, 굴만리屈萬里의 말대로 '남녀가 서로 그리워하는男女相思念的' 노래다. 이른바 '어여쁘고僚·아름답고嬼·밝은燎' 임. 그러나 만날 수 없어 애태우는 여심女心의 비장을 낚으렴인 사특함이 없는 비와 흥[比興]이다. 대저 임금의 곁을 떠나있는 고신孤臣이 성명聖明에의 하염을 남녀상사의 정에 비유하되, 애절한 여인의 '오매불망'으로 직핍함은 다 이에서 비롯함이니, 저 굴원屈原의 「구장九章」 중 「사미인思美人」이래, 여간한 연주지정의 모범[典範]이 되었음은 물론이다.

　특히 일월日月은 천혜의 광명으로 팔황八荒에 아니 비췬 데 없어, 그 은택을 성명에 비기니 『맹자孟子』의 "하늘에 두 개의 해가 없고, 백성에게 두 임금이 없다天無二日 民無二王"나, 『논어』의 "사특한 신하가 성명을 가림은邪臣之蔽賢 뜬구름이 일월을 가림과 같다猶浮雲之蔽日月"가 모두 그 증명이요, 성명을 헤살 짓는 뜬구름은 그러므로 사특한 신하에 비유됨이 고금의 수사적 통념이다. 예컨대 이백도 "뜬구름이 해를 가려, 장안이 뵈지 않아 시름겨워 하노라總爲浮雲能蔽日　長安不見使人愁"〈李白集·21, 登金陵鳳凰臺〉로 최호의 「등황학루登黃鶴樓」에 비견하여 실증했고, 송강松江 역시 숱한 의작依作을 남겼으니, 「관동별곡」만 해도

　　　낙산동안洛山東畔으로 의상대 올라안자

　　　일출日出을 보리라 밤듕만 니러ᄒ니

　　　상운祥雲이 집피ᄂ동 육룡六龍이 바퇴ᄂ동

　　　바다희 ᄯ더날제ᄂ 만국萬國이 일위더니

　　　천중天中의 티쓰니 호발을 혜리로다

　　　아마도 녈구름 근쳐의 머믈셰라

　　　시선詩仙은 어듸가고 해타咳唾만 나맛ᄂ니

205

천지간天地間 장호 긔별 주셔히도 흔셔이고.

는 이백에의 흠모와 그 수용을 예증함은 물론, '해와 구름'은 상대적 이미지로 대칭되었다. 곧 서기[祥雲]를 떨치며 하늘에 치솟아 호발을 헤아릴 광명한 태양은 선조宣祖의 성명을, '녈구름'은 사신邪臣을 비유함이다. 더욱 의구형 연결어미 'ㄹ세라'는 성주의 영명을 가리는 간신배에 대한 의구이니, 우국이자 연주에의 충정임은 물론이다.

秋風乍起愁枯竹　　　가을바람 잠간 일자 이운대 술렁이고
추 풍 사 기 수 고 죽
嶺月初生是美人　　　산마루에 돋은 달 이 아니 임이신가.
영 월 초 생 시 미 인
不覺依然成再拜　　　제풀에 삼가 국궁재배 드리고 나니
불 각 의 연 성 재 배
孤臣此夜白髮新。　　외로운 신하 이 밤 백발만 느누나.
고 신 차 야 백 발 신

〈松江續集·1, 月夜作〉

라 하여 '영월 = 미인'이라는 등식을 이루었다. '시미인'의 미인이 선정전의 선조를 은유적으로 표현것임은 물론이다. 그러므로 국궁재배를 드렸으나, 이는 짐짓 달을 향해 묻잡는 문안일 뿐이어서, 속절없는 한밤의 전전반측으로 백발만 늘어난다는 비장悲壯의 미화인 것이다.

李白의 달
이 백

'달아달아 밝은 달아, 이태백이 놀던 달아'로 동심童心에 오르내린 낭만의, 아니 비련悲戀의 화소는 문자예술의 희화戲化겠지만, 적잖이 회자膾炙되었다. 달리 말하자면 두보와는 한참 다른 점에서 읽을거리라 하겠다. 먼저 「술잔을 들고 달에게 묻는把酒問月」 시로 이백의 풍류를 짚어보자.

青天有月來幾時　　　푸른 하늘 저 달은 언제부터 있었나,
청 천 유 월 래 기 시

206

我今停杯一問之 아 금 정 배 일 문 지	내 이제 잔 들고 물어보노라.
人擧明月不可得 인 거 명 월 불 가 득	사람은 밝은 달 쫓을 수 없으나
月行郤與人相隨 월 행 극 여 인 상 수	달은 사람을 더불어 따라오네.
皎如飛鏡臨丹闕 교 여 비 경 임 단 궐	나는 거울인 양 붉은 대궐에 이르고
綠煙滅盡清輝發 록 연 멸 진 청 휘 발	푸른 안개 걷히면 맑은 빛 비춰낸다.
但見宵從海上來 단 견 소 종 해 상 래	다만 밤바다 위로 떠오르는 것 볼 뿐
寧知曉向雲間沒 녕 지 효 향 운 간 몰	새벽에 구름 새로 지는 것 어찌 알랴.
白兔搗藥秋復春 백 토 도 약 추 부 춘	흰 토끼 가을 봄 오도록 단약 찧고
嫦娥孤棲與誰隣 항 아 고 서 여 수 린	항아는 홀로 누구와 이웃해 사시나.
今人不見古時月 금 인 불 견 고 시 월	지금 사람 옛 달을 볼 수 없지만
今月曾經照古人 금 월 증 경 조 고 인	저 달은 옛 사람을 비추었느니.
古人今人若流水 고 인 금 인 약 류 수	옛 사람 이제 사람 흐르는 물과 같아
共看明月皆如此 공 간 명 월 개 여 차	모두 이처럼 밝은 달 바라만 보았지.
唯願當歌對酒時 유 원 당 가 대 주 시	다만 바라기는 술 마시고 노래할 때
月光長照金樽裏。 월 광 장 조 금 준 리	달빛이 황금 술통 길이 비춰나 줬으면.

　전혀 예기치 못할 '돌연한 시상, 꾸밈없는 진술'로 담연히 이어지던 담론이 문득 '항아[일명 嫦娥]와 옥토끼'의 단약丹藥 전설로 발전하므로, 실로 이백다운 낭만적 정조로 함몰된다. 단약은 무엇이며, 항아는 누구인가? 역시 저들의 전설에 의하면, 단약은 '불로장생의 선약'이고, 항아는 하夏나라 제후로 궁술에 뛰어났던 예羿의 아내였다 한다.

　하루는 태양 속의 까마귀 열 마리가 동시에 머리를 내밀어 산천초목이 타들어가자, 신모神母 서왕모가 예로 하여금 처리케 하자, 한 화살로 아홉 마리 까마귀를 떨어뜨렸다. 서왕모가 단약 한 알로 포상하니, 신명난 예가 한 걸음에 아내 항아에게 달려가 자랑하자, 항아는 '어디 좀 보자' 하기에, 예는 의기양양 아내 항아에게 주었는데, 받아 든 항아는 냉큼 먹어버리고, 달나라로 달아났다 한다. 불사약을 먹었으니 이제도 살아있는 항아! 그러니 '달나라에서 여태 홀로 외롭게 살아있는 항아님, 나를 불러주시지 않겠느냐'는 애소哀訴가 '여수린' 세 자에 무르녹아 있다. 이 같은 전설은 이후 '채석강 맑은 물속에 잠긴 휘황한 달을 건지려다 빠져 죽었다'는 낭만적 비화로까지 발전했다.

더욱 친화자연한 이백의 진면목은 「달밤에 혼자 마시며月下獨酌」에서 더욱 그 진수를 읽게 한다.

花間一壺酒	꽃밭에서 한 동이 술 놓고
화 간 일 호 주	
獨酌無相親	벗 없이 홀로 마시네.
독 작 무 상 친	
擧杯邀明月	잔 들고 달님을 맞이하니
거 배 요 명 월	
對影成三人	그림자와 더불어 셋일러라.
대 영 성 삼 인	
月旣不解飮	달은 정작 마실 줄 모르고
월 기 불 해 음	
影徒隨我身	그림자만 나를 따라 다니네.
영 도 수 아 신	
暫伴月將影	잠간 달과 그림자를 벗하여
잠 반 월 장 영	
行樂須及春	이 밤이 가기 전에 즐겨 보세.
행 락 수 급 춘	
我歌月徘徊	내 노래에 달도 서성이고
아 가 월 배 회	
我舞影零亂	내 춤에 그림자도 흥겨워라.
아 무 영 영 란	
醒時同交歡	덜 취할 때 함께 즐기다가
성 시 동 교 환	
醉後各分散	취해서는 제각기 흩어지네.
취 후 각 분 산	
永結無情游	길이 맺은 우리의 우정
영 결 무 정 유	
相期邈雲漢。	아득한 은하에서 다시 만나자꾸나.
상 기 막 운 한	

무정물無情物의 유정화! 그 고독 속의 이취泥醉를 미화해 풍류라 할 수밖에 없음은 그의 「벗과 한밤을友人會宿」에서 읽을 수 있다.

滌蕩千古愁	천고의 시름 씻기 위해
척 탕 천 고 수	
留連百壺飮	줄곧 백 항아리 술 마셨네.
유 연 백 호 음	

良宵宜淸談
량 소 의 청 담
청담하기 좋은 밤인데다

皓月未能寢
호 월 미 능 침
달도 밝으니 어찌 자리오.

醉來臥空山
취 래 와 공 산
취해 텅 빈 산에 누우니

天地卽衾枕。
천 지 즉 금 침
천지가 바로 이부자리로다.

그에게서의 술은 시름의 카타르시스를 위함이요, '달과 벗'이 있기 때문이다. 오죽하면 「아내에게贈內」 바친 시에서 "일 년 삼백 예순 날/ 나날이 이취해. 비록 이백의 아내라 하나/ 태상의 부인과 무엇이 다르랴三百六十日 日日醉如泥 雖爲李白婦 何異太常妻"고 했으랴. 360일은 음력으로 따진 날 수요, 태상이란 한漢나라 종문의 제사를 관장하는 벼슬인데, 후한 때 주택周澤이 직을 맡아 있을 때, 신병으로 불편함에도 359일을 태상에 들어 기거하기에, 그 아내가 '여인과 일반인의 출입이 금지된 태상'에 찾아가자, '재궁의 금기를 어겼다'고 아내를 감금시킨 인물이다. 가정에 무관심하고 술로만 살아온 자책감을 노래한 시다. 한편 안·사의 난으로 현종이 퇴위하자, 이백은 숙종肅宗이 아닌 영왕永王 이린李璘의 막부에 가담했다 심양에 하옥되었다(759). 물론 주변의 변무로 야랑夜郎으로 유배되어 갈 때, 아내에게 붙인 시 「남녘 야랑 유배 길에 아내에게 부치다南流夜郎寄內」에서는

夜郎天外怨離居
야 랑 천 외 원 리 거
하늘 끝 야랑 땅 멀리 떨어져 원망스러운데

明月樓中音信疎
명 월 루 중 음 신 소
밝은 달 누각에 그대 소식 들을 수 없군요.

北雁春歸看欲盡
북 안 춘 귀 간 욕 진
봄 기러기 북으로 돌아가 볼 수 없게 되려는데

南來不得豫章書。
남 래 부 득 예 장 서
남행길에서도 그대의 편지 받아볼 수 없어라.

▷원리거怨離居 : 멀리 유배돼 원망스러운데. ▷음신소音信疎 : 소식 없음. ▷예장서豫章書 : 반가운 글. '예'는 아내가 있는 지역, 혹은 아내의 편지.

라 했다. 두보의 「월야」와는 전혀 다른 '월야의 정한'이 비정하다 하겠다.

워낙 두시는 '시름愁·슬픔悲·한恨·루淚·고苦'자로 아롱진 우국연민의 민생

民生, 곧 사회상의 파노라마요, 이백의 시는 '주酒·여女·취醉·락樂으로 새겨져
세사와는 묻지도 듣지도 않는無問無聞 낙천, 그러니 취락이 주조였다.

杜甫의 달
두 보

달은 워낙 '사랑의 거울'이기에 동서·고금은 물론, 원·근 없이 수많은 연서
또한 달빛이 묻어나지 않은 것이 드물게고, 하 많은 역사도 이뤄졌겠지만, 수
천의 연정도 타고 있는 월야! 열두 겹 치마폭에 싸여 창창한 광천을 온갖 비
밀을 묻어 안고 훠이훠이 떠가는 달, 묵객은 고사하고, 규중閨中 월계(越溪=
美姬)의 간장하며, 우마牛馬 같은 초동樵童의 심금도 튕겼으리니, 항차 국란에
의해 생이별한 근 1,300년 전 두보의 지어미 사랑은 어떠했으랴.

今夜鄜州月 금 야 부 주 월	오늘 밤 부주를 비출 저 달을
閨中只獨看 규 중 지 독 간	아내는 홀로 바라보고 있으리.
遙憐小兒女 요 련 소 아 녀	어여쁠사, 철없는 어린 것들은
未解憶長安 미 해 억 장 안	달을 통해 애비 만날 줄 모르리.
香霧雲鬟濕 향 무 운 환 습	향긋한 안개 구름머리 싱그럽고
清輝玉臂寒 청 휘 옥 비 한	밝은 달빛 옥 같은 팔 시리겠네.
何時依虛幌 하 시 의 허 황	언제쯤에나 환한 창가에 마주해
雙照淚痕乾。 쌍 조 루 흔 간	서로 바라며 눈물자국 말리려나.

▷부주월鄜州月 : 부주를 비칠 달. ▷지독간只獨看 : 다만 홀로 바라봄. ▷요련遙憐 : 멀
리 떨어져 있는 귀여운. ▷운환습雲鬟濕 : 구름 머리채 내에 무젖음. ▷옥비한玉臂寒 :
옥 같은 팔 시리겠네. ▷루흔간淚痕乾 : 눈물자국 말릴꼬.

단풍마저 저버린 산야이고 보면, 죽림만 허허한 광야의 추억을 손 잎에 모
아들고 낙엽의 그림자조차 쓸어댄다. 큰 그림자 작은 그림자 모두 둥근 메아
리의 수런거림으로 달빛에 안겨 실려 나고, 푸른 솔[靑松]은 백설이 내릴 터

를 다듬어 천공天空 강허江虛한 계절, 소리쳐 불러도 공허한 광야엔 이미 메아리도 없다.

"나그네 잠이 어찌 일찍 들리오客睡何曾着"라는 두보의 외람된 시구에 덩달아 이는 객수로 망월의 심안心眼에 대답 없는 임의 예쁜 메아리를 수놓으며, 하얗게 지샌 긴긴 가을 밤 두보의 「달밤에月夜」를 드넌다.

그리운 처자를 부주에 두고, 안록산의 반란군에 잡혀 장안에 연금되었으니, "우리 임금 요·순의 윗길로 보필해, 거듭 풍속을 순속케 하리라致君堯舜上再使風俗淳"던 위국충정은 물론, 급박해 가기만 하는 전황, 만금으로도 살수 없는 집안 소식家書低萬金〈두언·10, 春望〉이라, 고독에 떠는 처자에 대한 불안과 그리움을 달을 향해 하소연했으니, 임 계신 부주와 장안의 험난하고 먼 길 ─난리 중이므로 더욱─ 이 천리장상억千里長相憶의 불타는 땡김으로 불현듯 달을 불러다 놓았다. 저 달은 '임께서 나를 그리며 혼자 바라보고 있는 부주의 달, 임이 보는 그 달은 내 마음 실어 드리는 장안의 달'이라는 신어神語의 착상이니, 정작 둘은 달에서 목하 랑데뷰 중인 셈이다.

개벽하는 그리움의 밤바다, 사무치는 객고와 넘나는 연정은 "규중지독간"으로 이어지니, '규중'은 마치 에드가 엘렌 포의 연시

But Where mean while
Serenity skies continually
Just over that one bright island smile.

의 상이다. "해맑은 하늘이 그 빛나는 섬을 향해 끝없는 미소를 내리는, 광란의 물결 멀리 신비로운 마력의 섬"이 바로 두보의 아내가 앙월망부仰月望夫로 지새우는 임 그 자체다.

옹색에 찌든 구성진 더부살이 방일망정 임이 있어 '규중'이니, 두 글자의 산뜻한 정감은 상춘의 맥을 안고 치달아, 마치 핑크빛 새어나는 여인의 방이거나, 신비의 샘 바다를 연상케 한다. 그러니 '독' 한 자의 배려는 필연이요,

생생한 정감은 정한이 사무친 몸살이며, 솟구치는 마음의 체념이 도사려, '발에 비춰드는 달빛'이 부끄러운 여운으로 감돈다. 하나, 두시는 언중言中에 핵이 있고, 언외言外에 극極이 있으니, '규중·독'과 결련의 '쌍'은 허탈과 불안의 자아발견에서 오는 '체념과 기대의 좌절'이라는 복잡한 심사다. 이렇듯 달을 걸어 날개 돋던 연정이 '어린 자녀들[少兒女]'에게 옮겨짐으로 더욱 절절한 진정이 흘러 '련憐' 한 자의 지극한 부정父情 또한 뜨거운가 하면, 국란을 풍자하는 촌철살인이자, 도리를 못 다한 부성父性을 꿈길에라도 전해달라는 달을 향한 간절한 호소로 읽을 일이다.

무릇 그리움으로 조는 사랑이 꿈길에 임과 만나기라도 한 듯 "삼단 같은 고운 머리는 향 내음 싱그러울 테고, 달빛에 드러난 옥 같은 팔 시리리라."는 두보의 응석 같은 애정이 시어 뒤[字背]에 삼삼하다. 신비의 마력, 자지러질 듯한 체취에 휘말린 듯 보옥 같은 팔을 애무하듯 하니, 예이츠의 고백시

But I, being Poor, have only my dreams;
I have spread my dreams under your feet;
Tread softly because you tread on my dreams.

라는 아쉽고 애틋한 정감은 동서가 통하는 절정이다. 이 찬란한 열정은 사뭇 꿈길에 '월광의 융단이거나, 꿈의 꽃길'을 밟고 돌아온 임을 옆에 모신 듯하니, 역시 에드가 엘런 포의 「To Helen」에서의

To the glory that was Greace
And the grandeur that was Rome.

의 경지다. 임은 바로 일체의 영광, 일체의 장엄, 그 신비의 베일에 감춰 둔 보물인 것이다. 뉘게 보일 수도, 양도할 수도 없는 내 생명의 끈을 담당한 사랑임에서다. 그래서 임을 위한 어떠한 고난도 감수할 사랑의 역사力士이기에

정작 두보는 "청휘옥비한"을 안쓰러워한다. '향무'는 임 그리는 창가에 술렁이는 밤안개가 규중 내 임의 체취에 무젖음이요, '운환'은 삼단 같은 귀부인의 머리채니, 곧 옥비의 주체인 내 임이다. 이른바 언어의 구도에 오색의 도색이 목하 시중유화詩中有畵로 드러나니, 그야말로 '모든 그리스의 영광과 로마의 장엄과도 바꿀 수 없는 애처가 두보의 자상'이 '습과 한'에 함축되었다.

이처럼 그립고 애틋한 연모의 정은 내친 김에 부주로 내달을 충정이지만, 시가 터프해선 못쓴다. 정감의 촉발, 독자에게 연연한 사색의 여운을 남겨야 한다. 그러기 위해 "언제나 오늘 같은 달빛 창가에 마주해, 서로 바라며 오늘의 이 그리움의 눈물자국 말리려나[乾]"했으니, 우리만의 화평이 아닌 국태민안, 곧 평화애호의 휴머니티로 승화하고 있다.

"시야 말로 우리네 가업詩是吾家事"이라는 시성의 뼈아픈 서업은 역시 에드가 엘렌 포의

My soul at least a solace hath
In dreams of thee, and there in knows
An Eden of bland repose.

라는 순일한 연정과 맥을 같이한다.

사별이야 울음을 삼키면 그만이라지만 생이별, 특히 난리 중의 생사조차 알 수 없는 이별은 처참한 고통死別已吞聲 生別常惻惻〈杜諺·10, 寄李十二白〉이라 했거늘, 두보의 아내 양씨楊氏야말로 난 중에도 그 야단스런 사랑으로 장히 중국 5,000년 문학사에서 가장 행복한 여인이었다 하리라.

한편, 755년 11월, 성당제국의 국보를 어지럽힌 안·사의 난도 내분으로 점차 쇠미해지던 건원 2년, 그러니 두보의 나이 48세 때 사공참군司空參軍의 직을 그만두고, 진주秦州로 떠돌이 생활을 시작하기 전 화주에서 지어진 「삼리三吏·삼별三別·몽이백夢李白」은 물론, 아래 예시 「월야억사제月夜憶舍弟」 등이 모두 그의 대표작으로 꼽힌다. 워낙 이백이야 다르지만 안·사의 난은 두보를

위대한 사실주의 작가의 반열에 오르게 한 역설적 모티프였음에 분명하다.

戌鼓斷人行
수 고 단 인 행
수자리 북 울리자 인적 끊기고

邊秋一雁聲
변 추 일 안 성
변방 가을 짝 잃은 기러기 소리.

露從今夜白
로 종 금 야 백
백로라, 이 밤부터 이슬은 희고

月是故鄉明
월 시 고 향 명
저기 저 밝은 달 고향을 비추리.

有弟皆分散
유 제 개 분 산
몇몇 아우들 뿔뿔이 흩어져

無家問死生
무 가 문 사 생
생사를 물을 집조차 없구나.

寄書長不達
기 서 장 불 달
부치는 편지마다 이르지 못하는데

況乃未休兵。
황 내 미 휴 병
하물며 이 난리 끝나지 않음에랴.

▷로종금야백露從今夜白 : 이슬은 오늘밤으로부터 희어짐. 곧 白露. ▷무가문A無家問A :
A를 물을 집이 없음. ▷황내A況乃A : 하물며 A함에랴.

「달밤에 아우들을 그리며月夜憶舍弟」다. '이슬이 서리로 바뀌는 백로'다. 절
서는 점점 가을로 접어드니 맑은 하늘 휘영청 밝은 달, 뿔뿔이 흩어진 가족
의 생사를 물을 곳조차 없다. 그러니 "아우들 걱정에 잠 못 이루고 하얗게
지샌 밤, 한낮에 깜빡깜빡 존다思家步月淸宵立 憶弟看雲白日眠"〈恨別〉했으니, 두보
의 달밤은 한 평생 나그네길萬里常作客로 맞는 우국연민의 달이었다.

우리 선인의 달

한편 우리네 선인들의 달을 향한 정서 몇 수를 읽기로 하자. 먼저 신분적
제약에도 불구하고, 사림의 허여를 받아 율곡 이이·우계 성혼 등과 성리 및
예학으로 교유했으며, 문학으로도 8문장에 꼽혔던 송익필의 「보름달望月」은

未圓常恨就圓遲
미 원 상 한 취 원 지
이즐 젠 늦게 둥긂이 한일러니.

圓後如何易就虧
원 후 여 하 이 취 휴
둥글면 어이 그리 쉬 이운다지.

三十夜中圓一夜
삼 십 야 중 원 일 야
百年心事總如斯。
백 년 심 사 총 여 사

한 달 서른 날에 보름달 한 번
한 평생 뜻한 바도 저렇고말고.

와 같다. 심상찮게 보자면 한 낱 영물시일 뿐이다. 심상케 보재도 시적 소재
일 것 없는 자연의 섭리일 뿐이다. 그러나 늘 대하는 일상사에서 실물적 존
재성의 확인, 그것이 단순한 영물이 아닌 실학적 가치 탐색이라면 탐색일 것
이다. 누구나 아는 평범한 사실이지만, 누구나 한 번도 숙고하지 않았다. 그
는 인간 백사의 이치를 달의 영허盈虛에 비유하므로 공감대를 형성했다.
　고려조의 이규보가 「우물 속의 달詠井中月」을 노래한 시에

山僧貪月色
산 승 탐 월 색
井汲一瓶中
정 급 일 병 중
到寺方應覺
도 사 방 응 각
瓶傾月亦空。
병 경 월 역 공

절간의 중이 달빛을 좋아해
우물에서 한 병을 담아 왔네.
절에 돌아와 응당 깨달았으리
병을 기울여도 달 역시 없음을.

라 했다. 1·2구야 '달밤에 차를 다리고자 샘물을 받아온 것'을 미화한 것이지
만, '깨달음'의 이치로 완전한 제 3구는 '있는 것은 곧 없는 것이요, 없는 것은
곧 있는 것이다色卽是空 空卽是色'라는 반야般若의 원리다. 간이簡易 최립崔岦이

僧去汲井水
승 거 급 정 수
和月滿盂中
화 월 만 우 중
入寺無所見
입 사 무 소 견
方知色是空。
방 지 색 시 공

중이 나가 우물물을 떠 오는데
달과 아울러 한 동이 떠 왔네.
절에 들자 보이는 게 없으니
이제야 만법을 알만 하구나.

라고 차운했다. 홍만종은 『소화시평』에서 간이의 시를 훨씬 높이 평했으나,
'함축의 미가 시의 생명'이라 할 때 굳이 '색시공'이란 부연은 사족蛇足일 수도
있으리라.

한편, 조선조 500년의 시·서·화를 집대성했다는 장절공의 후예 자하 신위의 4,500여 시편(경수당 전집 4,069수, 분여록 494수) 중 남다른 가문의식·삼절의 자오自傲의식 및 분방한 풍류는 고를 달리해야 할 일이거니와, 달을 노래한 시편 중 「윤유월 보름달이 유난히 밝아서 10수閏六月十五夜 月極明 十首」중 그 1에서 다음과 같이 노래했다.

滿地金波雨洗嵐　비가 산안개마저 걷어낸 휘황한 달밤
만 지 금 파 우 세 람
水晶宮殿化書龕　수정궁전은 글 짓는 감실로 변했구나.
수 정 궁 전 화 서 감
縈窓漏箔如無隔　창에 얽히고 발 새로 비춰 막힘없더니
영 창 루 박 여 무 격
更透紗幬到枕函。　다시 얇은 장막 뚫고 베갯머리에 드네.
갱 투 사 주 도 침 함

오뉴월 무더위와 대기의 습기까지 말끔히 씻어내고 갠 보름밤, 휘영청 밝은 달이 아니 비췬 데 없이 빛난다. 해동공자 최충崔沖의 "뜰에 가득한 달빛은 내 없는 촛불이요, 자리에 와 앉은 산은 청하지 않은 손님일세. 게다가 솔바람소리까지 들려오니, 다만 진중히 간직할 뿐 전할 이 없네滿庭月色無煙燭, 入座靑山不速賓. 更有松絃彈譜外 只堪珍重未傳人〈東文選·19, 絶句〉에 다름 아니다. 그러니 글 짓는 감실이 어찌 수정궁뿐이겠는가? '창에 얽히고, 발 사이로 비쳐드는가' 하면, '얇은 장막을 뚫고, 베갯머리에까지 이르렀다' 하니 두시 「객야客夜」의 "밤에 들이비췬 새벽달, 베개 맡에 드높은 먼 강물소리여入簾殘月影 高枕遠江聲"〈杜諺·11, 客夜〉와 같이 하얗게 지샌 한밤이었으리라. 특히 그 4수에서는 다음과 같이 표현했다.

三五盈盈海上來　보름밤 둥근 달 바다 위로 떠올라
삼 오 영 영 해 상 래
機頭硯面照排徊　베틀머리와 담묵에 비춰 머뭇거리네.
기 두 연 면 조 배 회
憑欄幾處同看月　난간에 기대 몇이나 저 달 함께 바라볼까
빙 란 기 처 동 간 월
思婦心情又上才。　연정의 글재주 뽐낼만한 밤이로구나
사 부 심 정 우 상 재

216

십오야 둥근 달밤, 아낙네의 베틀머리에도, 청운의 꿈을 마름하는 서생의 연지硯池에도 내려 앉아 눈물겹도록 자아올리는 실타래 같은 연정, 그러니 '지금쯤 그 몇 사람이', 혹은 '얼마나 많은 곳'에서 저 달을 바라보며 '내 님은 날 그리워하실까? 내가 님 그리듯이……' 그러니 아마도 오늘 밤 저 달을 바라보며 '임 그리는 시객들, 천하를 경동시킬 명작들 얻으리라'고 자못 보편적 연정을 시화했다. '상재上才'는 '별난 재주·절절한 시품'의 뜻이겠거니와, '우又' 자는 '뭐니 뭐니 해도'라는 뜻으로, 이 시의 안자眼字다.

그렇다. 양의 동서와 고금을 막론하고, 달빛이 묻어나지 않은 사랑의 편지는 없는 법이니. 강희맹의 「강물에 부서진 달胡孫投江月」을 한시의 마지막 작품으로 예시하면 다음과 같다.

胡孫投江月 호 손 투 강 월	지팡이로 강물 속의 달 툭 치자
波動影凌亂 파 동 영 릉 란	물결 따라 달그림자 산산이 일렁이네.
飜疑月破碎 번 의 월 파 쇄	어라, 달이 다 부서져 버렸나?
引臂聊戲玩 인 비 료 희 완	팔 뻗어 달 조각 건져 보려니
水月性本空 수 월 성 본 공	물에 비친 달 본디 그림자라.
笑爾起幻觀 소 이 기 환 관	우습다, 내 본디 헛것을 본 게야.
波空月應圓 파 공 월 응 원	물결 가라앉으면 달 다시 둥글고
爾亦疑思斷 이 역 의 사 단	품었던 내 의혹도 없어지리라.
長嘯天宇寬 장 소 천 우 관	한 가닥 파람 소리에 하늘은 드넓고
松偃老龍幹。 송 언 노 룡 간	소나무 등걸 늙은 용처럼 누었구나.

천강千江에 비친 진신眞身의 달, 그것이 천연한 법리임을 깨우쳐가는 오도悟道의 섭리임을 알겠다.

현대시의 백미는 아무래도 미당의 「동천冬天」일까 한다.

　내 마음 속 우리 님의 고운 눈썹을

즈믄 밤의 꿈으로 맑게 씻어서
하늘에다 옮기어 심어 놨더니
동지섣달 날으는 매서운 새가
그걸 알고 시늉하며 비끼어 가네.

미당의 '눈썹 달'을 지닌 님은 누구? 혹은 무엇이기에 '동지섣달 날으는 매서운 새'조차 비끼어 날까?

05

'그립다' 하니 그리워

比翼鳥·連理枝
비 익 조 연 리 지

후한後漢 말의 학자·문인인 채옹蔡邕(132~192)은 유학을 정리하는 한편, 시부에도 능해『채중랑전집蔡中郎全集』을 저작하기도 했으나, 정작 지극한 효성으로『후한서·채옹전』을 남김으로 더욱 유명해진 인물이다. 전에 의하면

> "모친께서 연로하시자, 늘 잔병치례가 끊일 날이 없었다. 그러므로 채옹은 어머니 간병에 온갖 정성을 다하며, 3년여 동안 입은 옷을 벗을 겨를도 없이 효성을 다했다. 돌아가신 후에도 상복 차림으로 묘 옆에 초막을 얽고 정성껏 호상하였다. 그 뒤 채옹이 초막을 얽고 지내던 터에 두 그루의 나무가 나 자랐는데, 자랄수록 두 나무의 가지가 붙어 끝내 한 그루의 나무가 되었다 한다. 그러니 세상 사람들은 '채옹의 효심이 이 같은 기적을 낳았다'며 칭송해 마지않았다 한다."

그러나 후에 이 말은 '금슬이 좋은 부부를 상징하는 말'이 되었으니, 전국시대 송나라의 포학군주 강왕康王의 호색에 항거했던 신하 한빙韓憑과, 그의 부인 하씨何氏의 고사 및 백락천의 「장한가長恨歌」에서 그 실례를 볼 수 있다.

송나라 말기의 강왕은 주색을 밝힘이 도를 넘어 신하의 부인까지 넘볼 정도였다. 강왕의 시종 한빙에게 하씨 성을 가진 부인이 있었는데, 절세가인이었다. 강왕은 그녀를 강제로 능욕한 뒤 후궁으로 삼았다. 그리고는 한빙이 행여나 모반을 일으킬까 두려워 무고한 죄를 뒤집어 씌워 '낮에는 국경을 지키고, 밤에는 성을 쌓는' 성단城旦이란 혹형에 처했다. 너무나 아내가 그리운 한빙은 자결하고 말았다. 이 무렵 하부인도 남편이 그리워 몰래 편지를 보냈는데, 그만 강왕의 손에 들어가고 말았다. 사연인 즉 다음과 같았다.

비가 많이 내리니
냇물은 불어 깊어지고,
해가 뜨면 내 마음입니다.

강왕은 그 의미를 전혀 알 수 없었으나, 가신 소하蘇賀가 풀이하기를 "비가 많이 내린다는 것은 근심하고 그리워함이요, 냇물이 불어 깊어졌다함은 왕래하지 못함을 뜻하며, 해가 뜨면 내 마음이란 말은 죽음을 결심하고 있다는 뜻입니다"하자, 과연 얼마 뒤 강왕과 누대에 올라 경치를 구경하던 하씨가 갑자기 몸을 던져 왕의 손에 옷자락만 남긴 채 죽고 말았다. 그녀가 강왕에게 남긴 유언에서 "폐하께서는 사는 것을 행복이라 여기지만, 저는 죽는 것을 행복으로 여깁니다. 부디 제 시신은 남편과 함께 합장해 주시오"라 했다. 화가 난 강왕은 하씨의 뜻을 받아주기는커녕 짐짓 멀리 떨어지게 무덤을 만들었다. 그 후 각각의 무덤에서 두 그루의 나무가 자라 열흘 뒤에는 커다란 아름드리나무가 되었고, 나무 위에는 원앙새가 날아와 서로 목을 안고 슬피 울었다. 사람들은 이 원앙새가 억울하게 죽은 두 부부의 넋이라고 여겼고, 이 나무를 '서로 사모하는 나무相思樹'라고 불렀다. 상사병相思病이란 말의 어원도 이로 말미암으나, 현대어에선 '짝사랑으로 생긴 병'으로 쓰이기도 한다.

다음은 당나라 현종과 양귀비의 사랑과 안타까운 별리를 노래한 백락천의 「장한가長恨歌」에 얽힌 '비익조·연리지比翼鳥·連理枝'의 담론이다.

漢皇重色思傾國 한 황 중 색 사 경 국	한황은 색을 중히 여겨 경국지색을 구하더니
御宇多年求不得 어 우 다 년 구 부 득	나라를 다스린 지 오래되어도 얻지를 못했다.
楊家有女初長成 양 가 유 녀 초 장 성	양씨 가문에 딸이 있어 막 장성하였으나
養在深閨人未識 양 재 심 규 인 미 식	규중 깊이 길러나서 사람들 알지 못했네.
天生麗質難自棄 천 생 려 질 난 자 기	천생 고운 자태 그대로 버려두기 아까우니
一朝選在君王側 일 조 선 재 군 왕 측	일조에 뽑혀 군왕의 곁을 모시게 되었더라.
－ 中略 －	－ 중략 －
臨別殷勤重寄詞 임 별 은 근 중 기 사	작별에 즈음하여 은근히 거듭 말하되
詞中有誓兩心知 사 중 유 서 양 심 지	말 중에 맹세가 있으니 두 사람만 아는 것.
七月七日長生殿 칠 월 칠 일 장 생 전	7월 7일 장생전에서
夜半無人私語時 야 반 무 인 사 어 시	한밤 인적 없을 때 속삭이신 말씀.
在天願作比翼鳥 재 천 원 작 비 익 조	공중을 나는 새가 되거든 비익조가 되고
在地願爲連理枝 재 지 원 위 연 리 지	땅에 선 나무로 살거든 연리지가 되겠다네.
天長地久有時盡 천 장 지 구 유 시 진	하늘은 높고 땅은 오래다 해도 다할 때가 있으련만
此恨綿綿無絶期。 차 한 면 면 무 절 기	마음에 품은 한은 끊일 날이 없으리라.

▷한황漢皇 : 한나라 황제. 당 현종을 기휘해 쓴 말. ▷사경국思傾國 : 격국지색[미인]을 구함. ▷어우御宇 : 천하를 다스림. ▷비익조比翼鳥 : 암수가 각각 한 쪽 날개만 있는 새. ▷연리지連理枝 : 가지가 붙은 나무.

'비익조' 역시 중국의 전설에 의하면 암수가 각각 '한 쪽 날개와 한 쪽 눈을 가진 새'로 합해야만 완전할 수 있는, 그러므로 서로 떨어질 수 없는 공동운명체다. 그러기로 굳게 언약한 장생전의 맹서가 한 낱 허망한 꿈으로 사라진 비극! 그러니 '천장지구天長地久라도 다할 날 있으련만, 장생전의 한恨은 끝이 없으리라'는 '길고 긴, 풀래도 풀 수 없는 한'을 노래한 악부체다.

한편 김시습의 「만복사저포기」 중에

一層樓在碧山中
일 층 루 재 벽 산 중
連理枝頭花正紅
연 리 지 두 화 정 홍
却恨人生不如樹
각 한 인 생 불 여 수
青年薄命渠凝瞳。
청 년 박 명 거 응 동

푸른 산 속 높은 다락 하나 높이 솟아

연리지 정수리에 핀 꽃 정히 붉건마는.

한스럽다. 우리 인생 저 나무만도 못해

박명한 이 청춘 눈물만 글썽거리누나.

라는 삽입시挿入詩를 읽을 수 있다. 곧 소설의 삽입시란 전후 장황설을 상징적으로 함축해 화자의 심상을 등장인물의 입을 통해 전달하는 수사법이다.

우리는 김시습을 잘 아는 듯 하지만, 실은 잘 모른다. 3세에 능히 시를 짓고, 5세에 『대학·중용』에 통달했다 하며, 세종대왕 어전에서 재예才藝를 검증받은 신동神童, 혹은 오세五歲로 통칭되는 등, 양양한 전도를 기약 받고 삼각산 중흥사에서 수학하던 중 수양대군의 왕위찬탈 소식을 접하자, 비분강개하여 보던 책을 불사르고 설잠雪岑이란 승명으로 방랑인, 그러니 체제 밖의 인물로 생육신이 되었다. 혹자는 그의 전기적 특질을 심유적불心儒跡佛(내적으론 유가나, 행적은 불자)이라는 표리가 상반된 모순논리로 인식하기도 한다. 어쩌면 비유비불非儒非佛의 이단적 분망이 부조리한 현실적 불의로부터의 탈출구였는지도 모른다. 아니, 유·불 양자의 진수를 체득하고 난 초절적 자유인, 예컨대 어디에도 구속받지 않는 진유진불眞儒眞佛이라는 진정한 자유인의 모습이 '체제 안'이란 시각에서 '체제 밖'으로 비춰진 것인지도 모른다.

06

小樂府의 세계
소 악 부

악부樂府란 워낙 한漢나라 때부터 음악을 관장하던 행정부서의 명칭이었다. 춘추전국 시대의 영웅호걸, 그리고 그들과 야합한 제자백가諸子百家들의 정통 유학을 감언이설甘言利說화, 이른바 인기영합populism하므로 형성된 조화롭지 못한 국민정서의 교화를 목적으로, 민요를 정리하는 일면, 새로운 건전가요의 필요성에 부응할 악부樂府가 필요했고, 그 전문 담당자로 협율도위協律都尉를 두었던 것이다. 익히 알려진 한나라의 이연년李延年이나, 당나라의 이구년李龜年 등이 바로 그 대표적 인물들이다.

실로 민요란 민족정서의 하모니다. 현학玄學도 위선僞善도 없는, 고로 식자識者여야 할 까닭이란 전혀 없는 구구전승口口傳承으로 부지불식不知不識 간에 감화되는, 정녕 그 훈민가적訓民歌的 효과는 지대한 것이다.

그러나, 그렇다고 누구나 악부를 지을 수 있는 것은 더욱 아니다. 적어도 한자漢字 자자구구의 정확한 성조聲調는 물론, 시대의 민족정서에 부합해야 하는 어려움이 있다.

한편 악부에는 실제 가창을 전제로 지어진 악부와, 당나라 두보를 중심으로 시도되고 완성되었다는 악부 스타일의 시, 곧 악부체시가 있으니, 대체로 당대 이백 이외의 악부부터는 악부체시로 볼 수 있다 할 것이다.

『동인시화·상』43화는 악부와 관련한 몇 가지 정보를 준다.

"악부는 자자구구字字句句마다 음률에 맞아야 하니, 옛날에 시를 잘 짓는 자라도 그것을 어려워했다. 북송北宋의 시인 후산后山 진사도陳師道와 송宋나라 성재誠齋 양만리楊萬里가 모두 자첨子瞻 소식蘇軾의 악사樂詞가 공교롭긴 하나, 악부 본령의 말은 아니라 여겼으니, 하물며 동파에 미치지 못하는 자들이겠는가? 우리나라 말소리는 중국의 말과 달라 상국相國 이규보李奎報·대간大諫 이인로李仁老·예산猊山 최해崔瀣·목은牧隱 이색李穡 등이 모두 문장의 대가들이지만 악부에는 손을 대지 못했고, 오직 익재益齋 이제현李齊賢만 중체를 두루 갖추어 짓되, 그 법도가 삼엄했다. 선생은 북으로 중원에서 공부하여 사승師承 관계가 뚜렷하고, 학문의 연원이 깊어 터득한 바가 많았다. 근래에 배우는 자들은 음률은 배우지 않고, 먼저 악부를 지어 소동파도 할 수 없었던 것을 하려 하니, 그들은 양 성재와 진 후산의 죄인 됨이 분명하다."

樂府는 句句字字가 皆協音律하니, 古之能詩者도 尙難之라. 陳后山·楊誠齋는 皆以謂蘇子瞻樂詞雖工이나, 要非本色語어늘 況不及東坡者乎아. 吾東方語音은 與中國으로 不同이라. 李相國·李大諫猊山·牧隱은 皆以雄文大手나 未嘗借手라. 唯益齋備述衆體하되 法度森嚴이라. 先生은 北學中原하여 師友淵源이 必有所得者라. 近世學者는 不學音律하고, 先作樂府하여 欲爲東坡所不能하니 其爲誠齋·后山之罪人이 明矣라. 〈上·44화〉

▷협음률協音律 : 음률에 맞음. ▷상난지尙難之: 오히려 어렵게 여김. ▷진후산陳后山 : 북송의 시인 진사도의 호. ▷양성재楊誠齋 : 송나라 문인 양만리의 호. ▷비본색어非本色語 : 본령의 말은 아니다. ▷비술중체備述衆體 : 여러 문체를 두루 갖춤.

곧 악부는 기존의 악곡樂曲에 얹힐 노랫말[樂詞]이다. 그러므로 민족의 생활정서가 서린 민족어의 성조에 맞아야 하기에, 동파 같은 대문호도 그 본령을 지키지 못한 어려움을 말했다.

한편, 한말韓末 4대가四大家 중 한 사람인 창강滄江 김택영金澤榮이 조선조 후기 시·서·화詩書畫 삼절三絶인, 자하紫霞 신위申緯의 『경수당전집警修堂全集』 소재 4,069수의 시를 그 1/4로 선집해 엮은 「신자하시집서申紫霞詩集序」에서 "우리 3,000년 문학사에서 익재 이제현을 종주[詩宗]라 하고, 조선조 500년 래의 대가大家라 평한 신위 역시 「자하소악부」를 남기며, 그 서에서 '우리 언어 문자가 번거롭고 간략해서 질서정연한 평측과 구두에 따르는 협운이 없음'을 전제하며,

"고려 익재 이제현 선생께서 이런 곡들[民俗歌謠]을 모아 칠언절구七言絶句로 개작하고 '소악부小樂府'라 이름 하여 지금 선생의 문집에 전한다. 이들 모두는 오늘날 악사들이 전하지 않는 곡이나, 그 노랫말이 없어지지 않은 것은 이 시가 있음에 힘입은 바 되었으니, '문인이 붓을 가지고 자기가 한 시대의 운명을 타고났다'고 자부심을 가지게 되었으니, 돌이켜 보건대 소중하다 하지 않겠는가."
高麗李益齋先生이 採曲爲七絶하야 命之曰小樂府라하여 今在先生文集中하니, 擧皆今日管絃家가 不傳之曲이나 而其辭之不亡은 賴有此詩하니 文人命筆이 顧不重歟아.

라고 반문하며, "내가 이윽히 이를 기쁘게 여겨, 우리 조선의 소곡[時節歌調] 중에서, '내가 기억하는 것'들을 역시 칠언절구로 지었으니, 비록 문장 채색은 전혀 선생에 미칠 수 없으나, '다른 시대에 태어난 나로서 다른 곡조로, 각기 국풍國風을 채집한 것은 한가지라 하겠다"는 문필가적 소명의식으로 지었음을 밝혔다.

익재와 자하의 소악부를 관현에 재연할 수야 없을 지라도, 선인들의 문화사적 업적을 기리며, 음미할 가치는 충분하다.

益齋 소악부
익재

익재 선생의 문집 『익재난고益齋亂藁』 권4 소악부에 수록된 악부시는 「고려속요」를 칠언절구체로 번역한 9수 외에, 탐라의 풍속을 노래한 「탐라요」와, 시대 풍습을 풍자한 「수정화」 등 2수를 합쳐 총 11수다.

우리의 관심사이자, 자하가 높이 평가한 고려속요 9수 가운데는 정음 창제 이후 『악학궤범』 및 여타의 문헌에 국문가사와 함께 전하는 「처용가」「서경별곡」「정과정곡」 등이 있어 그 문예미를 대비할 수 있음은 물론, 부전 가요의 의미를 유추할 수 있는 불이不二의 자료인 점에서, 자하가 '국풍의 채집'이라고 높이 평가한 의미는 물론, 자신도 40여 수의 시조를 소악부체로 한역한 의의를 실감케 한다.

먼저 국문시가와 함께 전하는 3수부터 대비 감상하기로 하자.

新羅昔日處容翁   그 옛날 신라 때 처용 늙은이
신 라 석 일 처 용 옹

見說來從碧海中   푸른 바다에서 왔노라 했었지.
견 설 래 종 벽 해 중

貝齒䞓脣歌夜月   자개 이빨 붉은 입술로 달밤에 노래하며
패 치 정 순 가 야 월

鳶肩紫袖舞春風。   솔개 어깨 자주 소매로 봄밤에 춤췄지.
연 견 자 수 무 춘 풍

는 『고려사』 고려속악으로, 향가와 고려속악 「잡처용」의 일부 및 배경설화를 참작한 의역이다. 편의상 향가의 원문과 양주동의 어석語釋을 현대어로 풀이하면 다음과 같다.

東京明期月良   서라벌 밝은 달밤에
동 경 명 기 월 양

夜入伊遊行如可   밤 깊도록 노닐다가
야 입 이 유 행 여 가

入良沙寢矣見昆   들어와 잠자리를 보니
입 량 사 침 의 견 곤

脚烏伊四是良羅   가랑이가 넷이로구나.
각 오 이 사 시 량 라

二肹隱吾下於叱古 둘은 내 아내의 다리고
이 힐 은 오 하 어 질 고

二肹隱誰支下焉古
이 힐 은 수 지 하 언 고
本矣吾下是如馬於隱
본 의 오 하 시 여 마 어 은
奪叱良乙何如爲理古。
탈 질 량 을 하 여 위 리 고

들은 누구의 다리인가?

본디는 내 아내였다마는

빼앗긴 것을 어찌할 것인가.

〈고가연구〉

익재소악부의 「처용가」와 신라 향가가 사뭇 다른 듯하나, 이는 위에서 언급한 대로 배경 설화와, 고려 궁중 나례로 불리던 「잡처용」의 의미를 혼용한 경우라 하겠다.

다음은 「서경별곡」 제 2연과 「정석가」 끝 연과도 관련이 있어 이제까지의 문헌으론 창작 연대의 선·후는 물론, 시대를 달리한 편찬과정에서의 혼란인지 불분명한 채 전하는 작품으로

縱然巖石落珠璣
종 연 암 석 낙 주 기
纓縷固應無斷時
영 루 고 응 무 단 시
與郎千載相離別
여 랑 천 재 상 리 별
一點丹心何改移。
일 점 단 심 하 개 이

구슬이 바윗돌에 떨어진들

끈이야 진실로 끊어지리까.

임과 천년을 따로 녀신들

사랑하는 마음이야 바뀌리까.

는 「서경별곡」 제 5~8절(제 2연)에

구스리 아즐가

구스리 바회예 디신둘

위 두어렁셩 두어렁셩 다링드리

긴히ᄯᆞᆫ 아즐가

긴힛ᄯᆞᆫ 그츠리잇가 나ᄂᆞᆫ

위 두어렁셩 두어렁셩 다링드리

즈믄 히를 아즐가

즈믄 히를 외오곰 녀신돌

위 두어렁셩 두어렁셩 다링드리

신잇똔 아즐가

신잇똔 그츠리잇가 나논

위 두어렁셩 두어렁셩 다링드리

〈악장가사 상·시용향악보〉

라고 『악장가사』와 『시용향학보』에 공히 실려 전하는가 하면, 「정석가」에도

구스리 바회예 디신돌

구스리 바회예 디신돌

긴힛똔 그츠리잇가

즈믄 히를 외오곰 녀신돌

즈믄 히를 외오곰 녀신돌

신信잇준 그츠리잇가.

〈악장가사 상·시용향악보〉

라고 두 가곡집에 함께 실려 전하고 있으나, 표기상의 차이 외에 그 내용은 전혀 동일하다.

주제어는 '즈믄 히돌 외고곰 녀신들, 변함없는 사랑의 믿음'이니, 이른바 주제의 동일성, 달리 표현하자면 속요와 소악부의 전달심상의 일체화, 곧 표현 매체[文字]의 차이 뿐 적확한 번역임을 확인할 수 있다.

과정瓜亭 정서鄭敍의 「정과정」 역시 11구의 난삽難澁함을 4구 28자로 함축하되, 그 유장한 문예미는 더욱 심장함을 읽을 수 있다.

228

憶君無日不霑衣
억 군 무 일 부 점 의

政似春山蜀子規
정 사 춘 산 촉 자 규

爲是爲非人莫問
위 시 위 비 인 막 문

只應殘月曉星知。
지 응 잔 월 효 성 지

님 그려 옷깃 젖지 않는 날 없음이여

정작으로 봄 동산 자규새 다웠어라.

잘잘못일랑 인간에게 묻지 마소서

결백이야 잔월효성이 다 알지요.

〈악학궤범〉

『고려사 악지·동국통감』 등에 전재轉載되었는가 하면, 충신연주지사로 『악학궤범』에 곡명 「삼진작」으로 수록되었으니 다음과 같다.

내님믈 그리ᄉᆞ와 우니다니

산山졉동새 난 이슷ᄒᆞ요이다

아니시며 거츠르신ᄃᆞᆯ 아으

잔월효성殘月曉星이 아ᄅᆞ시리이다

넉시라도 님은 ᄒᆞᆫᄃᆡ 녀져라 아으

벼기더시니 뉘러시니잇가

과過도 허믈도 천만千萬 업소이다

ᄆᆞᆯ힛마러신뎌

ᄉᆞᆯ읏븐뎌 아으

니미 나ᄅᆞᆯ ᄒᆞ마 니ᄌᆞ시니잇가

아소 님하 도람 드르샤 괴오쇼셔.

〈악학궤범〉

물론 진정 '충신연주지사忠臣戀主之辭'로 읽을 것인가에 대한 많은 이견들은 재론을 약하기로 한다.

한편 속요는 부전인 채 소악부만 전하는 작품으로는 「장암長巖·거사연居士戀·제위보濟危寶·사리화沙里花·오관산五冠山·도근천都近川·탐라곡耽羅曲·소년행少年行」 8편이 수록되어 있다.

『고전국역총서』권197 『국역 익재집』의 해제를 쓴 장덕순은 위 8곡 중 「소년행」은 출처불분명이라 했고, 임기중은 『시로 읽는 노래문학』에서 이상 8편의 창작 시기를 '이제현 이전인 듯'으로만 밝혔다. 워낙 풍요란 작가보다 시대 풍교風敎의 정도, 혹은 수용受容의 폭에 따라 재창작 된다. 그러므로 자하의 말대로 문필가적 사명으로 국풍을 정리한 「익재소악부」에 수록된 작품이라면 당대에 널리 향유되었던 작품이라 할 것이다.

잘 알려진 몇 수로 참고에 이바지하면 다음과 같다.

五冠山 / 오관산

五冠山	오관산
木頭雕作小唐鷄 목 두 조 작 소 당 계	토막나무로 자그만 장닭을 만들어
筋子拈來壁上樓 저 자 념 래 벽 상 루	젓가락으로 집어다 시렁에 놓았죠.
此鳥膠膠報時節 차 조 교 교 보 시 절	이 닭이 꼬끼오 하며 때를 알리거든
慈顔始似日平西。 자 안 시 사 일 평 서	어머님, 그제사 지는 해처럼 늙으소서.

『고려사』악지의 창작 배경설화에 의하면, 효자 문충文忠이 지었다 했다. 그는 오관산 기슭에 살며 어머니를 지극한 효성으로 모셨는데, 수도 개성과는 30여 리 먼 길이나, 보다 정성껏 봉양하기 위해 이른 아침 출근해 저물녘에 돌아오지만, 혼정신성昏定晨省을 조금도 게을리 하지 않았다. 그러나 점점 늙어가는 어머님의 모습이 안타까워, 자그만 토막나무로 장닭을 깎아 어머님 기거하시는 처소의 선반에 얹으며 지어 불렀다는 효심가다. 이 속요를 이제현이 소악부시로 풀이해 지었다.孝子文忠所作也. 忠居五冠山下 事母至孝. 其居距京都 三十里 爲養祿仕 朝出暮歸 定省不小衰, 嘆其母老 作是歌. 李齊賢作詩解之曰했으니, 초기 속요 「사모곡思母曲」에 비견해도 좋으리라.

제위보濟危寶 / 부역하는 여인

제위보濟危寶	부역하는 여인
浣紗溪上傍垂楊 완 사 계 상 방 수 양	실버들 늘어진 시냇가 빨래터에서
執手論心白馬郎 집 수 논 심 백 마 랑	백마 탄 사내가 덥석 내손 잡았지요.

縱有連簷三月雨
종유연첨삼월우
指頭何忍洗餘香。
지두하인세여향

비록 오랜 장마비에 씻고 씻는대도

손끝에 남은 체취 어찌 차마 씻기리까.

　　제위보는 '죄인을 관리하고 구속하는 기관'이다. '한 여인이 제위보에 갇혀 도역徒役하는 도중에 어떤 사내에게, 백마 탄 사내라니 아마도 감독관쯤일 테지만, 손을 잡혔는데 긴긴 장마에 씻고 씻어도 씻기지 않는' 모욕을 한스러워하는 정절의 노래라 했다.　하긴 "시냇가 빨래터 수양버들 아래서, 백마 타고 오신 님 내 손 잡고 기약했죠. 비록 석 달 장마비 연이어 내린대도, 손끝에 남은 체취 어찌 차마 씻기리오"라고 읽어야 더욱 고려 속요다운 멋이 나기도 하리라.

거사연居士戀

행역자의 아내

鵲兒籬際噪花枝
작아리제조화지
蟢子床頭引網紗
희자상두인망사
余美歸來應未遠
여미귀래응미원
精神早已報人知。
정신조이보인지

까치는 울타리 꽃가지에서 울고

거미는 상머리로 줄 타고 내리네.

고운 님 머지않아 돌아오신다고

기다리는 이 마음 알고 미리 알려주나 봐.

　　속담에 '기쁜 소식'을 전한다는 아침 까치와, '반가운 손님'이 올 것을 알린다는 거미다. 행역 나간 지아비 그리는 아녀자의 싱숭한 기다림이 새삼스럽다.

紫霞 소악부
　자 하

　　자하 신위의 전집인 『경수당전집』 49권 소악부조에는 「병서幷序」와 함께 "내가 우리 소곡 중에 암기하고 있는 시절가조 40수를 소악부로 역시해 수록한다"고 하였으나, 창강滄江 김택영金澤榮이 중편한 『신자하시집申紫霞詩集』 전 6권 중 권 5에는 「병서幷序」와 함께 23수를 가려 묶었다. 그 중 널리 알려진 몇 수로 악부시의 문예미와 그 멋을 음미하기로 한다.

231

백마청아白馬靑娥

欲去馬嘶郎白馬
욕 거 마 시 랑 백 마
挽衫惜別小娥靑
만 삼 석 별 소 아 청
夕陽冉冉街西嶺
석 양 염 염 함 서 령
去路長亭復短亭。
거 로 장 정 부 단 정

백마 탄 사내와 젊은 여인

가자 우는 말은 사내의 백마요,

옷소매 잡고 아쉬운 이별하는 어여쁜 님.

석양은 뉘엿뉘엿 서쪽 마루에 걸렸는데

갈 길은 먼 길에 또 짧은 역마로구나.

말은 가려 울고 님은 잡고 아니 놋니

석양은 지를 넘고 갈 길은 천리로다

져 님아 가는 날 잡지 말고 지는 히를 잡아라.

<단조〈청구영언〉>

무명씨 작이다. 회자정리會者定離라지만 성당의 시성 두보 말대로 "사별이야 울음을 삼킬 뿐이지만, 살아 이별은 두고두고 서러운 법死別已吞聲 生別常惻惻"이다. 정만 주고 가는 님! 하나 난들 왜 가고만 싶겠느냐? 왕정王程이 재촉하니 가는 해를 잡으라지만, 피차 안타까울 뿐 지는 해를 어찌 잡으리오.

자규제子規啼

梨花月白五更天
이 화 월 백 오 갱 천
啼血聲聲怨杜鵑
제 혈 성 성 원 두 견
儘覺多情原是病
진 각 다 정 원 시 병
不關人事不成眠
불 관 인 사 불 성 면

자규새 우는 밤

배꽃에 달 밝은 새벽하늘,

피울음 소리마다 두견의 원망.

다정이 병인 줄 진실로 깨닫고

인간사 무관하나 잠 못 들어 하노라.

이화梨花에 월백月白ᄒ고 은한銀漢이 삼경三更인 제

일지춘심을 자규子規ㅣ야 아랴마는

다정多情도 병病인양ᄒ여 좀 못들어 ᄒ노라.

<단조〈청구영언〉>

232

고려 시대 이조년의 '정한의 심성'을 '언어의 수'로 짜낸, 아니 '꼭 그렇게 밖에 말할 수 없는' 언어의 '대조와 상응'이 시조시학의 절조를 이뤄, '하얗게 한밤을 지새운 작자'를 만나게 한다.

호접청산거胡蝶靑山去

白胡蝶汝靑山去
백 호 접 여 청 산 거
黑蝶團飛共入山
흑 접 단 비 공 입 산
行行日暮花堪宿
행 행 일 모 화 감 숙
花薄情時葉宿還。
화 박 정 시 엽 숙 환

나비야, 청산가자

흰 나비야, 너 청산 가자

검은 나비, 너희도 함께 가자.

가다가 저물면 꽃에 들어 자고가자

꽃이 박대커든 잎에서나 자고가자.

나비야 청산 가자 범나비 너도 가쟈

가다가 저무려든 곳듸 드러 자고 가쟈

곳에셔 무두접無待接ᄒ거든 닙혜서나 즈고 가쟈.

〈청구영언〉

무명씨의 작이다. 풍류남아의 호방이랄까? 유민流民의 선동적, 혹은 풍자적 자조自嘲랄까? '청산 가자·너도 가자·자고 가자'라는 청유형 동의첩어는 자못 「청산별곡」의 '퇴영적 취락醉樂'이 아닌 건강미, 그 진취적 심성이 답청가踏靑歌를 연상케 한다.

어락漁樂

鳴者鵂鳩靑者柳
명 자 발 구 청 자 류
漁村煙淡有無凝
어 촌 연 담 유 무 응
山妻補網纔完未
산 처 보 망 재 완 미
正是江魚欲上時。
정 시 강 어 욕 상 시

고기잡이 풍류

우는 것이 뻐꾸긴가 푸른 것이 버들 숲인가

어촌 맑은 내 속에 두어 집 있는 듯 없는 듯.

산 아낙 깁는 그물 다 기웠나 못다 기웠나

이제 막 물고기 물때 탈 즈음인데.

우는 거시 벅구기가 프른 거시 버들숩가

233

어촌漁村 두어 집이 닛속의 나락 들락

말가흔 기픈 소희 온간 고기 쒸노,다.

〈고산유고〉

송강松江 정철鄭澈과 함께 우리 고전시가의 쌍벽으로 일컫는 고산孤山 윤
선도尹善道의 「어부사시사」 중 춘사 1수다. 초장과 중장에서 반어적反語的 유
야무야지경有耶無耶之境으로 해남의 춘경을 묘사하고는, 해맑은 물 밑의 펄펄
뛰는 물고기와 신명을 함께하는 진자연인의 체험적 수사법을 실감케 한다.

관간빈慣看賓	자주 보는 손님
休煩款待黃茅薦 휴 번 관 대 황 모 천	짚방석 내지마라, 대접이 번거로우리
且坐何妨紅葉堆 차 좌 하 방 홍 엽 퇴	단풍 위에 앉은들 무엇이 해로우리.
豈必松明燃照室 기 필 송 명 연 조 실	어찌 관솔불 밝혀 방을 비출 건가
前宵落月又浮來 전 소 낙 월 우 부 래	어제 진 달 다시 돋아 온다.

짚방석方席 내지마라 낙엽엔들 못안즈랴

솔불 혀지 마라 어제 진 달 도다온다

아히야 탁주산채濁酒山菜 ㄹ망정 업다말고 내어라.

〈청구영언〉

조선 중기 선조 때의 명필, 그러니 한석봉韓石峯으로 잘 알려진 석봉石峯 한
호韓濩의 시조다. 사대부들의 타설적他說的 체험에 의한 관념적 도식이 아닌,
자설적自說的 자아自我 표출도 정겹거니와, '탁주산챌망정 없다말고 내오라.'는
소박미, 그것이 바로 우리 선인의 멋이다.

녹초청강마綠草青江馬	푸른 풀 돋는 청강 가의 말
茸茸綠草青江上 용 용 록 초 청 강 상	파란 풀 푸른 강둑에 무성한데

234

老馬身閑謝轡銜
노 마 신 한 사 비 함
奮首一鳴時向北
분 수 일 명 시 향 북
夕陽無限戀君心。
석 양 무 한 연 군 심

한가로운 늙은 말 재갈도 놓았구나.

머리 들어 때때로 북향해 우는 뜻은

석양에 님 그리는 무한한 정 때문이라오.

녹초綠草 청강상靑江上에 구레 벗은 물이되야

때때로 머리드러 북향北向ᄒ여 우는 뜻은

석양夕陽이 재 너머 가매 님자그려 우노라.

〈청구영언〉

역시 선조 때 벼슬을 버리고 향리 부여에 낙향해 살았다는 서익徐益의 작품이다. 워낙 우리네 선비 문화가 도연명의 「귀거래사」 이후 조정에 들어선 자연[江湖]을, 강호에선 연주戀主(임금을 그리워함)라는 2중 구조니, '굴레 벗은 말'은 작자 자신이요, '북향해 옮'은 선조대왕을 그리워하는 충신연주지정임은 물론이다.

벽계수碧溪水

靑山影裏碧溪水
청 산 영 리 벽 계 수
容易東流爾莫誇
용 이 동 류 이 막 과
一到滄海難再見
일 도 창 해 난 재 견
且留明月影婆娑。
차 류 명 월 영 파 사

푸른 시냇물

푸른 산 그림자 속을 흐르는 벽계수야

쉬이 동으로 흘러 간다 자랑하지 말라.

한 번 바다에 가면 다시 오기 어려우니

밝은 달 교교한 이 밤 쉬어감이 어떠랴.

청산리靑山裏 벽계수碧溪水야 수이 감을 자랑마라

일도창해一到滄海ᄒ면 도라오기 어려오니

명월明月이 만공산滿空山ᄒ니 수여간들 엇더리.

〈청구영언〉

모 신문사 기자가 가람 이병기 선생께 "선생님께선 시조를 누구에게서 배우셨는지요?"라고 묻자, 선생께선 서슴없이 "내 시조 스승은 황진이다"라고 했다는 일화가 시사示唆하듯 우리 시조의 미학은 황진이의 유작 6수에서 그 능란한 수사미와 유장한 언외함축은 시조시학의 절조로 평가된다.

워낙 벽계碧溪 이종숙李終叔은 호학好學은 물론, 올곧은 행실로 군자연君子然한 인물이어서, '뭇 사내들이 황진이 앞에만 가면 기를 못 편다'는 입소문을 듣고 '나는 까딱없다'며 호언장담하고 달밤에 갔다가 위 시조창 한 곡에 낙마落馬하고 말았다 한다. '벽계수'는 이종숙의 호, '명월'은 황진이의 '기명妓名'이니, 정작 사내 망신은 혼자 다 한 셈이다.

향극의響展疑	신발 끄는 소리 아냐!
寡信何曾瞞著麽 과 신 하 증 만 저 마	내 언제 믿음이 적었으며 님을 언제 속였던가,
月沈無意夜經過 월 침 무 의 야 경 과	달도 없는 밤 오실 뜻 없고 밤만 깊어 가는데.
飄然響地吾何與 표 연 향 지 오 하 여	가벼이 땅에 끌리는 소리 나와 무슨 관계랴
原是秋風落葉多。 원 시 추 풍 낙 엽 다	본디 이 가을바람에 낙엽 쓸리는 소리인 것을.

내 언제 무신ᄒᆞ야 님을 언제 소겻관대

월침삼경月沈三更에 온 뜻이 전혀 업늬

추풍에 지는 닙 소리야 낸들 어이 ᄒᆞ리오.

〈청구영언〉

지족선사知足禪師를 파계시킨 황진이의 다음 대상은 화담花潭 서경덕徐敬德 선생이었을까? 달도 없는 스산한 가을 밤, 오실 뜻 전혀 없는 님을 기다리다, 흩날리는 낙엽소리를 님 오시는 신발 끄는 소리[曳履聲]로 착각한 허허롭고 야릇한 심회를 저냥 다스린 노래다.

236

제5편

先人들의 사색과 풍류
선 인

방아타령의 원조

碓樂
대 악

　　덜커덕 쿵덕, 덜커덕 쿵덕……

　　농경사회의 디딜방아 소리, 적잖이 신고辛苦로우나 얼마나 즐거운 협동의
품앗이며, 기쁨의 노동인가! 찧고 빻을 거리가 있어 행복하고, 찧고 빻는 수
고의 뒤에 정겨운 대접과 나눔의 미덕으로 살아온 우리다. 이제야 골동의 가
치도 없는 폐품이지만, 고향집 뒤채의 방앗간엔 이골 나게 길든 방아공이와
확이 제법 잘 생겼다. 그러니 약 50~60여 년 전만 해도 가을 수학기의 벼 도
정 외의 웬만한 식재료 마련은 디딜방아로 해결했고, 또 방아 찧기가 여간만
중노동이 아니어서, 그 노동의 카타르시스를 위해 불렸던 집단 노동요가 곧
방아타령이며, 그 원형은 어떠한가?

　　"백결 선생은 어떤 사람인지 잘 알 수 없다. 낭산 기슭에 살았는데 몹시 가난하
　　여 옷을 백여 곳이나 기워 마치 메추리 꿰미를 매단 듯하여, 그 시대 사람들이
　　동리 백결 선생이라 불렀다."

　　百結先生은 不知何許人이라. 居狼山下한데 家極貧하야 衣百結하니 若懸

鶉하야 時人이 號爲東里百結先生이러라.

"일찍이 영계기의 사람됨을 흠모해 거문고를 지니고 다니며 무릇 기쁘고 성남과 슬픔과 기꺼움, 그리고 불평지사를 모두 펼쳐내더라. 절기가 마침 세모에 이르자 이웃 마실들이 곡식을 찧거늘 그 아내가 방아소리를 듣고, 이르기를 "남들은 모두 곡식이 있어서 찧거늘 우리 홀로 곡식이 없으니 어찌 해를 보내리오" 하였다."

嘗慕榮啓期之爲人하야 以琴自隨하야 凡喜怒悲歡과 不平之事를 皆以琴으로 宣之러라. 歲將暮에 隣里가 春粟하니 其妻聞杵聲하고 曰"人皆有粟하야 春之어늘 我獨無焉하니 何以卒歲"리오 하다.

"선생이 하늘을 우러러 탄식해 이르기를 "대저 죽고 삶은 명이 정해진 것이고, 부귀는 하늘에 달렸느니. 그 찾아옴에 거역할 수 없고, 달아남에 좇을 수 없나니, 그대 어찌 마음 아파하시오. 내 그대를 위해 방아 소리를 내어 위로하리라" 하고 거문고를 타 방아소리를 내니, 세상에 전하여 대악이라 이름 했다."

先生이 仰天嘆하야 曰"夫死生은 有命이요, 富貴는 在天이라, 其來也에 不可拒요, 其往也에 不可追니, 汝何傷乎아. 吾爲汝하야 作杵聲하야 以慰之호리라하고 乃鼓琴하야 作杵聲하니 世傳之하야 名爲碓樂이라 하다 〈三國史記·列傳〉

『삼국사기』에 전하는 말이다. 첫머리의 "백결 선생은 어떤 사람인지 알 수 없다"함이야 '전기체문의 상투적 어법'이거니와, 탈속脫俗한 인품의 신비화에 값한다.

우리 문예작품 가운데 방아 찧기와 관련된 이후 최초의 국문시가는 고려 초기 속요 「상저가」로 사료된다.

듥긔동 방해나 디히 히얘

게우즌 바바나 지어 히해

아바님 어마님씌 받줍고 히야해

남기시든 내 머고리 히야해 히야해.

〈시용향악보〉

〈거문고〉

"덜커덩 방아나 찧어서/ 눅눅한 밥이나 지어/ 아버님 어머님께 벋자옵고/ 남기시거든 내 먹으리"가 그것이다. 각 구 끝의 '히얘·희야해'는 노동의 '신명 유발과 카타르시스'를 위한 조흥구다. 경험 있는 이는 아시겠지만, 방아 찧기란 적잖은 중노동이다. 따라서 조흥은 물론, 조화로운 합심의 필요에 기여한다. 워낙 노동요가 간결해야 함은 물론이되, 노동의 필요에 공감할 당위가 있어야 한다. 그것이 바로 '사람의 근본 도리人之本'라는 효孝의 실천으로 나타났다. 워낙 순속한 우리네 미덕은 음식이 있으면 웃어른께 먼저 대접하고, 남기신 후에야 손아랫사람이 먹는 것이고, 또 어른은 의례히 남겨서 내리시게 마련이다. 실로 통편 4구 1연, 수 십 어에 담긴 시어는 그대로 상대 촌민의 생활상이요, '닭기동 히야해'의 저 천연한 화음은 화엄의 심불소리처럼 종요롭되 거룩하고, 노랫말에 갊아 진 지순한 효성은 저녁노을에 물드는 천심天心처럼 자애롭고 곱기만 하다.

이 「상저가」는 퇴계 선생의 가사체로도 전해오는가 하면, 오늘날엔 「방아타령·사설방아타령·자진방아타령」 등으로 전승되어 오니 다음과 같다.

오곡백곡 잡곡 중에 지차벼만 찧어보세

에헤야 에헤야 에라 우이겨라 방아로구나

산에 올라 수진방아 들에 내려 디딜방아

돌고 돌아 연자방아 시름 잊고 찧어보세

〈사설방아타령 부분〉

한편 미당 서정주는 백결 선생의 삶을 현대시 「백결가」로 풀어 그 전기를 시화했다.

낭산狼山 밑 새말 사람 백결百結이는 가난해
주렁주렁 주렁주렁 옷을 기워 입는 게
메추라기 꿰미를 매단 것 같대서
사람들이 그렇게 이름지어 불렀다。

그렇지만 이 사람한텐 오래 두고 익혀 온
슬기론 거문고가 한 채 있어서
밤낮으로 마음을 잘 풀어 갔기 때문에
가난도 앞장질런 서지 못하고
뒤에서 졸래졸래 따라다녔다。
그래서 나날이 해같이 되 일어나
물같이 구기잖게 살아갔었다。

그러다가 어느 해는 섣달 그믐날
저녁때 이웃집 좁쌀 방아 소리에
마누라가 귀가 그만 깜박 솔깃해
「좁쌀」이라 한 마디를 드뇌었더니
거문고 울리어 이 말 씻어서
또 다시 물같이 흘러내렸다。

02

벼루에 새긴 銘
명

樂山樂水
요 산 요 수

『논어·옹야』 편에 공자의 마부[御者]이자, 제자인 번지樊遲가 스승에게 "지혜란 무엇입니까?"라고 묻자, 공자는 "사람이 지켜나아가야 할 도의道義에 힘쓰고, 귀신을 공손히 다루되 멀리하면 지혜롭다 하리라" 하였다. 다시 '인仁'에 대해 묻자, "인이란 어려움을 남보다 앞서서 행하고, 보답을 나중 얻으면 어질다 할 수 있다" 하였다. 그리고 이어 "지혜로운 사람은 물을 좋아하고, 어진 사람은 산을 좋아하며, 지혜로운 사람은 움직이고, 어진 사람은 조용하며, 지혜로운 사람은 즐기지만, 어진 사람은 장수長壽한다" 했다.

> 樊遲가 問知한대 子曰 "務民之義요, 敬鬼神而遠之면 可謂知矣"리라. 問仁한대 曰 "仁者는 先難而後獲이면 可謂仁矣"니라. 子曰 "知者는 樂水하고, 仁者는 樂山하니 知者는 動하고 仁者는 靜하며, 知者는 樂하고 仁者는 壽"하니라. 〈論語 雍也〉
>
> ▷번지樊遲: 공자의 제자. ▷무민지의務民之義: 사람이 지켜야 할 도의에 힘씀. ▷가위지의可謂知矣: 가히 지혜롭다 하리라. ▷선난이후획 先難而後獲: 어려움을 앞

그렇다. 지혜로운 사람은 지혜롭기 때문에 끊임없는 변화를 추구하게 되니, 그 속성이 쉬지 않고 흐르는 물과 같다. 그러나 어진 사람은 심지가 우직하리만큼 굳어서 자못 무너져 주저앉을지언정 흔들리지 아니하니, 태산처럼 묵직하다. 그러니 지혜로운 이는 새로운 지혜를 좇아 움직이기를 좋아하고, 어진 이는 묵연히 천 년 고요에 침잠해 있기 마련이다. 따라서 지혜로운 자는 이런저런 신지식과 세상사의 변화와 요령에 길들어 즐기고, 어진 이는 여간한 세사엔 오불관언吾不關焉, 자락自樂에 심취해 천수天壽를 누린다. 다난한 세상사에 부대끼며 살아오기에 지친 영혼을 잠시 돌아볼 일이다.

북송北宋 시대의 인물인 미산眉山 당경唐庚(1068~1118)은 어느 날 문방사우文房四友 중 붓·먹·벼루의 특성을 빌어 「집에 있는 옛 벼루의 명家藏古硯銘」을 지었다. 그 명에 이르기를

"벼루와 붓과 먹은 기가 같은 동류의 것들이니, 나고 머무는 곳이 서로 비슷하며, 맡은 일과 쓰임새가 서로 가까우나, 유독 오래 쓰이고[壽] 쉬 닳아 없어짐[夭]은 서로 다르다. 붓의 수는 날로 헤아릴 수 있고, 먹의 수는 달로 헤아릴 수 있으며, 벼루의 수명은 세대로 헤아린다. 그 까닭은 무엇인가?"

硯與筆墨은 蓋氣類也라. 出處相近하고 任用寵遇가 相近也로되 獨壽夭가 不相近也라. 筆之壽는 以日計요, 墨之壽는 以月計요, 硯之壽는 以世計니, 其故는 何也오.

"그 외형적 형상의 됨됨이가 붓이 가장 예리하고, 먹이 그 다음이며, 벼루는 둔한 것이다. 어찌 둔한 것이 오래 견디고, 예리한 것이 쉬 마모되지 않겠는가? 그 쓰임새로 보면 붓이 가장 바삐 움직이고, 먹이 그 다음이며, 벼루는 고요한 것이 움직이지 않는다. 어찌 둔한 것이 오래 살고, 예리한 것이 쉬 마모되지 않겠는가?"

其爲體也는 筆最銳하고 墨次之요 硯은 鈍者也니. 豈非鈍者壽하고 而銳者

夭乎아. 其爲用也는 筆이 最銳요, 墨이 次之요, 硯은 鈍者也라. 豈非靜者

壽하고 而動者夭乎아.

"내가 이에서 양생의 법을 터득했으니, 둔한 것으로 몸을 삼고, 고요한 것으로
쓰임을 삼으리라. 혹자가 이르기를 수하고 요하는 것은 운수소관일 뿐이다. 둔
하고 예리하다거나, 움직이고 고요한 것에 따르는 것이 아니다. 가령 붓이 예리
하지도 바쁘게 움직이지도 않을 지라도, 나는 그것이 벼루와 같이 오래 가지 못
할 것을 안다. 비록 그럴지라도 나는 벼루가 될지언정 붓이 되지는 않겠다. 명에
이르기를"

吾於是得養生焉하니 以鈍爲體하고 以靜爲用하리라. 或曰"壽夭는 數也라,

非鈍銳動靜은 所制라, 借令筆不銳不動일지라도 吾知其不能與硯久遠矣"

라. 雖然이나 寧爲此언정 勿爲彼也라라. 銘曰,

不能銳 불 능 예	능히 예리하지 못한지라
因以鈍爲體 인 이 둔 위 체	이로 인해 둔함으로 몸을 삼고,
不能動 불 능 동	능히 움직이지 못하는지라
因以靜爲用 인 이 정 위 용	이로 인해 고요함으로 쓰임을 삼노라.
惟其然 유 기 연	오직 그렇게 함으로써
是以能永年。 시 이 능 영 년	내 수명을 길게 하리라.

▷불능예不能銳 : 능히 예리하지 못함. ▷이A위B以A爲B : A로써 B삼다. ▷유기연惟其然

: 오직 그렇게 하므로. ▷시이능영년是以能永年 : 이로 써 능히 수명을 길게 하리라.

라 했다. 이른바 『논어·옹야』 편의 요산요수를 선비들의 필수품인 문방사우
가 갖는 효용과 본질의 특성을 분석해, 어질고자 하는 자신의 '마음을 억제
하여 가라앉히면서, 산뜻하고 장하게頓挫而淸壯 하고자 했다' 하겠다.

244

03

제 눈에 안경

愛惡箴竝書
애 오 잠 병 서

　　고려 말의 문신·학자 이달충李達衷(?~1385)은 충숙왕 때 문과에 급제, 성균
관제주成均館祭酒를 거쳐 공민왕 때 전리판서典理判書·감찰대부監察大夫를 역임
했다. 1360년(공민왕 9년) 팔관회 때 왕의 노여움을 사서 파면되었으나, 1366년
밀직제학으로 다시 기용되었다. 그러나 당시 전권을 전횡하던 요신 신돈辛旽
에게 '주색을 일삼는다'고 공식석상에서 직언한 것이 화가 되어, 다시 파면된
강직한 인품의 소유자였다. 신돈이 죽은 뒤 계림부윤鷄林府尹이 되었으며, 이
때 신돈을 두고 지은 시는 다음과 같다.

威能假虎熊羆慴　　　가호의 위엄에 곰들이 벌벌 떨고
위 능 가 호 웅 비 섭

媚或爲男婦女趨　　　여우가 사내로 변하니 아낙들 줄줄 따랐지.
미 혹 위 남 부 녀 추

黃狗蒼鷹眞所忌　　　누른 개 푸른 매는 진실로 피하면서
황 구 창 응 진 소 기

烏雞白馬是何辜。　　까만 닭 흰 말은 어쩌자고 다 잡아 먹는담.
오 계 백 마 시 하 고

아른바 신돈을 얕은꾀로 왕의 신임을 빌미삼아 '거짓 호랑이 행세하는 여우

狐假虎威'에 비유하고, 그 위세에 벌벌 떠는 속유를 '분별없는 곰탱이'로 폄하했다. 조신曺伸이 찬한 『수문쇄록』에 의하면 '신돈은 전생이 여우여서 개와 매를 보면 무서워 벌벌 떨다가도, 검은 닭鳥鷄과 흰 말은 양기에 좋다'하여 보는 대로 잡아먹는 호색한으로, '아녀자를 간통하여 돌띠 두른 아이가 개성에 넘쳐났다'하며, 위 시야말로 사실의 '실록이라 할 만하다'고 호평했는가 하면, 이제현도 칭찬해 마지않았다 한다. 그러니 당대 민심이 오죽했겠는가. 이에 이달충은 이 같은 시대심상을 경계, 혹은 자기수양의 잠체箴體로 명쾌하게 천명했으니.

"유비자有非者가 무시옹無是翁에게 나아가 이르기를 "나날이 패거리들이 모여 사람의 됨됨이를 논평하는 자들이 있는데, 개중에 어떤 이는 '당신을 사람답다'하고, 어떤 이는 '당신을 사람답지 못하다'하니, 당신은 어째서 어떤 사람에겐 '사람답다고 평가되고, 또 어떤 사람에겐 사람답지 못하다'고 평가되는 게요?" 하자, 무시옹이 듣고 답해 이르기를 "남들이 나를 사람답다 해도 내 기쁘지 않고, 나를 사람답지 못하다 해도 두렵지 아니하니, '사람다운 사람이 나를 사람답다 하고, 사람답지 못한 사람이 나를 사람답지 아니하다'함 만 같지 못하다네. 내 또한 알지 못케라, '나를 사람답다 한 사람이 어떤 사람이며, 나를 사람답지 못하다고 한 사람이 어떤 사림인지'를. 사람다운 사람이 나를 사람답다 했다면 곧 가히 기쁜 일이요, 사람답지 못한 사람이 나를 사람답지 않다 했으면 또한 기쁜 일이며, 사람다운 사람이 나를 사람답지 못하다 했다면 역시 두려운 바요, 사람답지 못한 사람이 나를 사람답다 했다면 역시 두려운 것이다. '기뻐함과 두려워함'은 마땅히 나를 사람답다 하고 사람답지 못하다고 한 사람이 사람다운 사람인가, 사람답지 못한 사람인가 여하를 살필 뿐이니라. 그러므로 (공자께서도) 가라사대 '오직 어진 사람이어야 능히 남을 사랑할 수 있고, 능히 남을 미워할 수 있다' 하셨으니, 나를 사람답다 한 사람이 어진 이인가? 나를 사람답지 못하다 한 사람이 어진 사람인가?" 하니, 유비자가 계면쩍게 웃으며 물러나거늘, 무시옹이 곧바로 잠을 지어 스스로를 경계하더라. 잠에 이르기를"

子都之姣를　　　자도의 아름다움을
자 도 지 교

疇不爲美며　　　누가 예쁘다 하지 않으며
주 불 위 미

易牙之所調를　　역아가 만든 음식을
역 아 지 소 조

疇不爲之旨리오.　누가 맛있다 하지 않으리오.
주 불 위 지 지

好惡紛然하니　　좋아하고 싫어함이 분분하니
호 오 분 연

盍求諸己리오.　　어찌 자기에게서 구하지 않으리오.
합 구 저 기

가 그것이다. 물론 '유비자·무시옹'은 인자仁者가 아닌, 더 쉽게 말하자면 '희떱게 주절대는 평자나, 평 받는 쟈'로 화자의 가공적 인물이요, 자도子都는 춘추시대春秋時代 정鄭나라의 미남, 역아易牙는 제齊나라 신하로 뛰어난 요리사다. 그들이 아무리 '잘나고' '음식의 맛이 좋다'해도 '제 눈에 안경이요, 내 입에 떡이니' 내게도 꼭 맞으란 법은 없다. 남들이야 뭐라던 자신의 올곧은 심성·의로운 자기 수양과 그 가치를 지킬 의지의 중요함을 다짐한 지조의 변이다.

『동문선』에 전하는 원문은 아래와 같다.

有非者가 造無是翁하여 曰"日有群議人物者하여 人有人翁者하고 人有不人翁者하니, 翁은 何로 或人於人하고, 或不人於人乎"아. 翁이 聞而解之하여 曰"人이 人吾라도 吾不喜요, 人이 不人吾라도 吾不懼하니, 不如其人은 人吾요, 而其不人은 不人吾라, 吾且未知케라. 人吾之人이 何人也며, 不人吾之人이 何人也로다. 人이 而人吾면 則可喜也요, 不人이 而不人吾면 亦可喜也며, 人이 而不人吾면 則可懼也요, 不人이 而人吾면 亦可懼也라. 喜與懼는 當審其人吾不人吾之人之人不人如何耳라. 故로 曰惟仁人이야 爲能愛人하며 爲能惡人이라하시니 其人吾之人이 仁人乎아, 不人吾之人이 仁人乎"아. 有非者가 笑而退어늘 無是翁이 因作箴하여 以自警하다. 箴에 曰"子都之姣를 疇不爲美며, 易牙之所調를 疇不爲之旨리오. 好惡紛然하니 盍求諸己리오."〈東文選·49〉

이상의 길지 아니한 글에 '인人'자는 45회, '지之'자가 10회나, '저諸'자가 '지어之於'의 준말이니, 11회인 셈이다. 이처럼 한자는 글의 짜임 상 놓인 위치에 따라 그 문장 성분[품사]이 각각 다르니, 이른바 한자는 품사가 정해진 것이 아니라, 쓰임에 따라 성분이 바뀜에 유의해야 하고, 또 그런 뉘앙스를 십분 살린 위의 글은 다소 희문戲文, 혹은 만문漫文의 성격이 있다 할 것이다.

04

한 조각 붉은 마음

一片丹心
일 편 단 심

이성계의 위화도 회군과 이씨 조선의 건국!

그야 물론 역사에서 다룰 문제지만, 역사가 결국 인간 삶이요, 그 삶의 시대 심상을 그려 낸 것이 문학이니, 무관할 수 없다.

사원 경제의 비대와 함께 사치할 대로 사치해진 고려 불교의 타락은 물론, 원의 속국에 다름 아닌 현실 타개는 절대 절명의 공감대였다. 때마침 대륙도 원·명교체기로 승기를 잡은 명나라가 철령 이북이 원나라 땅이었으니 내놓으라며 협박하자, 우왕禑王과 최영 장군은 명나라 정벌을 강행코자 한다. 최영 장군을 8도총사령관으로 하고, 이성계를 우군도통사로, 조민수를 좌군도통사로 명했으나, 정벌 출발에 즈음해 이성계는 불가론을 제시하며 반대했다. 이른바 이성계의 불가론의 요체는,

1) 군량미 및 군사력의 절대 부족은 물론, 약소국이 강대국을 상대로 싸우는 것은 상책이 아니며,

2) 여름철 전쟁은 적절치 않을 뿐만 아니라, 농사를 지을 수 없고, 그렇게 되면

농민의 원성을 살 것이며,

   3) 대명 전쟁으로 인한 국력소모는 왜적의 침략을 증대 시킬 것이요,

   4) 장마철 전염병은 물론, 5만의 병력으로 수십만 대군을 상대할 수 없다.

는 현실적 논리였다. 그러나 우왕과 최영 장군의 워낙 확고했다. 1388년 5월, 8도총사령관인 최영은 중군장으로 우왕을 호위하고, 조민수와 이성계는 좌·우군장이 되어 군사를 통솔해 명나라에 인접한 위화도에 이르렀다.

   여기서 이성계는 5만 군졸의 절대적 지지와 부사령관 조민수의 동의로 회군을 결심하고, 동 6월 수도 개경을 점령하여 최영 장군을 유배시키는 일면, 우왕을 폐위했다. 조민수와 이색이 건의하여 창왕이 즉위하기에 이르고, 이후 조민수마저 이성계파의 탄핵으로 퇴출당하고, 드디어 이성계가 전권을 휘두르던 중 창왕도 폐위시키고 공민왕을 옹립했다.

   이즈음 정몽주 역시 고려의 제도 및 사회 개혁의 필요성은 인정했으나, 그

〈정몽주〉

는 창왕을 중심으로 고려왕실을 유지하며, 전폭적 사회개혁을 주창했으나, 권력의 맛을 본 이성계 일파는 전혀 달랐다.

   어느 날 사냥에 나갔던 이성계가 낙마로 부상을 당했다기에 정몽주는 병문안을 갔다. 문병 후 이방원이 정몽주를 자기 집으로 초대했다. 마지막으로 회유할 심산이었다. 술상을 장만하고 마주 앉아 이방원은 회심의 권주가를 부른다.

   이런들 어떠하며 저런들 어떠하랴
   만수산 드렁칡이 얼혀진들 어떠하리
   우리도 이같이 하야 백년까지 누리리라.

太宗이 設宴請之하고 作歌侑酒曰

此亦何如며 彼亦何如리오

城隍堂後垣이 頹落한들 亦何如리오

我輩若此히 爲不死한들 亦何如리오

이른바 이방원의 「하여가何如歌」니, 선의로 해석하면 회유가요, 달리 말하면 협박가다. '고려면 어떻고 조선이면 어떠냐'는, 이른바 '현실을 수용해' '죽지 않고爲不死' '동고동락'할 것이냐, 아니면 '죽음을 선택하겠느냐?'는 선택적 강요다.

이에 정몽주는 곧장 다음과 같이 화답했다.

이 몸이 죽고 죽어 일백 번 고쳐 죽어

백골이 진토되어 넋이라도 있고 없고

님 향한 일편단심이야 가실 줄이 이시랴.

文忠曰

此臣이 死了死了하야 一白番更死了하야

白骨이 爲塵土하야 魂魄이 有也無런들

向主一片丹心이야 寧有改理也歟아

부연이 부질없는 문충의 「단심가丹心歌」다. '태종(훗날 이방원의 왕호)은 그의 뜻이 바뀌지 아니할 것을 알고, 드디어 제거하기로 결심했다'라고 『해동악부』는 전한다.

문충공文忠公[정몽주의 시호]의 의지를 알게 된 이방원은 곧장 수하 조영규로 하여금 제거토록 명했다. 정몽주의 귀가 행차를 미행하던 자객들이 문충의 집 근처 선죽교에 이르자 철퇴를 휘둘러, 한 시대의 대학자이자 도덕군자며, 능숙한 외교가로 민족의 사표였던 문충文忠은 간흉들에게 '충신불사이군

忠臣不事二君'의 귀감으로 영생했다.

선죽교는 본디 선지교였으나, '문충의 피살 이후 푸른 대[竹]가 솟아나 자랐다 하여 선죽교로 개명되었다' 하며, 현재 북한 국보문화유물 159호로 지정돼 있다. 다리 옆에는 한석봉이 쓴 선죽교비善竹橋碑가 있으며, 다리 건너 표충각表忠閣에는 조선의 영조와 고종이 세운 표충비表忠碑가 서 있다 한다.

조선의 사육신 이개李塏는 「선죽교」 시라는

煩華往事已成空	번화했던 지난 일 이미 헛것뿐인 채,
번 화 왕 사 이 성 공	
舞館歌臺野草中	춤추고 노래하던 집과 무대 잡초에 묻혔네.
무 관 가 대 야 초 중	
惟有斷橋名善竹	오직 잘린 다리 남은 그 이름 선죽교니
유 유 단 교 명 선 죽	
半千王業一文忠。	오백 년 왕업이 한 문충공에 전해있네.
반 천 왕 업 일 문 충	

와 같다. 정작 길재 선생의 "오백 년 도읍지를 필마로 돌아드니/ 산천은 의구하되 인걸은 간데없네./ 어즈버 태평연월이 꿈이런가 하노라"라는 영사詠史 회고를 연상케 한다.

〈선죽교·김린수 화〉

▷ 위 선죽교는 문충공의 후손 정호인이 조선 정조正祖 4년 개성유수로 재임 하여 새로 놓은 것이라 한다. 이개(1417~1456)는 이색의 증손이자, 단종 복위를 도모하다 뜻을 이루지 못하고, 형장의 이슬로 사라진 사육신 중 한 사람이다.

05

象村申欽의 野言
상 촌 신 흠　　야 언

조선 중기의 문신 평산平山 신흠申欽(1566~1628)의 자는 경숙敬叔, 호는 현헌玄軒·현옹玄翁 외에 상촌으로 통칭된다. 선조 18년(1586) 외숙 송응개宋應漑가 율곡栗谷 이이李珥를 심히 탄핵하자, "이이는 사림士林의 중망重望을 받는 인물이니, 마구 비난하는 것은 불가하다"며, 두둔하다 당시 정권을 장악한 동인들로부터 '이이의 당여黨與'로 배척받는 등 부침도 수고로웠으나, 임란 때는 도체찰사 정철鄭澈의 종사관으로 활약하기도 했다.

그러나 색목에 따른 숱한 정치적 부침보다, 그의 인품과 문학사적 진면목은 '장중하고 간결한 성품과, 뛰어난 문장'으로 평가되어왔다. 그는 일찍이 선조宣祖로부터 신망을 받으며, 대명외교문서對明外交文書의 제작 및 시문 정리, 각종 의례문서의 제작에 참여하는 등 문운文運 진작振作에 크게 기여하였다.

특히 문학사적으로는 월사月沙 이정구李廷龜·계곡谿谷 장유張維·택당澤堂 이식李植과 함께 조선 중기 한문학의 정종正宗, 이른바 상·월·계·택象月谿澤의 칭을 받은 조선 전기 문장 사가[前四家]인 점이다.

저서와 편저로는 자신의 문집 『상촌집』『야언野言』과 「현헌선생화도시玄

軒先生和陶詩」 「낙민루기」 「고려태사장절신공충렬비문高麗太師壯節申公忠烈碑文」
「황화집령」 등이 있다. 시호는 문정文貞이다.

　본 '선인들의 사색과 풍류'에서 읽고자 하는 글은 상촌이 치사한객致仕閑客
으로 있으며,

　　"예전에 지었던 글들을 펼쳐 보다가 마음속으로 부합되는 것이 있기에, 자그마
　　한 책자로 엮어, 그 속에 나의 뜻을 곁들이고 야언野言이라고 이름 했는데, 이
　　는 나의 현실 생활을 그대로 반영한 것이다. 여기에 나오는 말들은 그저 야어野
　　語라고나 해야 맞을 것이니, 야인野人을 만나서 한번 이야기해 볼 만한 것들이
　　라고 하겠다."
　　適披前修著撰, 有會心者라. 錄爲小帙하여, 間附己意하고, 名以 野言한데,
　　迹其實也라. 其言宜於野나, 可與野人言也라.

라고, 스스로 겸사謙辭한 글을 통해 오늘날 우리의 삶을 반추하고자, 그 일
부를 초록하였다.

　　＊ 모든 병은 고칠 수 있으나, 오직 (인간 성정의) 속됨은 고칠 수 없다. 속된 것
　　을 고칠 수 있는 것은 오직 책뿐이다. 책을 읽으면 이로울 뿐 해롭지 아니하고,
　　자연[溪山]을 사랑하면 이로울 뿐 해롭지 아니하며, 꽃·대·바람·달을 완상하
　　면 이로울 뿐 해롭지 아니하며, 단정히 앉아 고요히 있으면 이로울 뿐 해롭지
　　아니하다.
　　諸病은 皆可醫로되 惟俗은 不可醫니, 醫俗者는 唯有書.니라. 惟讀書면 有
　　利而無害요, 玩花竹風月이면 有利而無害요, 端坐而靜嘿이면 有利而無害
　　니라.

　　＊ 술을 마심에는 진정한 아취雅趣가 있으니, 그것은 취하는 데에 있지도 않
　　고, 취하지 않는 데에도 있지 않다. 한 잔만 마셔도 얼굴이 발그레해지는 사람

은 소요부邵堯夫(송나라 邵雍)요, 곤드레 만드레 취하는 사람으로는 유백劉伯倫(서진西晉의 유령劉伶)이라 할 것이다.

飮酒有眞趣니 不在醉요, 不在不醉라. 微酲有邵堯夫요, 酩酊有劉伯倫이라.

＊ 명예심을 극복하지 못했을 때에는 처자의 앞에서도 뽐내는 기색이 드러나게 마련이지만, 무의식에까지 침투했던 그 마음이 완전히 풀리면 잠이 들어도 청초한 꿈을 꾸게 될 것이다.

名心未化면 對妻孥라도 亦自矜莊이요, 隱衷釋然이면 卽夢寐亦成淸楚리라.

＊ 사람이 살아가면서 하루에 착한 말을 한 가지라도 듣거나, 착한 행동을 한 가지라도 보거나, 착한 일을 한 가지라도 행한다면, 그날이야말로 헛되게 살지 않았다고 할 것이다.

人生一日에 或聞一善言하고, 見一善行하고, 行一善事면, 此日은 方不虛生이니라.

＊ 꽃이 너무 화려한 것은 향기가 부족하고, 꽃이 지나치게 향기가 짙은 것은 색깔이 곱지 않다. 그러므로 부귀의 자태를 한껏 뽐내는 것들은 맑게 우러나오는 향기가 부족하고, 그윽한 향기를 마음껏 내뿜는 것은 낙막한 기색이 역력하다. 그러나 군자는 차라리 백 세에 향기를 전할지언정, 한 시대의 아리따운 모습으로 남기를 바라지는 않는다.

花太麗者는 馨이 不足이요, 花가 多馨者는 色이 不麗라. 故로 侈富貴之容者는 少淸芬之氣요, 抗幽芳之姿者는 多莫落之色이라. 君子는 寧馨百世이언정 不求一時之艶이니라.

＊ 글을 지음에 한 시대의 모든 사람들이 애호하게 할 목적으로 지으면 지극한 글이 아니고, 사람 됨됨이가 한 시대의 모든 사람이 좋아하기를 바란다면 바른 인물이라 할 수 없다.

爲文에 而欲一世之皆好之면 非至文也요, 爲人에 而欲一世之皆好之면 非正人也라.

▷소청분지기少淸分之氣 : 맑은 향기가 부족함. ▷다막락지색多莫洛之色 : 낙막한 기색이 많음. ▷영A불B寧A不B : 차라리 할지언정 B하지 아니함.

* 산중 생활이 좋은 일이기는 하지만, 조금이라도 (세속에) 얽매여 연연하는 마음이 있으면 또한 저자에 처한 것과 다를 바 없고, 서화가 아취 있는 일이긴 하지만, 한 생각이라도 이를 탐하게 되면 또한 장사치와 다를 바 없다. 한 잔 술이 즐거운 일이긴 하지만, 한 생각이라도 남의 흥취에 따라가는 것이 있게 되면, 또한 감옥처럼 답답하기 그지없게 되고, 객을 좋아하는 것이 화통한 일이긴 하지만, 조금이라도 속된 흐름에 떨어진다면, 또한 고해라 할 것이다.

山樓가 是勝事나 稍有繫戀이면 則亦市朝요, 書畫가 是雅事나 稍一貪念이면 則亦商賈라. 杯酒가 是樂事나 稍一徇人이면 則亦猚牢라. 好客이 是達事나 稍涉俗流면 則亦苦海니라.

* 재기가 뛰어난 사람은 공손하고 근면함을 배워야 하고, 총명한 사람은 침착 중후함을 배워야 한다.

才俊人은 宜學恭謹이요, 聰明人은 宜學沈厚니라.

* 인후하게 하느냐, 각박하게 하느냐의 여부가 장長과 단短의 관건이 되고, 겸손하게 자신을 제어하느냐, 교만을 부리느냐의 여부가 화와 복을 초래하는 관건이 되고, 검소하게 하느냐, 사치스럽게 하느냐의 여부가 가난과 부귀를 결정짓는 관건이 되고, 몸을 보호하여 양생養生을 하느냐, 욕심대로 방자하게 행동하느냐의 여부가 죽음과 삶의 관건이 된다.

仁厚刻薄이 是修短關.이요 謙抑盈滿이 是禍福關.이요 勤儉奢惰가 是貧富關.이요 養縱欲이 是人鬼關이니라.

* 해야 할 일이 있고 해서는 안 될 일이 있는 것, 이것은 세간법世間法이고, 할 일도 없고 해서는 안 될 일도 없는 것, 이것이 출세간법出世間法이다. 옳은 것이 있고 그른 것이 있는 것, 이것은 세간법이고, 옳은 것도 없고 옳지 않은 것도 없는 것, 이것은 출세간법이다.

有可有不可는 是爲世法이요 無可無不可는 是爲出世法이라 有是有不是는 是爲世法이요 無是無不是는 是爲出世法이니라.

* 군자는 사람들이 감당해내지 못한다고 모욕을 가하지 않고, 무식하다고 사람들을 부끄럽게 만들지 않는다. 그러므로 원망이 적은 것이다.

君子는 不辱人以不堪하고 不愧人以不知니 卽寡怨이니라.

* 뽕나무 숲과 일렁이는 보리밭이 위아래에서 경치를 뽐내고, 따스한 봄날 꿩은 암수가 서로 부르고, 뻐꾸기 비 부르는 아침, 이것이야말로 농촌 생활의 참다운 경물이 아니랴.

桑林麥疄이 高下競秀한데 雉雛가 春陽이요 鳩呼朝雨니 卽村居眞景物也라.

* 문을 닫고 마음에 맞는 책을 읽는 것, 문을 열고 마음에 맞는 손님을 맞이하는 것, 문을 나서서 마음에 맞는 경계를 찾아가는 것, 이 세 가지야말로 인간의 세 가지 즐거움이다.

閉門閱會心書하고 開門迎會心客하며, 出門尋會心境은 此乃人間三樂이라.

* 일 많은 세상 밖에서 한가로움을 맛보고, 세월이 부족해도 족함을 아는 것은 은둔 생활의 정이요, 봄철에 잔설을 치워 꽃씨를 뿌리고, 밤에 향을 피우며 도참서圖讖書를 보는 것은 은둔생활의 흥이요, 문필생활[硏田]에 흉년을 모르고, 주곡酒谷에 언제나 봄기운이 감도는 것은 은둔 생활의 맛[味]이다.

得閑多事外하고 知足少年中은 棲遁之情也.요 種花春掃雪하고 看籙夜焚香은 棲遁之興也요 硏田에 無惡歲요 酒谷에 有長春은 棲遁之味也라.

* 어느 쾌적한 밤 편안히 앉아, 등불 빛을 은은히 밝히고 콩을 구워 먹는다. 만물은 적요한데 시냇물 소리만 규칙적으로 들릴 뿐, 이부자리도 펴지 않은 채 책을 잠깐씩 보기도 하니. 이것이 첫째 즐거움이다. 사방에 비바람이 몰아치는 날, 문을 닫고 소제한 뒤 책들을 앞에 펼쳐놓고, 흥이 나는 대로 뽑아서 검토해 보는데, 왕래하는 사람의 발자국 소리 끊겨져 온 천지 그윽하고, 실내 또한 정적 속에 묻힌 상태, 이것이 두 번째 즐거움이다. 텅 빈 산에 이 해도 저무는데, 분가루 흩뿌리듯 소리 없이 내리는 눈, 마른 나뭇가지 바람에 흔들리고, 추위에 떠는 산새 들에서 우짖는데, 방 속에 앉아 화로 끼고, 차 달이며 술 익히는 것, 이것이 세 번째 낙이다.

良宵宴坐하야 簇燈煮茗이라 萬籟俱寂하고 溪水自韻한데 衾枕不御하고 簡編乍親이 一樂也요, 風雨載途한데 掩關却掃하고 圖史滿前에 隨興抽檢하니 絶人往還하니, 境幽室寂이 二樂也.요 空山歲晏에 密雪微霰이요 枯條振風하고 寒禽號野한데 一室擁爐하고 茗香酒熟이 三樂也라. 〈상촌고·48, 외고 제7 야언〉

06

歲寒圖 揷疑
세 한 도 삽 의

'세한도'란 공자께서 『논어·자한편』에 "한겨울 날씨가 추워진 후에라야 소나무·잣나무가 늦게 시듦을 알 수 있다歲寒然後 知松栢之後凋"고 이르신 말뜻, 곧 『후한서』에서 부연한 바 "세찬 바람이 불 때에 비로소 쓰러지지 않는 굳센 풀이 어느 것인지 알 수 있고, 혹심한 서리가 내린 후에야 비로소 곧은 나무가 어느 것인지를 알 수 있다疾風知勁草 嚴霜識肖木" 함을 일깨운 그림이다

〈김정희〉

두루 아는 바와 같이 추사秋史 김정희金正喜 선생은 하찮은 제자(?), 기껏 역관譯官에 불과한 우선藕船 이상적李尙迪에게 이 그림을 멀리 제주도에 위리안치된 불우 속에서 그려준 것이다.

그 사연은 제발을 통해 살피고, 이어 그것이 국보 180호인 이유와 몇 가지 의문점을 짚어보자.

"지난해에는 『만학집』과 『대운산방문고』 두 책을 부쳐왔고, 금년에 또 우경의 『황청경세문편』을 부쳐왔다. 이들 책들은 세상에서 언제나 구할 수 있는 책들이 아니라, 천만리 밖에서 구한 것으로, 여러 해 걸려서 얻은 것이요, 쉽게 얻어진 것이 아니다."

去年엔 以晚學·大雲二書로 寄來하고, 今年엔 又以藕耕文編을 寄來하니, 此皆非世之常有요, 購之千萬里之遠에서 積有年而得之이요, 非一時之事也라.

▷ 만학집晩學集 : 청나라 학자 계복桂馥의 문집. ▷ 대운산방문고大雲山房文稿 : 청나라 운경惲敬의 문집. ▷ 황청경세문편皇淸經世文編 : 賀長齡·魏源 등이 편찬한 청초부터 도광 3년(1823)까지의 관방문서 및 경세치용과 시무개혁에 관한 글.

"또한 세상의 도도한 추세는 오직 권세가와 재력가만을 붙좇는데, 이를 구하기 위해 노심초사한 것을 권세가와 재력가들에게 돌리지 아니하고, 비다 밖의 한 초췌하게 귀양살이하는 나에게 주기를 자못 세상의 권세가와 이권을 가진 자를 따르듯 하니, 태사공[司馬遷]이 이르기를 '권세와 이득으로 야합한 자는 권세와 이권이 떨어지면 교분이 성글어 진다'고 했는데, 자네 역시 세상의 도도한 추세 속의 한 사람으로 초연히 스스로 특출하게 도도한 추세인 권세와 이득의 밖에 있으니, 권력으로 나를 대하지 않는다는 말인가, 태사공의 말이 그릇된 것인가?"

且世之滔滔는 唯權利之是趨어늘 爲之費心費力如此를 而不以歸之權利하고 乃歸之海外의 憔萃枯槁之人에게 如世之趨權利者하니 太史公云'以權利合者는 權利盡이면 以交疎'라커늘 君亦世之滔滔中一人으로 其有超然自拔於滔滔權利之外하니, 不以權利로 視我耶아, 太史公之言이 非耶아

"공자께서 '날이 추워진 후에야 소나무와 잣나무가 늦게 시듦을 안다' 하셨다. 소나무와 잣나무는 사철을 통해 늘 잎이 지지 않으니, 세한 이전에도 꼭 같은 소나무·잣나무요, 세한 이후에도 변함없는 소나무·잣나무이다. 그럼에도 성인께서는 유독 세한 이후의 그것을 칭예하셨다."

子曰 "歲寒然後에 知松柏之後凋나 松柏是毋四時而不凋者니 歲寒以前도 一松柏也요, 歲寒以後도 一松柏也라. 聖人特稱之於歲寒之後라.

"지금 그대가 나를 대하는 것을 보면, 내가 곤경을 겪기 전이라고 더 잘한 것도 없었고, 곤경에 처한 후라고 더 소홀히 하지도 않았다. 그러니 내가 곤궁하기 이전의 그대야 칭찬할 만한 것이 없겠지만, 나의 곤궁 이후의 그대는 역시 성인으로부터 칭예를 들을만하지 않겠는가. 성인께서 특히 칭찬하신 것은 단지 엄동을 겪고도 꿋꿋이 푸름을 지키는 송백의 굳은 절조만을 위함이 아니다. 역시 엄동을 겪는 때와 같은 인간의 어떤 역경을 보시고 느끼신 바가 있어서이다."
今君之於我는 由前而無加焉이요, 由後而無損焉하니 然由前之君은 無可稱이나 由後之君은 亦可見稱於聖人也耶라. 聖人之特稱은 非徒爲後凋之貞操勁節而已요, 亦有所感發於歲寒之時者也라.

"아! 전한前漢의 순박한 시대에도 급암汲黯과 정당시鄭當時 같이 훌륭한 사람들의 경우도 그 빈객들이 그들의 부침浮沈에 따라 붙좇고 돌아섰다. 더욱 하규下邽 지방의 적공이 대문에 방을 써 붙여 염량세태炎凉世態를 풍자한 것은 박절한 인정의 극치라 하겠다. 슬프다. 완당 노인은 쓰노라."
烏乎라. 西漢淳厚之世의 以汲鄭之賢으로도 賓客이 與之盛衰요, 如下邽榜門은 迫切之極矣라, 悲夫라 阮堂老人書하노라.

그렇다. 권세와 이득만 붙좇는 인정세태를 초연히 벗어나, 바다 밖 고해절도에 위리안치된 자신에게 '전이나 후에도 변함없는 사제師弟의 도'를 다하는 제자의 그 '송백松柏' 같은 지조에 감격한 답례품이었다.

한양에 앉아서 뜻밖에, 전혀 예상치 못한 스승의 〈세한도〉를 받은 제자 이상적은 감격의 눈물, 아니 영광 그 자체였다. 부랴케 답장을 올리되, "삼가 세한도 한 폭을 받아 읽으니 눈물이 흘러내림도 깨닫지 못하였습니다. 너무나 분에 넘치게 칭찬해 주셨으며, 감개가 진실되고 절절하였습니다. …… 다

261

만 구구한 작은 마음으로 스스로 하지 않을 수 없어 그렇게 했을 뿐입니다. 이번 연행 길에 이 그림을 갖고 청나라에 가, 그 곳 명사들의 제찬題贊을 받아 올까 합니다"라 했다.

이상적은 왜 스승이 그려준 〈세한도〉를 연행 길에 갖고 가려했을까? 스승이 칭예하신 '송백'같은 자신의 인품을 과시하렴이었을까? 아니면 스승의 고격高格한 문인화文人畫의 경지를 알리렴이었을까? 추사와 우선 연구에 정진해 온 정후수 교수는 그의 역저 『해객금준제이도海客琴尊第二圖』에서 "추사의 〈세한도〉를 장요손의 주도하에 함께 감상한 인물은 19인이라 하고, 그 중 16인이 제찬을 썼는데, 그 내용이 그림의 회화적 특질보다는 추사의 고결한 인품을 찬양하고 있다는 점을 강조하며, 이는 청나라의 명망 있는 학인들로부터 추사의 위상을 높임으로 조기해배早期解配의 기대를 충족코자한 의도였으리라 했다.

부언이지만, 앞에서 언급된 『해객금준제이도』란 역시 정후수 박사에 의해 소개된 그림으로, 19인의 청나라 문인 학자가 우선이 갖고 간 〈세한도〉를 감

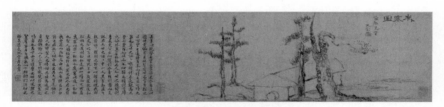

〈완당 김정희 선생의 세한도〉

상하는 광경을 묘사한 그림이다. 19인 중 그림을 그린 청나라 화가 오준吳儁이 빠진 18인이 그려져 있고, 이 그림에는 다시 청나라 문인 학자 22인의 제사가 첨부됨으로, 한중 문화교류에 기여한 바 적지 않다 하겠다.

낯설지 아니한 〈세한도〉의 전모는 다음과 같다.

전체적 구도는 화면 우측 상단에 횡서 세한도歲寒圖라는 화제에 이어 '우선은 감상하라藕船是賞'와 '완당阮堂'이란 작은 종서 낙관落款으로 전체 화폭에 비해 다소 횡한 듯한 여백을 절묘하게 분할했는가 하면, 우측 늙은 솔가지를

262

길게 관지款識 밑으로 연결하므로 구도의 조화는 물론 안정감, 이른바 '여백의 조화'를 살렸다. 좌측의 여백 역시 푸른 솔가지로 제발과의 여백을 자로 잰 듯 포치하므로 3분의 여백이 전혀 허허롭기는커녕 탁 트인 공감으로 다가온다. 제발이야 물론 추사체의 집대성인데다, 그 포치 역시 우측 상단의 화제 '세한도歲寒圖'와 입체적 대조를 이뤘는가 하면, 네 개의 인장印章 또한 완당 밑에 평면형의 정희正喜, 그림과 발문 사이의 완당阮堂, 발문 끝에 추사秋史, 그리고 우측 하단에 '오래 서로 잊지 말자'는 장무상망長毋相忘을 찍으므로, 토담 속의 노학자는 정작 "송백의 창창함은 세한에도 시들지 않음은 성덕군자가 역경에도 그 지조를 바꾸지 아니함과 같다"는 의표意表를 되뇌고 앉은 듯하다.

워낙 추사는 "흉중에 고아청고高雅淸高함이 없으면 예법隸法은 쓸 수 없고, 흉중에 청고고아한 뜻은 문자향文字香과 서권기書卷氣가 있지 아니하면 나타낼 수 없다" 했는가 하면, 화론畵論 역시 '기법보다는 심의心意를 중시하는 문인화풍'을 따랐다.

이 같은 세한도의 예술적 가치가 인정되어 1974년 국보 제 180호로 지정되었으며, 현재 국립중앙박물관에 보관되어 있다.

물론 정교수에 의한 정보지만, 2010년 5월 3일, 중국의 한 경매회사 경매목록에 추사의 〈세한도〉와 동일 제목의 유사한 작품이 경매품으로 수록되었다는 것이다. 간기는 '을유 팔월 기망(1705년 8월 16일)', 그러니 추사의 「세한도」보다 140년 먼저 당나라 팔대산인八大山人의 작으로 낙관되어 있었다 한다.

〈팔대산인의 세한도〉

263

다소 차이라면, 제발이 없고, 다소 편폭의 차이가 있어 누군가의 모작임이 분명하겠지만, 추사 선생이 모작할 인품이 아님은 물론이고, 그렇다고 청나라 인물의 모사일 까닭보다는, 내국인 누군가의 방작일 가능성에 의견이 모이는 듯하다.

주지하는 바와 같이 추사 선생은 청나라를 대표할만한 금석학자이자, 문인·서예가였던 옹방강·완원을 위시한 숱한 문인 학자들과 그들 당대는 물론, 후대들과도 많고 오랜 교유가 있었다. 혹자는 추사의 〈세한도〉가 '청대 화가 장경張庚의 〈소림모옥疏林茅屋〉도에서 적잖은 영향을 받았으리라'고도 한다. 그러나 영향과 모사는 전혀 별개의 문제다.

다소 견강부회라 할까? 인생사 풍상을 남 못지않게 겪은 씁쓸한 성정을 노래한 많은 시편 중, 송강 정철의 단가 3장 6구에 사려진 인정세태는

> 나모도 병이드니 명졀라도 쉬리업다
> 호화히 셔신제는 오리가리 다 쉬더니
> 닙디고 가지 것근후는 새도 아니 안는다.

역시 단장에 푹 삭혀 맛깔나게 가라앉힌 풍속화랄까. 문자로 그린 세한도의 단면을 감상하는 듯하다.

07

諷刺文學의 미학
<ruby>諷刺文學</ruby> 풍 자 문 학

杜詩 「古柏行」과 松江의 시조
두 시 고 백 행 송 강

풍자문학의 사전적 의미는 "사회나 인생의 모순되고 불합리한 점을 날카롭게 폭로하고, 빗대어 비웃는 내용의 문학"이다. 그러므로 선지자의 '사회윤리 및 위정爲政의 선도'를 목적하는 신랄한 비판과 함께, 시대정의를 제시하는 문학의 위대한 사명인 것이다.

당나라 시성 두보가 50세 되던 대력大曆 원년(766) 기주夔州에 거주할 때 제갈량의 무후묘武侯廟 앞에 있는 오래된 잣나무[古柏]를 노래한[行] 칠언고시 「고백행古柏行」의 3단 중 마지막 3단은 다음과 같다.

大廈如傾要梁棟 대 하 여 경 요 량 동	큰 집이 기울면 요긴한 도리와 기둥감이니
萬牛回首丘山重 만 우 회 수 구 산 중	일만 마리 소도 산처럼 무겁다 도리질하리.
不露文章世已驚 불 로 문 장 세 이 경	자질을 다 드러내지 않아도 세상은 놀래나니
未辭剪伐誰能送 미 사 전 벌 수 능 송	베이길 마다 아니하나 뉘 능히 베어 옮기랴.
苦心豈免容螻蟻 고 심 기 면 용 루 의	쓰린 마음 어찌 개미떼 파고듦을 면하랴만
香葉終經宿鸞鳳 향 엽 종 경 숙 란 봉	향기론 잎은 못내 난새와 봉황이 깃들만 해.

265

志士幽人莫怨嗟 지사와 은사는 원망하거나 한탄치 마시라
지사유인막원차
古來材大難爲用。 예로부터 그릇이 크면 쓰이기 어려운 것을.
고래재대난위용

▷여경如傾 : 만약 가울면, '如=若'(가정부사). ▷요량동要梁棟 : 요긴한 들보와 기둥으로

쓰일만 함. ▷구산중丘山重 : 뫼같이 무거움. ▷문장文章 : 자질·본바탕의 실상 . ▷재대

材大 : 재질이 뛰어남. 그릇이 크면.

"공명의 사당 앞에 있는 늙은 잣나무/ 가지는 푸른 구리 같고 뿌리는 어설킨 바위 같지. 서리 맞은 등걸 물기에 젖은 마흔 아람이요/ 검푸른 빛 하늘에 닿을 듯 2천 척孔明廟前有老柏 柯如青銅根如石. 霜皮溜雨四十圍 黛色參天二千尺"이라고 잣나무의 웅위함으로 시상을 열어, 2단에서는 "금성의 선주와 함께 모셔진 사당으로 향하고자 한다憶作路繞錦亭東 先主武侯同閟宮"며 임금다운 임금과 신하다운 신하君君臣臣의 '신명의 힘과 조화의 공'을 진술하고, 3단에서 그렇지 못한 현실의 위정과 시대 병리를 풍자·고발한 결단이다.

'대하大廈'는 이를 바 없이 '조정, 곧 나라'요, '여如'는 가정 부사 '만약'이다. '요要'는 '종요롭게 쓰일 것'이란 뜻이나, '문장文章'은 난해 처로 다양하게 주석되었다. 『두시언해』에선 '불노문장不露文章'을 '비츨 나토디 아니하야도'로 언해했고, 주석은 '빛·무늬·나무껍질·실속' 등으로 다양하게 풀이했다. 대동소이하나 전체 문맥상 '자질, 곧 자신의 본바탕'을, ―그러니 '실속'과 동의어인 셈인데, '말하지 않아도 세상이 다 알고 놀란다' 했다.

이 시의 전환은 '베어지기를 마다않건만 뉘 능히 실어 보내 줄 것인가未辭翦伐誰能送'에 있다. 이른바 자중自重이다. '내가 베야겠는데 아무도 천거해 주지 않으니 벨 길이 없고, 또 베어 넘긴들 누가 동량이 되도록 실어다 줄 수 있겠느냐'는 뜻이다. 마지막 2구는 인재 등용의 안쓰러운 한탄이다. 제세濟世의 인물이야 비유하자면 난새와 봉황이 깃들만큼 재목이 커야 하지만, 그 재목을 알아줄 사람도 드물지만, 크면 쓰이지 못하는 것이 현실이니, 지사도 유인으로 썩을 수밖에 없다. 이는 물론 제갈량의 큰 그릇이 제대로 다 쓰이지 못한 채 전사한 것을 만고상청한 잣나무에 비긴 동시에, 직稷과 설契에 비

긴 자신의 울력이라 할 것이다.

두보의 「고백행」 역시 저변의 사상적 원류를 굳이 이르자면 공자의 '세한후조歲寒後凋'라 할 것이며, 추사 김정희의 〈세한도歲寒圖〉와도 무관치 않다 할 것이다.

어느 시대라고 정치 및 사회심상이 크게 다를 바 없었지만, 특히 조선 중기의 신분차대와 색목에 따른 난맥상만한 난세도 없었을 것이다. 동·서로도 모자라 남·북인, 노·소론으로 나뉜 정변은 끊임없는 인물사냥(?)에 다름 아니었으니, 송강의 단가 2수는 바로 두시 「고백행」의 의표와 다르지 않다.

> 어와 버힐시고 낙낙댱숑落落長松 버힐시고
> 져근덧 두던들 동냥지棟樑材되리러니
> 어즈버 명당明堂이 기울거든 므서스로 버티려뇨.

'베어진 낙낙장송'은 '베임을 당한 잘 자란 나무' 곧 희생당한 지사志士요, '주석지신柱石之臣'이리니 동량재임은 물론이다. 그러니 대하, 곧 명당明堂이 기울면 '도리와 기둥감'이 없어 속수무책으로 넘어질 뿐이니 안쓰럽다 했다.

> 어와 동냥지棟樑材롤더리ᄒ여 ᄇ려이다
> 헐쓰더 기운 집의 의논議論도 훈져이고
> 뭇 지위 고조자 들고 헷드다가 말리니.

앞의 작품보다 더욱 심각하다. 인재가 요절당해 기우는 집이라면 훌륭한 목수[지위, 곧 지도자]라도 있어야겠는데, 다 헐어 기운 집에 이러니저러니 의론만 분분하다. 대목수도 잔챙이도 활고자와 자만 들고 갈팡질팡이란다. 이같은 위정의 난맥상, 이른바 시대심상을 문자로 고발한 것이 풍자문학이다.

08

博愛의 限界
박 애 한 계

杜詩「縛鷄行」을 중심으로
두 시 박 계 행

'모든 사람을 널리 사랑함'이란 '박애'의 사전적 의미를 뛰어넘어 불가의 '자비慈悲'나 도가의 '제물론齊物論', 혹은 사림士林의 '인물성동론人物性同論'은 한 꿰미로 풀이될 것이다.

다소 경제적 여유, 혹은 취미생활로, 요즘 애완동물이 적잖이 화제에 오르내리는 시대다. 물론 그 대상도 다양하다.

동진東晋의 서성書聖 왕희지王羲之는 산음山陰의 한 도사가 기르는 거위를 사랑해 갖고자 하자, 왕우군王右軍[왕희지]의 글씨가 탐이 난 도사는 "도덕경 한 부를 써주면 주겠다" 하여 맞바꿨는가 하면, 시선 이백은 흰 수리[白鵰]를 얻고자 시를 써 주었다 하며, 같은 진나라의 하남성 시향尸鄕 북산北山 기슭의 선인仙人 축계옹祝鷄翁은 닭 1,000마리와 더불어 살며, 저마다 이름을 불러 담소하며 100세를 누렸다니〈열선전 축계옹〉『맹자』에 이른 바 "다섯 마리 암탉과, 두 마리 암돼지를 번식의 때를 놓치지 않으면 노인이 고기를 먹을 수 있다五母鷄 二母彘 無失其時, 老者 足以無失肉矣"〈맹자·진심장〉는 현실론과는 자못 그 궤가 다르다.

268

조선조 목릉성세의 문풍을 계도했다 할 사암思庵 박순朴淳이 양평(현 경기도 포천군 영북면)에 퇴거 후 지었다는 「닭을 치며養鷄戲題」와 「수재 윤제원에게贈尹秀才悌元二首」의 그 2는 다음과 같다.

肯縛賣於市
금 박 매 어 시
養渠從啄蟲
양 거 종 탁 충
昔爲棲鳳客
석 위 서 봉 객
今作祝鷄翁。
금 작 축 계 옹

어찌 묶어 저자에 내다 팔랴
그것을 길러 벌레 쪼아 먹게 두련다.
지난날 봉서루의 객 노릇 하였으나
지금은 축계옹이 되었다네.

〈사암집 1〉

來遺絳幘縛雌雄
래 유 강 책 박 자 웅
意切司晨任啄蟲
의 절 사 신 임 탁 충
自笑枉爲棲鳳樓
자 소 왕 위 서 봉 루
不嫌今作祝鷄翁。
불 혐 금 작 축 계 옹

붉은 벼슬 한 쌍을 묶어다 주었는데
때를 알리고 벌레 쪼아 먹게 놔두려네.
지난날 헛된 벼슬살이 스스로 웃거니와
이제 축계옹 노릇도 할 만하이.

〈사암집 2〉

　　위 두 작품은 시적 화소로 '닭'과 '축계옹'이란 공통 시어가 용사되므로 수사적 묘와, 함축미란 비평적 의미망을 구축했다. 두 작품의 1차적 배경은 공자의 7대조인 정고보正考父처럼 저절低折[자중하며 허리를 굽힘]로 일관한 벼슬살이[봉루객]의 지난날을 냉소함이요, 지금은 축계옹 같은 진자연인의 참삶을 만족해 한 노래다.

　　특히 위 2수는 '보신용으로 선사한 것'인데 '때도 알려주고, 벌레도 잡아먹게 기르겠다'는 희망을 예의 '축계옹 고사'를 빌어 '한거閑居의 테제'로 삼은 동일 메시지다.

　　기왕에 석주 권필의 칠언고시 「질부 신박이 닭을 보내줘 주필로 사례하며走筆謝申質夫樸惠鷄」 한 수를 더 보자.

君家物色似尸鄉
군 가 물 색 사 시 향
그대 집 물색은 시향과 같으리니

赤幘喧呼滿阡陌
적 책 훤 호 만 천 맥
닭 떼가 요란스레 거리에 가득하리.

去年從君得孤雄
거 년 종 군 득 고 웅
지난해 그대 보내준 수탉 한 마리 받아

熟視方知不是木
숙 시 방 지 불 시 목
익히 보고야 비로소 목계가 아님을 알았지.

－ 中略 －　　　　　　　　　－ 중략 －

昨日又惠一隻雌
작 일 우 혜 일 척 자
어제 또 암컷 한 마리를 보내왔으니

定知獨陽難化育
정 지 독 양 난 화 육
수컷뿐이라 화육이 어려운 줄 알았네.

人言此物合養老
인 언 차 물 합 양 로
사람들 이르길 보양에 마땅하다 하나

況乃天生備五德
황 내 천 생 비 오 덕
항차 하늘이 낳고 5덕을 갖추었음에랴.

從今飽喫錦帶羹
종 금 포 끽 금 대 갱
이제부터 금대갱 배불리 먹일 것이니

飣餖肯復供藜藿
정 두 긍 부 공 려 곽
어찌 다시 먹이로 여곽 따위를 주리오.

不許小奴縛向市
불 허 소 노 박 향 시
어린 종 묶어 저자에 팔을 허여치 않고

恨無稚子催成柵
한 무 치 자 최 성 책
새끼 없는 한 위로해 서둘러 닭장 지으리.

翰林得鷗報以詩
한 림 득 한 보 이 시
한림은 백한을 얻고자 시로 보답하였고

右軍換鵝曾費墨
우 군 환 아 증 비 묵
우군은 거위와 바꾸고자 글씨를 썼잖나.

故用再拜謝君嘉
고 용 재 배 사 군 가
나도 거듭 그대의 선물에 사례하고자

題此寄去君應噱。
제 차 기 거 군 응 각
이 시를 부쳐 보내면 그대 껄껄 웃으리.

〈석주집·2.〉

질부[신박의 字] 신박이 작년에 수탉 한 마리를 언필칭 '보신용'으로 선물했으리라. 물론 '때도 알리고 벌레도 잡아먹게' 내버려 뒀는데, 어제 또 암탉 한 마리를 보냈다. 그래서 주필[風檣陣馬 : 급히 쓰대]로 예전의 시선 한림 이백이 수리[鷗]를 얻고자 시를 지어 준 일과, 서성 우군 왕희지가 『도덕경』을 쓴 것처럼 사례시를 쓴다며, 진대 선인仙人 축계옹의 고사로 시상을 열었다. 이어 그것이 '목계木鷄가 아님을 알았다'함은 그 역시 '생물生物'이라 암컷이 있어야 할 천리天理, 그래야 화육化育이 가능한 자연이법을 '그대가 알고 또 암탉을 보냈고, 물론 나도 이제야 알았다'며 암컷을 보낸 당위에 사례했다. 그러니

270

'이제부터 먹이도 하찮은 여곽[藜藿] 따위가 아닌, 순채 나물국[蓴帶羹]으로 호궤시킴은 물론, 서둘러 닭장을 꾸려 번식도 하도록 잘 기르겠으며, 더욱 철 없는 종놈들 함부로 묶어 저자에 내다 팔지 못하게 단속하리'라는 다짐과 함께 작시의 명분을 세웠으니, 이것이 우리네 선비들의 풍류였다.

그러나 이 같은 시는 진작 두보의 「꽁꽁 묶여 팔려 갈 닭縛鷄行」〈두언·17〉을 원류로 하고 있으니, 다음과 같다.

小奴縛鷄向市賣 소 노 박 계 향 시 매	어린 종이 닭을 묶어 저자에 팔려한다나
鷄被縛急相喧爭 계 피 박 급 상 훤 쟁	닭이 단단히 묶인 채 기를 쓰며 푸덕이네.
家中厭鷄食蟲蟻 가 중 염 계 식 충 의	식솔은 벌레와 개미를 잡아먹어 안쓰럽다지만
不知鷄賣還遭烹 부 지 계 매 환 조 팽	닭이 팔려가 삶길 것은 알지 못하는구나.
蟲鷄於人何厚薄 충 계 어 인 하 후 박	사람에게 벌레와 닭이 후박이 있을까마는
吾叱奴人解其縛 오 질 노 인 해 기 박	나는 아이를 나무라며 풀어 놓아주라 했다.
鷄蟲得失無了時 계 충 득 실 무 료 시	닭이건 벌레이건 득실이야 한이 없으리니
注目寒江倚山閣。 주 목 한 강 의 산 각	산다락에 비겨 서서 찬 강물을 쏘아 보노라

시제詩題의 끝 '~행行'은 '시체詩體', 곧 '행체시'니 '악부[노랫말] 스타일'의 고체시古體詩란 뜻이다. 위의 시는 두보가 기주夔州 도독都督 백무림柏茂琳의 도움으로 기주 서각西閣에 거주하며, 사내종[阿段]과 계집종[阿稽] 및 마름[관리인 張望]까지 두고, 농사는 물론 감귤까지 경작하던, 아마도 그의 평생 가장 여유로울(?) 때의 작일까 싶다.

기련의 '어린 종[小奴]'이 바로 그것이다. 닭이 '되게 묶임[縛急]'을 당한 것은 물론 어린 종의 의지도 두보와도 무관한, 온전히 '아내 양씨의 의중[家中]'이 겠는데, 이유인 즉 닭이 '채마밭의 벌레와 개미를 잡아먹는 것이 안쓰러워서 [厭]'라니, 그래 팔려간 닭이 이내 '닭곰탕'이 되리란 또 다른 '살생의 비극'은 왜 헤아리지 못하는가?' 라는 고뇌로부터 사단은 비롯된다.

더욱 생명존중이란 박애의 관점으로 보더라도 벌레나 개미의 생명이 나에게, 아니 우리 인간에게 무슨 득실이 있을까마는 사내 종놈에게 '풀어 놓아주라' 하고는, 싸늘한 강 다락에 의지해 만고류萬古流하는 물길에 주목하며 사색에 빠진다. 물사物事에 대한 박애주의, 생명존중, 혹은 고격하게 동체대비同體對比, 나아가 장자의 제물론·유가의 인물성동론…… 등, 글쎄 범박하게 인생사 어디에서도 참다운 명제와 가치의 주체는 무엇일까? 약육강식의 천리를 고뇌하는 두보의 사상적 갈등과 어진 심성을 읽기에 족하다.

우리 고전의 실전失傳 고려가요에도 효자 문충文忠의 효를 주제로 한 「오관산」〈익재소악부 참조〉이 있고, 서거정의 『태평한화골계전』에 전하는 해학적 담론도 있으니, 읽고 웃으며 쉬어 가자.

"김 선생은 우스갯소리를 잘 했다. 일찍이 친구 집에 갔더니 주인이 주안상을 내 왔는데, 다만 소채 안주뿐이었다. 먼저 사양해 이르기를 '집이 가난하고 저자가 멀어 제대로 안주를 갖추지 못해, 오직 소채뿐이라 부끄럽소이다' 했다. 때에 마침 여러 마리 닭이 뜰 가에서 야단스레 모이를 쪼아 먹거늘, 김이 이르기를 '대장부는 천금을 아끼지 않나니, 마땅히 내 말을 잡아 안주하리다' 하니, 주인이 이르기를 '말을 잡으면 무엇을 타고 가시려오?' 했다. 김이 이르기를 '닭을 빌려 타고 가리라' 하자, 주인이 크게 웃고 닭을 잡아 대접했다."

金先生者는 善談笑러라. 嘗訪友人家러니 主人이 設酌한데 只佐蔬菜하고 先謝曰"家貧市遠하야 絶無兼味요, 惟淡泊하니 是怪耳라하다. 適有群鷄가 亂啄庭除어늘 金曰 "大丈夫는 不惜千金이니 當斬吾馬하여 佐酒하리라하다. 主人曰 "斬馬면 騎何物而還고"하니 金曰"借鷄騎還"하리라 하니 主人이 大笑하고 殺鷄餉之하니라.

▷지좌소채只佐蔬菜 : 다만 소채안주뿐임. ▷가빈시원家貧市遠 : 집이 궁색하고 저자가 멂. ▷적유A適有A : 때마침 A가 있음. ▷차계기환借鷄騎還 : 닭을 빌려 타고 가다, ▷살계향지殺鷄餉之 : 닭을 잡아 대접하다.

제6편

선비의 풍류와
節操
절 조

01

杜鵑의 정조미
두   견

望帝의 비련
망 제

　신화, 혹은 전설은 그 주인공의 신이성神異性을 돋보이고자 특이한 출생담은 물론, 초인적 신능神能을 수행한다. 춘추전국시대 중국 촉蜀나라[현 사천성 일대]의 건국신화도 예외가 아니다.

　중원과는 천야만야 외진 심산궁곡이니, 별다른 물산도 없고 궁벽할 뿐인데, 잠총蠶叢이란 종목인縱目人[세로 눈 박이]이 양잠 기술 개발과 길쌈 장려로 국부國富 창출은 물론, 민심을 얻어 초대 제왕이 되었다거나, 2대[백관栢菅] 3대[어부魚鳬] 왕들도 장자 승계가 아닌 선출직 왕정 체제를 유지했다 하며, 200년 이상씩 재위하고 승천昇天했다든가, 4대 망제望帝 두우杜宇는 하늘로부터 하강했으며, 강가 우물에서 샘솟은 이利를 왕비로 맞았다는 등의 화소話素가 그렇다.

　특히 망제가 문산汶山 기슭의 강변에 나갔다가 거슬러 떠오는, 그러니 역류해 오는 익사자를 발견했는데, 문득 망제 앞에 당도해 '살아났다'던가, 망제와 살아난 자의 담론인 즉 '형주荊州 땅에 살던 별령鼈靈이란 자로, 물가에 나왔다가 변을 당해 물에 빠졌다'하고, 자신도 "어찌 역류해 여기까지 왔는

지 모르겠다"는 괴담怪談하며, 망제도 얼른 '하늘이 내게 보내 준 어진 인물'로 단정하고, 곧장 집과 아내까지 구해주며, 재상이란 중책을 맡겼다'는 기상천외한 픽션이 그렇다.

저간의 구구한 이설들은 생략하고, 별령은 망제의 '여리고 심약心弱한 성정'을 이용해 수하들과 도모하여 망제를 축출하고 권좌에 올랐다 한다. '서산西山으로 축출된 망제는 끝내 돌아오지 못하고 원한을 머금은 채 죽어, 그 원혼이 한 마리 두견새가 되어서는, 밤이면 밤마다 피울음을 토하며 우는데, 그 울음소리는 '불여귀不如歸'라 하고, 차마 그 애절함은 들을 수 없었다' 했다. 한편 떨어진 피눈물은 송이송이 꽃으로 피어났다니, 그것이 바로 '두견화, 곧 진달래라는 것이다.

위와 같은 전설로 '두견은 망제의 원혼, 나아가 원한의 임금' 혹은 '국사에 분망한 제왕'으로 신분이 상승되고, 임금 곁을 떠나 있는 곤외지신閫外之臣의 존망의 대상이 되었으니, 이백의 「선성에서 두견화를 보고宣城見杜鵑花」는

蜀國曾聞子規鳥　촉에서 진작 자규새 우는소리 듣고
촉 국 증 문 자 규 조
宣城還見杜鵑花　선성에서 돌이켜 두견화를 보는구나.
선 성 환 견 두 견 화
一叫一回腸一斷　한 번 울어 꽃 필 때마다 창자 에이니
일 규 일 회 장 일 단
三春三月憶三巴。　삼춘의 석 달 내 고향 삼파가 그리워라.
삼 춘 삼 월 억 삼 파

와 같이 자규[두견의 별칭]와 두견화의 연관성 외에는 향수를 주제로 했다. 그러나 두보는 오언고시 「두견杜鵑」에서

　　- 前略 -　　　　　　　- 전략 -
君看禽鳥情　그대 날짐승의 정리를 보라
군 간 금 조 정
猶解事杜鵑　오히려 두견을 섬길 줄 알건만.
유 해 사 두 견
今忽暮春間　이제 문득 저무는 봄 내내
금 홀 모 춘 간
値我病經年　내 병이 들어 앓던 터이라.
치 아 병 경 년

275

身病不能拜　　병든 몸이어서 절하지 못해
신 병 불 능 배

涙下如迸泉。　눈물만 샘물처럼 흐른다오.
투 하 여 병 천

라고, 자신의 신병 때문에 두견새 울음소리를 듣고도 예를 갖추지 못한 송
구함을 진술했음이 그것이다. 역시 그의 또 다른 「자규子規」 시에서는

峽裏雲安縣　　무현 안마을 운안현의
협 리 운 안 현

江樓翼瓦齊　　강 다락 기와 깃처럼 가지런해.
강 루 익 와 제

兩邊山木合　　양 언덕 나무숲 우거졌는데
양 변 산 목 합

終日子規啼　　진종일 두견새 우짖는구나.
종 일 자 규 제

眇眇春風見　　아스라이 봄바람에 보이기도 하나
묘 묘 춘 풍 견

蕭蕭夜色凄　　그 울음소리 밤빛처럼 처량해.
소 소 야 색 처

客愁那聽此　　시름에 겨워 내 어찌 들으랴마는
객 수 나 청 차

故作傍人低。　짐짓 내 곁에 와 우짖는구나.
고 작 방 인 저

라 했다. 운안현의 '빽빽이 우거진 숲 : 스산한 자규의 울음'이란 '시각 : 청각'
의 대는 물론, '묘묘하고[드러남] 소소함[처량함]'이란 적대的對로 일체화됨을 읽
게 한다.

이 같은 전통적 정서가 우리 문학사에 처음 용사된 예는 고려 의종 대의
인물 과정 정서의 「정과정곡」이리니,

　내님믈 그리△와 우니다니
　산山접동새 난 이슷ᄒ요이다
　아니시며 거츠르신ᄃᆞᆯ 아으
　잔월효성殘月曉星이 아ᄅᆞ시리이다
　- 하략 -

276

가 그것이다. 이를 익제 이제현은 자신의 「소악부」에서

憶君無日不霑衣
억 군 무 일 부 점 의
님 그려 옷 적시지 않는 날 없으니

政似春山蜀子規
정 사 춘 산 촉 자 규
참으로 봄 동산의 자규새 다워라.

爲是爲非人莫問
위 시 위 비 인 막 문
옳고 그름을 인간에게 묻지 마시오

只應殘月曉星知。
지 응 잔 월 효 성 지
다만 응당 잔월과 효성이 안다오.

라고 소악부체로 한역해 놓았다. 인조 대의 척신이 의종 대에 향리 동래로 낙척되자, 자신의 결백을 강변한 노래다.

그러나 우리 3,000년 문학사에서 망제의 고사를 무색케 한 망극은, 계유정란에 의한 사육신의 충절도 비장타 못해 숭고하다할진대, 그 죽음을 목도하며 폐위에 이어, 사사賜死를 기다리고 있던 단종의 정한情恨이라 할 것이다.

一自冤禽出帝宮
일 자 원 금 출 제 궁
한 마리 원한 맺힌 새 궁중을 나온 후

孤身隻影碧山中
고 신 척 영 벽 산 중
외로운 몸 홀로 푸른 산 속을 헤매누나.

假眠夜夜眠無假
가 면 야 야 면 무 가
밤마다 잠을 청하나 잠 못 이루고

窮恨年年恨不窮
궁 한 년 년 한 불 궁
해가 가고 해가 와도 한은 끝이 없네.

聲斷曉岑殘月白
성 단 효 잠 잔 월 백
두견새 울음 끊긴 새벽 산마루 달빛만 흰데

血流春谷落花紅
혈 류 춘 곡 락 화 홍
토한 피 봄 골짝 흘러 피어난 꽃 붉어라.

天聾尙未聞哀訴
천 롱 상 미 문 애 소
귀 먹은 하늘 슬픈 애소 듣지 못하고

何奈愁人耳獨聰。
하 내 수 인 이 독 총
어찌 시름겨운 사람 귀에만 유독 들리나.

정서가 자신의 정한을 '두견의 울음소리'에 비유 했다면, 단종은 자신을 '한 마리 원한 맺힌 새'로 직대하므로, 한의 충절을 심화했다. '밤이면 밤마다, 해가 가면 갈수록' 불면의 밤에 더해가는 한은 끝내 "새벽 달 희끄므레한 산자락, 자규의 울음도 지쳐 끊기자, 피울음 자국마다 자규화로 피어날

때까지 자규루에 의지해 섰는 자신의 애소에
귀먹은 하늘을 원망하며," '하내何奈' 일성一聲
으로 정한마저 비운의 질곡에 던져버렸다. 오
죽하면,

〈자규루〉

月白夜蜀魄啾 월 백 야 촉 백 추	두견이 울어 싸는 달 밝은 밤
含愁情依樓頭 함 수 정 의 루 두	시름겨워 다락머리에 기댔자니
爾啼悲我聞苦 이 제 비 아 문 고	슬픈 네 울음 내 차마 듣기 괴로워라
無爾聲我無愁 무 이 성 아 무 수	네 울음 아니더면 내 시름 덜하련만.
寄語世上苦勞人 기 어 세 상 고 로 인	이르노니, 천하에 시름겨운 분네들아
愼莫登春三月子規樓。 신 막 등 춘 삼 월 자 규 루	삼가 오르지 말라, 춘 삼월 자규루엘랑.

라고, 도덕학의 시대에 '인도人道는 정작 무너졌고, 천도天道마저 끊어 버린'
무정한 위주공僞周公[수양대군 = 세조]은 열일곱 어린 조카의 시신마저 끝내 강
원도 하고도 시메산골, 영월의 청량포에 던져버렸으니, 그 애절한 시정詩情은
문자가 있어온 이래 다시없을 것이다.

　이후 조선 중기의 송강은 「밤에 두견의 울음을 듣다夜坐聞鵑」에서

掖垣南畔樹蒼蒼 액 원 남 반 수 창 창	대궐의 남녘이라, 나무숲 울창한데
歸夢迢迢上玉堂 귀 몽 초 초 상 옥 당	임 그린 꿈 아스라이 옥당에 오를 제
杜宇一聲山竹裂 두 우 일 성 산 죽 렬	산죽 터지는 듯한 외마디 두견새 울음
孤臣白髮此時長。 고 신 백 발 차 시 장	외로운 신하의 백발 이 때에 자란다오.

와 같이 임[宣祖] 그리는 고신孤臣의 상정傷情을 자못 두견의 슬픈 울음에 비
하되, '산죽山竹 터지듯 한 외마디소리'에 직대直對하며, 그 한으로 말미암아
백발이 성성해 진다고 했다.

　한편 서거정의 『동인시화』에는 정씨鄭氏로만 소개된 여인의 「두견화를 읊

다 詠杜鵑花」에서는 다음과 같이 전설을 시화했다.

昨夜春風入洞房
작 야 춘 풍 입 동 방
一張雲錦爛紅芳
일 장 운 금 란 홍 방
此花開處聞啼鳥
차 화 개 처 문 제 조
一詠幽姿一斷腸。
일 영 유 자 일 단 장

간밤에 봄바람 안방까지 부나 싶더니,

비단 구름 펼친 듯 붉은 꽃 활짝 폈네.

이 꽃들 피는 곳에 두견의 울음 들릴 테니

한 번 우는 자태마다 한 번 창자 에이겠네.

이 밖에 수많은 옛시가 있고, 현대시만 해도 김소월의 「접동새」·김영랑의
「두견」·조지훈의 「낙화」 등에 '접동새·귀촉도·두견' 등으로 용사되었지만,
지면상 미당 서정주의 「귀촉도」를 감상에 보탠다.

눈물 아롱아롱

피리 불고 가신님의 밟으신 길은

진달래 꽃비 오는 서역西域 삼만리三萬里.

흰 옷깃 여며여며 가옵신 님의

다시 오진 못하는 파촉巴蜀 삼만리三萬里.

신이나 삼아 줄걸, 슬픈 사연의

울음이 아로새긴 육날메투리.

은장도 푸른 날로 베어서

부질없은 이 머리털 엮어 드릴 걸.

초롱에 불빛 거친 밤하늘

굽이굽이 은핫물 목이 젖은 새

차마 아니 솟는 가락 눈이 감겨서

제 피에 취한 새가 귀촉도 운다.

그대 하늘 끝 호올로 가신 님아.

02

嬋姸洞, 그 향기로운 풀
선 연 동

'선연嬋姸'은 '용모나 자태가 아름답고 고운 모양'이니, '선연동'은 '그런 사람이 사는 고을'이겠는데, 평양성 북녘 칠성문 외곽의 마을로 '기녀들의 무덤이자리한 곳'이라니, 내로란 풍류호객들의 마지못할 미련의 터였으리라.

홍만종의 『소화시평』에 의하면 "이는 당나라의 궁인야宮人斜와 같은 곳"이라 했다. 곧 "궁인야는 '내인야'라고도 일컫는데, 진秦의 도성 함양의 옛 성문 안에 궁녀를 매장하던 지역"〈類說·4〉이라 하고, 또 "함양 옛 담장 내에 내인야라 이르는 곳에 궁인이 죽으면 장사했는데, 길이가 2~3리라 하고, 비바람 칠 때면 노랫소리와 곡소리가 들린다"〈秦京雜記〉 했다.

육구몽陸龜蒙의 「궁인야宮人斜」는 다음과 같다.

草著愁煙似不春　　시름과 내에 가린 풀 봄이 온 것 같지 않고
초 저 수 연 사 불 춘
晚鶯哀怨問行人　　애원하는 꾀꼬리 행인에게 하소연 하는 듯.
만 앵 애 원 문 행 인
須知一種埋香骨　　뉘 알아주랴, 한 때 내로란 미인들 묻혔음을
수 지 일 종 매 향 골
猶勝昭君作虜塵。　그러나 오랑캐 땅에 묻힌 왕소군보단 나은 걸.
유 승 소 군 작 로 진

'아름다운 꾀꼬리 노래마저 궁인의 애소'로 유추했으나, 그래도 '오랑캐 땅에 묻혀 청총靑冢의 비화를 남긴 왕소군보단 났다'고 위무하고 있다.

한편 홍만종은 이곳을 지나는 사람은 반드시 시를 남겼다"며 파담坡潭 윤계선尹繼先의 시를 소개하고,

佳期何處又黃昏	꽃다운 인연 어디가고 또 황혼이런가,
가 기 하 처 우 황 혼	
荊棘蕭蕭擁墓門	가시덤불만 쓸쓸히 묘지 문을 가리고 섰네.
형 극 소 소 옹 묘 문	
恨入碧苔纏玉骨	푸른 이끼에 한이 서려 옥 같은 유골 감쌌건만
한 입 벽 태 전 옥 골	
夢來朱閣對金樽	꿈속에선 붉은 누대에서 술잔을 대하고 있네.
몽 래 주 각 대 금 준	
花殘夜雨香無迹	밤비 내려 꽃 사우니 향기 자취도 사라지고
화 잔 야 우 향 무 적	
露濕春蕪淚有痕	이슬에 젖은 봄풀엔 눈물 자욱 맺힌 듯.
로 습 춘 무 루 유 흔	
誰識洛陽遊俠客	누가 알리요, 낙양의 노니는 협객이
수 식 낙 양 유 협 객	
半山斜日弔芳魂。	지는 석양 산 중턱서 꽃다운 넋 조상함을.
반 산 사 일 조 방 혼	

이어 석주 권필의 시를 예시한다.

年年春色到黃墳	해마다 봄빛이 거친 무덤에 이르면,
연 년 춘 색 도 황 분	
花似新粧草似裙	꽃은 단장한 듯 풀빛은 치마 같구나.
화 사 신 장 초 사 군	
無限芳魂飛不散	무수한 꽃다운 넋 날려 흩지지 않고
무 한 방 혼 비 불 산	
至今爲雨更爲雲。	지금껏 비 되었다 다시 구름이 되네.
지 금 위 우 갱 위 운	

윤파담의 시는 비록 권석주의 시에 미치지 못한 듯하지만, 음운이 유려하다 했다.

죽음竹陰 조희일趙希逸이 종사관으로 황해도 시흥도호부에 이르렀을 때, 마침 손곡 이달이 사랑하던 기생이 죽었다. 여러 선비들이 역 누에 모여 손곡을 위해 애도시悼亡詩를 지었는데, 먼저 죽음이

生離死別兩茫然
생 리 사 별 양 망 연
살아 이별 죽어 이별 모두 슬픈 일,

恨入嬋娟洞裏錦
한 입 선 연 동 리 금
한은 선연동 풀 속으로 스미느니.

飛步無蹤仙佩冷
비 보 무 종 선 패 랭
날듯하던 발걸음 신선 패옥소리도 사라지고

殘花不語曉風顚
잔 화 불 어 효 풍 전
이운 꽃은 말 없고 새벽바람 몰아치누나.

美人冤血成春艸
미 인 원 혈 성 춘 초
미인의 원한에 찬 피는 봄풀로 피어나고

神女朝雲鎖峽天
신 녀 조 운 쇄 협 천
신녀의 아침구름 골짜기 하늘에 가득하네.

九曲柔腸元自斷
구 곡 유 장 원 자 단
가녀린 구곡간장 절로 끊어졌건만

驛名何事又龍泉。
역 명 하 사 우 용 천
역 이름은 어쩐 일로 또 용천이라던가.

라 했다. 이 시를 보고 여러 공들이 모두 붓을 던졌다. 역시 홍만종의 『소화
시평』에 보이는 시평이다. 한편 이달의 시는

牧丹峯下嬋娟洞
목 라 농 하 선 연 동
모란봉 아래 선연동 찾아가니

洞裡埋香草自春
동 리 매 향 초 자 춘
골짝에 향을 묻어 풀빛 절로 봄일세.

若爲借得仙翁術
약 위 차 득 선 옹 술
만약 신선 술을 빌릴 수만 있다면

喚起當年弟一人。
환 기 당 년 제 일 인
그 당대의 미인들 불러 세우련만.

이라 했다. '향기를 묻었다[埋香]' 함은 물론 '꽃다운 여인', 곧 기녀를 장사지
냈다 함이요, '선옹 술'은 이를 바 없이 '죽은 자를 살려 낼 편작扁鵲의 의술'이
니, 안타까움의 하소연이다.

그의 다른 시 「금대곡증고죽사군金臺曲贈孤竹使君」에

商胡賣錦江南市
상 호 매 금 강 남 시
강남 땅 저자에 중국 상인 비단을 파는데

朝日照之生紫烟
조 일 조 지 생 자 연
아침햇살 비춰 자줏빛 안개 이누나.

佳人正欲作裙帶
가 인 정 욕 작 군 대
가인이 그걸 사다 치마와 띠 짓고자 하나

手探粧奩無直錢。
수 탐 장 렴 무 직 전
화장통을 다 뒤져도 엽전 한 닢 없구려.

라는 안타까우나 낭만적인 구걸시도 있다. 고죽은 시우詩友 최경창, 손곡이 마침 전남 영광을 방랑할 때 역시 한 아리따운 가인을 만났는데, 마침 중국 비단장사치가 아침 햇살에 파르라니 고운 비단을 팔러왔다. 간밤에 정을 나눈 여인이 탐을 내나, 수중에는 언제나처럼 돈이 없다. 얼른 이 골 현감 고죽에게 시를 보낸 것이다. 시를 받은 고죽 왈 "이달의 시는 일자천금一字千金이니 어찌 돈을 아낄 것이냐"며 기꺼이 '한 자당 비단 3필一字錦三匹' 값을 치러줬다는 풍류담은 진실로 시를 아는 시인의 시 벗에 대한 최대의 정담으로 다가온다.

한편 북학파의 일원으로 "중국을 바로 알기 위해서는 명나라의 전통까지만 인정하는 고루한 풍조에서 벗어나, 청나라 문화와 새로운 경향도 알아야 함을 주장한 백과사전적 대저 『청장관전서』의 저자 이덕무李德懋 역시 「선연동」 시에서

嬋妍洞草賽羅裙	선연동 풀들은 비단치마보다 곱고,
선 연 동 초 새 라 군	
剩粉遺香暗古墳	남은 분 향기 옛 무덤에 그윽해라.
잉 분 유 향 암 고 분	
現在紅娘休詑艶	지금의 아씨들 곱다고 뽐내지 말라
현 재 홍 낭 휴 이 염	
此中無數舊如君。	여기 숱한 여인들 옛날엔 그대와 같았느니.
차 중 무 수 구 여 군	

라고, 한 때 향그런 미모로 뭇 한량들의 넋을 쥐락펴락 하던 고혼孤魂을 위로했다. 뿐이라던가. 북학파의 내로란 신지식인 박제가 역시 「선연동」에서

春城花落碧莎齊	봄꽃 지자 잔디만 다북한데,
춘 성 화 락 벽 사 제	
終古芳魂此地棲	꽃다운 넋들 이 곳에 묻혔네.
종 고 방 혼 차 지 서	
何限人間情勝語	한량들 말솜씨 들어나 보게
하 한 인 간 정 승 어	
死猶求溺浣紗溪。	죽어도 완사계에 빠지련다나.
사 유 구 익 완 사 계	

라 했다. '벽사'는 잔디, '방혼'은 꽃다운 넋, 곧 기생의 넋이다. '완사계'는 중국

절강성의 시내로 월나라 미인 서시가 빨래하던 곳이니, 달리 약야계라고도 한다.

그러나 정작 조선의 풍류남아는 백호 임제였으니, "호기의 남아로 일체의 예속 따위에 얽매이지 않았다 한다. 병고에 시달리다 죽음에 임박해 식솔들이 슬피 호곡하자, 사해의 모든 나라가 황제국을 칭하지 않는 나라가 없거늘, 유독 우리나라만이 끝내 칭하지 못했다. 이런 나라에 태어나 죽는데 무엇이 애석하리오. 슬퍼하지 말라林白湖는 氣豪不拘檢이라. 病將死에 諸子悲號하니 林曰 '四海諸國에 未有不稱帝國한대 獨我邦은 終古不能이라. 生於若此國邦하니 其死何足惜'고하고 命勿哭하다"고 말했다는 자주파적 인물이었으나, 서북병마사 부임길에 황진이를 만날 꿈에 부풀었으나, 도착하자 이미 그녀는 선연동 객이 되었다 한다. 아쉬운 나마에 주과를 마련해 무덤을 찾아가

> 청초靑草 우거진 골에 자는다 누엇는다
> 홍안紅顔을 어듸두고 백골白骨만 뭇혓느다
> 잔盞잡아 권勸ᄒ리 업스니 글을 슬허ᄒ노라.
>
> 〈병와가곡집〉

라고 호곡하며 무덤에 술을 천신했다 한다. 황진이의 넋은 야속한 중에도 자못 반가웠을 테고, 백호인들 왜 아쉽지 않았겠는가마는, 그 사건이 파직의 빌미가 되었다니, 양반 선비체면이 좀 그랬나보다. 『성호사설』에 전하는 후일담이다.

03

버들의 청초미

含煙帶雨
함 연 대 우

　　살포시 안개에 가린, 혹은 함초롬히 비에 젖은 수양버들, 그 유야무야[含煙]한 지경을 창호 문에 어리비친 슈미즈chemise 차림의 여인쯤으로나, 알몸으로 비를 맞아 친친 늘어진 버들을 핑크빛 침실에서 막 일어나 땀에 무젖은 아낙의 나른함[帶雨]으로 비유한 연상聯想이라면, 우리 현대시 초기 주지파 시인 김광균의 시 「설야」의 눈 내리는 소리를 "내 홀로 밤 깊어 뜰에 내리면 머언 곳의 여인의 옷 벗는 소리"를 연상케 하는, 이른바 시각의 청각화라는 치환置換은 지극한 감각적 상승이라 할 것이다.

　　정도전은 그의 「버들의 노래 7수詠柳 七首」 중 그 1에서 다음과 같이 노래했다.

含煙偏裊裊
함 연 편 뇨 뇨

帶雨更依依
대 우 갱 의 의

無限江南樹
무 한 강 남 수

東風是地吹。
동 풍 시 지 취

안개 속에서 유난히 간들대다가

비에 젖으면 새삼 친친 드리우네.

강남이라, 나무도 한없이 많건만

봄바람은 유독 버들에만 부나봐.

기구의 '함연含煙'은 '안개에 가려서'이고, '편偏'은 '유독·별나게'로, 승구의 '대우帶雨'는 '비에 흠뻑 젖어'로 읽으며, '의의'는 '하늘거림'이니 의태어로 '번성한 모습'이다. 전구의 '무한無限'은 '강남이라, 한없이 많은 나무들 중'으로, 결구의 '시是[이 버들]'라는 주제어를 끌어오는 완전어宛轉語다. 그러니 '유독 이 나무에만 부나봐'라 하여, 버들의 특성과 함께 시 한편을 영활케 한 안자眼字의 역할을 다했다.

皆言舞腰細　　춤추는 허리인 양 가늘다 하더니
개 언 무 요 세
復道翠眉長　　다시 푸른 눈썹처럼 길다 이르네.
부 도 취 미 장
若教能一笑　　만약 한 번 싱긋 윙크해 준다면
약 교 능 일 소
應解斷人腸。　남의 애간장 끊는다 이를만 하리.
응 해 단 인 장

그 끝 7수다. 연작시이므로 전편의 이미지는 버들의 미학을 노래했다. 기구는 친친 늘어진 버들을 혹자는 '여인의 늘씬한 허리[細腰]'라 한다며 시상을 일으키고, 또 혹자는 그 잎으로 '고운 눈썹蛾眉, 곧 미인'으로 부연하여 인격화 하므로, 3구의 '유혹'이란 가정법으로 애끓는 남정네의 색정을 유추했다. 그러므로 『국조시산』에서는 "넉히 당시唐詩의 주정적 시흥을 고양했다"고 높이 평가했다.

송宋나라 왕안석王安石은 「버들의 노래詠柳」에서

亂條猶未變初黃　　하늘거리는 가지 아직 연두 빛인데,
난 조 유 미 변 초 황
依得東風勢便狂　　봄바람 타고서 미친 듯 기세부리네.
의 득 동 풍 세 편 광
解把飛花蒙日月　　버들 솜 날려 해 달 가릴 줄만 알지
해 파 비 화 몽 일 월
不知天地有淸霜。　천지에 서리 올 날 있음을 모르나봐.
부 지 천 지 유 청 상

라고 '살랑대는 연초록 싱그런 버들가지'로 시상을 불러, '춘풍에 나부끼는 광란의 몸짓'으로 발전시켰다. 전구의 '흩날아' 해와 달을 가리는 '버들 꽃[柳

絮]'의 '해파解把'는 정작 당시唐詩의 주정主情이 아닌 주리主理의 미학에 가깝다. 곧 '닥쳐올 조락의 섭리를 모르는 듯 왕성하다'니, 왠지 섬뜩 소삽하다. 곧 '찬 서리 내릴 가을이 닥칠 것을 모르나봐'라 했으니, 그럼 가을의 조락이 두려워 피지 않는 꽃도 있는가? 자연은, 아니 온갖 물사物事는 섭리대로 역할을 다할 뿐이다. 워낙 야살스런 버들의 춘정을 시새워 본 짐짓이리라

워낙 우리네 선조들은 그 흩날리는 버들 꽃을 춘설春雪이라 했다[柳絮作雪飛]. 화초 향 같은 봄바람이 낙화를 쓸고春風花草香, 버들 꽃이 휘날리는 수양버들 그늘 아래 주안상을 마련하면, 춘설은 갓이며 도포자락에 소북이 쌓이고, 메말랐던 인정이며 춘정春情조차 진진한 풍류의 상징이었다.

한편 고려조 백운 이규보와 이름을 가지런히 했던 매호梅湖 진화陳澕는 그의 시 「버들을 노래함詠柳」에서

鳳城西畔萬條金   한양 서쪽 마을 휘늘어진 금빛 버들,
봉 성 서 반 만 조 금

句引春愁作暝陰   봄 시름 휘감아 짙은 그늘 드리웠네.
구 인 춘 수 작 명 음

無限狂風吹不斷   살랑대는 봄바람 불어 마지않으니
무 한 광 풍 취 부 단

若烟和雨到秋深。   안개 낀 비속에 깊은 가을 맞은 듯.
약 연 화 우 도 추 심

라고 '안개 속의 비 맞은含煙帶雨 버들'을 자못 스산한 풍정으로 노래했다. 홍만종은 "유려해서 가히 읊조릴 만하다流麗可詠" 했고, 이제현은 "멋과 운치가 화려하다" 하고, 이어 만당晚唐 때의 시인 이상은李商隱의 「버들시」

曾共春風拂舞筵   일찍 봄바람과 어울려 춤추는 자리에 참여해
증 공 춘 풍 불 무 연

樂遊晴苑斷腸天   낙유원에서 애간장 끊어지는 때였다.
낙 유 청 원 단 장 천

如何肯到淸秋節   어찌 이렇게 쉬이 가을철을 맞이해
여 하 긍 도 청 추 절

己帶斜陽更帶煙。   벌써 짙은 석양에 이내까지 끼었는고.
이 대 사 양 갱 대 연

를 예시하며 '진화는 대개 이상은의 뜻에 의지해 지었다' 하며, 황산곡(朱의

黃庭堅)의 "남을 따라 짖는 것은 결국 남에게 뒤떨어지는 것이니, 자가自家를 이룩해야 진경에 이른다隨人作計終後人 自成一家乃逼眞"는 말을 빌어, "참으로 옳은 말이다"라고 『역옹패설』에서 두둔했다.

물론 버들은 동남아 일대에 두루 산재한다지만, 특히 삼천리강산 어디서나 잘 자라, 우리나라가 주산지국이 되었다 한다. 특히 포구浦口를 전별餞別 터로 삼아온 동양의 인습으로 '보내는 이가 가는 이에게 주는 별정別情의 징표가 되었으니, 왕유王維의

分行接紀樹 분 행 접 기 수	줄지어 서 있는 고운 버드나무
倒影入淸漪 도 영 입 청 의	맑은 물결 속에 거꾸로 비추네.
不學御溝上 불 학 어 구 상	배우지 말지니 궁궐 도랑에 서
春風傷別離。 춘 풍 상 별 리	봄바람에 이별의 쓰린 아픔일랑.

을 비롯해, 김극기가 함경남도 고원군 「통달역通達驛」에서 쓴

煙楊窣地拂金絲 연 양 솔 지 불 금 사	내 낀 버들 스치며 해살 짓는 노란 가지
幾被行人贈別離 기 피 행 인 증 별 리	그 몇 번이나 나그네 위해 이별에 꺾이었나.
林外一蟬語客恨 임 외 일 선 어 객 한	숲 밖에서 매미가 나그네 한을 안다는 듯
曳聲來上夕陽枝。 예 성 래 상 석 양 지	날 저문 나무 끝에 와 길게 울어 주누나.

역시 전별의 이미지로 위무하나, 정작 자신은 '그럴 님조차 없어' 고작 '무정한 석양의 매미'의 위로나 받는다 했다.

이 같은 전별의 전고는 연원도 오래라, 아마도 북조의 악부민가일 듯한 「버들가지를 꺾으며折楊柳歌辭」는

腹中愁不樂 복 중 수 불 락	내 마음 님 그려 외로울 바에야
願作郎馬鞭 원 작 랑 마 편	사랑하는 님의 채찍이 되겠어요.

288

出入攬郎臂.
출 입 환 랑 비
출입할 때 항시 당신 팔에 매여

蹀座郎膝邊。
접 좌 랑 슬 변
오나가나 곁에 있을 터이니까요.

라 했는가 하면, 조선조 후기 남종삼南鍾三은

遲遲院落自由回
지 지 원 락 자 유 회
고즈넉한 집에 멋대로 날아 맴돌다가

誤被狂風一步催
오 피 광 풍 일 보 최
그릇 광풍이라도 만나면 자못 휘날려.

輕薄焉無成實力
경 박 언 무 성 실 력
가벼워도 어찌 씨앗 맺을 능력 없으랴

精微猶有化芽才
정 미 유 유 화 아 재
여리고 작아도 오히려 싹 틔울 재주 있네.

霏霏驛路驚春雪
비 비 역 로 경 춘 설
역로에 흩날리니 봄눈인가 놀라고

點點籬依妬玉梅
점 점 리 의 투 옥 매
점점이 울타리에 붙으니 옥매화 시기하네.

也識人間離別恨
야 식 인 간 이 별 한
알고 있나봐, 인간의 이별 슬픔이

汀洲斜日送還來。
정 주 사 일 송 환 래
석양 물가에서 보내고 돌아오는 것임을.

라 하여 저간의 허다한 사설을 대변해 있다.

물론 홍랑의 "묏버들 갈히 것거 보ᄂᆡ노라 님의 손ᄃᆡ/ 자시는 창窓밧긔 심거
두고 보소서/ 밤비예 새닙곳 나거든 날인가도 너기쇼셔"라는 서러운 전별가
와 고죽 최경창의 「번방곡」도 널리 회자膾炙된 노래지만, 기방문학에서 언급
되었기에 생략한다.

끝으로 안평대군의 10여 궁인 중 보련寶蓮이란 궁인의 버들시가 하도 고와
서 그 청순미로 장을 맺고자 한다.

短壑靑陰裏
단 학 청 음 리
푸른 골짝 그늘 속에만 있고

長堤流水中
장 제 류 수 중
긴 둑 밑 흐르는 물속에 있더니

能令人世上
능 령 인 세 상
능히 사람 사는 세상으로 하여금

急作翠珠宮。
급 작 취 주 궁
문득 푸른 구슬 궁전으로 꾸몄구나.

04

代人作의 문예미학
대 인 작

대인작이란 '남의 입장이 되어, 그를 대신해 시를 짓는 것, 혹은 그렇게 지어진 작품'을 이르는 말이다. 서거정은 『동인시화』에서 이르기를,

"당시唐詩에

幽閨少婦不知愁 유 규 소 부 부 지 수	깊은 규방의 새색시 시름일랑 모르다가,
春日凝粧上小樓 춘 일 응 장 상 소 루	봄날 곱게 단장하고 작은 누대에 올랐네.
忽見陌頭楊柳色 홀 견 맥 두 양 류 색	문득 길가에 휘늘어진 버들가지를 보자
悔敎夫壻覓封侯。 회 교 부 서 멱 봉 후	서방님 벼슬 찾아 떠나보낸 것 후회하네.

라고 했는데, 고금에 이 시를 절창이라고 하였다. 일찍이 평장사 고조기의
시 「멀리 서방님께寄遠」를 본 적이 있는데,

| 錦字裁成寄玉關
금 자 재 성 기 옥 관 | 비단에 글자 새겨 옥관에 부치노니, |

勸君珍重好加餐
권 군 진 중 호 가 찬
封候自是男兒事
봉 후 자 시 남 아 사
不斬樓蘭未擬還。
불 참 누 란 미 의 환

여보, 자중하셔 음식 소홀히 마셔요.

벼슬이야 자고로 대장부의 일이거늘

누란을 베지 않고 일찍만 오심은 싫어요.

라고 했다. 당시는 비록 훌륭하지만, 단지 남편을 깊이 사모하고 진실되게 사랑하는 아내의 심정을 형용한데 지나지 않아, 사사로이 친근한 정의情意를 느낄 따름이다. 고(조기)의 시에 나타난 구법句法은 당시에 비해 훨씬 미치지 못하나, 먼저 남편을 충심으로 사모하는 정성어린 내용의 편지 형식으로 시작하고 있지마는, 이어서 남편으로 하여금 신중하게 변방을 지킬 것과, 음식을 조심해서 먹을 것을 당부하고 있으며, 끝까지 노력해서 공명을 크게 떨칠 것을 시사하고 있다. 이 시에는 한마디도 사사로이 애틋한 감정에 치우친 것이 없기 때문에 국풍國風[詩經]의 끼친 뜻이 깃들어 있다 할 것이다. 이와 같으니 시의 구법에 있어서 그 공졸을 쉽게 논할 수 있겠는가."

唐詩에 "-旣 引用-"古今以爲絶唱이라. 曾見高平章兆基寄遠詩에 "-旣 引用-"唐詩雖好나 不過形容念夫之深이요, 愛夫之篤情意니 狎昵之私耳라. 高詩句法은 不及唐詩遠甚이나, 然이나 先之以思念之深信書之勤하고, 繼之以征戍之愼飮食之勤하고, 卒勉之以功名事業之盛이라. 無一語及乎燕昵之私耳니, 隱然有國風之遺意라. 詩可以工拙로 論乎哉아.

라고 논평했다. 위의 시는 성당의 변새시인으로 유명한 왕창령王昌齡의 「규방 아씨의 원망閨怨」이니, 갓 시집온 새색시의 춘정을 대변한 대인작이다.

고조기(?~1157)의 작품 역시 '멀리 출정한 지아비에게 바라는 지어미의 간절한 마음'을 대신 써 멀리 부친 「기원寄遠」이다. 고조기는 고려 의종毅宗 때의 인물로 경사經史와 시문에 능하고, 이자겸의 전횡에 맞서다 좌천되기도 했던 간관諫官이자, 누차 병부兵部의 직에 종사했고, 서북방 수호라는 반도의 지정학적 여건이 수고로운 때라, 사사로운 연정보다는 위국충정을 앞세울

만하다. 그러나 시문학은 문예미가 우선이지만, 그 이전에 인정人情으로야 어찌 당시에 비하겠는가? 다분히 교조적 논평이라 할 수 있다. 더구나 같은 대인작이라면 고조기보다 훨씬 앞선 신라 후인 최승로(927~989)의

一別征車隔歲來	전선으로 가신 지 또 한 해가 다하니
일 별 정 거 격 세 래	
幾勞登覩倚南樓	몇 번이나 앞 누대에 올라 바라보았던가.
기 로 등 도 의 남 루	
雖然有此相思苦	이 같이 서로 바라는 정 더없이 괴롭지만
수 연 유 차 상 사 고	
不願無功便早廻。	싫어요, 공 없이 빨리만 오시는 것은.
불 원 무 공 편 조 회	

이라는 『동문선』 소재의 동일 주제 「대신 써 멀리 부치다代人寄遠」는 미처 읽지 못했을까? 아녀자의 섬세함이 덜해서일까? 더욱 건국 초기 문사의 이 같은 충정과 송찬頌讚은 군왕 한 사람을 위한 것이라기보다는 국태민안이라는 사명의 차원에서 이해할 일이다.

한편 조선조 중기 3당시인의 칭을 듣던 고죽孤竹 최경창崔慶昌의 「흰 모시치마白苧辭」는 자못 색다른 정감이 순정적이다.

憶在長安日	장안에 계실 때를 생각하며
억 재 장 안 일	
新裁白苧裙	흰 모시 치마 새로 마름했죠.
신 재 백 저 군	
別來那忍着	이별한 뒤에야 어찌 입으리까
별 래 나 인 착	
歌舞不同君。	노래와 춤을 함께 할 수 없는데.
가 무 부 동 군	

그가 함경도 북평어사로 경성鏡城에 부임하자마자 만난 관기가 홍랑洪娘이었다. 워낙 해어화[기녀의 별칭]의 사랑은 불같은 법, 그런 일편단심은 없다. 그러나 피차 박복했던가? 길지 않아 이별하게 되자, '화장도 고운 옷도 봐줄 임이 없는데 입지 않겠다'는 홍랑의 마음을 대신 노래한 시다.

워낙 이런 유의 대표작은 아무래도 두보의 「신혼별新婚別」이리니,

兔絲附蓬麻
토 사 부 봉 마
새삼이 삼대에 의지하면

引蔓故不長
인 만 고 부 장
넌출 벋음이 고로 길지 못하듯

嫁女與征夫
가 녀 여 정 부
딸을 출정하는 사내에게 출가시킴은

不如棄路傍。
불 여 기 로 방
길가에 버림만 같지 못하다오.

結髮爲夫妻
결 발 위 부 처
머리 얹어 부부가 되어서

席不暖君床
석 불 난 군 상
임의 잠자리 따습기도 전에

暮婚晨告別
모 혼 신 고 별
저녁에 혼인하고 새벽에 이별하니

無乃太忽忙
무 내 태 홀 망
이 어찌 너무 빠르지 않습니까

君行雖不遠
군 행 수 불 원
님 가시는 길 비록 멀지는 않아

守邊赴河陽
수 변 부 하 양
변방을 지키러 하양으로 가시니

妾身未分明
첩 신 미 분 명
소첩은 아직 분명치 못한 신분

何以拜姑嫜。
하 이 배 고 장
어찌 시부모님을 섬기리오.

父母生我時
부 모 생 아 시
우리 부모님 날 낳으시고

日夜令我藏
일 야 령 아 장
밤낮으로 애지중지 부도를 이르셨죠

生女有所歸
생 녀 유 소 귀
여자로 태어나면 시집을 가야하니

鷄狗亦得將
계 구 역 득 장
닭과 개를 갖추어 왔답니다

君今死生地
군 금 사 생 지
그대 이제 죽살이 전쟁터로 가시니

沈痛迫中腸
침 통 박 중 장
슬픔이 온통 창자를 에이옵니다

誓欲隨君往
서 욕 수 군 왕
맹서컨대 그대를 따라가고 싶지만

形勢反蒼黃。
형 세 반 창 황
형세는 오히려 창망하기만 하외다.

勿爲新婚念
물 위 신 혼 념
신혼이란 생각 마옵시고

勞力事戎行
노 력 상 융 행
군무에 성실하소서

婦人在軍中
부 인 재 군 중
아녀자가 군중에 있으면

兵氣恐不揚
병 기 공 불 양
진영의 사기가 떨어질까 두렵다오

自嗟貧家女
자 차 빈 가 녀
이 신세 가난한 집 딸로 태어나

久致羅襦裳
구 치 나 유 상
시집배미 비단치마 가까스로 장만해 됐더니

羅襦不復施
나 유 불 부 시
이제 다시 비단옷일랑 입을 필요 없고

對君洗紅粧。 <small>대 군 세 홍 장</small>	님 앞에서 단장도 지워버리렵니다.
仰視百鳥飛 <small>앙 시 백 조 비</small>	우러러 하늘을 나니는 새를 보니
大小必雙雙 <small>대 소 필 쌍 쌍</small>	큰 놈 작은 놈 끼리끼리 쌍쌍인데
人事多錯迕 <small>인 사 다 착 오</small>	어즈버 인간사 어찌 이리 어긋난담
與君永相望。 <small>여 군 영 상 망</small>	임과 더불어 바라는 정으로 살리라.

와 같이 전 5단 16운 32구로 다소 장황한 오언고시다. 굳이 시경의 비·부·흥比賦興을 자재로 휘갑한 대표작이니, 두보의 자주自註대로 "저녁에 혼인하고 새벽에 지아비가 징집에 끌려가는 신부의 만단萬端한 시름을 대작했으나, '원망스럽되 성내지 않고[怨而不怒], 슬프나 성정을 해치지 않으며[哀而不傷],'" 여러 주대로 '떳떳한 분별력으로 예의를 잊지 않았으니其常分而能不忘禮義' 이는 한·위漢魏의 풍기風氣를 다지는 재도載道요, 풍속의 재순再淳을 위한 휘갑이다.

각 단락의 장황한 부연은 생략하고, 윗 시의 '차마 어찌 입으리오那忍着'와 관련해서는 나대경羅大經의 "대저 옛 아녀자는 지아비가 집에 없으면 꾸미지 아니한다蓋古之婦人 夫不在家則不爲容飾" 함이니, 송강의 「사미인곡」 중

> 올 적의 비슨 머리 얼킈연디 삼년이라
> 연지분 잇←마는 눌 위후야 고이홀고.

나, 허난설헌의 「최국보의 체를 빌어서效崔國輔體」의

妾有黃金釵 <small>첩 유 황 금 채</small>	이 몸이 지니온 황금 비녀
嫁時爲首飾 <small>가 시 위 수 식</small>	시집올 때 머리 꾸미개였죠.
今日贈君行 <small>금 일 증 군 행</small>	오늘 임께 드리옵나니
千里長相憶。 <small>천 리 장 상 억</small>	천리라 길길이 그려 주소서.

▷효최국보체效崔國輔體 : 당나라 문종 때의 시인. ▷위수식爲首飾 : 머리 꾸미개.

가 다 그것이다.

다음은 경사京師로 가 돌아오지 않는 님을 기다리는 여인의 정한을 노래한 장편고시 「용강의 노래龍江詞」의 부분이다. "용강의 다함없이 치렁한 강물처럼 님 그리는 정 쉴 날이 없다"고 전제하고, 한자 소식조차 없는 야속한 님을 강 머리 산에 올라 바란다며,

去時在腹兒未生	가실 땐 태속에 있어 나지도 않았던 아이
법시재복아미생	
卽今解語騎竹行	하마 말도 배우고 죽마놀이도 한답니다.
즉금해어기죽행	
便從人兒學呼爺	제법 애들 흉내로 아빠도 부를 줄 알지만
편종인아학호야	
汝爺萬里那聞聲。	만 리 밖에 계신 아빠가 어찌 들으시련가.
여야만리나문성	

▷거시재복去時在腹 : 가실 땐 배 속에 있어서. ▷기죽행騎竹行 : 죽마놀이도 할 줄 앎.

▷학호야學呼爺 : 아비 부를 줄 앎 배워 알죠. ▷나문성那聞聲 : 어찌 그 소릴 들으리오.

라 했다. 지아비를 향한 그리움과 원망의 정이 '아비 없이 자라는 자식의 텅 빈 마음과 중첩되어 결핍된 연정을 심화시킨, 역시 삼당 중 한 사람인 옥봉 백광훈의 대인작이다.

끝으로 풍류남아 백호 임제의 「말도 못하고無語別」는

十五越溪女	갓 시집 온 꽃다운 새아씨
십 오 월 계 녀	
羞人無語別	남부끄러워 말 못한 채 이별하고
수 인 무 어 별	
歸來掩重門	돌아와 겹겹으로 문 걸어 닫고는
귀 래 엄 중 문	
泣向梨花月。	배나무 꽃가지에 걸린 달을 향해 웁니다.
읍 향 이 화 월	

▷월계녀越溪女 : 아리다운 여인. ▷수인羞人 : 시어른들 부끄러워.

와 같다. '월계녀'는 '월나라 시냇가 계집'이 아니라, 중국 강남의 오吳나라와 월越나라는 색향色鄕이다. 오죽하면 두보가 "오나라 계집과 월나라 여인은 천하 일색이다吳姬越女天下白"라 했으니, 중국의 4대 미인 중 으뜸이라 할 서시

西施도 월나라 약야계 출신이다. 그러니 '갓 시집 온 새 색시'가 거기에 맞다. 서방도련님(?)이 아마도 과거나, 학업을 위한 먼 길을 나서나 보다. 이제 막 첫 정이 들려는데 청천벽력 같은 이별이다. 워낙 층층시하라, 먼발치에서 뒷모습만 지켜보다, 아니 서방님도 그렇지, 눈길 한 번 안주고 매정히 사라져 버린 후, 앵 토라진 새아씨 뿔났나? 돌아와 문을 겹겹이 있는 대로 닫아걸고 텅 빈 신방에서 흑흑 흐느껴 운다. 그립고 아쉬운 독수공방에 비쳐드는 달빛, 더구나 '저 애상스런 배꽃'에 서린 달빛이 '제 마음만큼 서럽더라'고 임제가 제 설움처럼 노래했다. 이것이 이른바 대인작이다.

끝으로 좀 생뚱맞으나 이수광의 『지봉유설』에 이옥봉의 작으로 전하는 여류문사의 재치와, 솔로몬의 지혜 같은 송사訟事 관련 시 한 수를 읽기로 하자.

洗面盆爲鏡 세 면 분 위 경	세면할 땐 동이물로 거울삼고
梳頭水作油 소 두 수 작 유	머리빗을 젠 물로 기름삼지요.
妾身非織女 첩 신 비 직 녀	첩의 몸 베 짜는 직녀가 아닌데
郞豈是牽牛。 랑 기 시 견 우	임이 어찌 소 끌고 간 견우리오.

▷분위경盆爲鏡 : 물동이의 물로 거울을 삼다. ▷수작유水作油 : 맹물로 머릿기름을 대신함. ▷비직녀非織女 : 직녀가 아님. ▷기A豈A : 어찌 A랴.

어느 날 옥봉의 이웃 아낙이 헐레벌떡 찾아와서는 사설인즉 "남편이 남의 소를 훔친 도둑으로 몰려 관가에 끌려가 곧 재판을 받게 되었으니, 지아비가 죄가 없다는 진정서를 원님께 써 받쳐야 하는데, 그런 서식도 모르거니와, 일자무식이라 무어라고 써야 할지 모른다며, '막 무가내로 소장을 대신 써 달라'는 것"이었다.

거절할 수 없는 옥봉은 이런저런 사설을 대신해 위의 시를 써 주었다 하니, 그 짜임의 1·2구는 아낙의 궁상으로 시상을 일으켜, 옹색으로 부연 발전시켰다. '거울이 없어 대야의 물에 얼굴을 비춰 대신하고, 머릿기름은 맹물을 찍어 바르는 것으로 대신하는 궁핍'을, 그리고 4구의 주제 '결백함'을 유도하기 위한 전환의 3구는 이런 가난뱅이다 보니 '삼이나 무명, 혹은 고치실도 없어' 천을 짜낼 처지도 못돼 아내인 자신이 '베 짜는 아낙[織女]'이 아닌데, 어찌 남편이 '소를 끌고 간 견우牽牛이겠느냐?'는 반증으로 읽어 낸 것이다. 실로 논리에 맞는 재치가 앙증스럽다.

이 진정의 내용이야 물론 '견우牽牛와 직녀織女'의 고사를 원용한, 그러니 삼척동자도 아는 전설적 화소이지만, 그 재치와 논리가 하도 그럴싸해서 골원도 심증은 가나, '무죄로 석방시켰다'는 해학적 인정미는 법 논리 이전에 인문학적人文學的 정취가 넘친다 할까? 그러니 솔로몬도 한 수 아래인 한국판 명 변론인 셈이다.

05

壬亂의 체험과 그 시적 변용
임 란

주자학적 명분 아래 사장詞章과 사림士林의 끝없는 대립, 당쟁으로 인한 국론 분열, 반상과 서얼의 차대 등 고식적 권위주의가 끝내 임진왜란, 정유재란, 병자호란과 같은 전대미문의 처절한 체험을 낳게 하였는가 하면, 노비를 위시한 민란이 계속되었다. 특히 임·병 양란은 그 참혹한 희생과 수난은 물론이거니와, 한결같이 왜倭·호胡로 홀대하던 문맹한 야만족의 선진 문명국, 이른바 '예의와 염치를 아는 군자국에 대한 무례한 유린'이란 사실은 기존의 주자론적 명분과 논리로는 합리화 될 수 없는 모순이자, 인성이니 우주니, 주리主理니 주기主氣니 하는 논리가 얼마나 공허한 논쟁이었던가를 실감케 해준 전리품이라면 전리품이었다.

유성룡의 참회적 수기인 『징비록』이 그렇고, 허균과 이수광의 '무실론務實論'이 그 증빙이나, 기실 실학정신의 발로요, 자아발견과 무관치 않다.

신지식인을 주축으로 한 이 같은 사조의 변화는 곧바로 문학에 대한 인식의 변화로 나타나지만, 반면 체제의 권위와 지배질서를 장식해 온 지배계급들의 보수적 옹호론 또한 만만치 않아 보·혁의 갈등은 물론, 문예의 틀 역시 하루아침에 이뤄질 수 없으니, 이른바 낡은 부대[정통 시형]에 새 술[신사조]을 담는 격이다. 돌이켜 보면 엄청난 치욕과 반세기에 걸친 긴 난리였지만, 그 참담한 현실과 역사체험을 직접 다룬 시는 질로나 양에서 부실한 편이다. 물론 수기로는 『징비록』을 비롯하여 이노李魯의 『용사일기龍蛇日記』 이순신의 『난중일기』 유정의 『분충잡록』 등이 있고, 소설로는 『임진록』 『흑룡일기』 등이 있어 비교된다.

먼저 난의 총체적 책임자라 할 선조의 참회적 시정부터 살펴보기로 하자.

穆陵의 성화는 지고, 선조
목 릉

조선의 14대 임금으로 퇴退·율栗과 같은 많은 인재를 등용하여 선정에 힘쓰는 한편, 『유선록』 『근사록』 『심경』 『삼강행실도』 등을 편찬케 하여 신유학을 장려했으며, 조광조를 위시해 억울하게 해를 입은 사람들을 신원하는 등 민심 수습에 진력했다. 그러나 국란을 당하여 사직이 피폐하고, 백성이 도륙당하는 책임을 통감하며, 다 함께 나라를 구하자고 고시한 그는 자신도 의주에서 어거를 멎고 조신朝臣을 향해 국권회복을 다지고 있다.

國事蒼黃日 국 사 창 황 일	국운이 다급해 진 이 때에
誰能郭李忠 수 능 곽 이 충	누가 곽·이처럼 충성을 다하랴.
去邠存大計 거 빈 존 대 계	서울을 떠났어도 큰 계책은 있느니
恢復杖諸公 회 복 장 제 공	국권 회복은 제공들에게 달렸소이다.
痛哭關山月 통 곡 관 산 월	고향 달을 보니 통곡뿐이요
傷心鴨水風 상 심 압 수 풍	압록강 강바람 마음 쓰리구나.
朝臣今日後 조 신 금 일 후	조신들이여, 이제도
寧復更東西。 녕 부 갱 동 서	어찌 또 동인이니 서인이니 할다.

그렇다. 난국의 현실은 온전히 동·서로 갈라진 국론의 분열이 그 원인이

랬다. 전 4구는 난국의 현실에 즈음하여 중국 역대 충신의 고사를 인용했으니, 당唐대의 난을 평정한 곽자의郭子儀·이광필李光弼과, 주周나라가 수도 빈豳을 버린 후 중흥했음을 들어 회복의 의지를 다지고 있다. 후 4구는 진정陳情으로 변새에서 고향 달을 향해 통곡하며, 강바람에 상심하는 회포를 직필하고, 이어 당쟁일랑 그만두고 진충보국할 것을 주제로 당부해 있다.

위국충절의 柱石之臣, 이순신
주 석 지 신

일찍이 고려조에 중랑장을 지낸 이돈수李敦守의 12대 손인 그의 자는 여해汝諧. 시호는 충무공이다. 대대로 무반의 가문이었으나, 4대 때 조선왕조에 들어오며 두각을 드러내기 시작해, 5대조 변邊은 영중추부사로 홍문관 대제학을 지냈고, 중조부 거琚는 병조참의에 이르렀다. 그러나 조부 백록百祿이 조광조 등 지치주의를 주장하던 소장파 사림들과 뜻을 같이하다 기묘사화에 참화를 당한 후 부친이 관직에 뜻을 두지 않았던 관계로 한미해졌다.

그러나 그럼에도 그가 후에 명장으로 나라에 큰 공을 남길 수 있었던 것은 현모양처로 일컬어진 모부인 변씨의 자애로우면서도 엄격한 가정교육의 영향 때문이라 한다. 이른바 사대부가의 전통인 충효와 문장 수련은 물론, 정의감과 용맹성, 그리고 인자한 성품 등이 훗날 예하 장병들을 통솔하는 바탕이 되었고, 이어 유사시에는 백전백승의 덕장德將이 되는 계기였다 한다. 뿐만 아니라, 거북선을 창안하여 적의 수군을 궤멸시킨 삼군수군통제사였는가 하면, 원균元均의 모함으로 사형수가 되었다가, 정탁鄭琢의 변호로 권율權慄의 막하에서 백의종군했다. 이후 정유재란으로 다시 삼도수군통제사가 되는 등 색목에 따른 부침 속에서도 오롯한 위국충절로 살신성인한 주석지신이었다.

天步西門遠　임금님 어가 멀리 의주로 몽진했고
천 보 서 문 원
君儲北地危　왕자님 행차 북방에서 위급한 때라.
군 저 북 지 위

孤臣憂國日 고 신 우 국 일	외로운 신하 나라 걱정하는 때요
壯士樹勳時 장 사 수 훈 시	장사들 지금이 공훈 세울 때로다.
誓海魚龍動 서 해 어 룡 동	바다에 다짐하니 어룡이 꿈틀대고
盟山草木知 맹 산 초 목 지	산에 맹세하니 초목도 안다는 듯.
讎夷如盡滅 수 이 여 진 멸	원수의 오랑캐 진멸키만 한다면야
雖死不爲死。 수 사 불 위 사	이 한 목숨 죽음인들 사양하리까.

「진중음陣中吟 3수」 중 그 1이다. 특히 경련의 "서해어룡동誓海魚龍動 맹산초목지盟山草木知"는 그의 검명劍銘으로도 유명하다. 이처럼 철석같은 의지로 저들의 진입로를 차단하더니, 노량대첩 중 적의 유탄에 맞아 전사하면서도 "너희는 내가 죽었다 말고, 계속 몰아쳐 무찌르라"는 한 마디 말로 장렬한 삶을 마치니, 조선의 제갈공명諸葛孔明이요, 충무공의 예우는 그의 충절에 걸맞다 하겠다.

그의 「진중야음陣中夜吟」도 회자되는 시지만, 용장의 회포를 장단에 맞춘

한산섬 달 밝은 밤에 수루에 혼자 앉아
큰 칼 옆에 차고 깊은 시름하는 적에
어디서 일성호가는 남의 애를 끊나니.

와 수필 『난중일기』는 그의 문력을 입증하기에 충분하다

李杜도 옷깃을 여밀 陣中詩, 이호민
이 두   진 중 시

자는 효언孝彦이며, 호를 오봉五峯이라 한 그는 임란 당시 이조좌랑으로 의주까지 임금을 호종했고, 그 후 요양에 들어가 명나라의 원군을 요청, 이여송李如松의 군대를 끌어오는 데 기여했으며, 이후 부제학으로 대명외교의 교린문서를 전담했다.

다음에 산책할 그의 시는 의주 행재에서 남도의 군사들이 한양 수복을 위해 진군한다는 소식을 듣고 쓴 「용만행재 문하삼도병 진공한성龍灣行在 聞下三道兵 進攻漢城」이다.

干戈誰着老萊衣
간 과 수 착 노 래 의
난리 통에 뉜들 부모를 제대로 섬기랴

萬事人間意漸微
만 사 인 간 의 점 미
세상만사 생각사록 암담키만 하구나.

地勢已終蘭子盡
지 세 이 종 난 자 진
국토는 이미 난자도마저 다 빼앗겼고

行人不見漢陽歸
행 인 불 견 한 양 귀
한양으로 돌아가는 나그네 보이질 않네.

天心錯莫臨江水
천 심 착 막 임 강 수
착잡한 임금님 심사 무심한 물만 바라고

廟算凄涼對夕暉
묘 산 처 량 대 석 휘
대신들 처량한 한숨 속에 날만 저무누나.

聞道南兵近乘勝
문 도 납 병 근 승 승
듣자니 남도의 군사들 승승장구한다니

幾時三捷復王城。
기 시 삼 첩 복 왕 성
언제쯤 크게 무찔러 왕성을 회복하려나.

초楚 나라 효자 노래자老萊子의 고사를 들어 인륜의 근본인 효마저 실천할 수 없는 백성의 참상으로 시상을 열어, 함련에서는 전황의 위급함을, 경련에서는 행재에서의 참담상을 잘도 묘사한 난중의 절창이다. 무심히, 아니 인간사 미련하고 부질없는 욕망들을 아랑곳하지 않고 유유히 흐르는 압록강 푸른 물, 그러니 분명 무상한 인간사를 비웃으련만 다급한 현실, 더구나 군왕으로서, 만백성의 어버이로서의 심정은 창망할 뿐 대안이 없다.

이권에만 몰두하며 제몫 챙기기에만 여념이 없었던 신하들, 기우는 나라의 운명 앞에서 속수무책이긴 마찬가지니 저 '착막'하고 '처량함'을 그 무슨 문자가 있어 또 달리 표현할 수 있겠는가? 그러기에 김택영은 자신의 문집 『소호당집』에서 "비록 이백이나 두보라도 응당 옷깃을 여미어야 할 것李五峯龍灣詩 '天心錯莫臨江水 廟算凄涼對夕暉' 兩句 橫絶古今. 雖李杜 亦當斂衽"이라고 절찬한 바 있다.

옥중 蘇武요, 王粲의 향수를 노래한, 김상헌
소무   왕찬

청음淸陰으로 잘 알려진 그는 예조판서로 척화斥和를 주장하다 파직되고, 1630년 명明을 치기 위한 청淸의 출정 요구에 반대소를 올렸다가 심양에 끌려가 옥고를 치르다 1642년에 돌아왔다. 그러나 이계李炷의 모함으로 최명길崔鳴吉, 이경여李敬輿 등과 재차 잡혀가 1645년에야 돌아와 좌의정 영돈부사 등을 역임한 철저한 존명파였다. 그가 조국을 떠나며 읊었다는

> 가노라 삼각산아 다시 보자 한강수야
>
> 고국산천을 떠나고자 하랴마는
>
> 시절이 하 수상하니 올동말동하여라.

는 시대 상황을 여실히 반영한 단가이다. 다음 시는 청나라 옥중에서 자신의 높은 절조를 노래한 「옥에서 달을 보며隔中見月」다.

重壁高墻隔四隣 중 벽 고 장 격 사 린	겹겹의 벽 높은 담장 사방이 막혀
暗聞鷄犬認昏晨 암 문 계 견 인 혼 신	닭 울음 개소리로나 때를 안다오.
中宵試向容光處 중 소 시 향 용 광 처	한밤에 짐짓 빛이 드는 곳에 이르니
月色多情不負人。 월 색 가 정 불 부 인	다정도 해라, 달빛은 날 저버리지 않누나.

그렇다, 국론조차 '척화니, 주화니' 갈라진 마당이요, 그래서 이역 오랑캐 나라의 옥중 신세인데 반겨줄 누구도 없는 절대 고독, 겹겹의 철창이요, 천야만야한 담장, 그 절망의 공간을 꽉 채운 것은 암흑의 시간뿐이다. 용히도 닭과 개소리, 즉 청각적 파적破寂이 화자의 지적행위의 전부일 때, 그 절대 고독은 비장으로 승화할 뿐이다. 이 때 이 처절한 단절의 공간을 찾아준 달빛, 더구나 시기도 질투도 없이 밝고 맑은 마음으로 내게 다가온 저 달, 이 세상에서 그만이 나를 반겨 준다는 화자의 메시지는 절규 바로 그것이다.

忽忽殊方斷送秋
홀 홀 수 방 단 송 추

一年光景水爭流
일 년 광 경 수 쟁 류

連天敗草西風急
연 천 패 초 서 풍 급

冪磧寒雲落日愁
멱 적 한 운 낙 일 수

蘇武幾時終返國
소 무 기 시 종 반 국

仲宣何處可登樓
중 선 하 처 가 등 루

騷人烈士無窮恨
소 인 열 사 무 궁 한

地下傷心亦白頭。
지 하 상 심 역 백 두

이역만리 덧없는 가을 보내니

한 해가 물살처럼 흘러가누나.

가뭇한 들 시든 풀 바람 세찬데

포장막의 찬 구름 해는 저무누나.

소무야, 언제나 돌아가려나

왕찬아, 망향대는 어디라더냐.

많기도 많은 시인 열사의 한

저승에서도 상심타 머리 세리라.

〈送秋月感懷〉

▷수방殊方 : 異域. 타향. ▷수쟁류水爭流 : 물이 다투어 흐름. 물처럼 빠른 세월. ▷멱적

冪磧 : 머흔 돌무적. 청병의 막부. ▷소무蘇武 : 전한의 충신. 무제 때 흉노에 사신 갔다

잡혀 19년이나 고절을 지키며 굴복하지 않음. ▷왕찬王粲 : 삼국시대 魏나라 시인.「登樓賦」

를 지음.

존명尊明을 고집하다 투옥되고, 항복문서 초고를 찢은 충절의 인물이다.
옥중에서도 끝내 척화斥和의 선봉이었으니, 옥중 소무蘇武요, 이역만리에서
나마 등루登樓하여 향수를 읊은 왕찬王粲을 부러워한 작자다.

제7편

古典 산책
고   전

01

늙으면 三魔_{삼 마}를 떨쳐내야 하느니

白雲_{백 운}·退堂_{퇴 당}의 「삼마시」를 중심으로

동양문학의 정화精華는 시詩요, 그 시문학은 성당盛唐에서 만개했다. 따라서 우리의 학시學詩는 당시를 법받아 장점粧點의 지경에 이르고자 조술祖述, 또는 의양과 환골을 지성으로 익혀왔다. 이는 비단 우리뿐만 아니라, 한시문학의 본고장인 중국도 마찬가지다. 곧 시경·초사 이래 한·위·육조·초당의 시를 융섭해 성취된 성당의 시문학임은 두보杜甫의 '시로 시를 논한[以詩論詩]'「희위육절」의 '체상조술' 및 '전익다사'가 증명하는 바다.未及前賢更勿疑 遞相祖述復先誰 別裁僞體親風雅 轉益多師是汝師〈두언·9〉

더욱 최초의 시문학 비평서인 종영鍾嶸의 『시품詩品』 역시 등급에 따른 원류와 조술의 내력을 밝히기에 전심했고, 우리의 시화류 역시 용사와 출처의 인흔印痕을 가려 탈태여하를 논하며, 장점자묘粧點自妙·호백구수狐白裘手·미지숙시未知孰是로 극찬하거나, 혹은 도습·옥상가옥屋上架屋 등의 폄사로 논시論詩했으니, 그 대상은 이를 바 없이 중국 시였다. 특히 "한 구절도 내처가 없는 시구는 없을 것古人作詩 無一句無來處"〈두보의 묘비명〉을 작시의 본령으로 섬겨온 고려조 무신란 이전의 문원을 주도해온 김부식은 모소慕蘇의 상징이었거

306

니와, 이후 신흥사대부로 등장해 「동명왕편」으로 족히 사대가 아닌 민족자존과 주체를, 그리고 용사用事가 아닌 '신어설新語說'로 참신성과 독창성을 주창한 백운 이규보의 향산 백락천에 대한 흠모 역시 예사롭지 않다. 그렇다고 그의 향산에 대한 존상이 시학의 용사론을 옹호하자는 반신의反新意가 아닌 단순 화운·순화임은 물론이다. 그가 향산을 흠상한 몇 가지 심층 심리는 우선 노년의 처지와 취향의 같음을 빌미로, 향산과 동격으로 당대의 1인 자이고자 하는 자부심의 발로, 그것과 크게 다르지 않다. 예컨대 사는 곳도, 가진 것도, 능한 것도 아닌 것으로 자호自號함은 온당치 않다며, 삼혹호선생三酷好先生이란 자호를 '백운거사'로 바꾼 「백운어록白雲語錄」은 자신의 생평과 무관하지 않다. '3 혹호'는 향산의 "시·술·금[거문고]을 좋아하는 사람을 흔히들 박명하다고 한다. 나 역시 이 세 가지를 몹시 좋아해 늘 이 부류에 속한다고 지목받아 왔으나, 얻은 바가 많고, 복으로 여긴 경우가 많았음"을 밝힌 그의 시제詩琴酒 人例多薄命. 予酷好三事 我當此科 而所得已多, 爲幸斯甚 偶成狂詠聊寫傀懷〈白樂天詩後集·13〉와 무관하지 않다.

뿐만 아니라, "향산의 시를 읽으면 입에 막힘이 없고, 말은 평담화이하며, 뜻은 마주 대하고 앉아 조근 조근 일깨워 주는 듯해서, 비록 당시의 시사를 보지는 못했지만, 상상으로 직접 보는 듯하다"며, 일찍이 "노경 소일의 낙은 향산의 시집을 읽는 것만 한 것이 없다고 여겼다"는 그의 「서백락천집후」 등은 그 좋은 예다. 따라서 그의 문집 후집에는 적지 아니한 차운·화시가 전하고 있다.

퇴당 유명천 역시 3차의 유배에서 풀려 향리 은퇴당에 돌아온 갑신년(1704) 5월부터 익년 가을 연관捐館할 때까지 생애 마지막 1년여 동안의 작시 모음인 『퇴당후록』 소재 16제 33수 중 4제 20수가 백운의 시를 차운한 것이며, 그 중 2제 16수가 향산의 시를 차운한 백운의 시를 재차운, 혹은 순화順和한 것이다. 그 가운데 "이규보가 백락천의 병중 15수를 차운 화답했다. 나 역시 희롱삼아 15수를 차운해 병중 5절구를 지었으니, 모두 본 시의를 순화했다李文順和白樂天病中十五韻 余亦戱次十五首 病中五絶 皆以本詩意順和"고 했다. 곧 향산

→ 문순(백운) → 퇴당으로 이어지는 독서 및 작시 계보다. 이른바 원류이자 발신자로서의 향산, 수신 및 재발신자로서의 백운, 그리고 마지막 수신자로서의 퇴당이란 계보다. 물론 백운이나 퇴당의 심층적 작시 동기는 한 시대를 대표할 향산을, 그리고 향산과 백운의 문명에 대한 흠모의 정이 '관[벼슬]과 연[나이]'이 같다는 어설픈 동격으로 애써 위무했지만, '생을 함께하지 못한不並時' 한으로 사모의 정을 극대화했다. 그러기에 「절도에서 고산정에 돌아와 되는대로 짓다自海上歸到孤山亭護賦十絶」의 10수에서는 "고산의 청절이 향산과 같은데, 칠십 늙은이 유유하고 한가롭다"며 벼슬에서 물러나 향산에 돌아온 향산과, 유배에서 풀려 고산정에 돌아온 자신을 동격화 하여,

七旬俱退作田夫 칠 순 구 퇴 작 전 부	칠순 늙마에 모두 물러나 한거하니
孤墅香山孰勝無 고 서 향 산 숙 승 무	고산과 향산 어디라 낫고 못할까?
最是兩翁悽絶處 최 시 양 옹 처 절 처	가장 두 늙은이 슬프고 애절한 것은
暮年無子慰衰顔。 모 년 무 자 위 쇠 안	늙마에 얼굴 펴 줄 자식 하나 없음이라.

〈南遷錄, 歲暮呈思黯 以千載思香山代之〉

며, 불운한 노후 고독까지 동격의 빌미로 인증했다. 곧 향산의 「병중 15수」 중 「자해自解」의 절절한 사모의 충정이다.

아무튼 이들 세 사람의 완숙한 노경의 시품 및 그 문예미 검증은 흥미 있는 논의의 대상이다. 우리는 향산의 「병중 15수」를 빌미로 창작된 중간자 백운의 「삼마시三魔詩」와 이를 차운한 퇴당의 「삼마시」를 통해 세 사람의 관계를 음미해 보자.

작품 분석 및 대비

백운은 향산의 「병중 15수」를 읽고 차운시 5절구와, 그 시의詩意를 순화順和한 10수를 지었다. 그리고 73세 되던 고종 27년(1240) 자신의 혹호삼물酷好三

物, 곧 '시·금琴·주' 가운데 '금'을 '색色'으로 대체해 물리쳐야 할 세 가지 벽
癖이라고 전제하며, 이것이 마가 되기 전에 점차 덜고자 하는 자신의 의지를
보인다며 「삼마시」를 지었다. 이른바 '벽'은 '병적 기호', 곧 '기호의 병'이니, 습
성이 되면 이게 바로 '마'라는 논리다. 마란 '능히 사람을 현혹시키는 귀것[鬼]'
으로, 이미 벽성癖性이 되어 스스로는 제치할 수 없는 일종의 마력이기에 걱
정한지 오래되었다며,

> "내 연로하여 오래 전에 색욕은 물리쳤으되, 시·주는 버리지 못했다. 시·주라
> 는 것도 다만 때로 흥을 붙일 뿐, 벽성이 되면 곧 마가 된다. 내 이를 걱정한 지
> 오랜 터라, 점차 조금씩 덜고자 먼저 「삼마시」를 지어 뜻을 보인다."

라는 긴 제목 하에 '색·주·시마' 순으로 7절 3수를 남겼다. 그 460여 년 후
인 조선조 후기 숙종 32년(1705)에 근기 남인 퇴당이 "우연히 이문순의 시집을
보다가 그가 「삼마시」를 지은 때의 나이가 지금의 나와 같음을 보고 희롱삼
아 차운한다"며 역시 향산과 백운의 「병중 15수」와 백운의 「삼마시」를 차운
·순화했다. 비록 순서는 '색·주·시마'로 백운과 '주마와 시마'의 순서가 바뀌
었으나, 대비의 편의를 위해 원류이자 발신작인 백운의 시 순서대로 재배치
하여 향산의 발신작과 백운·퇴당의 수신작을 일별하기로 한다.

色魔詩
색 마 시

향산의 「병중 15수」 중 색마와 관련한 시는 그가 68세까지 데리고 있던 번
소樊素와 소만小蠻이란 두 소첩을 놓아 보내며 쓴 「별유지別柳枝」의

兩枝楊柳小樓中 양 지 양 유 소 누 중	자그만 누대의 두 가지 버드나무
嫋娜多年伴醉翁 뇨 나 다 년 반 취 옹	청순한 자태 오래 취옹과 짝했지.
明日放歸歸去後 명 일 방 귀 귀 거 후	돌아갈 내일, 돌아 곧 가고 나면

世間應不要春風。　　암, 이생에선 봄바람 긴치 않으리.
세 간 응 불 요 춘

<백락천시후집·16>

를 차운한 것이다. 물론 '양지兩枝'는 가냘프고 귀여운嬌娜 두 여인을 버들[楊
柳]에 비유함이요, '소루小樓'는 자기 집, '취옹'은 자신, 그리고 '춘풍'은 춘정의
비유다. 이제 자유의 몸으로 돌려보내는, 더구나 병든 취옹, 그러니 결구의
이생에선 다시 '양류'를 희롱할 '춘정'이 요긴치 않으리라는 자기 정리의 시라
하겠다. 이에 대한 백운의 차운시는 「젊은 날 기방의 일을 회억하며로 대체
한다放柳枝, 以憶舊妓代之」고 쓴

少年携妓夢魂中　　젊은 날 기녀와 함께 놀던 일 꿈만 같은데
소 년 휴 기 몽 혼 중
已是蕭然白首翁　　어느 새 쓸쓸히 머리 센 늙은이로다.
이 시 소 연 백 수 옹
紅頰翠娥何處散　　붉은 얼굴 푸른 눈썹 어디로 가고
홍 협 취 아 하 처 산
落花飄蕩摠隨風。　떨어지는 꽃잎처럼 바람 따라 흩지누나.
락 화 표 탕 총 수 풍

<동국이상국집후집·二>

라고 아련한 회억에 잠겨 무고상금撫古傷今하는 풍류정인의 심회를 노래하고
있다. 그러나 퇴당의 차운시는,

雲雨巫山摠夢中　　무산 운우의 정이란 모두 꿈속의 일,
운 우 무 산 총 몽 중
蕭然心貌達摩翁　　소연한 이 심사 달마대사라오.
소 연 심 모 달 마 옹
欲知定力今多少　　요즘 근력이 어떠한가 알고 싶을 뿐
욕 지 정 력 금 다 소
止水薇瀾不起風。　고요한 마음 헤살 짓는 바람 따윈 없다오.
지 수 미 란 불 기 풍

<퇴당후록·放柳枝以斷色慾代之>

라 하여, 뒤에 예시한 색마시의 사화詞華를 되뇌고 있음을 볼 수 있다. 이는
조선조의 재도문학관, 혹은 남인 성리학자의 고식적 시풍에 다름 아니다. 향

310

산의 시의를 순화한 백운과 퇴당의 「색마」시는

自顏和好猶堪喜
자 안 화 호 유 감 희

彼面雖好奈我何
피 면 수 호 내 아 하

多向美人終蠱惑
다 향 미 인 종 고 혹

男兒誰免誤於魔。
남 아 수 면 오 어 마

방실대는 저 아양 싫기야 할까

비록 귀엽고 예쁘나 내 어쩌랴.

흔히들 미모엔 끝내 홀리나니

남정네 그 뉜들 색마에 빠지지 않을꼬.

〈동국이상국집 10·色魔〉

吾年七十且三多
오 년 칠 십 차 삼 다

雲雨巫山奈夢何
운 우 무 산 내 몽 하

止水微瀾元不起
지 수 미 란 원 불 기

暮年寧復惑妖魔。
모 년 녕 부 혹 요 마

내 나이 칠순하고도 셋으로 많으니,

무산 운우를 꿈엔들 생각이나 하랴.

고인 물 조요론 마음 작은 물결도 일지 않나니

늙마에 어찌 다시 요망한 색정에 현혹되랴.

〈퇴당집 5·南遷錄, 色魔〉

와 같다. 평성 '가歌'운으로 압운되었으되, 1·2·4구 끝 자에 압운함을 정칙으로 하는 7절의 작법상 백운의 시는 편격이요, 퇴당의 일운삼압一韻三押이 정격인 셈이다. 백운 시의 기구는 제목 「색마」에 걸맞게 '그릇 색마에 빠질[誤於魔]' 남정네들의 고혹스런 유혹의 이미지로 시상을 불러 '유猶' 한 자의 마지못할 춘정이 승구의 '내하奈何'로 직핍되므로, 수노垂老의 심법心法을 무구하고 진솔하게 이어 받았다. 전구에서는 사내들의 일반 속성으로 시상을 돌려 자신은 물론, 뭇 남정네들에게 '색마에 몸을 그르쳐서는 아니 됨'이라는 결구의 주제를 유도했다. 이른바 자계自戒이자, 감계적 훈고가 정감어린 흥미와 함께 공감으로 전해오는 수작이다.

한편, 퇴당은 연치의 많음으로 시상을 일으키되, 운우지정 따위는 꿈에서조차 초연했다고 부연하므로 시적 감흥을 반감했다. 물론 조선조의 재도문학, 예컨대 '지수止水'의 그 오롯한 상징성은 진작 도덕학의 표상처럼 전해온다. 그러니 '이 나이에 어찌 색마에 현혹되겠느냐'는 강한 의지로 맺음하기

311

위한 전구의 자부는 필연적이다. 이른바 '좋이 잘 닦인 마음[心田]이라 미동도 없다'는 '영寧' 한 자의 자긍이 바로 그것이다. 문제는 교조, 혹은 목적시도 시이기 위해서는 문예적 감흥과 그 미적 승화를 필요로 한다. 이 같은 문예적 욕구의 벌충이란 점에서 퇴당의 시는 도덕적 자기 변, 혹은 비문예적 건조미를 노정하고 있다.

酒魔詩
주 마 시

향산의 「병중 15수」 중 '주마'와 관련된 백운과 퇴당의 차운시는 「한상인의 문병에 답하여答閑上人來問因何風疾」이다.

一床方丈向陽開 일 상 방 장 향 양 개	남으로 열린 한 길 남짓한 병상,
勞動文殊問疾來 로 동 문 수 문 질 래	문수보살 수고로이 문병 오셨네.
欲界凡夫何足道 욕 계 범 부 하 족 도	속세의 범부야 무슨 할 말 있으랴
四禪天始免風災。 사 선 천 시 면 풍 재	대선의 가피로 풍질 쯤 나으려니.

〈仝上〉

와 같다. 이에 차운한 백운의 시는 「문병 온 객에게 답한 시로 대신한다」며

愁入眉間鎖不開 수 입 미 간 쇄 불 개	시름이 미간에 껴 풀리지 아니함은
只緣無客挈壺來 지 연 무 객 지 호 래	술병도 안 들고 문병들 오기 때문이라.
此身微恙何須問 차 신 미 양 하 수 문	이 몸의 하찮은 병 웬 위로람
七十衰羸未是災。 칠 십 쇠 리 미 시 재	칠십 늙은이 늙어 야윔이 무슨 재앙이라고.

〈仝上·答閑上人問病 以答客問病代之〉

라는 정작 불편한 심경의 노래다. 칠십 늙은이 쇠약해 파리한 것이야 병이 아니랬다. 차라리 술이 약일지 모른다는, 이른바 향산의 "으슥한 이불 속에

서, 병마와 술기운 어우러져 잔다오.昏昏布衾底 病醉睡相和"〈酬夢得詩〉라는 경지를 방불케 하는 자신의 벽성을 피력하고 있다. 그러니 진작 '마가 된 술'임에 분명하다.

퇴당 역시 「문병 온 객의 시로 대신한다」며

亭午柴門手自開　　한낮에사 손수 사립문 열었더니.
정 오 시 문 수 자 개

荷君勞苦枉車來　　하군이 수고로이 문병을 왔구나.
하 군 로 고 왕 거 래

人生七十雖乘化　　인생 칠십에 모름지기 승화하여
인 생 칠 십 수 승 화

便是登仙不足災。　곧장 선계에 오른들 무슨 재앙이라고.
편 시 등 선 부 족 재

〈仝上·答閑上人問病 以客問病代之〉

라 했다. 그러니 백운과 퇴당의 차운시는 원류작의 시의와 운을 차운한 것일 뿐이다. 이 시의를 원용한 두 작가의 술에 대한 마지못할 수요와 기호, 그로 인한 벽성을 떨치고자 하는 발신자와 수신자의 두 작품은 다음과 같다.

人於喫物嫌辛物　　사람은 마시는 음식 중 신 것을 싫어하되
인 어 끽 물 혐 신 물

酒味深辛樂奈何　　술 맛이야 가장 시건만 좋은 걸 어쩌랴.
주 미 심 신 락 내 하

必欲使人腸腐爛　　필경은 사람의 창자를 녹여 내고 말리니
필 욕 사 인 장 부 란

不知元是毒中魔。　알지 못케라, 이 본디 독 중의 마일게야.
부 지 원 시 독 중 마

〈이규보·仝上, 酒魔〉

少日曾浮數巨羅　　젊은 날 진작 숱한 술자리 마다지 않았거니
소 일 증 부 삭 파 라

今傾一盞醉如何　　이제는 한 잔 술에도 취함을 어쩌랴.
금 경 일 잔 취 여 하

暮年涓滴猶難斷　　늙마에도 야금야금 오히려 끊지를 못함은
모 년 연 적 유 난 단

非是耽賢的是魔。　술에 탐닉해서가 아니라 주마 때문이라네.
비 시 탐 현 적 시 마

〈유명천·仝上, 酒魔〉

역시 '가歌'운 편격과 정격으로 짜였다. 백운은 '신 것을 싫어하는 인간의 기호'로 시상을 열어 '그럼에도 불구하고 맛 중의 맛으로 즐기는 아이러니한 취흥'으로 이어서는 결구의 '독중마毒中魔'라는 '주마'에로 주제를 유도하기 위해 '인간의 창자를 녹여버릴 술'로 완전婉轉했다.

퇴당은 '젊은 날의 광음'으로 시상을 열어 '이제는 한 잔 술에도 취'한다 했다. 그러나 '칠순의 이제도 야금야금 끊지를 못한다'고 전구轉句하므로 '이게 바로 주마 때문'이라는 논리가 거기에 맞았다. 그러나 백운도 퇴당도 색마시에 비해 주마엔 다소 관대한 편이다. 본디 감미로와 마신 술이 아니었으며, 독은 독이나 마지못할 취락을 단념하려는 의지는 보이지 않는다. 퇴당 역시 한창 당년의 호방에 대한 회억과 노경의 현실을 감내하되, 이제도 말 수 없는 애주의 변을 구태여 차운하느라 '마'로 폄하한 의작, 그러니 정작 술의 미학인가 한다.

백운은 삼혹호선생답게 "홀로 앉아 시르렁 거문고를 타다가, 무시로 읊조리며 거듭 술을 마신다. 진작 내 귀를 거스르지 아니하였고, 게다가 내 입도 저버리지 않았노라. 어찌 내 가락 알아주길 바랄 것이며, 함께 마실 벗 기다려선 무엇 하리. 뜻에 맞으면 곧 즐겁다 했으니, 이 말 내 평생토록 좇으리라 獨坐自彈琴 獨吟頻擧酒. 旣不負吾耳 又不負吾口. 何須待知音 亦莫須飮友, 適意則爲歡 此言吾必取"〈삼한시귀감·상·適意〉며 일상화된 취락을 노래했다.

퇴당 역시 살아온 역경이 말하듯 대다수의 시편이 유배시류다. 특히 배소에서의 시름을 달래기 위한 방편으로서의 경음鯨飮은 「어디 간들 술을 잊으리오何處難忘酒」라는 시가 증명하지만, 「이규보가 백향산의 가양주가 새로 익자, 아내가 조금씩 마시라 했다는 시를 차운했다. 나 역시 그런 일이 있어 희롱삼아 차운한다」며

－ 前略 －　　　　　　　－ 전략 －

心死寒灰重煖處　　싸늘한 재처럼 식은 마음 거듭 불이 집힌 듯
심 사 한 회 중 난 처

顔衰枯木欲春時　　고목같이 파리한 몰골 봄철 맞은 듯 피어나네.
안 쇠 고 목 욕 춘 시

314

醒看世事腸堪折
성 간 세 사 장 감 절
醉送生涯計未癡。
취 송 생 애 계 미 치
- 後略 -

맨 정신으로 세상사 볼라치면 오장이 뒤틀리나

취한 채 보낸 생애 어리석진 않았다오.

- 후략 -

〈퇴당후록 · 李文順次白樂天家釀新熟 妻姪勸令少飮之詩 余亦有是事 戲次其韻〉

라는 고백 역시 그 문주반생의 행력을 짐작케 한다. 곧 나날이 종요로운 술
타령, 그 참된 뜻을 알려 준다며 유령의 「주덕송」이 무색할 술의 예찬에 이
어, "어진 아내의 귀한 충고에 사례하며, 도연히 다시 마셔 취향에 든다謝遣伶
妻珍重意 陶然復飮入無爲" 했다.

詩魔詩
시 마 시

향산의 「병중 15수」 중 시마와 관련한 시는 「자해」로 부제한

我亦定中觀宿命
아 역 정 중 관 숙 명
多生債負是歌詩
다 생 채 부 시 가 시
不然何故狂吟咏
불 연 하 고 광 음 영
病後多于未病時。
병 후 다 우 미 병 시

내 또 조용히 내 숙명 돌아보니

지고 진 많은 부채 시가였나 봐.

아니라면 어쩌자고 미친 듯이 읊조리며

병 든 후가 병들기 전보다 더 심하다지.

〈仝上〉

가 그것이다. 전생에 진 많은 부채가 '시가'라서 한 평생 읊조려 왔다지만, 와
병 중 다작이야말로 시마의 헤살이 아닐 수 없다 했다. 물론 그의 다작 중
엔 "술주정뱅이에 시마까지 발작하여, 낮부터 부른 슬픈 노래 저녁녘이 다되
었네酒狂又引詩魔發 日午悲吟到日西"〈醉吟 · 2〉라 했는가 하면, "나를 아는 사람은
날 시선이라 하고, 나를 잘 모르는 이는 시마라 한다知我者以爲詩仙 不知我者以
爲詩魔"〈與元九書〉며, "오직 시마를 극복하지 못하고, 매양 풍월이나 읊조린다唯
有詩魔降未得 每逢風月一閑吟"〈閑吟〉는 등 산견된다.

315

향산의 시를 차운해 순화한 백운과 퇴당의 「자해」는 다음과 같다.

老境忘懷履坦夷
노 경 망 회 리 탄 이
樂天可作我爲師
낙 천 가 작 아 위 사
雖然未及才超世
수 연 미 급 재 초 세
偶爾相侔病嗜詩
우 이 상 모 병 기 시
較得當年身退日
교 득 당 년 신 퇴 일
類與今歲乞骸時。
유 여 금 세 　 해 시

늙마에 망상들 떨쳐 일신이 평안하니
백낙천으로 가히 나의 스승 삼으리라.
비록 빼어난 재주야 미치지 못하지만
병들어 시 좋아함 우연히도 비슷하고
은퇴할 그 때의 나이를 비교해 보면
이즈음 물러나고자 하는 나와 같다오.

〈동국이상국집후집·2, 병중15, 자해 순화〉

香山衣鉢傳文順
향 산 의 발 전 문 순
二老風流卽我師
이 노 풍 류 즉 아 사
格價最高閑後作
격 가 최 고 한 후 작
咏歌追和病中詩
영 가 추 화 병 중 시
詞華縱劣官年似
사 화 종 렬 관 년 사
只恨吾生未並時。
지 한 오 생 미 병 시

향산의 의발이 문순에 전해졌으니
두 어른의 풍류 곧 나의 스승이라.
높은 시격과 성가야 한참 못 미치나
병중 시가를 화답하여 읊조린다오.
사화야 비록 모자라나 벼슬과 나이 같으니
다만 시대를 같이해 살지 못한 것 한이라.

〈퇴당집·五, 퇴당후록, 병중15, 자해 순화〉

자못 향산의 광적, 아니 시마에 복속된 하소에 비해 백운과 퇴당은 정작
존상尊尙에 몰두하고 있다. 물론 향산의 그 같은 열정과 미치지 못할 초세적
超世的 시재詩才를 흠모함이겠으나, 기실 자신들의 시벽 역시 조물의 시기 같
은 마라 했다.

詩不飛從天上降
시 불 비 종 천 상 강
勞神搜得竟如何
로 신 수 득 경 여 하
好風明月初相論
호 풍 명 월 초 상 유
着久成滛卽是魔。
착 구 성 제 즉 시 마

시가 하늘로부터 날아 내려옴이 아니건만
애태우며 간골라냄은 끝내 어쩌자는 건가.
좋은 바람 밝은 달 처음엔 뜻에 맞으나
오래되면 홀리나니 이게 바로 시마라네.

316

聳肩乂手日吟峨
용 견 예 수 일 음 아
佳句耽來奈癖何
가 구 탐 래 내 벽 하
習氣一生除不得
습 기 일 생 제 부 득
天應賦我嬲玆魔。
천 응 부 아 뇨 자 마

어깨 움츠리고 깍지 낀 채 나날이 읊조려

아름다운 글귀나 탐내니 어찌 고질 아닌가.

한평생 습벽이라 떨쳐버리지도 못하니

조물이 시기하여 이 시마를 준 것이리.

가(歌)운 편격과 정격의 짜임이다. 백운은 '작시의 어려움'으로 시상을 불러, 그럼에도 '짓지 않고는 견디지 못해 끝내 노신(勞神)하고야 마는 아이러니로 반문했다. 이것이 제 3구의 완전이다. 이른바 '나날이 심간을 쪼개고, 기름과 진액을 짜내는 각고'로 부연 발전시켰다. 처음엔 한낱 '호사스런 음풍농월, 혹은 친화자연하고 물아일체하는 선비의 멋'인 줄 알았다고 시상을 완전시켜서는 '부지불식간에 시마에 홀린다'고 체험적 주제로 결구 삼았다.

퇴당 역시 '고신의 안간힘'으로 시상을 일으켜, 정작 '아름다운 글귀나 탐하는 어쩔 수 없는 벽성'으로 발전시켰다. 이어 '떨쳐버리고자 하나 뗄 수 없는 시벽'으로 완전하여, 이것이야말로 '온전히 조물의 시기' 때문이라고 탄식하므로 백운의 시마 시에 비해 운은 더욱 공교롭고, 시의(詩意) 역시 정작 정연한 수작을 낳았다.

물론 백운의 시에 대한 자부와 시마를 노래한 시는 산견된다. 그 풍장진마(風檣陣馬)한 주필(走筆)은 동방 유일의 시호(詩豪)로 칭예되었는가 하면, 그의 7절 「아들 함이 내 시문을 편집하였기에 그 위에 쓰다」의

彫刻心肝作一家
조 각 심 간 작 일 가
於韓於杜可堪過
어 한 어 두 가 감 과
假敎百世行之盛
가 교 백 세 행 지 성
身後浮名奈我何。
신 후 부 명 내 아 하

폐부에 새기고 새겨 일가를 이루니

한유나 두보보다 감히 더할까마는.

가사 백세 뒤에 성함이 있다 한들

죽은 뒤의 뜬 이름 내 어쩌랴.

▷작일가作一家 : 일가를 이룸. '一家'란 특정 부분에 전문가 경지에 이름. ▷어한어두於韓於杜 : 한유나 두보의 경지에 비해. ▷가감과堪過 : 감히 지나친다고야[더 낫다고야] 할까마는.

는 정작 '한유나 두보에 맛 서자'는 자부마저 서슴지 않았다. 곧 '감과堪過'를 작시에 들인 고신의 정도로 양보하더라도 '동격, 혹은 등가' 쯤이야 못할 바 없다는 호방이다. 그것이 물론 '심간心肝'에 새기고 새긴 각고이기에 천성의 기호 못지아니하게 현실 극복이란 의지가 조련한 '동국의 시문'이라는 긍부에 넘친 웅변인 것이다. 그러노라니 자신의 '작시 벽'이 "점차 병질이 되어 스스로 말 수 없음을 알고, 시를 써 이를 슬퍼한다"고 자주한 「시벽」에서 "나이도 칠순을 넘었고, 벼슬도 재상에 올랐으니 이젠 글 따위 그만둘 만도 한데, 능히 그만두지 못함은 어쩐 일인가?"라고 자문하며, "아침으론 귀뚜라미인 양, 저녁으론 부엉이처럼 읊조려 댄다無奈有魔者 夙夜潛相隨. 一着不暫捨 使我至於斯"했다. 곧 "나날이 심간을 깎아내고, 기름과 진액을 짜내 수척해진 몰골로 읊조리는 자신이 가소롭다日日剝心肝 汁出幾篇詩 滋膏與脂液 不復留膚肌 骨立苦吟哦 此狀良可嗤"며 "끝내 생사가 이에 매였으니, 이 병은 편작도 못 다스릴生死必由是 此病醫難醫" 지병이랬다. 이렇게 덜고 쫓고자 하는 의지를 다지고서도 오히려 능히 멈추지 못하고不能止 거듭 슬퍼한 「후자상시벽後自傷詩癖」에서는 "내 전에 시를 지어 스스로 시벽을 슬퍼한 바 있으나, 오히려 제거치 못해 다시 슬퍼한다"고 자주하고는 "병석에 누운 수개월, 몇 수나 써댔던가臥病數四月 作詩幾許篇"라며 한스러워 했는가 하면, 끝내 "병들지 아니했을 때[未病時]보다 더한 작시 벽이 도져 신음소리와 흥얼거리는 소리가, 뒤섞여 서로 연이어 나네. 이 버릇 또한 한 병이라, 약석으론 고치지 못 할레. …… 하늘의 조화인가, 귀신의 방해인가, 마치 빌미가 있어 끌림이 있는 듯. 혹 다른 일에 취미를 옮겨보려고, 다잡아도 보았지만 마음이 앞서려 않네. 아! 끝내 다스릴 수 없으니, 결국은 이대로 죽을 수밖에呻吟與謳吟 相雜仍相連. 此癖亦一病 難以藥石痊.

…… 天耶必鬼耶 似有崇所牽. 或欲移他事 驅之心不前. 嗟嗟竟莫理 終以此死焉"〈仝上·八〉

라며 차라리 숙부宿負로 치환했다. 그러니 더불어 살아야 할 시마다.

그러나 백운에 비해 퇴당의 시에서는 작시고作詩苦, 혹은 시벽에 대한 호소는 보이지 않는다. 워낙 그는 학인으로나 문인으로 논의된 바 없는 남인계 관인이었다. 시 역시 송별·만시 등 인사시류와, 3차의 유배지 및 전거田居에서의 비감을 노래한 상정, 내지 사가思家, 영물시가 대부분이다. 이른바 남인계의 대부로 숱한 인사 관계의 중심이었고, 물러나서는 소분消憤·파한破閑의 방편이 작시였다. 따라서 퇴당에게서의 시마시는 제목대로 백운시에 희차戱次한 화시인가 한다.

이상 향산의 「병중 15수」 차운 및 그 시의를 순화한 「삼마」 시는 시대는 다르지만, 고려·조선 양조의 관인이자 문예 담당 층, 곧 선택된 귀족문사들의 호궤인 셈이다.

결국 전대 명인을 향한 후기 추존자, 이른바 발신자를 향한 수신자의 흠모는 물론, 못내는 동격 의지를 발현한 영원한 모놀로그, 그 애련哀憐한 여운이 수용미학의 여운을 남겼다.

02

英雄과 함께 天下를 경영해 온 名馬
영웅   천하   명마

高都護驄馬行
고 도 호 총 마 행

2014년은 갑오년甲午年, 이른바 '푸른 말[靑馬]의 해'다. 천天의 십간十干을 오색五色의 갈래로 나눌 때 갑甲의 색상은 '청靑'이요, 12지지地支 중 오午는 '말[馬]'이기 때문이다.

흔히 관상, 혹은 운명론자들은 말띠의 긍정적 사주와 성격을

① 준수한 인물에 재물 및 관록이 사해에 떨칠 운
② 의식이 풍족하고 친화력이 좋으며
③ 상황판단에 능해 잘 대처하며, 사주에 복이 있어 고통을 모름
④ 비밀을 감추지 않고, 웬만한 시비에도 전혀 뒤끝이 없음

등으로 풀이한다. 그러나 부정적 측면도 없지 않아 "대범하고 재주도 많으나, 다급한 성격에 여간한 고집과, 사치성 및 역마살도 있다"지만, 단점보다 장점이 많은 편이니, '흑돼지 띠' 못지않은 길운吉運인 셈이다. 그래서 일까? 천하의 영웅들도 하나같이 명마와 함께 역사를 경영해 왔다. 예컨대 그리스·

페르시아·인도에 이르는 대제국을 건설하여, 그리스 문화와 오리엔트 문화를 통합해 새로운 헬레니즘 문화를 창출한 마케도니아의 알렉산드로스 대왕에게는 부세팔레스라는 명마가 있었고, "불가능은 없다"는 명언과 함께 프랑스는 물론, 북유럽 일대의 혁신을 주도한 제왕 나폴레옹도 애마 마렁고와 함께 했다.

한편 동양의 역사에서도 "힘은 산을 뽑아 옆구리에 낄만하고, 기운은 천하를 덮을 만하다力拔山 氣蓋世는 항우項羽에게도 오추마烏騅馬가 있었으며, 유비劉備의 적로마赤盧馬, 여포呂布와 관우關羽의 적토마赤兔馬, '일당백一當百'이란 명언을 남긴 징기스칸도 기마군단騎馬軍團의 자신감·간편성·신속성을 무기삼아 100만의 인구로 1억의 점령지 백성을 지배했으니, 장군의 명마는 가히 '입안의 혀'라 이를만하다.

우리에게도 이태조의 함흥 반룡산 치마대馳馬臺 고사가 있는가 하면, 신라 삼국통일에 혁혁한 공을 세운 김유신이 애마를 목 벤 고사庾信斬馬가 있어 씁쓸한 감개를 읽게 한다. 전문을 보면

　　　"만명은 유신의 어머니시다. 유신이 어렸을 때에 '매일같이 아무나 교유하지 말라고 엄하게 훈도하였는데, 하루는 우연히 기생 천관의 집에서 유숙하고 돌아왔다. 어머니께서 내 네가 장성하여 공명을 세우길 바랐는데, 소인배들과 어울려 기생집에서 술판이나 벌인단 말이냐'라고 엄히 꾸짖으셨다. 유신은 곧장 어머니 앞에 무릎을 꿇고 스스로 맹서하기를 '다시는 그 문 앞을 지나지 않겠다' 하였다. 그러던 어느 날 술에 취해 돌아올 제 말이 '옛 길을 알고', 그만 기녀의 집에 이르렀다. 기녀는 반기며, 짐짓 원망하듯 눈물을 흘리며 반가이 맞이했다. 유신이 깜짝 술이 깨 말의 목을 베고, 안장조차 버린 채 돌아가니, 기녀는 원사 한 곡을 지어 뜻을 전했다."

　　萬明은 庚信母夫人이라. 庚信이 爲兒時에 母日加嚴訓하여 不妄交遊러니 一日에 偶宿女妓天官家라. 母曰"我望汝成長하여 立功名이러니 今與小兒로 遊戲妓房酒肆耶아한대. 庚信이 卽於母前에 自警不復過其門이러니, 一

321

日에 被酒還家할새 馬解舊路하여 誤至娼家하니 妓兒가 且忻且怨하여 垂
淚出迎이라. 公이 旣醒에 斬馬棄鞍而返하니, 女作怨辭一曲하여 傳志하니
라 〈三國史記·列傳〉

▷불망교유不妄交遊 : 분별없는 교유를 금함. ▷아망여A我望汝A : 내 네가 A하기를
바랬더니. ▷피주被酒 : 술에 취함. ▷마해구로馬解舊路 : 말이 옛 길을 알고. 말이 주
인의 옛 습성을 기억함. ▷차흔차원且忻且怨 : 반갑 고 또 원망하듯. ▷참마기안斬馬
棄鞍 : 말을 목 베고, 안장을 버린 채.

이상의 담론은 양면성을 지닌다. 그 하나는 '어머니와의 약속 이행과, 유신
의 결단력'이라는 긍정적 신의와, '길들여진 말의 가련한 죽음'에 대한 감상적
동정보다 더 중요한 것은 주인의 일상사는 물론, 습벽까지 알아차리는 말의
'기억력, 곧 영명英明함'이다.

말의 감각과 기억력은 진작 다양하게 증명되었다. 잘 훈련된 개처럼 후각
에 의한 인지가 아니라, 자생적 기억에 의한 실행은 물론, 그 탁월한 판단력
은 몇몇 일화로 증명된 바 있다. 항우의 오추마烏騅馬가 그렇고, 관우의 적토
마가 그랬다. 해하의 전투에서 패한 항우가 비창하게 「우미인가」를 부르자,
그 노래에 맞춰 춤을 춘 우부인이 '자신으로 인한 심적 부담을 덜어주고자'
남편의 칼로 자결했다. 항우는 오추마를 타고 강동을 향해 달렸으나, 차마
건너지 못하고 부인이 죽은 칼로 자결을 결심하며, 오추마를 뗏목에 태워 보
내고자 했으나, 오추마는 주인의 죽음을 예감하고 슬피 울며, 물에 뛰어들
어 주인과 함께 죽었다 하며, 관우의 적토마도 관우가 죽자, 먹이를 거절하
고 굶어 주인의 뒤를 따랐다 한다.

유신의 애마도 주인의 '취한 기미를 알고, 늘 그러했던 일상적 습성을 반
복했음'이니, 법리적 무죄요, 영명함의 증거가 아니겠는가? 그러나 인간은 늘
인간중심의 척도로 가치를 가늠한다.

소재를 리얼하게 읊조리기로 유명한 두보의 말을 읊조린詠馬 시에 「방 사
령관의 명마房兵曹胡馬」와 고구려 유민으로 대당제국大唐帝國의 대도호를 지낸

고선지高仙芝 장군의 청총마를 노래한 「고 도호의 청총마행高都護驄馬行」이 그 것이다.

胡馬大宛名 호 마 대 완 명	호말은 대완 나라의 소문난 천리마라
鋒稜瘦骨成 봉 릉 수 골 성	칼날 같은 갈기에 늘씬한 몸매이지요.
竹批雙耳峻 죽 비 쌍 이 준	대쪽을 쪼개 세운 듯한 두 귀 오똑하고
風入四蹄輕 풍 입 사 제 경	바람을 불어넣은 듯한 발목 가뿐 하다오.
所向無空濶 소 향 무 공 활	내닫는 곳마다 탁 트인 공간이란 없으니
眞堪託死生 진 감 탁 사 생	진실로 사람의 죽고 삶을 의지할 만 해.
驍騰有如此 효 등 유 여 차	날듯이 사납게 내달림이 이와 같으니
萬里可橫行。 만 리 가 횡 행	만 리쯤 마음대로 내달릴 만하다 말다.

〈두언·17〉

▷대완명大宛名 : 대완 산 명마. ▷봉릉鋒稜 : 칼날 같은 갈기. ▷죽비 竹批 : 대를 쪼갠 듯함. ▷사제경四蹄輕 : 4발굽이 경쾌함. ▷무공활無空濶 : 넓게 트인 곳이 없음. ▷탁사 생託死生 : 생사를 의탁할 만함.

전 4구는 명마名馬 '호마'에 대한 묘사다. 호마는 현 우즈베크 공화국 일대인 대완大宛 산 말로, 히말라야 산기슭에 자생하는 거여목[苜蓿]을 먹고 자란 말이니, 방房 사령관의 말이 바로 이 호마다. 소금수레나 끄는 노마駑馬가 아 니기에 '칼날 같은 갈기에 호협한 몸매'의 묘사만으론 부족해, '오똑한 두 귀 는 대쪽을 쪼개 세운 듯하고, 경쾌한 발굽은 가뿐하기가 공기압축기로 바람 을 불어 넣은 듯 경쾌하다' 했으니, 일당백一當百이 문제겠는가? 그러니 '죽살이 死生' 판에서 목숨을 맡길 만하고, 하루에 천 리를 내닫는日行千里 준족俊足이므 로 그 용맹성을 노래했다.

다음은 고구려 유민으로 당나라에 귀화해 현종玄宗 때 투르키스탄을 비롯 해 파키스탄·카 미르 근방을 모두 공략해 당나라 영토가 되게 하므로 대당 제국의 기틀을 다지고, 동양의 제지술製紙術을 서양에 전파한 고선지 장군의

323

청총마 노래다.

安西都護胡靑驄 안 서 도 호 호 청 총	안서라 고선지의 푸른 천리마가
聲價欻然來向東 성 가 홀 연 래 향 동	명성 드날리며 홀연 동으로 왔네.
此馬臨陣久無敵 차 마 임 진 구 무 적	전장에 다다라선 당할 자 없고
與人一心成大功。 여 인 일 심 성 대 공	주인과 한 마음 되어 큰 공 세웠지.
功成惠養隨所致 공 성 혜 양 수 소 치	이룬 공 위엄 받아 따라 다니니
飄飄遠自流沙致 표 표 원 자 유 사 지	머나먼 유사에서 나는 듯 왔네.
雄姿未受伏櫪恩 웅 자 미 수 복 력 은	날랜 몸이 마판에서 묵어야겠나
猛氣猶思戰場利。 맹 기 유 사 전 장 리	사나움은 전쟁판만 그리고 있어.
腕促蹄高如踏鐵 완 착 제 고 여 배 철	발목 받고 굽 높아 쇠처럼 단단해
交河幾蹴層冰裂 교 하 기 축 층 빙 렬	교하의 얼음 덮갤 몇 번이나 깨쳤나.
五色散作雲滿身 오 색 산 작 운 만 신	오색 무늬 흩어져 몸에 감도니
萬里方看汗流血。 만 리 방 간 한 류 혈	만 리 밖 한혈마를 이제 보았네.
長安壯兒不敢騎 장 안 장 아 불 감 기	장안의 장사들 감히 엄두도 못 내고
走過掣電傾城知 주 과 철 전 경 성 지	번개보다 빠르단 것 세상이 다 알아
靑絲絡頭爲君老 청 사 락 두 위 군 로	푸른 실로 갈기 딴 채 썩고 있으니
何由却出橫門道。 하 유 각 출 광 문 도	그 언제 북문 밖을 되 달릴 건가.

▷안서도호安西都護 : 안서 대도호 고선지 장군. ▷홀연欻然 : 홀연히. ▷여인일심與人一心 : 주인과 일심동체. 입안의 혀처럼. ▷혜양惠養 : 이룬 공에 따른 대접. ▷유사지流沙至 : 고비사막으로부터 이르렀음. ▷완착제고腕促蹄高 : 발목은 받고 굽은 높음.

전편이 4단으로 짜인 악부체 칠언고시다. '악부'란 한대漢代에 유행했던 노래 가사나, 당대唐代에 크게 유행한 '악부 스타일'의 시다. 안서도호부는 중앙아시아를 다스리는 총독부로 구자龜玆 : Kuckha에 있었고, 그 사령관 고선지가 타고 온 대완 산 청총마를 노래한 시다.

1단에서는 '주인과 함께 큰 공을 세운 무적의 청총마가 수도 장안에 왔음'

으로 시상을 열었으니, 전달심상은 '이 무슨 가당치도 않은 인사냐'는 풍자다. 호걸 장수와 혁혁한 전공을 세운 명마가 호시탐탐 침략과 노략에 이골이 난 북방 오랑캐를 버려두고 장안 마판에서 '전공에 대한 포상[賜暇]이랍시고 꾸미개나 해 썩히다니'란 주제어의 암시적 포치임을 읽어야 한다. 제4구의 '여인일심'은 '주인과 일심동체, 곧 입안의 혀처럼'이란 뜻이니, 고선지 장군에 대한 칭송도 함유되었음은 물론이다.

그러나 당시의 전방 사령관은 한족漢族이 아닌 이민족이 전담하였고, 더구나 고선지 장군같이 큰 전공을 세우면 곧장 서울로 소환했었다. 반란을 두려워한 중앙집권제의 정략인 셈이다.

2단은 북방 변새로부터 와 장안의 마판에서의 호사라니, 위정爲政의 가식假飾일 뿐 전혀 '전쟁판을 내달을 일념 뿐'이라며, '적재적소'라는 인사의 원칙조차 잘못되었음을 강조하고, 3단에서는 청총마의 용맹성을 상찬했다. '밭은 발목腕促·높은 굽高蹄'은 쇠처럼 단단해如踏鐵 밟는 대로 얼음판을 쩍쩍 갈라내고層冰裂, 땀에 젖은 털빛은 오색 무늬로 빛나는, 말로만 듣던 한혈마汗血馬야 '나도 처음 봤다'며 그 당당한 기품과 용맹성을 종횡무진으로 펼치고, 결단에서는 장안의 내로란 건달들은 탈 엄두도 못 낼 '번개보다 빠른 명마'를 노리개가 무슨 호사라고 치장해 썩히니 한심하다는 영탄으로 맺었다. 그러니 '대체 언제쯤에나 북문 밖으로 내달아 그 뛰어난 능력을 발휘하게 할 것'이냐는 안타까움으로 결구했다. 물론 '광문橫門'은 북녘으로 난 문, 곧 '북녘 전선으로'의 뜻이요, 음은 '광'으로 읽는다.

끝으로 천 리 명마를 한 눈에 알아본다는 백락伯樂과, 천리마는 있으나, 그것이 천리마인 줄 모르는 세태를 들어 인재선발의 한계를 비판한 한유韓愈의 「잡설雜說」을 참고에 보탠다.

"세상에 백락이 있은 연후에 천리마가 있으니, 천리마는 늘 있으나 백락은 늘 있는 것이 아니다. 고로 비록 명마가 있어도 다만 노예의 손에서 욕되게 마판에서 나란히 죽어가며 천리마의 일컬음을 받지 못한다."

世有伯樂然後에 有千里馬하니, 千里馬는 常有나 而伯樂不常有라. 故로 雖有名馬나 祇辱於奴隷人之手하야 騈死於槽櫪之間하니 不以千里稱也라.

"천 리를 달리는 말은 한 끼에 곡속 일 석을 먹어치우건만 말을 먹이는 자가 그 말이 천 리를 달릴 수 있는 말인 줄 모르고 먹이는지라, 이 말이 비록 천 리를 달릴 수 있는 능력은 있으나, 배불리 먹지 못해 힘이 부족하니, 재주는 아름다우나 겉으로 드러내지 못하고, 또 보통 말과 같고자 하나, 실행할 수 없으니, 어찌 능히 천 리를 갈 수 있으리오."

馬之千里者는 一食或盡粟一石한대 食馬者가 不知其能千里 而食也라. 是馬雖有千里之能이나, 食不飽力不足하니, 才美不外見이요, 且欲與常馬等이나, 不可得이니, 安求其能千里也리오.

"채찍질하되 법도로 하지 않고, 먹이되 능히 그 재료를 다하지 아니하고, 울음을 울되 능히 그 뜻이 통하지 아니하고, 채찍질 하며 다가가 이르되, '천하에 쓸 말이 없다' 하니, 오호라, 진실로 좋은 말이 없는 것인가? 참으로 말을 알지 못하는 것인가?"

策之不以其道하고 食之不能盡其材하고 鳴之不能通其意하고 策而臨之曰 "天下無良馬라하니, 嗚呼라, 其眞無良馬耶아, 其眞不識馬耶"아

라 했다. 어찌 말에 한정된 일인가! 글이란 언제나 함유된 본뜻을 찾아 읽는 법. 허다한 인간사 대개가 그렇다. 임금다운 임금에게 신하다운 신하가 모이고, 벗다운 벗에게 참된 벗이 따르며, 부부며 부자간이 다 그런 줄 이제사 알겠으니, 인생사를 어찌 아니 후회하랴. One way Ticket인 것을…….

03

白髮과 여산폭포
백 발

意會의 美學
의 회   미 학

日照香爐生紫煙
일 조 향 로 생 자 연
遙看瀑布掛前川
요 간 폭 포 괘 전 천
飛流直下三千尺
비 류 직 하 삼 천 척
疑是銀河落九天。
의 시 은 하 락 구 천

향로봉에 해 비치자 붉은 내 퍼지고,

멀리 뵈는 폭포는 앞 시내가 걸린 듯.

나는 듯 쏟아지는 삼 천척 물줄기

은하수가 하늘로부터 떨어지나 싶네.

　잘 알려진 이백의 칠언절구 「여산 폭포를 바라보며望廬山瀑布」다. 흔히 '입만 열면 시가 된다開口則成章'는 이태백, 위의 시가 그 예라 하겠다. '아침 해 받은 산봉의 아지랑이가 태양빛을 반사하며 피어오름'으로 시상을 열고, 이내 2구에서 긴 강을 걸어 펼친 듯한 폭포로 부연 발전시켰다. 그리곤 그 장관을 은하에 비유하고자 '삼천 척'이란 과장법으로 완전宛轉시켰다. 물론 시어로서의 '삼천 척이 여산폭포의 실제 길이, 혹은 높이와 부합하느냐'는 전혀 논의의 대상이 아니다. 워낙 당대唐代의 1척이 현재의 미터법으로 약 24.5cm라니 약 720여 미터면 세계적 폭포라는 나이아가라나 금강산 구룡폭포가 50여 미터 내외라니, 왜 장관이 아니겠는가. 시적 과장일지언정 한 번쯤은 가볼 일

이다. 그러나 그는 또 자신의 「추포의 노래秋浦歌」에선

白髮三千丈　　이 흰 삼천 장 머리카락은
백 발 삼 천 장
緣愁似個長　　수심으로 이리 길어졌으리.
연 수 사 개 장
不知明鏡裏　　모를레라, 거울 속의 이 몰골
부 지 명 경 리
何處得秋霜。　어디서 가을 서리를 얻었다냐.
하 처 득 추 상

라 했다. 이번엔 허옇게 센 머리카락이 '삼천 장'이랬다. '장'은 '척'의 열 배 길
이니, 여산폭포의 열 배란 말이다. '백발'과 '폭포'를 바꿨다 해도 어불성설이
다. 물론 예시 「추포가」는 그가 관직에서 물러나 현 안휘성 귀지현 추포에
머물며, 지은 연작시 17수 중 제 15수다. 권신들의 횡포와 위정의 부패 등을
안타까워하던 중 실의에 찬 자신의 백발이 강물에 비친 초라한 모습을 보고
'가을 서리'에 비유한 애상적 시다.

　문제는 시어로서의 과장법을 치지도외할 것인가? 어떻게 읽어야 할 것인
가의 문제다.

　고려 시대 사간 진화는 그의 「늦은 봄春晚」 시에서

雨餘庭院族莓苔　　비 개인 뜰이라, 이끼만 다복한데,
우 여 정 원 족 매 태
人靜柴扉晝不開　　인적 드문 사립은 한낮에도 닫혔구나.
인 정 시 비 주 불 개
碧砌落花深一寸　　푸른 섬돌엔 낙화가 한 치나 쌓였는데
벽 체 락 화 심 일 촌
東風吹去又吹來。　봄바람은 불어 갔다간 또 불어오네.
동 풍 취 거 우 취 래

라 했다. 폄하하는 자가 이르기를 '낙화가 한 치 높이나 쌓였다'고 한 것은 이
치에 맞지 않는다落花深一寸 似畔於理라 하였다. 내가 이르기를 '조퇴암의 시에,

蒲色靑靑柳色深　　부들 빛 검푸르고 버들잎 짙어 가는데
포 색 청 청 유 색 심
今年寒食去年心　　금년에 한식 맞는 마음 작년과 같구나.
금 년 한 식 거 년 심

醉來不記關河夢
취 래 불 기 관 하 몽
路上飛花一膝深。
로 상 비 화 일 슬 심

취해 지내며 고향 꿈 기억도 못했더니
길 위에 흩나는 낙화한 무릎까지 쌓였네.

라 하였다. 여기서 '한 무릎一膝'이라 한 것은 '한 치一寸'보다 깊은 것이다. 항차 이백은 '연산의 눈송이는 방석만 하다燕山雪片大如席'라 하고, 또 '백발이 삼천 길이나 된다白髮如三千丈' 하였고, 소동파의 시엔 '큰 누에고치가 항아리만 하다大繭如甕盎' 했으니, 이러한 표현은 시의 뜻을 해하려는 것이 아니라, 다만 (독자와) 시적 공감대 형성을 위한 것일 뿐[但當意會]이다. 요즈음 『감로집』을 보았는데 송나라 스님의 시집이다. 그 시집에

綠楊深院春晝永
녹 양 심 원 춘 주 영
碧砌落花深一寸。
벽 체 낙 화 심 일 촌

푸른 버들 깊은 정원에 봄 낮이 긴데
새파란 섬돌엔 낙화가 한 치나 쌓였네.

라 하였으니, 진화의 시구와 한 자도 다르지 않다. 옛 사람도 이러한 말을 했던 것이다.

『동인시화』에 전하는 시어의 과장법과 관련한 일종의 의회론意會論이다. '의회'란 '뜻이 만남,' 이른바 '작자가 독자에게 전달하고자 하는 이미지를 독자의 시적 정서가 바르게 이해하고 수용함'이니, 이른바 시적 정서의 공감대 형성을 이름이다. 범박하게 말하자면 '시어의 비논리적 과장이 시어의 이미지 전달을 해치지 않고, 독자에게 바르게 전달되어 공감대가 형성되면 시어는 그 사명을 다하는 것이지, 반드시 수치상, 혹은 과학적일 필요는 없다는 옹호론, 좀 엉뚱한 현대 문학용어로 '낯설게 하기' 쯤으로 이해하자.

04

騎牛와 靑盲으로 玩世한 조운흘
기 우   청 맹   완 세

   석간石磵 조운흘趙云仡(1332~1404)은 공민왕조에 급제하고 여러 직을 편력했으나, 세상이 어수선할 땐 거짓 미친 척하며[佯狂] 은거하는 등 숱한 일화와 기행으로, 여말 선초 양조를 선정禪定과 청백리로 살았던 인물이다.

   한때는 상주 노음산 기슭에 은거해선 소를 타고 다니며 「기우도」 「찬석간 가」 등을 지어 불렀다 하며, 입으론 노상 '아미타불'을 염송했다 한다. 만년엔 앞이 보이지 않는다며[청맹과니] 광주 고원 강촌에 사평원·판교원을 중건하고, 사평원주를 자칭하며 산림에 은거했다. 이때 임렴林廉의 무리들이 줄줄 이 묶여 찬축되는 것을 보고 지은 시에

柴門日午喚人開   한낮에야 아이 불러 사립문을 열고,
시 문 일 오 환 인 개

徐步林亭坐石苔   천천히 걸어 숲 정자 돌이끼에 앉았네.
서 보 림 정 좌 석 태

昨夜山中風雨惡   지난 밤 이 산중에 비바람도 거세더니
작 야 산 중 풍 우 악

滿溪流水泛花來。   치렁한 시냇물 가득 떠오나니 낙화로세.
만 계 류 수 범 화 래

〈동문선·23, 卽事〉

라 했다. 이른바 1·2구는 산수인의 한거일취閑居逸趣이니 예의 평직하게 기구를 일으켜[平直敍起] 조용히 이어받음從容承之이라 함이 그것이다. 그러나 전구의 '풍우'는 결구의 '낙화'를 유도한 전환이니, 그 원관념은 정변과 그 희생자, 곧 '위화도회군과 압송당해 끌려가는 죄수'의 비유다. 정녕 그가 왜 청맹과니로 행세하며, 완세(玩世 ; 세상사를 경시하고 조롱함)했는가를 알만하다.

다음은 「구월산 작은 암자에서題九月山小庵」라는 시다.

山中猶在戊辰雪
산 중 유 재 무 진 설
柳眼初開己巳春
유 안 초 개 기 사 춘
世上榮枯吾已見
세 상 영 고 오 이 견
此身無恨付窮貧。
차 신 무 한 부 궁 빈

지난 해 쌓였던 눈 아직은 남았는데
버들은 막 움트며 봄소식을 알리네.
세상사 영고성쇠 내 이미 보았거니
이 한 몸 가난쯤 탓할 바 아니로세.

버들개지 눈 뜨는 기사년 이른 봄이니, 무진년은 지난해다. 한겨울 답쌓였던 눈, 나름대로 성한 겨울의 모습이었지만, 어언 실버들 눈트는 봄이 소생하는 만물의 영화와 함께 엉덩이를 들이밀며 자리를 내놓으란다. 어쩔 수 없는 절서니 자연의 섭리 아닌가. 인간사 영고라고 뭐 별건가? 빈부의 계선界線은 어디쯤인가? 내 개의치 않으리라는 저 탈속한 삶이 오늘날 우리들 가슴 어디쯤에 조금은 남아 있으련만…….

그러나 석간의 다음 시야말로 곤고로운 그의 삶을 대변한다 할 것이다.

謫宦傷心涕淚揮
적 환 상 심 체 루 휘
送春兼復送人歸
송 춘 겸 부 송 인 귀
春風好去無留意
춘 풍 호 거 무 류 의
久在人間學是非。
구 재 인 간 학 시 비

귀양살이 아픈 마음으로 눈물 뿌리며
가는 봄 떠나는 벗 보내고 돌아왔네.
잘 가라 봄바람아, 머물 생각일랑 말고
인간 세상에 오래 머물다 시비나 배울라.

〈동인시화 상, 송춘일별인〉

자연의 속물적 인간화! 참으로 슬픈 패러독스다. 영장은 고사하고 원죄의 씨앗이랬다. 그러니 어서 가라고 부추겼다.

한편 이규보의 「봄을 보내며送春日」는

春向晚　送將歸 춘 향 만　송 장 귀	봄 늦어 보내고 막 돌아왔는데
杳杳悠悠適何處 묘 묘 유 유 적 하 처	아스라이 유유히 어디로 갔는가.
不唯收拾花紅去 불 유 수 습 화 홍 거	꽃의 붉음만 거둬간 게 아니라
兼取人間渥丹去 겸 취 인 간 악 단 거	사람의 젊음까지 겸해 앗아갔구나.
好去青春莫回歸 호 거 청 춘 막 회 귀	잘 가라 봄아, 뒤 돌아보지 말고
與人薄情誰似汝。 여 인 박 정 수 사 여	인간과 함께 박정키 뉘 너 같으랴.

와 같이 '봄의 감 = 늙음'이라는 '현실적 상실감'으로 직핍되어 '가는 봄을 애석'해 했다. 그러니 고약한 것이 '꽃의 붉음만 앗아간 것이 아니라, 나의 젊음마저 앗아간 것'을 '박정한 인간사'에 빗대 안타까워했다.

이것이 이른바 '득의한 자와 불우한 자, 혹은 갖은 자와 갖지 못한 자'의 대세계관, 아니 가치관의 차이인가 한다.

석간의 문학사적 업적은 전혀 『삼한시귀감三韓詩龜鑑』이란 선시 작업 및 그 편찬에서 매겨져야 할 것이다. 이른바 신라 최치원으로부터 고려 말 이제현 이전까지의 대표 작가 64가家(중출을 빼면 45명)의 한시 247수를 정선한 선시집이다. 물론 최해의 동인문東人文(五七)을 재정선한 것으로, 이후 『동문선』의 저본이 되었으리니, 그의 감식안은 작시에 못지않다 할 것이다.

05

道理를 근거로, 교화를 목표로, 이곡
도 리

아들 이색과 함께 부자가 이제현의 문인이었던 이곡李穀(1298~1351)은 말단 향리鄕吏였던 부친을, 그나마 일찍 여의는 불우한 환경을 극복하고, 부자가 나란히 내국의 과거엔 물론, 원나라의 과거에까지 급제하고, 거기서 벼슬하므로 세인의 부러움을 사기에 족했다. 이른바 '부지런하면 군자가 되고, 게으르면 소인이 된다'는 자신의 지론을 몸소 실천해 보인 셈이다.

원에서 벼슬할 땐 빈부·귀천할 것 없이 내국인 전체를 공포의 도가니로 몰아넣었던 공녀제를 「언관을 대신해 혁파할 것을 요청代言官請罷取童女書」했으니, 이는 그의 남다른 '심오한 문장·전아한 품격'의 결과이기도 하겠지만, 무엇보다도 위국애민爲國愛民의 실현이었다.

그는 귀국 후에도 말세적 정치 풍토 개혁에 진력했다. 특히 '학문과 문예의 혁신을 위해서는 스승의 가르침을 더욱 구체화해서 유학의 도리를 근거로 삼고, 교화를 목표로 그 방향'을 설정했다. 물론 그 방법론으로는 '의식의 개혁'을 역설했으니, 예컨대 신하의 도리를 밝힌 「신설臣說」에서는 '임금의 인정에 연연하기보다는 백성을 위하는 것으로 후세의 평가를 두려워 할 것'을 역설했는가 하면, 『시사설市肆說』에서는 매춘·매관·인신매매, 드디어 유리낙척 하는 등 이루 형언할 수 없는 정치·사회상의 모순을 낱낱이 진단하여 고발하고, 그 시정을 적확하게 제시하고 있다.

그의 시문학 역시 마찬가지였으니,

十里五里間 십리오리간	십 리나 오 리 길 가는 사이에도
馳傳紛可驚 치전분가경	놀라워라, 내닫는 사신 역마 요란 하구나.
下馬立道側 하마립도측	말에서 내려 길가에 서서 보노라니
過眼如流星 과안여류성	흐르는 별처럼 눈앞을 스쳐 가누나.
吾疑將德音 오의장덕음	내심으론 의례히 성군의 덕음을 가지고
布茲南畝氓 시자남무맹	남녘 창생을 구휼하심이려니 했더니
或云算間口 혹운산간구	혹은 이르기를 빠진 호구 헤아려서
抽錢及孤惸 추전급고경	가련한 자들에게 세금을 별충하련다 하고
或云籠山野 혹운롱산야	혹은 이르기를 산야를 온통 싸잡아
割地歸兼倂。 할지귀겸병	경계를 그어 권문세가에 귀속시킨다네.

는 그 한 예에 불과하다. 시적 시츄에이션이 매우 아이러니하다. 같은 관리가, 그도 상급 관리가 지방 순행 길에 만난 하도 등등한 하급 지방 아전의 기세에 놀라, 말에서 내려 보고 들은 위정僞政의 현실을 역시 「청주 참군으로 가는 벗紀行―首贈淸州參軍」에게 정보 제공 형식으로 준 시다. 그 흔한 용사도, 전고典故도 없는 직핍이 더욱 진솔하다. 물론 '내가 헛짚은 지레짐작? 아니 그것이 이 시대 위정僞政의 정도이자, 이유임을 역설하렴'이리니, 그 남은 사설이야 하루 빨리 혁파되어야 할 시대적 병리심상의 고발임을 우리는 얼른 알 수 있다.

그가 「한양참군으로 가는 정영세鄭永世에게 준 송시送漢陽鄭參軍」에서도 '양주 땅과 남강의 아름다운 풍물'을 전제하고,

- 前略 -
- 전략 -

北嶺煙霞明佛刹
북 령 연 하 명 불 찰

籬落蕭條生事拙
리 락 소 조 생 사 졸

君歸摩撫己恫瘝
군 귀 마 무 기 통 관

要令一境先再活
요 령 일 경 선 재 활

年來世事不堪聞
연 래 세 사 불 감 문

我亦南遊意已決。
아 역 남 유 의 이 결

- 下略 -
- 하략 -

북산의 노을 안개 속에 절집만 휘황하고

민가는 울마저 소삽하고 생업조차 옹색해.

그대 가거든 어여쁜 백성 내 몸처럼 어루만져

한 경내나마 우선 다시 살아나게 하시게.

요즈음 세상일이란 차마 들을 수 없어

나도 작심하고 남으로 갈 생각이라네.

라는 선정의 당부는 신유학으로 무장한 개혁주의자들의 이심전심이었음이 분명하다. 그러나 원元에 빌붙은 위정배, 뿌리 깊은 불교의 비호 아래 안주한 권문세가들이 이들 몇몇 신흥 사대부들의, 아직은 이념뿐인 구호에 쉽사리 응할 이치가 만무했다.

한편 귀국 후 어느 여정에서 비를 피하며 썼다는 「도중피우유감途中避雨有感」은 다음과 같다.

甲第當時蔭綠槐
갑 제 당 시 음 록 괴

高門應爲子孫開
고 문 응 위 자 손 개

年來易主無車馬
연 래 역 주 무 거 마

惟有行人避雨來。
유 유 행 인 피 우 래

느티나무 잘 자란 길가의 우람한 집

소슬대문 응당 자손 위해 열었겠건만.

근래엔 주인 바뀌고 수레조차 끊긴 채

길 가던 행인들만 비를 피해 드나드네.

실로 '유감' 그대로다. 인간사 흥망이 이뿐이랴 마는, 많은 것을 생각케 한다. 이른바 말은 끝났으나, 쟁쟁한 여운은 귓가를 맴돌며 '의식을 바꾸라' 이르는 듯하다.

『청구풍아』에서는 "가옥을 사치하게 크게 지어 후세를 위한 방도를 마련한 자는 이 시로써 경계를 삼을 수 있다徒尙奢侈 不能訓子孫者 足以知戒" 하였으니, 어찌 그 시대에 한정해 한 말이겠는가?

06

天地의 정령을 따 머금은 이색
천 지

호를 목은牧隱이라 한 이색李穡(1328~1396)은 가정 이곡의 아들이자, 익재 이제현의 문인門人이다. 14세(충혜왕 2년)에 성균시에 합격하여 주위를 놀라게 하더니, 공민왕 4년(1358)에는 부친을 따라 원元나라 과거에 급제하므로, 흔치 않은 일문一門의 광영을 드날렸다. 서거정은 『동인시화』에서

> "목은 이색이 처음 원나라 조정에 들어갔을 때, 그 곳 문사들이 그를 짐짓 얕잡 아 보며 조롱하기를 '잔 들고 바다에 들어와 '바다 넓은 줄' 알았겠구나持杯入 海知多海'라고 하자, 목은이 곧장 응대하기를 '우물 안에 앉아 하늘을 바라보 며 '하늘이 좁다' 하는구나坐井觀天日小天'라 하니, 조롱하던 자들이 더 이상 뒤를 잇지 못했다 한다. 일찍이 원나라의 큰 학자 규재圭齋 구양현歐陽玄(1273 ~1357)을 찾아보았을 때 '나의 의발을 이색에게 전하겠다'했다 한다."

목은의 만년 시에,

衣鉢當從海外傳   의발은 응당 바다 밖에서 전해 왔으니
의 발 당 종 해 외 전

圭齋一語尚琅然
규 재 일 어 상 랑 연
規齋의 한 마디 말씀 아직도 낭랑하여라.

邇來物價皆翔貴
이 래 물 가 개 상 귀
요사이 만물의 물가 다 오르기만 하는데

獨我文章不直錢。
독 아 문 장 불 직 전
유독 내 문장만 제 값을 받지 못하누나.

라 하였으니, 이는 대개 그가 만년에 불우한 처지에 놓인 것을 탄식한 것이다.
라 하고, 이어 "글을 논하는 자들이 이색의 시문은 동파東坡의 글과 아주 흡
사한데, 간혹 기발한 것에 있어서는 동파를 뛰어 넘기도 한다"고 하였다. 어
떤 이가 양촌陽村 권근權近에게 이에 대해 묻자, 선생은 웃으며 "자네는 돌아
가서 동파의 「전·후적벽부」와 목은의 「관어대부」를 읽어보시게. 응당 절로
알게 될 것이네"라고 말했다며, "그러나 고인들이 동파의 「전·후적벽부」를
만고를 뛰어넘는 걸작으로 여겼으니, 후인들이 쉬 논평할 일은 아니다"라 했
다지만, 목은의 위상은 절로 짐작되고도 남는 바다.

특히 목은의 두시 천착과 그 수용은 한문당시漢文唐詩(한대의 문장과, 당나라
의 시)의 결실기라는 목릉성세穆陵盛世보다 한 세기 반 이상 앞섰다 할 것이
니, 목은의 「두시를 읽고讀杜詩」는

操心如孟子
조 심 여 맹 자
마음 간직키는 맹자와 같고

記事如馬遷
기 사 여 마 천
사실을 다루기는 사마천 솜씨.

文章振厥聲
문 장 진 궐 성
문장이란 그 명성 글에 떨쳤고

惻怛全爾天
측 달 전 이 천
인자로운 심사는 천품 그대로.

法服坐廊廟
법 복 좌 낭 묘
묘당에 앉았어라, 차림 점잖고

禮樂趨群賢
예 악 추 군 현
뭇 현인도 예악에 좇아 따를 듯.

門墻高數仞
문 장 고 수 인
담장이 높다랗다 두어 길이니

後來徒比肩
후 래 도 비 견
후인이야 한갓 어깨나 비길 뿐.

何曾望堂奧
하 증 망 당 오
어찌 정작 아랫목을 들여다보랴

矯首時茫然。
교 수 시 망 연
우러러 볼수록 아득키만 한 것을.

▷진궐성振厥聲 : 그 성가를 떨침. ▷측달惻怛 : 남의 어려움을 안타까워하는 마음. ▷도비

견도비견比肩 : 한갓 어깨만 견줌. ▷당오堂奧 : 아랫목.

와 같다. 곧 '맹자·사마천 같은 인품과 시사詩思, 천지를 진동시킨 문명과 천품 그대로의 천성, 묘당에 앉은 의연한 자태와 군현이 본받을 예모'를 진술하고, 후 4구에서는 두시의 고격한 경지, 이른바 넘지 못할 아스란 담장, 헛되이 어깨나 비겨볼 뿐 아랫목은 감히 생심生心도 낼 일이 아닌, 우러러 볼수록 가뭇한 경지라고, 정작 그 실상을 꿰뚫었다 하리라. 그러기에 포은의 대표적인 제영시 「부벽루에서浮碧樓」는

昨過永明寺   어제 영명사를 찾았다가
작 과 영 명 사
暫登浮碧樓   잠시 부벽루에 올라보자니
잠 등 부 벽 루
城空月一片   텅 빈 성 머리엔 조각달이요
성 공 월 일 편
石老雲千秋   해묵은 바위 천년 떠도는 구름.
석 로 운 천 추
麟馬去不返   기린마 가고 다시 오지 않으니
인 마 거 불 반
天孫何處遊   천손은 지금 어디서 노니시는가.
천 손 하 처 유
長嘯倚風磴   풍등에 의지해 길게 파람하노라니
장 소 의 풍 등
山青江自流。   산은 푸르고 강물만 제낭 흐르누나.
산 청 강 자 류

와 같이 두보의 걸작 제영시 「악양루에 올라登岳陽樓」의 "예로부터 말로만 듣던 동정호의 장관을, 이제야 악양루에 올라 바라보노라昔聞洞庭水 今上岳陽樓"를 발단부터 의양했다. 이어 함련 3·4구는 '한 조각 달만 어리비치는 옛 성가퀴'와 '천 년 예로운 무심한 달과 구름만 떠도는 바위'로 상·하 시간의 공간화로 대구하고, 이어 경련 5·6구 역시 '기린마 타고가신 시조신 동명성왕과, 가고 오지 않는 천손에 대한 회고담'이란 무상심으로 진정陳情해서는, 결련에서 '산자청 강자류한 자연의 무한성에 비한 인간사의 유한이란 술회의 정'으로 맺었다.

여기 '기린마 타고 가서 다시 오지 않음'이란 전고는 『동국여지승람』 권 51

평양부 고적편 기린굴조에 "구제궁九梯宮 내 부벽루 아래 있는데, 동명왕께서 이곳에서 기린마를 길러 타고 조천석朝天石에서 승천했다하며, 그 말발굽 자취는 지금도 남아 있다" 함을 용사한 것이니, 고려인들의 고구려에 대한 향수일까 한다. 김극기의 시에도 전하나 생략하고, 자하 신위가 「동인논시절구」에서 남호 정지상의 「님을 보내며送人」와 합평한 시

長嘯牧隱依風磴
장 소 목 은 의 풍 등
綠波添淚鄭知常
녹 파 첨 루 정 지 상
雄豪艶逸難上下
웅 호 염 일 난 상 하
偉丈夫前窈窕娘。
위 장 부 전 요 조 낭

'언덕에 기대 파람한' 이색과
'눈물을 물결에 보탠' 정지상.
웅호하고 염일해 상하 못가려
헌칠한 장부 앞의 요조라 할까.

와 대비해 감상할 일이다. 최치원 이래 익재 이제현 이전까지의 대표작을 '시로 시를 논한以詩論詩' 35수 중 제 3수다. 자하는 "내 일찍이 서경을 노래한 고금의 제영시 중 다만 2편의 절창이 있으니, 목은의 '장소의풍등 산청강자류'와, 정지상의 '대동강수하시진 별루년년첨록파' 이 두 시뿐이요, 조선의 작가로는 끝내 이어 뒤를 이은 사람이 없다"고 높이 평가했다.

물론 목은의 「부벽루」 결련 1구와 남호의 「송인」 시 결구 "이별의 눈물 해마다 푸른 물결에 보태니別淚年年添錄波"로 1·2구를 삼고, 목은의 '웅호한 기상'과 남호의 '염일한 자태'로 전환하여 '위장부 : 요조랑'으로 상하를 가늠할 수 없는 절창이라고 시적 특질을 매김했다.

07

그 임금에 그 신하

음해와 묵인에 희생된 남이 장군

白頭山石磨刀盡 _{백 두 산 석 마 도 진}	백두산 돌 칼을 갈아 다하고
豆滿江水飮馬無 _{두 만 강 수 음 마 무}	두만강 물 말 먹여 없애리라.
男兒二十未平國 _{남 아 이 십 미 평 국}	남아 20에 나라 평정치 못하면
後世誰稱大丈夫。 _{후 세 수 칭 대 장 부}	후세에 누가 대장부라 이르랴.

남이南怡(1441~1468) 장군이 백두산에서 지었다는 「북정가北征歌」다. 실로 그 웅혼한 기상은 필설로 형용키 어려운 걸작이니, 평성 '우虞'운 '무無·부夫'로 압운된 편격 칠언절구시다.

남이 장군의 이 시는 경춘가도 남이섬에 시비로까지 서있고, 또 일찍이 들어 잘 알 듯하나, 그 시로 말미암아 20대의 젊은 나이에 음해를 입고, 죽음을 당하게 된 내력은 미처 알지 못한다.

남이 장군은 태종太宗(이방원)의 넷째 딸 정선공주貞善公主의 아들로 1457년, 그러니 17세의 어린 나이에 무과에 장원급제하고, 1466년 발영시에 급제, 1467년 포천·영평 등지에서 발호하는 도적을 물리쳤는가 하면, 이시애의 난을 평정하고 적개공신 1등에 책록되었으며, 의산군宜山君에 봉해졌다. 이에 세조는 유약하고 정사에 미숙한 예종(조선의 8대 임금)보다, 남이의 총명하고 강직한 무인 기질을 총애했다 한다.

그는 이어 서북변의 여진을 토벌하는 등 혁혁한 무공으로 1468년 28세의 약관으로 병조판서에 임용되었으나, 신숙주·한명회 등 원상院相 세력들이 이시애 난의 평정으로 등장한 군부의 신세력을 제거하고자 할 때, 형조판서 강희맹이 지중추부사 한계희에게 '남이의 사람됨이 군사를 장악하기엔 적절치 않다'고 한 말을 그는 '세조의 남이에 대한 편애에 불만스러워 하던 예종에게 말'하므로 병조판서에서 해직, 겸사복장으로 밀려났다 한다.

그러던 어느 날 남이 장군이 궐내에서 숙직하던 중 혜성이 나타나자, 그는 "혜성이 나타남은 '묵은 것을 없애고, 새 것을 나타나게 하려는 징조'다"라고 말했는데, 이 말을 엿들은 유자광이 남이에 대한 '예종의 시기에 편승'해 '역모를 꾀한다'고 모함하며, 위 시의 3구 "남아이십미평국男兒二十未平國"을 "남아 20세에 나라를 얻지 못하면男兒二十未得國"으로 개작해 예종에게 밀고하고, 한명회, 신숙주 등이 뒤에서 견제하므로, 당대의 영웅 남이 장군은 28세의 젊은 나이로 능지처참이란 참형의 제물이 되었다.

워낙 한시는 고려조의 과거제도에 의한 인재선발로 이미 활짝 꽃피었고[開花], 조선조 세종대 이후 부활된 과거제도와 문치文治로 목릉穆陵[선조대왕의 능회]의 성세를 지향하던 때다.

절구시 작법 상 위 「북정가」는 1구 제 2자 '두頭'가 평성이므로 평기식인 듯하나, 1·2구의 고유명사 '백두산·두만강'으로 인한 약간의 변칙 외에 3·4구는 측기식보를 유지한다. 특히 문제의 제 3구

男兒二十未平國　　後世誰稱大丈夫
〇〇◉◉◉〇◉　　◉◉〇〇◉◉〇

의 '평平'자가 유자광의 말대로 '득得'이라면 '득得'은 입성入聲, 곧 측성仄聲 '직

341

職'운이므로 평측보에도 맞지 않거니와, 더욱 단음短音이 5자나 거듭된다. 4연음連音도 불가한데 5연음은 쓸 수 없다. 음이 밭아서 시가 되지 않기 때문이다. 따라서 '오랑캐 건 반란군을 평정함[平]'이란 우국충정을 '반란, 혹은 역모'로 몰려니 삼척동자도 아는 평측보조차 뒤집은 유자광의 음해와, 이를 알면서도 묵인했을 예종은 역사의 죄인임에 분명하니, '그 임금에 그 신하'라 할밖에…….

08

비수 같은 氣槪와 節操의 가객, 유몽인
기 개 절 조

묵호자黙好子·간재艮齋라는 호보다는 어우당於于堂으로 더 잘 알려진 유몽인柳夢寅은 당대 설화문학의 대가이자, 각체의 서書와 시, 특히 문장에 능했다 하나, 한 시대를 오시傲視하던 분방한 성품의 소유자였다.

일찍이 삼당三唐의 최경창崔慶昌과 이달李達을 평하여서는 "소시에만 전념하여 근원학문이 부족해 끝내 고인들처럼 크게 떨치지 못했다近來稱學唐者 皆稱崔慶昌李達 …… 但此人等 只事小詩終不大鳴如古人"〈於于野談〉고 애석해 했는가 하면, 벗 성여학成汝學을 예하여서는 "그 높은 시재詩才로도 벼슬 하나 하지 못한 것은 하늘이 그 재주를 시기한 때문吾友成汝學 詩才高一也, 寡倫而至今六十 未得一命之官 … 有才者 天亦猜之〈仝上〉이라 했다.

한편 "예로부터 배우놀이도 그 예술적 미美만이 아니라, 대중 교화[世敎]에 기여하기 위함自古倡優之說 非爲觀美 補益世敎"〈仝上〉이라는 등 다분히 도학자적 심성수양의 가치를 중시한 문학관을 견지한 듯하다. 그러나 그림과 문장학을 대비한 글에서 "조금이라도 진실과 어긋나면 제아무리 미사여구를 늘어놓았더라도 식자는 취하지 않는다夫畫與文章 何異. 一失本意 雖錦章繡句 識者不取

惟具眼者能知之"〈소上〉하므로 인위적이고 도식적인 형식미보다는 진실성·사실성을 강조했으며, 특히 그의 강호지락과 도가적 기풍은 방외인적方外人的 취향을 드러내기도 한다.

더구나 순탄치 못한 정치적 행보와, 기발한 상상력에 의한 우언寓言들은 이미 정통 예도를 벗어난 바 있다. 그의 이러한 성품은

壯士忽持長劍起
장 사 홀 지 장 검 기
醉中當斫老奸頭。
취 중 당 작 노 간 두

일장검 불끈 뽑아 들고 달려가
취한 김에 늙은 간신의 목을 찍었으면.

〈與楡帖寺僧靈蓮書〉

에서도 잘 나타나고 있다. 권신 이이첨李爾瞻과 유희분柳希奮의 무리에 대한 정의의 심판을 내리고자 한 의협적義俠的 시다.

그는 1582년(선조 15) 진사가 되고, 1589년 중광문과에 장원급제하였으며, 1592년 수찬으로 명나라에 질정관으로 다녀오다가 임진왜란이 일어나자 선조를 평양까지 호종했으며, 왜란 중 그는 문언사 등 대명외교를 전담했고, 세자의 분조分朝에도 따라가 활약하였다. 그 뒤 병조참의·황해감사·도승지 등을 지내고, 1609년(광해군 1년) 성절사 겸 사은사로 명나라를 다녀왔다.

그 뒤 벼슬에 뜻을 버리고 고향에 은거하였으나, 왕은 다시 남원부사로 삼았다. 이어 한성부윤, 대사간 등을 지냈으며, 폐모론이 일어나자 이에 가담하지 않고 도봉산에 은거하며, 성중에는 출입도 하지 않으므로, 인조반정 때 화를 면하고, 벼슬에서 물러나 방랑했다. 그해 7월 현령 유응형柳應炯이 "유몽인이 광해군의 복위음모를 꾸민다"고 무고하여, 아들과 함께 역모로 다스려 질 때 "충신은 두 임금을 섬길 수 없다"며 풍유한 「보개산사벽에 쓴 시題寶開山寺壁」에서,

七十老孀婦
칠 십 노 상 부
單居守空壼
단 거 수 공 곤

일흔에 접어든 늙은 홀어미
텅 빈 집 지키며 혼자 산다오.

慣讀女史詩
관 독 녀 사 시

여사의 시구도 익히 읽었고

頗知姙姒訓
파 지 임 사 훈

임사의 가르침도 자못 아는데.

傍人勸之嫁
방 인 권 지 가

개궂은 이웃네들 팔자를 고치라며

善男顔如槿
선 남 안 여 근

사나이 얼굴은 꽃답다나요.

白首作春容
백 수 작 춘 용

허여센 머리에 회장을 하다니

寧不槐脂粉。
녕 불 괴 지 분

이 아니 연지분에 부끄럽겠소.

▷노상부老霜婦 : 늙은 홀어미. ▷관독慣讀 : 익히 읽음. ▷여사시女史 詩 : 서진西晉의 문인·정치가인 장화張華가 찬한 여사잠. ▷임사훈姙姒訓 : 문왕의 모부인인 태임太姙과 무왕의 모부인인 태사太姒가 '모성이 갖춰야 할 도리와 부녀가 지켜야 할 도리를 훈고한 글.

라고 비수 같은 기개와 절조를 노래했다. 두루 알다시피 '여사시'란 서진西晉의 장화張華가 찬한 『여사잠女史箴』이니, '여관女官들의 정명치 못한 행실을 풍자한 잠언적 시요, 『임사훈』은 중국 고대 후비后妃로 문왕의 모부인인 태임太姙과 무왕의 모부인인 태사太姒가 '모성이 갖춰야 할 도리와 부녀자가 할 도리를 훈고한 글이다. 그러니 시적 주체의 자설적 메시지는 "내 비록 청승맞은 칠순 과부나, 부도를 아는데 꽃단장하고 지조를 꺾으란 말이냐"라는 항거다. 이른바 광해군의 유일한 절신節臣으로, 인조반정의 정당성을 인정하지 않는다는 의지의 표출인 것이다.

결국 이 시로 인조仁祖의 노여움을 사 아들과 함께 진도로 귀양 가, 끝내 부자가 함께 죽임을 당하는 비운을 겪었다.

정조正祖는 그의 시를 평해 "이소離騷의 유의遺意를 체득했으며, 김시습의 시와 백중하다此乃故參判柳夢寅老孀詞 深得離騷遺意. 與時習之詩 爲伯仲<弘齊全書·34>고 높이 평가했다.

345

09

조용한 의식의 개혁, 이수광

선조 18년, 23세로 대과에 급제한 지봉芝峯 이수광李晬光은 이후 40여 년
간 벼슬살이하며, 탁월한 재학으로 조용한 의식의 개혁을 불러온 신지식인
이었다. 특히 3차에 걸친 연행燕行을 통해 선진 문물과 천주학에 의한 서양
의 이해 등 새로운 현실 인식과 국제 감각으로 전통문화, 곧 보수적이고 복
고적인 문풍에 많은 회의와 반성을 제기했다. 그의 잡학 사전적 역저 『지봉
유설芝峯類說』은 그의 실증적 저술 태도가 이미 실학정신의 선구적 의의를
지녔다 할 것이며, 그 중 「문장부」에서 강조된 문학론은 진작 정통 한문학의
윤리 도덕적 차원을 넘어선 것이었다. 곧 "문장은 자연스러운 것이 중요한 것
이요, 인위적인 기교를 부려서는 못 쓴다"며, 조탁[형식]보다는 기골[내용]을
중시했는가 하면, 용사用事의 무용론을 주장하며, 특히 "시란 인간의 심리와
사상 감정을 진실하게 읊을 따름이다. 시가 비록 십분 정교하다 하더라도,
그것이 한낱 한담閑談에 불과하면 아무 도움이 없다" 하므로 천기론적天機論
的 문학관과 실용적 문학관을 천명하고 있다.

다음의 시는 천연한 시심詩心이 가만한 자연미를 공감케 한다.

柳岸迎人舞	버들은 나를 반겨 하늘대고
유 안 영 인 무	
林鶯和客吟	꾀꼬린 나그네 화답인 양 꾀꾀꼴.
임 앵 화 객 음	
雨晴山活態	비 개인 산 기운은 싱그럽고
우 청 산 활 태	
風暖草生心	바람 따사로워 풀싹들 뾰족뾰족.
풍 난 초 생 심	
景入詩中畫	조요론 경개 시 속의 그림이요
경 입 시 중 화	
泉鳴譜外琴	조찰한 샘 소리 악보 밖의 시울이라.
천 며 오 외 금	
路長行不盡	길은 멀어 가고 가도 끝이 없고
로 장 행 부 진	
西日破遙岑 。	황혼은 아스라한 산봉을 물들였구나.
서 일 파 요 잠	

재도載道도 관도貫道도 아니다. 그러니 세교世敎의 목적이 있을 리 없다. 밝은 마음 맑은 소리 뿐이다. 시가 곧 그림詩中有畫이요, 그림이 곧 시畫中有詩니, 산수에 팔린 진자연인이 있을 뿐이다.

임란 후 1604년 8월부터 왜적의 계속적인 반애걸·반협박조로 통신사通信土를 보내줄 것을 요청해왔다. 우리나라 사람들은 너나없이 모두 왜인들에 대해 분하고 억울하게 생각하고 있었으나, 조정에서는 저들이 트집을 잡을까 걱정하여 손문욱孫文彧을 정사로, 왜란 중 가등청정加藤淸正과의 담판에서 담력을 과한 유정惟政(1544-1610) 스님을 사신으로 파견하여, 적의 정세를 살피게 하였다. 유정은 여러 사대부들에게 이별의 시문을 구하였다.

지봉은 「일본으로 가는 사명대사에게贈四溟山人往日本」에서 유정의 역할을 당부했다.

盛世多名將	성세라 이름난 장수도 많건만
성 세 다 명 장	
奇功獨老師	기이한 공은 오로지 스님 뿐.
설 빙 육 생 사	
舟行魯連海	노중련의 동해를 배타고 가서
주 행 노 련 해	
舌聘陸生辭	육가의 말솜씨를 시험하시리.
설 빙 육 생 사	
變詐夷無厭	변덕과 거짓이야 오랑캐의 버릇
변 사 이 무 염	
羈縻事恐危	자칫 꼬여들면 외교는 위태하리.
기 미 사 공 위	

腰間一長劒
요 간 일 장 검
허리에 비껴 찬 대사님의 장검

今日怪男兒。
금 일 괴 남 아
난세에 장부구실 못해 부끄러워라.

난세를 만나 임금도 조신朝臣들도 정작 속수무책인데, 자비행 대신 살생을 전제한 승장僧將의 장검에 국운이 달린 아이러니에 어찌 장부임을 자칭할 것인가. 그러니 춘추시대 진시황제에게 칭신稱臣을 거부하며, 동해에 투신한 제齊나라의 지조 높은 선비 노중련魯仲連의 바다를 배타고 건너가, 한漢나라 초기의 외교가로 월越나라를 회유하여 합병시킨 육가陸賈의 달변을 확신하며 의뢰한 작자다.

한편 택당澤堂 이식李植은 아직 벼슬도 하지 않았는데, 스님에게 다음과 같은 시를 선사했다.

制敵無長算
제 적 무 장 산
적을 제압할 장구한 방책이 없다보니

雲林起老師
운 림 기 노 사
구름 숲 늙은 스님께서 일어나셔야 했네.

行裝冲海遠
행 장 충 해 원
행장을 차려 먼 바다를 뚫고 가겠노라고

肝膽許天知
간 담 허 천 지
자신을 알아준 성상께 간담을 내보이셨지.

試掉三彈舌
시 도 삼 탄 설
시험 삼아 세 치 혀 휘둘러만 보이시면

何煩六出奇
하 번 육 출 기
뭐 여섯 번씩이나 책략 낼 필요 있으랴.

歸來報明主
귀 래 보 명 주
돌아와 임금님께 보고하시고 나면

依舊一笻枝。
의 구 일 공 지
의례히 지팡이 하나에 의지해 계시리라.

▷육출기六出奇 : 한나라 책사 陳平이 한고조를 위하여 6회나 제시한 기이한 책략. 〈史記 陳丞相世家〉 ▷의구依舊 : 예와 같이. 여전히.

유정 스님도 시에 능하셨는데, 이 시를 보시고 "이만한 시를 얻었으니, 나의 여행길이 외롭지 않겠다며 기뻐하셨다"고 『소화시평』은 전하고 있다.

물론 국문시가에 대한 새로운 인식과 그 문예적 가치 부여 역시 신지식인적 탁견卓見임과 동시에, 이후 국문시가 발전에도 크게 기여했다.

10

진정한 사회 개량주의자, 허균

초당의 다섯 보배草堂五寶樹 중 보배였던 허균, 그의 자는 단보端甫요, 호는 교산蛟山, 혹은 성소惺所라 했다. 예교에 얽매지지 않고[不拘禮教] 이단을 숭상[崇尙異端]하는 등 지배질서에 철저히 반동[反支配秩序]한 것으로 특징 되는 그는, 한 시대의 문제아이기에 충분한 혁명가였다. 이른바 성리학의 명분으로 합리화된 일체의 가치와 질서를 가능한 한 부정하고자 한 그는 정통 문학관 역시 철저히 부정했다. 『지봉유설』에 그의 작으로 전해오는 「파직됐다는 말을 듣고聞罷官作」 에서는

禮教寧拘放 예 교 녕 구 방	예교가 어찌 자유를 구속하랴
浮沈只任情 부 침 지 임 정	희로애락은 다만 정에 맡길 일.
君須用君法 군 수 용 군 법	그대는 모름지기 그대 식으로 살고
吾自達吾生 오 자 달 오 생	나는 스스로 내 삶에 충실할 뿐.
親友來相慰 친 우 래 상 위	벗들은 달려와 위로하고
妻孥意不平 처 노 의 불 평	처자들 뜻 자못 불평스러운 듯.

歡然若有得	흔연히 얻음이 있는 듯하니
환 연 약 유 득	
李杜幸齊名。	이두와 행여 이름이 가지런해진 듯.
이 두 행 제 명	

이라 했다. 성정性情의 조화와 정조情操의 감미로운 결합체, 그것이 인간의 본연이다. 예교가 성性이라면 분방한 정조는 정情이다. 그러니 아무리 도덕학시대라지만, 인간 본연의 감정이 억제되어선 안 된다고 시상詩想을 일으켜서는, 인간사 희로애락의 부침[情懷]을 정에 맡길 뿐이라 했다. 이어 예교와 지배질서에 대한 새로운 내 삶, 이른바 기존의 주자학적 절대 선이라는 사상적 학문적 가치 못지않게 인간의 정리도 중요한 것임을 부정해서는 아니 된다했다. 따라서 작품의 평가 기준도 '도가 아니라 정서의 미적 공감'에 있음을 웅변으로 제시한 개량 논리이다. 이른바 시가 수식이나, 윤리도덕을 싣는 그릇이 아님을 "아름답고 곱기만 하거나, 풍화風化에만 이른다면 그 바른 기류를 해치거나, 교화만을 위주로 하는 잘못을 저지르니, 이 어찌 시도의 재앙이 아니겠는가"라고 반문했는가 하면, 「유재론遺才論」에서는 "천부의 재능을 신분이란 인위적 제도로 막는 것은 천리를 거역하는 것[逆天]"이라며, 당시의 신분체제에 도전하므로, 천명론에 대한 천기론으로 중인문학의 당위성을 주창하기도 했다.

한편, 광해군 2년(1610) 벼슬에서 물러나 비복의 집에서 요양하던 중 은퇴 궁인을 만나 궁중 일화를 듣고, 궁내의 절목과 일상 잡사를 소재로 「궁사宮詞」 100여 수를 짓기도 했다. 그 중 궁중 나례 의식을 시화한 다음 1수를 감상하며, 전통 민속의 숲을 산책하기로 하자.

驅儺聲徹寢門深	구나 소리 침문 깊이 울려 퍼지고
구 나 성 철 침 문 심	
鶴舞鷄毬鬧禁林	학무와 포구악에 대궐이 떠나갈 듯
학 무 계 구 료 금 림	
五色處容齊拂袖	다섯 빛깔 처용님은 소매를 떨치우고
오 색 처 용 제 불 수	
妓行爭唱鳳凰吟。	여기는 앞 다투어 봉황음을 노래하네.
기 행 쟁 창 봉 황 음	

바꿀 것은 바뀌어야 하고 버릴 것은 버려야 하지만, 전통은 민족 고유의 고귀한 문화다. 개혁과 창신을 주창한 교산이지만 우리의 것, 주체성마저 부정한 것이 아니라, 일도선상의 무비판적이자, 독선적 주자주의에 대한 선지식인적 반동이었음을 읽게 하는 작품이다. 그러나 그는 위대한 시인으로보다는 천기론에 입각한 주정적 문예미학을 옹호한 문학론자이자, 『성수시화』 『학산초담』 『성소부부고』 등에서 보는 바와 같이 예리한 시비평가인가 하면, 『국조시산』과 같은 탁월한 선시자選詩者이자, 국문소설 「홍길동전」에서 읽을 수 있는 철저한 사회 개량주의자다.

한편 홍만종洪萬宗은 『소화시평小華詩評』에서 "태사 주지번朱之藩이 말했다. '단보는 중국 사람으로 태어났다 해도 뛰어난 문인 8~9 사람 중의 한 사람이 될 것이다'라고. "다만 형벌을 받아 죽었기 때문에 문집이 세상에 유통되지 않아 그를 아는 사람이 많지 않다"고 전제하고, "이에 특별히 그의 시 몇 수를 가려 싣는다"며

投閑方欲傑江湖 한가롭고자 강호에 물러나길 청하려 했더니
투 한 방 욕 걸 강 호

金櫃紬書亦濫竿 분에 넘치게 금궤의 서책 간수하게 되었네.
금 궤 주 서 역 람 우

丘壑風流吾豈敢 산수에 노니는 풍류를 내 어찌 저버리리오
구 학 풍 류 오 기 감

丹鉛讎勘歲將徂 문서 교정하는 일에 이 한해도 다 가려하네.
단 연 수 감 세 장 조

壯遊未許追司馬 사마천 같이 장쾌하게 유람하기 허락지 않고
장 유 미 허 추 사 마

良史誰能繼董湖。 동호 같은 올바른 사관을 어찌 뒤이을까?
양 사 수 능 계 동 호

라는 「춘추관 겸임직을 제수 받고 감회가 일어除兼春秋有感」를 위시한 3수를 소개하고 있다. '금궤'는 왕실 도서관, '동호'는 춘추시대 진晉의 엄정한 역사 기술자로, 공자도 올바른 사관史官으로 칭예한 바 있다. 단보의 '수능~' 두 자의 '누가 능히 ~하랴'는 '내가 해야지'라는 '자긍'으로 읽을 일이다. 이른바 단보는 '반대를 위한 반대가 아니라, 정명正明을 위한 신지식인이었음'을 많지 아니한 유작을 통해 변호하렴이다.

11

詩酒로 일관한 참 詩人, 권필
시 주   시 인

    동악東岳 이안눌李安訥과 함께 우리 문학사상 이재二才로 통칭된 석주石洲 권필權韠은 송강 정철의 문인門人으로, 진출을 위한 과거科擧보다는 시주詩酒로 일관하며, 시인으로서의 사명에 충실하고자 했다.

    허균은 그의 시를 평하여 "여장[권필의 자]의 시는 마치 절대가인이 얼굴에 화장도 하지 않고, 곱고 예쁜 목소리로 우조羽調(5음의 하나인 우성)와 계면조界面調(오음의 하나로 처절한 가락)를 촛불 아래서 부르다가, 다 끝내지 않고 슬그머니 어디론가 사라져버린 것 같다汝章之詩 如絶代佳人 不施鉛朱 以遏雲聲 唱羽調界面調於燭下, 曲未終而起去"〈성수시화惺叟詩話〉라고 했으니, 이는 대개 그의 시어가 자연스럽고, 사랑스러워 오래될수록 더욱 잊을 수 없기 때문이다.

    일찍이 월사月沙 이정구李廷龜가 천하 문사라는 명나라 사신 고천준顧天俊을 접빈하기 위해, 널리 문사를 구할 때 포의布衣로 선발되는 등 재능을 떨쳤으며, 사족士族의 방종을 풍자한 「궁류시」는 오대시안烏臺詩案이 되기도 했다.

    평소에 '시는 진실을 찾는 고난에 찬 탐구'라는 인식하에 '사물의 원리와 인간의 본질'을 궁구하고자 했다. 그러기 위해 현실을 직시하고 냉철하게 비판 풍자하되, 울분과 분만을 미적으로 승화한 표현의 참신성과, 비유의 효과는 가히 후기 한시문학의 방향을 제시했다 할 것이다.

먼저 송강의 무덤을 찾아 그 인품과 풍류를 시화한 「송강의 묘를 찾아서過松江墓有感」를 읽기로 한다.

空山木落雨蕭蕭
공 산 목 락 우 소 소
相國風流此寂寥
상 국 풍 류 차 적 요
惆悵一杯難更進
추 창 일 배 난 갱 진
昔年歌曲卽今朝。
석 년 가 곡 즉 금 조

낙엽 진 텅 빈 산 빗소리 스산한데,

풍류 재상 말없이 여기 누으셨구나.

슬퍼라, 한 잔 술 권해 올릴 수 없음이여

지난 날 「장진주사」 이 날을 이르셨구려.

그렇다. 송강이야말로 자타가 공인한 해동의 유령劉伶이었으니, 기행가사의 대표인 「관동별곡」에서

북두성 기우려 창해수 부어 내여

저 먹고 날 먹여날 서너 잔 거후르니

화풍이 습습하야 양액을 추혀드니

구만리 장공에 저기면 날리로다

이술 가져다가 사해에 고로 난화

억만창생을 다 취케 만든 후에

그제야 고쳐 만나 또 한 잔 하쟛고야.

〈관동별곡 부분〉

라고 호방을 과했으나, 「장진주사」에서의

흔잔盞 먹새그려 또 흔잔盞 먹새그려

곳것거 산算노코 무진무진無盡無盡 먹새그려

이몸 주근후後면 지게우희 거적더퍼 주리혀 믹여가나

353

유소보장流蘇寶帳의 만인萬人이 우러예나 어욱새 속새 덥가나무

백양白楊수페 가기곳 가면 누른히 흰돌.눈비

굴근눈 소소리 ᄇᆞ람불제 뉘 ᄒᆞᆫ잔盞 먹쟈ᄒᆞᆯ고

ᄒᆞ물며 무덤우희 잰나비 ᄇᆞ람불제 뉘우친ᄃᆞᆯ 엇디리.

라 했던 풍류 재상의 실상을 시화詩化한 문하 제자의 무상심이 새삼 서럽기
만 하다. 석주의 「송강 선생의 묘를 찾아서過松江墓有感」의 '차此' 한 자가 스승
의 「장진주사」는 물론, 한생의 풍류를 대변한 안자眼字임을 읽을 일이다.

한편 백락천白樂天의 신악부 「청석靑石」의 체를 본받아 지었다는 「충주석忠
州石」을 통해 선지식인, 특히 문사의 사명이 무엇인가를 인식키로 하자.

忠州美石如琉璃	충 주 미 석 여 유 리	충주 돌 아름다워 유리 같애
千人劚出萬牛移	천 인 촉 출 만 우 이	뭇사람 짜개내 바리로 실어내네
爲問移石向何處	위 문 이 석 향 하 처	묻노라, 돌을 옮겨 어디로 가느냐니
去作勢家神道碑	거 작 세 가 신 도 비	세도가의 신도비로 쓰일 거라나
神道之碑誰所銘	신 도 지 비 수 소 명	그 비석 명을 지을 분은 누구죠
筆力崛强文法奇	필 력 굴 강 문 법 기	거세찬 필법에 글월도 문장이고
皆言此公在世日	개 언 차 공 재 세 일	그 대감 세상에 살아계실 제엔
天姿學業超等夷	천 자 학 업 초 등 이	인품과 학식이 무리 중에 우뚝해.

事	君	忠	且	直		
사	군	충	차	직	충직과 곧음으로 임금 섬기고
居	家	孝	且	慈		
거	가	효	차	자	효성과 자애로 집안 다스렸으며
門	前	絶	賄	賂		
문	전	절	회	뢰	문전엔 뇌물 거래 일체 끊겼고
庫	裏	無	財	資		
고	리	무	재	자	곳간엔 모은 재물 하나도 없어
言	能	爲	世	法		
언	능	위	세	법	말씀은 곧 세상의 법이었으며
行	足	爲	人	師		
행	족	위	인	사	행실은 사람들의 사표가 되어
平	生	進	退	間		
평	생	진	퇴	간	나가고 물러나신 평생의 자취

宜合不一無 중도에 어긴 적 어디 있나요.
의합불일무

刻顯垂以所 그래서 이렇게 아로 새겨서
각현수이소

緇磷無永永 길길이 닳치 않도록 기린다오.
치린무영영

此語信不信 이 말씀들 믿거나 말거나
차어신불신

他人知不知 남이야 알거나 모르거나 간에
타인지부지

遂令忠州山上石 드디어 충주 산 돌로 하여금
수령충주산상석

日銷月鑠今無遺 날로 달로 떼 내 이젠 씨도 없다오.
일소월락금무유

天生頑物幸無口 돌이라 입이 없어 망정이지
천생완물행무구

使石有口應有言。 돌에 입이 있다면 응당 할 말 있으리.
사석유구응유언

▷거작A去作A : 가져다 A를 만듦. ▷신도비神道碑 : 종 2품 이상 관원의 무덤이 있는 부근에 세우던 비석. ▷굴강崛强 : 거세참. ▷초등이超等夷 : 동년배를 뛰어넘음. 우뚝함. ▷위인사爲人師 : 남을 위한 사표가 됨. ▷린치磷緇 : 닳아 없어짐. ▷遂令A : 드디어 A로 하여금. ▷행무구幸無口 : 다행이 입이 없음. 입이 없어 망정이지.

백락천의 "남전산藍田山의 청석 잘려 나와, 바리바리 장안으로 드네요. 다듬고 쪼는 석공들에게 어디에 쓸 것이냐 물었더니, 돌이라, 입이 없어 말 못하니, 제가 대신 말하리라靑石出自藍田山 兼車運載來長安. 工人磨琢欲何用 石不能言我代言"〈백락천집〉의 의장을 그대로 살려 시대의 병리심상과, 세도가들의 위선적 가치관 및 그 허상을 고발한 풍자시다.

12

東岳詩壇의 맹주, 이안눌
동 악 시 단

    동악東岳 이안눌李安訥은 석주石洲 권필權韠과 함께 송강 정철의 문인門人이
자, 오봉 이호민李好閔과는 격의 없는 우의友誼를 나누기도 했다. 도연명陶淵
明의 전원풍田園風을 본받는 한편, 소동파蘇東坡의 풍류를 즐겼고, 두시杜詩를
익히자고 두율杜律을 1만 3천 번이나 읽었다는 억척이다. 그러기에 석주 권필
과 이재二才로 일컫는 우리 시단의 대표적 작가다. 따라서 그의 절구 역시 소
담스럽지만, 치렁한 율시의 시사詩思는 날로 일신함이 있다亦所謂富有而日新者
함이 정평이었다.

    먼저 "옹문주雍門周의 거문고 소리와 같아 듣기만 해도 눈물을 흘리지 않
을 수 없다"는 권필의 「송강의 무덤에서過松江墓」에 짝할 절창 「용산의 달밤
에 가희의 사미인곡을 듣고」를 살펴 동파의 적벽강 퉁소소리 같다던 차운로
의 찬사를 음미해 보자.

江頭誰唱美人詞　　　강 머리에서 누가 미인곡 부르는가?
강 두 수 창 미 인 사
正是孤舟月落時　　　외론 배 두둥실 달마저 지는 때로다.
정 시 고 주 월 락 시

惆悵戀君無限意
추 창 연 군 무 한 의

애닯구나. 임 그리는 가이없는 그 뜻

世間唯有女朗知。
세 간 유 유 여 랑 지

온 세상 다 모르건만 너만은 아는구나.

〈용산월야 문가희 고인성정상공사미인곡 솔이구점 시조지세곤계〉

▷미인사美人詞 : 임 그리는 노랫말. 곧 송강의 사미인가. ▷추창惆愴 : 슬퍼함. ▷유유A

唯有A : 오직 A가 있음. ▷여랑지女朗知 : 너만 아누나.

스승 정철의 저 절절한 연군戀君의 정도 정이지만, 야속한 세상인심은 비
아냥 뿐인데 기특할 손 길손의 심금을 울리는 가희歌姬의 구성진 가락, 어찌
물속에 잠긴 용인들 일어나 춤추지 않을 것이며, 동파인들 하필 적벽강 피리
소리만 추연惆然타 할 것인가.

다음은 작자가 북방 전선의 북평사 시절 집에서 온 편지를 받고 쓴 시다.
"변방에서 종군하며 오래 돌아가지 못하니, 집에서 보낸 편지가 해를 넘겨서
왔다"고 전제하고, "집사람은 나의 수척해진 모습 알지 못하고, 지어 보낸 겨
울옷 품이 헐렁해서 입을 수 없다絶塞從軍久未還 鄕書雖到隔年着 家人不解征人瘦 裁
出寒衣抵舊寬"〈得家書〉고 너스레를 떨고는, 그 답서 「편지를 받고得家書」에서

欲作家書說辛苦
욕 작 가 서 설 신 고

종군의 어려움 적어 보내고 싶어도

恐敎愁殺白頭翁
공 교 수 살 백 두 옹

허여 센 우리 노친 수심 늘까 두려워

陰山積雪深千丈
음 산 적 설 심 천 장

북산에 쌓인 눈 천 장으로 깊지만

却報今冬暖似春。
각 보 금 동 난 사 춘

올 겨울 따뜻하기 봄과 같다 써 보낸다.

▷욕작A欲作 : A라 쓰고 싶으나. ▷설신고說辛苦 : 고생스럽다는 말. ▷백두옹白頭翁 :

머리 센 늙은이. 곧 부친. ▷각보A却報A : 도려 A라 씀.

라고 너무도 범박한, 그러나 어른을 모시고 사는 예법과, 아내 사랑의 법도
를 아는 엄전한 선비의 예도를 읽을 수 있다. 북풍한설을 염려해 지어 보낸
지어미의 정성, 품새가 대수랴. 오히려 봄 날씨 같은 겨울이라 하므로 부모님
의 시름을 덜어드리고, 아내를 위로하는 애정을 함께 담아 전했다.

그러나 아무래도 동악의 물씬한 시품은 장편 고시에서 맛볼 일이다. 왜구 倭寇가 용사龍蛇의 난[임진란]을 일으켜, 동래가 함락된 4월 15일의 참상을 회고한 영사시詠史詩 「4월 15일四月十五日」이다.

四月十五日	사월이라 열 닷 셋 날
平明家家哭	새벽부터 집집마다 울부짖는 소리.
天地變蕭瑟	천지는 변하여 소슬한데
凄風振林木	구성진 바람 숲을 울리네.
驚怪問老吏	놀랍고 괴이해 늙은 아전에 묻자니
壬辰海賊至	임진년 왜적이 쳐들어와
是日城陷沒	이 날 이 성이 함락되었죠.
惟時宋使君	그 때 우리 송 사군께선
堅壁守忠節	성벽 문 굳게 닫고 절개 지키니
闔境驅入城	백성들 성 안으로 몰려 들어와
同時化爲血	한 날 한시에 장렬히 전사했죠.
投身積屍底	답쌓인 시체 속으로 몸을 숨겨
千百遺一二	어쩌다 하나 둘 살아남았지요.
所以逢是日	그러기에 이 날을 맞게 되면
設奠哭其死	상을 차려 죽은 넋 제사하죠.
父或哭其子	아비가 아들을 위해 통곡하고
子或哭其父	아들이 아비를 위해 통곡하고
祖或哭其孫	한아비 손자를 위해 통곡하고
孫或哭其祖	손자가 할아비 위해 통곡하고
亦有母哭女	어미가 딸을 위해 통곡하고
亦有女哭母	딸자식 어밀 위해 통곡하고
亦有婦哭夫	아내가 남진 위해 통곡하고
亦有夫哭婦	남편이 아내를 통곡도 하고

兄弟與姉妹　　형제와 자매들이
형 제 여 자 매

有生皆哭之。　산자는 누구나 울지 않는 이 없죠.
유 생 개 곡 지

蹙頞聽未終　　이맛살 찡그리고 듣다 못하여
축 알 청 미 종

涕泗忽交頤　　주루루 눈물이 턱에 흐르네.
체 사 홀 교 이

吏乃前致詞　　아전이 앞에 나와 이르는 말이
이 내 전 치 사

有哭猶未悲　　저들은 울어줄 사람이라도 있으만
유 곡 유 미 비

幾多白刃下　　온 집안이 한 칼에 꼬꾸라져
기 다 백 인 하

舉族無哭者。　울어줄 사람조차 없는 넋은 얼마랍디까.
거 족 무 곡 자

▷평명平明 : 새벽. 해 뜰 때. ▷소슬蕭瑟 : 음기가 스산한 모양. ▷경 괴驚怪 : 놀랍고 괴

이해. ▷해적지海賊至 : 해적이 이르러. ▷송사군宋 使君 : 동래부사 송상현. ▷화위혈

化爲血 : 변해 피가 됨. 함께 전사함.

▷축알蹙頞 : 얼굴을 찡그림. ▷체사涕泗 : 눈물과 콧물. ▷기다幾多 : 그 얼마랍디까. ▷

백인하白刃下 : 시퍼런 칼날 아래. ▷거족擧族 : 온 가족.

오언고시라면 아무래도 두보의 『북정北征』・『병거행兵車行』・『삼리三吏・삼별
三別』을 대작으로 꼽는다. 그런 두시를 얼음에 박 밀듯 읽어제쳤다는 동악이
니, 자연 위 작품은 「삼리・삼별」의 풍미가 물씬하다. 이른바 감정을 절제한
견문지사見聞之事로 자못 객관적 서술인 듯하나, 문면에 숨긴 위트와 아이러
니는 정작 풍자의 극치임을 알 수 있다.

13

연 날리기

　대개의 세시풍속이 그러하듯, 연날리기의 문헌적 기록도 영성하긴 마찬가지다. 물론 중국으로부터 전래된 놀이문화이겠지만, 『삼국사기』에 의하면 신라 선덕여왕 16년(647)에 비담毗曇이 염종廉宗과 공모하여 반란을 일으키자, 김유신 장군이 토벌하고자할 때 하늘에서 큰 별이 떨어져, '여왕이 패할 불길한 징조'라는 등 민심이 크게 소요했었다 한다. 이에 김유신은 큰 연을 만들어 허수아비에 불을 붙여 띄워 보내며, '별이 다시 하늘로 올라갔다'하므로 민심은 수습되고, 군사들은 사기충천하여 반란군을 진압하고 승리하였다 했는가 하면, 고려조에도 최영 장군이 몽고의 반란군을 평정할 때, 연에 불을 매달아 '적진에 화공을 가하는 한편, 병사를 매달아 적진에 침투케 하는, 이른바 현대전의 낙하산 게릴라 작전쯤으로 활용했다던가 ─ 믿기진 않지만, 나아가 이순신 장군이 왜적과의 해전에서 '섬과 섬 사이의 통신수단'으로 활용했다는 『난중일기』의 기록 정도일 뿐이다.

　세시풍속으로서의 기록 역시 『경도잡기京都雜記』에 정월 대보름을 전후한 하루 이틀 수표교 일대에서 연에 '송액送厄' 혹은 '송액영복送厄迎福'이라는 발

원문을 써 멀리 날리는 연놀이 행사가 성황이었다는 정도로 기술되었음은 김득신金得臣의 「종이 연紙鳶」

霞牋裁作號稱鳶　　좋은 종이를 마름해 연을 만들어
하 전 재 작 호 칭 연

萬厄千災寫此編　　온갖 재액을 차례로 이에 적어서
만 액 천 재 사 차 편

放爾月正三五日　　정월 대보름에 날려 보낼 것이니
방 이 월 정 삼 오 일

隨風應墜閬山巓。　바람 따라 낭산 마루에 내리리.
수 풍 응 추 낭 산 전

가 민풍의 일상이었음을 전한다 하겠다. 이 같은 세시풍속으로서의 연날리기가 우리 시가, 특히 중인 계층의 시문학에서 어떻게 노래되었는가를 살피기 위해, 먼저 이정화李貞華의 현대시 「연」을 통해 '비상하고자 하는 현대인의 로망'을 읽고, 그 상관성을 살펴보자.

날아오르고 싶어,
사슬처럼 끈질기게 감겨드는
운명의 실타래를 훨훨 벗어던지고
눈부신 새처럼 자유롭게 하늘을 날아다니고 싶어

누가 나의 발목을 잡아당기는가
자꾸만 주저앉으려는 내 영혼의 심연 속으로
끊임없이 거센 바람을 불어넣고 있는 너는 누구인가

참 이상도 하지
너에게 얽매임으로써
이렇게 팽팽히 부풀어 오르는 긴장과
속살까지 훤히 떨려오는 절제로
삶의 기쁨을 노래할 수 있는 것은.

신기하여라

너와 내가 마주 보고 있는

우리의 눈높이만큼 나는 날아오를 수 있고

너의 굴레 속에서 오히려

머리끝까지 자유로워지는

이 팽팽한 살의 떨림.

　그렇다. 자질구레한 '운명의 실타래'로부터 훌훌 벗어나 '눈부신 창공을 훨
훨 날고 싶은 욕망' 그리고 '머리끝까지 자유롭고자 하는 팽팽한 살의 떨림'
은 '이상 실현'이란 산자의 무한한 욕구임에 틀림없다. 예나 지금이나.
　그러나 신분이란 인위적 제도로 '삶의 기쁨이 옭아 매인' '선비도 농·공·상
인'도 아닌 중인中人, 좀 더 구체적으로 말하자면 '사대부인 아비와 그 아비의
첩어미' 사이에서 태어난 '서얼庶孽의 신분'은 호부호형呼父呼兄이 허여되지 않
는, 그러니 부자 형제가 허여되지 않는 사회, 혹 같은 아비의 적자들이 마련
한 악법일까? 더구나 사대부와 꼭 같은 학문적 수양에다, 외국어 실력까지
갖춘 역관譯官들 마저 중인 대접을 받아, 온갖 불이익을 감수해야 했던 제도
의 모순은 급기야 허균의 『홍길동전』을 통한 '율도국 건설'이란 이상론으로,
정조대왕 때는 '서얼통청운동'을 불러오는 결과를 낳기도 했다. '청운의 꿈'을
싹부터 잘라놓은 제도의 개선을 요구한 8,000여 서얼들의 연판장 서명운동
이었으나, 끝내 뜻을 펴지는 못했다.
　먼저 서자 출신인 초정楚亭 박제가朴齊家의 「종이 연紙鳶」을 읽기로 하자.

野小風微不得意	들 좁고 바람 약해 뜻대로 날지 못하니
야 소 풍 미 불 득 의	
日光搖曳故相牽	햇빛 속에 까불까불 겨우 당겨 버텨낸다.
일 광 요 예 고 상 견	
削平天下槐花樹	하늘 아래 괴화나무 베어내 평지 넓혀야
삭 평 천 하 괴 화 수	
鳥沒雲飛迺浩然。	새 구름처럼 날아가 이 가슴 후련하련만.
조 몰 운 비 내 호 연	

의미심장한 바 있다. 초정 역시 승지 평坪의 서자로 태어나 편모의 삯바느질로 성장했으며, 19세부터 연암 박지원의 문하에서 실학을 익혔다. 정조 3년 (1778) 이덕무, 유득공과 함께 규장각 검서관에 특임되었으며, 전후 4차에 걸쳐 연경을 다녀오는 행운을 얻었다. 1차 연행 후 내·외편의 『북학의』를 저술하여 내편에서는 '실생활의 개선을, 외편에서는 정치·사회제도의 전반적 모순을 지적하며, 서정의 혁신적 개혁을 제고했는가 하면, 상공업의 발달만이 백성의 구제와 부국강병의 첩경임을 역설'한 선지자였다.

특히 과거제도의 폐단을 강렬하게 비판했을 뿐만 아니라, 문학에 대해서도 '전고·도습·용사는 물론, 법고法古까지 부정하며, 그는 "자기의 소리가 아닌 것은 모두 참된 시가 아니니, 그런 거짓된 저작은 붓을 도끼 삼아 찍어버리라"며 누구보다도 강한 의식을 표출했다.

위의 「종이 연」도 이 시대에 아무나 쓸 수 있는 시가 아니다. 이른바 '들이 좁고, 바람이 약하다'함은 '연을 날릴 여건이 아니 됨'이다. 연은 무엇인가? 이상화의 말대로 '이상적 로망,' 곧 '이상의 실현'이니, 페르소나의 '꿈의 펼침'이다. 그러니 '좁은 들·약한 바람'은 '조선 사회의 불합리한 구조적 모순'의 상징으로 비화한다. '새나 구름처럼 아스라이' 곧 '가슴 후련히 날고자 하는 꿈'을 실현하려면 '들과 바람'뿐만 아니라, 저 거추장스런 방해물 '괴화나무를 베어내야 한다' 했다. 이 괴화나무가 이 시의 주제인 '내 가슴 후련히 날아오르고픈' 비상의 최대 방해물이다. 그러나 이 '괴화나무[槐]'가 무엇인가? 주周나라 이래로 최상위 벼슬아치인 삼공三公[太師·太傅·太保]이 아닌가. 이런 시를 10세 때의 어린 나이에 썼다니, 세상모르고 쓴 시가 아니다. 절절한 한의 절규임이 분명하다. 그는 이어서 또 다른 「종이 연의 노래紙鳶謠」에서

風吹吹 풍 취 취	바람은 휘휘
棗搖搖 조 요 요	대추나무는 흔들흔들.
寒城帶喬木 한 성 대 교 목	겨울 한양성엔 나무들 우뚝하고
野曠天寂廖 야 광 천 적 료	넓은 들판에 하늘은 쓸쓸하고 고요해라.

回看山際雪山嵯峨　눈 돌려보니 산봉에 잔설 남았는데
회 간 산 제 설 산 차 아

鳶尾背日輕雲飄。　종이연 태양을 등지고 구름 속에 나부끼네.
연 미 배 일 경 운 표

라고 기염을 토한다. '광풍 속의 대추나무숲·내로라고 거들먹대는 고관대작·의지할 데 없는 천출,' 그러니 자신은 '망망한 천지에 줄 끊어져 나뭇가지에 걸려 갈기갈기 찢기는 종이 연' 그 이상일 것 없는 '신분적 한'에 대한 울부짖음이다.

한편, 대대로 한어역관漢語譯官 출신으로 추사 김정희의 문인이었던 우선 이상적은 서얼은 아니나, 역관이란 신분 때문에 중인이었다. 남에 없이 12차의 연행을 통한 한·중문화의 교류, 특히 옹방강·오숭량·유희해 등 청나라 석학 문인 100여 인사들과의 수답을 묶은 「회인시懷人詩」 99수, 「해린척소海隣尺素」 전 10권 및 「세한도」에 청나라 석학 16인의 제찬을 받아온 공로 등의 지명도로 현종이 친히 자신의 문집을 어람하신 영광을 기려 『은송당집恩誦堂集』이라 명한 사실 등은 사실일 뿐, 그렇다고 신분의 한계가 극복되는 것은 아니었다.

그의 「종이 연紙鳶」 역시 신분상승을 위한 간절한 절규였음을 간과치 말며, 그의 연 노래를 읽기로 하자.

紙鳶搖曳滿天多　하늘이는 종이 연 하늘에 가득한데
지 연 요 예 만 천 다

無數街童動似波　수많은 아이들 물결처럼 일렁이네.
무 수 가 동 동 사 파

操縱謾誇權在手　부질없이 까불긴, 조종이 내 손에 달렸다며
조 종 만 과 권 재 수

一絲風斷奈如何。　어쩌려고, 한 가닥 연줄이 바람에 끊기면.
일 사 풍 단 내 여 하

그렇다. 바람을 타고 날아오르기도 하지만, 바람 때문에 끊어지기도 하는 연, 그건 손재주와 무관하다. 그럼에도 재주만 믿고 허풍떠는 아이들, 그러나 언제 아이들이 재주를 피우고, 허풍을 떨었나? 권문세가에 빌붙어 분수를 망각한 권세가를 풍자한 세태시다. 바람 무서운 줄 모르고 권력의 끄나

364

풀만 믿고 오만방자한 위정자, 혹은 권문세도가. 저들은 자신의 운명이 가느다란 실에 매인 줄을 알지 못할 뿐만 아니라, 권력의 실체가 바람 같은 민의民意임은 더욱 알지 못한다는 매서운 풍자다.

14

내가 죽고 그대가 살아서

悼亡詩
도 망 시

  백년해로百年偕老! '한 백년 함께 늙다'라는 말은 "청춘에 부부의 정을 맺어, 검은 머리 파뿌리 되도록 행복하라"는 혼사의 대표적 덕담이다. 누구에게나 결혼은 제 2의 탄생이다. 이제까지 부모님의 은혜로 보호만 받다가, 앞으로의 삶은 배필과 함께 꾸리고 가꿔야 할 제 2의 삶이 비롯되기에 말이다.

  그러나 아무리 장수하고 금슬 좋은 부부, 그야말로 '행복한 백년해로'를 했을 지라도, 불가佛家에서 이른바 '만난 자는 반드시 헤어진다會者定離'는 숙명론, 이때의 이별은 '이혼'이 아니라, '사별'이니, 이른바 생로병사生老病死조차 같이 할 수는 없는 것이다.

  그러기에 숱한 희로애락이 있고, 인력으로 불가하기에 천명天命 운운해 왔으며, 그에 따른 인간의 정서 역시 천태만상이었다. 혹은 "죽은 사람만 서럽지 산 사람은 잘 산다"거나, "이 꼴 저 꼴 안 보고 잘 죽었다"는 등 입방아도 요란하지만, '세상 어떤 죽음이 잘 죽은 죽음이 있으며, 슬프지 아니할까'마는, '아내를 먼저 보내고 홀로 남은 홀아비의 애잔함'보다 더 큰 슬픔이 있을까? 가령 한 평생 고생만 시키다 이제 다소 좀 배려할만 한 여유가 생겼는데 훌쩍 가버린 공허함, 그 뒤에 저미는 아픈 가슴, 곧 '먼저 간 아내를 애도하는 시[도망시悼亡詩 : 망자亡者를 애도하는 시]'보다 더 슬픈 시는 없을 것이다.

워낙 우리 선비네의 '점잖음의 문화'는 정묵靜黙을 중히 여겨 천금千金에 비겼다. 그러므로 아내에게 수답시는 물론, 더욱 도망시도 흔하지는 않다.

우리 근세사의 대학자이자, 시·서·화詩書畫 삼절三絶로, 특히 금석학金石學의 비조이자, 추사체秋史體로 불후의 명작을 남긴 추사 선생은 오직 잘난 죄로 제주도에 유배되어 있던 1842년 12월 15일, 57세의 나이에 부인 예안 이씨의 부음을 받고,

聊得月老訴冥府　　월하노인 통해 염라국에 하소해
료 득 월 로 소 명 부

來世夫妻易地位　　내세에는 그대와 나 서로 바꿔 부부 되어
래 세 부 처 역 지 위

我死君生千里外　　내가 죽고 그대만 천 리 밖에 살아남아
아 사 군 생 천 리 외

使君知有此心悲。　그대에게 내 슬픈 심정 알게 하리라.
사 군 지 유 차 심 비

▷월노月老 : 月下老人의 준말. 남녀의 인연을 맺어주는 신. ▷명부冥府 : 염라국. ▷역지위易地位 : 지위를 바꾸다. 부부의 위치를 바꿔나게 해 달라하다. ▷사군지A使君知A : 그대로 하여금 A를 알게 하다.

고 「유배지에서 아내의 죽음을 곡한다配所輓妻喪」 했다. 만 리 밖 절도에 위리 안치된 지아비, 조강지처의 부음을 받고도 가지 못함은 물론, 상례도 이미 끝났다. 무엇을 할 수 있는가! '사랑했지만 고생만 시켜 미안하다' 할까? '임종은 물론, 마지막 가는 길 배웅도 못해……' 다 부질없는 세속어다. 말 밖의 말이 시의 언어가 아닌가. 서럽고 한스런 심정을 말로는 다 표현할 수 없기에 우리를 맺어 준 월하노인[중매의 신]에게 역지사지易地思之, 이 한 마디밖에 더 애절한 말은 없다. 진실로 그의 시는 체험의 시학이자, 실사구시라는 현실미학의 실천이었다.

조선 중기의 몰지각한 학당學唐 시풍을 풍자한 "이백과 두보 다시 태어난다 해도 예전처럼 쓰지는 않으리. 이르나니 바로 배우는 길은 당송 시인의

시대정신을 배움이다李杜若晚生 亦自易矩規 寄言善學者 唐宋皆吾師"는 그의 시학의
대변이었다.

자하紫霞 신위申緯는 59세에 창녕 조씨와 사별하며 「도망 6절 · 도망 후 5절」
합 11수를 남겼다. 그 중 전 3수와 후 4수에서

縱復榮觀日日新
종 부 영 관 일 일 신
思量判作踽冷身
사 량 판 작 우 랭 신
非無眷屬堪娛老
비 무 권 속 감 오 로
不見當年結髮人。
불 견 당 년 결 발 인

비록 다시 그대 보고픈 마음 나날이 새롭건만,

생각사록 서로 갈라져 쓸쓸한 신세 되었구려.

식솔들 늙은이 즐길 일 애써 배려하는데

부부의 연을 맺은 당신만 보이지 않는구려.

고려 건국의 공신 장절공 신숭겸의 후손이자, 조선의 500년 문예를 집대
성했다는 자하도 홀아비일 뿐, 처절하긴 마찬가지다. '나날이 새로운 그리움'
'식솔들의 배려'가 어찌 조강지처의 무던함만 하리오, '머리 얹고[結髮] 내게
온 당신만 보이지 않는[不見] 이 허허로움'을 마지못해 다시 후 5절을 써야 했
다. 그 마지막 편에서,

制淚而今也不難
제 루 이 금 야 불 난
此生閱歷幾悲歡
차 생 열 역 기 비 환
中腔有似靑梅子
중 강 유 사 청 매 자
怪底長常一味酸。
괴 저 장 상 일 미 산

눈물 참는 것쯤이야 이젠 어렵지 않아

이생에서 얼마나 많은 고통과 기쁨 겪었던가.

뱃속 창자에는 덜 익은 매실만 있는 듯하니

괴이해라, 인생살이 하나같이 신맛뿐이로세.

라는 체념뿐이다. 전 3수에서 "화려한 벼슬자리 봉해졌어도 무엇 하나 보탬
없었고, 정부인이니 숙부인이란 칭호가 다 무슨 소용이었으리華誥累封無所補 貞
夫人又淑夫人"라며 못내 즐거움보단 신고辛苦롭게만 살다 간 아내에 대한 미안
함으로 맺었다.

한편 고죽孤竹 최경창崔慶昌 · 옥봉玉峰 백광훈白光勳과 함께 삼당三唐의 칭을
받던 손곡蓀谷 이달李達 역시,

粧奩虫網鏡生塵 장 렴 충 망 경 생 진	화장대엔 거미줄 거울엔 먼지,
門掩桃花寂寞春 문 엄 도 화 적 막 춘	복사꽃 쓸쓸하다 문은 닫히고.
依舊小樓明月在 의 구 소 루 명 월 재	조그만 다락에 걸린 달 예와 같건만
不知誰是捲簾人。 부 지 수 시 권 렴 인	모르괘라, 발 걷을 이 누구란 말인고.

라고 자못 사대부의 시격을 노래했다. 아내가 가고 난 뒤의 내실의 스산한
풍모로 시상을 열었다. '장염'은 규방 아낙네의 '화장대'요, '거울'은 당시 대부
댁 마나님이나 갖는 귀중품이다. 그러니 중인 신분의 작자는 죽은 아내의
신분 상승을 힘껏 격상해 본 것이리라. 제 3구는 '밤이면 아내와 함께 작은
다락에 앉아 달을 바라보았건만' 지나간 추억이요, '부지'는 '커튼을 걷고 닫
아온 아내'의 부재에 따른 '고독과 상실의 심상', 곧 절망의 표출이라 하겠다.
  한편 조선 후기의 문사 이량연李亮淵은 도망시 대신 자신의 만시輓詩「내가
죽어서自輓」에서,

一生愁中過 일 생 수 중 과	한 평생 시름으로 살자니
明月看不足 명 월 간 부 족	밝은 달을 봐도 즐겁지 않았오.
萬年長相對 만 년 장 상 대	이제 만년토록 마주 볼 테니
此行未爲惡。 차 행 미 위 오	황천 가는 길 싫지 않다오.

라고 죽음에 임해 '저승에서 만날 아내와의 해후'를 기다리는 고적한 심회를
피력했다. 물론 다산 정약용처럼 자신의 비문을 스스로 쓴 예는 더러 있지
만, 먼저 간 아내를 그리며, 이제 '만년토록 함께 하리란' 희망의 만시는 과문
한 탓이겠지만 처음 보는 예다.

15

芹물의 유래
근 정

학부 때의 마지막 은사님마저 선거仙去하신 지 하마 4년, 해마다 정초의 세배와 스승의 날, 은사님 생신일, 추석이면 거르지 않고 연로하신 은사님께 작은 성의나마 드리던 제자의 도리마저 할 곳 없는 허전함은 여간 허허롭지 않다. 아마도 그 간의 예도가 '제 도리 챙기기'였나 보다.

어느 해인가, 스승의 날 예외 없이 아홉 제자가 작은 성의를 봉투에 담고, 선배께서 몇 자 쓰라고 하셨다. 하명대로 동행 회원의 이름자 위에 딱히 적합한 글귀가 떠오르지 않아 '근정謹呈'으로 쓸까 하다가, 기왕이면 스승께 배운 두시杜詩 「적갑赤甲」의 시어 '근정芹呈'이라고 써 드렸다.

스승께서 받아보시고 거듭 대견해 하시며 흐뭇해하시던 모습이 떠오르곤 한다. 뜻이야 물론 '미나리 한 떨기를 드림'이니 '하찮은 성의'란 뜻으로 풀 일이지만, 유래는 자못 유구하다.

진晉나라 여불위呂不韋가 지었다는 『여씨춘추呂氏春秋』에 "야인이 미나리를 임금께 바치고자 한다野人 美芹願獻之至尊"는 실로 소박한 충정에서 유래한 말이다. 글쎄 '미나리'가 임금께 무슨 대수랴마는, 그러나 뜻이 전혀 없지도 않다. 동지섣달 긴긴 엄동설한을 이기고, 얼음 속에서 제일 먼저 자란 싱그러운 첫 채소가 아닌가. 그게 햇나물이란 의미 외에 무슨 긴한 맛이야 있을까마는 '임금님께서 먼저 드셔야 한다'는 지극한 섬김의 도리야 왜 아니 대견한가? 그러기에 우리 시가문학의 1인자 송강도

> 님금과 빅셩과 亽이 하놀과 짜히로딕
> 내의 셜운이롤 다 아로려 ㅎ시거든
> 우린돌 슬진 미나리롤 혼자엇디 머그리.

라고 성은에 대한 백성의 예도를 훈고했다. 이 모두는 당나라 시성詩聖 두보의 칠언절구 「적갑赤甲」의

卜居赤甲遷居新 복 거 적 갑 천 거 신	적갑현에 터 잡아 새로 옮아서
雨見武山楚水春 양 견 무 산 초 수 춘	무산과 초수의 봄 경치 두 번 맞았다.
炙背可以獻天子 자 배 가 이 헌 천 자	등을 지지는 햇빛 천자께 받자옴직하고
美芹由來知野人。 미 근 유 래 지 야 인	연한 햇 미나리 맛 야인인들 모르리까.
- 下略 -	- 하략 -

〈杜諺 · 7, 赤甲〉

▷복거적갑卜居赤甲 : 적갑현에 터 잡아 삶. ▷양견雨見 : 두 번 보다. ▷초수춘楚水春 : 초지역 봄. ▷자배炙背 : 등을 지지는 따사로운 봄볕. ▷미근美芹 : 잘 자란 햇 미나리. ▷지야인知野人 : 야인도 앎.

를 원류로 하고, 두보 역시 죽림칠현의 한 사람인 혜강嵇康의 "야인은 따사론 햇빛에 등 지지기를 좋아하고, 미나리를 임금께 바치고자 함野人有快炙背 而美芹者 欲獻至尊"을 부연해 환골탈태했으리라. 이후 오싹한 봄추위 때 등을 자글자글 지지는 따사로운 봄볕을 임금께 드리고자 하는 충신 연주의 글감에 단골로 쓰였고, 예의 '햇 미나리美芹를 임금께 받잡는 예도야 옛 야인들도 좋이

여겨 안다'함은 곧 작자의 진정을 표출한 것에 다름 아니다.

　이러한 시정을 조선 중기의 전라감사 미암眉巖 유희춘柳希春 역시 봉안사 박화숙朴和叔과 진안루에서 읊조린 시조창에서

　　　미나리 한 펄기를 캐어서 씻우이다.

　　　연대 아니라 우리 님께 받자오이다.

　　　맛이야 긴티 아니커니와 다시 씹어보소서

　　　　　　〈역대시조선〉

라고 용사했다. '펄기'는 '떨기', 혹은 '묶음'의 뜻이요, '연데 아니라'는 '다른 곳 아니라'로, '긴티'는 '긴요하지는'으로, '다시 씹어보소서'는 '잘 음미하시면 저의 진정을 아시리라'로 읽었다.

　그러니 '근정謹呈'의 '삼가 드림'이라는 평판성과 '근정芹呈'의 '자그만 정성을 드림'과는 곱씹는 맛이 다를까 한다. 더구나 직접 훈도하시고, 받은 사제 간이기에 말이다.

16

내 나이 50년 전에 스물셋이었느니

사대부에게서의 문필이란 한낱 작은 재주다. 그러므로 힘써 행할 바는 아니지만, 전혀 편폐할 수 없는 까닭은 풍교風敎에 이바지하기 때문이랬다. 이른바 목민牧民의 사명이 엄연한 사대부들이기에 풍류에 앞선 책무임에 분명하다. 그러므로 그들의 문집에 해어화解語花들과의 풍류시편 −그마저 극소수이지만− 외에 연정을 노래한 시편은 많지 않다. 조강지처일지라도 고작 「애도의 시悼亡」편이 고작이다.

그러나 자하의 문집엔 기녀들과의 수작, 심지어 동침 후 증시까지 여과 없이 산견된다. 이 역시 자하만의 분방한 풍류이자, 시적 한 특질이라 할 것이다.

華堂上壽紀筵張 　화려한 마루 비단 자리 축수의 잔 받자니,
화 당 상 수 기 연 장

半百光陰太劇忙 　50여 년 세월이 너무도 빠르게 지나왔구나.
반 백 광 음 태 극 망

溢浦琵琶逢白傅 　일포에 비파 치는 백거이 같은 친구도 만났고
일 포 비 파 봉 백 부

泰陽歌曲駐劉郎 　태양 고을 노래하는 유우석을 불러 한 잔하기도 했지.
태 양 가 곡 주 유 랑

仲秋風月悲遊子 　중추라, 바람 달 스산하고 나그네 회포 적적할 제
중 추 풍 월 비 유 자

從古江山屬異鄉 예로부터 좋은 경개 별난 곳에 있는 줄 알았지.
종 고 강 산 속 이 향

恒恐歡情兒輩覺 기뻐하는 정을 아이들이 눈치 챌까 두려워
항 공 환 정 아 배 각

尊前直欲減絲篁。 술 잔 앞에서 곧장 풍류를 줄이고자 한다.
존 전 직 욕 감 사 황

순조 18년(1818) 자신의 「50세 생일날 아침에 즉흥으로 부른 노래五十生朝口 號」라 했다. 때에 자하는 춘천부사였다. 이순耳順의 나이에 돌아 본 인생, 심양의 강나루[溢浦]에서 백거이 같은 풍류문사와, 낙양의 태양당 24교에서 기생과 풍류로 유유자적하던 유우석劉禹錫의 멋도 부려는 봤다. 기망도 지난 중추, 비유하자면 계절과 자신의 연치가 비슷한데 "승경은 멀리에만 있는 줄 알았더니, 춘주[춘천의 옛 지명]가 이리도 아름다운 줄 몰랐다"했다. 잠깐 돌아본 생의 회고다.

그러나 이 시의 안자眼字는 전혀 '항공恒恐' 두 자에 있고, 그 이유는 '아배 각兒輩覺' 세 자다. 물론 "늙은 아비가 '기녀들의 자태와 재예를 지나치게 좋아함'을 눈치 챌까" 두렵다 했으니, 알뜰히 읽어야 '풍악을 줄여야 할 이유[減 絲篁]'가 보일 뿐 아니라, 이 시가 그의 분방한 풍류기질을 얼마나 적실하게 시사하고 있는가를 대변한다 할 것이다.

다음은 헌종으로부터 6개월간 고희 사가賜暇를 받아, 둘째 아들 홍연의 임 소任所인 함경도 홍원에서 북유北遊 중 만난 금아[관기로 추정]와의 이별 노래 3수 중 1 「금아와 이별하며琴娥別三疊」다.

- 前 略 -   - 전략 -

何處老翁來宴飲 어느 곳 늙은이가 와 술을 마시는가,
하 처 노 옹 래 연 음

金釵十二擁酣眠 금비녀 낀 열두 살 난 금아를 안고 취해 잔다.
김 채 십 이 옹 감 면

絲肉風流興全減 피리와 노래 풍류야 온전히 줄었으나
사 육 풍 류 흥 전 감

更那堪素手玉房前。 어찌 고운 손 방 앞서 거문고 타는 걸 견디랴.
갱 나 감 소 수 옥 방 전

함흥의 '북산루 아래 만세교 다리께, 맑고 곱게 개인 동짓달 밤北山樓下 萬歲

橋邊 仲冬天氣 風月淸姸'막 벙으는 열두 살 매화 꽃술보다 여린 금아와의 작흥에 이은 춘정이다. '피리와 노래'야 예전 같을 수 없고, 다만 '섬섬옥수[素手]' 고운 자태를 감당치 못해 '동침'했단다. '나감那堪' 두 자의 전달심상은 시적 화자의 분방한 풍류, 아니 진솔함이랄까?

그 3은 자하의 인간미까지 읽게 하는 흥미로운 작품이다.

- 前略 -	- 전략 -
柳枝凍折驛亭前 유 지 동 절 역 정 전	버들가지를 역루 앞에서 꺾으니
不堪持贈征鞭 불 감 지 증 정 편	그걸 채찍으로 쓰라고 주는데 견딜 수 없다.
- 中略 -	- 중략 -
血色羅裙休濺淚 혈 색 라 군 휴 천 루	붉은 비단 치마에 눈물 뿌리지 마라
侍郞華髮値衰年 시 랑 화 발 치 쇠 년	시랑의 까만 머리털 허옇게 세었단다.
詩筆尙能健 시 필 상 능 건	그래도 시 짓는 필력은 건장히 남아있어
呼寫小蠻箋 호 사 소 만 전	조그만 만전 종이에 글씨를 쓸 만해
付與琴心 부 여 금 심	금심에게 부친다는
三疊舞胎仙 。 삼 첩 무 태 선	세 곡조 이별가 신선을 잉태하고 춤추는 네게 준다.

▷불감不堪 : 감내치 못함. 견딜 수 없음. ▷증정편贈征鞭 : 말채찍으로 주다. ▷휴천루休濺淚 : 눈물 뿌리지 말라. ▷시랑侍郞 : 작자 신자하 자신. ▷소만 전小蠻箋 : 고급화선지. ▷무태선舞胎仙 : 仙兒를 잉태하고 춤을 춤.

"말은 가자 울고 떠날 채비로 부산한데, 이별이 아쉬운 화자가 머뭇거리는 중 어언 석양의 내 피어오른다馬嘶人語動 行色冉冉夕陽生暮烟"고 시상을 불러, "채찍으로 꺾어주는 버들가지 그게 어디 채찍인가. 사랑의 징표인 줄 알기에 견딜 수 없다" 했다. 그러니 "이별 후 그리울 걸 생각하면 벌써부터 암담하다 且置別後追憶 已在當時惘然"며, '너보다 더 서러운 나의 징표인 별부 3첩을 준다'했다. 이 3첩의 안자는 '무태선舞胎仙' 세 자에 있다. 간밤의 인연으로 '선아仙兒를 잉태하고 전별연에서 춤추는 금아'라 했다. 그 아이를 낳으면 '호적에 올

375

려 주리란 약속의 징표'임은 물론이다. 이 점 분명 남다른 자하만의 인간미이자, 진정한 풍류객의 전형이라 하겠다.

칠순 홀아비가 약관 둘째 아들의 부임지에서 자식으로부터 받은 효시孝侍의 예도였다.

이후 73세의 자하 앞에 새로운 여인이 나타났다. 「한양 남녘의 나긋하고 아담하며, 곱고 슬기로운 변승애 여사가 먹 시중이나 들며, 나를 모시고 싶다기에 '이미 늙었다'고 사양하며 써 준 시畿南卜僧愛女史 纖小娟慧情 願以筆墨侍兒 旣謝以老 且爲詩贈之, 實自嘲也」란다.

澹掃娥眉白苧衫 _{담 소 아 미 백 저 삼}	곱게 단장한 미모에 흰모시 적삼 차림
訴衷情語燕呢喃 _{소 충 정 어 연 니 남}	속마음 하소하며 아양 떠는구나.
佳人莫問卽年幾 _{가 인 막 문 즉 년 기}	어여쁜 여인아, 사내 나이 묻지 말라
五十年前二十三。 _{오 십 년 전 이 십 삼}	오십 년 전 수물 하고도 셋이었느니.

▷訴衷情語 : 속마음 정담. ▷연니남燕呢喃 : 아양떨며 지껄임. ▷막문 莫問 : 묻지 말라.

▷연기年幾 : 나이가 얼마인가.

시적 화자도 제목 끝에 첨기添記한 대로 '실로 우스운 일'이다. 이때의 인생 칠십이라면 대단한 수복壽福의 시대다. 일찍이 두보가 그의 「곡강曲江」에서 천명한 대로 '인생 칠십은 예로부터 드문 일人生七十古來稀'이랬다. 따라서 고희를 맞은 선비들의 섭생을 위한 삼마三魔[色·詩·酒] 중 색마는 향산香山 백락천白樂天이래 자중해 왔다. 곧 향산이 68세까지 데리고 있던 번소樊小와 소만小蠻이란 두 소첩을 자유의 몸으로 놓아 보내는 일련의 삼마三魔 중 색마色魔 제치와 무관하지 않다.

17

安重根과 黃梅泉의 나라 사랑
안 중 근 　　황 매 천

　　우리도 남의 좋은 이웃이어야 하지만, 우리네 이웃 일본은 참 어찌하면 좋은가! 예로부터 이웃 4촌이라 했거늘…….

　　임진왜란(1592)과 정유재란(1598)이야 무지막지한 도요도미豊臣秀吉의 내치內治 겸 대륙진출의 야욕, 게다가 율곡栗谷의 선견지명을 당리당략으로 매도한 위정爲政의 병폐와 함께 우물 안 개구리 같은 조선 사회의 구조적 모순도 없지 않았지만, 정명가도征明假道라는 사술邪術은 물론, 청일전쟁(1894)·노일전쟁(1910)을 승리로 끝낸 일본은 내선일치라는 미명하에 을사보호조약(1905)에 이은 경술국치(1910. 8)의 참담까지 겪어야 했던 현대사의 몰염치도 모자라, 2차 세계대전의 패망을 겪고도 죄의식은커녕 저 뻔뻔한 야만의식을 언제까지 동정해줘야 할 것인가.

　　본론으로 가자. 이토 히로부미伊藤博文는 어떤 인물인가? 본명은 하야시 도시스케林利助, 도쿠가와 막부를 전복시키고 왕정복고를 이룩한 메이지明治 정부의 실력자이자, 총리대신 추밀원 의장을 지냈으며, 을사조약을 강제로 이끌어내고, 주한특별대사로 '동양평화'라는 미명하에 1905년 통감부 초대 총리로 국권 강탈의 기초를 다진 야만의 괴수다.

그가 러시아의 코코후초프 재무장관과 그들의 남진책南進策과 일본의 대륙진출책 흥정에 나선 이토 히로부미를 하얼빈 역에서 '양 새끼 잡아 치우듯' 간단히 해치운 것이다.

이 소식을 들은 창강 김택영이 「의병장 안중근이 민족의 원수를 갚았다기에聞義兵將安重根報國讐事 三首」 감격해 쓴 시

平安壯士目雙張   두 눈 부릅뜬 평안도 장사,
평안장사목쌍장

快殺邦讐似殺羊   원수 놈 죽이길 양 잡아 치 듯.
쾌살방수사살양

未死得聞消息好   못 죽고 남아 이 좋은 소식 듣고
미사득문소식호

狂歌亂舞菊花傍。 미친 듯 국화 옆에서 노래하고 춤추네.
광가란무국화방

는 그 첫째 수다. 얼마나 통쾌한가! "누가 쐈느냐?" 죽을 짓을 하고 죽는 놈이 '짹 소리하고 죽는답시고' 이 한마디 하고 30분 만에 즉사했고, 호랑이 같은 장사는 "대한민국이여! 영원하라"를 외치며 의연할 뿐이었다.

안중근의 기개도 장쾌하지만, 창강의 수사는 또 얼마나 기건奇健한가! '개 새끼도 아닌 양 새끼', 그러니 '맹개[맥의 사투리]도 못 추고'가 딱 거기에 맞다. '죽지 못하고 살아남아'는 을사늑약이 체결되자, 함께 망명하기로 했던 매천 황현도 이미 「절명시」를 남기고 자결한 뒤라, 많은 갈등 속의 화자를 읽을 수 있다.

海蔘港裏鶻摩空   해참항 독수리 맴돌 듯 돌다,
해삼항리골마공

哈爾濱頭霹火紅   하얼빈 역에서 큰 일 치뤘네.
합이빈두벽화홍

多少六洲豪健客   온 세상 호걸남네 소식 듣고
다소육주호건객

一時匙箸落秋風。 밥 먹다 놀라 수저 떨궜으리.
일시시저락추풍

해참항은 극동에 위치한 부동不凍의 항구 블라디보스토크요, '골마공'은

'새매가 먹이를 낚아채기 위해 기회를 엿봄'이니, 안 의사의 '주도면밀함'을, '벽화홍'은 '육혈포가 붉은 불을 내뿜음'이니 세 발의 총알이 적중했음이다. 그 삼엄함도 아랑곳없이 천하의 이토 히로부미를 혈혈단신으로 잡아 족쳤다니 '대한남아의 기개에 내로라는 천하의 영웅들도 밥숟갈 떨어뜨렸으리라'고 통쾌해 했다.

從古何嘗國不亡 종 고 하 상 국 불 망	자고로 아니 망한 나라 있소만
纖兒一例壞金湯 섬 아 일 례 괴 금 탕	어린애 장난처럼 망한대서야.
但令得此撑天手 단 령 득 차 탱 천 수	무너진 하늘 받들 이 솜씨 보면
却是亡時也有光。 각 시 망 시 야 유 광	망할 때 망할망정 보람 있어라.

그 마지막 수다. 역사 회고에 이은 강인한 민족의지로 장을 마감했다. 물론 이토 히로부미 하나를 제거했다고 주권회복으로 직결되지는 않는다. 그러나 500년 선비의 나라로 군자를 양성해 온 문화국이다. 그러므로 야만의 오랑캐들에게 '참된 충과 의를 일깨워야 할 문명국의 사표이기에 충분한 안 의사의 의거'는 "망할 때 망할지언정 의로운 민족의식을 훈고한 쾌거"라고 기리기만 한 것이 아니라, 몽매한 야만일수록 가르쳐야 했다. 알아들을까만.

"내가 죽은 뒤에 나의 뼈를 하얼빈 공원 곁에 묻어 두었다가, 우리 국권이 회복되거든 고국으로 반장해 다고…… 대한독립의 소리가 천국에 들려오면, 나는 마땅히 춤추며 만세를 부르리라"는 안 의사의 단지장인斷指掌印도 선명한 비문을 읽으며…….

다음은 매천 황현의 「절명시 4수絶命詩 四首」다.

亂離滾到白頭年 난 리 곤 도 백 두 년	난리를 겪으며 세어버린 머리,
幾合捐生却未然 기 합 연 생 각 미 연	죽재도 못 죽은 게 몇 번이었나.
今日眞成無可奈 금 일 진 성 무 가 내	오늘은 진실로 어찌할 수 없으니
輝輝風燭照蒼天。 휘 휘 풍 촉 조 창 천	바람 앞의 촛불이 창공을 비추누나.

문맹文盲의 능사는 사술邪術이요, 버거우면 폭거 혹은 배신이다. 말 같지도
않은 정명가도征明假道가 내선일치內鮮一致라는 명분으로 돌아와 주권마저 빼
앗겼다. 야만의 식민지 백성으로야 살 수는 없고, 더욱 '의로운 길이면 가야
하는 자가 군자'다. 그것이 '아니 갈 수 없는無可奈' 선비의 도다.

妖氣晻翳帝星移   국운이 바뀌자 요기가 덮여
요 기 엄 예 제 성 이

九闕沈沈晝漏遲   경복궁 대낮이 암담하여라
구 궐 침 침 주 루 지

詔勅從今無復有   조서도 이제로부터 마지막
조 칙 종 금 무 부 유

琳琅一紙淚千絲 。   한 장 조서에 천 가닥 눈물.
림 랑 일 지 루 천 사

▷엄예晻翳 : 음침하게 가리다. ▷무부유無復有 : 다시는 있지 못함. ▷임랑琳琅 : 아름

다운 옥. 사물의 미칭. 유려한 시구. 본 시에서는 조서.

2수는 '마지막 조서'에 대한 통곡이니, '요기'가 국운을 가려 신령스럽던 대
궐마저 침침하더니, 급기야는 마지막 조서[琳琅]를 읽어야 하는 국치에 이르
렀음을 통탄[淚千絲]했다.

鳥獸哀鳴海嶽嚬   조수도 슬피 울고 강산도 시름,
조 수 애 명 해 악 빈

槿花世界已沈淪   무궁화 이 나라 망하고 말았네.
근 화 세 계 이 침 륜

秋燈掩卷懷千古   책을 덮고 지난 역사 회고하니
추 등 엄 권 회 천 고

難作人間識字人 。   글 아는 사람 인간구실 어렵네.
난 작 인 간 식 자 인

'나라 망함이 어찌 나만의 설움이랴, 날짐승 길짐승[鳥獸]도 강산[江山]도
시름'이라 하고, 이럴 때 '식자는 어떻게 해야 하는가'를 상고해 본다. 적어도
500년 선비를 길러온 선비 나라의 식자인, 입으로만 읊어온 '충의'가 아닌 '실

천적 충의', 물론 나 하나 죽는다고 국권이 회복될 일은 아니지만, 그렇다고 '아무렇지도 않다'는 듯 지나쳐버리면, 그게 또 군자국의 신민臣民일 수 없다. 꼬장한 매천이기에 해냈다. 그 어려운 '글 아는 선비의 인간 구실'을……

曾無支廈半椽功   정작 벼슬 아니 한 선비일진댄
증 무 지 하 반 연 공
只是成仁不是忠   이 죽음 인일망정 충이랄 수야.
지 시 성 인 불 시 충
止竟僅能追尹穀   끝맺음이 겨우 윤곡과 같은 뿐
지 경 근 능 추 윤 곡
當時怪不躡陳東。   진동을 따르지 못해 부끄러워라.
당 시 괴 불 섭 진 동

매천은 진사급제 후 벼슬에 뜻이 없어 출사出仕하지 않았다. 그러니 오롯한 선비일 뿐, 국사에 관여할 위치가 아니다. 따라서 그의 행위는 인의仁義일 뿐 충忠일 수는 없었다. 그가 행한 윤곡尹穀의 행적이란? 송나라 장사인長沙人으로 오랑캐 몽고 군사가 내침해 담성이 함락지경에 이르자, 처자와 작별하고 분신자결蒙古兵入寇 潭城受圍. 城將破 乃與妻子訣 縱火自焚했다. 거기에 비해 같은 송나라 단양인丹陽人인 진동陳東은 흠종欽宗·고종高宗에게 간신인 육적六賊의 사형을 극간極諫하다가, 도리어 노여움을 사서 참형을 당한 진동에게 부끄럽다 했다. 간신배 육적을 참살해야 한다고 극간하다 참형을 당한 진동처럼, '을사오적'을 물리치라고 상소 한 장 못 올린 자신이 부끄럽다 했다.

박창현朴暢鉉은 매천의 시를 평해 "시는 이치와 기력과 성향을 갖춘 연후에야 바야흐로 명가의 칭을 듣게 되는데, 이제 매천 선생의 시를 보게 되면, 그 이치의 공교로움은 자못 봄누에가 고치를 짓는 격이요, 기력의 굳셈은 장사가 병영을 쳐부수듯 하고, 성향의 맑기가 슬픈 곡조가 집안에 낭랑하니, 시가 이 지경에 이르면 가히 천고에 값한다 할진대, 항차 위위한 대절까지 겸했음에랴詩具理致·氣力·聲響三者 然後 方爲名家. 今觀梅泉先生之詩, 其理致之工, 如春蠶之作繭, 氣力之勁 如壯士之斫營, 聲響之亮 如哀筑之鳴堂, 詩之於此 可以千古 而況兼有巍巍之大節者乎"〈매천집〉라 했다.

창강은 「매천의 절명 소식을 접하고 4수의 애도시聞黃梅泉殉信作」로 곡했으

니, 그 2에서

詞垣誰復是眞才　　문원에 누가 다시 이런 천재 있으랴,
사 원 수 부 시 진 재
璧月無光斗柄摧　　구슬 같은 달도 빛을 잃고 북두도 꺾였네.
벽 월 무 광 두 병 최
知否賞音人獨在　　시 감상할 벗 홀로 남은 것 아는지 모르는지
지 부 상 음 인 독 재
靑楓江畔望魂來。　강가 푸른 단풍 숲으로 혼이라도 찾아왔으면.
청 풍 강 반 망 혼 래

와 같이 애통해 했다. 끝으로 「압강 길에서鴨江途中」를 읽으며 그의 낯선 시적
향취를 느껴보자.

千家楡柳冷新煙　　집집마다 유류의 새로운 연기
천 가 유 류 랭 신 연
佳節驚心客路邊　　길을 가는 나그네 한식을 맞네.
가 절 경 심 객 로 변
微有天風驢更快　　바람 불자 나귀는 문득 재지고
미 유 천 풍 려 갱 쾌
一經春雨鳥增姸　　봄비 맞은 새 맵시 한결 더 고와.
일 경 춘 우 조 증 연
柳花多事圍山店　　흐드러진 복사꽃 주막 둘렀고
류 화 다 사 위 산 점
蝴蝶隨人上野船　　범나빈 사람 따라 배에 오르네.
호 접 수 인 상 야 선
滿眼淸江三十里　　펑퍼진 맑은 가람 이냥 삼십 리
만 안 청 강 삼 십 리
黃魚如錦不論錢。　비단 같은 쏘가리는 지천이구나.
황 어 여 금 불 론 전

'압강'은 전남 구례의 '압천'을, '유류'는 '청명·한식'을 이르는 말이다. 그러니
기련 1·2구는 한식날 압천 내 길을 나서니, 함련 3·4와 경련 5·6구는 싱그
런 봄날의 풍광으로 대구다. "산들산들 부는 봄바람에 경쾌한 나귀의 발걸
음 : 한 가닥 뿌리고 간 봄비에 조찰하게 씻긴 산새"로, "주막을 에운 복사꽃
: 사람 따라 배에 오른 범나비"로 꿈같은 조화경을 이뤘다. 그러니 한껏 펼쳐
진 강마을 물속엔 비단 쏘가리가 제철 만난 듯 펄펄 뛴다니 천지는 생명으
로 약동한다.

18

왜 사냐건 웃지요?

자연은 누구에게나 어머니의 품이다. 나으셔서 길러주신 어머니의 품은 따사롭고 아늑하고 정겨운, 그래서 숭고하기까지 한 인간의 원초적 고향이다.

서울 유학길로부터 고향을 떠나, 수학기와 3년여의 군복무 이후, 근 40여 년 교편생활을 대과大過없이 마치고 정년한 지 3년째, 하릴없는 객지의 백수보다 귀향이 어떨까 싶어, 우선 마음 수련부터 하자니 조련치 않다. 먼저 선인들의 친화자연법을 배우기로 하자. 낭만 문학의 광채를 개천開天의 치治에 아로새긴 이백李白은 젊은 시절 고향에서 검술을 익히는 한편, 도인 동암자東巖子와 함께 인근 산협에서 도가에 심취하기도 했다 한다. 아마 그 즈음의 작으로 유추되는 「산중문답山中問答」의

問余何事棲碧山   어찌해 푸른 산속에 사느냐 묻지만,
문 여 하 사 서 벽 산
笑而不答心自閑   웃을 뿐 말하지 않으니 마음 한가해.
소 이 불 답 심 자 한
桃花流水窅然去   복사꽃 물에 떠 아득히 흘러가는 곳
도 화 류 수 요 연 거
別有天地非人間。 여기가 인간 세상 아닌 별천지라네.
별 유 천 지 비 인 간

에서 몰아자연沒我自然한 그의 선취仙趣를 감지할 수 있다. '왜 산에 사느냐'는 질문에 답한들 알아듣지 못할 것이니, '빙그레 웃을 뿐'이랬으나, 정작 3·4구가 그 답이다. 복사꽃 물에 떠 흐르는 여기가 곧 애증도 거짓도 위선도 없는 별유천지 무릉도원인데, 하찮은 이해득실로 아귀다툼이나 능사로 삼는 속것들이 이 낙을 알리도, 이래 좋고 저래 좋다고 설명해도 알아듣지 못하리란 함축이니, 최충의 「느낀 대로絶句」의

滿庭月色無煙燭 만 정 월 색 무 연 촉	뜰에 가득한 달빛은 내없는 촛불이요
入座山光不速賓 입 좌 산 광 불 속 빈	자리에 와 앉은 산은 청하지 않은 손이라.
更有松弦彈譜外 갱 유 송 현 탄 보 외	게다가 솔바람 소리까지 천연히 들려오니
只堪珍重未傳人。 지 감 진 중 미 전 인	다만 진중히 간직할 뿐 전할 수 없네.

와 동일 의장意匠이다. 그렇다. 달빛은 '그을음 없는 촛불'이고, 펴놓은 자리에 덥석 먼저 와 앉은 놈은 청하지도 않은 앞산이다. 이때 '속'은 '청하다'의 뜻이니, '달빛에 산이 있고 내가 있으니 벗이 셋'인데, 게다가 솔바람에 전해오는 '송뢰松籟'는 전혀 뜻밖의 덤이다. 이 낙을 체험하지 않은 누가 그 멋을 알며, 뉘게 설명이 가능한가! 하나 빠진 것이 없지는 않다. 환호[한석봉]의

　　짚방석 내지 마라, 낙엽엔들 못앉으랴
　　솔불 혀지 마라, 어제 진달 돋아온다
　　아ㅎ야 박주산채薄酒山菜ㄹ망정 업다말고 내여라.

는 국선생麴先生[술]이 있어야 사미四美[술·달·꽃·벗]가 갖추어지는 셈이나, 워낙 최충은 엄전한 도학자시다. 꽃이야 물론 가을이니 단풍으로 족하다.
　이백의 「독좌경정산獨坐敬亭山」 역시 격조 높은 전원시다.

| 衆鳥高飛盡
중 조 고 비 진 | 뭇 새 높이 날아 사라지고 |

孤雲獨去閑
고 운 독 거 한
외론 구름 한가히 떠가네.

相看兩不厭
상 간 양 불 염
보고 또 봐도 싫지 않은 것은

只有敬亭山。
지 유 경 정 산
오로지 경정산 뿐이로구나.

장강長江이 관통하는 안휘성, 황산과 구화산 등 명산 깊숙한 곳에 홀로 앉았자니, 하늘 높이 가뭇하게 철새들 날아가고, 흰구름 두둥실 떠돌 뿐인데, 화자는 진종일 경정산을 대하고 앉았지만 전혀 싫지 않다는 산 마니아 mania, 그는 알피니스트의 "Because, It is there"의 'It'과의 교감 자, 이른바 몰 아자연沒我自然의 지경이다.

이는 북송을 대표하는 왕안석王安石의 「종산에 노닐며遊鍾山」의

終日看山不厭山
종 일 간 산 불 염 산
종일 산을 대해도 산이 싫지 않아,

買山終待老山間
매 산 종 대 로 산 간
산을 사서 종내 산 속에서 늙는다.

山花落盡山長在
산 화 락 진 산 장 재
산꽃은 다 져도 산은 그대로 있고

山水空流山自閑。
산 수 공 류 산 자 한
계곡물 속절없이 흐르나 산은 제냥 한가롭네.

와 동일 정운情韻이다. '종산'이 현 중국 남경시 자금산이라지만, 그게 무슨 대수랴, 고향 뒷동산으로 환치하면 그만이다. 자못 3·4구는 편양鞭羊 언기彦 機 스님의 "구름은 내달으나 하늘은 움직이지 않고, 배는 가나 언덕은 그대 로일세雲走天無動 舟行岸不移"〈次東林韻〉라는 승속무애僧俗無碍의 경지와 다르지 않고, 역시 그의

愛此江邊好
애 차 강 변 호
이 강변이 좋아

留連至日斜
유 연 지 일 사
해 저물도록 떠나지 못하네.

眠分黃犢草
면 분 황 독 초
누런 송아지와 풀밭 나누어 잠자고

坐占白鷗沙。
좌 점 백 구 사
하얀 갈매기와 모래밭을 나누어 앉는다.

라는 「쪽배에 붙여題舫子」의 인물성동론적人物性同論的 제물인식齊物認識은 가히 몰아자연沒我自然이란 동양문학의 극치일까 한다. 그러기에 남송南宋의 혜홍惠洪 스님은 "왕안석의 필력이 높고 오묘하여 거의 하늘이 빚어낸 것 같다其筆力高妙 殆若天成"라고 높이 평가했다 한다.

한편 고려시대를 대표할 산수시인 김극기의 「촌가村家」는 두고 온 내 고향의 진경산수화라, 우리의 발길을 '어서 가자' 재촉한다.

青山斷處兩三家 청 산 단 처 양 삼 가	푸른 산자락 다한 곳 두서너 초가,
抱隴縈廻一徑斜 포 롱 영 회 일 경 사	언덕 따라 휘돌아 비낀 오솔길.
讒雨廢池蛙閣閣 참 우 폐 지 와 각 각	물웅덩이 개구리 비 오려나 개골개골
相風高樹鵲查查 상 풍 고 수 작 사 사	나무 끝 때까치 바람 피해 까악 까악.
境幽柳巷埋荒草 경 유 류 항 매 황 초	실버들 외진 마을 풀 속에 묻혔고
人寂柴門掩落花 인 적 시 문 엄 낙 화	찾는 이 없는 사립 낙화에 닫겼네.
塵外勝遊聊自適 진 외 승 유 료 자 적	애오라지 즐기노라, 별천지의 선유를
笑他奔走覓紛華。 소 타 분 주 멱 분 화	우습구나, 분주히 명리 찾는 무리들.

흔히 왕유王維를 시불詩佛이라 하고, 그의 오언절구 20수로 묶은 「망천장輞川莊」을 소동파는 시중유화詩中有畫라고 격찬한 바 있으니, 이른바 '언어로 그린 그림, 곧 소리 있는 그림'이다. 그렇다면 그림은 '선과 색으로 그린 시[畫中有詩]'니 이것이 바로 시화일지詩畫一틀다.

김상용의 현대시 「남으로 창을 내겠소」는 자못 자연과 함께 하는 화자의 여유로운 모습으로 승화된다.

남으로 창을 내겠소.

밭이 한참갈이

괭이로 파고

호미론 김을 매지요

구름이 꼬인다 갈 리 있소.

새 노래는 공으로 들을라오.

강냉이가 익걸랑

함께 와 자셔도 좋소.

왜 사냐건

웃지요.

　제 1연의 소박한 삶의 의지는 더없이 건강하다. 그러기에 '헤살 짓는 구름'
으로 비유된 '세속적 유혹' 따위엔 아랑곳하지 아니하는 여유와 풍요로운 삶
의 의지를 노래하고 있다. 특히 결연의 '왜 사냐건 웃지요'는 이백의 「산중문
답」 전 편을 용해하여 화자의 자연과의 동화는 물론, 삶에 대한 달관의 의지
를 느끼게 한다.

　그렇다. 70년대 산업화와 함께 도시로 이농離農한 현대화의 역군들이 이즈
음 귀농하는 추세란다. 참으로 반가운 소식이 아닐 수 없다. 물론 쉽지만은
않을 터이다. 이제 우리의 시골도 눈부시게 발전했다지만, 도농 간의 전혀
다른 생활 문화의 패턴을 인정하지 않을 수 없다. 그 인정으로부터 전가락사
田家樂事, 이른바 전원적 즐거움은 창출된다. 어머니 가슴에 안기듯 포근하고
안정된 귀농의 마음자리에 소박하지만 건강한 삶, 구름이 꼬여도 흔들림 없
는 의지, 청정한 자연과 넉넉한 나눔의 행복을 누리는 여유로, 허접스러웠던
젊은 날 마음의 빚을 청산해야겠다.

19

春香의 그네
춘 향

『심청전·장화홍련전』 등 많지 않은 우리 고전소설 중 『춘향전』만큼 잘 알려진 작품도 드므리라. 그러니 경판본 춘향전이 인조仁祖 때, 완판 고려대본이 숙종肅宗 때 간행되었다니, 그 삼엄하던 성리문풍性理文風, 더구나 엄격한 반상班常의 체제하에서 자유연애를 기치로 해피엔딩이란 기상천외의 대리만족 때문만은 아닌, 그 무엇이 내재했던가? 필자는 꽤는 오래전, 아마 대학 3학년(1967) 때인가, 문득 "왜 『춘향전』의 모티브는 하필 단오날이며, 영남루와 그네 터인가?"에 흥미를 가졌었다.

가장 이상적이어야 할 귀족의 자제 이몽룡과, 절세미인이자 현숙하고, 무엇보다 필연적 등장인물 변학도와의 관계 설정 상 퇴기의 딸이어야 할 춘향이 만화방창한 여인의 계절 봄도, 오곡백과의 결실을 위해 선들바람 술렁이는 남정네의 가을도 아닌 하필 오월 단오날일까, 그리고 이 삼각관계는 어떤 연관이 있을 것인가에 착안하게 되었다. 미상불 미당 서정주의 현대시 「추천사」로부터 그 실마리를 찾기로 했다.

향단香丹아, 그넷줄을 밀어라.
머언 바다로
배를 내어 밀듯이,
향단香丹아.

이 다소곳이 흔들리는 수양버들 나무와
벼갯모에 놓이듯 한 풀꽃더미로부터,
자잘한 나비 새끼 꾀꼬리들로부터,
아주 내어밀듯이, 향단香丹아.

산호珊瑚도 섬도 없는 저 하늘로
나를 밀어 올려다오.
채색彩色한 구름같이 나를 밀어 올려다오.
이 울렁이는 가슴을 밀어 올려다오!

서西로 가는 달같이는
나는 아무래도 갈 수가 없다.

바람이 파도波濤를 밀어 올리듯이
그렇게 나를 밀어 올려다오.
향단香丹아.

〈서정주문학전집·추천사〉

이 시는 한시 기·승·전·결의 구성법과 무관치 않은 환형環形을 이룬다. 1연
의 '바다·배'는 2연의 '수양버들·풀꽃더미·나비새끼·꾀꼬리'라는 실로 자잘한
지상의 현실적 잡사로부터의 탈피로 부연 발전되었다. 이어 제 3연에서는 산
호도 섬도 없는 '하늘·구름'이라는 '가슴 울렁이는' 천상의 세계로 승화하되,

그 수단은 향단의 '배를 내밀 듯'한 역동성이다. 그러나 마지막 연에서는 어쩔 수 없는 현실 회귀라는 환형으로 귀착하지만, 주제는 '지상의 현실적 사랑으로부터 천상의 이상적 사랑에로의 승화'인 이른바 고전의 현대화다.

미당이 독파한 춘향전의 시츄에이션도 역시 그네요, 그 주제는 '자잘한 세속적 사랑'이 아닌 '천상의 영원한, 가슴 벅찬 사랑'이었다.

한편, 누정은 사대부들의 휴식공간이다. 물론 이몽룡이 영남루가 아닌 그네 터로 갈 리도 없지만, 소설적 구성상 만약 갔다면 그는 춘향의 짝은커녕 방자로 전락하고 만다.

더욱 이 만남과 사랑이 천연하기 위해선 음양의 조화를 요한다. 음양오행설에 의하면 홀수가 겹친 날, 예컨대 1월 1일·3월 3일·5월 5일·7월 7일·9월 9일은 모두 길일이자, 고로 명절이다. 특히 5월 5일은 양陽이 가장 왕성한 날일뿐만 아니라, 온갖 질곡 속에 갇혀 살던 아녀자들도 이날만큼은 창포에 머리 감고, 그네 터의 외유가 허여되었던 날이다. 그러므로 춘향의 외유는 미풍美風이요, 조선의 이상적 선남 몽룡과 현숙한 선녀 춘향의 만남은 그러므로 군자호구君子好逑라는 필연적 당위가 성립된 셈이다. 휘영청 늘어진 버들잎 사이로 사뿐사뿐, 혹은 유야무야 아른거리는 버들가지보다 가녀린 춘향의 자태는 사내의 순정을 희롱하기에 넉넉했으리라.

대저 그네 타는 성숙한 여인네의 교태로운 자태를 훔쳐 본 남정네의 춘정을 잠간 음미해 보자.

勢去秋千一頓空　　그네 줄 흐능청 공중을 차라,
세 거 추 천 일 돈 공
飽風雙袖似開弓　　바람 안은 양 소매 활 통 같구나.
포 풍 쌍 수 사 개 궁
爭高不覺裙中綻　　높이만 오르려다 치맛자락 벌어져
쟁 고 불 각 군 중 탄
併出鞋頭繡眼紅。　수놓은 꽃당혜 발갛게 드러나네.
병 출 혜 두 수 안 홍

〈명농초고·춘사〉

『북학의』의 저자로 잘 알려진 박제가朴齊家의 봄노래 중 추천사다. '추천秋

390

干'은 물론 '추천鞦韆'의 동음동의자다. 1·2구의 사실적 묘사에 이은 3·4구는 자못 선정적이다. 일상이 아닌 해괴한 정경, 아니 속치마에 버선발이며 꽃당혜까지 보고 만 싱숭함, 지금이야 무슨 대수라만, 화자는 당사자 못지않게 안복眼福(?)을 누린 셈이다. 높이만 차오르려는, 그래서 더 높이, 더 멀리 날려는 여심女心을 여실히 묘파해냈다.

이처럼 조선조 여인의 그네 타기는 지상의 질곡으로부터 천상이라는 이상향에로의 비상으로 인식되었던 것이다. 이렇게 그네 터에서 맺어진 인연은 그날 밤으로 월담에 이은 통정通情으로 발전된다. 양이 성한 5월 5일이기 때문임은 앞서 이미 암시되었다.

그 때 확인된 사실이겠지만 이 도령이 넋을 잃은 춘향의 미모는 5개국 미인상을 두루 갖췄다니, 대개 붉은 입술 흰 이[丹脣皓齒](일본 한국)·개미 같은 허리(프랑스 등 유럽형 미인)·풍만한 힙과 유방(아메리카형 미인)·오이씨 같은 버선발(중국) 등이랬던가? 법학박사 장경학 교수의 「법률춘향전」에서 읽은 바 있다.

그러나 춘향전의 위기는 부친의 전직轉職[내직]에 따른 이별과, 상사의 정보다 더 참혹한 변 사또의 수청에 대한 거부와 투옥, 급기야 변 사또의 생일날 처형이라는 포악무도를 감내하며, 목숨으로 지키고자 한 그녀의 '일부종사라는 보편적 도덕율'이다. 이 암담한 심정을 미당의 「춘향유문」을 통해 현대적 감각으로 읽어보자.

안녕히 계셔요
도련님.

지난 오월 단옷날, 처음 만나든 날
우리 둘이서 그늘 밑에 서 있던
그 무성하고 푸르던 나무같이
늘 안녕히 계셔요.

저승이 어딘지는 똑똑히 모르지만
춘향의 사랑보단 오히려 더 먼
딴 나라는 아마 아닐 것입니다.

천 길 땅 밑을 검은 물로 흐르거나
도솔천의 하늘을 구름으로 날더라도
그건 결국 도련님 곁 아니예요?

더구나 그 구름이 소나기 되어 퍼부을 때
춘향은 틀림없이 거기 있을 거예요!

〈서정주문학전집·춘향유문〉

제 1연의 체념적 고별에 이어, 2연은 처음 만날 때의 그 싱그럽고 풍성하던 우리의 사랑을 되새기며, 저승에서도 변함없는 사랑에 이어, 4연에서는 시공과 생사를 초월한 영원에로의 사랑 다짐은 끝내 암행어사 출두라는 클라이막스를 불러들였고, 그 절정은 전 편의 함의含意라 할 삽입 시

金樽美酒千人血   황금 술독의 맛 나는 술은 백성의 피요
금 준 미 주 천 인 혈
玉盤佳肴萬姓膏   옥소반의 좋은 안주는 백성의 기름이라
옥 반 가 효 만 성 고
燭淚落時民淚落   촛물 떨어질 때 백성의 눈물 떨어지고
촉 루 낙 시 민 루 낙
歌聲高處怨聲高。   노랫소리 높은 곳에 원망의 소리 높구나.
가 성 고 처 원 성 고

라는 목민牧民의 위정爲政이 아닌 탐학貪虐의 실체에 대한 응징으로, 사랑의 위대함·자유연애를 통한 남녀 주인공의 신의와 절개로 당대의 독자는 물론, 정의의 승리라는 해피엔딩의 쾌거로 하층민의 대리만족에 충분히 기여한 셈이다.

20

生態論的 시학
생 태 론 적

「성북동 비둘기」

생태학 담론

19세기 후반 생물·생물지리학 연구의 필요상 독일인 학자 에른스트 헤켈E. Häckel이 처음 사용해 쓰기 시작한 'Ecologie'는 이후 여성 생물학자 레이첼 카슨Rachel Carson의 「침묵하는 봄Silent Spring」(1962)에서 생태학生態學Ecology으로 원용되어 왔다. 이른바 우주 공간에 미만한 생명체들의 환경, 또는 그것들을 둘러싸고 있는 환경 사이의 '관계의 유형' 및 '유기체들의 상호의존성에 관계하는 과학'으로 동·서양 간 학적 비중은 물론, 학제 간 공동의 화두話頭가 되어 온지도 이미 적지 않은 시간만큼, 성취와 인식의 변화에 기여한 바 역시 크다 하겠다.

이는 물론 '자연 환경의 지속적 보전'이란 이상론과, '자연개발에 의한 이익 창출'이란 현실적 경제 논리, 그 범박한 상충론 이전에 이미 폭발적 인구 증가, 그에 따른 인간 중심주의로 파괴된 생태 피라미드, 산업화 이후 대량 생산과 무절제한 소비, 무엇보다 가공할 파괴력과 살생 무기, 더욱 신의 능력에 도전하려는 새로운 과학기술의 발달 등, 그 끝없는 인간의 욕망에 의한 '인류 공멸로부터의 인간 구제'라는 절박한 위기의식을 불러왔기 때문이다.

이러한 위기의 원초적 계시는 이미 두아미시 스쿠아미시족 추장의 『시애틀 연설문』에 예고된 바였다. 살생의 이기(?)를 앞세우고 '경계와 공격'만을 능사로 서부 개척에 혈안이 될 때부터 자연은 황폐화되기 시작했고, 인간은 발가벗은 나목이었다. 그야말로 '죽임'이 '죽음'으로, '나'인 '그것들'을 '식민지화함'으로 '스스로 식민지인'이 된 슬픈 역설적 현실은 추장의 예언대로 '삶의 끝이자, 죽음의 시작' 바로 그것이었다.

더욱 '코페르니쿠스N. Copernicus적 혁명'으로 명명된 사유의 신 패러다임, 곧 계몽주의 이래 신 중심의 사유로부터 인간 중심의 사유로 옮겨진 서구의 가치관은 합리주의란 미명 아래 철저하게 해체된 우주관, 이른바 이원론적 사고의 틀, 곧 데카르트R. Descartes의 "나는 생각한다. 고로 존재한다cogite ergo sum"는 사유[心·이성]와 존재[身·자연]의 이분법이 '생명의 심신 동일성[心身一如]'을 부정하므로 유기체적 생명체계의 이해가 원천적으로 봉쇄되었을 뿐만 아니라, 사유의 주체인 나[인간]와 하등 피조물[자연]이란 이분법으로 우주의 질서 자체를 대립과 극복이란 혼란 속에 휘몰아 넣었는가 하면 존 로크John Locke의 노동설은 노동의 신성성을 빌미로 자연을 소유물화 하므로, 서양 문명의 상징이라 할 근대성modernity은 결국

(1) 탐욕에 의한 소유와 욕망의 무한 증대를 갈구하는 아미노적 탐욕
(2) 자연과 인간을 별개로 양분한 분별심
(3) 왜곡된 인간 중심주의라는 무명의 아집으로 '서양 : 동양·백인 : 흑인·
   남성 : 여성·지배 : 종속'이란 3대 유형으로 특징지어 진다

한편, 동양 사유의 패러다임은 데카르트Descartes나 뉴턴Newton식 이분법이기보다는 '연기론에 의한 생명현상의 전일적全一的 연속성·순환성·관계성' 하에서 관념해 온, 이른바 일원론적 동일체로 출발한다. 혹자는 '유가적 합

리주의가 인간의 자연성을 파괴하여 명리에 집착하거나, 국가 이데올로기에 복무하는 인간형을 창출하였다면' 도가 사상가들은 '생명의 내적 질서에 순응하는 자유롭고도 자율적인 지인至人의 인간상을 동경'했다며, '생명의 시스템식 활동'과 무관한 듯 피력하고 있으나, 다소 속단일까 싶다. 원전 유학 및 조선 후기 낙론의 '인물성동론人物性同論'은 도가의 '무위자연'이나, 불가의 '연기'까지는 아니더라도 '도법자연道法自然', 혹은 '동체대비적同體大悲的' 수양은 물론, 그 덕목을 실천해 왔다. 물론, 장자莊子의 「소요유」나 양주楊朱의 '생명주의' 및 불가의 연기와 동체대비는 서구의 반성적, 혹은 대안적 녹색운동 이전의 생활철학이자 실천덕목이었다. 예컨대, 『도덕경』의

> "이름과 몸은 어느 것을 더 친히 할 것인가. 몸과 재물은 어느 것이 더 중요한가. 얻는 것과 잃는 것은 어느 것이 더 나를 병들게 하는가? 그런 까닭에 지나치게 재물에 연연하면 반드시 크게 허비하게 되고, 많이 저장하면 반드시 많이 잃을 것이다. 족한 것을 알면 욕됨이 없고, (그쳐야 할 곳에서) 그칠 줄 알면 위태하지 않아 장구할 것이다."

라는 노자의 일갈—喝은 자못 우리 유가의 잠언으로 '지지헌止止軒'이란 재실 명에 회자되기도 하였으니, 대저 뜬구름과 같은 '명리'며, 원성과 증오를 헤아리지 않고 쌓아둔 '재화'가 아닌가. 멈춰야 할 곳에서 멈출 줄 아는 지혜는 욕되지 않다. 억지로 명리를 구하지 않으니 비굴할 까닭이 없고, 남의 것을 탐하지 않으니 앗을 필요가 없다. 그러므로 원망도 공격도 없을 뿐 아니라, 언제나 마음은 편안하다. 저 서구의 근대화 이후 자신들의 이익만을 위해 자연환경은 물론, 다른 생명체에 행사해 온 온갖 폭력, 필요에 따라선 조건 없는 희생을 강요하며, 저들의 탐욕 충족에 혈안이 되어 무분별한 살생·환경오염 및 파괴는 물론, 끝내 자원 고갈의 현실을 초래한 것과는 실로 대조적이다.

"죄는 욕심이 많은 것보다 큰 것이 없고, 화는 족함을 알지 못하는 것보다 큰 것이 없으며, 허물은 남의 것을 앗고자함보다 더 큰 것이 없다. 그런 고로 족함을 아는 족함이야말로 상족이다."〈소上·46장〉

대저 '채워도, 채워도 차지 않는 주머니'가 '가욕可欲'이요, 그러므로 남의 것을 앗지 않고는 못 견디는 인간의 욕심이 '욕득欲得'이다. 만족할 줄 아는 사람은 망령되이 구하지 않고, 안분하기에 스스로 즐거우며, 나의 즐거움이 남의 즐거움으로 환치된다. 한편,

"나에게 세 가지 보물이 있어 그것을 소중히 간직한다. 첫째는 자애요, 둘째는 검약이며, 셋째는 감히 천하에 앞서는 일을 하지 않음이다. 자애로운 고로 능히 용감할 수 있으며, 검소하기에 능히 넓을 수 있고, 감히 천하에 앞서지 않기에 능히 기국을 길러 남의 어른이 될 수 있다."〈도덕경·67장〉

는 지극히 크고, 밖이 없어 그 무엇과도 비교할 수 없는 도체道體에 대한 금언이요, 지극히 평범한 진자연인의 도다. 어찌 자비로운 마음으로 용기를 배양하려 하지 않으며, 검약한 도로 부력富力을 기르려 하지 않고, 오로지 탐하고 넓은 것만을 도모하여 사치하고 낭비할 것이며, 무엇을 위해 앞을 다툴 것인가. 이것이 동양인의 생활철학이다. 거기엔 경계가 없고, 경계가 없는데 공격이 있을 까닭이 없다. 그러므로 파괴도 희생도 살생도 없다. 정작 『장자』 제물론의

"천지의 유구함이 나와 함께 살아 있고,
만물의 다양함도 나와 함께 하나가 된다.
이미 하나인 이상 또 달리 말이 있을 수 없다."

라는 공존공생이거나, 아예

"언젠가 장주는 나비가 된 꿈을 꾸었다. 훨훨 날아다니는 나비가 된 채 유쾌하게 즐기면서도 자기가 장주라는 것을 깨닫지 못했다. 문득 깨어나 보니 틀림없는 장주가 아닌가. 도대체 장주가 나비가 된 꿈을 꾼 것일까. 아니면 나비가 장주가 된 꿈을 꾼 것일까. 장주와 나비에는 반드시 구별이 있을 것이다. 이러한 변화를 물화라 한다."

는 현실적 유토피아. 그러니 이미 차별과 상대의 차원을 무늬고, 별상別相을 여윈 총상總相으로서의 일여지경一如之境이 있을 뿐이다. 이러한 도의 경지는 바로 '타자를 전제하지 않는 어떠한 고유한 실체로서의 나는 존재할 수 없다'는 '존재와 존재', 혹은 '존재와 환경 사이의 무수한 인연의 협동성에 의해서만 존재한다'는 불교적 '연기관'에 입각한 동체대비니, 이른바 서로의 존재의 미를 부여하는 가운데 평등관계를 드러내므로 우주적 질서를 유지하는 화엄사상의 요체이자, 보살도의 실천이다. 예컨대 보현보살의 원행품인 『수희공덕가隨喜功德歌』의

聖凡眞妄莫相分 (성 범 진 망 막 상 분)	부처와 중생, 진심과 망심 분별치 말라
同體元來普法門 (동 체 원 래 보 법 문)	본디 같은 몸체니 가없는 법문이지
生外本無餘佛義 (생 외 본 무 여 불 의)	중생을 여윈 부처 의미 없고
我邊寧有別人論 (아 변 녕 유 별 인 론)	나 외에 어찌 남이라고 달리 논하리까
三命積集多功德 (삼 명 적 집 다 공 덕)	세 명의 많은 공덕을 쌓아 모두옵고
六趣修成少善根 (육 취 수 성 소 선 근)	육취의 작은 선근을 닦아 이루옵니다
他造盡皆爲自造 (타 조 진 개 위 자 조)	남이 지은 업 다 내가 지은 업이거니
總堪隨喜總堪尊。 (총 감 수 희 총 감 존)	모두 기쁘게 따르고 높이 받드옵니다

는 바로 그 서원을 노래로 풀이한 강창에 다름 아니니, 직심直心·심심深心·대비심大悲心이란 원융무애한 회향심廻向心인 것이다.

우리는 『성북동 비둘기』를 위한 생태론적 시학을 위해 진정한 보살행, 그

감격적인 회향심의 일단을 읽을 필요가 있다.

彼鴿畏鷹故
피 합 외 응 고
　저 비둘기 매를 두려워하는 고로

連翩來歸我
연 편 래 귀 아
　내 품에 날아들어 의지하려 하네.

雖口不能語
수 구 불 능 어
　비록 입으로 말은 하지 못하나

怖泣淚盈目
포 읍 루 영 목
　겁에 질린 눈물 눈에 가득하니

是故於今者
시 고 어 금 자
　이러한 까닭으로 내 지금

宜應加救護。
의 응 가 구 호
　곧 보호해 줌이 마땅하리.

〈신수대장경 4권〉

　이는 물론 『육도집六度集』『보시무극장, 살파달왕본생』의 "비둘기가 날아 와 목숨을 살려 달라함에, 이미 내 그 청을 받아 들였노라. …… 왕이 '좋다' 하고 곧 스스로 자신의 넓적다리 살을 베어 저울에 달아 비둘기의 무게와 같게 하여 주려하였다. 그러나 아무리 베어 달아도 비둘기의 무게가 더 무거 워 온 몸의 살을 다 베어 달았지만 무게가 같아지지 않았다. 살을 베어낸 자 리의 아픔이 한량없었지만, 왕은 인자한 마음으로 진실로 비둘기를 살려내 고자 원하였기 때문에 다시 측근 신하에게 명하였다. '그대는 어서 나를 죽 여라. 골수를 저울에 달아서 비둘기의 무게와 같게 하여 매에게 주라' ……" 를 시화한 것이지만, 그 무극한 보살심은 동체대비만으로 설명이 가능하겠 는가. '나 = 매 = 비둘기'의 등식은 수행의 영역이니, 미당 서정주의 「내가 돌 이 되면」의

　　내가
　　돌이 되면

　　돌은
　　연꽃이 되고

연꽃은
호수가 되고,

내가
호수가 되면

호수는
연꽃이 되고

연꽃은
돌이 되고.

라는 연기적 이미지, 결국 '나·돌·연꽃·호수'라는 사상四相, 그 각각의 별상을 초극한 총상으로서의 우주 인식, 이른바 절대 진리일 수 없는 분별지의 망상을 뛰어 넘는 불이법문이다. 그러나 '비둘기 > 나 < 매 ⇒ 생명 투척'은 신심信心의 완성을 위한 희생이다. 매의 먹이가 될 비둘기의 생명은 물론, 비둘기의 생명 구호로 인한 매의 주림까지 보살피기 위해 자신의 생명을 투척하는 보시행은 일체중생, 나아가 만유에 대한 회향심이자, 생명존중의 나눔이요, 구호에 의한 보살의 생태적 의지 실천의 담론이라 할 것이다.

그밖에도 불자의 행동 수칙인 사미십계·십악의 죄를 짓지 않는 삶·인과응보·윤회설 등 불교생태학에 나타난 생명존중 및 자비사상은 궁극적으로 '환경 친화적 삶·생태적 삶'을 통해 현생의 행복을 미래의 공업共業으로 사유하는 이 시대의 마지막 가치이자, 희망임에 분명하다.

임규와 김광섭의 시적 거리

시학으로서의 '시적 거리'는 범박한 담론의 거리가 아니다. 적어도 시적 주체의 전 체험과 상상력이 언어로 빚어낸 창조 현상[작품]과 소비자 사이의 수용미학 – 도취·의미·전통·상황은 전문적 비평의 한 영역이다.

문제의 '시적 거리'란 일제 강점기의 시인이자, 우국지사였던 임규(1867~1941)가 성북동 청룡암 미륵당에서 적지 않은 세월 칩거하며, 성북동 일대의 자연미를 노래한 문집『북산산고北山散稿』소재 몇몇 한시 작품과, 역시 성북동에서 기거하며 창작 활동을 한 김광섭(1904~1978)의 후기 대표작『성북동 비둘기』사이의 '물리적 거리[시간적 거리],' 곧 한 세대 남짓한 시차時差 간(37년)의 가공할 생태파괴, 그 정황 검증을 위한 설제다.

임규는 익산 군수 정기우鄭基雨의 아전 출신 중인이다. 군수의 아들 정만조·정병조의 책 읽는 소리를 듣고 사서四書·삼경三經을 깨쳤다는 천재로 알려졌으며, 이후 큰 뜻을 품고 도일渡日, 게이오 대학慶應義塾 경제과를 졸업하고, 육당 최남선의 권유로 귀국(1908. 4), 신문관·광문회 등에서 많은 국학 관계 신간 서적을 발간했다 한다. 이로부터 육당의 모든 학문적 지원은 그 배경이 임규였다 하며, 허공 신익희·고하 송진우도 그의 제자였다 한다. 일본 문법의 대가였던 그는 주시경과『훈민정음』에 관한 많은 논쟁을 벌였던 한글 학자이기도 했으며,『조선어사전』편찬에도 남다른 열정을 쏟았다 한다.

평생 조국의 독립을 위해 고군분투해 온 그는 3·1운동 49인 중의 한 사람이며, 육당 최남선이 자신의 일본인 처 집에서『독립선언서』를 탈고하자, 또 제일 먼저 모토요시 총리대신 집에 찾아가 "민족자결주의 원칙에 의하여 조선의 일은 조선인이 알아서 해결할 터이니, 일본은 즉시 총독부 문을 닫고 헌병을 철수하라"고 호통을 친 인물이기도 하다. 이런 야사 같은 실화는 그의 사후인 1963년 독립유공자로 표창되고, 1977년 건국훈장을 추서 받았다.

그러나 우리가 주목하고자 하는 바는 그의 신분이 중인이었다거나 천재성, 사우관계, 혹은 항일투사로서의 열성도 등이 아니다. 김광섭보다 37년 먼저 나 원숙한 창작 활동기인 노년을 두 작가가 공히 성북동이란 동일 배경지에서 써 남긴 작품 속의 생태 변이, 그 생태학적 시학의 가능성을 탐색하렴이다.

작품의 이해와 분석

성북동 산에 번지가 새로 생기면서
본래 살던 성북동 비둘기들만이 번지가 없어졌다.
새벽부터 돌 깨는 산울림에 떨다가
가슴에 금이 갔다.
그래도 성북동 비둘기는
하느님의 광장 같은 새파란 아침 하늘에
성북동 주인에게 축복의 메시지나 전하듯
성북동 하늘을 한 바퀴 휘돈다.

성북동 메마른 골짜기에는
조용히 앉아 콩알 하나 찍어 먹을
널찍한 마당은커녕 가는 데마다
채석장 포성이 메아리쳐서
피난하듯 지붕에 올라앉아
아침 구공탄 굴뚝 연기에서 향수를 느끼다가
산 1번지 채석장에 도로 가서
금방 따낸 돌 온기에 입을 닦는다.
예전에는 사람을 성자처럼 보고
사람 가까이서
사람과 같이 평화를 즐기던
사랑과 평화의 새 비둘기는
이젠 산도 잃고 사람도 잃고
사랑과 평화의 사상까지
낳지 못하는 쫓기는 새가 되었다.

〈김광섭·성북동 비둘기. 전문〉

김광섭의 후기 작품 경향은 잘 알려진 대로 '관념의 세계가 예술적으로 세련·승화되어 관조와 각성의 원숙함'으로 평가된다. 물론 위의 시는 "작가의 후기 대표작으로 평화의 상징인 비둘기를 통해 자연의 평화스러움과 아름다움을 동경하며, 동시에 현대 도시인과 문명의 산물인 공해에 대한 강한 비판의식"을 그 주제로 함과 동시에, 자연미에 대한 현대적 향수, 아니 비둘기로 하여금 전 지구적 생명의식을 환기케 한, 이른바 전 인류의 시대적 고민을 앞서 노래한 선각자의 사회시인 셈이다.

1960년대 성북동 일대의 택지 개발 사업으로 비롯된 일대의 도시화, 문명화에 대한 비판의식은 박남수의 『새』와 또 다른 시각의 지성파 시로 시사적 위상을 확립하고 있다. 전 3연의 중심 화소는

제 1연 ; 성북동 산에 번지가 새로 생기면서
　　　　인간의 자연 파괴로 인한 비둘기의 보금자리 상실
　　　　돌 깨는 소리에 떨다가 금이 간 비둘기의 가슴
　　　　그래도 아침마다 축복의 메시지를 전하는 비둘기의 선회.
제 2연 ; 이미 인간에 빼앗긴 성북동 골짜기
　　　　포성에 쫓겨 인가 지붕에 피난하듯 쫓겨 난 비둘기
　　　　구공탄 굴뚝 연기에서 느끼는 옛날에 대한 향수에 젖음.
제 3연 ; 성자와 같던 인간들과 함께 평화를 즐기던 비둘기
　　　　이젠 평화로운 산[보금자리]과 선한 인간마저 잃고 쫓기는 신세가 됨.

와 같다. '산자락에 새로 생긴 번지'는 상대적으로 '비둘기의 보금자리 상실'을, 자연 파괴의 상징이자 문명의 암시인 '돌 깨는 소리'는 타 생명체의 '놀란 가슴을 찢는 청각'으로 각인되지만, 본디 평화와 자유의 상징인 비둘기는 예의 '하느님 광장 같은 성북동 새파란 아침 하늘 —늘 그러했던 성북동 일대의 푸른 산의 시각적 이미지— 을 축복의 메시지나 전하듯' 휘 돈다는 패러독스, 그 눈물겨운 절규는 결국 인간의 몫으로 돌아올 것임을 시적 주체는 예언했

다. 인간의 무지와 욕망에 '빼앗긴 성북동 골짜기'를 매운 화약 냄새와 포성에 피난하듯 쫓겨 인가 지붕에 앉아 보지만, 화약 냄새와 포성보다 더 독한 구공탄 연기에서 새롭게 느껴지는 지난날에의 향수, ―그건 분명 파괴되기 전 삶의 터전에 대한 향수지만― 인간이 점령한 그 어디에도 인간 외의 생명은 존립이 허여되지 않는 모양이다. '보금자리를 잃고, 그 어디에도 안주할 수 없는 비둘기'는 어쩔 수 없이 다시 빼앗긴 성북동 산 1번지 막 따낸 '돌의 온기에 입부리를 닦는다' ―자연의 체취에 대한 그리움―는 참상은 '사랑과 평화'를 운위하던 인간에 의한 것이기에 더욱 '처절한 배신'으로 환치된다. 자못 "덤불은 어디 있는가? 사라지고 말았다. 독수리는 어디에 있는가? 사라지고 말았다. 날랜 조랑말과 산양에 작별을 고하는 것은 무엇을 의미하는가? 삶의 끝이자, 죽음의 시작이다"라는 저 시애틀 추장의 연설문을 연상케 한다.

『육도집경』의 '비둘기 > 나 < 매 ⇒ 생명 투척'이라는 보살행과는 물론, 임규의 시 「산에 사노라니山居」 18수 중 8의

時聞窓畔落孤砧 시 문 창 반 락 고 침	때로 창가에 외론 다듬이소리 들려나고
盡日人家在綠陰 진 일 인 가 재 록 음	온종일 사람 집은 숲 그늘 속에 있구나.
蝴蝶弄晴花巷靜 호 접 롱 청 화 항 정	나비는 꽃 핀 골목 맑은 종요롬 희살짓고
鵓鳩呼雨竹園深 발 구 호 우 죽 원 심	비둘긴 깊은 대나무 정원에서 비 부르누나.
四隣相忘無聲樂 사 린 상 망 무 성 악	사방 이웃은 서로 잊어 노래 소리 안 들리고
一境如眠太古心 일 경 여 면 태 고 심	한결같은 경치는 자는 듯 태고의 마음 품었네.
寄形物外悠然坐 기 형 물 외 유 연 좌	몸을 세상 사물 밖에 붙이고 고요히 앉아
賦得山居也自吟。 부 득 산 거 야 자 음	산에 사는 즐거움을 제냥 지어 읊조린다.

와도 전혀 다른 변화에 경악하게 된다. 그렇다. 자연은 소유의 대상이 아니다. 다만 자연에 안겨 즐길 뿐이랬다. 녹음, 곧 숲은 전 생태계의 생명의 터전이다. 인간은 숲에 의지해 살 때 모든 것을 얻을 수 있다. 숲이 황폐화된 땅에서는 그 무엇의 생존도, 얻음도 기대할 수 없다. 죽음 외에는. '맑은 꽃

핀 정원을 나니는 나비'와 '깊은 대나무 숲에서 비 부르는 비둘기' 거기가 바로 만유萬有가 함께 숨 쉬며 살아가는 공존의 터이자, 태고의 섭리다. 마치 고려 중기의 전원시인 김극기의 「전원의 사시田家四時」

草迫遊魚躍 초 박 유 어 약	개풀 밑엔 물고기 뛰나고
楊堤候鳥翔 양 제 후 조 상	버들 둑엔 철새들 나니네.
耕皐菖葉秀 경 고 창 엽 수	봄갈이 두렁엔 밋밋한 창포
饁畝蕨芽香 엽 무 궐 아 향	들참하는 밭이랑엔 고사리 내음.
喚雨鳩飛屋 환 우 구 비 옥	비 부르는 비둘기 지붕에 모여들고
含泥燕子飛 함 니 연 자 비	개흙 문 청제비 들보로 날아드네.
晚來茅舍下 만 래 모 사 하	날 저물자 초가의 사랑방에 와
高臥等羲皇。 고 와 등 희 황	높이 누우니 태고 적 일민일세.

〈삼한시귀감·上·1〉

라는 저 무구하고 순속한 시상과 전혀 다르지 않다. '창포 잎' '고사리 내음' 속에서 들참 하는 '농부와 그 지어미'는 영원한 우리네 어버이상이다. 봄비가 오려고 날씨가 꾸물거릴라치면 음산한 기운에 아직 온기가 남아 있는 지붕 '굴뚝께로 모이는 비둘기' 그래서 우리네 속담에 "비둘기가 굴뚝께로 모여들면 비 온다"를 시화한 정감이 그립기만 하다. 게다가 강남서 돌아온 제비는 초가 추녀에다 둥지를 틀고 인간과 더불어 살며, 또 본능적으로 어김없이 새끼 치는 저 태고적 공존의 삶, 그야말로 자연의 대 코러스요, 그 경건성에 대한 찬양가에 다르지 않다. 이른바 프랑스 수학자 루카스E. Lucas가 고안한 '하노이 탑the Tower of Hanoi'을 원용한 싱어P. Singer의 전 우주적 생명 중시관, 곧 공존공생을 위한 윤리론적 가치관의 하모니라 할 것이다.

불과 30년 전 김광섭의 집과 100여 미터 거리 남짓한 성북동 일대의 천지개벽, 그 산자락의 자연 생태를 대신해 차지한 인간들의 물화物化가 문명의 이름으로 미화될 수는 없다. 재앙처럼 팽창하는 인구 증가와, 생존의 수

단이 되어버린 과학문명을 앞세워 어느 사이에 인간은 먹이 사슬의 최상부에 놓이게 되었고, 그러므로 인간이란 종Species이 환경을 오염시키고, 자연을 파괴하는 원흉이 되므로, 수천만 년 유지돼 온 지구 생태계의 피라미드는 그 균형을 잃기 시작했으며, 그러므로 인류와 함께 생존해 왔던 동식물의 무수한 종들이 해마다 서서히 사라지고 있다. 이런 생태계 파괴는 급기야 우리 인간이라는 종의 생존까지 위협하게 되었다는 논리는 이상의 전후 시편들에서 시사하는 바와 같다. 역시 임규의

過盡三春雨未開
과 진 삼 춘 우 미 개
落花門逕半青苔
락 화 문 경 반 청 태
山堂晝寂書聲歇
산 당 주 적 서 성 헐
時有幽禽自往來
시 유 유 금 자 왕 래

한 봄 다 지나도록 개이지 않으니
꽃 진 문 앞 길 반은 푸른 이끼로구나.
산 집이라, 고요한 낮 글 읽는 소리 그치자
무시로 그윽한 산새들 멋대로 드나드누나.

〈山堂〉

는 아직도 자연과의 끈끈한 교감이 정겹다. '꽃잎 진 문 앞 이끼 낀 오솔길'은 '화사한 봄날을 희롱하는 나비[蝴蝶弄晴]'와 '비 부르는 비둘기[鵓鳩呼雨]'를 짝할 물리적 공간이요, 책 읽는 소리 멎은 '한낮의 여적[晝寂]'이기에 '그윽한 산새[幽禽]'들과의 무시론 정신적 친화는 드디어

古人來見我
고 인 래 견 아
微意不成辭
미 의 불 성 사
蟻鳶同一物
의 연 동 일 물
何用愛憎爲。
하 용 애 증 위

친구들이 와서 나를 찾으나
나의 뜻 말로 다 이를 수 없네.
개미와 소리개 같은 생명체인데
누구를 사랑하고 누구를 미워하랴.

〈病中述懷·5수 중 5〉

라는 장주莊周의 '호접몽'의 경지를 방불케 한다. 워낙 '미의微意'란 '하찮은 나의 뜻'으로 '미지微志'의 개념이나, 이 시에서는 '유·무정체有·無情體, 나아가

만유萬有에 대한 세세한 배려'로 읽을 때 세속 방문객과의 '불성사不成辭'라는 문법이 맞는다. 곧 '개미와 소리개'를 별상이 아닌 총상으로, 나도 물론 분별 상일 수 없기에 '애愛·증憎'의 변별이 있을 수 없는 물아일체요, 불교생태학에서 이른바 동체대비의 절대 사랑·생명존중의 보살행에 이른다.

이상 성북동 일대의 동일한 자연 물사物事를 시화한 임규와 김광섭의 시적 편차는 바로 1세대라는 길지 않은 시적 거리에서 이루어졌으면서도 상상할 수 없는 시적 편차를 느끼게 됨은 다름 아닌 자연파괴에 의한 생태계 파괴 때문이요, 나아가 인류 공멸의 미래상이자, 전 인류의 공포라 할 때, 인간 중심의 사고, 혹은 실존적 사유라는 미망의 패러다임에서 속히 깨어나야 함은 물론, 구호성 대안이 아닌 실질적 의식 개혁, 나아가 우리의 삶의 전통 속에 내재한 습성과 낯설지 않은 삶의 패턴을 찾아야 할 때임을 인식하게 된다.

21

慕賢 모티프
모 현

「讚耆婆朗歌」와 「蜀相」
찬 기 파 랑 가   촉 상

부다페스트의 소녀여, 네가 한 행동은

네 혼자 한 것 같지가 않다.

한강에서의 소녀의 죽음도

동포의 가슴에도 짙은 빛깔의 아픔으로 젖어든다.

기억의 분慣한 강물은 오늘도 내일도

동포의 눈시울에 흐를 것인가.

흐를 것인가, 영웅들은 쓰러지고 두 달의 투쟁 끝에

너를 겨눈 같은 총부리 앞에

네 아저씨와 네 오빠가 무릎을 꾼 지금

인류의 양심에서 흐를 것인가.

〈김춘수·「부다페스트에서의 소녀의 죽음」부분〉

태평을 구가하는 깨인 지식인으로서의 시인의 사명이 '모국어의 갈·닦음'
및 '민족문화의 고양高揚'이라면, 위기에 처한 조국의 현실 앞에서는 '혼란으로부터의 국민 계도' 나아가 '정의로운 민족혼을 일깨움'이 또 다른 신지식인으로서의 크나큰 임무임에 분명하다. 그런 점에서 김춘수의 『부다페스트에서의 소녀의 죽음』은 옛 공산 소비에트 치하에서 '자유와 정의'를 위해 고결하게 순국한 열세 살 난 헝가리 소녀의 뜨거운 피를 다뉴브 강으로부터 우리네 한강에로 이어온 불멸의 시 정신으로 근대시사에 각인되어 있다.

담론의 화소를 7세기 중·후반으로 거스르면, 문물의 성찬을 구가하던 대륙의 성당盛唐이 안·사安史의 난에 이어 위글과 토번족의 내침으로 국보國步가 기울어 갈 때 우국충정의 시인 두보杜甫가, 반도에선 통일 삼국의 백여 년 번영과 안일이 점차 쇠미의 나락으로 침몰해 가던 신라 경덕왕景德王 대의 충담사忠談師가 있어 민족혼의 계도라는 위대한 사명을 다하고자 했음은 두루 아는 바다.

우리는 어석語釋에 얽매여, 이른바 언어의 그물망에[言筌]에 옭매여 바로 읽히지 못한 『찬기파랑가』의 보편적 해독을 위해 시대심상을 대변한 작시 동기를 통해 접근하며, 두시 『촉상』과 작시 배경·구조·주제 및 사상적 특징을 대비하므로 시가문학의 보편적 심상을 읽고자 한다.

「찬기파랑가」의 작시 배경

문학 작품이 '시대 심상의 반영'이며, 작가와 작품의 관계가 '그 나무에 그 열매'임을 부정하지 않는다면, '시대·작가·작품'의 관계는 별개일 수 없으며, 그것이 당시대의 보편심상이기에 또 작품 이해[독자]와 무관할 수 없음은 지극히 당연한 논리이다.

범박한 논법으로 김춘수의 『부다페스트에서의 소녀의 죽음』이 일제로부터 어렵게 찾은 국토와 주권을 공산주의로부터 수호하고, '자유와 정의'가 살아 숨쉬는 '해방 공간' 회복이란 염원을 위해 민족 계도의 차원에서 노래된 선지자의 외침이었듯이, 충담사와 두보 역시 미륵신앙에 투철한 영복승榮服僧으로, 혹은 남다른 우국충정으로 위기에 처한 조국의 현실을 직시하며

'국민 계도' 및 '정의로운 민족혼'을 일깨우기 위한 방편, 또는 그럴 능력이 있는 '위대한 지도자'를 향가와 한시의 시식詩式에 담아 그리움[慕賢]으로 승화한 작품들임이 분명하다. 물론 '모현'이란 주제어의 개념적 외연은 부적절한 대로 단순히 '현자賢者를 그리워하기'보다는 '난세를 구제할 능력과, 인망人望을 지닌 시대적 영웅'이란 포괄적 의미로 사용하고자 한다.

『찬기파랑가』의 작시 배경을 효율적으로 살피기 위해 몇 가지 가닥을 설정할 필요가 있다. 『삼국유사』(이하 『유사』) 소재 향가 14수 중 5수가 경덕왕 재위 24년 내에 지어졌다는 사실이 새삼스럽거나, 그렇기 때문에 더 많은 주목을 요할 까닭은 못 된다. 그러나 몇 가지 특이한 사실마저 간과할 수는 없을 것이다. 예컨대,

작 품 명	형 식	작자	창작 연대	창작 동기	비 고
도솔가	4구체	월명사	왕19년(760)	二日竝現	日怪滅
제망매가	10구체		이른 시기	亡妹營齋	두솔천 歸去
안민가	〃	충담사	왕24년(765)	五嶽三山神出現	국란 豫防
찬기파랑가	〃		이른 시기	慕賢意識	國亂豫占.王沒
도천수관음가	〃	희명	?	5歲兒 失明	得明

이상 경덕왕대에 지어진 위 다섯 작품 중 희명의 『도천수관음가』야 천수천안千手千眼의 구족具足한 관음보살을 향한 기복신앙으로 실행된 독립 편목이지만, 월명과 충담 두 국선의 작품들은 예사롭지 않은, 적어도 일연의 의도적 편찬에 의한 포치임을 읽게 된다. 일찍이 최철 교수가 이점에 착안하여 정론을 진술한 바 있어 부연은 생략할 일이지만, 경덕왕 대의 어떤 정치·사회사적 현상들이 왕으로 하여금 연승緣僧 월명과 영복승 충담을 기다려 『도솔가』와 『안민가』를 지어야 했으며, 더욱 상찬의 대상이었던 '기파'란 인물의 존상의 필요'는 무엇인가? 뿐만 아니라 『안민가』보다 이른 시기에 지어진 노래가 왜 배경설화도 없이 나중 지어진 『안민가』의 뒤에 첨기되었는가? 더구나 무관한 듯한 혜공왕 출생담은 또 『안민가』 및 『찬기파랑가』와 정녕 무관

할 것인가? 등의 문제가 관련 어휘 풀이 못지않게 설왕설래 되어왔음이 사실이다.

문제의 실마리를 풀기 위해 경덕왕대의 정치·사회사는 관심사의 1순위라 할 것이다. 물론 김승찬은 "왕도의 실현을 바라는 사회적 요구가 비등하던 경덕왕대를 '병든 사회'라 규정"하였으나, 한편 "신라 극성기에 달하던 때로 제반 제도·관직을 중국식으로 개편하는 등…… 9주·5소경·117군·203현을 완비하였으며, 당나라의 제반 문화를 수입하여 신라 문화의 황금기를 이루었고, 불교 중흥에도 노력하여 황룡사의 종·굴불사를 비롯하여 영흥·원연·불국사를 세우고, 대외관계로는 당나라와 친교가 있었다"는 등 다소 시각의 차이가 있으나, 국가 안위와 관련해 지어진 『도솔가』와 『안민가』의 창작 동인이 된 '한 하늘에 두 개의 태양이 뜸二日竝現'과 '오악 삼산五嶽三山의 여러 신들의 출현'이란 담론의 키워드는 결국 사회 심상의 반영이란 설화적 상징 화소로 읽을 일이다. 이른바 『시경』이래 제왕의 상징인 '해가 둘이 나타났다'함은 친당 외교정책 및 급진적인 당제唐制 개편에 이어, 재래의 지명까지 중국식으로 바꾸는가 하면, 세 살짜리 왕자 건운乾運(혜공왕)의 때 이른 세자 책봉 등이 자칫 필요 이상의 왕권 강화 수단으로 인식될 여지가 있는데다, 동왕 16년 일체 내·외관 월급제 폐지, 동 17년 관리 중 휴가 60일 이상 자 일괄 해직 등 강경 개혁 드라이브는 김량상·김사인·만종 등의 반왕당파, 곧 새로운 왕권 도전 세력을 양산케 하였음의 상징이요, 나아가 여러 신들의 출현이란 사태의 확대, 내지 악화의 상징으로 읽을 수 있다. 실제로 혜공왕 즉위로부터 비롯된 숱한 모반 사건 끝에 결국은 백관의 명칭 복구, 끝내 재위 15년 만에 이찬 지정志貞의 모반에 의해 살해되고, 드디어 내물왕의 10대 손인 김양상이 37대 선덕왕으로 즉위한 역사적 사실이 증명하는 바와 무관하지 않다.

국가의 안위가 이러할 때 주석지신이 절실하고, 선지자는 '지극한 덕과 정성으로 지성을 감응케 하거나', '천지귀신을 감동케 하여 기우는 국보를 지켜왔으니, 경덕왕과 더불어 도타운 미륵신심의 도반道伴이었던 월명과 충담의 '지극한 덕과 정성'은 끝내 경덕왕의 요청에 의해 미륵의 신능神能을 불러

들일[感應] 주력가인 두 향가 작품을 짓게 되었고, 실제로 경덕왕 당대에는 무탈하게 국보가 유지되었으니, 이른바 신라인의 신심이 벌충된 셈이다.

한편, 찬상의 대상인 기파에 대한 다양한 유추 역시 본 시가의 성격을 그 작시 배경이 무색하리만큼 각인각론이다. 분명한 것은 기파는 랑郎이고, 본 가는 그 랑을 찬양한 노래며, 충담사는 국선國仙이라는 사실이다. 통일 삼한 의 주체로 선망의 대상이었던 화랑, ─지금은 그 기세가 위미해졌기에 더욱 그리운, 그들의 우국충정이 절실한 때, 항차 기파는 전 신라인은 물론, 자연 물상[달]까지 존상해 마지않는 고매한 인품과, 서리마저 범접하지 못할 지조 는 물론, 올곧은 화랑의 장[花判]이었기에, 그에 대한 그리움은 왕과 충담의 것만이 아닌 바로 시대 심상, 그것이었던 것이다.

워낙 기파라는 인명의 유래는 불교의 여러 경전에 나타나거니와, 특히 인 도의 불전 『왕사성 비극』에 등장하는 기파는 온갖 악행을 저지른 아우 아자 타샤투Ajathsattu를 참회의 길로 인도하는 선인이자, 임금에게는 충신이요, 만 인의 선량한 벗으로 묘사되어 있다.

한편 『능엄경』의 여러 소疏에는 장수천신長壽天神으로 기술되었으니, 양주 동의 '길보·기보'설의 근거인 셈이다. 뿐만 아니라 의왕醫王 Jiva[能活·固活]의 명호이기도 하니 화랑장으로, 혹은 병든 시대 심상을 치유할 지도자로서의 능력과 추앙을 한 몸에 받는 인품이기에 '백성을 편안하게 다스려야[理安民] 할 왕도王道 실현'을 위해서도 정녕 필요한 호국의 영웅이건만 '알천 시내 가 조약돌밭에 지니셨던 고매한 이상의 넋만 있을 뿐' 가고 오지 않는다.

이처럼 기파에 대한 애틋한 그리움의 노래가 『안민가』와 '혜공왕 출생담' 의 틈새에 편목된 일연 선사의 편찬 의도에 대해서는 최철 교수의 상기 논 문, 곧 "혜공왕 출생담을 『찬기파랑가』의 배경 설화로 규정"하였고, 이는 학 계의 일반론으로 수용된 듯하다. 이른바 기복 내지 기자설화라 하겠다.

『촉상』의 경우

촉蜀나라 재상이라면 성당의 시성 두보가 "제잘공명 큰 이름 천하에 드리웠다諸葛大名垂宇宙"〈杜諺·三. 詠懷古跡 五首·5〉고 찬양한 촉한의 초대 재상 제갈량(181~234)을 이름이니, 역시 두보가 그의 사당을 참배하며(上元 2년, 760. 49세) 한 번 가고 오지 않는 현상賢相이자, 명장인 제갈량에 대한 그리움을 노래한 칠언율시, 워낙은 『촉상묘蜀相廟』의 통용 시제로 이해된다.

제갈 성씨에 량亮이란 본명보다는 공명孔明이란 자로 잘 알려진 그는 호족 출신으로, 어려서 부친과 사별하고 형주의 숙부 현玄에게서 자랐다 하며, 후한 말기 전란을 피해 출사하지 않고 남양에서 궁경躬耕할 때부터, 인망이 높아 와룡 선생으로 불렸다 한다. 이때 위魏의 조조에게 쫓겨 형주에 와 있던 유비劉備 현덕玄德의 삼고초려三顧草廬의 예를 받고 초빙되어, 천하삼분지계天下三分之計를 진언하고 수어지교水魚之交를 맺었다.

이후 오吳의 손권孫權과 연합하여 남하하는 조조의 대군을 적벽대전에서 크게 물리치므로, 촉한의 기틀을 마련하는 등 혁혁한 공을 세우다가, 221년 (章武 元年) 후한의 멸망을 계기로 유비가 제위에 오르자, 재상이 되어 어린 후주 유선劉禪을 보필하며, 민치民治를 꾀하는 일방, 운남雲南으로 진출하여 국기를 다지며 중원을 평정코자 하였으나, 워낙 강대한 위와의 국력 차를 감당하지 못하고, 위나라 사마의司馬懿와의 오장원五丈原 전투에서 병사했다. 출병에 앞서 2세 유선에게 올린 『전·후출사표』는 우국충정의 사표이자, 천고의 명문으로 읽는 이로 하여금 심금을 울리고야 마는, 그러므로 더욱 그 '이름이 우주에 드리우는 명성'을 입었으니. 이는 물론 유비의 촉한이 한 왕실의 정통이라는 자신의 정명주의 때문이요, 이점이 바로 후대의 선지식인 두보가 국가의 안위를 접할 때마다 공명을 애타게 그리워한 이유이다.

『촉상』의 작시 배경이야말로 조국 대당제국의 존폐라는 보다 절실한 현실적 위기였던 안·사의 란(755~763) 중에 두보가 성도[금관성] 외곽에 있는 사당을 찾아가 "봄 풀은 해마다 다시 돋아나건만, 왕손은 한 번 가고 돌아올 줄 모른다. 春草年年綠 王孫歸不歸"는 인생무상의 정조를 노정한 작품이다.

안·사의 난, 비록 "취향정의 아쉬운 예상곡霓裳曲이 저룡猪龍[현종이 안록산을 칭한 말]을 볼러 들였다" 하나, 중원의 그 찬란한 문물의 성지를 가시덤불로 만들어 버리다 못해, 피비린내로 물들여(두시 哀王孫 참조) 성당의 천보 성세를 중당의 길로 내닫게 한 중국사의 일대 비극이었다.

현실 정치에 싫증난 현종으로부터 전권을 위임받은 재상 이림보는 명문귀족들의 세를 꺾고자 이민족, 혹은 서민 출신들을 변방 절도사로 중용하는 등 국사를 전횡하더니, 현종과 양귀비의 총애를 받던 역시 북적 안록산을 평로·하동·범양 세 지역 절도사의 중책을 맡기는 파격적 대우를 했고, 안록산 역시 득의만만했다. 그러던 중 권신 이림보가 죽고 양국충이 재상이 되자, 전도가 불안해진 안록산은 양국충 토벌을 명분으로 변방 부족에서 가려 뽑은 친위대 8천여 기를 앞세우고, 15만 대군으로 범양을 출발(755, 11, 9), 낙양을 향해 진군했다. 전쟁의 경험도 없고, 사치와 향락으로 해이해진 관군은 대항 한 번 제대로 못한 채, 불과 한 달여 만에 낙양이 함락되고 만다. 이에 방자해진 안록산은 대연무황제大燕武皇帝를 참칭하며 장안 공략에 나서자, 현종은 연추문을 빠져 촉으로 피난하고, 안진경顏眞卿 등 몇몇 의군의 활동이 눈부셨음은 우리의 임란 때와 다를 바 없었다. 지덕 2년 정월 비록 중서시랑 엄장嚴莊이 안경서와 환관 이저아李猪兒를 회유하여 안록산을 제거하긴(759) 했지만, 반군은 아직 수장 사사명史思明의 수중에 있었고, 안경서마저 죽인 그는 대연 황제를 참칭하며 장안 공략을 획책하기에 이르렀다. 그러나 반군 내에서 일어난 자중지란으로 아들 사조의史朝義가 아비를 죽이고(761) 스스로 목숨을 끊음으로(763) 7년 3개월에 걸친 안·사란은 끝났지만, 그간의 참상은 두보의 수많은 영사시가 증명하는 바와 같다. 특히 그의 『삼리·삼별三吏 · 三別』은 이 난으로 신음하는 대당제국의 실록이다. 여기서 잠깐 두보의 영사시 「억석憶昔」을 통해 낙원과 낙원 상실 모티프의 객관적 공감을 위해 대당 개원 전성기의 시대상을 보자.

413

憶昔開元全盛日
억 석 개 원 전 성 일

小邑猶藏萬家室
소 읍 유 장 만 가 실

稻米流脂粟米白
도 미 유 지 속 미 백

公私倉廩俱豐實
공 사 창 름 구 풍 실

— 中略 —

齊紈魯縞車班班
제 환 노 호 거 반 반

男耕女桑不相失
남 경 여 상 불 상 실

宮中聖人奏雲門
궁 중 성 인 주 운 문

天下朋友皆膠漆
천 하 붕 우 개 교 칠

百餘年間無災變
백 여 년 간 무 재 변

叔孫禮樂蕭何律。
숙 손 예 악 소 하 율

돌이켜 보면 개원 전성시대에는

자그만 마을도 일만 가구가 번성했었다.

쌀은 잘잘 기름기 흐르고 좁쌀도 하얀 것이

관이나 사가의 창고마다 철철 넘쳐났었지.

— 중략 —

거리엔 바리바리 제와 노의 비단 실은 수레요

남정들 밭갈이 아낙네 길쌈 때를 놓치지 않았죠.

궁중의 임금님도 태고적 운문악 연주하시고

천하 벗님네들 우정이야 아교처럼 끈끈했지.

한 백년 내 재난이나 변란이라곤 없었으니

숙손의 예악과 소하의 율법으로 다스려졌지요.

신선 세계란 이상경일 뿐 있지도 않지만, 구해서 얻어지는 것도 아니다. 그러므로 여기가 바로 이생의 지상낙원인 것이다. 그것도 개원 초기의 사회심상이요, 아직 천보 연간의 장엄·화려함이 아니다. 이 같은 낙원이 안·사의 난으로 여지없이 망가지고, 대당 천하가 인간 나락으로 추락하였으니, 그의 「삼리·삼별」은 『신당서』의 사료이기에 족했던 것이다.

젖과 꿀이 흐르던 장안, "거리마다 비단 실은 수레와, 기름기 좌르르 흐르는 오곡 실은 수레가 넘쳐나던 지상낙원"이 아비귀환의 죽살이 터[死生地]로 변했다. 아들 손자 모조리 전쟁터에 끌려가 죽고, 홀로 남은 늙은이가 가엾은 할멈을 둔 채 지팡이 대신 창과 칼을 잡고 출정했다. 강산을 적신 피와 문드러진 시체로 물든 피비린내, 여기가 곧 지옥인데 "어찌 늙었다고 혼자 살아남아 있겠느냐[垂老別]"는 분만, 설령 안진경 같은 의군이 있고, 곽자의郭子義·이필李泌 같은 승장과 책사가 있다 하나, 왜 아니 제갈량의 충성과 지략과 전술이 아쉽지 않겠는가!

이런 전란의 와중에 마침 성도에 도착한(건원 2년, 759) 두보는 『춘망春望』 『애왕손哀王孫』『애강두哀江頭』 등 많은 우시연민의 시를 지었고, 익년 봄 본

414

고의 『촉상』을 지었으니, 그 작시 동기는 이를 바 없이 국란 수습, 곧 제갈량 같은 명장·현신의 힘을 빌어 당우지치唐虞至治의 재림, 이른바 "임금을 요와 순의 윗자리로 치켜 받들고, 다시금 풍속을 순속케 하려는致君堯舜上 再使風俗淳"《杜諺 19·奉贈韋左丞丈 22韻》 두보 특유의 충정 때문이니, 『찬기파랑가』와 전혀 다르지 않다.

작품 분석

『찬기파랑가』의 보편적 담론 : 향가는 신라인의 그리움이란 원형심상을 잘 담아낸 노래 문학이다. 그 중 효소왕대 득오의 작으로 전하는 『모죽지랑가』역시 이상적 인간형[화랑 죽지]에 대한 그리움의 정조를 노래한 순수 서정 시가이기에 『찬기파랑가』와 무관하지 않다.

시의 언어는 언제나 낯설다. 그러나 복잡 미묘한 현대인의 다양한 정서 표출도 아니고, 특히 '말은 다 했으나, 뜻은 오히려 남음이 있다言盡而意猶餘'는 표의문자에 의한 한시도 아니며, 더욱 '그리워하고 찬양하는 시어'의 모호성이란 그것이 어학적이건, 문학적이건 보편적 담론의 문법에 맞아야 할 것이다. 그런 점에서 상대 기술 물, 특히 향가와 같이 향찰로 기술된 고시가일수록 언어의 그물망에 빠지지 않는 정확한 시어 풀이가 바른 작품 이해의 관건이므로, 적확한 논증과 다양한 용례를 요한다. 그러나 그 못지않게 중요한 것은 "온 나라 사람들이 듣고 알지 못하는 사람이 없을"만큼 보편적 담론이었고,(『유사·5』『월명사 도솔가』 "…朝野莫不聞知….") 또 그러했을 노래문학 그 이상이 아니다. 다소 장황한 대로 원문에 대한 양주동 및 김완진·이임수의 풀이를 대비하며, 이설과 함께 그 보편적 담론을 재구해 보자.

열치매	울오이치매
나토얀 둘리	나토얀 드라리
힌구름 조초 뻐가ᄂ 안디하	한구름 조추 뻐가는 어느히

415

새푸룬 나리여히	몰이 가룬 ㄴ리여히
기랑耆郎이 즈싀 이슈라	기랑이 즈싀이시 숖야
일로 나리ㅅ 지벽히	수모나릿 지벽히
랑郎이 디니다샤온	낭야 디니다샤온
ㅁㅅㅁ 궇홀 좇누아져	ㅁㅅㅁ 궇홀좇누아져
아으 잣가지 노파	아야, 잣ㅅ가지 노포
서리 몯누올 화판花判여.	서리(눈이) 모ㄷ나올 화반여.
〈양주동〉	〈이임수〉

이상의 어석 중 ① 열오이처미咽嗚爾處米 ② 부거은안지하浮去隱安支下 ③ 사시팔능은정리야중沙是八陵隱汀理也中 ④ 모사시사주사皃史是史藪邪 ⑤ 일오천리질逸烏川理叱 등의 어휘 외에도 대동소이한 이견들이 있으나, 노랫말 큰 뜻을 해칠 정도는 아니라고 판단되지만, 특히 ①~⑤는 전혀 작시 배경, 혹은 노랫말 본뜻과 괴리된, 이른바 보편 문법의 궤를 넘는 듯하다. 찬찬히 노랫말 행간을 읽자면

㉠ 뭉게구름 두둥실 떠 흐르는 맑은 밤하늘
㉡ 휘영청 밝은 달
㉢ 새파란 물가 조약돌을 배경으로

페르소나는 그 자갈밭에 원대한 이상 —그것이 조국의 안위던, 분열된 국론의 재결합이던— 을 지니고 숙고에 빠지곤 하던 찬양의 주체를 세워 놓고, 자기 대신 달로 하여금 "나도 그리워 그 분 가 계신 서방천으로 가고 있다"고 말하게 하고, 이어 달과 함께 잣나무를 빌어 "서리조차 아랑곳하지 않던 고매한 인품"이었음을 합창하는 가장 고급한 수사법을 사용했다. 이상의 독법에 동의한다면,

① '열오이처미咽嗚爾處米'는 '늣겨곰 ㅂ라매'(김완진), '울오이치매'(이임수)로 읽기

보다는 '열치매'로 읽어야 2~3구의 '나타난 달'과 '흰 구름 좇아……'와 조응 구조가 맞다함은 상식의 문제다. '훈주음종訓主音從'의 통계적 논리로 '울다 지친 달'로 만들어 버리면 찬가가 아닌 조가弔歌일 뿐이며, 더욱 양주동의 어석은 완벽하다.

② '부거은안지하浮去隱安支下' 역시 'ㅂ뎌간 언자레'(김완진), 'ㅂ뎌가는 어느히'(이임수)보다는 'ㅂ뎌가는 안디하'가 시적 문법에 맞는 이유는 기왕에 'ᄆ슨미 ᄀ술홀 좇ㄴ라져'(김완진), 'ᄆ슨미 ᄀ홀 좇누아져'(이임수)라고 달의 답사로 보았다면 응당 문사여야 하기 때문이다.

③ '사시팔능은정리야중沙是八陵隱汀理也中'도 '몰이 가룐 믈서리여희'(김완진), '몰이 가룐 ㄴ리여희'(이임수)로 읽는 논법이 의아하기만 하다. '몰이(沙是)·믈서리(汀理)'는 '새푸룐 나리'의 어석상 완벽한 논고와 용례를 부정하고 '모래가 가른 물 사이'라는 시적 문법이 가능하겠는지 의아스럽다. '모래가 갈라놓은 시내'보다는 '새푸룐 나리'라야 '고매한 인품'에 비유될 '잣 가지'와도 시적 이미지가 무리 없이 조응되고, 시적 정서는 더욱 엄숙·장엄해 진다 할 것이다.

④ '모사시사주사兒史是史藪邪' 역시 'ᄌ싀 올시 수프리야'(김완진), 'ᄌ싀이시 숲야'(이임수)라는 독법은 기랑의 '고매한 넋'과 '달밤의 음침한 숲'이 어떻게 시적 상관성, 말하자면 시적 유추가 가능할지 실로 암담하다. 'ᄌ싀이슈라(즛[모양]이 있어라)'라는 영탄이 있어야 그 '지니셨던 마음의 끝'을 좇고, '아으'라는 영탄과 함께 '달이 가야할 방향'이 설 것이다.

⑤ '일오천리질逸烏川理叱'의 경우는 퍽 시사적이다. 양주동은 '일로', 곧 '이제로부터'라는 부사로, 김완진은 구체적 제시를 약한 채 고유명사 지명 '일오逸烏'로, 이임수는 현지답사 등 노고 끝에 '수모내'로 확정했다. 그러나 문면상 '일오逸烏'가 지명이라면 4구 첫 어절에 쓰여 '일오逸烏 새파란 ~'이 되어야 논법이 맞다. 옛 노래 바로 읽기라는 명제상 더 많은 상고가 요구되는 중요 과제라 하겠다. 편의상 양주동·이임수의 현대어 풀이를 예시하여 이해를 돕고자 한다.

열치매	울어지침에
나타난 달이	나타난 달이
흰 구름 좇아 떠가는 것 아니냐	흰 구름 좇아 떠가는 어디쯤
새파란 나리[내]에	모래 가른 나루터에
기랑耆郞의 즛[모양]이 있어라	기랑의 모습 같은 숲이여
이로 나리 조약[小石]에	수모냇가 조약돌에
랑이 지니시던	낭이 지니시던
마음의 끝을 좇과저	마음 한끝이라도 따르렵니다.
아으, 잣[栢] 가지가 높아	아아, 잣나무 가지 높아
서리를 모를 화반花判이여.	서리 모르실 화랑이시여!
〈양주동 · 국학연구논고〉	〈이임수 · 앞의 논문〉

『촉상』의 서정적 담론 : 두보의 시에 명시 아님이 없지만, 특히 『촉상』은 그 수용미학적 가치는 물론, 언해 역시 명 번역으로 알려진 수작임은 두루 아는 사실이다. 이병주는 "두시에 제갈량을 노래한 시가 많음은 제갈량과 같은 재상이자, 장군이 나타나서 조국의 안녕을 회복시켜 달라는 소원의 안표"라 했으니, 이미 언급한 작시 배경 그대로요, 『찬기파랑가』의 창작 동기와 무관하지 않다. 『촉상』의 전문은,

丞相祠堂何處尋	승상의 사당을 어디 가 찾으리오.
승 상 사 당 하 처 심	
錦官城外栢森參	금관성 밖 잣나무 빽빽한 숲 속에 있지요.
금 관 성 외 백 삼 삼	
映堦碧草自春色	버텅에 비친 푸른 풀은 절로 봄빛이 되었고
영 계 벽 초 자 춘 색	
隔葉黃鸝空好音	잎을 사이한 꾀꼬리는 속절없이 좋은 소리로다.
격 엽 황 리 공 호 음	
三顧頻煩天下計	세 번 돌아봄을 번거롭게 함은 천하를 위한 계책이요
삼 고 빈 번 천 하 계	
兩朝開濟老臣心	두 왕조를 구제하려는 늙은 신하의 충성이었죠
양 조 개 제 노 신 심	
出師未捷身先死	군사를 내어 이기지 못하고 몸이 먼저 죽으니
출 사 미 첩 신 선 사	
長使英雄淚滿襟 。	길이 영웅들로 하여금 눈물이 옷깃 젖게 하네.
장 사 영 웅 루 만 금	

와 같다. 청나라 구조오仇兆鰲의 말대로 전 4구는 무상한 자연의 봄이 베푼 사당의 전경이며, 후 4구는 승상의 신하로서의 충성은 물론, 정통 한 왕실의 재건이라는 정명주의를 읽게 하는 이른바 전경후정前景後情이란 율시 작법 그 대로다.

기련 첫 어절부터 '승상丞相'이라고 직필한 것은 제갈량을 그만큼 정통명 신, 곧 한실의 정통왕조로 촉한 제갈량에 대한 존상이렸다. 기련의 1구는 자문이고, 2구는 자답이니, 작시 원리상 『찬기파랑가』의 문답처럼 완벽할 수야 없는 우동偶同이라지만, 흥미로운 유사점이다. 이는 물론, 경련에 이어질 제갈량의 무한한 공업을 부각시킴과 동시에, 어쩌면 점점 잊혀 가는 세인을 향한 경각일지도 모른다.

함련의 실경묘사는 경이면서 정인 점이 두시의 특장이다. 자연의 봄이 왔다고 무심한 봄풀과 꾀꼬리는 속절없이[自‧空] 꽃다히 피고, 교태로운 노랫소리를 뽐내나, 인간의, 아니 조국의 봄은 오지 않았다 함이니. 이상화의 「빼앗긴 들에도 봄은 오는가」와는 1,200여 년 시차에도 불구하고 선지자들의 우국충정과 사명은 일반인 듯하다. 한편 구조오의 말대로 '사당의 황량한 모습을 묘사 한 것'이자, '자연의 물사를 보고 느껴움일 뿐, 사람의 마음은 말 밖에 있다'함은 '시 읽기'의 정도를 훈수한 정평이다. 조수명曹樹銘 역시 "이 시는 빽빽한 잣나무에서 시상을 일으켜 풀은 꽃답게 봄빛을 띠고, 새는 좋은 소리로 화답하나, 저들이 내 마음의 슬픔을 알까?"라 했다. 이른바 자연의 절서는 어김없이 돌아오건만, 무상한 인간사는 엇가기만 한다. 어찌 천하를 바로 잡아 억조창생을 살려낼 장상將相은 한 번 가고 아니 오는 것이며, 선주先主를 도와 나라를 열고, 2세를 보필해 한의 정통왕조를 세우려는 늙은 신하의 충정을 알아주지 않는단 말인가. 조수명도 '천하계天下計'는 '한 왕실의 정통을 잇고자 한 원대한 뜻을 이루고자 함이었지, 사사로운 안일을 구함이 아니었다'하고, '노신심老臣心'은 '곧장 광무光武의 중흥과, 고조高祖의 홍업을 회복하려 함'이라 했다. 고로 이 양구의 침지비장沈摯悲壯은 결련의 통곡을 유도하는 가늠 대이기에 충분하다. 저 기련의 '하처재何處在'는 정작 결

419

련의 '신선사身先死·루만금淚滿襟'을 위한 복선이었으니, 식자인의 옷깃을 무던히도 적셔온 천고의 명대우名對偶다. 그러니 비단 제갈량의 눈물만도, 두보의 눈물만도 아닌, 천고의 영웅들의 눈물이다. 그러므로 '하늘은 어찌 영웅들에게 재주만 주고, 수는 주지 않는단 말인가'라는 두보의 넋두리는 또 말 밖에 있다. 이른바 "말은 끝났으나, 무궁한 뜻은 애연히 귀에 쟁쟁 남아 있다" 함이 정작 이런 시구를 두고 이르는 말이다.

『찬기파랑가』·『촉상』의 대비

『찬기파랑가』가 향찰로 표기된 신라 10구체 향가이고, 『촉상』이 한자로 기술된 당대의 칠언율시라는 양 민족 간 문화의 생래적 차이점을 제외하면, ① 창작 연대의 유사성 ② 국란이란 정치·사회사적 동질성 ③ 문답식 구성이란 수사적 공통점 ④ 국란 타개를 염원한 현자에 대한 추모의 정이란 주제의 동질성 등 많은 공통점을 지녔다 할 것이다. 각 항을 좀 더 부연하자면, 8세기 중반의 신라는 난만한 불교문화, 풍요로운 물질문명 속에 꽃피운 향가문학의 절정기였고, 대륙 역시 성당 시문학이 이(李白)·두(杜甫)를 비롯한 2~3천여 기라성들이 쟁명했으며, 일본 또한 와까[和歌]라는 새로운 노래문학을 향유하던 동양 삼국은 이른바 지상낙원이었다. 그러나 워낙 오랜 문치文治는 무지한 영웅을 기르는 법이어서 대륙과 반도는 잘 먹여 기른 돼지 용[猪龍]들의 작란의 터가 되었으니, 큰 역사의 줄기 속에서 760~765년 언저리는 동시대인 것이다. 정치·사회사적 배경 역시 개혁[왕당파] : 보수[반왕당파]건, 기득권[안록산] : 신진[양국충]이건 그 반란의 빌미는 언제나 소아적 논리였음을 역사는 명증해 있다.

구조적 공통점으로서의 문답식 수사법은 두 작품의 문예미를 승화시켜 수용미학의 원천이 되었다 하겠다. '문사' '답사' '결사', 굳이 '사辭'라기 보다 '사詞'가 적의할 듯한 3부악은 송찬류 시가의 멋이자, 불가불 수용미학적 장치임을 양주동은 진작 갈파했다. 『촉상』의 기련 '어디 가 찾으리오.'라는 문

420

사와 '금관성 밖 빽빽한 잣나무 숲 속에 있죠'라는 답사 역시 그 수사적 요량
은 범상치 않다. 기파의 기상이 그렇듯, 공명의 기상을 받고 자란 잣나무이
기에 '삼삼森森'임은 물론, 그러므로 '기파 = 공명 = 잣나무'는 평면적 구조요,
'푸른 풀'과 '노란 꾀꼬리'는 '무상[自·空]'의 시간 개념일 뿐이나, 무상할 수 없
는 '천하 경영의 웅지'와 '노신의 충절'이 안타까워 '신선사身先死' '루만금淚滿襟'
이란 통곡을 미리 장치한 구조이기에 천고의 명작으로 수용되어 왔다.

나아가 문면 밖에서 살펴본 두 작품의 사상적 기저 역시 판이할 듯, 전혀
동일하다. 유가의 봉유수관奉儒守官을 평생의 신조로 살아온 두보야 이를 바
없이 "치군요순상致君堯舜上 재사풍속순再使風俗淳"이란 삼대일월, 곧 지치 지
향이지만, 충담사 역시 『안민가』의 "군君은 어비여 신臣은 드⅄샬 어⅄여 민은
얼흔 아히고…… 아으 군다히 신다히 민다이 ㅎ눌돈 나라악 태평太平ㅎ니잇다"
와 같은 지치 지향적 정치철학으로, 『찬기파랑가』에서도 미래의 중생제도주
미륵을 통한 이상경, 곧 지치주의를 구현하고자 했음을 읽을 수 있다. 이를
도식화하면, 다음과 같다.

구분	찬기파랑가	촉상	비고
창작 연대	760~765	760	
창작 배경	정치사회적 혼란	안·사란에 의한 국란	
형식	10구체	칠언율시	
구성	문답식	문답식	
주제	모현 의식	모현 의식	
사상적 배경	유가 및 미륵사상에 의한 지치 지향	유가적 지치지향	

그러므로 위 두 작품은 선지식인들의 우국충정이 낳은 현자에 대한 추모
의 정과 함께, 재림에 의한 지치 지향적 송찬류의 노래문학이다. 따라서 '언
어의 그물망'에 빠지기보다 노래문학의 보편적 문법 및 그 심상 이해로 낯선
고전시가와의 친숙한 만남을 기대한다.

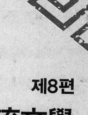

제8편

우리네 女流文學
여 류 문 학

〈매창의 매화도〉

우리네 문학사 전반을 통해 여류문학은 영성零星하기 그지없다. 더구나 조선조는 사대부 본위의 사회제도, 곧 남성 위주의 문화 체제였다. 따라서 여성의 사회활동은 물론 "사내는 가르치되, 딸자식은 가르치지 않는다男敎而不敎女"하여 교육의 기회조차 허여되지 않았다.

국문 창제 이후, 그도 양가에서나 사대부의 진서眞書 대신 언문[암클]을 익혀 언문서나 읽고, 내간에나 통용하는 것으로 문자생활의 균형을 유지해 왔다. 그러므로 많은 수필류 및 규방가사가 쏟아지던 조선조 후기에도 여류문학은 천편일률성을 면치 못했다. 그런 중 특별히, 혹은 '어깨너머 글'로 익힌 규원閨苑, 이른바 규방문학閨房文學과, 사대부의 풍류에 짝하기 위해 타고난 자질을 갈고 닦은 해어류解語類, 곧 기녀들의 문학[妓房文學]이 그나마 고작이었다.

01

閨房文學
규 방 문 학

　규방문학의 대표적 작가라면 현모양처의 귀감으로 일러 온 신사임당申師任
堂과, 상상의 세계를 초월한 허난설헌許蘭雪軒으로 우리 문학사는 정리해 왔
고, 이 두 작가는 하나같이 경포호수를 사이한 강릉 출신이다.

申師任堂
신 사 임 당

　신사임당은 조선조의 대표적인 여류 시·서·화가로, 기묘명신 신명화申命和
의 따님이시며, 이원수李元秀의 부인이자, 율곡栗谷 이이李珥의 모부인으로 강
릉 북평[현 강릉 죽헌동] 태생이다.

　침공과 자수는 물론, 경문과 시서詩書를 익혀 사대부 부녀자로서의 덕행과
재능을 두루 갖춘 현모양처의 귀감이었다.

　그림은 안견安堅의 화법에다, 여성 특유의 섬세함을 곁들여 동국 제일의
여류화가로 받들리며, 특히 산수·포도·꽃·곤충도로 유명하다.

　慈親鶴髮在臨瀛　　늙으신 어머님 강릉에 계신데,
　자 친 학 발 재 임 영

身向長安獨去情 　홀로 서울로 가고 있는 이 마음.
신 향 장 안 독 거 정

回首北坪時一望 　머리 돌려 고향을 자주 바라노라니
회 수 북 평 시 일 망

白雲飛下暮山靑。　흰 구름 흩나는 저 아래 저문 산마을
백 운 비 하 모 산 청

사임당의 시문은 율곡 선생의 문집 『이율곡선생전서』 말미의 '선비행장先
妣行狀'조에 수록되어 있다. 위의 시는 친정을 다녀 늙으신 모친을 홀로 두고 대
관령 마루를 넘으며 쓴 「대관령을 넘으며 친정을 돌아보다踰大關嶺望親庭」다.
　임영은 강릉의 옛 이름이며, 북평은 친정이 있는 현 죽헌동의 옛 지명이
다. 1·2구에서 이별의 정으로 임영과 장안에로 공간을 벌려놓고, 3·4구에서
는 '마음 두고 몸만 가는 정'을 저무는 고향 산하의 어둠 속에 재워둔 정감
어린 7절이다. 한편, 「어버이를 그리며思親」는 다음과 같다.

千里家山萬疊峰 　아득한 고향 산천 첩첩한 봉오리,
천 리 가 산 만 첩 봉

歸心長在夢魂中 　가고픈 마음 길이 꿈길로나 간다오.
귀 심 장 재 몽 혼 중

寒松亭畔雙輪月 　한송정 물가엔 어리비친 두 달이요
한 송 정 반 쌍 윤 월

鏡浦臺前一陳風 　경포대 앞으론 한바탕 이는 바람.
경 포 대 전 일 진 풍

沙上白鷺恒聚散 　모래 벌엔 모였다 흩지는 백로요
사 상 백 로 항 취 산

波頭魚艇各西東 　파랑에 일렁이는 고깃배 동서로 떠가네.
파 두 어 정 각 서 동

何時重踏臨嬴路 　언제쯤 고향의 친정 길 다시 밟아
하 시 중 답 임 영 로

彩服斑衣膝下縫。　색동옷 입고 슬하에서 마름 해 볼꼬
채 복 반 의 슬 하 봉

가고파도 꿈으로밖에 갈 수 없기에 그려본 함련과 경련은 그러니 눈에 삼
삼한 고향 풍경이다. 하늘에 가득한 진신眞身의 달이 한송정 물에 어리비쳐
쌍월이 뛰놀고, 광활한 동해를 달려온 일진광풍이 경포대 앞 이내[煙]를 쓸
어간다. 절로 갔다 절로 오는 무심한 갈매기며, 뱃전을 부싯는 파도를 더불
어 유유히 떠도는 고깃배, 이 모두는 꿈에도 잊지 못할 동심의 자장가다.
　거기 계신 부모님, '언제쯤 다시 찾아 색동옷 입고 슬하에 앉아 바느질 솜

씨 뽐내며, 늙으신 부모님을 기쁘게 해드릴 수 있을까'라 했으니, 앞의 시와 함께 효를 주제로 한 시정이 규원의 현숙함 그대로인 칠언율시이다. 3·4, 5·6구는 철저히 대를 이뤘고, 결련은 예의 용사법으로 초나라 노래자老萊子의 고사를 원용했다.

許蘭雪軒
허난설헌

일명 경번景樊, 당호 난설헌은 초당 허엽許曄의 딸이며, 허균의 누이로, 신사임당과 규방문학의 대가로 꼽힌다. 그러니 부 허엽許曄은 주거 지명으로 호를 삼은 것이자, 3남 1녀[長子 許筬·次子 箹·女 경번·季子 筠]와 함께 초당오보수草堂五寶樹로 목릉성세穆陵盛世의 문벌文閥인 셈이다. 특히 난설헌은 삼당三唐의 칭을 받던 손곡蓀谷 이달李達에게서 시를 배워 천재적인 시재를 발휘해 우리 한시문학사상 열 손가락에 넣기도 한다.

그의 문집 『허난설헌집』은 사후 동생 균에 의해 정리되어, 명나라 사신 주지번朱之蕃이 중국에서 간행하여 지가를 올렸고, 1711년에는 분다이야夫台屋次郎에 의해 일본에서도 간행되었으며, 당시 중국의 엔솔로지에 해당하는 『명시종明詩綜』에도 5수나 선시選詩되는 영예를 입었다.

안동 김성립金誠立에게 출가했으나, 고부 및 부부 간이 불화한 데다, 자녀마저 해 걸러 잃는 등 불운 속에 210여 수의 독특한 시를 남기고, 27세의 나이로 요절했다. 그의 작품 세계는 여성의 섬세함이 아롱진 순수시, 시가媤家와의 불화와 친가의 몰락 등 겹치는 불운에 따른 애상적 시, 그리고 현실적 좌절과 질곡으로부터 초극하려는 유선시遊仙詩로 나눌 수 있다.

蹴罷鞦韆整繡鞋　　그네 타기 마치자 꽃당혜 신고,
축 파 추 천 정 수 혜

下來無語立瑤階　　말없이 내려와 구슬 섬돌에 섰네.
하 래 무 어 입 요 계

蟬衫細濕輕輕汗　　하늘한 적삼엔 촉촉이 땀이 배었고
선 삼 세 습 경 경 한

忘却敎人拾墮釵。　　떨어뜨린 비녀 주어달란 말도 잊었나봐.
망 각 교 인 습 타 채

427

막 그네 타기를 마치고 내려선 수줍은 아가씨의, 그러나 교태롭고 가녀린 자태를 사실적으로 묘사한 『그네 타기 2수 鞦韆詞二首』 중 그 2다. 가쁜 숨, 나른한 자태, 떨어진 비녀조차 챙기지 못하는 정경이 눈에 삼삼해, 단오절 마실 앞 그네 터를 연상케 한다.

특히 『봉선화 물들이는 노래染脂鳳仙花歌』와 『지아비에게寄夫江舍讀書』 및 『자식을 곡하며哭子』 등은 그의 순수시 중 대표작이라 할 것이다. 차례로 감상하며 규방문학의 문예미를 음미해 보자.

金盆夕露凝紅房 금 분 석 로 응 홍 방	금분에 저녁이슬 각씨 방에 내리니
佳人十指纖纖長 가 인 십 지 섬 섬 장	미인의 열 손가락 가녀리고 매끈해.
竹碾搗出捲菘葉 죽 연 도 출 권 숭 엽	대 절구에 찧어 장다리 잎으로 말아
等前勤護雙鳴璫 등 전 근 호 쌍 명 당	귀고리 울리며 등불 앞에서 동여맸지.
粧樓曉起簾初捲 장 루 효 기 렴 초 권	새벽에 일어나 막 발 걷으려다 보니
喜看火星抛鏡面 희 간 화 성 포 경 면	반가워라, 붉은 별 거울에 비치누나.
拾草疑飛紅蛺蝶 습 초 의 비 홍 협 접	풀잎을 뜯을 때는 호랑나비 날아온 듯
彈箏驚落桃花片 탄 쟁 경 낙 도 화 편	가야금 탈 때는 복사꽃잎 떨어진 듯.
徐勻粉頰整羅鬟 서 균 분 협 정 라 환	토닥토닥 분 바르고 큰머리 만지자니
瀟竹臨江淚血斑 상 죽 임 강 루 혈 반	소상반죽 피눈물의 자국인 듯 고와라.
時把彩毫描却月 시 파 채 호 묘 각 월	이따금 붓을 잡고 눈썹 그리노라면
只疑紅雨過春山。 지 의 홍 우 과 춘 산	자못 붉은 꽃술 눈썹을 스치나 싶네.

「봉선화 물들이기 노래染脂鳳仙花歌」다. 물론 모두가 그렇지야 않겠지만, 형형색색도 모자라, 형광이 요란한 매니큐어 세대에겐 상상도 안 되는 과장으로 매도되리라. 예컨대 '거울에 비친 붉은 별·날아온 호랑나비·가야금 시울에 떨어진 복사꽃잎·소상반죽의 핏자국' 같이 선명하고 아름답게 물든 손톱이어서, 혹 '붓으로 눈썹을 그리다 보면 붉은 꽃술이 눈썹 위를 지나는 듯싶다'니 분명 과장적 미화다. 그러나 시적 화자의 전달심상이 독자의 수용심상

과 일치되는 것으로 시어詩語는 그 사명을 다한다. 곧 작자와 독자의 정서적 공감대, 이른바 의회意會로 충분한 것이다.

아무튼 여성만이 쓸 수 있는 작품이자, 난설헌이기에 규방문학의 순수문예미를 배가할 수 있었다 하겠다.

다음은 지아비 김성립을 기다리다 지친 「기부강사독서당奇夫江舍讀書」이라 제한 정한情恨의 시정이다.

燕掠斜簷兩兩飛　처마를 지치는 제비 쌍쌍이 날자,
연 략 사 첨 양 양 비

落花撩亂撲羅衣　요란히 흩지는 꽃잎 제비 날개 스치네.
낙 화 료 란 박 라 의

洞房極目傷心處　기다림에 지친 신방, 애타는 마음이건만
동 방 극 목 상 심 처

草綠江南人未歸。　강남이라, 주색에 빠진 님 오실 줄 모르네.
초 록 강 남 인 미 귀

복사꽃 화창한 신혼, 돌아온 강남 제비는 홀로 처한 신방의 청상을 놀리기나 하듯 쌍쌍이 춘정을 희롱하고, 독서를 핑계한 지아비는 강남(지금의 노량진)에 독서당을 마련하고 춘색에 빠졌다. 야속한 임이기에 '이제나 저제나 눈이 빠져라[極目傷心]' 기다리는 난설헌의, 너무나 인간적 상심을 이수광은李睟光은 어찌 음탕하다고만 폄하했을까?

다음 오언고시는 지아비로부터 받은 상심보다 더 큰 모성 본능적 비애의 시편 「두 아이를 묻고哭子」다.

居年喪愛女　지난해엔 귀여운 딸아이를
거 년 상 애 녀

今年喪愛子　금년엔 사랑하는 아들 잃어.
금 년 상 애 자

哀哀廣陵土　서럽고 서러워라, 광릉 땅에
애 애 광 릉 토

雙墳相對起　두 무덤 마주하고 섰구나.
쌍 분 상 대 기

蕭蕭白楊風　스산한 바람 백양나무 가지서 일고
소 소 백 양 풍

鬼火明松楸　귀신 불 솔숲에서 번쩍번쩍 빛나네.
귀 화 명 송 추

紙錢招汝魂　지전으로 너희들 혼 불러놓고
지 전 초 여 혼

玄酒奠汝丘 현 주 전 여 구	맹물 한 잔 무덤에 붓는다.
應知弟兄魂 응 지 제 형 혼	어찌 모르랴, 오누이의 넋이
夜夜相追遊 야 야 상 추 유	밤마다 서로 따라 노닐 줄을.
從有腹中孩 종 유 복 중 해	비록 뱃속에 어린 생명 있다만
安可冀長成 안 가 기 장 성	어찌 탈 없이 자라길 바라리오.
浪吟黃臺詞 랑 음 황 대 사	부질없이 슬픈 노래 부르며
血泣悲吞聲。 혈 읍 비 탄 성	피눈물로 울음마저 삼키노라.

해 걸러 오누이를 가슴에 묻고 슬피 우는 어미의 통한이다. 특히 '어찌 모르랴, 오누이의 넋이 밤마다 서로 따라 노닐 줄을'에서 우리는 '절조의 비장미'를 읽을 수 있다. 생과 사의 갈림에서 산 어미가 죽은 자식에게 이 말밖에 달리 무슨 말을 할 수 있겠는가! 그나마 가여운 두 넋이 서로 의지할 것이니 그걸로 나마 위안삼아야 하는 어미, 울음조차 피눈물과 함께 삼킬 뿐이랬으니, '한恨으로 통념된 민족정서'의 절정인 셈이다.

한편, 그녀의 유선시遊仙詩는 연작 87수 외에도 『망선요』 『보허사』 등 양적으로 우선 절대적이다. 이는 앞에서 언급한 대로 현실적 좌절과 질곡으로부터의 의지적 초극을 위해 설정한 이상경이리니 『몽유광상산시夢遊廣桑山詩』 1수로 대신한다.

碧海侵瑤海 벽 해 침 요 해	푸른 바다는 요지에 번져가고
青鸞依彩鸞 청 란 의 채 란	청란은 채란에 의지해 있구나.
芙蓉三九朶 부 용 삼 구 타	아리따운 연꽃 스물일곱 송이
紅墮月霜寒。 홍 타 월 상 한	붉은 꽃 져 서리 달만 싸늘해

광상산은 신선이 산다는 선계仙界다. 그 『서』에 의하면 '꿈에 광상산에서 노닐다, 두 선녀를 만나 시 짓기를 부탁 받고 지었다' 하며, 허균은 "우리 누님이 기축 년(1589) 봄에 돌아가시니, 때에 나이 27이었다. '삼구홍타三九紅墮'의

말은 그 증험이다"라 한 이래, 시참詩讖으로 일컫는 시다. 구슬같이 영롱한 선어仙語는 인간 상상의 한계를 넘나는 바 있다.

02

妓房文學
기 방 문 학

태백이 별거냐? 황진이

중종 대에 서녀로 태어나 기명妓名을 명월明月이라 한 그녀는 모친의 훈도로 사서四書·삼경三經을 익혔다 하며, 절창이었던 시조는 물론, 시·서·음률에도 능했다 하니, 명실공히 '해어화解語花,' 곧 기방문학의 일인자다.

그녀의 시조가 주로 사랑과 이별의 정을 노래한 정한情恨이라면, 많지 않은 한시는 섬세한가 하면 웅혼하며, 상정傷情이 있는가 하면 영사회고가 있다.

誰斷崑山玉 수 단 곤 산 옥	누가 곤륜산 옥을 캐다가
裁成織女梳 재 성 직 녀 소	마름해 직녀의 얼레빗을 만들었던가.
牽牛一去後 견 우 일 거 후	견우님 한 번 가신 후에
謾擲碧空虛。 만 척 벽 공 허	부질없이 허공에 던지셨구려.

『대동시선』에 전하는 오언 소품의 영물시 「반달의 노래詠半月」다. 푸른 밤하늘에 걸린 반달, 그것은 분명 자연의 섭리요, 조물주의 조화건만, '누가 마

름하여'라는 인위로 환치하므로, 곤륜산에서 캐어 다듬은 '옥 얼레빗'이 되어 천녀天女인 직녀의 수중품이 되었다. 그러나 만 리 허공에 '버려진 빗'으로 비유함은 버리고 가신 님 '견우에 대한 원정怨情'으로 유추된다. 공중에 버려진 빗, 어쩌면 자신의 비유일까? 그러나 그녀는 자신을 천한 신분이라던가, 기생이라고 낮추며 스스로 비굴해 한 흔적보다는 서경덕·박연폭포와 함께 송도삼절松都三絶이라고 자칭할 만큼 자긍에 차 긍정적으로 살았다.

一派長川噴壑礲 일 파 장 천 분 학 롱	한 줄기 폭포수 온 골짝 울려대니
龍湫百仞水潨潨 용 추 백 인 수 총 총	백 길 용추로 쏟아져 물소리 우렁차다.
飛泉倒瀉疑雲漢 비 천 도 사 의 운 한	나는 물보라 거꾸로 흩뿌려 은하인가 싶고
怒瀑橫垂宛白虹 노 폭 횡 수 완 백 홍	성난 폭포 가로 드리운 흰 무지개로다.
雹亂霆馳彌洞府 박 란 정 치 미 동 부	우박과 벼락이 내닫듯 온 골이 요란하고
珠春玉碎徹晴空 주 용 옥 쇄 철 청 공	구슬방아 옥을 부셔 창공에 뿌렸는가!
遊人莫道廬山勝 유 인 막 도 여 산 승	여보소, 여산폭포 장관이라 말도 마소
須識天磨冠海東。 수 식 천 마 관 해 동	천마산의 박연폭포 해동의 으뜸이라오.

칠언 제영류의 「박연폭포」다. 그 웅장한 스케일은 물론, 시어 어디에도 여성적 섬약이라곤 없다. 붓쏟는 물줄기, 굽도는 물굽이, 온 골을 울리며 부서지는 물보라, 그 장쾌한 기상과 영롱한 물태, 무엇보다 신들린 듯한 필세는 자못 이태백이 힘껏 뽐낸 「망여산폭포望廬山暴布」의 "날아 곧장 쏟아지는 폭포 삼천 척, 은하수가 하늘에서 쏟아져 내리나 싶네飛流直下三千尺 疑是銀河落九天"를 "여기보다 낫다 말라" 하므로 진작 자연의 경치뿐만 아니라, 시문학의 재능까지 '태백과 겨누리란 자긍'임에 분명하다.

그러나 지족선사도, 화담 선생도 진이의 사랑의 열정을 충족시킬 위인들은 아니었고, 벽계수도 허허롭게 스쳐간 일진광풍일 뿐, 이제 수밀도처럼 농익은 진이에게 불면의 밤은 차라리 천형天刑처럼 두려웠으리라. 뭇 남성의 연인이었지만, 믿음직한 지아비의 품에서 일부종사라는 평범한 부도婦道를 솔선하고자 했다. 그러던 어느 날, 27세의 성숙한 자태로 진이는 당대의 명창 이사종李士宗을 만난다. 그 역시 명창이란 이름에 걸맞는 풍류남아로 박연폭포와 송악산을 유람하고 돌아오는 길이었다.

절세가인과 천하 명창의 만남은 열정 바로 그것이었던 만큼 시쳇말로 쿨했다. 곧 양가에서 3년 씩 6년을 동거하며 부부로 살고, 서로 미련 없이 산뜻하게 헤어진 이른바 계약결혼의 원조인 셈이다. 워낙 기녀의 사랑이란 한계가 있는 법. 가정이 있는 남의 지아비 아닌가. 그러기에 진이는 기꺼이 보냈지만, '보내고 그리는 정', 그것이 바로 사랑의 열병이기에

> 어져 니일이여 그릴줄을 모르던가
> 이시라 ᄒ더면 가랴마ᄂ 제구티여
> 보ᄂ고 그리ᄂ 정情은 나도몰나 ᄒ노라.
> 〈병와가곡집〉

라고 촛불처럼 타드는 가슴을 싸안고, 을씨년스런 원앙금침이 야속하기만 한 긴긴 겨울밤, 정녕 사랑의 마력은 자존심과 이성마저 까맣게 지워버리고 만단 말인가? 천하의 진랑도 한밤을 하얗게 지새우곤 이렇게 절규했다.

> 동지冬至ᄉ달 기나긴 밤을 ᄒ 허리를 버혀 내여
> 춘풍春風 니블 아래 서리서리 너헛다가
> 어른님 오신날 밤이여든 구븨구븨 펴리라.
> 〈청구영언〉

그렇다. 옛 성현도 이르지 않았던가. "선비는 자기를 알아주는 자를 위해 목숨을 바치고, 여자는 자기를 즐겁게 해 주는 자를 받아들인다士爲知己者死, 女爲悅己者容"고. 이성으로야 백 번 잊어야 할 님인 줄 알면서도 기다리는 마음, 아니 '잊힐까 하고 생각하는 모순어법'이라 하자. 그러나 일상적 그리움

이 아닌 '사랑의 미학, 그 황홀의 연출을 예비하는 불같은 연정이 있을 뿐이다.

아마도 그 님은 명년 춘삼월에나 오실 게다. 그 때까진 너무나 먼 시·공간적 거리, 더구나 짧은 봄밤은 이 숱한 정한을 달래기엔 너무나 아쉬운 밤이다. 그러기에 진랑은 찾아주실 님과의 찬란한 밤을 예비하기 위한 설계에 돌입했다. "동짓달 독수공방의 긴긴 밤은 무의미하다. 그러므로 기나긴 밤의 한 가운데를 베어 내, 봄바람처럼 향그럽고 따사로운 이불 속에 서리서리 간직했다가, 그립고 아쉬운 님 오신 밤, 그 님을 위해 굽이굽이 펴리라"는 이른바 '시간의 공간화·그 열정의 은유'야말로 시조미학의 절조다. 이 같은 찬사는 전혀 추상의 구상화와, 역설적 모순어법이란 수사미학에 기인한다. 곧 시간이란 추상체의 '한 허리를 버혀 내, 춘풍 이불 아래 서리서리 넣었다가' '님 오신 날 밤 굽이굽이 펴리라'는 생생한 이미지화, 그러니 그 능란한 모순어법이 5·6수에 불과한 그녀의 시조로 하여금 형식으로나 기교면에서 시조시학의 절창으로 일컬어지게 한 이유인가 한다.

우리가 황진이의 남성 편력(?), 아니 그녀의 사랑의 화음을 제대로 공감하려면 문정공文靖公 소세양蘇世讓(1486-1562)과의 로맨스를 간과할 수 없다. 양곡陽谷이라 호한 그는 조선조 중기 형·호·병·이조판서를 거쳐, 우·좌찬성을 역임한 인물로 당대 문명文名은 물론, 송설체에 절등했던 대표적인 문인 관료다. 그 역시 벽계수처럼 '한 달을 기약하고, 단 하루라도 지체함이 없으리라'던 장담을 진이의 다음 시에 감격해 기약을 어기고, 긴긴 가을 하룻밤을 더 지체하며 만리장성을 쌓았다 한다.

月下梧桐盡	오동잎 다 진 싸늘한 달밤
霜中野菊黃	찬 서리 능지른 들국화 곱기도 한데
樓高天一尺	아슬한 누대 하늘에 닿을 듯하고
人醉酒千觴	취할수록 샘솟는 정 오가는 술잔.
流水和琴冷	흐르는 물소리 거문고에 얹혀 시리고
梅花入笛香	암향은 피리 소리에 실려 번지누나.

明 朝 相 別 後
명 조 상 별 후
情 與 碧 波 長。
정 여 벽 파 장

님이여, 내일 아침 정녕 떠나시면

저 강물 같은 그리움 어이하리까.

〈정별소양곡세양〉

수련은 떨어진 오동잎과 갓 핀 국화로 시적 공간을 시각적으로 스켓치하고, 함련은 신선 누대에서의 마지막 석별의 연음을, 경련에서는 거문고와 피리소리에 아울은 유수와 암향으로 상징적 뉘앙스를 흐트렸으니, 이른바 홍법興法이다. 곧 '흐르는 물'은 정착할 줄 모르는 님 소세양에 대한 원망이요, 오상傲霜의 매화는 님 향한 고절孤節의 화신 자신이래도 좋다. 혹은 '자신의 거문고 가락에 싸늘한 달빛만 싣고 정처 없이 흘러가는 물, 님의 피리 소리에 실려 은은히 스며나는 매화 향' 더없는 '조화의 부조화'는 점점 석별의 시간 여행, 그 종착을 마련하더니, 끝내 "당신이야 가고 나면 그만이지만, 저 치렁한 물량처럼 주체할 수 없는 이 그리움의 정한은 또 어찌해야 하느냐"며 앙탈 같은 비정悲情을 쏟아냈다. 워낙 양곡이야 칠언율시에 뛰어난 인물이지만, 진이의 오율 역시도 예사롭지 않다 하겠다. 시를 아는 시인이기에 양곡에게서의 진이는 이미 한낱 기생이 아닌 여도사다.

이 절절한 이별의 정한에 우는 여인, 그 아픈 상처를 뿌리치는 것만이 장부의 기개인가. 모름지기 장부란 허허로운 기상과 따스운 가슴이, 그것도 자기로 말미암은 여인의 쓰린 상처를 보듬을 줄 알아야 한다. 그러기에 양곡은 천금 같은 호언을 어기고, 만중운산萬重雲山에 넉넉한 가을비를 흩뿌려 온 산을 진홍으로 물들였다니, 어찌 장부 중의 장부가 아니며, 숱한 남성을 편력한 진이고 보면 또 왜 아니 그립겠는가! 그립고 아쉬운 님이건만 뵈올 수 없는 현실, 그렇다고 마냥 단념하고 살기엔 병일 수밖에 없는 정이 잠 못 들게 하여, 한 밤을 하얗게 지새운다. 이런 밤 그녀는 님 계신 멀고 먼 밤하늘을 향해 꿈의 랑데뷰를 실행한다.

相思相見只憑夢
상 사 상 견 지 빙 몽

그리워라, 만날 길은 오직 꿈길뿐인데,

儂訪歡時歡訪儂
농 방 환 시 환 방 농
願使遙遙他夜夢
원 사 요 요 타 야 몽
一時同作路中逢。
일 시 동 작 로 중 봉

님 찾아갈라치면 님도 날 찾아 떠나셨나봐.

바라건대 이훌랑 아스란 꿈길에 오를 젠

한 날 한 시에 길을 떠나 도중에서 만나요

그리움에 사무친 님, 그러나 꿈으로 밖에 뵐 수 없어 쓴 「꿈夢」이다. 그야말로 '어뎌 내 일이여'다. 그리울 줄 몰라서 보냈더란 말인가. "보닌고 그리는 정情은 나도 몰나 ᄒ노라"며 '사랑의 법칙'을 터득한 듯하더니, 기여이 또 후회다.

그녀는 절세의 미모와 뛰어난 재학으로 뭇 남성을 정복할 수는 있었지만, 그들 모두는 질풍처럼 왔다가 춘풍에 눈 녹듯 사라졌다. 화담 선생이 그랬는가 하면, 이사종이 그랬고, 소세양도 기약한 서른 날에 하루를 더 허여했을 뿐이었다.

버들처럼 가녀린 洪娘의 굳센 사랑
홍 낭

<blockquote>
묏버들 갈히 것거 보내노라 님의 손디

자시는 창窓밧긔 심거두고 보쇼서

밤비예 새닙곳 나거든 날인가도 너기소서.

〈역대시조선〉
</blockquote>

함경도 경성의 명기 홍랑이 조선조 목릉문원을 대표해 일컫는 삼당시인三唐詩人 중 한 사람인 고죽孤竹 최경창崔慶昌과 이별하며, 애절한 사랑의 정을 바친 노래이다. 고려 속요의 "가시리 가시리잇고/ 버리고 가시리잇고. 날러는 엇디 살라하고/ 버리고 가시리잇고"〈가시리〉와 같은 당당한 항변도 없다. '정들자 이별'이란 '홍등가紅燈街의 사랑 법'에 익숙치 않았을 뿐, 모를 리 없기에 말이다. 그 역시 '잡스와 둘 일이지만 '설온님 보내옵는 뜻'은 '가시는듯 도셔오소셔'다. 그러기에 "산 버들 가려 꺾어 서러운 님 손에 들려 보내며, 주무시는 창 앞에 심어두고 밤비에 새 잎 곧 나거든 저인 듯" 봐 달라 했다. 그것이

'명년 버들잎 피는 이른 봄 찾아 주실 거죠?'라는 다짐임을 우리는 잘 안다.

워낙 홍랑에게서의 고죽은 아버지 같은 의지처이자, 지아비 같은 임이었다. 고죽과 홍낭의 만남은 어쩌면 필연적이랄까?

홍랑이 일찍 부친을 여의고 홀어머니 슬하에서 자라던 어린 시절, 어머니마저 병석에 눕게 되자, 어린 홍랑은 야위어 가는 어미의 손을 잡고 슬피 울뿐, 대책이 없었다. 그러던 중 마을 80여 리 밖에 명의 최 의원이 있다는 말을 듣고, 홀로 길을 떠나, 걷기를 밤낮 사흘 만에 의원 댁에 이르렀다. 홍랑의 갸륵한 효심에 감동한 최 의원은 어린 홍랑을 나귀 등에 태우고 함께 이르렀으나, 이미 그 어미는 싸늘한 시체로 변해 있었다.

천애의 고아가 된 홍랑의 그 때 나이 열두 살, 최 의원은 홍랑의 지극한 효심과 사람 됨됨이를 보고 수양딸처럼 데려다 키우며, 시문은 물론, 양가 규수의 부도婦道를 가르쳤다. 뜻밖의 인연이 선사한 행복 속의 허허로움. 물질적 풍요 속에서도 공포처럼 엄습해 오는 고독, 주체할 수 없이 차오르는 모정母情에의 회한悔恨 등은 언제부터인가 깊은 시름의 강이 되어 그녀의 가슴 속에 흐르고 있었다. 길러주고 가르쳐 준 은공을 모를 홍랑이 아님을 알기에, 더욱 혈혈단신인 자신이 부모의 봉제사라도 모시고 싶어 하는 홍랑의 효심을 알기에, 최 의원은 돌아가고자 하는 홍랑을 잡기보다는 앞날을 기원하고 축복하며 마음으로 보냈다.

돌아 온 홍랑은 먼저 어머니 산소를 찾아 소분掃墳하고, 홀로 살아갈 암담하기만 한 내일을 설계한다. 누구를 위해 무엇을 할 것이며, 할 수 있는가. 돌아본 자신의 운명은 불행 그 자체였다. 얼굴도 보지 못한 아버지, 운명의 순간도 못 지킨 어머니, '자신의 박복한 운명은 한 지아비의 불행으로 이어질 수도 있으리라'는 불안은 주변의 권유만큼 쉬 청혼을 받아들일 용기도 나지 않았다. 그녀는 결심했다. 기왕에 주어진 운명대로 부담 없이 살기로. 더이상 미련 없이 기적妓籍에 몸을 던졌다.

기생 홍랑! 꽃이 향기롭고 아름다우면 온갖 벌·나비가 모이는 법이요, 홍등가에 무잡한 한량이 득실거리면 기녀는 노류장화가 된다. 타고난 미모에 뛰어난 시재詩才, 최 의원 댁에서 익힌 현숙한 부도, 어느 것 하나 부족함이라곤 없는 일류 기녀인 그녀의 명성은 자그만 경성 고을 내로란 한량들의 가슴을 후끈 달궈내는 데 수일數日이 필요치 않았다.

醉客挽羅衣
취 객 만 나 의
　　　　　　보셔요, 비단 옷자락 댕기지 마셔요

羅衫隨手裂
나 삼 수 수 렬
　　　　　　옷자락 손끝에 따라 찢어지리다.

不惜一羅衫
불 석 일 나 삼
　　　　　　한 벌 옷가지야 아까울까 마는

但恐恩情絶。
단 공 은 정 절
　　　　　　그간 베푸신 정 끊어질까 두려워요.

옷자락을 부여잡고 꾀며 치근거리는 한량, 혹은 짜증스럽기도, 불쾌하기도 하련만 어쩌랴, 이른바 부귀로건 권세로건 고객이자, 사회구조상 상층민이요, 먹이사슬의 원리로야 공생관계다. 그러므로 마음에도 없는 주정뱅이들로부터의 자기 보호는 감정이 아닌 슬기로운 재치다. 이렇게 수많은 한량들의 유혹을 뿌리치며, 남성들의 선망의 대상이 되어 있던 선조 1년(1568), 고죽 최경창이 함경도 병마절도사의 보좌관인 북평사로 금성에 부임했다.

취우정翠雨亭 주연에서의 일이다. 기생 혜원이 맑은 음색으로 이장길의 「장진주」 가락으로 흥을 돋우자, 고죽의 청으로 홍랑이 받아 잇되

含情還不語
함 정 환 불 어
　　　　　　하소할 길 없어 말 못하는 이 마음

如夢復如痴
여 몽 부 여 치
　　　　　　정녕 꿈인가 아니면 어리석음인가

祿綺江南曲
녹 기 강 남 곡
　　　　　　대답 없는 강남곡 비파에 실었으나

無人問所思。
무 인 문 소 사
　　　　　　이 심정 묻는 사람 그 누구일런가

라고 의미심장한 속내를 비파에 얹어 청아하게 사려냈다. 노래가 끝나자 고죽은 무릎을 치며 탄복하곤 이어 "너의 심사를 눈치 채지 못한 이 어리석음이 자못 크구나" 하며 한 잔 술을 가득 부어 홍랑에게 권했다.

주연이 끝나고 고죽은 홍랑을 불러 이르기를 "내 너의 살아온 역정을 잘

아느니라. 최 의원 댁과의 인연은 물론, 그것이 지극한 효심 때문임을" 이라며 위로하자, 홍랑은 감복했다. 한낱 천기에 불과한 자신을 진정 알아주고 위무해 주는 고죽에게서 이제껏 느껴보지 못한 따스운 부정父情, 아니 한없이 크고 넓은 지아비의 품 같은 아늑함을 느꼈다. 홍랑은 자신도 몰래 고죽의 가슴에 얼굴을 묻었다. 그리곤 맹세했다. '이후로 오직 이 분만을 섬기리라'고. 물론 그 밤은 두 사람의 만남의 황홀한 첫날밤이 되었다.

그러나 그처럼 텅 빈 가슴을 넉넉하게 채워주던 살맛나는 사랑의 시간이 홍랑에겐 허여되지 않았다. 해를 넘기기 바쁘게 고죽은 조정의 부름을 받아 마음에 없는 이별을 해야 했다. 홍랑인들 어찌 이 날이 올 줄 몰랐을까마는 너무나 빠른 이별은 다시 그녀의 마음을 갈가리 찢어 놓았다. 서럽고 아쉬운 이별이라, 홍랑은 영흥까지 따라와 전별했다. 바로 위의 시조는 이 때 함곡관에 이르러 날이 저물자, 길가의 버들가지를 꺾어 바치며 부른 별리의 정한이다. 고죽의 마음인들 어찌 서럽지 않으며, 그 아쉬움이 절절하긴 마찬가지여서

相看脈脈贈幽蘭
상 간 맥 맥 증 유 란
此去天涯幾日還
차 거 천 애 기 일 환
莫唱咸關舊時曲
막 창 함 관 구 시 곡
至今雲雨暗靑山。
지 금 운 우 암 청 산

다정히 바라보며 건네는 유란,

이제 가면 아득한 길 언제 오려나.

함관에서의 이별가 다시는 부르지 마오

사랑 두고 가는 마음 청산만큼 암담쿠려.

〈贈別·又〉

라고 화답했다. 이렇게 이별한 두 연인은 하루가 삼 년 같은, 진짜 만 3년이 되던 늦은 봄, 홍장은 병상에 누워 두문불출하고 있다는 고죽의 근황을 듣고, 그 길로 밤낮 일주일을 걸어 서울로 왔다. 이 일로 고죽은 면관免官이 되기에 이르렀으니, 야속할사, 박복한 운명의 장난이었다. 실로 사랑스럽되 가련하기 그지없는 홍랑, 그녀를 위해

轔轔雙車輪 린 린 쌍 거 륜	덜컹덜컹 쌍 수레바퀴,
一日千萬轉 일 일 천 만 전	하루에도 수없이 구르지요.
同心不同車 동 심 불 동 거	사랑하나 함께 하지 못하고
別離時屢變 별 리 시 루 변	이별한 후 하 많은 세월.
車輪尙有跡 거 륜 상 유 적	수레바퀴야 정작 자국이나 남기지만
相思人不見。 상 사 인 불 견	그리워도 볼 수 없는 임이여.

라고 고죽은 자신의 변함없는 사랑의 충정衷情을 「고의古意」에 담아 전했다.
고죽의 사랑 고백을 전해 받은 홍랑은 돌아오는 발걸음 걸음마다에 고죽을
향한 애련의 눈물을 사려놓았다.

끝으로 고죽이 홍랑의 시조를 화전지華箋紙에 한역해 가전家傳케 했다는
『번방곡飜方曲』은 잘 전하고 있는지 살펴보자.

折柳寄與千里人 절 류 기 여 천 리 인	버들가지 꺾어 이별하는 님께 바치나니
爲我試向庭前種 위 아 시 향 정 전 종	날 위해 주무시는 창 앞에 심어두고 보소서
須知一夜新生葉 수 지 일 야 신 생 엽	하룻밤 봄비에 새 잎 곧 나거든
憔悴愁眉是妾身。 초 췌 수 미 시 첩 신	시름 같은 눈썹 잎, 제 모습인 듯 여기소서.

이옥봉의 참사랑

옥천 군수 자운子雲 이봉李逢의 서녀로 운강雲江 조원趙瑗의 소실이었던 옥
봉은 기녀는 아니지만, 조원으로부터 버림받은 후 그 정한情恨의 모놀로그는
옥봉 시의 한 특질이기도 하다.

그녀의 연시戀詩는 임과의 이별을 기약한 마지막 밤으로부터 비롯된다.

明宵雖短短 명 소 수 단 단	내일 밤은 비록 짧고 짧더라도
今夜願長長 금 야 원 장 장	바라노라, 이 밤은 길고 기소서.
鷄聲聽欲曉 계 성 청 욕 효	꼬끼오 우는 닭 울음, 날은 밝아오니

雙臉淚千行。 어쩌랴, 두 볼에 주체할 수 없는 눈물.
쌍 검 루 천 항

　기약된 이별의 시간, 장닭을 탓한들 무엇하며, 솟아오르는 태양을 원망할
것인가! 차라리 낮날 같은 장대비라도 내렸으면 싶지만, 거역할 수 없는 운명
이기에 가시는 님에게 야속한 당부가 있다면 자로자로 안부나 주시고, 영 잊
지 말아 짬짬이 들려나 달랄 수 밖에…….

近來安否問如何 　　　근래의 안부 어떠신가 묻자하니,
근 래 안 부 문 여 하
月到紗窓妾恨多 　　　달빛 어린 창가 시름도 많아라.
월 도 사 창 첩 한 다
若使夢魂行有跡 　　　만약 꿈속의 넋도 자취가 있다면
약 사 몽 혼 행 유 적
門前石路半成沙。 　　문 앞 돌길 반이나 모래 되었으리.
문 전 석 로 반 성 사

　님을 향한 연정과 별리의 정한, 그러나 꿈길로 밖에 만날 수 없는 현실이
기에 '꿈길에 자취 있다면, 아예 돌길, 아니 당신네 섬돌이 반이나 모래가 되
었으리라'고 스스로의 심회를 비장미로 승화했다. 사랑하는 님으로부터 소
박맞은 가녀린 여인의 정한, 그 하염없는 사랑과 주체할 수 없는 고독의 비
애를 눈물로 호소한 시편이 한둘일까 마는 그녀의 「규방의 정한閨情」 만한
작품이 또 있을까?

平生離恨成身病 　　　내 생애 이별의 한 병이 되어
평 생 리 한 성 신 병
酒不能療藥不治 　　　술도 약으로도 다스릴 수 없네.
주 불 능 료 약 불 치
衾裏泣如冰下水 　　　이불속 흐느낌 얼음장 밑 흐르는 물소리 같아
금 리 읍 여 빙 하 수
日夜長流人不知。 　주야로 흐르는 눈물 그 누가 알리오.
일 야 장 류 인 부 지

　그렇다. 편작扁鵲도 못 고칠 상사相思의 약은 님의 따사로운 품속뿐이다.
독수공방에 비단 이부자리가 무슨 의미가 있는가.

442

어름 우희 댓닙자리 보와

님과 나와 어러주글먼뎡

어름 우희 댓닙자리 보와

님과 나와 어러주글먼뎡

정情둔 오놃밤 더듸 새오시라.

〈만전춘별사〉

던 우리네 선인들이 아니신가. 그러니 "경경耿耿 고침상孤枕上에 어느 주미 오리오."〈上소〉 하얗게 울어 지샌 긴긴 밤, 주체할 수 없는 고독이 퍼 올린 눈물이 얼음장 밑으로 흐르는 긴 강물 같건만, 내 님은 어디 계신가? 이 그리움의 한을 헤아려나 주실까?

풍류로 빚어낸 문자향1 – 송강 정철과 진옥의 사랑

한국 시가문학의 제 1인자이자, 삼공三公을 지낸 송강 정철과 무명의 천기 진옥眞玉의 만남은 송강의 마지막 유배지 강화 우거에서 비롯되었다.

송강의 출사 이후의 삶을 3기로 구분한다면 명종 6년(1552, 공27세) 문과별시에 장원급제하여, 일명一命의 사명감으로 봉공奉公의 감개를 맛보는 일면, 충청강개忠淸剛介로 간신諫臣의 풍기를 떨치던 제 1기와, 분붕分朋의 와중에서 성군으로부터 '조정의 수리'라는 칭송을 듣는 반면, 동인의 참언으로 끝내 보외책에 밀려 강원·전라·함경의 방백이 되었는가 하면, 총마어사驄馬御使의 칭을 들었던 다사한 제 2기(40~49세), 그리고 그의 생애 중 가장 처절하고 수고로웠던 3기(50~58세), 곧 선조 18년 8월 창평에 퇴거하여 사선四仙에 어울려 종유하며 충신연주의 절창인 「사미인곡·속미인곡」과 그의 한시 중 초택楚澤과 상반湘畔의 고음苦吟으로 굴원屈原의 유풍을 수용하는 등 창작에 정진한 때다.

한편 강계에 위리정배와 임란을 당해서는 진충보국의 신명을 다하다가 화학化鶴하여 선향의 객이 된 그의 종생기다. 특히 선조 24년 건저문제로 탄핵

을 받아 명천, 진주를 거쳐 강계에 위리안치 되는 극형을 받아야 했던 송강
이다. 그는 이때의 심정을 「청원에 위리안치 되어淸源棘裏」에서

居世不知世 　세상에 살면서도 세상을 알지 못하겠고
거 세 부 지 세
戴天不見天 　하늘 아래 살면서도 하늘 보기 어렵구나.
대 천 불 견 천
知心惟白髮 　내 마음 오직 백발만이 아나니
지 심 유 백 발
隨我又經年。　한 해가 덧없이 또 다 가누나.
수 아 우 경 년

라고 읊었다. 우울과 분만, 고독과 무상의 번뇌를 낮으론 쓰르라미, 밤으론
을씨년스런 조각달과 애끓는 풀벌레 소리로 달래는 버려진 유배객이 되어 전
전반측하는 객창에 뜻밖의 예리성이 들리더니 장옷을 걸친 여인이 찾아왔
다. 바로 가녀리고 앳된 진옥, 그녀가 "일찍이 대감의 명성을 듣사왔고, 더욱
대감의 글을 읽고 흠모해 오던 터"란다. 의아롭고 놀란 송강은 "그래, 내 글
을 읽었다니, 무엇을 읽었느뇨?" 하고 반문하자, 진옥은 "제가 가야금을 타
올릴까요?" 하며 유리알 구르는 듯 낭랑한 소리로 "거세부지세居世不知世요
대천난견천戴天難見天이라. 지심유백발知心惟白髮인데 수아우경년隨我又經年"이
라 읊조리지 않는가!

　무망無望한 세사로 좌절해 있던 풍류문사 송강의 앞에 나타난 진옥은 정
녕 구세주 같은 보배로운 옥이 아닐 수 없었다. 이제 더 이상 송강은 외롭지
않았다. 어쩌면 떨쳐버린 세사만큼 자유롭고 허허로운 적거생활, 그는 적소
의 생활을 부인 안씨에게 가서家書로 전했다. 아내 역시 불우하고 고독한 남
편을 위로하고 보살펴 주는 진옥의 존재를 허여했다. 실의한 노재상과 이름
없는 천첩 진옥은 거리낌 없는 사랑의 심연으로 함께 빠져들고 있었다. 그래
서인가? 숱한 사대부와 기생의 밀애가 있었지만 유독 진옥만이 '송강 첩'으
로 족보에 올랐다 한다.

　어느 날 두 연인은 소담한 술상을 마주하고 앉았다. 술기운이 오른 송강
이 문득 풍류남아다운 수작을 건넸다.

"진옥아, 내 한 수 읊을 테니, 너 바로 화답하겠느냐" 하며

옥玉이 옥玉이라 ᄒ니 번옥燔玉만 너겨ᄯ더니
이제야 보아ᄒ니 진옥眞玉일시 젹실ᄒ다
내게 살 송곳 잇던니 ᄯ러볼가 ᄒ노라.
〈근화악부〉

라고 한 가락 뽑았다. 이에 진옥도 거침없이 거문고를 콩그르며,

철澈이 철鐵이라커늘 무쇠 석철錫鐵만 너겨ᄯ더니
다시 보니 정철正澈일시 분명ᄒ다
내게 골풀무 잇던니 뇌겨볼가 ᄒ노라.
〈동 상〉

라고 화답하는 것이 아닌가. 이른바 해어화다. 곧장 화답한 위의 "쇠[澈의 동음 鐵]가 쇠라 하길래 무쇠[錫鐵]인 줄 여겼더니/ 이제야 자세히 보니 진짜 철[正鐵]이 분명하구나/ 내게 골풀무 있으니 녹여볼까 하노라"는 수사적 은유가 그것이다.

이른바 준대로 돌려받은 수작秀作이자, 번옥이 아닌 진옥의 수작酬酌이 가히 해어화답다. 이름자로 풀어쓴 재치거니와,

구 분	보조 관념	원 관념	비 교
송 강	번옥燔玉	인조 옥	燔玉 : 眞玉 = 眞玉
	진옥	진옥眞玉	
	살 송곳	남성 성상징	
진 옥	석철錫鐵	불순한 쇠	錫鐵 : 正鐵 = 鄭澈
	正鐵	정철鄭澈	
	골풀무	여성 성상징	살 송곳 : 골풀무

라는 적실한 대는 우열이 있을 수 없는 동격이다, 정녕 그것이 동격이라면 우리 시가문학의 1인자인 송강의 완패인 셈이다. 적어도 송강은 계산된 제안자요, 진옥은 순연한 응구첩대이자, 그 풍류와 문자향은 물론, 골풀무를 이겨낼 철은 어디에도 없기에 말이다.

이만한 재치와 문예를 함께 향유하며 잠깐 유배의 한을 달래고 있던 선조 25년, 호시탐탐 기회를 엿보던 왜적이 우리의 강토를 유린한 용사龍蛇의 난을 일으켰다.

이해 5월 송강은 충효대절로 풀려나 조정의 부름을 받게 되었다. 누구보다 기뻐한 진옥이었건만 주체할 수 없이 흐르는 눈물은 멎질 않는다. 대당의 시성 두보도 노래하지 않았던가. "죽어 이별이야 울음을 삼킬 수 있지만, 생이별은 생각사록 슬픈 법死別已呑聲 生別常惻惻〈夢李白二首〉이라고……, 이른바 '잊고자 생각하는' 만해卍海식 아이러니다. 이에 송강은 진옥의

人間此夜離情多 인 간 차 야 이 정 다	이 밤도 석별의 정으로 우는 사람 많겠죠,
落月滄茫入遠波 낙 월 창 망 입 원 파	싸늘한 달빛만 가뭇한 물결에 뒤누이는데.
惜問今宵何處宿 석 문 금 소 하 처 숙	님이여, 이 밤 어디서 주무시려오
旅窓空聽孤鴻過。 여 창 공 청 고 홍 과	나그네 창가엔 속절없는 외기러기 울음.

이라는 애련한 전별시를 받으며 돌아왔다. 송강 역시 득의의 기쁨 저 편에 진옥과의 이별이 아쉬워 함께 갈 뜻을 물었으나, 극구 사양했다.

돌아 온 충의忠義의 전사는 곧장 의주 행재소로 달려가 임금을 호종하는가 하면, 양호체찰兩湖體察 및 사은사로 명나라를 다녀오는 등 보국에 신명을 다했다. 그러나 시의時議는 망국의 난 중에도 분분하여 다시 강화에 퇴거, 호구糊口의 청빈을 이희삼李希參에게 빌며, 다사한 삶을 마치니 향년이 58이요, 유작이 한시 760여 수, 가사 4편, 시조 83여 수 외에 풍류호남의 기개를 드세운 『장진주사』가 있다.

포폄도 휜다하여 실록을 수정해야 할 난세를 수고롭게 살다 간 빈청에 아미

를 떨구고 가엽이 우는 청순한 한 소복녀가 있었으니, 그녀는 바로 진옥이었다 한다. 이후 진옥은 강계를 떴다 하며, 아무도 후일담을 아는 이 없다 한다.

우암 송시열이 주도한 강계에서의 운구는 일대 거사였다. 신원(경기도 원당) 선영에 자리한(지금은 충북 진천에 이장 됨) 송강의 무덤 아래 그의 애기愛妓였다는 '강아'의 묘가 남아 있으니, 그녀가 진옥인가는 불분명하다.

풍류로 빚어낸 문자향2- 임제와 한우의 연가

조선조 500년 내의 멋쟁이 풍류 한량 임백호! 성혼成渾의 문인으로 선조 10년 문과에 급제하고 예조정랑 겸 지제고를 지내던 중 동·서 분당을 개탄하고 산에 들어 나지 않으며, 시문에 전념했다. 삼당시인의 뒤를 이어 그들보다 더 지사적인 열정과, 반유가적인 비판의식 및 고뇌를 첨예하게 노정했다. 특히 전통 사대부 문학의 체질을 개선하기 위한 가전체『화사』및『원생몽유록·수성지』등 소설 작품은 그의 1,000여 편 시문학 못지않게 주체적이며 개성적인 문학관을 잘 드러내고 있다. 뿐만 아니라, 인간의 정·욕情欲에 대한 긍정적 사고는 분방호일奔放豪逸한 일화로 전승되고 있다.

한편 같은 시대의 기생 한우寒雨, 그녀 역시 재색才色은 물론 시서詩書에 능하며, 거문고 가야금에 뛰어났는가 하면, 노래 또한 명창이었다 하니, 이들의 만남이야말로 물과 물고기의 만남水魚之交, 바로 그것이었다.

하기야 용모자태와 문장가무로 이름난 평양 기생 일지매의 도도함도 임백호의 재치와 풍류 앞에선 '제풀에 흐느적거리는 바람 탄 수양버들가지였다' 니, 한우와의 인연 역시 마음먹기 나름이었으리라. 그러던 어느 날, 백호 선수(?)가 드디어 작심했다. 물론 초면 대작도 아닌 터였기에, 서로가 서로를 기다렸으리니 기회만 남았던 게다. 세상사라야 시답잖고, 능한 시서로 취흥을 돋우며 마주 앉은 두 사람, 백호가 그 능한 재주와 유창한 성조로 무드를 리드한다.

북천北天이 몱다커늘 우장雨裝 업시 길흘 나니

산山에는 눈이 오고 들에는 춘비 온다
오늘은 챤비 마즈니 어허 잘가 ᄒ노라.

〈청구영언〉

뭇 남성들의 선망의 대상이었던 한우라지만, 백호 역시 진작 뭇 여성들의 선망의 대상이었으니, 멋을 아는 일류기생 한우인들 얼마나 기다리던 프로 포즈인가. 불감청고소원이 아니던가!

어히 어러 준다 무슴 일 어러 준고
원앙칠鴛鴦枕 비취금翡翠衾을 어듸 두고 어러 잔고
오늘은 춘비 마즈니 더욱 덥게 즈리라.

〈청구영언〉

"어이하여 얼어(언 채, 춥게) 주무시렵니까. 무슨 일로 언 채 주무시렵니까./ 원앙금 비취이불 어디 두고 얼어 주무신단 말입니까./ 오늘은 찬 비[寒雨] 맞 았으니(만났으니) 덥게 주무시옵소서"라고 한 수 더 떴다. 역시 이름자로 풀어 쓴 수사상 비유를 도식하면

구분	보조관념	원관념	비 고
임제	춘 비	妓 寒雨	찬비 + 맞음 : 얼어 잠
	마즈시니	맞았으니[相逢]	
	어허 자다	얼어[춥게]자다	
한우	원앙침 비취금	한우의 침실	사랑의 밀실 : 한우
	춘 비	자신 寒雨	
	덥게 즈리라	열정의 밤	임제 + 한우 = 雲雨之情

와 같은 등식이 성립되어, 열정의 한밤 내 기나긴 장성長城을 쌓았다 한다. 그렇다. 이 정도의 수창이면 가히 지적유희라 하리라. 천하의 풍류남에 천하 명기의 수답이니, 이른바 형이상, 혹은 플라톤적 고급 연가라 할 것이다.

448

대저 누가 기생이라 천대할 것인가. 우리네 기방문학은 한국 시가문학의 차원을 아름답게 무늬 놓았음을 실감케 해주는 실증이기에 족하다.

달빛 서린 매화향 – 유희경과 매창의 정한

조선조 선조 때의 명기 매창梅窓, 그녀의 성은 이씨요, 본명은 향금香今이며, 기명은 매창, 혹은 계생桂生으로 불린 부안扶安이 낳은 명기다. 그녀가 일편단심으로 사랑했던 님 유희경劉希慶이 일거 후 소식이 없자, '남 다 자는 밤에 홀로 우는 정한'을 실어 보낸 노래는

> 이화우梨花雨 ᄒᆞᆺᄲᅮ릴 제 울며 잡고 이별離別ᄒᆞᆫ 님
> 추풍낙엽秋風落葉에 져도 나를 생각生覺ᄂᆞᆫ가
> 천리千里에 외로운 ᄭᅮᆷ만 오락가락 ᄒᆞ괘라.
>
> 〈가곡원류〉

와 같다. 허균의 『성수시화』에 의하면 '유희경(1545~1636) 역시 천인 출신이나, 서경덕의 학통을 이어 문공가례文公家禮에 밝았으며, 사암思庵 박순朴淳에게서 당시唐詩를 배워 그의 시는 순수하고 원숙한 경지에 이르렀다'는 극찬을 받기도 했다. 특히 충효대절로 선조대왕 때 통정대부, 인조대왕 때 가의대부·자헌대부 한성판윤에 추증되었다. 그는 집 주위에 석탑을 조성해 물을 흐르게 하고 침류대주인枕流臺主人이라 아호雅號하며, 중인문사 백대붕白大鵬과 시사詩社 풍월향도風月香徒를 결사하여 박계강朴繼姜, 정치鄭致, 최기남崔奇南 등과 함께 중인문학 활성화에도 기여한 바 크다.

한편 매창 역시 시조창과 거문고는 물론, 특히 시조보다 한시에 뛰어나 53수의 유전 작품이 『매창집』으로 전해지고 있을 뿐만 아니라, 「길손의 운을 차운해서次過客韻」에서는

平生恥學食東家 평 생 치 학 식 동 가	평생 부끄러운 바는 기생 신분이나,

獨愛寒梅映月斜　　홀로 달빛 서린 매화향을 짝한다오.
독 애 한 매 영 월 사

時人不識幽閑意　　한량임네, 나의 고매한 뜻 알지 못하고
시 인 불 식 유 한 의

指點行人枉自多。　오가는 길손들 너나없이 치근대누만.
지 점 행 인 왕 자 다

라고 차운해, 쉽게 그녀의 도도한 자존을 읽을 수 있다. 아마도 매창의 이름만 듣고 찾아온 건달이 어설픈 문자 속으로 유혹의 시 한 수를 건넨 모양이다. 매창이 바로 그 시운에 따라 응구첩대했다. "그래, 나 기생이다. 그러나 나는 오상고절傲霜孤節의 암향暗香을 사랑하는 유규幽閨의 한정閑情이 취향"이니 '어서 비키라'는 불호령이 아닌가. 이른바 권세도, 금력도, 번지르르한 허우대만도 아닌 학덕과 인품, 그리고 멋을 아는 풍류남아만이 그녀의 남성 이상형이었던 모양이다.

당시 매창은 풍류와 시로 이름 높던 촌은 유희경의 시에 매료되어있으며, 그에 대한 사모와 함께 한 번 시를 겨뤄 보고픈 충동을 느껴 오던 터였다. 지성이면 감천이랬던가. 그녀의 꿈은 뜻밖에 쉽게 찾아왔다. 이미 기적에서 벗어나 자그만 초막을 얽고 한가로이 지내던 매창에게 부안부사 이귀李貴로부터 '촌은이 부안에 온다'는 전갈이 왔다. 아마도 시명이 높은 촌은의 수창자로 매창이 적임임을 헤아린 이 부사의 용의주도였으리라. 그러니 매창의 다음 시는 오늘의 이런 경사의 조짐이었나 보다. 그녀의 「한거閑居」는 다음과 같다.

石田茅屋掩柴扉　　두메의 오막살이 사립문 닫고 사노라니
석 전 모 옥 엄 시 비

花落花開辨四時　　피고 지는 꽃이 계절을 알린다오.
화 락 화 개 변 사 시

峽裏無人晴盡永　　산마을 찾는 이 없고 낮은 길기만 한데
협 리 무 인 청 진 영

雲山炯水遠帆歸。　구름 산 희멀건 뱃길로 돌아오는 먼 돛배.
운 산 형 수 원 범 귀

열아홉 꽃다운 나이에 그릇 기적에 들었다 물러나, 유한幽閑을 온전히 지키기란 뜻처럼 용이한 일이 아니다. "스산한 가을비 내리고 난 산마을, 휘영청 밝은 달 드높이 다락 위에 걸리고, 밤 새워 짝 찾아 우짖는 풀벌레 소리

가 애간장 녹이는雨後凉風玉簟秋 一輪明月掛樓頭 洞房終夜寒蛩響 掛盡中腸萬斛愁"〈매창
집·閑居〉 전전반측의 정한情恨, 그 밤바다처럼 밀려드는 고독을 달래며, 멍하
니 바라보는 강나루로 님 실은 반가운 한 척 돛배가 닻을 내리는…….

그 환상의 꿈이 실현되는 듯한 황홀경으로 안절부절하기를 닷새 후, 기다
리던 촌은이 매창의 앞에 무슨 운명의, 아니 오늘의 매창이게 한 은인처럼
나타났다.

두어 순 배 술잔으로 취기가 돌자, 예의 풍악이 흥을 돋울 차례다. 거문
고 시울을 공그르는 매창의 가녀린 섬섬옥수가 오늘따라 예사롭지 않게 떨
린다. 이윽고 이태백의 「장진주」 가락이 좌중을 황홀경으로 몰아간다. 곡이
파하자, 감격한 촌은이 지필묵을 당겨

曾聞南國桂娘名 증 문 남 국 계 낭 명	그 이름 일찍이 들었노라, 남도의 매창
詩韻歌詞動洛城 시 운 가 사 동 　 성	시와 노래로 장안까지 요란하더니
今日相看眞面目 금 일 상 간 진 면 목	이제 와 참다운 그 모습 대하니
却疑神女下三淸。 각 의 신 녀 하 삼 청	하늘나라 선녀가 인간에 내려온 듯.

하다고 극찬했다. 이른바 '시사'는 장안[洛城]에서 듣던 소문 그대로요, 실물
은 신선 뗏목을 타고 등선한 이태백과 짝할 선녀라 하고, 이어

我有一仙藥 아 유 일 선 약	내게 신비로운 선약 있어
能醫玉頰嚬 능 의 옥 협 빈	찡그린 얼굴도 능히 고친다네.
深藏錦囊裏 심 장 금 낭 리	비단 주머니 속 잘 갈무린 약
欲與有情人。 욕 여 유 정 인	정 둔 그대에게 기꺼이 주리라.

라며 즉석에서 프로포즈했다. 수달의 골[獺髓]로 등부인鄧夫人의 고운 볼[玉
頰]을 치료했다는 고사야 두루 아는 바이지만 '찡그린 볼'이라니? 옳거니! 님
그리는 애수, 그래, 상사에 찌든 얼굴, 그야 편작도 못 고칠 병이지만, 매창

의 '찡그린 볼'엔 촌은의 '사랑'이면 만사형통이다. 이 시 한 편으로 이미 매창
은 완치되어 '언제 그랬느냐'는 듯

我有古奏箏   소녀가 예로부터 타던 거문고
아 유 고 주 쟁
一彈百感生   온갖 정감 실어 내건만
일 탄 백 감 생
世無知此曲   아무도 이 곡 아는 이 없더니
세 무 지 차 곡
音和緱山笙。   조화롭기는 임의 피리소리 뿐이랍니다.
음 화 구 산 생

라고 화답했다. 이렇게 '시운'과 '가사'로 서로의 '진면목'이 확인된 '오십대의
노 풍류 문사'와 '싱그런 열아홉 해어화解語花'의 만남은 '오십 객의 지조'도 '오
래 잠겼던 비밀의 성' 안에서 회한도 후회도 없이 마구 녹아 내렸다. 매창의
'옥 같은 얼굴에 드리웠던 수심玉煩嚬'이 자취도 없이 치유되었음은 물론이다.
　그러나 호사다마好事多魔랬던가. 워낙 회자정리會者定離야 숙명의 질서이자,
우주의 섭리인 것을……. 꿈같은 십여 일이었는데……. 다시 만날 기약도 없
이 이들을 갈라놓은 것은 바로 임진왜란이었다. 충효대절의 촌은이 매창의
부여잡는 손길 때문에 대의大義를 망기할 위인이 아니다. 그 길로 의병 출전
길에 오른 촌은과의 이별가가 바로 〈남훈태평가〉다.

　　울며불며 잡은사미 썰이고 가들마오
　　그듸는 장부라 도라가면 잇건마는
　　소첩은 아녀자라 못니 잇씀네.
　　　　〈남훈태평가〉

　"울며불며 잡은 소매 자락 떨치고 가지 마오. 그대야 대장부라, 어디 간들
님이 있겠지만, 소첩은 아녀자라, 당신 그리는 마음 뿐 어찌 잊으리오"라고
하소연했지만, 위국 일념의 사나이 가는 길, 더구나 그 위국충정이 매창에겐
더욱 자랑스러운 미더움으로 자리했을 것이다.

452

그러나 아녀자란 본디 '자기를 기쁘게 해 주는 사람,' '그 사람을 위해서만 존재의 가치'를 느끼는가. 매창은 이 후로 자리에 누웠다. 찬란한 상사의 병을 자청해 드리곤 만단정회를 붓으로 그려낸다. "흰 배꽃이 꽃비처럼 흩뿌릴 제 울며 잡고 이별한 님이여/ 봄여름 다 가고 하마 낙엽 지는 가을이 다 되도록 제 생각이나 하시는지요/ 당신을 그리는 천리 밖 외로운 꿈만 오락가락합니다"라는 시조는 바로 기다림에 지친 매창의 촌은을 향한 단장곡이다.

창오산봉蒼梧山崩 상수절湘水絕이라야 이늬 시름 업슬거슬

구의봉九疑峯 구름이 가지록 새로왜라

밤중中만 월출동령月出東嶺ᄒ니 님 뵈온 듯ᄒ여라.

〈병와가곡집〉

창오산이 무너질 리가 없고, 상강의 치렁한 강물이 마를 리 없으니 결국 그리워도 뵐 수 없는 님을 향한 '태산 같은 시름이요, 장강처럼 다함없는 연정'으로 몸살 앓다. 한 밤 동산에 두둥실 뜬 달을 님인가 반기는 연심, 이것이 바로 가련하고 안쓰러운 연정의 비장미다.

다음은 봄비 내리는 한밤의 정한이다.

離懷消消掩中門 　이별이 하 서러워 문 닫고 누웠자니
이 회 소 소 엄 중 문

羅神無香滴淚痕 　하염없는 눈물이 옷자락 적시네요
라 신 무 향 적 루 흔

獨處深閨人寂寂 　홀로 누은 잠자리 그리운 님 오지 않고
독 처 심 규 인 적 적

一庭微雨鎖黃昏。 　뜨락에 내리는 봄비 외로운 밤 또 저무네요.
일 정 미 우 쇄 황 혼

배꽃 필 무렵에 떠난 님, 다시 봄비 내리는 적적한 밤이다. 떠나실 때 내리던 그 봄비 기운이 땅거미를 적신다. 기다려도 오지 않는 님이지만 기다릴 수밖에 없는 님을 어찌 하란 말인가. 그러던 어느 날 긴긴 기다림 끝에 님의 소식이 왔다. 기다림의 긴 날에 비해 사연은 너무나 짧았다. '의병을 모아 왜

453

구를 맞아 싸우기에 여념이 없다'는 시답잖은 소식, 그리고 곱게 써 내려간 한 편의 시,

一別佳人隔楚雲　　그대와 헤어진 후 아득히 멀어
일 별 가 인 격 초 운
客中心緒轉紛紛　　떠도는 시름에 그리움뿐이라오
객 중 심 서 전 분 분
靑鳥不來音信斷　　소식조차 끊어져 애간장 타는데
청 조 불 래 음 신 단
碧梧凉雨不堪聽。　오동잎 찬 빗소리 차마 못 들어.
벽 오 량 우 불 감 청

는 또 한없이 매창을 울렸다. '그리움에 에인 님의 간장' 님의 나를 향한 사랑을 확인한 이상 앉아서 기다림은 '사랑의 법'이 아니다. 드디어 매창은 촌은을 찾아 길을 나서기로 결심했다. 그러나 난리 통에 나약한 아녀자의 몸으로 '내 사랑 찾기'란 가당찮은 일, 전장이 따로 있지도 않거니와, 워낙 전장이란 아녀자의 접근 지역이 아니다. '지친 육신, 허기진 사랑'의 몸으로 돌아 온 매창이 의지할 것이란 촌은의 소식을 전해줄 기러기 뿐이었다.

　　기럭이 손이로 줍아 정情드리고 길쓰려서
　　님의 집 가는 길을 역력歷歷히 가룻혀 두고
　　밤중中만 님 생각 날제면 소식전消息傳케 흐리라.

　　　　　〈원류 하합본〉

　　진실로 가여우리만큼 갸륵하고 고운 정성이지만, 유감스럽게도 그 소망이 이뤄지기도 전에 그녀는 상사의 병이 깊어 불귀의 객이 되고 말았으니 방년 38이었다.
　　다음의 한시 한 편으로 매창의 시정을 기늠키로 하자.

春冷補寒衣　　쌀쌀한 봄 날씨에 옷을 깁자니
춘 랭 보 한 의
紗窓日照時　　사창으로 따사로운 햇볕 비춰드누나.
사 창 일 조 시

454

低頭信乎處 머리 숙여 한 곳을 유심히 보니
저두신호처
珠淚滴針絲。 구슬 같은 눈물 침선을 적시누나.
주루적침사

이마도 의병에 출정한 촌은의 옷을 마름하는 정회인가 한다. 따사로운 봄날, 함께 있어야 할 임은 지금쯤 어디 계실까? '유심히 바라본 곳' 그것은 혹 미물들의 봄 '짝짓기'였을까? 문득 님을 향한 그리움을 샘솟게 한 있을 법한 자연사로 유추해 볼 일이다.

다음은 매창의 부음을 듣고 달려온 촌은의 애도시다.

明眸皓齒翠眉娘 맑은 눈 하얀 이 푸른 눈썹 매창아,
명모호치취미낭
忽逐浮雲入杳茫 문득 뜬구름 따라 간 곳 아득하구나.
홀축부운입묘망
疑是芳魂歸浿色 꽃다운 넋은 죽어 저승으로 갔는가
의시방혼귀패색
誰將玉骨葬家鄉。 그 누가 너의 옥골 고향에 묻어주랴.
수장옥골장가향

한편 촌은이 떠난 후 허균과의 낭설이 분분했지만, 허균 자신의 말처럼 '고개孤介한 성품과, 정숙한 품성'을 좋아한 막역지교였으며, 그 역시 애도시 오율 「계랑을 애도하며 2수哀桂娘二首」를 남겼다. 그 중 1수를 소개하면 다음과 같다.

妙句堪擒錦 묘한 싯구는 비단을 자아내고
묘구감금금
清歌解駐雲 해맑은 노래 가던 구름 머물게 하네
청가해주운
偸桃來下界 선도를 훔치고 하계한 서왕모인가
투도래하계
竊藥去人群 단약을 훔쳐 월궁으로 간 항아인가
절약거인군
燈暗芙蓉張 촛불 꺼진 부용 장막 어두운데
등암부용장
香殘翡翠裙 향긋한 체취는 비취 치마에 남았구나
향잔비취군
明年小桃發 돌아오는 새해 복사꽃 만발할 제
명년소도발
誰過薛濤墳。 그 누가 설도의 무덤 찾을 건가.
수과설도분

'아름다운 시와 맑은 노래'로 시상을 열어, 선도와 단약을 훔친 '서왕모와 항아'의 아름다움으로 생전의 모습을 추모하고, 사후의 적막과 무상으로 적대的對한 수작이다. 특히 결구에서 허균은 매창을 아예 음율과 시서로 당나라 중기의 대표적 양가 규수 출신 명기名妓 설도薛濤와 동격으로 매김 하였다.

꽃다운 나이 열아홉에 만나 불같은 열흘 남짓 사랑한 님, 그 님을 위해 20여 년을 수절한 의기 매창이다. 그러나 후회는 없으리라. 워낙 섬세하고 고운 시상과 시어도 아름답지만, 사랑을 아는 여인의 절절한 사랑이었고, 기녀답지 않은 수절이 있었기에 그 많은 기녀 가운데 유일하게 문집이 남았으며, 예술을 아는 부안 사람들의 사랑을 받아 기녀 중 또 유일하게 시비는 물론, 매창공원까지 조성되어 기림을 받고 있기에 말이다.

남 다 자는 밤에 – 비구니가 된 송이의 슬픈 사랑

적어도 기방문학 작가로 논의되는 해어화는 권세와 부귀에 연연하지 않는다. 이른바 선비문화라 할 풍류만이 그 성곽 같이 굳게 닫힌 심신의 문을 여는 열쇠이다.

조선조 선조 때 해주海州 유생 박준한朴俊漢이 과거시험을 보기 위해 상경하는 길에 강화 객사에 투숙하게 되었다. 이 때 정절이 뛰어나다는 강화 명기 송이松伊를 만난다. 물론 박준한은 진사급제 후 요사해서 별다른 행장을 접할 수 없고, 송이 역시 이름난 기생 9인[名技九人]〈해동가요〉으로 소개된 정도나, 현전 기방작가 중 가장 많은 7편의 시조를 남겼을 뿐이다. 그 작품 창작과 관련된 담론은 이렇다.

첫째, '강화 명기라는 점', 둘째, '얼마나 뛰어난 정절인가'라는 호기심이 유발된 박준한이 송이의 시재詩才를 시험하고자 짐짓 남의 시를 읊조리고 화답을 청했다. 이에 송이는 "지금 읊은 시는 고산孤山 유근柳根의 『증송도기贈松都妓』이지, 서방님의 시가 아니어서 답할 수 없다"며 단호히 거절하는 것이다. 박준한은 짐짓 감탄하며, 이어 두 번째 시험을 시도했다.

"시에 관한 한 너의 소양은 실로 놀랍다. 내 오늘 명민한 너와 정을 나누고 싶구나"라는 한량들의 일반적 수작을 건넸다. 재치로운 송이는 대답대신 "제가 노래 하나 불러도 되겠나요?" 하고 제안하기에 '그러라'고 하자, 부른 노래가 바로

> 솔이 솔이라 ᄒ여 무슴 솔만 너겨더니
> 천심절벽에 낙낙장송 늬 긔로다
> 길 아래 초동樵童의 졉낫이야 걸어볼 줄 이시랴.
>
> 〈병와가곡〉

였다. "소나무[松伊] 소나무라 하니 무슨 소나무로만 여겼는가?/ 천 길 높은 절벽 위 사시사철 푸른 낙낙장송, 그게 바로 나랍니다./ 길 아래 더벅머리 나무꾼의 작은 낫으로야 걸어나 볼까보냐"라고 단칼로 무 베듯 보기 좋게 거절했다. 역시 '송강과 진옥·임제와 한우'의 작시법대로 이름을 풀어보면 다음과 같다.

구 분	보조 관념	원 관 념	비 교
	솔이	松伊	
송 이	낙락장송	범접치 못할 정조	거절
	초동의 졉낫	한량을 자칭하는 범부	

당돌하기도 하려니와, 당찬 기백에 기선이 꺾이기도 했지만, 처절히 무시당한 사대부다. 그러나 그 참신한 비유와 재치로운 말결은 범상치 않다. 이때 선비라면 물러날 수도, 옹졸해선 더욱 못쓴다. 송이의 거부론인 즉 감격스러우리만큼 고마웠다. 곧 "크신 꿈을 안고 과시 길 행차 중이신데, 중도에 기방에 빠져 소홀하실까 두렵기 때문"이란다. 이 얼마나 사려 깊은 배려이며, 거절당한 박준한은 또 얼마나 명분 있게 물러날 빌미를 얻었는가. 이 또

한 송이의 남다른 재치인가 한다.

그들은 과거시험 후 귀가 길에 다시 만나기로 언약하고 헤어졌다. 이제 박 선비에게는 꼭 급제해야 할 필요조건 하나가 더 는 셈이다. 천심절벽의 낙락 장송 송이와의 당당한 재회를 위해서라도.

그 6개월 후 진사시에 합격한 박 선비는 지난날의 언약대로 송이를 찾아 강화에 들렀다. 송이의 충고에 대한 감사의 정도 정이지만 '초동의 겹낫'이 아 닌 '헌헌장부로서의 호방함과, 풍류남아의 기개'도 과할 좋은 기회였다.

송이 역시 이만한 장부면 믿음직했다. 첫 만남 때의 면박도 박 만한 선비 니 용납되었겠고, 남아일언男兒一言 못지않게 의기일언義妓一言도 지켜야 할 중 천금重千金이요, 무엇보다 변방의 하찮은 천기를 다시 찾아준 '사랑의 확신', 송이는 더없이 행복했다. 그 밤은 오랫동안 훨훨 꿈으로만 나날다, 천상으로 부터 살포시 나래를 접고 포근한 깃에 든 '한 마리 학'인 자신을 보는 듯했 다. 안길수록 포근한 듯 뜨겁고, 뜨거운 만큼 황홀한 밤, 이 밤은 이대로 영 밝지 않아도 좋으련만……

닭아 우지마라 일 우노라 즈랑마라
반야진관半夜秦關에 맹상군孟嘗君 아니로다
오놀은 님 오신 날이니 아니 우다 엇더리.

〈병와가곡〉

첫날밤 아침을 알리는 계명성鷄鳴聲은 생증스럽기만 했다. 한 밤중에 함곡 관函谷關에서 식객들로 하여금 닭 울음소리를 흉내내게 하여 도망 친 맹상군 이 아닌, '반가운 서방님 오신 밤인데 방정맞게 호들갑이냐'는 송이의 즐거운 비명이다.

그러나 삶의 질곡 속엔 숙명처럼 감춰진 진리가 있지 않은가? 회자정리會 者定離라는 철리哲理 이전에 체험학적 진리인 낙극생비樂極生悲가 그것이다. 그 렇다면 이자필회離者必會, 비극생락悲極生樂이라는 정반합正反合의 논리도 진리

458

이겠건만, 인간은 유추의 법칙보다 체험적 즉물 현상에 더 가치를 둔다. 그리고 그것은 긍정적 낙관보다는 비교적 비관적일 경우가 많다. 송이의 경우도 예외가 아니다. 워낙 박준한이야 오래 머물 수 없는 님인 줄 몰랐을 송이가 아니다. 도대체 사랑이 뭐길래 이렇게 치졸해 질 수 있단 말인가. 님이야 보내야 하고 말고다. 선영도 선영이지만, 학수고대하실 홀 노모와 대소 댁 어른도 찾아 뵈야 한다. 그러나 어쩌랴, 보내기엔 너무나 서러운 님인데······.

> 내 사랑思郎 남 주지말고 남의 사랑 탐치 마라
> 우리 두 사랑思郎의 행여 잡사랑 섯길셰라
> 일생一生에 이 사랑思郎 가지고 괴야 술려ᄒ노라.
>
> 〈병와가곡〉

'설온 님' 보내는 송이의 애끓는 서맹이다. 노래대신 님의 가슴에 눈물로 아로새기며, 그대만을 위해 수절하리라는 결행의 전주였다. '이른 시일 안에 데리러 오겠다'는 님의 약속은 전혀 허언이 아닌 줄 믿기 때문에 송이는 6개월, 아니 1년도 무던히 기다렸다.

> 이리ᄒ야 눌 속이고 져리ᄒ야 나를 속이니
> 원수의 이님을 이졈 즉 ᄒ다마는
> 전전前前에 언약言約이 동重ᄒ니 못이즐가 ᄒ노라.
>
> 〈병와가곡〉

이른바 믿지 못해서가 아니라, 그립고 아쉬운 정이 '잊고자 생각하는' 아이러니 바로 그것이다. 그러나 믿음과 기다림에도 정도가 있는 법, 원망顧望이 지나치면 원망怨望이 되고, 이는 다시 원한怨恨이 된다. 송이의 다음 시는 자조와 함께 초조한 자아가 은연중 노정되어 있는 듯하다.

남은 다 쟈는 밤에 닉 어이 홀로 끼야

옥장玉帳깊은 곳에 쟈는 님 싱각는고

천리千里예 외로운 쑴만 오락가락 ᄒ노라.

〈가곡원류〉

은하銀河에 물이 지니 오작교烏鵲橋 쓰단 말가

쇼 잇근 선랑仙郞이 못 건너 오단 말가

직녀織女의 촌수만ᄒ 간장肝腸이 봄눈 스듯ᄒ여라.

〈동상〉

"정작 홀로 애타게 기다릴 뿐 옥병풍 두른 꽃 같은 침실에서 단잠에 빠진 님을 천리 밖에서 꿈길로만 헤맨다"거나, "은하에 큰물이 나 오작교가 끊어져, 우리 님[쇼 잇근 仙郞] 건너지 못했단 말인가"라는 가정으로 흔들리는 송이의 마음을 잡아준 것은 박준한의 한 통 서찰이었다. 기다림에 지친 원망이 무안해 기쁨의 눈물로 개봉했다. 거기엔 달랑 다음 한 수의 시조가 적혀 있었다.

월황혼月黃昏 기약期約을 두고 돍 우도록 아니온다

싀 님을 만낫눈지 구정舊情의 잡히인지

아무리 일시一時 인연因緣인들 이딕도록 소기랴.

〈동상〉

실로 송이가 해야 할 말아닌가? '데리러 오기로 언약한 사람'이 '찾아주지 않는다'는 원망이니, 적반하장도 유분수 아닌가. 그러나 그럴 수밖에 없는 불행한 사연이 있었지만, 송이는 알지 못했다. 곧 고향에 돌아간 박 선비는 그 길로 불치의 병에 걸려 홀어미의 지극한 간병에도 회복하지 못한 채 어미의 가슴에 묻혔다 한다. 위 시조는 아들이 병석에서 송이를 그리워하며 적

460

어 책갈피에 두었던 것을 사후 그 어미가 하인을 시켜 송이에게 보낸 것이란다. 이후 노모는 불도에 입문했다는 하인의 전갈을 듣고, 송이는 박준한의 넋을 위로해 한바탕 통곡해 울고, 불일不日에 주변을 정리해 길을 나섰다. 황해도 자그만 어느 암자를 향해…… 님의 홀어머니 계신 그 암자로……. 비구니로 살며 늙으신 노모를 섬기는 한편, 박준한의 극락왕생을 기원하며…….

　다음은 그녀가 이생에서 마지막으로 남겼다는 비련의 애소니 가련의 극치라 하겠다.

> 곳보고 춤추는 나뷔와 나뷔 보고 당싯 웃는 곳과
> 저 둘의 사랑思郞은 절절節節이 오건마는
> 엇더타 우리의 사랑思郞은 가고 아니 오느니.
>
> 〈동상〉

461

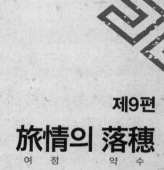

제9편

旅情의 落穗
여 정　　약 수

01

뭇 산의 작음을 보고 말리라

山小
산 소

맹자孟子는 "공자孔子께서 동산東山에 올라 노魯나라가 손바닥만 하고, 산악의 마루[宗]라 대악岱岳으로 일컫는 태산泰山에 올라서는 천하도 별게 아니라 하셨다.登東山 而小魯, 登泰山 而小天下"고 전제하며, "바다를 본 자에겐 물에 대해 말하기 어렵고, 성인聖人의 문하에서 수학한 사람에겐 아는 체 함부로 말하기 어렵다觀於海者 難爲水, 遊於聖人之門 難爲言"며, "성인의 도는 크면서도 근본이 있으므로, 배우고자 하는 자는 필히 점진적으로 배워 나가야 함聖人之道 大而有本, 學之者必以其漸 乃能也"을 『진심장·상』에서 비유적으로 일렀다.

그러기에 우리 가사문학의 대미를 장식한 송강 정철은 「관동별곡」에서

비로봉毗盧峰 상상두上上頭에 올라보니 긔 뉘신고

동산東山 태산泰山이 어느야 높돗던고

노국魯國 조븐 줄도 우리는 모르거든

넙거나 넙은 천하天下 엇띠하야 젹닷말고

어와 뎌 디위를 어이하면 알 거이고

464

오르디 못하거니 느려가미 고이홀가.

라는 경탄의 빌미로 삼았던 것이다. 짧은 인용문의 키워드는 이를 바 없이 '어와 뎌 디위'다. 감탄사 '어와'야 독립어거니와, '뎌 디위'는 '동산·태산'을 싸잡아 '하찮다'한 공자의 '지위·경지,' 곧 학문·도덕적 경지는 물론, 사방지지를 통한 호연지기浩然之氣에 감복함일 테다.

자못 돌이켜보면 학부 시절 이래 대학원 석·박사과정은 물론, 2000년대 초, 그러니 석전石田 이병주李丙疇 은사님의 와병臥病 직전까지 은사님의 문하 제자 일군은 선생님의 인솔 하에 이른바 문학작품 창작 배경 및 유관지역 답사에 꽤는 몰두했었다.

얼른 몇 곳을 예시하면 탐라는 물론, 토말, 보길도, 진도의 첨찰산, 해남의 월출산, 지리산 줄기줄기 골골에다. 비무장 지대의 능과 산소, 이상적의 무덤을 찾아 헤매던 일하며, 강화학파의 유적지와, 마니산에서 고려산 등등 샅샅이 휘돌며, 끝내 두시의 작시 배경지인 중국의 곳곳조차 찾아다닌 우리네 동호인의 모임이 '산소회山小會'였으니, 두시杜詩 「망악望岳」의 결구 "내 뭇 산의 작음을 한 번 보고 말리라一覽衆山小"에서 취했음은 물론이다. 그러니 학창 시절, 아니 이제까지의 근기로 삼아온 두보의 「망악」은

岱宗夫何如 대 종 부 하 여	오악의 마루인 태산은 대저 어떠하지요?
齊魯靑未了 제 노 청 미 료	제와 노나라에까지 푸르름이 마지않죠.
造化鍾神秀 조 화 종 신 수	조물주가 신비한 조화를 모아놓은 듯
陰陽割昏曉 음 양 할 혼 효	음양의 어둠과 밝음조차 갈라놓았죠.
盪胸生層雲 탕 흉 생 층 운	뭉게구름 피어나 가슴 설레이는 곳
決眥入歸鳥 결 자 입 귀 조	멋대로 드나는 산새를 째려본다오.
會當凌絶頂 회 당 릉 절 정	내 필히 저 산마루에 올라서서
一覽衆山小。 일 람 중 산 소	뭇 산의 작음을 보고 말리라.

와 같다. 먼저 오언율시 같은 고시임은 압운이 상성운上聲韻인데다, 평측도 율시의 정칙과 다르기 때문이다. 그러나 이 시가 바로 두보의 20대 초반 오악五嶽의 마루인 태산의 우람한 자태를 우러르며 자신의 웅지를 다졌고, 그러므로 은사님의 현장학습이 주효했기 때문이었다.

'대종岱宗'은 '산악의 마루'이니, 오악[동의 태산泰山·서의 화산華山·남의 형산衡山·북의 항산恒山]의 마루[宗]이자, '대岱'가 '태泰'와 유사음이라, '대종'은 바로 오악의 조종인 '태산'의 다른 이름이다. 그러니 '뭇 산의 작음[衆山小]'을 보고자 하는 웅지雄志의 실현을 위해서라면 한 번 올라보지[一覽] 않고는 불가하다.

여기에 '부夫' 일자一字의 묘를 『두시언해』에서는 '엇더라'로 풀이했으니, '대저 어떤 산인가 하면'의 뜻이나, '몰라서 묻는 말이 아니라, 자문자답의 유도형'이다. 곧 북으로 제齊나라 산동성 동쪽에서부터, 남으로 노魯나라 산동성 중부까지 태산의 검푸름이 끝없이 펼쳐졌고, 그러므로 조물주가 천지조화의 신령스러움을 한 데 모아놓은 듯, 명암조차 태산을 중심으로 나뉘는 신비경으로 화폭畵幅을 마련했다.

이은 후 4구는 전경前景에 따른 후정後情이니, '층층이 피어나는 구름에 가슴 설레고' '제 멋대로 들고 나는 새를 보며, 눈시울 부라리는 야심찬 두보의 다짐, 이른바 나도 반드시[會當=기필코]' 저 태산의 정수리에 올라, 공자께서 그러했듯이 '천하가 내 발 아래 있음을 보고 말리라'는 20대의 다짐이 그를 성당 시문학의 마루에로 올려놓았던 것임을 인정할 수밖에 없다.

이후 스승의 후덕을 흉내 냄네하며, 춘추로 학술답사 때마다 현장 수업, 예컨대 최치원의 「제가야산독서당」 시는 해인사 홍류 계곡의 농산정에서, 이규보 수업은 강화도 능역 잔디에서, 「한림별곡」은 강화도 고려 궁터에서 흉내도 내며 적지 않은 실감도 느껴는 봤다.

02

작은 大國 – 고궁박물관에서
대 국

    2011년 12월 23일, 그러니 이미 정년퇴임(동년 8. 31)을 한 그 해 크리스마스를 낀 3박 4일, 동국대학교 교수불자회에서 실시한 타이완의 불광사佛光寺를 위시한 고궁박물관 순례단에 참여해, 뜻밖의 안복을 누린 바 있다.

    대륙이야 백두산 탐방을 위해 두 번, 학술 세미나로 한 번 다녀왔지만, 대만은 정작 가까우나 기회가 없던 터라, 불광사보다는 고궁박물관에 내켰던 게 사실이니, 이른바 염불보다 잿밥에 팔린 게 맞다.

    사실 우리와 대만은 정략적 우호야 깊지만, 워낙 30만 6천여km²에 인구래야 2천 3백만 정도의 자그만 나라다. 그러나 심성적 스케일은 대국과 전혀 다르지 않다는 데는 놀라지 않을 수 없었다. 불광사만 해도 그 규모와 수행 사업은 가히 작은 대국임에 틀림없었다. 고궁박물관은 말할 나위조차 없다. 규모로야 세계 제 1일 테지만, 수장 보물만 63만여 점! 세계 제 1이라는 프랑스 루브르 박물관의 수장 품 38만 점에 비하면 절로 비교가 된다. 이른바 '중국 5000년 역사의 보물창고'란 말이 제격이다.

    이 박물관이 3개월마다 전시품을 교체하는데, 매회에 1만 2천여 점씩 진

열해 1순하는 데만 13년이 걸리고, 개인이 그 모든 보물을 다 보자면 30년이 걸린다니 어찌 작다고만 할 것인가. 땅덩어리가 넓고 인구가 많아야 대국이라면 호주도 있고, 인도, 중국·브라질·아프리카에도 있다.

30년이 걸린다는 남의 박물관을 한나절 남짓 밖에 시간을 할애하지 못했으니, 아쉽기로야 형언할 수 없지만, 본들 무엇을 봤겠는가. 박물관 안내책자를 미리 구해 보자니, 특히 자랑한 옥기류 몇 점과, 인상적이었던 몇 작품의 소회를 소개하고자 한다.

취옥배추 : 翠玉白菜
취 옥 백 채

〈취옥백채〉

고대 중국인들은 아름다운 돌[石]을 모두 옥玉이라 일컬었고, 이 옥은 주로 운남성 및 미얀마 일대에서 산출되는데, 녹색을 띤 옥을 취翠라 하고, 붉은 색을 띤 것을 비翡라 하며, 일반적으로 통칭해 비취翡翠라 일컫는다. 동양인, 특히 중국이나 우리 선인들은 옥을 대단히 귀하고 독특한 풍격을 지닌 것으로 인식해 왔다. 그러므로 옥기玉器예술은 오랜 역사와 다양한 예술품으로 전해오고 있다.

고대의 옥기는 주로 천지신과 조상신에게 제례를 올릴 때 쓰는 제기祭器로 사용되었으니, 하늘을 상징하는 옥벽玉璧과, 땅을 상징하는 옥종玉琮이 주류를 이루어, 천지와의 소통 및 인신人神의 교류를 의미한다 했다.

한편 유가를 숭상하던 동주東周 시대에는 덕을 갖춘 군자의 상징으로, 이후 귀인의 장식물로 몸에 패용하게 되므로 크게 유행했음은 물론, 사후 부장품으로까지 발전되었으니, 곧 옥이 시신의 부패를 방지하고, 생명의 부활을 촉진한다는 믿음 때문이었다 한다. 이러한 풍습은 오늘날까지도 귀한 선물로, 혹은 혼례품, 나아가 빗·비녀·반지·팔찌·노리개, 심지어 허리띠·방석으로까지 다양하게 널리 애용되고 있다.

그림에 보이는 취옥배추[翠玉白菜]는 박물관 책자에 의하면 그 자료가 "경옥류硬玉類에 속하기 때문에 중국의 전통 옥공예에서 사용하는 부드러운 옥과는 다르다"했으나, 문외한의 안목이 거기까진 못 미치고, 보는 순간 경악한 것만은 사실이다.

이 보물은 청나라 광서제光緖帝의 왕비인 근비瑾妃가 혼수로 갖고 온 결혼 예물이라 한다. 특히 배추의 '흰 색은 신부의 순결을 상징'하고, 싱싱한 푸른 잎에 앉은 여치와 메뚜기는 『시경』 「종사삼장螽斯三章」에 근거한 '왕실의 다남多男'을 상징한다 했다.

螽斯羽 종 사 우	메뚜기 날개가
詵詵兮 선 선 혜	식식대니
宜爾子孫 의 이 자 손	의당 네 자손이
振振兮 진 진 혜	번성하리로다.

(比也) 〈비다〉

『시경』 6의六義 중 '비유법으로 노래되었다' 했다. '종사'는 몸이 길고 푸르며, 긴 더듬이와 다리가 있어, 이 다리를 비벼 소리를 내며, 1회에 99개의 알을 낳는다는 황충류蝗蟲類다. '선선'은 화평하게 모인 모습, '이'는 '너, 곧 여치와 메뚜기'를, '진진'은 '성한 모습'이라고 소주小註했다.

螽斯羽 종 사 우	메뚜기의 날개가
薨薨兮 홍 홍 혜	붕붕하며 떼 지어 나니
宜爾子孫 의 이 자 손	네 자손이
繩繩兮 승 승 혜	당연히 계속될

(比也) 〈비다〉

수사법은 같은 비고, '훙훙'은 '무리로 나는 소리'요, '승승'은 '끊이지 않는 모양'이니 번성함이다.

螽斯羽 _{종 사 우}	메뚜기의 날개가
揖揖兮 _{읍 읍 혜}	모이고 모였으니
宜爾子孫 _{의 이 자 손}	네 자손이
蟄蟄兮。 _{칩 칩 혜}	많음이 당연하도다.

(比也) 〈비다〉

〈몸통이 잘린 여치〉

같은 비체로 '읍읍'은 '떼 지어 모임'이요, '칩칩'은 '역시 많다는 뜻'이다. 3장이 두루 여치와 메뚜기의 왕성한 번성을 노래하므로 '왕손의 번창함'을 비유해 칭송한 노래라 하겠다. 그러므로 옥 공인은 배추잎 위에 이 곤충들을 조각했을 것인데, 세밀히 관찰해 보면 대표 격이라 할 한 마리의 몸통 부분이 잘렸다. 아마도 이동 중이거나, 혹은 관리 중 손상되었을 테지만, 별도 설명이 없다. 안타깝다.

肉形石
_{육 형 석}

한 끼 식재료이기에 손색없는, 그들이 그리도 좋아한다는 잘 익은 동파육 東坡肉 한 덩이다. 막 익혀낸 듯한 온기溫氣하며 기름기마저 쭉 빠진 표피엔 털구멍까지 천연하고, 입에 녹을 듯한 육질엔 침이 고인다. 약간의 소스와 몇 점 야채에 고량주 한 잔을 곁들이면, 진수성찬이 부럽지 않을 명품이다.

그러기에 고궁박물관측도 취옥배추와 함께 적잖이 자랑하는 눈치다. 그렇다면 이 옥은 천연석일까? 인조석일까? 하기야 어느 옥기인들 100% 천연이야 있겠는가. 신의 성녕이라면 천연이겠지만, 그것은 벌써 자연이지 예藝랄 게 없지 않은가? 안내 책자에 의하면 "육형석의 재질은 일종의 불투명 옥수玉髓로서 무늬에 층층이 퇴적된 흔적을 볼 수 있다.

청대의 장인匠人들은 이런 천연한 특성을 살려, 이를 동파육 형상으로 가공해 낸 것이라 했다. 그 가공이 바로 공예인 것이며, 그 첫 단계가 옥수의

〈육형석〉

표면에 아주 세밀한 점을 만들어 털구멍의 효과를 연출하는 동시에, 재질이 비교적 매끄러워지고 쉽게 색을 입힐 수 있게 했다 하며, 둘째로 최 상층부, 곧 돼지껍질 부분은 조교술雕巧術, 이른바 재료의 천연적인 성질과 외형을 그대로 살리면서 색을 입혀 조형해 내는 장인의 특수 비법으로, 자연과 인위를 조화시킨 최고의 창조력이 발휘된 작품이라 한다.

玉鰲魚花揷
옥 오 어 화 삽

한족漢族의 유가적 문명국 한漢·당唐·송宋이 몽골의 기마군단을 이끈 징기스칸에게 여지없이 유린당하고, 급기야 그 아들 쿠빌라이칸에 의해 대원제국大元帝國이 건국된(1271~1368)이래, 근 1세기 만에 주원장朱元璋이 명明나라를 세우므로 이민족의 지배로부터 벗어나, 예의 유가문화의 자존, 혹은 고격高格한 선비의 품격과 취향을 회복하게 되었다. 따라서 명대의 선비사회는 문방사우文房四友[紙·筆·墨·硯]를 비롯한 문진·붓걸이·물통 등 문구류는 물 론, 각종 완구 및 가구들이 하나같이 정교하게 아취를 구비하게 된다. 옥오어화삽 역시 서가 장식품의 하나로, 그 구성은 퍽 흥미롭다. 현란하게 조각된 받침대 위에 옥으로 조각된 화삽[꽃꽂이 통]은 뿔이 난 잉어다. 그리고 잉어의

배에는 갓 태어난 듯한 어린 용 한 마리가 붙어 있다. 언필칭 중국은 물론, 우리에게도 익숙한 등용문登龍門 고사와 관련 한 조각품이다.

용문龍門은 중국 황하黃河의 상류에 있는 산의 이름이며, 황하의 물이 이 지역 관문을 흐를 때 그 물살이 가장 거세차서 잉어가 이 관문을 뛰어 넘지 못한다. 그러므로 뛰어 넘기만 하면 곧장 용이 되어 승천한다고 하여, 인간

〈옥오어화삽〉

의 영달에 비유해 왔다後漢書 李膺傳 三秦記曰'龍門水險不通, 魚鼈之屬 不得上. 江海大魚 薄集龍門下數千, 得上卽爲龍也'고 『한서漢書』 이응전李膺傳은 전하고 있다. 이른바 잉어가 이 험난한 관문을 올라 용이 되기 어렵듯이 수많은 인총 가운데 입신출세의 상징인 과거에 급제해 영달하기 어려움을 비유해 온 말이니, 출세를 위해 학문하는 선비의 이상실현이란 다짐의 상징으로는 제격인 셈이다.

물론 잉어의 머리에 난 두 개의 뿔과, 배에 붙은 어린 용은 이미 용문을 통과해 승천을 기다리는 형상이다. 어찌 소장자가 분발치 않을 수 있겠는가.

碧玉嵌金玉花卉蓋碗
벽 옥 감 금 옥 화 훼 개 완

푸른 옥에 금옥으로 꽃을 새겨 넣은 주발이다. 북인도의 무굴제국 일대, 곧 흰두스탄에서 제작된 옥기라 한다. 중국의 옥기 예술이 고아하고 소박한 아름다움을 견지한다면 이곳의 옥기류는 정교할 뿐만 아니라 화려하며, 금사와 은사는 물론, 각종 유색 및 유리 양감 등을 사용해 다양한 장식 도안을 혼용했다 한다.

이 같은 이슬람의 정취가 물씬 풍기는 흰두스탄의 옥기는 청나라 건륭황제의 신강新疆 지역의 평정으로부터 대량으로 중국에 전래되어 황제 및 귀족

472

계층의 애호를 입게 되었고, 그것을 잘 관리 보존해 온 것이다. 물론 실크로 드를 통한 아랍권 문화재도 상당량 소장되었을 것으로 추정되나, 직접 보지 는 못했다.

搔背羅漢
소 배 나 한

〈소배나한〉

황양목黃楊木은 우리의 회양목이다. 곧 '회양목으로 등을 긁는 나한'을 조각한 작품이니, 목조 인물상인 셈이다.

조각 재료로서의 회양목은 목질이 섬 세하고 무늬가 좋은데다, 색상도 아취가 흐른다 한다. 한편 불교 용어로서의 나 한은 아라한阿羅漢arhan의 준말로, 소승 불교의 '수행의 극의極意에 달한 자, 스승 의 깨달음을 얻은 성자'라는 뜻 외에도 '번뇌를 막아주고, 세간의 공양을 받는 성자를 가리키는 말로, 불교의 수행이 일정 경지에 이른 수행자를 일컫는 말 이다.

조각상을 나한이라 했으니 망정이지, 반탈반의半脫半衣한 가사장삼 차림에 다. 이마에 적당히 파인 연륜하며, 눈가에 번진 미소와, 벙을 듯 감추려 문 입가의 표정은 시원한 만족감이 진솔하게 표출되었으니, 실로 정교한 조각 예술의 극치라 하겠다. 더욱 승복 밖으로 드러난 왼발의 디테일한 근골 조각 은 긁고 있는 등골의 상쾌함이 발끝까지 전해오는 듯 전신의 오감이 하나로 살아 총체적 만족감이 오히려 익살스럽기까지 하다.

03

정가미 수변공원에 가면

비단에 곱게 수놓은 듯 아름다운 우리 강산[錦繡江山], 그러니 삼천리 어디 간들 꽃동산 맑은 물[山紫水明]이 아니랴마는, 백두대간을 넘어서면 앞으론 남태평양의 싱그러운 바닷바람과 넘실대는 망망대해, 돌아서면 설악의 준령이 병풍처럼 둘러 에운 제일 강릉第一江陵은 곳곳마다 밤바다처럼 들끓는 시정詩情이 찾는 이의 감흥을 촉발觸發시킨다. 뿐이라던가. 돌부처 같은 무덤덤한 표정에 모래무지 돌멩이처럼 둥글둥글한 사투린 새겨도 한참 새겨들어야 제 맛을 알 수 있으니, 누구에게나 고향은 그렇겠지만, 실로 정겨운 내 고향이다.

언젠가 해뜨는 정동진, 실로 중학생 시절, 그러니 절찬리에 방영된 「모래시계」 이전의 정동진은 관광지는 물론, 어촌으로도 시답잖던, 해변을 걸어본 수십 년 만에, 지금은 일출로 썩 잘 알려진 그 해변에 갔더니, 제법 야단스러워진 모래사장의 한 텐트에 '마 카 모 예'란 네 글자가 눈에 띠었다. 횡서니 좌左에서 우右로 읽어도, 우에서 좌로 읽어도 뜻을 알 수 없어 요즘 유행하는 외국어 표기거니 했다. 그래도 뜻이 하 궁금해 동행한 동향 출신 아내에게 '저게 무슨 소리 같소?' 했더니 '모두[마카] 모여[모예]', 곧 '관광객 여러분, 어서 오세요'가 아니요, 국문학 전공자가 우째[어째] 그것도 모르냐"는 타박이 전혀 고깝지 않은 정리이기도 했으니, 고향을 떠나 미처 잊고 산 자신이 민망할 뿐이었다.

그렇다고 물론 강릉이 다 내 고향은 아니다. 강릉하고도 시내와는 7~8km 떨어진 상시동上詩洞 출신이니, 중·고 학창시절 엔간히 놀림도 받았던 촌뜨기인 셈이다. 워낙 시동의 유래는 '선비 골이라, 글하는 사람이 많아서', 혹은 '월정사 사찰 영지라 절골[寺洞]'인데, 역시 글하는 선비가 많아 호사가들이 '말씀 언言'자를 '절 사寺'자 앞에 넣어 '시詩하는 선비 마을[洞]'이 됐다는 설이 유력하다. 그래서인지 근래엔 '박사 마을'로 통칭 되니, 한 지역의 명칭은 분명 내력이 없지도 않은 모양이다. 지역이 길쭉하니 면사무소를 중심해 윗마을 덕현리까지가 상시동, 아래로 비행장께 까지가 하시동으로 행정 구획을 삼았다.

그 상시동의 또 상하 중간쯤에 거북의 머리 모양을 닮았다는 '거북골'이 있고, 예전부터 농업용수를 저장하던 적잖은 저수지가 있었다. 물론 높은 둑엔 해묵은 고목들이 섰고, 그 그늘은 언제나 넉넉한 휴식공간이자, 숱한 일상의 정보가 오가는 정담의 터였겠는데, 근자에 이곳을 정가미 수변공원으로 단장하고, 구룡정龜龍亭이란 정자를 세웠다니, 실로 글하는 선비 골에 걸 맞는 휴식공간이 세워진 셈이다. 워낙 정자는 선비들의 휴식공간이자, 휴식은 또 풍류를 짝하는 법인데, 우리네 인문지리서인 『신증동국여지승람』에 의하면 '조선 8도에 약 8,000여 개의 정자가 있다' 했다. 그러나 이는 그 당시의 통계요, 지금은 더 많으면 많았지 적지는 않을 것이다.

옛 풍습에 이런 정자를 세우게 되면 기문記文은 물론, 편액扁額과, 숱한 제영시題詠詩를 거는 법이어서, 반가운 나마에 이장님께 물었더니, '바로 그걸 의논하려고 전화하려던 중'이라며 '구룡정龜龍亭'이란 편액을 써 달라는 게 아닌가! 큰일 날 소리 말라고 앙탈처럼 사양타가 할 수 없이 제영시 하나로 양해 받고, 자못 푼수를 떠는 우愚를 범하고 말았다.

龜龍亭	구룡정에서
山水淸音憶龜龍 산 수 청 음 억 구 룡	그리워라, 산수 맑은 소리 구룡정,
飛潛采眞詩洞容 비 잠 채 진 시 동 용	날고 잠기는 참된 시동의 진면목.
家家後生靑藍出 가 가 후 생 청 람 출	집집마다 후생들 쪽 풀보다 푸르고
老幼美風翠如松。 노 유 미 풍 취 여 송	온 마을 미풍양속 솔처럼 싱그럽네.

　일련의 주를 첨하면 '억憶'은 '기억하다·그리워하다'의 뜻이니 객지 것들의 하염인 셈이다. '채진采眞'은 '참된 모습을 표현함'이요, '청어람靑於藍'은 『논어』는 물론, 한유韓愈의 「사설師說」에 나오는 "푸른빛은 쪽 풀에서 나오나, 쪽 풀보다 더 푸르다出於藍, 而靑於藍"는 뜻으로 '집집마다 훌륭한 인재가 많이 나오는 마을'이란 뜻으로 읽었다. '노유老幼'는 '늙은이나 어린이, 곧 온 마을 사람'으로, '취여송翠如松'은 '소나무처럼 푸르게'로 풀이해 읽었다.

　금년 무더운 여름날 더위도 삭힐 겸, 애향愛鄕의 정리情理로 이 정가미 수변공원의 풍미風味를 실감하며, 우리네 잠자는 시정詩情을 북돋아 차운次韻의 멋은 물론, 일자一字의 훈고訓詁를 삼가 기대한다.

04

백두산 천지에서

〈백두산 폭포에서의 필자〉

1989년 7월 31일, 천지폭포 밑 좌측 언덕에 2인용 텐트를 치고, 닭털 침랑 속에서 폭포 소리와 추위로 실로 엄숙하고도 경건한(?) 하룻밤을 날 밤으로 새우고, 새벽 06시에 등정을 위해 사뭇 군율軍律 같은 출정식에 임했다. 스루가이드through-guide와 로컬 가이드가 서약서 한 장씩을 나눠주며 지장을 찍으란다. 왈 "등·하산 중 불의의 사고로 사망할 경우, 어떠한 이의도 제기하지 않겠다"는 ─ 이른바 산사태나 낙석에 의한 천재지변은 물론, 본인의 부주의로 인한 안전사고까지 본인 책임이라는, 실로 섬뜩한 면책용 '자기 사망신고서(?)'인 셈이다. 그 뿐이랴! '개인 간격 2보, 좌우도 살피지 말고, 절대로 뒤돌아보거나 서서도 아니 되며, 큰 소

〈백두산 천지에서의 필자. 1989. 8. 1〉

리로 담화는 물론, 웃지도 말 것이며, 산사태나 낙석의 경우도 소리치거나 뛰면 그 울림으로 천지개벽이 일어날 수도 있다'는 안전 교육은 온전히 공포의 연속이었다. 하기야 활화산이 아닌 휴화산일 뿐 아니라, 80도에 가까운 끓는 물이 곳곳에서 쉼 없이 솟아나는 외경의 터요, 아닌 게 아니라 풀도 나무도 없는 우측 벌거숭이 산 흙벽은 자못 기미만 있으면 쏟아져 내릴 기세다. 천지 폭포를 좌측으로 끼고, 짐짓 형벌 같은 1시간 20여 분의 정숙 보행 끝에 폭포의 낙차 점에 이르렀다. 어쩜 실컷 떠들어 보래도 감탄사 외엔 달리 할 말이 없다. 얼음보다 찬 원시(?)의 샘물, 손을 담그고 17초 이상을 견딜 수 없는 8월 염천의 빙수는 수정보다 맑기만 하다. 천지로부터 약 4~500m 넘쳐 내리는 물길이건만 소리치는 몸부림이 꽤는 급하다니, 어서 보내고 가야할 우리의 목적지는 천지가 아닌가. 있는 대로 목을 뽑아 발돋움하며 바라본 천지! 그곳은 바로 비명이자, 감격이었고, 이내 눈물이었다. 어쩌면 날씨마저 이다지 고운가! 손에 잡힐 듯한 코발트 정겨운 하늘엔 조물주께서 보란 듯 던져놓은 몇 조각 목화솜 같은 구름이 둥실 하늘[天]이자 못[池]에 그렇게 천연한 것이며, 빨간 고추잠자리는 군무群舞하고, 에워 선 장군봉·형제봉·백운봉·천은봉·비루봉 등 열여섯 봉우리들이 혹은 다투어 쪽빛 물속에 발가벗고 씻기워 천 년 비경으로 외경畏敬스럽기만하다.

주지하는 바대로 천지는 화산 분화로 만들어진 칼데라로 면적 9.17km², 둘레 14.4km, 최대 너비 3.16km, 평균깊이 213.3m, 최대깊이 384m, 수면고도 2,257m의 산정호수인 민족의 영지靈池이련만, 가이드의 안내에 의하면 그 1/3은 중국 령이란다.

저주롭고 야속하기는 민족상잔의 원흉 김일성의 반민족적 야심이요, 동서

478

이념의 갈등에 의한 열강의 주권 유린이나, 결국은 나약한 국력이 서러울 뿐이다. 그러니 내 조국의 민족 영산을 내 땅이 아닌 남의 땅에서 바라만 보며, 이국 경비병의 감시 아래 훔쳐보듯 서성거리는 자존이 서러워, 동진東晉의 문인 명사들처럼 눈물을 훔치며, 비장한 감회를 천지에 흩뿌리고 돌아섰다.

登長白天池	장백산 천지에 올라
登臨長白天地壯 등 임 장 백 천 지 장	장백산 올라하니 천지는 우람도 한데,
千尋飜浪似乘船 천 심 번 랑 사 승 선	천길 벼랑 뒤히는 물이랑 배에 오른 듯.
信美吾土如錦繡 신 미 오 토 여 금 수	진실로 아름다운 조국강산, 금수련마는
他關遙瞻白頭峰。 타 관 요 첨 백 두 봉	남의 땅에서 아스라이 바라만 보는 백두봉.

▷장백長白 : 백두산의 중국 명칭. ▷천심千尋 ; 천심절벽. 형제봉 정상에서 내려다 본 천지. ▷번랑飜浪 ; 천지 못 물에 거꾸로 잠겨 일렁이는 듯한 절벽. ▷신미오토信美吾土 : 동진의 여러 문인명사들이 적에게 빼앗긴 조국 강산을 안타까워하며 마냥 신정에 모여 "진실로 아름다운 내강산이나, 지금은 남의 땅信美 非吾土"이라고 통곡했다는 '新亭泣' 고사를 용사함.

05

남태평양 피지에서

우메 우얄꼬
이 문딩이 !

잘 재워둔 원시의 향香
스콜의 놋날에 뭉개져
탱탱히 스물대는
남태평양의 십자성.

이방異邦의 욕정에
자랑 같던 남루가 서러워
몸살 앓는 에머럴드.

스며라.
태고의 고진古眞에로.

* 남위 15°~22°, 동경 177°~175°, 면적 18,274km² 두 개의 비교적 큰 남·북 피지 섬 주변으로 사람이 거주하는 100여 개의 섬과, 300여 개의 무인 군도로, 우리네 경상도만하다. 인구는 약 90만(2013년통계)의 피지공화국, 1879년 이후 사탕수수 재배를 위해 피지로 이주해 온 인도인들의 후손이 원주민 피지안의 수를 능가한다 하며, 피지의 시장경제를 주도해 왔으나, 휴양지로 각광받으면서 유럽 및 일본의 관광 자본이 대거 유입되었다 하며, UN의 표를 의식한 중국의 교육사업 및 선심 투자도 경쟁적이라 한다.

1874년부터 영국 식민지였다가, 1970년 영국연방국으로 독립되었다 하며, 1987년 10월부터 공화국으로 독립하여 주변 20여 신흥독립국의 중심지이자, '인류의 마지막 휴양지'로 일컬어진다.

세계에서 '아침 해가 가장 먼저 뜨는 상온의 나라', 티 없이 맑은 코발트 하늘과, 싱그런 바다, 무시로 내리는 스콜로 무작정 자라기만 하는 상록의 대지는 흩뿌린 에머럴드 그 자체다.

주식인 카사바는 절로 나 멋대로 자라는가 하면, 뿌리를 캐고, 줄기를 땅에 꽂아만 주면 다시 주렁주렁 열린다. 구근을 갈아 말린 가루를 물에 불려 짜낸 카바는 그들의 민속 전통주니, 지천인 열대 과일과, 무진장한 바다의 물고기는 이루 다 먹지 못한다며, "이제껏 굶어 죽은 사람이 하나도 없다"는 자랑은 정녕 지상 낙원임에 틀림없다. 그러니 기름진 옥토는 절로 풀숲이요, 필요한 쌀은 이웃 호주나, 뉴질랜드에서 수입한단다. 물론 주식이 아닌데다, 농사는 굳이 지을 필요도 기술도 없어, 뜨거운 한낮엔 너나없이 나무 그늘에서 쉬는 것이 일과란다.

여기에 이재에 밝은 세계의 자본이 모여들며 향락과 퇴폐와 사치의 풍조에 물들기 시작하고, 혹은 범법자들의 도피처로 전락하면서 '상대적 빈곤, 아니 남루를 모르던 무구無垢한 인성人性이 병들기 시작했다.

'불라! 불라!'하며 해맑던 그 큰 입의 천진한 웃음! 선인들이 일컫던 '고진古眞' 그 자체였다. 그런 '인류의 마지막 휴양지'가 '밤거리엔 나가지 말라'는 '공포의 거리'로 변해가는 안타까움이 서럽기만 하다.

제10편

寺刹文化
사 찰 문 화

01

詩로 읽는 사찰문화
시

사찰 제영시를 통하여

　사찰은 불자의 수도 도량이란 고정관념 외에 사찰문화, 그도 '사찰 제영시를 통하여"라는 명제는 필자의 부담 못지않게 독자에게도 생경할 것이다. 그러나 일정한 목적, 또는 이상 실현을 위한 의지 및 생활양식과 내용이 있는 한, 인간의 내적 정신활동의 소산인 문화는 의·식·주를 비롯한 학문·예술·도덕·종교 등 그 어떤 외적 문명에 선행하는 법이다. 무엇보다 동양 정신문화의 기저로서의 불교사상, 그리고 불자의 역할은 가히 주도적이었다 할 것이며, 그들의 생활공간은 사찰이었다. 따라서 문화공간으로서의 사찰은 세속문화에 비해 경이로울지언정 전혀 논외의 대상이 아니다. 오히려 고도의 예술 경지에 쉬 접근하지 못했거나 경원시되었을 뿐, 용사用事니 도습踏襲 등 문식文飾 위주의 차원을 넘어 선 예술의 진수를 읽을 수 있다.

　사찰 제영시를 통해 문화공간으로서의 사찰 면면을 점증하기 위해, 먼저 '제영시와 사찰 제영시'의 개념, 혹은 그 위상 정립의 필요를 느낌은 아직 적잖이 생소한 학술용어이기 때문이다.

제영시로서의 사찰 제영

　제영시의 시학적 특징은 '그 시적 흥취가 그 지역의 경치와 맞아서 그 진경을 그대로 묘사함은 물론 역사, 포괄적으로 '문화적 궤적'이 관류해 있으므로, 그 수용미학은 배가할 것이다. 그러기에 조선조 문신 임경任璟은 "예로부터 시인이 누대에 붙이는 시는 짓기가 어렵다. 글귀를 만들기 어려운 것이 아니라, 그 누대에 꼭 맞게 짓기가 어렵다" 했다.

　사찰 제영시란 사찰을 소재로 한 '제시영구題詩詠句'다. 그러므로 사찰 제영시 역시 제영시의 작은 갈래임은 임경의 『현호쇄담』 인용문에 이어지는 다음 예문에서 알 수 있다.

> "나무 그림자는 물 가운데서 보고, 종소리는 양쪽 언덕에서 들려온다"가 『금산사』를 노래한 명구가 되고, "누대에선 창해의 뜨는 해를 보고, 문 앞으론 절강의 조수 드나드네"가 『영은사』의 절창이 되는 것은, 대개 그 흥취가 그 땅의 경치와 맞아서, 그 진경을 그대로 그려냈기 때문이다"라 했음이 그것이다.

　이른바, "그 대상이 누정이든 사찰이든 제영시의 '제영시다움'은 그 흥취가 그 땅의 경치와 맞아서, 그 참다운 모습을 실경 그대로 그려냄에 있다" 하고, 『금산사』 『영은사』를, 사찰 제영시의 명작으로 시사했음이 그것이다. 따라서 사찰 제영시를 제영시의 포괄적 동일 개념으로 인식하되, '사찰 및 불 교리' 혹은 '불사 관련의 시'라는 하위 개념으로 정리하고자 한다.

문화공간으로서의 사찰

儒·佛不二의 시·서·화 공간
유　불불이

　산사는 유·불간 격의 없는 만남의 공간이었고, 당대의 식자인이었던 그들의 만남에는 삼절[시·서·화]의 고급 문화예술이 향유되었다. 워낙 '시는 소리 있는 그림이요[有聲畵], 그림은 소리 없는 시[無聲詩]'라 했으니, 이른바 '시 속에 그림이 있고[詩中有畵], 그림 속에 시가 있음[畵中有詩]'이 그것이다. 더욱 서화야 채옹蔡邕의 팔분법八分法이래 그 궤를 같이하니, 곧 시·서·화는 일지─늘랬다.

먼저 이인로의 시 「네 벗에게 주다贈四友, 倣樂天四首」〈삼한시귀감〉의 제 4수를 통해 유·불 교류상을 살펴보면 다음과 같다.

支遁從安石   지둔도 안석과 종유하였고
지 둔 종 안 석

飽照愛惠休   포조도 혜휴를 아꼈었느니.
포 조 애 혜 휴

自古龍象流   예로부터 고승의 무리들은
자 고 용 상 류

時與麟鳳遊   수시로 거유들과 노닐었지.
시 여 린 봉 유

詩法不相妨   유도와 불법은 개갬이 없나니
시 법 불 상 방

古今同一丘   예로부터 다를 게 뭐 있담.
고 금 동 일 구

共在圓寂光   다 같이 진리를 깨칠 일이니
공 재 원 적 광

寧見別離愁。 어찌 별리의 시름 드러내랴.
녕 현 별 리 수

화자의 협주대로 '불가의 벗 종령[空門友 宗聆]'에게 준 시다. 천축인으로 동진東晉을 대표한 고승 지둔과, 진나라는 물론 동양 삼국을 풍미했던 사안謝安의 종유, 부섬하고 빼어날 뿐만 아니라. 표일한 문사文辭로 남송을 대표하던 포조와, 남송의 시승 혜휴와의 종유를 들어, 예로부터 불가[龍象]와 유가[麟鳳], 곧 시[儒家]와 법[佛家]의 다르지 아니함[不二]을 역설한 것이다.

고려조는 물론, 조선조 척불의 국시는 "만국히 즐기거늘 성성聖性에 외다 터시니, 백천불찰百千佛刹 일시에 혁革ᄒ시니"〈용비어천가, 107장〉라고 악장에 올려 찬양했지만 치국의 방편이었고, 따라서 다소 유자들의 어설픈 변명, 곧 '승려를 좋아해서가 아니라, 산을 좋아해서'라는 의도적 홀대가 없지도 않았으나, 조선의 건국 주 태조의 아들 양녕대군讓寧大君은 그의 「제승축」에서

山霞朝作飯
산 하 조 작 반　　산 노을로 아침밥 짓고

蘿月夜爲燈
라 월 야 위 등　　등라에 걸린 달로 등불 삼아

獨宿空巖畔
독 숙 숙 암 반　　홀로 넓은 바위에서 잠을 자니

惟存塔一層。
유 존 탑 일 층　　오히려 탑 한 층 남았구려.

는 홍만종의 협주대로 "귀인의 시도 이와 같다"라 했듯이, 왕족이면서 오히려 재가승의 차원을 넘난 호불의식이 분명하다. 그러기에 성리학이 극심하던 16세기, 유가가 보내 온 시에 답한 보우普雨 선사의 답시는,

儒釋相從是古風
유 석 상 종 시 고 풍　　유불이 서로 쫓음은 예로운 풍습,

太顚方丈依韓公
태 전 방 장 의 한 공　　태전 방장도 한공에 의지했다죠.

當時山月明如燭
당 시 산 월 명 여 촉　　그 때의 산과 달 촛불처럼 밝은데

獻納淸詩寄土窟。
헌 납 청 시 기 토 굴　　헌납께서 맑아한 시 토굴까지 보내셨네.

라며, 태전 선사와 한유韓愈가 더불어 노닐던 산달[山月] 아래 지금 보우와 윤헌납의 상종이 고풍 그대로임을 전제하고, 이어 그리운 정을 진솔하게 노래하고 있다.

이처럼 유불 간에 수증된 수많은 시편 중 시·서·화와 관련한 몇 작품을 가려 문화 공간으로서의 사찰, 그 위상을 가늠하기로 하자.

공민왕(1330~1374)이 내원당(궁궐내 사찰) 대선사 구곡각운龜谷覺雲에게 보현보살과 달마의 상을 그린 두 권의 화첩과, '구곡각운'이란 선사의 법호 네 자를 친히 그리고 써서 하사했다. 이에 도은 이숭인(1349~1392)이 하시賀詩 3수를 썼으니, 당대의 예인 공민왕의 서화에 도은의 시가 아우른 이른바 선림禪林의 보배로『근역서화징』에 전한다.

[1]

稽首善男子
계 수 선 남 자　　머리 조아리는 선남자는

粲然騎六牙   하얀 육아의 코끼리를 탔구나.
찬 연 기 육 아

問他蘆葉上   여보시오, 갈대 잎 탄 달마님도
문 타 로 엽 상

趣味亦同耶。   취미는 아마 마찬가지시리.
취 미 역 동 야

육아백상六牙白象(신통력의 상징)을 탄 보현보살과, 갈대 잎을 탄 달마 대사의
그림을 시화한 일련의 제화시다

[2]

卷舒自無心   구름은 무심히 걷혔다 펴졌다 하고
권 선 자 무 심

吐納安汝止   거북은 숨을 내쉬었다 들이마셨다 하네.
토 납 안 여 지

何須此爲名   무엇 때문에 이것으로 이름 붙였나
하 수 차 위 명

師道固應爾。   스님의 도가 본래 그러해서라네.
사 도 고 응 이

섭리에 따라 '걷혔다 펴졌다' 하는 구름, 생리처럼 '내쉬었다 들이마시는' 호
흡, 그처럼 순리에 따르는 대사이기에 각운·구곡일 뿐이라는 당연한 법호의
풀이다. 한편

[3]

經筵足暇日   경연에 한가한 날이 많아
경 연 족 가 일

宸翰灑餘清   우리 님 붓에 맑은 기운 서렸구나.
신 한 쇄 여 청

圖書四軸妙   네 족자에 묘한 그림과 글씨
도 서 사 축 묘

餠錫一生榮。   병석에 일생의 영화 흐뭇하여라.
병 석 일 생 영

▷신한宸翰 : 천자天子의 문서. 임금의 친필. ▷병석餠錫 = 병석甁錫. '甁은 淨水와 음료
수를 넣는 그릇. '錫'은 행각 때 쓰는 지팡이[錫杖].

는 공민왕의 두 초상과 휘호 '구곡각운' 네 자에 대한 도은의 찬시다. 곧 사
찰에 걸린 제화 및 제서시니, 넓은 의미의 사찰 제영시인 셈이다.

다음은 동일 서화에 대한 이인복(1308-1374)의 찬시다.

仰看奎星照禪林　　우러를수록 규성의 문채 선림을 환히 비추니
앙 간 규 성 조 선 림

新賜圖書冠古今　　새로 내리신 그림과 글씨 고금의 으뜸이로다.
신 사 도 서 관 고 금

八法旣均眞得體　　팔법이 골고루 나타나 참 법을 얻었고
팔 법 기 균 진 득 체

二師猶肖可傳心　　이사와 꼭 닮았으니 마음 전할 만하네.
이 사 유 초 가 전 심

粃糠顧陸天機妙　　그림의 천기 묘하기도 하니 고·육은 쭉정이요
비 강 고 육 천 기 묘

臣僕鍾王筆意深　　글씨의 조화 이리도 깊으니 종·왕은 심복일세.
신 복 종 왕 필 의 심

溜鎭山門有榮耀　　이 서화 산문에 걸면 더 없는 영광이리니
유 진 산 문 유 영 요

上恩奚啻重千金。　상감의 은혜 어찌 천금에 비할 뿐이리오.
상 은 해 시 중 천 금

〈근역서화징〉

▷규화奎畵 : 28수宿 중 16수로 문운文運을 맡은 奎星의 그림. ▷관고금冠古今 : 고금의
으뜸[冠]. ▷팔법八法 : '永'자 8법. 여러 가지 운필법. ▷이사二師 : 보현보살과 달마스님. ▷
해시A奚啻A : 어찌 A뿐이리오.

공민왕의 서화는 동국 제일이라 일컬을 만하니 '고금에 으뜸冠古今'이요, 따
라서 두 스승의 초상과 필법 역시 팔분법의 진체라 했다. 그러므로 고개지顧
愷之와 육탐미陸探微의 그림이래야 예술미적 가치로 따지자면 한낱 쭉정이일
뿐이며, 종요鍾繇와 왕희지王羲之의 필의도 신분관계로 비유하자면 심복에 불
과하다 했으니, 이 서·화야말로 내원당의 영화이자, '천금이 오히려 싸다'한
서화평이니, 사찰문화로 평하자면 국보급인 셈이랬다.
　다음은 회암사 벽상에 있는 원경 스님의 휘호를 보고 금나라 사신이 쓴
제서시다.

王子膏梁氣半存　　왕자의 고량 기운 반쯤 남아 있고
왕 자 고 량 기 반 존

山僧蔬筍尙餘痕　　산승의 나물 죽순 흔적 남아 있네.
산 승 소 순 상 여 흔

顚張醉素無全骨　　미친 장욱과 취한 회소의 완전한 골격 없으니
전 장 취 소 무 전 골

却恨當年許作髡。　　자못 한창 당년에 산승 된 것이 한스럽구나.
각 한 당 년 허 작 곤

　곧 금나라 대정[世宗의 연호 : 1161-1189] 연간에 두 사신이 들렸다가 원경 대
사의 필적을 보고 한 사람은 '귀인의 글씨'라 하고, 한 사람은 '산채와 죽순기
가 있는 산인의 글씨'라 하자, 사실을 말했더니 '서로 맞았다'고 좋아하며 썼
다 한다. 워낙 원경 선사는 왕족이었다. 그러나 왕희지 이후 신풍격의 초성
草聖. 혹은 해법楷法이 정미하며, 더욱 광초狂草로 잘 알려져 장전張顚으로 통
칭[尤長於狂草]되는 장욱張旭(7세기 후 8세기 중반)과 당나라 승려이자, 서법가로
장욱의 광초를 계승 발전시켜 장욱과 함께 전장취소顚張醉素로 통칭되는 회
소懷素 전장진錢藏眞(725~785)의 전골全骨이 없음은 젊은 나이에 산문에 들어
정진하지 못한 때문임을 안타까워했다.
　다음은 보제사 벽상에 그려진 귀일歸一 스님의 노송도를 노래한 이규보의
제화시이다.

－ 前略 －　　　－ 전략 －

吾師來寓　　우리 스님 여기 와 주석하실
오 사 래 우

心掛蒼壁　　마음을 푸른 벽에 걸고자 했었지.
심 괘 창 벽

倩人名手　　이름난 화가의 손을 빌어
천 인 명 수

寫此蒼官　　이 소나무를 그리게 하니.
사 차 창 관

蕭然方丈　　쓸쓸한 이 절간이
소 연 방 장

化作青山　　변하여 온통 푸른 산인 양.
화 작 청 산

蔦縈蘿繞　　담쟁이 새삼 넌출 어설키고
조 영 라 요

老幹龍盤　　늙은 줄기 용처럼 서렸구나.
노 간 용 반

不雪不霜　　눈서리 내리지도 않았는데
불 설 불 상

清風吹寒　　맑은 바람 스산히 불어드네.
청 풍 취 한

君子之居　　군자의 거처하는 곳
군 자 지 거

何有崇庳　　높고 낮은 땅 구별 있으랴
하 유 숭 비

490

境之喧靜　환경이 시끄럽고 고요함은
경 지 훤 정
在人非地。　사람에 달린 것 땅이 무슨 관계람.
재 인 비 지

　　- 下略 -　　　　　　- 하략 -

　신라 진흥왕 때 황룡사의 벽화 「노송도」를 그린 솔거率居를 연상케 하는 귀일 선사의 보제사 벽화 「노송도」요, 이를 제시한 이규보의 화제시다. 평담한 사실의 진술이 창연한 고사의 전설처럼 전해 온다. 과장도 수식도 없는 지사진실指事陳實이 오히려 고즈넉한 비경을 유추케 하는 인과랄까?

　귀일 선사가 담은 「노송도」의 '소리 없는 시'를 이규보는 다시 '소리 있는 그림'으로 환치해 맑은 송뢰를 그렇게 전하고 있다.

　무수한 사찰 제영시 중 사찰이란 문화공간에서 승·속불이의 만남, 그리고 그 만남으로 향유된 고급한 시·서·화의 예술미, 그 탐색의 가능성으로 찬란한 사찰문화를 느낄 수 있었다.

舞踊과 音樂의 조화경
무 용　음 악

　고즈넉한 산사를 휘감은 이내霞와 정적의 깊이를 펴 나르는 풍경소리, 그 하늘한 율동과 가녀린 선율만 해도 산사는 이미 신비의 조화경이다. 거기에 정작 "검은 장삼에 붉은 가사를 걸치고 하이얀 고깔 쓴 채 느린 사위로 장삼을 늘어뜨리고 머뭇거리는 듯, 또 뿌리다가 타령과 굿거리장단에 북을 어른 다음, 황홀한 법고놀이에 이르는 절정", 그 "휘어져 감기우고 다시 접어 뺀는 손이/ 깊은 마음 속 거룩한 합장인 양하고,/ 이 밤사 귀또리 우는 삼경인데/ 얇은 사 하이얀 고깔은 고이 접어서 나빌레라"〈조지훈·승무僧舞 부분〉라는 해탈염원의 악무樂舞까지 곁들인다면, 산사는 정작 격조 높은 고전적 문화공간인 것이다.

　다음은 허균이 산사에서 연행된 영산재에서 천용주악天龍奏樂과 십이야차十二夜叉의 군무를 참례하고, 그 장관을 문예미로 승화한 『천룡주악인제운상인축天龍奏樂引題雲上人軸』이다.

491

乾闥婆王鼓似雷
건 달 파 왕 고 사 뇌
　　건달바왕의 북소리 우레 같은데

靈山會罷乘龍回
령 산 회 파 승 룡 회
　　영산회 마치자 용을 타고 오시네.

- 中略 -　　　　　- 중략-

拜獻天樂陳嵒宮
배 헌 천 악 진 암 궁
　　하늘 음악 올려 암궁에 벌여놓으니

聲雜波濤響澎湃
성 잡 파 도 향 팽 배
　　파도 소리 어울려 그 울림 웅장한데

人天來會百億軀
인 천 래 회 백 억 구
　　인간 천상 모두 모여 백억의 몸이 되니

六道雜遝群龍趨
육 도 잡 답 군 룡 추
　　육도가 뒤섞여서 뭇 용이 달리누나

微風吹動寶羅網
미 풍 취 동 보 라 망
　　산들바람 불어와 나망이 나부끼니

衆音微妙穿金衢
중 음 미 묘 천 김 구
　　뭇 소리 미묘해 황금 거리 꿰뚫는 듯하고

曼陀天女散花雨
만 타 천 녀 산 화 우
　　만다라의 천녀들 꽃비 흩뿌리니

十二藥叉皆起舞
십 이 약 차 개 기 무
　　12야차 모두 일어나 두둥실 춤을 추네

笑掉法螺開桓因
소 도 법 라 개 환 인
　　웃으며 법라 불고 환인을 열어놓으니

山河大地俱微塵
산 하 대 지 구 미 진
　　산하와 대지가 모두 다 가는 먼지로다

霜鍾鯨吼八方震
상 종 경 후 팔 방 진
　　종소리 웅장하여라. 팔방이 진동하고

魚梵吟風來隱隱
어 범 음 풍 래 은 은
　　목어에 스치는 바람 소리 은은히 들려오네

百千種樂皆備俱
백 천 종 악 개 비 구
　　갖가지 음악을 모두 갖추었는데

何必身遊佛國土
하 필 신 유 불 국 토
　　어찌 몸이 불국토에 노닐 까닭 있으랴

- 中略 -　　　　　- 중략-

天宮無間一念移
천 궁 무 간 일 념 이
　　하늘 궁전 간격 없다 한 생각 옮겨지면

片言爲懺波羅夷
편 언 위 참 파 라 이
　　한 마디 말에 바라이가 참회되느니

禪門宗旨只一乘
선 문 종 지 지 일 승
　　선문의 종지는 오로지 일승일 뿐

攝心不動如須彌。
섭 심 부 동 여 수 미
　　섭심하여 흔들림 없기를 수미산처럼 하리라.

영산회의 불보살을 찬양하는 노래도 상영산·중영산·세영산·가락털이 등의 곡이 변주되고, 이어 삼현환입三絃還入·하현환입이 첨가되는 등 다양해, 작자가 들은 곡이 무엇인지 그 곡명을 위의 시만으로는 알 수 없으나 '하늘나라의 악신gandharva의 지휘 아래 줄풍류의 거문고를 위시해 법라法螺며 종소리

등 온갖 악기가 갖추어진 데다, 파도소리까지 아울었다' 하니, 장엄한 음악이 연행되었음을 읽을 수 있다. 더욱 '천상의 보살들이 모여 음악을 듣고, 천녀들은 꽃비 뿌려 축원하며, 12야차가 군무를 펼쳤다' 하니, 실로 웅장한 군무, 그 찬란한 종합 불교예술로 '산하대지가 모두 하찮아 보이는 거대한 변화'가 이 무악과 함께 펼쳐졌다. 그러니 '여기가 바로 전생안락全生安樂의 불국토인데 어디가 또 찾을 것인가'라며, 시인은 그 황홀한 감격의 메시지를 전해 준다. 지난 날 선악의 기로에서 갈등하고 번민했던 온갖 고뇌로부터 한순간 해탈케 한 것 역시 음악의 힘이랬다. 과거의 잘못이며 죄업, 업장을 모두 씻고 참회의 도량을 연 것 또한 이 음악이었다. 이렇게 음악과 군무를 통해 화자는 때 묻은 마음의 정화를 이루게 된 것이다. 이 마음을 잘 다잡아[攝心] 수미산처럼 굳건히 할 것을 다짐하는 것으로 불교 종합예술의 대미를 맺었다.

불교예술의 진수, 불화

산의 취미翠微에 사찰이 놓이면 만상은 영활하는 생물이 되고, 날듯이 날렵한 사찰 추녀의 곡선미는 동양 건축미학의 극치다. 게다가 고격한 불화佛畵는 물론, 울긋불긋 곱게 단청한 탱화는 불교미술의 진수다. 그러므로 건축미학의 극치와 불교미술의 진수가 만난 산사는 숭엄한 불교예술의 총화인 셈이다.

자고로 불화에 능한 사람이라면 중국의 오리吳李와 이정李楨, 우리나라의 이장군 4대, 그 중에서도 증손 이정李楨이 제일이라고 전제하고,

- 前略 -	- 전략 -
元氣淋漓壁猶濕 원 기 림 리 벽 유 습	천기가 넘쳐흘러 벽면 오히려 축축한데
日月照耀煙雲含 일 월 조 요 연 운 함	해와 달 밝게 비추자 내와 구름 서리네.
給孤獨園金布地 급 고 독 원 금 포 지	급고독의 동산엔 금가루 땅에 뿌려있고
祇陀之林薝蔔氣 지 타 지 림 담 복 기	기타의 수풀에는 담복의 향기 자욱해라
亭亭彩暈射初暾 정 정 채 훈 사 초 돈	뭉게 이는 채색 기운 아침 햇살 비쳐들자

功德莊嚴不思議 장엄한 그 공덕 이루 다 생각할 수 없어라
공 덕 장 엄 불 사 의

諸天列侍趨龍神 제천왕 빙 둘러 서 있고 용신이 달려오니
제 천 렬 시 추 룡 신

衆香縹緲天樂陳 뭇 향기 자욱하고 하늘 음악 울리는 듯
중 향 표 묘 천 악 진

妙諦已囑舍利子 묘체는 모두 사리자에게 맡겨두고
묘 체 이 촉 사 리 자

拈華微笑知何人 꽃을 들고 빙긋이 웃은 자 그 누구런가 拈염
염 화 미 소 지 하 인

華鯨吼地鐵鳳舞 화경은 고함치고 철봉이 펄펄 날아드니
화 경 후 지 철 봉 무

空外天花散如雨 공중으로부터 하늘 꽃 비 오듯 흩날리네
공 외 천 화 산 여 우

寶座暫轉紫金山 보좌는 잠깐 자금산에 옮겨 놓은 듯
보 좌 잠 전 자 금 산

奕奕兜羅爲誰竪 빛나고 빛나는 도라꽃 뉘를 위해 심었더냐
혁 혁 두 라 위 수 수

就中灌頂孰醍醐 그 가운데 누가 제호로 관정하는가
취 중 관 정 숙 제 호

白衣大士摩尼珠 백의대사의 마니주까지 걸어주었네
백 의 대 사 마 니 주

瀾飜萬偈法螺舌 물결이 뒤집히듯 온갖 게송 법라 소리
란 번 만 게 법 라 설

六趣盡度群魔誅 육취 사라지자 뭇 마귀 항복하는구나
륙 취 진 도 군 마 주

偉哉意匠信豪縱 거룩하다. 그 의장 실로 호한하고 웅장해
위 재 의 장 신 호 종

細看毛髮森欲動。 자세히 보니 머리카락 쭈뼛 일어나려 하네.
세 간 모 발 삼 욕 동

－下略－　　　　　　－하략－

〈근역서화징, 조선시대·중, 장안사벽이정화영상급산수가〉

▷원기임리元氣淋漓 : 심신의 정기가 넘치는 모양. ▷급고독給孤獨 : 아나타빈다타라 음역.
본 이름은 수달須達이며, 선시善施로 번역함. 기타祇陀 태자에게 그 원림園林을 사서 기
원정사를 지어 부처님께 바쳤다함. ▷사리자舍利子 : 사리불. ▷육취六趣 : 중생이 업에 따
라 윤회하는 6도.

라고 부처를 중심한 화판을 문자로 입체화한 허균의 제화시이다. 이정과는
세속 나이도 9년 차이인데다, 30이란 한창 당년에 이미 선화한 그와는 "나이
와 직위를 생각지 않고 서로 좋아했으며, 불도와 도교를 말할 때마다 마음
과 가슴을 시원하게 해주곤 했다"며, 무던히도 슬퍼했던 망년의 지기였기에,
그의 13세 때의 유작을 대한 감회는 남달랐으리라. 그러기에 그림을 대한 일

성이 '천기가 넘쳐 나고, 해와 달이 비치면 상서로운 내와 구름이 서리는 신비경으로 미화했다. 이어 염화시중을 전제한 아름다운 동산과 향기 넘치는 지타의 숲에 영롱한 햇살이 어우러지자, 용신과 제천들이 천상의 악률에 맞춰 하강하고, 영산회상의 염화미소가 장안사 벽상에서 교외별전으로 재현되어 있다 했다. 범종이 울리고 철봉이 춤추며 포효한다. 하늘에선 꽃비 내리고 온갖 게송과 법라 소리, 그야말로 야단법석이다. 실로 '호한하고 웅장한 의장에 모골이 송연하다' 했다. 그리고 이 모두가 천불 및 팔부대중의 외호와, 이정 개인의 웅재雄才의 결실이라 상찬하고, 그것이 또 기구한 운명의 인과임으로 대단원을 맺었다.

02

佛家의 한시
불 가

함허당 이화

함허당이란 당호로 더 잘 알려진 이화己和(1376~1433)는 무학 대사로부터 법통을 이어받아 척불론이 자심하던 세종 조에 호법의 힘든 과업을 수행했다. 21세에 출가하기 전까지는 유학에 힘써 성균관에서도 두각을 나타냈다 하며, 척불론에 대응한 「현정론」은 「유석질의론」의 저본으로 유가의 13개 조항에 대한 불교 옹호론이다. 곧 '유와 불이 둘이 아니며, 도는 근본적으로 하나'이니 유학이 인간 세상에 유익하듯, 불교도 공허한 것이 아님을 역설했다. 이른바 "천하에 두 가지 도가 없고, 성인은 두 가지 마음이 아니다"라고 유와 불, 공자와 부처의 진리가 하나임을 논리적으로 유도했다.

한편 그는 혜심의 선시를 이어받아 시의 경지 역시 높은 시승이었다. 수도자의 진리를 향한 성실한 삶을 엿보게 하는 「송기밥松皮飯」에서는

拏雲踞石老靑山   구름을 이고 바위에 엉버텨 청산에서 늙으며
나 운 거 석 노 청 산

物盡飄零獨耐寒
물 진 표 령 독 내 한
知爾碎形和世味
지 이 쇄 형 화 세 미
使人緣味學淸寒。
사 인 연 미 학 청 한

만상은 다 조락했건만 홀로 추위를 견디누나.

알겠도다, 제 몸을 갈아 세상맛에 어울리고

인간들로 하여금 그 맛을 통해 청빈을 알게 하네.

라고 노송을 의인화해 그 살신성인의 기개와 화이불류和而不類의 기상을 배우고자 스스로 다지고 있음을 읽게 한다. 송피반은 송기밥, 곧 흉년의 기근을 넘기는 대용식이다. 그러니 '제 육신을 갈아 주린 만백성에게 보시'는 물론, '청빈까지 일깨운다' 하므로 물성의 본질뿐만 아니라, 자신의 심성을 챙기는 법력을 만날 수 있다. 「마음이 태연하면 온 몸이 명령을 따른다天君泰然百體從令」는 시에서는 "구슬이 티가 없으면 빛 또한 곱고, 마음밭 맑으면 외모 역시 맑다玉本無瑕光亦好 心田苟淨貌相同라 하여 육신의 주인인 마음을 청정케 하여 만상의 진성眞性을 밝게 보고자 했는가 하면 「희양산에 살며擬曦陽山居」에서는 아무도 없는 산사의 고요를 즐기며, "나와 세상을 다 잊어 절로 한가롭다頓忘身世自容與"며 청정무구한 자연에 몰아하여 절여망연의 회광반조廻光反照에 들기도 했다. 그러니 방외문사의 자위적 시가 아니라, 수도자의 구도적 시다.

불교 중흥의 기틀을 다진 보우 선사

함허 대사로 더 잘 알려진 보우普雨 선사는 15세에 마하연에서 삭발 수도하고 백담사에 주석하던 중, 문정왕후의 부름을 받고, 선·교 양종을 부활하여 봉은사를 선종, 봉선사를 교종의 본산으로 삼고, 승과를 부활시키는 한편, 자신은 선종의 종정이 되었다. 이른바 불교에 대한 탄압이 자심하던 때 오히려 불교 중흥의 기틀을 마련한 셈이다.

그는 「일정론一政論」에서 '천지 만물의 이치는 하나며, 인간의 마음은 바르다'고 전제하고, '하나의 원리와 바른 도리'로 추구하는 궁극의 목표는 유와 불이 다를 수 없다는 '유불불이儒佛不二'론을 천명했으며, 700여 수의 한시는 선상禪想과 시사詩思의 일치, 이른바 '선의 시적 수용'으로 일관한다.

春山無伴獨尋幽　　짝 없이 봄 산의 그윽함 찾자니
춘 산 무 반 독 심 유

路挾桃花襯杖頭　　오솔길 복사꽃 지팡이에 스치네.
로 협 도 화 친 장 두

一宿上雲雲雨夜　　보슬비 내리는 상운암의 밤
일 숙 상 운 운 우 야

禪心詩思兩悠悠。　선심과 시사 두루 넉넉하구나.
선 심 시 사 양 유 유

「상운암에 묵으며宿上雲庵」다. 산사는 물론 도화 핀 오솔길부터가 온전히
시다. 그 시사는 선심으로, 선심은 불가불 없었어야 할 문자를 빌어 시사로
함축하였으니 물아일체의 정관이다. 두루 널리 통하며 지혜로 관조하는 데
서 선상을 얻고, 그 깨달음의 요체가 불이법문不二法門일 때 언설言舌이 있어
야 한다면 '선의 시적 함축'인 시어가 있을 뿐이다. 한편,

聞說諸方壞佛廟　　곳곳에서 불사 훼철한다는 소식 듣고
문 설 제 방 괴 불 묘

無端兩眼淚潸然　　어찌 할 수 없어 두 뺨에 흐르는 눈물.
무 단 양 안 루 산 연

但慚我輩都無德　　부끄러워라, 우리 불자의 덕 없음이니
단 참 아 배 도 무 덕

合掌傾誠敢告天。　합장으로 하늘에 빌어나 보는 이 정성.
함 장 경 성 감 고 천

「유감有感」이라 제한 시에서는 속수무책일 수밖에 없는 시대 상황을 불자
의 부덕으로 치환하므로 겸손은 이미 참회를 넘어 애절함으로 승화된다. 그
러므로 문정왕후 사후인 명종 20년(1565) 유배지 제주도에서 투석에 의한 타
살은 불자의 입장에서는 순교적 살신성인이었다 해도 좋을 것이다.

全生安樂國 그 反常의 미학, 휴정
전 생 안 락 국　　반 상

역시 서산대사로 더 알려진 휴정休靜 스님은 보우 선사의 뒤를 이어 불교
계에 더욱 새로운 바람을 일으켰다. 어려서 부모를 여의고 안주목사를 따라

498

성균관에서 유학에 정진하다, 지리산에 들어 수도하고, 문정왕후와 보우가 일으킨 승과에 급제했다. 특히 임란 때는 73세의 고령으로 팔도십육종도총섭이 되어 전국의 승병을 총지휘하여 상구보리上求菩提 하화중생下化衆生이란 불국토 건설을 위해 불자의 살생이란 반상反常의 당위를 실천했는가 하면, 불교 중흥을 위해 많은 저술과 함께 제자 양성에도 힘썼다. 그의 대표적인 저서로는 『선교석禪敎釋』『선교결禪敎訣』『청허당집淸虛堂集』『선가귀감禪家龜鑑』 등이다. 그는 『선가귀감』의 저술 동기를 "불교를 공부하는 사람들이 세속 선비의 글이나, 벼슬아치들의 시를 익혀 수식만 일삼는 폐단을 시정해야 한다"며 불교문학의 재현을 꾀했다. 한편 많은 제자 중 일선一禪·유정惟政·언기彦機·태능太能 등은 4대 제자로 꼽히며, 스승의 오롯한 정신을 이어받은 이들 제자가 있어 불교계는 자못 활기를 띠게 되었고, 임란 때는 수많은 승병이 휘하에 모일 수 있었다.

휴정의 문학적 업적은 『선가귀감』 본문에 부기한 송頌 외에도 전쟁시·인사시·순수시, 그리고 수도자의 묘오를 노래한 작품들로 구분된다.

山雪河冰裏 산 설 하 빙 리	눈 덮인 산 얼어붙은 물속엔
當年飮馬人 당 년 음 마 인	말에 물 먹이던 당시 병사들 시체
黃沙餘白骨 황 사 여 백 골	누런 모랫벌엔 수습도 못한 백골들
腥草自靑春。 성 초 자 청 춘	피비린내 먹고 자란 잡초만 제냥 봄빛일레.

「옛 전장을 지나는 감회過古戰場」다. 종교적 계율인 「사미십계沙彌十戒」 어디에도 살인, 혹은 살생을 전제한 반율·반상의 당위는 없다. 그러나 그럼에도 불구하고, 전 인류의 붓다화라는 중생구제와 사바세계의 불국토화를 위해서도 '국가는 진호되어야 하고, 모든 중생은 안락'해야 한다. 만약 간악한 도적이 국권을 유린하고, 어여쁜 백성의 생명을 도적질하려 한다면 '한 줌 도적의 생명도 생명 아님은 아니지만, 더 고귀하고 많은 생령의 보존을 위해 반율·반상도 의義의 명분으로 정당화되어야 할' 것이다. 그러기에 직접 승병을

이끌고 참전했던 지난날의 전장, 비록 7년여의 참화로 끝났지만, 조국 산하 곳곳에 얼룩진 상처는 길이 남아 있다. 무상한 것은 세월이어서 백골도 수습치 못한 모래톱에는 피비린내 먹고 자란 봄풀만 우거졌다. 말 밖에 함축된 반전反戰 의식은 물론, 전생안락국에의 염원을 읽을 수 있다.

萬國都城如蟻垤
만 국 도 성 여 의 질
千家豪士若醯鷄
천 가 호 사 약 혜 계
一窓明月淸虛枕
일 창 명 월 청 허 침
無限松風韻不齊。
무 한 송 풍 운 부 제

국의 도성은 개미굴 같고

호걸이랍신 선비네 초파리만 같아라.

창에 드리운 밝은 달 청허함을 베었는데

끝없는 솔바람 소리 천연스럽기도 하여라

「향로봉에 올라登香爐峰」는 쓴 서정시이자, 수도자의 묘오를 노래한 시다. 일만 이천의 상상봉에 올라 굽어본 하찮은 인간 세상, 개미굴 같은 성을 쌓고는 권세며 부귀를 다투는가 하면, '영웅임네, 호걸임네'하는 초파리 같은 무리들이 성에 차지 않는데, 시비는 또 무엇에 쓰잘 건가. 더구나 창에 어리비친 명월이 청허함을 베고 누었다니 주객의 전도는 도법道法 이전에 물아일체가 아닌가. 그렇다. 내가 달을 베고 눕기나, 달이 나를 베고 눕기나 물성이 하나인데 다를 게 없다. 그러니 천뢰의 솔바람에 취하기도 명월과 청허는 마찬가지여서 진작 속세의 인연일랑 떨쳐버린 진여의 실체로 남아 있다.

佛子의 본분을 다한 사명대사
불 자

속성은 풍천 임씨요, 휘는 유정惟政, 사명四溟은 대사의 법호다. 7세에 할아버지를 따라 경전을 익히기 시작하여, 13세에 스승을 따라 『맹자』를 읽다가 '미천하고 고루한' 세속의 학문과, '막히고 시끄러운' 속세의 인연을 떨치고 '망상이 없는 배움'을 찾아 출가할 것을 결행하여, 직지사 신묵 화상의 훈도를 받았다. 명종 16년 선과에 합격하고, 당시 사대부 문인인 이산해·최경창·허봉·임제·이달 등과 수창하여 널리 문명을 떨쳤는가 하면, 노수신에게서는 이백과 두보의 시를 배우기도 했다. 선조 8년에는 선문의 신망으로 선종의 본산인 봉은사의 주지가 되었으나, 이내 사양하고 묘향산 청허 대사의 가르침을 받게 되면서 헛되이 사원詞苑에 노닌 것을 후회하며 정진하여 법을 얻었다 한다.

임란 당시에는 의승을 모아 순안으로 갔다가, 스승인 서산 대사의 명을 받고 활약했으며, 난 후에도 어려운 과제들을 수습했었다. 그의 문학은 그러한 과정에서의 체험을 진솔하게 서술하고 있으니, 자연 교리와는 다소 성글지라도 일면 포교문학이요, 시문학 발달사적으로는 조선 후기 시문학의 전환을 마련했다할 것이다.

孤臣一劍渡流沙　　외론 신하의 칼 유사를 건너올 제
고 신 일 검 도 유 사
路入扶桑泛海槎　　동해 바다 들려고 뗏목도 띠웠소.
로 입 부 상 범 해 사
白首空吟子美句　　흰 머리 날리며 두시나 읊조리랴
백 수 공 음 자 미 구
中原將帥憶廉頗。　중원의 장수인 염파를 생각한다.
중 원 장 수 억 염 파

▷부상扶桑 : 해 뜨는 동해에 있다는 神木. 곧 동해 ▷공음자미구空吟子美句 : 공연히 두보의 우국애민 시나 읊조리랴. ▷염파廉頗 : 趙나라의 장군.

「다시 적진에 들며再入賊營」다진 의기다. 가등청정과의 담판 때 '우리가 필요로 하는 것은 네 목' 뿐이라고 호언해 적장의 간담을 서늘케 했는가 하면, 성당의 우국애민의 시인 두보처럼 앉아서 시나 읊조리는 나약함이 아니라, 막강한 진秦을 오금도 못 펴게 한 조趙나라 염파 장군임을 자칭했던 사명 대사, 마치 국가의 운명을 자신의 사명으로 삼는 결의에 찬 시가다. 한편,

庚雨初晴嶺嶠秋　　가을비도 막 개인 고개 길,
경 우 초 청 령 교 추
恭承朝命下南州　　어명을 받들고 남쪽으로 간다.
공 승 조 명 하 남 주
分身百億誰云妄　　백억의 분신을 뉘 망녕되다 하나
분 신 백 억 수 운 망
離幻翻成博望侯。　지금은 장건이 된 이환이라오
이 환 번 성 박 망 후

죽도竹島에서 "불자가 도는 닦지 않고 전장을 누빈다"는 늙은 유자의 핍박을
받고 쓴 「과철령過竹嶺」이다 그러나 그것이 생령을 구하는 자비이거늘, 명분
을 핑계해 실천하지 않는 것이야 말로 부처의 중생구제의 참뜻을 망각함이
다. 그러기에 나[이환은 사명 대사의 자]는 한漢의 충신 장건이고자 다짐했고,
드디어 호국의 불도를 실현했다.

寺刹 題詠詩
사 찰 제 영 시

03

三寶寺刹
삼 보 사 찰

불가에서 이르는 삼보三寶란 불[佛 : 부처]·법[法 : 부처님의 말씀=經]·승[僧 : 스님]이요, 삼보사찰은 부처님의 진신 사리를 모신 불보사찰佛寶寺刹 통도사와, 8만대장경을 모신 법보사찰法寶寺刹 해인사, 그리고 16국사國師를 배출한 승보사찰僧寶寺刹 송광사다.

삼보사찰의 제영시를 중심으로 지면이 허여하는 몇 사찰의 제영시로 사찰 제영시를 가름하기로 하자.

釋尊舍利鎭高壇 석존의 사리 높은 단을 누르고 있는데
석 존 사 리 진 고 단

覆釜腰邊有火瘢 단아한 사리함 가운데 불에 그슬린 자국 있네.
복 부 요 변 유 화 반

聞說黃龍災塔日 듣자니 황룡이 탑이 화마에 휩싸인 날
문 설 황 룡 재 탑 일

連燒一面示無間。 한 면이 잇달아 불길에 싸였으나 온전했다네.
연 소 일 면 시 무 간

503

진각국사의 「통도사 계단에서」다. '용이 화마火魔로부터 불보를 수호했다'하므로, 용의 신능神能과 함께 불보는 영원한 신앙체로 승화되었다.

如來骨節放金光 금빛을 발하는 부처님의 진신사리
여 래 골 절 방 금 광
天下名山處處藏 천하 명산 곳곳에 모셔두었지요.
천 하 명 산 처 처 장
一洮遙兮眞佛力 한 줄기 아득한 참 불력을 보고
일 조 요 혜 진 불 력
始知淨土亦東方。 비로소 동방이 정토임을 알았네.
시 지 정 토 역 동 방

〈통도사지〉

역시 이조원李祖源(1735-1806)의 「통도사 불골탑題通度寺佛骨塔」의 참스런 불력을 찬양한 시다. 워낙 용은 제석帝釋의 권속신으로 '삼보의 수호를 위시해 국토수호·오곡풍등·질병퇴치·사회 안녕과 질서유지' 등 일곱 가지 신능神能을 갖고 있음은 향가 「처용가」에서 인지된 바다.

다음은 법보사찰 해인사 제영이다.

梓板千間架 대장경 판목을 실은 천 간 시렁
재 판 천 간 가
殊方亦聳聞 먼 나라에서도 소문이 자자했지.
수 방 역 용 문
蠨蛸朝自織 거미는 아침이면 제냥 줄을 치고
소 소 조 자 직
蝙蝠暮爲群 박쥐들 저물녘이면 무리 짓누나.
편 복 모 위 군
霧暗書楷澁 안개 자욱해 글귀 알아볼 수 없고
무 암 서 해 삽
風敲木理分 바람에 나뭇결이 갈라졌구나.
풍 고 목 리 분
須煩鬼呵護 모름지기 귀신을 깨워 지키게 하리니
수 번 귀 가 호
免使後王勤。 후왕들의 몽진 면하게 하고자 함이네.
면 사 후 왕 근

〈海印和板上韻〉

김종직의 「해인사 판상운에海印和板上韻」 화답한 3수 중 3이다. 워낙 『대장경』은 부처님의 가피로 외적의 침입을 막고자[呵護]함이었다. 이른바 전생안

504

락국全生安樂國이란 이상 국가 건설의 신심의 발로와 무관치 않으니, 풍계 대사의 「해인사 부처 목욕시키는 날海印寺浴佛日」의 경연

八萬藏經傳妙偈
팔 만 장 경 전 묘 게
팔만 장경이 전하는 오묘한 게

三千世界勉殃災
삼 천 세 계 면 앙 재
삼천세계 재앙을 면하게 함이지.

가 그 예라 할 것이다.

한편 16국사를 배출한 송광사 제영 가운데,

勝國高僧入鹿場
승 국 고 승 입 록 장
승국의 고승이 녹장에 들어와

立宗創寺道心長
입 종 창 사 도 심 장
종을 세우고 창사하니 도심이 자랐네.

掃賊袖生黃葉虎
소 적 수 생 황 엽 호
소매에선 황엽호를 내어 적을 쓸어냈고

得機杖卓白檀香
득 기 장 탁 백 단 향
지팡이를 백단향에 꽂아 기미를 열었네.

枕溪鍾落雲千岸
침 계 종 락 운 천 안
침계루의 종소리 구름 많은 언덕에 지고

臨鏡星羅月一光
임 경 성 라 월 일 광
임경당 별과 달빛 환한 하늘에 벌려 있네.

二八祖師相住續
이 팔 조 사 상 주 속
16조사가 이어 머무셨으니

信知禪刹有其樑。
신 지 선 찰 유 기 량
진실로 선찰은 그 동량이 있음을 알겠네.

〈차송광사벽상 다송시고〉

는 보정 스님의 「송광사 벽에 있는 시운을 차운해서次松廣寺壁上」이니, 승보사찰이 뭇 사찰의 동량임을 천명한 시다.

기련의 '승국의 고승'은 송광사를 창사한 신라 말 혜린 선사를, 함련은 '나뭇잎으로 범을 만들어 적을 물리치고, 지팡이를 꽂자 샘물이 솟았다'는 보조국사의 신능을 대구로 용사하므로, 16국사들이 배출된 동량지찰棟梁之刹임을 밝혔다.

普德窟   보덕굴에서

陰風生巖曲   음산한 바람 바위 구비에서 나오고
음 풍 생 암 곡

溪水深更綠   골짜기 냇물은 깊어서 더욱 푸르구나.
계 수 심 갱 록

椅杖望層巓   지팡이에 의지해 층층 봉우릴 보노라니
의 장 망 층 전

飛簷駕雲木。   날듯이 날렵한 처마 구름 위 나무를 탔구나.
비 첨 가 운 목

〈익재난고·3〉

이제현李齊賢의 「금강산 2절」 중 보덕굴이다. 고려 안원왕 때 보덕 선사가
관음각을 설치하고 부처를 모신 함을 안치했다는 암자다. 전편이 공중에 떠
있는 듯한 비경을 노래한 서경이나, '구름 밖 나무 위로 우뚝한 처마'라 하
므로 속객이 범접할 수 없는 수도 도량의 법열에 감복한 작자의 시심을 읽
을 일이다.

그 2수 「마하연 암자」는

山中日亭午   산 속이라, 한낮인데도
산 중 일 정 오

草露濕芒屨   풀 이슬이 짚신을 적신다.
초 로 습 망 구

古寺無居僧   옛 절이라 머무는 스님 없으니
고 사 무 거 승

白雲滿庭戶。   흰 구름만 뜰에 가득하구나.
백 운 만 정 호

라 했다. 별난 수식은 물론, 야단스런 전고典故도 없이 고즈넉한 산사의 한미
閑味를 영롱하게 마름한 사찰 제영이다.

甘露寺次惠袁韻   감로사에서

俗客不到處   속객이 범접치 못하는 도량이라
속 객 부 도 처

登臨意思淸   올라보니 정신이 상큼도 하구나.
등 임 의 사 청

山形秋更好   가을이라, 산색은 더욱 곱고
산 형 추 갱 호

江色夜猶明   밤이건만 물빛은 되려 밝구나.
강 색 야 유 명

白鳥高飛盡 . 　갈매기 높이 날아 가뭇해지고
백 조 고 비 진

孤帆獨去輕 　외론 배 홀로 떠 한들거리네.
고 범 독 거 경

自慚蝸角上 　스스럽다, 비좁은 뉘누리 속을
자 참 와 각 상

半世覓功名。 　반평생 공명 찾아 바자녔구나.
반 세 멱 공 명

<삼한시귀감>

　고려 성시盛時에 이자연李子淵이 중국 윤주에 있는 감로사를 보고 돌아와,
그 산형이 비슷한 곳을 찾아 지었다는 송도 감로사를 찾은 김부식의 시다.
일세의 부귀와 공명을 다한 작자지만, 산사에 오면 출진出塵한 불가의 선어
禪語를 씀이 예사다. 특히 3·4구의 대對는 원·근과 주·야로 적대的對했다. 가
을이라 만화방창한 춘산春山에 못지않은 단풍은 '갱' 한 자의 실감에서 생동
하고, 밤이건만 '휘영청 밝은 달빛이 뛰놀아 더욱 밝다'했으니, 만고에 치렁한
물량 감을 준다. 더구나 전구가 '조락'의 유한有限이라면, 대구는 '만고류'란
무한無限이다. 5·6구는 이백李白의 "뭇 새 가뭇이 날아 다하고, 외론 구름 한
가로이 떠가네衆鳥高飛盡 孤雲獨去閑"의 상을 그대로 복구覆句했다. 그러나 여대
는 오히려 이것을 용사用事, 혹은 내처來處라 하여 귀히 여겼다. 결련은 "속세
에서의 반생이 범부의 와각지쟁蝸角之爭이랬다" 함으로 법계에서의 진자아 발
견으로 맺은 셈이니, 불가에 대한 예법이다.

夫餘皐蘭寺 　　　**부여 고란사에서**

霸國山河數十州 　패국의 산하 수십 고을을
패 국 산 하 수 십 주

公然坐遣定方收 　속절없이 소정방이 거둬갔구나.
공 연 좌 견 정 방 수

青娥墮盡岩留跡 　아리따운 궁녀 떨어진 바위엔 흔적 남았고
청 아 타 진 암 류 적

白馬沈來浪殺頭 　백마는 허망하게 머리 잘려 물에 던져졌지
백 마 침 래 랑 살 두

蘭寺雨聲聞戰伐 　고란사 빗소리 적군의 함성인 양 들리고
란 사 우 성 문 전 벌

蘇堤春色想風流 　소정방의 강둑 봄빛은 풍류를 연상케 하네
소 제 춘 색 상 풍 류

憐渠歌舞樓臺地 　어여뻐라, 저들의 가무가 있던 누대는
련 거 가 무 루 대 지

507

不念吳宮草露秋。   오궁의 가을 초로가 생각나지 않는가.
불 념 오 궁 초 로 추

〈심상정·해동시선. 몽오재집〉

충남 부소산 북쪽 백마강변에 자리한 고란사를 소재로 한 심상정의 영사 회고시다. 1연은 나당연합군에 의한 백제의 패망을, 2연은 삼 천 궁녀의 헛된 죽음과, 백마의 머리를 미끼로 용을 낚으려 했다는 조룡대 고사로 대를 맞췄다. 곧 '백마강에 호국의 용신이 있다'고 믿으며 국방을 게을리 한 백제인을 조롱한 소정방의 풍자다. 3연은 고란사의 요란한 빗소리는 연합군의 함성인 양 거세고, 소정방이 쌓았다는 소제의 봄빛은 슬픈 인간사를 조롱하듯 봄빛을 다툰다며, 결련은 예의 이백의 시 「등금릉봉황대」는 "오나라 궁전의 기화요초는 묻혀 으슥한 길이 되었고, 진대의 문물은 해묵은 언덕이 되었구나吳宮花草埋幽徑, 晉代衣冠成古丘"라는 무상심으로 맺었다.

灌燭寺彌勒像	관촉사 미륵상
馬邑之東百餘里 마 읍 지 동 백 여 리	마읍 동쪽 백 여리
市津縣中灌燭寺 시 진 현 중 관 촉 사	시진 마을 관촉사.
有大石像彌勒尊 유 대 석 상 미 륵 존	큰 돌로 조상한 미륵존상 있는데
我出我出湧從地 아 출 아 출 용 종 지	'내 온다, 내 온다'며 이 땅에 솟았다네.
崒然雪色臨大野 위 연 설 색 임 대 야	눈처럼 흰빛으로 당당히 들에 임해
農夫刈稻克檀施 농 부 예 도 극 단 시	농부들도 벼를 베어 그 앞에 보시한다오.
時時流汗驚君臣 시 시 류 한 경 군 신	수시로 땀 흘려 군신을 놀라게 하니
不獨口傳藏國史。 부 독 구 전 장 국 사	구전뿐만 아니라 역사에 기록되었지

〈이색·목은집24〉

충남 논산의 반야산 소재 관촉사 사찰 연기와 함께 미륵존상의 영험을 소재로 한 이색의 제영시다. 이 미륵대석불상은 고려 광종 19년(968) 혜명慧明 스님에 의해 조상이 시작되어 37년여 만에 완성되었다는 국보 제 346호다.

1연은 역시 관촉사의 위치로 시상을 열고, 2연에서는 미륵상의 조상 유래를, 그리고 3연은 보살상의 위엄과 백성들의 보시로 대구를 삼았다. 결연은 이 미륵상의 영험과, 국토 수호신적 신능神能을 읽게 하는 주제연이다. 흔히 "나라에 위급한 일이 있게 되면, 비가 경고 차 땀을 흘린다"라는 전설은 경남 표충사의 표충비(일명 서산대사비)로 잘 알려져 있듯이, 관촉사 미륵상 역시 그 신능이 있음을 시화했다.

洛山寺	낙산사에서
海岸高絶處 해 안 고 절 처	바닷가 벼랑 깎아지른 곳
中有洛迦峯 중 유 낙 가 봉	그 가운데 낙가봉 있네.
大聖住無住 대 성 주 무 주	대성은 머문 듯 머물지 않고
普門封不封 보 문 봉 불 봉	보문은 닫힌 듯 닫히지 않았네.
明珠非我欲 명 주 비 아 욕	명주는 내 바라는 바 아니요
靑鳥是人逢 청 조 시 인 봉	의상 대사께서 청조를 봤다네.
但願洪波上 단 원 홍 파 상	다만 원하기는 넓은 물결 위에서
親瞻滿月容。 친 첨 만 월 용	만월 같은 모습 친히 뵙기를.

〈동문선 9·동인시화 상〉

신라 문무왕 16년(676) 의상 대사가 창건했다는 강원도 양양 낙산 소재 사찰을 소재로 한 익장益莊 스님의 제영이다. 그러나 익장의 낙산사 기記에 의하면 유자량庾資諒이 병마사가 되어 굴 앞에 와 분향 배례하였더니 "청조靑鳥가 꽃을 물고 와 두건 위[幞頭]에 떨어뜨렸다" 하고, 이어 위의 시를 지었다 하며, 다시 "길 동쪽 두어 마장쯤 바닷가에 굴이 있는데, ―세상에서는 관음 대사가 머물던 곳이라 한다― 의상 대사가 친히 불성의 모습을 친견코자 하였으나, 뵙지 못해 바다에 몸을 던지자, 대성이 곧 바로 팔을 내 밀어 수정염주를 주며 "내 몸은 직접 볼 수 없다. 다만 굴 위에 두 그루 대나무가 난 곳, 그 곳이 나의 머리 위다. 거기다 불전을 짓고 상설을 안배하라"하시고, 용도 역시 여의주와 옥을 바쳤다"라는 창사설화의 시화인 셈이다.

桃李寺	도리사에서
桃李山前桃李開 _{도 리 산 전 도 리 개}	도리산 앞 도리꽃이 만개하니
墨胡已去道師來 _{묵 호 이 거 도 사 래}	묵호자 가시자 아도화상 오셨네.
誰知赫赫新羅業 _{수 지 혁 혁 신 라 업}	뉘 알았으랴, 빛나는 신라의 불법이
終是毛郎窨裏灰。 _{종 시 모 랑 을 리 회}	끝내 모례의 움집 안에서 불타올랐음을..

〈점필재집·13,〉

점필재 김종직의 「선산도호부제영 10절」 중 제 3수로 한국 불교의 시원始
原을 시화한 사찰 제영이다. 두루 아는 바와 같이 신라 불교는 눌지왕, 또는
미추왕 때 고구려 승려인 묵호자가 신라 땅 일선군(지금의 선산군) 모례의 집
에 들어와 굴을 파고 숨어 살며, 양나라 사신이 가져 온 향의 용법을 가르쳤
다 한다. 그 때 마침 병고에 시달리던 공주의 병을 고친 공으로 불법을 펼치
도록 허락받았다고도 한다. 일설에는 모례의 집에 은거하던 묵호자가 돌아
간 얼마 후 아도라는 이가 시종과 더불어 다시 모례의 집에 왔는데, 그 모습
이 묵호자와 흡사했다 하여 동일인이라고도 한다. 다시 돌아온 묵호자, 곧
아도가 신라 수도에 갔다 돌아와 이 산 밑에 이른 한겨울, 산허리에 복사꽃
이며 오얏 꽃이 만발해 산을 도리산이라 하고, 절을 세워 도리사라 했다 한
다. 그러니 김종직은 2구에서 도사道師 묵호자가 아닌 아도로 본 셈이다. 제
3구의 '왕업'은 '찬란한 신라의 불법'이요, 결구의 '음리회'는 '움집에서 활활 불
타올랐음', 곧 '찬란한 불교문화를 꽃피웠음'으로 결구한 것으로 읽을 일이다.

佛國寺	불국사에서
蕭條今佛國 _{소 조 금 불 국}	오늘날 불국사 스산하다만,
在今最神雄 _{재 금 최 신 웅}	이 시대의 가장 웅장한 가람이라.
幢影侵蹊曲 _{당 영 침 혜 곡}	펄럭이는 깃발 굽이굽이 샛길로 뻗혔고,

林暉背塔紅　　　숲에 든 햇살 탑 너머로 붉게 드리웠네.
임 휘 배 탑 홍

經疏僧語硬　　　독경소리 다하자 스님 법어소리 우렁차고,
경 소 승 어 경

夕近鍾飯空　　　석양이 가까우니 범종소리 하늘에 퍼지네.
석 근 종 반 공

霜後中庭菊　　　서리 맞은 뜰 가운데 핀 국화
상 후 중 정 국

獨凌衰俗風。　　 홀로 쇠락한 풍속을 지키누나.
독 릉 쇠 속 풍

　　석전 박한영朴漢永 스님의 불국사 제영이다. 신라 불교의 상징이기도 한 불
국사, 동양 최고의 고찰이자, 웅장한 도량이라고 시상을 열어, 펄럭이는 깃
발과 석양에 물들어 가는 장관으로 서경을 묘사했다. 함련 역시 독경에 이
은 법문이란 도량의 일상사에 이어, 석양에 메아리치는 쇠북소리로 대를 맞
춰, 오상고절의 국화가 쇠미해 가는 세속의 경종警鐘임을 한낱 어여삐 여겼
다. 그러니 결련은 국화에 대한 단순한 상찬이 아니라, 그나마 불국사의 오
랜 법문이 이 시대의 마지막 민족 통서를 지켜 있음을 가상嘉尙해 하는 고덕
대승의 불교에 대한 자부이자, 위안임을 읽게 한다.

烏井寺　　　　　　　오정사에서

旅窓愁不寢　　　객창이라 시름겨워 잠 못 이루고
여 창 수 불 침

孤枕月低廻　　　외론 벼개에 달빛만 어리 비추네.
고 침 월 저 회

何處寒山寺　　　한산사는 어디 메쯤 있다던가
하 처 한 산 사

疎鍾半夜來。　　 성근 새벽 종소리 한밤에 들려오네.
소 종 반 야 래

　　건국 초기 26년 동안 대제학으로 조선 문풍의 향도 역할을 다한 사가 서
거정의 「오정사」다. 정작은 작자의 「문경 8경」 중 오정사 종소를 소재로 한
제영시다. 그러니 오정사는 경북 문경현 선암산 소재 사찰이자, 당시 문경
8경의 하나라 함은 사족蛇足이다.
　　시의 짜임은 사장詞章의 염수답게 용사用事로 직핍해 장점자묘粧點自妙의 경
지에 이르렀다 하리라. 이른바 기·승은 고즈넉하고 낯선 여정을 성당의 시성

두보杜甫의 오율 「객야客夜」의 기련 1구의 "나그네 잠이 어찌 일찍 들리오客睡
何曾着"와 함련 4구의 "베개 맡에 드높은 먼 강물소리여高枕遠江聲"〈두언·11〉의
의장을 용사했는가 하면, 전·결 역시 당나라 장계張繼의 시 「한산사寒山寺」
의 전·결구 "고소성 밖 한산사의, 새벽 종소리 나그네 뱃머리에 들려오네姑蘇
城外寒山寺 夜半鐘聲到客船"를 탈태한, 이른 바 한시 작법상 자묘自妙한 용사법이
요, 그 솜씨야 호백구수狐白裘手라 이르리라.

KI신서 5750

고전의 향기에 취하다

초판 1쇄 인쇄 2014년 9월 5일
초판 1쇄 발행 2014년 9월 11일

지은이 김갑기
펴낸이 김영곤 **펴낸곳** (주) 북이십일 21세기북스
부사장 임병주 **출판사업본부장** 주명석
국내기획팀 남연정 이경희
디자인 윤인아
마케팅 민안기 이영인 강서영
영업본부장 안형태 **영업** 권장규 정병철

출판등록 2000년 5월 6일 제10-1965호
주소 (우 413-120) 경기도 파주시 회동길 201(문발동)
대표전화 031-955-2100 **팩스** 031-955-2151 **이메일** book21@book21.co.kr
홈페이지 www.book21.com **트위터** @21cbook **블로그** b.book21.com
ISBN 978-89-509-6692-8 03810
책값은 뒤표지에 있습니다.